Michael Palmer studierte Medizin an der Wesleyan-Universität, USA. Nach seinem Studium war er als Internist in verschiedenen Krankenhäusern tätig. Heute arbeitet er in der Notaufnahme eines Krankenhauses.

Von Michael Palmer sind außerdem erschienen:

Die unbarmherzigen Schwestern (Band 2025)
Flashback (Band 2938)

Dieses Buch wurde auf chlor- und säurefreiem Papier gedruckt.

Vollständige Taschenbuchausgabe Dezember 1996
Dieses Taschenbuch erscheint ebenfalls unter dem Titel:
»Tod ohne Gewähr«

Titel der Originalausgabe: »Extreme Measures«

Originalverlag: Bantam Books, New York

Umschlagfoto: Mit freundlicher Genehmigung der
Concorde-Castle Rock/Turner Filmverleih GmbH
Satz: Ventura Publisher im Verlag
Druck und Bindung: Elsnerdruck, Berlin
Printed in Germany
ISBN 3-426-67016-X

4 5

Michael Palmer

Extrem
... mit allen Mitteln

Thriller

Aus dem Amerikanischen von
Rita Seuß, Barbara Steckhan, Robert Weiß
Kollektiv Druck-Reif

Knaur

Zur goldenen Hochzeit
von May und Milton Palmer,
Longmeadow, Massachusetts,
und
in liebendem Angedenken an
Mr. Fred Jewett, Barefoot Bay, Florida

Danksagung

Mein tiefer Dank gilt Eric Radack für die Idee zu diesem Buch, Donna Prince und Susan Terry, die mir geduldig zugehört haben, Dr. Scott Fisher für die kritische Lektüre, Noelle für ihre Geduld, Beverly Lewis für ihr Wohlwollen als Lektorin, Jane Rotrosen Berkey, weil sie mehr für mich getan hat, als man von einer Agentin erwarten würde, und Bill W. und Dr. Bob, die mich mit allem ausgestattet haben, was ich für dieses Buch brauchte. Mein besonderer Dank gilt Dr. Wade Davies. Ich hoffe, wir sehen uns eines Tages wieder.

M.S.P.
Falmouth, Massachusetts

Prolog

I

7. Juni

CHARITY, UTAH. 381 EINW. stand in unregelmäßigen Buchstaben auf dem etwa sechzig Zentimeter langen ausgeblichenen Holzbrett. Das Schild war von Kugeln durchlöchert und klemmte kopfüber zwischen zwei dicken Zederzypressen.

Wäre Marylin Colson nicht über eine Wurzel gestolpert und auf den harten, staubigen Wüstenboden gefallen, hätte sie das Schild glatt übersehen. Und dank dieser neuen Entdeckung dachte Marylin im Moment gar nicht daran, daß sie sich wieder eine Beule zugezogen hatte; dabei war sie sowieso schon von Kopf bis Fuß zerschunden. Außerdem vergaß sie – zumindest für den Augenblick – auf ihren Mann zu schimpfen.

In ihrer vierjährigen Ehe hatte es schon vor diesem Katastrophenurlaub – ein weiterer Beweis für Richards absolute Gleichgültigkeit – gekriselt. Aber jetzt war für sie die Sache endgültig gelaufen. Der Jeep, den Richard unbedingt für ihre »Fahrt ins Blaue« hatte mieten müssen, eben jener Jeep, von dem Richard behauptet hatte, er könnte ihn noch mit verbundenen Augen reparieren, hatte hier in dieser gottverlassenen Wildnis den Geist aufgegeben. Und natürlich war genau das Teil kaputtgegangen, mit dem Richard am wenigsten gerechnet hatte. Typisch Psychologe! Dieser Mann kreiste Tag und Nacht um sich selbst.

Marylin pflückte ein paar Kletten von ihrem T-Shirt. Wenn sie überhaupt jemals nach Los Angeles zurückkommen sollte, würde sie sofort Mort Gruber anrufen und ihn bitten, sich um ihre Scheidung zu kümmern. Und dann, so entschied sie, während sie wütend aufstand, wäre die Sache endlich erledigt. Sie zerrte das Schild aus dem Gebüsch, pustete den Staub ab und hielt es in die Höhe, damit ihr Mann es lesen konnte.

»Vor dir siehst du« – sie schwenkte das Brett in weitem Bogen über die dürre, hügelige, mit Gestrüpp überwachsene Landschaft – »Charity, Utah, Standort der modernsten Reparaturwerkstatt für Jeeps diesseits des …«

»Marylin, kannst du nicht mal Ruhe geben? Ich habe dir doch schon gesagt, daß es mir leid tut.«

»Nein, hast du nicht.«

»Natürlich habe ich das. Ich entschuldige mich doch sowieso schon die ganze Zeit. Laß mich das Schild mal sehen.« Einen Moment lang betrachtete er das Brett; dann legte er es zur Seite und zog eine abgenutzte, fleckige Landkarte aus seinem Rucksack.

»Auf der Karte ist der Ort nicht eingezeichnet.«

»Richard, offensichtlich ist dir entgangen, daß es hier gar keinen Ort gibt!«

»Mein Gott, du bist vielleicht ein Miststück!«

»Nein, Richard, ich habe mich verirrt, ich bin verdreckt und hungrig, und alles tut mir weh. Außerdem bin ich wütend und … und ich friere.« Wehmütig blickte sie hinauf zur Sonne, die sich hinter einem Dunstschleier bereits dem Horizont näherte. »Verdammt noch mal«, schimpfte sie weiter. »Ganz gleich, wie, aber ich verschwinde! Schließlich arbeite ich hart genug – mindestens genauso viel wie du. Wenn nicht noch mehr. Und es ist auch mein Urlaub. Ich will in einem französischen Restaurant essen, in einem

sauberen Bett schlafen und in einer verdammten Badewanne mit Whirlpool liegen.«
Damit drehte sie sich um und kletterte die steinige Anhöhe zu einem der kleinen Hügel hinauf, die in einer Kette den Horizont zu allen Seiten begrenzten.
»Marylin, komm sofort wieder runter! Ich sag' dir doch, wir haben uns nicht verlaufen. Auf eine Meile mehr oder weniger kommt es nicht an, aber ich weiß genau, wo wir sind. Wir können hier übernachten, und morgen früh gehen wir geradewegs nach Osten. Gegen Nachmittag sind wir dann am Highway Fünfzig. Du wirst schon sehen ... Marylin?«
Die Frau stand reglos auf dem Gipfel des Hügels. Dann drehte sie sich langsam zu ihm um.
»Richard«, rief sie. »Komm hier rauf. Ich glaube nämlich, ich habe Charity gefunden.«

Das Städtchen schmiegte sich ungefähr einen dreiviertel Kilometer südlich von ihnen an einen der Hügel, die das Tal von allen Seiten umgaben. Seine ungeteerte Hauptstraße endete an beiden Seiten übergangslos in der Wüste und wurde nur von zwei oder drei kleineren Wegen gekreuzt. Im Norden und Osten erstreckten sich Felder mit einer undefinierbaren Bepflanzung. Die Gebäude, die die Straße säumten, schimmerten gespenstisch im Abendlicht; sie schienen eher aus einer Hollywoodkulisse zu stammen als Teil einer bewohnten Ortschaft zu sein.
»Glaubst du, es ist eine Geisterstadt?« fragte Richard, während sie durch ein ausgetrocknetes Flußbett auf die niedrigen Stein- und Holzhäuser zugingen.
»Kann sein, aber momentan ist sie bewohnt. Ich bin sicher, daß ich in zwei Fenstern Licht gesehen habe. Mein Gott, ich drehe durch, wenn es in dem Nest kein heißes Wasser gibt.«

»Du benimmst dich wie die Prinzessin auf der Erbse, Marylin, weißt du das?«
»Und du bist ein … ach, ist ja auch egal. Wollen wir nicht lieber Waffenstillstand schließen, bis wir das alles hinter uns haben?«
»Wie du meinst, aber du bist diejenige, die immer …«
»Bitte, Richard …«
Eine Weile folgten sie dem ausgetrockneten Flußlauf und stiegen dann eine leichte Anhöhe hinauf. Unvermittelt tauchte ein gepflegtes Maisfeld vor ihnen auf – die mannshohen Pflanzen standen, von Stacheldraht umgeben, in ordentlichen Reihen.
»Seltsam, seltsam«, murmelte Richard.
Marylin hatte bereits die andere Seite des Feldes erreicht.
»Richard, beeil dich!« rief sie ihm zu.
»Woher haben sie bloß das Wasser?«
»Wenn du ein bißchen schneller machst, kannst du sie gleich selbst fragen«, antwortete Marylin und zeigte auf die Straße. Etwa zwanzig, dreißig Meter weiter schlenderten zwei Männer gemächlich vor ihnen her. Abgesehen von den beiden war die saubergefegte Straße menschenleer. Kein Auto, kein Fahrrad, niemand weit und breit. »Entschuldigen Sie«, rief Marylin laut. »He, Sie da, entschuldigen Sie bitte …«
Die beiden Männer blickten sich kurz um und gingen einfach weiter.
»Richard, verdammt noch mal, hilf mir gefälligst.«
Ohne eine Antwort ihres Mannes abzuwarten, lief Marylin hinter den beiden Gestalten her. In diesem Moment ertönte aus den Lautsprechern, die an beiden Seiten der Straße auf Pfähle montiert waren, der Klang einer Glocke. Plötzlich tauchten aus mehreren Gebäuden Menschen auf und schlossen sich den beiden Männern an. Marylin blieb wie

angewurzelt stehen. Rechts von ihr trat eine Frau auf die Veranda eines Hauses, das durch ein Schild schlicht als LADEN bezeichnet wurde. Sie sah aus wie Ende Vierzig, obwohl ihre gebeugte Haltung und ihr ungepflegtes schwarzes Haar ihr Alter eigentlich nur schwer erraten ließen. Über den khakifarbenen Arbeitshosen trug sie eine bedruckte, kurzärmelige Kittelschürze, und auf einem Schild mit Goldbuchstaben, das sie auf der rechten Brust trug, stand der Name »Mary«.

»Entschuldigen Sie bitte«, sagte Marylin.

Die Frau stierte sie gleichgültig an.

»Ich heiße Marylin Colson, und das ist mein Mann Richard. Wir sind aus Los Angeles und machen eine Campingtour.« Als Marylin den leeren Gesichtsausdruck der Frau bemerkte, hielt sie mitten im Satz inne. »Verstehen Sie, was ich sage?«

»Ich ... verstehe ... Sie«, antwortete die Frau.

»Und können Sie uns helfen? Uns sagen, wo wir ein Hotel finden?«

»Hotel?«

»Ja. Irgendwas, wo wir übernachten können.«

Marylin wartete mehrere Sekunden auf eine Antwort, bevor sie sich zu ihrem Mann umdrehte.

»Verdammt, Richard, komm her und tu was! Mit dieser Frau stimmt was nicht.«

»Die ist auf Drogen«, antwortete Richard nur.

»Wie bitte?«

»Eine Fixerin. Sieh dir doch die Einstiche an ihren Armen an. Sie ist entweder voll bis obenhin – oder vollkommen fertig.«

»Was sollen wir denn jetzt tun?«

»Zuerst mal sollten wir meiner Meinung nach ein bißchen weniger auf den Putz hauen.«

»Ach, scher dich zum Teufel!«
»Und zweitens sollten wir uns einen anderen Gesprächspartner suchen.«
»Wie wär's denn mit mir?« fragte eine Stimme hinter ihnen. Die Colsons wirbelten herum, und Marylin blieb die Luft weg. Keine drei Meter von ihnen entfernt stand ein Mann. Er war groß und schlank, trug Jeans, eine karierte Holzfällerjacke und hatte eine Baseballkappe auf dem Kopf. An seinem Gürtel baumelte ein Funkgerät. Das doppelläufige Gewehr, das er im Arm hielt, zielte direkt auf sie.
»Du gehst jetzt besser zum Essen, Mary«, sagte der Mann. »Sonst kriegst du heute abend nichts mehr.«
Ohne das geringste Anzeichen, daß sie verstanden hatte, schlurfte die Frau davon.
»Ich ... ich heiße Marylin Colson.« Sie mußte sich räuspern, um die Angst in ihrer Stimme zu verbergen. »Und das ist mein Mann Richard. Wir ... wir haben uns verirrt.« Innerlich mußte sie lächeln bei dem Gedanken, wie peinlich dieses Eingeständnis ihrem Mann sein würde. »Ungefähr einen halben Tagesmarsch in diese Richtung ist unser Jeep zusammengebrochen, und wir suchen jemanden, der uns abschleppen und den Wagen reparieren kann.«
»Wie sind Sie hierher gekommen?«
»Ich sagte doch schon, wir sind gelaufen von dort, wo unser Auto ...«
»Nein, ich meine, hier herein.« Der Mann deutete auf die Stelle, an der sie standen.
»Von Norden.« Richard machte einen Schritt nach vorn. »Über diese Hügel dort, durch ein ausgetrocknetes Flußbett und dann an Ihrem Maisfeld vorbei. Es würde mich interessieren, wie Sie es bewäss ...«
»Was wollen Sie?«
»Was wir wollen?« Mary hatte allmählich genug. »Was sollen

wir schon wollen von einem Mann, der mit einer Waffe auf uns zielt?« Der Mann ließ sein Gewehr ein bißchen sinken. »Wir brauchen einen Platz, wo wir übernachten können, und Hilfe mit unserem Jeep. Gibt es in dieser Stadt jemanden, der Autos repariert?«
»Das ist keine Stadt«, sagte der Mann und spuckte durch eine Lücke in seinen Vorderzähnen aus.
»Wie bitte?«
»Ich sagte, das ist keine Stadt.« Er spuckte noch einmal und fügte dann beiläufig hinzu: »Sondern ein Krankenhaus, eine Klinik für Geisteskranke.«

»Richard?«
»Ja?«
»Kann ich mein Bett neben deines stellen?«
»Natürlich.«
»Es tut mir leid, daß ich dich heute so angefahren habe. Ich war ziemlich gereizt.«
Marylin Colson schob ihr Metallbett dicht neben das ihres Mannes. Dann legte sie sich auf die Seite und sah durchs Fenster hinaus zu den unzähligen Sternen, die am dunklen Himmel über der Wüste funkelten. Vorsichtig ließ sie ihre Hand am Bein ihres Mannes entlanggleiten und streichelte es so, wie er es am liebsten mochte.
Dieser Tag, einer der schlimmsten in ihrer an Katastrophen so reichen Ehe, hatte schließlich doch noch eine deutliche Wendung zum Besseren genommen. Nach den beängstigenden ersten Minuten hatte sie der »Sozialarbeiter«, wie Gary Pike, der Mann mit dem Gewehr, sich nannte, zu einem niedrigen Holzhaus – der Klinik – geführt und sie der Obhut von Dr. James Barber übergeben. Barber, Psychiater und Direktor des Charity Projekts, war ein glatzköpfiger, fröhlicher Mann mit einem offenen Lächeln und unge-

zwungenem Auftreten. Und er hatte ihnen sofort das Gefühl gegeben, willkommen zu sein. Über sein Projekt erfuhren sie nur, daß er in dieser ehemaligen Geisterstadt eine staatlich geförderte Modelleinrichtung für psychisch kranke Straftäter betrieb. Außerdem versprach er, ihren Jeep reparieren zu lassen, sobald der Mechaniker mit dem einzigen fahrbaren Untersatz der Klinik von seinem Ausflug in die Stadt zurückgekehrt war. Barbers einzige Bitte war, daß sie bis dahin – wahrscheinlich bis zum kommenden Morgen – das Klinikgelände und den eingezäunten Hof nicht verließen und über das Projekt keine weiteren Fragen stellten.
Nach einer heißen Dusche, einem panierten Steak und einem Glas Rotwein wurden sie im Gästebungalow hinter der Klinik sich selbst überlassen. Dr. Barber hatte sich in einer Unterhaltung nach dem Essen als belesener und geistreicher Gesprächspartner herausgestellt.
»Richard?«
»Ja?«
»Findest du das nicht auch romantisch? Was meinst du, wer von unseren Freunden hat es jemals in einer Klinik für Geisteskranke getrieben?«
Richard lag mit unter dem Kopf verschränkten Armen auf dem Rücken und zeigte auf ihre Zärtlichkeiten keine Reaktion.
»Hier ist was faul«, meinte er schließlich.
»Was soll das heißen?«
»Genau das, was ich sage. Irgendwas stimmt hier nicht. Erinnerst du dich ans Abendessen, als ich über die Stack-Sullivan-Theorie von der Umkehrung der Entwicklungsschritte bei Kindern mit traumatischen Erfahrungen gesprochen habe?«
»Nein, eigentlich nicht.«
»Ich habe es genau falsch herum beschrieben.«

»Was hast du?«
»Nur um die Diskussion anzuregen. Aber Barber hat allem, was ich sagte, zugestimmt. Entweder ist er für einen Psychiater reichlich uninformiert, oder ...«
»Richard, laß mich mal was klarstellen. Willst du wirklich behaupten, du hast diesen unwahrscheinlich gastfreundlichen Mann auf die Probe gestellt?« Sie zog die Hand zurück. »Das darf doch nicht wahr sein!«
»Doch«, flüsterte er. »Aber laß uns nicht mehr darüber reden. Ich kann mir vorstellen, daß dieser Bungalow abgehört wird.«
»Du spinnst, Richard. Wahrscheinlich hat er dir nicht genau zugehört. Ich hab' auf jeden Fall die Ohren auf Durchzug geschaltet. Du bist ja auch nicht besonders mitreißend, wenn du erst mal mit deinen bescheuerten Psychotheorien anfängst.«
Richards Antwort ging in einem Hustenanfall unter. Er setzte sich auf die Bettkante, stützte die Hände auf die Knie, bis sich der Husten beruhigt hatte.
»Was ist los mit dir?« fragte sie.
»Ich weiß es nicht. Im Moment krieg' ich irgendwie nicht richtig Luft. Als Kind hatte ich mal Asthma, aber davon habe ich seit Jahren nichts mehr gemerkt.«
»Vielleicht ist hier irgendwo Schimmel. Oder du leidest an unterdrücktem Streß.«
»Ich gehe noch mal ein bißchen raus in den Hof.«
»Sollen wir nicht lieber den Doktor rufen?«
»Ich habe dir doch gesagt, er ist kein ...«
Wieder wurde er von einem Hustenanfall unterbrochen. Er kämpfte sich auf die Füße und trat aus dem Bungalow hinaus in die kalte, klare Nacht.
Marylin lag allein auf ihrer Matratze. Wie hatte sie je glauben können, daß sie beide es ein Leben lang miteinander aus-

halten würden? Zum Teufel damit, dachte sie. Sie hatte ihr Bestes versucht. Doch nun war es an der Zeit, eine andere Richtung einzuschlagen. Unfähig, Ruhe zu finden, wälzte sie sich hin und her. Schließlich knüllte sie ihr Kissen unter dem Kopf zusammen. Die Luft im Zimmer kam ihr stickig und abgestanden vor. Nach einer Weile stand sie auf, holte aus dem Wandschrank ein zweites Kopfkissen und legte es auf das erste.

So ist es besser, dachte sie, nachdem sie sich wieder hingelegt hatte. Viel besser.

Eine Minute verging, und dann noch eine. Allmählich wurde sie ruhiger. Sie schloß die Augen. Ihr Atem wurde langsamer und leichter. Bevor sie einschlief, hörte sie noch einmal ihren Mann husten.

Als der Lautsprecher Marylin aus ihrem flachen, unruhigen Schlaf riß, zeigte ihre Armbanduhr gerade halb acht. Den größten Teil der Nacht war sie wach gelegen. Das lag zum Teil daran, daß Richard immer wieder vor die Tür gegangen war. Auch sein rasselnder Husten hatte nicht eben zu einer ungestörten Nachtruhe beigetragen. Schließlich war auch ihr das Atmen immer schwerer gefallen. Wenn sie sich aufsetzte, wurde es etwas besser, aber sobald sie sich hinlegte, ging es wieder los.

Sie war allein im Bungalow. Durch das Fenster an der Ostseite drang blaß die Morgensonne. Im Zimmer schwebte ein schimmernder Nebel aus feinem Staub. Marylin fand diese Entdeckung beruhigend. Kein Wunder, daß sie solch eine unruhige Nacht gehabt hatten. Und trotz der beklemmenden Enge in ihrer Brust, die sie wie ein stählerner Ring am Atmen hinderte, quälte sie sich aus dem Bett.

»Richard?«

Sie rief seinen Namen, wartete einen Moment und trat dann

in den kleinen Hof. Ihr Mann saß von ihr abgewandt in einem Korbsessel mit hoher Lehne.
»Richard, sieh dir mal den Staub in unserem Zimmer an. Kein Wunder, daß ...«
Als sie ihm ins Gesicht sah, hielt sie mitten im Satz inne. Ihr Mann war wach und erwiderte ihren Blick, doch entsetzt stellte sie fest, daß er noch nie so elend ausgesehen hatte. Seine Haut war aschgrau, die glanzlosen Augen tief eingesunken. Flach und schnell stieß er die Atemzüge durch rissige Lippen hervor. Nach dieser einen Nacht schien er um Jahre gealtert.
»Ich bin krank«, brachte er mühsam heraus.
»Das sehe ich, Richard. Ich hole Dr. Barber.«
Bevor er antworten konnte, war sie schon davongestürzt. Doch noch ehe sie die weniger als fünfzig Meter bis zur Klinik zurückgelegt hatte, mußte sie atemlos anhalten.
Barber, der unter seinem weißen Arztkittel Sportkleidung trug, hörte sich ihren Bericht besorgt an.
»Das klingt ganz nach einer allergischen Reaktion«, sagte er. »Ein Kongreßabgeordneter, der sich letztes Jahr über unser Programm informieren wollte, zeigte ähnliche Symptome. Vielleicht liegt das am Staub. Ich bin zwar Psychiater, aber schließlich habe ich auch eine Grundausbildung in Allgemeinmedizin. Ich sehe mir Ihren Mann mal an. Mit ein bißchen Benadryl und vielleicht auch ein wenig Adrenalin sollte es ihm eigentlich gleich bessergehen.«
Tatsächlich wirkte Richard sofort erholter, nachdem er die Medikamente bekommen hatte. Doch Marylin konnte nicht sagen, ob er die plötzliche Besserung Dr. Barbers Behandlung zu verdanken hatte. Vielleicht lag es auch an der Nachricht, daß der Mechaniker mit dem Landrover zurückgekehrt war und versprochen hatte, ihren Jeep zu reparieren. Auf Barbers Beharren ließ auch sie sich untersuchen

und bekam zwei Kapseln Benadryl und eine Adrenalinspritze verordnet.
Nachdem sie von Barber noch einen Vorrat an Benadryl bekommen hatten, packten sie ihren Rucksack. Dann brachen sie mit dem Landrover auf, um mit Hilfe von Richards sorgfältigen Notizen und seinem Kompaß den Jeep zu suchen. Der Mechaniker, ein schweigsamer Indianer, der sich ihnen als John vorgestellt hatte, schien die Wüste gut zu kennen.
»Dreizehn Kilometer«, sagte er. »So viel sind Sie gelaufen.«
»Mir ist es weiter vorgekommen«, war alles, was Richard herausbrachte, bevor er von einem erneuten Hustenanfall geschüttelt wurde.
»Dreizehn Kilometer«, wiederholte John.
Marylin beugte sich vor und wischte ein paar Tropfen rosa Schaum aus dem Mundwinkel ihres Mannes. Seine Haut war wieder aschgrau, und die Fingernägel hatten eine beinahe violette Färbung angenommen. Dennoch saß er aufrecht auf dem Beifahrersitz und verfolgte, wie sie die Orientierungspunkte, die er sich notiert hatte, einen nach dem anderen passierten. Wie sie ihn so beobachtete, fühlte Marylin wieder Stolz in sich aufsteigen und eine Zärtlichkeit, die sie für diesen Mann schon lange nicht mehr empfunden hatte.
»John, können Sie uns erklären, wie wir zum nächsten Krankenhaus kommen?« fragte sie, weil sich schon wieder der feste Ring um ihre Brust gelegt hatte.
»St. Joe«, antwortete der Indianer. »Siebenunddreißig oder achtunddreißig Kilometer östlich von der Stelle, an der Ihr Jeep liegengeblieben ist.«
»Einen halben Tag Fahrt?«
»In etwa. Vielleicht auch mehr.«
Um sich von ihrer eigenen, ständig zunehmenden Atemnot

abzulenken, wischte Marylin den staubigen Schweißfilm von der Stirn ihres Mannes.
»Richard, sollten wir nicht besser zur Klinik zurückfahren?«
»Nein, es geht schon«, krächzte er, unterbrochen vom Husten. »Sorgen wir dafür, daß der Jeep repariert wird, und dann nichts wie weg hier.«
Mit einem Schluck aus ihrer Feldflasche spülte Marylin eine Benadrylkapsel herunter. Eine weitere gab sie ihrem Mann. Minuten später wurde sie von einem Hustenanfall gepackt, den sie nicht mehr unterdrücken konnte.
Die vierzehn Kilometer lange Fahrt durch unwegsames Gelände dauerte fast zwei Stunden – die Reparatur des Jeeps erstaunlicherweise weniger als eine. Richard versuchte zwar, dem Mechaniker zu helfen, aber nach einiger Zeit gab er auf und hockte sich schweißgebadet auf den Beifahrersitz.
»Okay, Madame«, erklärte John. »Starten Sie mal.«
Schon bei der ersten Umdrehung des Zündschlüssels sprang der Motor an.
»Könnten Sie uns noch ein Stück folgen?« fragte sie, während sie mit aller Kraft gegen die Beklemmung in ihrer Brust ankämpfte.
»Höchstens zehn oder zwölf Minuten. Dr. Barber braucht mich. Dreizehn oder vierzehn Kilometer östlich von hier gibt es einen Feldweg. Den können Sie nicht verfehlen. Dort biegen Sie nach Süden ab. Nach vierzehn Kilometern erreichen Sie den Highway Fünfzig. Da fahren Sie rechts. Hoffentlich geht es Ihrem Mann bald wieder besser.«
Marylin dankte ihm, machte einen erfolglosen Versuch, ihn zu bezahlen, und fuhr dann, so schnell sie konnte, davon. Dabei mußte sie zugleich den Kompaß, Richard und die Risse im harten Wüstenboden im Auge behalten. Glücklicherweise war Richard, der neben ihr festgeschnallt auf dem Beifahrersitz saß, eingeschlafen. Nach zweieinhalb Kilome-

tern hupte John, hielt aufmunternd den Daumen hoch und bog dann nach Süden ab.
Sie hatte noch keinen weiteren Kilometer zurückgelegt, als die Enge in ihrer Brust unerträglich wurde. Entspann dich, versuchte sie sich zu beruhigen. Nur keine Panik. Nur keine Panik. Jeder ihrer Atemzüge wurde inzwischen von einem deutlich hörbaren Gurgeln begleitet. Noch nie zuvor im Leben hatte sie solche Angst gehabt. Sie konnte sich nicht mehr beherrschen und hielt den Jeep an.
»Richard, wach auf!« japste sie. »Ich kann nicht mehr atmen. Ich kann …«
Sie beugte sich vor und berührte ihn am Arm. Leblos fiel seine Hand nach unten.
»Richard? Richard!«
Obwohl sie den Namen herausschrie, konnte sie ihre eigene Stimme kaum hören. Sie faßte ihn am Kinn und drehte seinen Kopf zu sich herum. Sein Gesicht war blau und aufgedunsen, die Augen offen, aber ausdruckslos. Dicker, rötlicher Schaum tropfte ihm aus den Mundwinkeln.
Marylin schnallte ihn los. Während sie um den Jeep zur Beifahrertür ging, spürte sie, wie ihr eine zähe Flüssigkeit in der Kehle aufstieg. Als sie die Beifahrertür öffnete, stolperte sie und stürzte auf die Knie. Im gleichen Moment rutschte Richard aus dem Sitz und fiel schwer auf sie, so daß sie sich nicht mehr rühren konnte. Angestrengt versuchte sie, ihn fortzuschieben, aber sie hatte nicht mehr die Kraft dazu. Bald ließ auch ihr Wille nach. Sie legte die Arme um ihren Mann und hakte die Daumen in seine Gürtelschlaufen ein.
Allmählich stieg die Sonne höher, und als sie ihren Weg über den Himmel fortsetzte, schien sie Marylin geradewegs ins Gesicht. Aber sie blinzelte nicht einmal. Während die Minuten – oder waren es Stunden? – verstrichen, spürte sie

einen ungekannten Frieden in sich aufsteigen. Und mit diesem Frieden kam ein anderes Gefühl – eine tiefe Verbundenheit mit Richard, eine Nähe, die stärker war als alles, was sie je erlebt hatte. Während der Druck seines Gewichts auf ihrem Körper abnahm und schließlich ganz nachließ, war sie sich sicher, daß er noch lebte. Er lebte, und er war hier, ganz nah bei ihr.
Marylin konnte jetzt wieder leichter atmen. Innerlich mußte sie lächeln.
Als die Sonne unterging, wehte von Westen her ein kühler Abendwind. Er bedeckte den Jeep und die beiden reglos ineinander verschlungenen Gestalten auf dem Boden mit einer feinen Sandschicht.

II

Acht Monate später

25. Februar

Es war kurz nach zwei Uhr nachts. Die Docks vor dem Lagerhaus 18 am Bostoner Hafen ächzten dumpf unter einer schweren Eisdecke. Auf einem der wuchtigen Stahlträger in zehn Meter Höhe kauerte Sandy North. Er korrigierte noch einmal geringfügig die Schärfeneinstellung seiner Videokamera und versuchte gleichzeitig, nichts von dem Gespräch unter sich zu verpassen. Aber schließlich war es auch kein Drama, wenn er nicht alles mitbekam. Das aufgemotzte Granville-Aufnahmegerät, das er extra nach Boston mitgebracht hatte, würde sogar einen Schluckauf festhalten.
Seit nun schon fast drei Monaten sah sich Sandy North unter strenger Tarnung im Auftrag der Zollfahndung in den Docks von Boston nach illegalem Alkohol, Tabak und Waffen um. Eigentlich war er an diese Behörde nur ausgeliehen,

und zwar von einer Agentur, die sich auf die Vermittlung solcher Fachkräfte spezialisiert hatte. Diese Firma hatte offiziell keinen Namen, doch von ihren Mitarbeitern und denen, die ihre Dienste in Anspruch nahmen, wurde sie Plan B genannt.

Norths Auftrag lautete, die Leute in Boston ausfindig zu machen, die ständig Waffen nach Belfast verschoben. Dabei war er allerdings über ein Drogengeschäft gestolpert – eine Ladung Heroin, mindestens so groß wie diejenigen, die ihm bei seinen Einsätzen für die Drogenfahnung untergekommen waren. Und zu allem Überfluß war einer der zwei Verkäufer, wie er dem Gespräch unter sich entnehmen konnte, mit ziemlicher Sicherheit Polizist.

Verärgert, weil er bei seiner Suche nach den Waffenschiebern immer noch nicht weitergekommen war, hatte North beschlossen, die Übergabe der Drogen selbst zu filmen. In so kurzer Zeit hätte er sowieso keinen vertrauenswürdigen Ersatzmann mehr auftreiben können. Von allen Dreckskerlen, mit denen ihn seine Arbeit für Plan B schon in Kontakt gebracht hatte, waren North Drogenhändler am meisten zuwider. Nichts bereitete ihm ein größeres Vergnügen, als einen von ihnen fertigzumachen. Wenigstens wären so die Monate in Boston nicht völlig umsonst gewesen, auch wenn man ihn von dem Waffenschmuggel abziehen sollte. Ging die Waffensache wegen dieser Eigenmächtigkeit allerdings schief, würde sein Chef bei Plan B ihm die Hölle heiß machen.

Aber was sollte schon schiefgehen? Er hatte die Stahlträger von unten genau überprüft und sich ein Fleckchen ausgesucht, wo man ihn nicht sehen konnte. Außerdem hatte er sich gegen alle vorhersehbaren und unvorhersehbaren Zwischenfälle mit der ihm eigenen Sorgfalt abgesichert, die ihn – obwohl Plan B sowieso nur Top-Agenten beschäftigte – zu einer Legende gemacht hatte. Nun konnte er nichts weiter tun als filmen und abwarten.

Das Geschäft unter ihm war praktisch schon abgewickelt. Der Polizist und sein Partner hatten die beiden Geldkoffer genommen und sich aus dem Staub gemacht. Der Käufer, der zusammen mit einem Chemiker und drei Leibwächtern mit einem Laster erschienen war, beaufsichtigte jetzt, wie seine Ware von den Schiffscontainern in den LKW umgeladen wurde. Der Mann war klein, drahtig und elegant gekleidet, und an seinem Tonfall hörte man, daß er es gewohnt war, Befehle zu erteilen.

Einer der Gambone-Brüder, vermutete Sandy North und versuchte sich ins Gedächtnis zu rufen, was er über diese Organisation wußte, die in Neuengland ziemlich mächtig war. Vielleicht war dieser da Ricky, der jüngste. Um den Mann besser sehen zu können, verlagerte North sein Gewicht ein wenig nach vorn. Da bewegte sich etwas unter seinem Bein. Sofort griff er danach, aber zu spät. Eine Niete, die sich vielleicht schon während des Baus der Halle zwischen den Trägern verkeilt hatte, rollte über den Trägerrand und fiel scheppernd auf den Zementboden.

Im nächsten Moment schon waren die grellen Lichtkegel zweier Taschenlampen auf North gerichtet. Auf den Befehl eines der Männer unter ihm ließ er seinen Revolver zwischen zwei Fingern baumeln und zu Boden fallen. Leise fluchend rutschte er anschließend auf dem Balken entlang bis zu der schmalen Eisenleiter.

Diese Nacht würde verdammt lang werden.

Bei seinen Gott-weiß-wie-vielen heiklen Aufträgen war North nur zweimal erwischt worden. Beim erstenmal, in Buenos Aires, hatte er sich absichtlich festnehmen lassen, um drei politische Gefangene befreien zu können. Das andere Mal, in Uganda, mußte er zwei Stunden Folter ertragen, ehe Verstärkung eintraf. Jetzt nahm er sich fest vor, die Schmerzen, die ihm bevorstanden, auf ein Minimum zu beschränken. Am besten spielte er gleich mit – aber nicht zu schnell – und tat so, als hätte er Angst. Natürlich durfte er es nicht so übertreiben, daß es den Kerlen Spaß machen würde, ihn zu quälen.

Einer der Gorillas nahm ihm die Kamera ab, der andere trat ihm heftig in den Unterleib. Stöhnend sank Sandy in die Knie. Die Männer zerrten ihn an den Jackenaufschlägen hoch und warfen ihn auf einen Stuhl.

Während er die pausenlos auf ihn einprasselnden Fragen beantwortete, machte Sandy sich ein Bild von den fünf Typen, die ihn gefangenhielten.

»Nein, ich bin ganz allein. Sonst ist niemand hier. Ich arbeite in Tarnung und suche nach Waffenhändlern.«

Den Chemiker kann man vergessen – zu alt und zu schmächtig.

»Reiner Zufall. Ich bin über diese Sache gestolpert, ich schwör's. Ich habe die zwei Typen reden hören und wollte nur mal nachsehen, was es damit auf sich hat. Schließlich kriegt man eine Belohnung, wenn man so etwas entdeckt.«

Gambone, wenn er es tatsächlich ist, macht sich nicht gern die Finger schmutzig. Es dürfte nicht schwer sein, ihn von den anderen zu trennen.

»Hören Sie, ehrlich! Ich will wegen dieser Sache nicht meine Haut riskieren; ich möchte noch ein bißchen länger leben. Ich arbeite für die Zollfahndung, die Leute von der Drogenpolizei kenn' ich ja nicht mal.«

Zwei der Gorillas sind noch jung und nicht besonders erfahren. Dieser Mickey ist vorhin mit der Knarre viel zu nah an mir vorbeigegangen. Schade, daß der Moment nicht günstig war. Sonst wäre er das Schießeisen schneller losgewesen, als er schauen kann.

»Mein Videosender ist zwar stark, aber einen Satelliten kann ich damit nicht erreichen. Den Empfänger habe ich draußen versteckt, und dort ist auch das Band.«

Aber der Dritte im Bunde, Donny, der macht mir Sorgen. Ein Killertyp. Zweieinhalb Zentner, fast zwei Meter groß und durchtrainiert. Und wachsam.

»Wer Sie sind und mit wem Sie Geschäfte machen, ist mir egal. Ich ... ich möchte nur meine Haut retten. Vielleicht können wir uns irgendwie einigen.«

Nach mehr als einer halben Stunde und zahlreichen grundlosen Schlägen ins Gesicht und in den Magen gingen die Gangster auf seinen Vorschlag ein. Ein Handel im Austausch für den Videoempfänger und das Band. Allerdings ahnte North, daß ein rascher schmerzloser Tod das beste war, worauf er hoffen konnte. Aber er hatte noch nicht alle Trümpfe ausgespielt. Zunächst einmal mußte er die äußeren Bedingungen zu seinen Gunsten verändern.

»O.k., o.k.«, sagte er deshalb, als Donny ausholte, um ihn ein weiteres Mal mit der flachen Hand ins Gesicht zu schlagen. »Ich gebe auf! Der Empfänger steckt in einem leeren Ölfaß. Ich bringe Sie hin.«

Fragend blickte Donny zu dem elegant gekleideten Käufer hinüber, und dieser nickte.

»Wenn du uns verarschen willst, bist du ein toter Mann«, drohte Donny, während er Sandy auf die Füße zerrte.

»Bringt ihn wieder her, wenn ihr das Video habt«, befahl der Käufer. Er selbst zog sich fröstelnd ins Innere der Halle zurück, als Donny die Tür aufriß.

Mit leiser Genugtuung führte Sandy die drei Männer in die eisige Nacht hinaus.

»Ich warne dich; wenn du uns Scheiße erzählt hast ...«, sagte Donny, als sie erst an einer, dann an einer zweiten Lagerhalle vorbeigingen. »Wenn mir kalt ist, werde ich nämlich verdammt ungeduldig.«

Schließlich betraten sie einen breiten, brüchigen Pier.
»Der Empfänger ist dort drinnen.« Sandy North zeigte auf eines der ungefähr fünfzig Ölfässer, die, zu einer Pyramide aufgestapelt, vor ihnen standen. Aus einem Loch im Deckel lugte kaum sichtbar die dünne Drahtantenne heraus.
»Mach es auf!«
Sandy North zog zwischen zwei Ölfässern einen Holzhammer hervor und schlug mit einem schwungvollen Hieb den Deckel von der Tonne. Die drei Männer beobachteten ihn aus einem gewissen Abstand.
»Er steckt in einem Sack aus Öltuch«, sagte Sandy und faßte in die Tonne. »Er ist nämlich ...«
»Halt, bleib, wo du bist!« rief Donny. »Und jetzt komm zurück. O.k., das reicht. Wenn du denkst, wir lassen dich die Kanone rausholen, die du da drinnen versteckt hast, hast du dich getäuscht. Mickey, hol du sie raus.«
Während der dritte Mann immer noch auf Sandy zielte, trat dieser einen Schritt zurück. Mickey steckte seinen Revolver in die Tasche und griff in das Faß. Nahezu unvermittelt hörte man ein lautes metallisches Schnappen, gefolgt von einem entsetzlichen Schrei. Mickey taumelte nach hinten und riß verzweifelt an den Bügeln einer riesigen Bärenfalle, die sich tief in seinen Unterarm eingegraben hatte.
Erschreckt ließ der dritte Gorilla einen kurzen Moment den Revolver sinken. Sandys Chance war gekommen. Er trat den Mann, so fest er konnte, in die Eier und ließ im nächsten Augenblick seine Handkante gegen seine Nase krachen. Knochen splitterten, und der Gangster ging röchelnd zu Boden, keinen Meter entfernt von der Stelle, wo sich sein Komplize heulend auf der Erde wälzte.
Wie der Blitz wirbelte North herum, um Donny auszuweichen, und entging damit nur knapp dem Tod durch ein Brett, mit dem der Riese ihm den Schädel zertrümmern

wollte. Doch der Schlag traf North an der Schläfe. Benommen rappelte Sandy sich hoch, während Donny wieder mit dem Brett ausholte. Diesmal erwischte er Sandy mit Wucht am Rücken, so daß dieser auf die Knie fiel. Sofort war der Hüne über ihm, und seine kräftigen Hände umschlossen Sandys Hals. Schon tastete er mit den Daumen nach Norths Kehlkopf.

Mit letzter Kraft gelang es Sandy, seinen Gegner umzuwerfen. Er versuchte, sich im Gesicht des Mannes festzukrallen. Doch Donny lockerte seinen Griff nicht. North spürte, wie ihm allmählich schwindlig wurde. Er schnappte nach Luft. Wieder rollte er sich herum, und die beiden Kämpfenden stürzten über den Rand des Piers. Während sie die sechs Meter dem eiskalten Wasser des Bostoner Hafens entgegenfielen, lockerte Donny seinen Todesgriff. Im selben Moment schlug er gegen einen massiven Stützpfeiler, der ungefähr auf halber Höhe unter dem Pier hervorragte, und ließ los. Der Pfosten erwischte Sandy North über dem linken Ohr; ein stechender Schmerz schoß ihm durch den Kopf. Dann lähmende Kälte, als er ins Wasser eintauchte.

Es wurde schwarz um ihn.

»Er kommt zu sich, Norma! Sehen Sie nur, wie seine Lider flattern. Die REM-Bewegungen haben auch aufgehört. Hallo, hören Sie mich? Drücken Sie meine Hand, wenn sie mich verstehen. Da, ich spüre was! Er hat zugedrückt! Versuchen Sie, die Augen zu öffnen.«

Durch ein Bombardement pochender Schmerzen drangen die gedämpften Stimmen der beiden Frauen an Sandy Norths Bewußtsein.

»Jean, ich mache mal in den anderen Zimmern weiter. Rufen Sie mich mit dem Piepser, wenn Sie mich brauchen.«

»Danke, Norma, Sie haben mir sehr geholfen ... Sir, Sie sind im Krankenhaus, im White Memorial Hospital. Drücken Sie meine Hand, wenn Sie mich verstehen. Gut! Ich bin Dr. Goddard aus der Neurochirurgie. Sie waren bewußtlos, aber Sie kommen wieder in Ordnung. Verstehen Sie mich?«

»Ich ... ich verstehe«, hörte North sich murmeln. Bunte Lichtblitze wie von einem Feuerwerk schossen vorbei, als er die Augen aufschlug, um das besorgte Gesicht anzusehen, das sich über ihn beugte. Dann kam Stück für Stück die Erinnerung an die Gorillas im Bostoner Hafen zurück.

»So ist's gut. Jetzt geht es Ihnen schon viel besser«, sagte die Ärztin. Sie hatte ein schmales, spitzes Gesicht, das von einem krausen, dunklen Haarschopf umrahmt wurde, und sah ihn mit einem aufmunternden Lächeln an. »Was ist mit Ihnen geschehen?«

North blickte auf und sah die Infusion, die an seiner Armvene angeschlossen war. Ein Monitor gab piepsend seine Herztöne wieder.

»Das müssen Sie mir sagen«, brachte er mühsam heraus.

»Wir wissen nur, daß jemand sie bewußtlos, durchnäßt und unterkühlt auf einer Straße in East Boston gefunden und den Rettungswagen gerufen hat. Anscheinend sind Sie schwer auf den Kopf gefallen. Oder jemand hat Sie geschlagen. Außerdem waren Sie offenbar eine Zeitlang im Wasser.«

»Ich kann mich an nichts erinnern.«

»Das wundert mich nicht. Bei einer Gehirnerschütterung tritt häufig Amnesie auf, und Sie haben bestimmt ein halbes Dutzend Verletzungen, die eine Gehirnerschütterung verursacht haben können. Die Computertomographie von Ihrem Kopf hat jedoch nichts ergeben, und die übrigen Röntgenaufnahmen waren ebenfalls negativ. Ihre Körpertemperatur war auf 32 abgesunken, doch inzwischen ist sie wieder fast normal. Und wie heißen Sie?«

»Trainor, Phillip Trainor«, antwortete North ohne Zögern. Die Lüge kam ihm leicht über die Lippen, weil er diesen Decknamen schon früher benutzt hatte, ebenso wie die fünf oder sechs anderen wohldokumentierten Identitäten, die ihm zur Verfügung standen. Für die Waffensache hatte er sich Sandy North ausgesucht. Aber das war das letztenmal, beschloß er. North schien entschieden öfter in Schwierigkeiten zu geraten als seine übrigen Pseudonyme.

Vorsichtig untersuchte er seine Gliedmaßen. Die einzelnen Muskeln schienen noch zu funktionieren, und es sah ganz so aus, als sei Sandy North wieder mal mit heiler Haut davongekommen.

»Wie spät ist es?« fragte er.

»Fast neun Uhr abends.«

»Und welcher Tag?«

»Dienstag, der 25. Februar.«

»Gut. Ich muß los!«

Die Ärztin strich über seine Hand. »Ich glaube, das sollten Sie sich noch mal überlegen, Mr. Trainor.«

»Warum?«

»Nun, da Sie sowieso schon im Krankenhaus liegen, könnten Sie doch auch noch einen Tag dranhängen«, meinte sie munter. »Wir möchten Sie gern noch ein bißchen im Auge behalten.« Der schrille Klang des Piepsers ließ beide auffahren. »Mr. Trainor, nebenan liegt ein Mann mit einer Nakkenwirbelfraktur, und ich werde dort gebraucht. Tun Sie mir den Gefallen und bleiben Sie, wo Sie sind. Ich schicke jemanden vorbei, der sich um Sie kümmert.«

Kaum hatte sie den Raum verlassen, zog er sich an den Haltegriffen des Bettes hoch. Doch ebenso schnell ließ er sich wieder zurücksinken, denn hinter seinen Schläfen pochte ein höllisches Trommelfeuer. Trotzdem versuchte er es einige Sekunden später noch einmal.

»Na, auferstanden von den Toten? Sie sind wohl einer von der ganz schnellen Truppe?«
Mit diesen Worten trat eine Schwester ins Zimmer und stellte ihm das Kopfteil des Bettes auf. Sie sah steif gestärkt und sehr tüchtig aus; ungefähr Anfang Fünfzig mit sorgfältig gelegtem Silberhaar. An ihrem Blick erkannte North, daß sie keinen Widerspruch dulden würde. North dankte ihr und ließ sich gegen die Rückenlehne sinken. Die pochenden Kopfschmerzen wurden allmählich schwächer.
»Ich bin Norma Cullinet«, erklärte sie, »die Oberschwester dieser Station.«
»Phillip Trainor.«
»Willkommen unter den Lebenden, Mr. Trainor. Eine Zeitlang dachten wir schon, Sie schaffen es nicht.«
»Ich bin Ihnen allen sehr dankbar.«
»Wir haben bei Ihnen gar keine Brieftasche gefunden. Wurden Sie überfallen und ausgeraubt?«
»Ich habe keine Ahnung, aber es sieht ganz so aus. Ich hoffe, Sie empfinden es nicht als unhöflich, aber ich muß jetzt gehen.«
»Dr. Goddard hat schon so was erwähnt, und sie hält es nicht für sehr vernünftig!«
»Ich verstehe. Dann muß ich eben unterschreiben, daß ich das Krankenhaus gegen den Rat des Arztes verlasse.«
Die Schwester stellte den Herzmonitor ab und nahm ihm die Elektroden von der Brust.
»Als Patient mit einer Kopfverletzung könnten wir Sie sogar gegen Ihren Willen hierbehalten. Aber weder Dr. Goddard noch ich halten besonders viel davon. Ich mache Ihnen einen Vorschlag: Sie geben mir Ihre Daten für unsere Kartei, dann nehme ich Ihnen den Tropf ab, versorge Ihre Kratzer, und Sie können gehen.«
»Das ist ein Angebot!« erwiderte North.

»Gut.« Norma Cullinet nahm einen Patientenbogen. »Name und Geburtsdatum?«
Eine nach der anderen beantwortete North ihre Fragen mit einer Lüge, die ihm für den Augenblick glaubwürdig genug erschien.
»Beruf?«
»Exportkaufmann.«
»Wo sind Sie versichert?«
»Beim Blauen Kreuz. Ich gebe Ihnen die Nummer durch, sobald ich zu Hause angekommen bin.«
»Angehörige?«
»Hab' ich nicht.«
»Sie haben keine Angehörigen? Bruder? Schwester? Cousine, Cousin?«
»Nein, niemanden.«
»Auch keine Tanten und Onkel? Was ist mit Ihren Geschäftsfreunden? Gibt es niemanden, den wir benachrichtigen müssen?«
»Mrs. Cullinet, ich bitte Sie! Sie haben gefragt, und ich habe geantwortet. Wollen Sie nicht allmählich an Ihren Teil der Abmachung denken? Ich habe nämlich eine Menge zu erledigen. Wichtige Angelegenheiten, geschäftlich. Glauben Sie mir, es geht mir gut.«
»Bitte entschuldigen Sie«, sagte die Schwester und stand auf, um die Ärztin zu holen. »Zwei Minuten noch, und dann können Sie aufbrechen. Aber vorher muß ich Ihnen etwas zum Anziehen besorgen. Ihre Sachen sind nämlich noch immer klatschnaß.«
Wie versprochen, kam Norma Cullinet in zwei Minuten zurück. Geschickt reinigte sie seine Schürfwunden an Stirn und Rücken und gab ihm noch ein paar sterile Pflaster.
»Tetanusgeimpft sind Sie?«

»Erst vor kurzem. Vielen Dank, Mrs. Cullinet, Sie waren sehr freundlich.«
»Draußen ist es aber verdammt kalt!«
»Ich kann mir ja ein Taxi nehmen. Außerdem wohne ich nicht weit weg.«
»Das sagten Sie schon …«
»Nochmals, vielen Dank.«
»Ist schon gut. Also, man sieht sich.«
»Wie bitte?«
»Nichts, gar nichts. Passen Sie auf sich auf!«
Sie zeigte die Spur eines Lächelns, drehte sich um und verließ das Zimmer.
Sandy Norths Stiefel waren an der Heizung fast völlig trokken geworden. Er blickte sich vorsichtig um und entfernte dann die Innensohlen. Aus jedem Schuh zog er drei Hundertdollarscheine und einen Zwanzigdollarschein. Sein Parka war noch feucht, aber tragbar. Also zog er ihn über. Dann schlich er leise durch die Notaufnahme zum Hinterausgang. Wenn seine Vermutung stimmte und ein Bostoner Polizeibeamter zu den Drogenhändlern gehörte, war er nirgendwo mehr sicher. Er hatte den Videoempfänger so gut versteckt, wie es ihm die knappe Zeit erlaubte, trotzdem bestand jederzeit die Gefahr, daß er irgend jemandem in die Hände fiel.
Wahrscheinlich hatten zwei der Gangster aus der Gambone-Familie überlebt. Folglich würde es mittlerweile auf den Docks nur so von Leuten wimmeln, die nach ihm suchten. Trotzdem mußte er zurück. Die Waffenmission – Monate harter Planung und Arbeit – hatte er ohnehin schon vermasselt. Aber immerhin konnte er dafür einen Grund angeben. Wenn er allerdings auch noch ohne das Videoband ankam, hatte er all seine Zeit und Arbeitskraft für nichts und wieder nichts vergeudet.

Von einem Taxi ließ er sich zur Heilsarmee bringen. Dort kaufte er abgetragene Arbeitskleidung, Handschuhe, einen Mantel mit Ölflecken und eine Wollmütze. Als nächstes ging er zu einem Schnapsladen. In einer Seitenstraße kippte er einen Teil des Fusels, den er dort gekauft hatte, über seinen Mantel. Die geöffnete Flasche ließ er deutlich sichtbar aus der Manteltasche stehen. Mit ein bißchen gezielt verteiltem Dreck und der Haltung eines Mannes, der vom Leben nichts mehr erwartet, war seine Verkleidung schließlich komplett. Wie er im Spiegel einer Tankstelle feststellte, war sie wirklich verblüffend gut gelungen. Außerdem hatte er sich seit zwei Tagen nicht mehr rasiert, und die dunklen Ringe unter den Augen waren echt. Er hoffte nur, daß er als herumlungernder Penner im Hafengelände von Boston nicht weiter auffallen würde. Wenigstens nicht, bis er sein Videoband wiederhatte.

Da er nicht wagte, in seine Wohnung zurückzukehren, nahm er sich in einem schmuddeligen Hotel ein Zimmer. Als er sich auf die muffige Matratze sinken ließ, merkte er plötzlich, wie sehr ihn die Ereignisse am Hafen mitgenommen hatten. Die ständigen Kopfschmerzen waren ja noch auszuhalten, auch, daß seine Beine schwer wie Blei waren, konnte er ertragen. Was ihm jedoch Sorgen bereitete, war die Enge, die sich wie ein Ring um seine Brust gelegt hatte. Erst nach mehreren Hustenanfällen konnte er in den wohlverdienten Schlaf sinken.

Zweimal wachte er auf und schlief wieder ein, bevor er aufstehen und das Hotel verlassen konnte. Von einem Taxi ließ er sich wieder in die Nähe der Docks bringen. Das Engegefühl in der Brust war mittlerweile zu einem Dauerzustand geworden, und jeder Atemzug kostete ihn große Anstrengung. Vorsichtig näherte er sich der Stelle, wo er den Empfänger versteckt hatte. Doch dann lief es ihm kalt den Rücken hinunter. Überall waren Männer – zwei entdeckte er hinter dem Zaun, einen anderen auf der gegenüberliegenden Straßenseite, nicht weit vom Empfänger entfernt, und ein vierter fuhr gerade in einem Auto mit abgeschalteten Scheinwerfern an ihm vorbei. North biß sich auf die Lippen, um einen Hustenanfall zu unterdrücken. Er zog sich zurück und wanderte auf das Zentrum von East Boston zu. Er würde also warten müssen, bis Gras über die Sache gewachsen war; einen oder zwei Tage vielleicht.

Nur einen Block weiter hielt er an und krümmte sich gegen einen Laternenpfahl. Das ist verrückt, dachte er. Bei der letzten Gesundheitsüberprüfung für Plan B hatte er den Atem länger als zwei Minuten anhalten können. Und nun hatte er ständig diese Atemnot. Er zwang sich zum Weitergehen, mußte aber nach kurzer Zeit wieder stehenbleiben. Dieses Mal packte ihn der Hustenanfall ohne Vorwarnung. Mehrere Minuten lang war North völlig außer Gefecht gesetzt.

»Bist du o.k., Kumpel?«

North, der noch immer zusammengekrümmt dastand, blickte auf. Ein Penner, ähnlich gekleidet wie er selbst, sah ihn besorgt an.

»Es ... es geht schon, danke. Ich bin ein bißchen erkältet.«

»Krieg' ich 'nen Schluck?«

»Was? Ach ja, natürlich.«

North reichte ihm die Flasche. Der Mann nahm einen langen Zug, wischte sich dann den Mund mit dem Handrücken ab und schlurfte davon.

Auch Sandy North trottete langsam die Straße entlang. Als er endlich das Stadtzentrum erreicht hatte, überfiel ihn wieder ein schrecklicher Hustenanfall.

1

27. Februar

Hier spricht Burns. Rettungshubschrauber ruft White Memorial. Wir sind im Anflug auf Ihre Klinik; kommen von der Interstate vier-neun-fünf; ein Schwerverletzter, Autounfall, männlich, Alter vierundvierzig; Fahrer und einziger Insasse des Wagens. Zahlreiche Verletzungen; Fraktur des linken Oberschenkels, außerdem Fraktur des rechten Unterarms, kein Verdacht auf Schädel-Hirn-Trauma. Blutdruck abgesunken auf siebzig, ohne erkennbare Quelle der Blutungen. Zwei schnellfließende Infusionen mit Ringer-Laktat sind noch immer im Gange. Ich wiederhole, Notfall mit einem Schwerverletzten. Wir landen in zwölf Minuten bei Ihnen.«

Notfall – das bedeutet lebensbedrohliche Erkrankung oder Verletzung, die sofortiger Versorgung bedarf. Dieses Wort sorgte in der Notaufnahme des White Memorial Hospital wie immer für emsige Betriebsamkeit.

Notfall – wieder eine Chance, zu beweisen, daß die Unfallstation des White Memorial ihren Ruf als beste der Stadt, des Landes und, nach Meinung vieler, sogar der ganzen Welt verdiente.

Noch vor Ende des Funkspruchs hatte das diensthabende Team der Unfallstation schon mit den Vorbereitungen angefangen.

Mit verschränkten Armen stand Eric Najarian an der Wand

des hell beleuchteten Aufnahmeraums und beobachtete erfreut, mit wieviel Stolz und Selbstvertrauen sich Assistenten, Krankenschwestern und Ärzte an diesem Februarmorgen auf die Schlacht vorbereiteten.
Die Ähnlichkeit der Unfallstation mit einer mittelalterlichen Burg im Belagerungszustand war Eric zum erstenmal in seinem zweiten Jahr in diesem Krankenhaus aufgefallen. Im Laufe der folgenden zwei Jahre war dieses Bild dann immer farbiger und plastischer geworden. Die technischen Assistenten – die das EKG und die Atemmaschinen bedienten und den Laborbereich betreuten – waren zuständig für den Nachschub und die Aufklärung, denn sie versorgten die regulären Truppen – die Krankenschwestern – mit Informationen, mit Waffen und anderen Gerätschaften. Und die Ärzte stellten das Offizierskorps – Marschall, Oberst und Leutnant.
Über ihnen allen thronte der Burgherr, der Leiter der Unfallstation – auf seinem Beobachterposten im Hintergrund wartete er auf den Moment, an dem der Ausgang der Begegnung mit dem Tode von seiner alleinigen Entscheidung, von seiner brillanten Strategie abhing.
Während seiner Lehrjahre im White Memorial hatte sich bei Eric immer stärker die Vorstellung festgesetzt, daß dieser Posten eines Tages ihm gehören würde. In den sechs Monaten, die er nun schon als einer der beiden Oberärzte in der Unfallstation arbeitete, war dieser Gedanke nur noch mehr in den Vordergrund gerückt.
Seine Kindheit hatte Eric in Watertown verbracht, also keine fünfzehn Kilometer vom Krankenhaus entfernt. Er war der erste aus seiner Familie, der zunächst die High-School abschloß und dann ein College besuchte. Angefangen hatte er also ganz unten auf der Leiter, doch nach seinem achtjährigen Studium – mit einem vollen Stipendium – und fünf

zermürbenden Jahren als Assistenzarzt war er allmählich dabei, sich einen Namen zu machen. Und es gab viele, eingeschlossen Reed Marshall, der andere Oberarzt der Station, die Eric für den besten Mediziner hielten, den das White Memorial je hervorgebracht hatte – den besten eines Krankenhauses, das seit hundertfünfzig Jahren eine große Anzahl hervorragender Ärzte ausgebildet hatte.

Terri Dillard, die verantwortliche Schwester dieser Schicht, hatte gerade eine Reihe von Anweisungen an ihre Mitarbeiterinnen erteilt, als sie Eric bemerkte.

»Wir bringen ihn in Raum vier«, sagte sie und kam zu ihm hinüber.

»Ich habe Ihnen ja gesagt, daß wir heute noch einen reinkriegen«, erwiderte er mit einem Lächeln. »Ich möchte die Menschenansammlung da drinnen auf ein Minimum reduziert haben, Terri, ist das klar? Dierking soll die Kanülen setzen und die Bauchhöhlenspülung durchführen. Den anderen beiden traue ich noch nicht so recht, und ich will mich nicht auch noch darum kümmern müssen. June Feldman kann den Hubschrauber in Empfang nehmen und, wenn nötig, die Intubation machen. Wie war noch mal sein Blutdruck?«

»Siebzig.«

»Hmm.«

Gedankenverloren strich sich Eric über den Schnurrbart, den er sich in den vergangenen drei Jahren ungefähr fünfmal abrasiert und neu hatte wachsen lassen. Eigentlich war er gar nicht besonders scharf darauf, aber gelegentlich hatte er das Gefühl, daß es ihm an Autorität mangelte, weil er jünger aussah als die einunddreißig Jahre minus einem Monat, die er nun einmal zählte.

»Woran denken Sie?« fragte Terri Dillard.

»An Ihre Augen«, erwiderte er geistesabwesend.

»Schön wär's.«
Das wäre ein Wunder, dachte sie. Eric Najarian hatte nie etwas anderes im Kopf als seine geliebte Medizin. Während der zehn Jahre, die sie nun schon auf der Unfallstation arbeitete, hatte sie alle Arten von Ärzten kommen und gehen sehen – Spinner und Philosophen, unsichere Versagertypen, die ihre Inkompetenz auszugleichen versuchten, indem sie die Schwestern anbrüllten, brillante Strategen, die ungerührt im allerletzten Moment an den Operationstisch traten, sanftmütige junge Frauen, denen sie ohne zu zögern ihr Leben anvertraut hätte. Aber dieser Mann paßte in keine Schublade. Wenn er nicht gerade seinen anstrengenden Dienst auf der Station versah, war er in der Bibliothek oder im Labor des Krankenhauses zu finden. Und staute sich am Ende seines Dienstes in der Unfallstation noch die Arbeit, sprang er ein und spielte Stationsarzt, bis alle Patienten versorgt waren.
Auch Reed Marshall war ein guter Arzt, ein sehr guter sogar, doch er ließ sich nur selten zu gewöhnlichen Sterblichen herab – er machte sich nicht gern »die Finger schmutzig«. Eric hingegen war ein Einzelkämpfer. Zwar kannte Terri Schwestern, die sich mit Eric getroffen und sogar mit ihm geschlafen hatten, aber keine hatte es mit der Medizin als der großen Liebe seines Lebens aufnehmen können.
»Warum steht er unter Schock?« murmelte Eric mehr zu sich selbst. »Die Milz? Die Leber?«
»Oder ein Riß in der Aorta?« ergänzte Terri.
»Möglicherweise.« Eric schwieg. »Es muß im Brustraum sein«, meinte er plötzlich.
»Woher wollen Sie das wissen?«
»Ich weiß nicht, ich habe nur so ein Gefühl. Mein Gott, ich würde mir gern das Steuerrad des Wagens ansehen.«
»Das Steuer ...?«

»Gut, Terri, bitte tun Sie mir einen Gefallen. Rufen Sie Dave Subarsky vom Labor an, Anschluß vier-acht-eins-eins. Wenn er dort ist, bitten Sie ihn, direkt herunterzukommen. Erklären Sie ihm ... Nein, ich rede besser selber mit ihm. Stellen Sie ihn nur zu mir durch.«
Er war schon unterwegs zum Funkgerät. Während sie zum Telefonhörer griff, hörte sie, wie er den Hubschrauber rief und nach Einzelheiten des Unfalls fragte – insbesondere nach dem Zustand des Steuerrads – und ob der Fahrer angeschnallt gewesen war.
Aufgrund ihrer fünfjährigen Zusammenarbeit mit diesem Mann wußte sie, daß sich Eric Najarian, sobald die Ankunft eines Unfallopfers angekündigt wurde, in Sphären erhob, wie sie nur wenige Unfallspezialisten erreichten.

Sekunden nachdem der Hubschrauber auf dem Dach des Richter Buildings aufgesetzt hatte, war die Schlacht in vollem Gange. June Feldman, eine Assistenzärztin, begann mit ihrer Untersuchung bereits auf dem Weg zum Fahrstuhl, und als die Rettungsmannschaft durch die Türen der Notaufnahme polterte, hatte sie ihren Bericht für Eric fertig.
Der Mann, dessen Leben auf dem Spiel stand, hieß Russell Cowley und war Geschäftsführer einer größeren hiesigen Elektronikfirma. Erics Puls beschleunigte sich, als er diese Nachricht hörte. Die Rettung des Patienten und seine anschließende Genesung würden vielleicht sogar Schlagzeilen machen.
Nach Aussage der Rettungssanitäter war Cowley, ordnungsgemäß angeschnallt, in seinem Mercedes 450SL mit hoher Geschwindigkeit auf der Autobahn Richtung Norden gefahren, als sein rechter Vorderreifen platzte. Der Wagen war durch eine Schneewehe und durch die Leitplanke gerast, etwa fünfundvierzig Meter die Böschung hinuntergestürzt

und schließlich gegen einen Baumstamm geprallt. Nur mit Hilfe von Rettungsspreizern war es gelungen, ihn aus dem Wrack zu bergen. Das in der Mitte zerknickte Steuerrad hatte ihn im Sitz festgeklemmt.

»Cowley, Russell Cowley«, hatte einer der Ärzte laut überlegt, während sie noch auf den Hubschrauber warteten. »Ich glaube, der ist Mitglied in unserem Verwaltungsrat. Da bin ich mir sogar ziemlich sicher.«

Äußerlich nahm Eric diese Information auf, ohne mit der Wimper zu zucken, doch das Funkeln in seinen Augen wurde nur noch stärker. Wegen Craig Worrells unvermuteter Entlassung, nach der man nie mehr etwas von ihm gehört hatte, war der Posten des stellvertretenden Chefarztes der Unfallstation freigeworden. Und alle im Krankenhaus bis zur kleinsten Sekretärin wußten, daß nur er oder Reed Marshall für diesen Job in Frage kam. Während die Berufungskommission noch immer nach einer Begründung für ihre Entscheidung suchte, fiel Eric jetzt unvermutet ein Verwaltungsratsmitglied in den Schoß!

Sie wissen es noch nicht, Mr. Cowley, dachte er, *aber ich werde Sie nicht sterben lassen. Auf gar keinen Fall!*

Der Patient heulte vor Schmerzen, als er auf die Krankenhaustrage umgelegt wurde. In seinen Haaren glänzten die Kristalle der zersplitterten Windschutzscheibe. Die Stellen im Gesicht, die nicht von dem Blut aus den zahlreichen Schnittwunden verschmiert waren, schimmerten violett. Er fuchtelte wild mit seinem gesunden Arm, und als eine Schwester versehentlich gegen sein linkes Bein stieß, schrie er laut auf. Dann fiel er mit leisem Stöhnen in Ohnmacht.

Der Orthopäde begann, die erkennbaren Knochenbrüche zu richten. Eric untersuchte den Mann oberflächlich und trat dann zurück. Es deutete alles darauf hin, daß der Aufprall gegen das Steuerrad eine Herzbeuteltamponade ver-

ursacht hatte. Dadurch hatte sich zwischen den Herzmuskeln und dem Herzbeutel, der sie umhüllte, Blut gestaut. Der ansteigende Druck dieses Blutstaus verhinderte, daß sich das Herz mit Blut füllen und es kraftvoll herauspumpen konnte, und verursachte so einen progressiven Schock.
Wenn seine Vermutung stimmte, war eine Perikardpunktion angesagt – das Absaugen des angesammelten Blutes. Gewöhnlich wurde bei dieser Operation eine Nadel in den oberen Brustraum eingeführt, direkt an der Leber vorbei, durch das Zwerchfell und schließlich durch den Herzbeutel – ein heikles und nicht ungefährliches Unternehmen.
Doch Eric hatte andere Pläne. Er blickte zur Tür und fragte sich, warum Dave Subarsky noch nicht da war.
»Aufnahmen, ich brauche Aufnahmen«, sagte er und zwang sich, ruhig zu sprechen. »Zuerst eine gute Seitenaufnahme von seinem Hals. Anschließend Brust und Becken. Ich habe nicht den Eindruck, daß wir sofort eine Infusion legen müssen, aber möglicherweise könnte es doch nötig werden. Er sieht verdammt schlecht aus. Wie ist denn sein Blutdruck?«
June Feldman machte sich mit einer Manschette an die Arbeit. Dann schüttelte sie den Kopf.
»Sobald die Blutproben ans Labor gegangen sind, setzen Sie die Kanüle an die Arterie. Dann den Katheter«, ordnete Eric an.
June Feldman stach mit der Kanüle in die Arteria radialis des Patienten, während ein zweiter Assistenzarzt ein Röhrchen unterhalb des Nabels in die Bauchhöhle führte. Die Kochsalzlösung, die hindurchfloß, ergab keinerlei Hinweise auf innere Blutungen.
Eric nickte. Mit diesem Test hatten sie sichergestellt, daß weder Milz noch Leber verletzt waren. Damit war auch ein Riß in der Aorta unwahrscheinlich. Und er sah seine Ver-

mutung weiter bestätigt, daß eine Herzbeuteltamponade den Schock herbeigeführt hatte.
Terri Dillard kam in den Raum gestürzt.
»Wie geht es ihm?« fragte sie außer Atem.
»Unverändert«, antwortete Eric. »Er hat eine Tamponade.«
»Sind Sie sicher?«
»Noch nicht ganz, aber es spricht alles dafür. Und wenn meine Annahme stimmt, dann sperren Sie die Augen auf. Sie werden dann nämlich etwas zu sehen kriegen, was noch nie dagewesen ist – eine Neuheit in der Medizin. Vorausgesetzt, der verdammte Subarsky taucht allmählich hier auf.«
»Was immer es auch ist, ich hoffe, es passiert bald«, sagte Terri. »Eben kam nämlich ein weiterer Anruf herein. Der Rettungswagen ist mit noch einem Notfall unterwegs – ein Mann, der im North End auf der Straße gefunden wurde. Kein Pulsschlag, keine Atmung. Sie haben mit der Reanimation begonnen.«
»Ein Schneewehentaucher?« fragte Eric, der immer noch aufmerksam die Bemühungen der Assistenzärzte und MTAs beobachtete.
So nannte man im Krankenhaus die Obdachlosen, die die Bostoner Rettungsmannschaften im Winter immer wieder aus den Schneeverwehungen zogen. In den meisten Fällen kam jede Hilfe zu spät.
»Ich glaube«, antwortete Terri Dillard. »Die Sanitäter wollten sich über Funk nicht näher dazu äußern, aber sie haben erwähnt, daß sie in der Manteltasche des Mannes eine fast leere Schnapsflasche gefunden haben.«
»Ist er noch warm?«
»Das möchte ich bezweifeln. Die Sanitäter ließen durchblicken, daß sie bloß deshalb noch an ihm arbeiten, weil es die Vorschriften verlangen.«
»Was sagt das EKG?«

»Eine Nullinie mit gelegentlichen Eigenzuckungen.«
»Und die Pupillen?«
»Erweitert und starr.«
»Mein Gott, Terri, gibt es hier denn sonst niemanden, der sich um ihn kümmern kann? Dieser Fall hier ist eine große Sache. Der Mann ist Firmenchef, Mitglied des Verwaltungsrats, und ihm kann man noch helfen. Ich möchte nicht, daß er auf der Strecke bleibt, weil wir uns von einem Penner aufhalten lassen, der möglicherweise schon seit Stunden tot ist.«
Terris Augen verengten sich zu Schlitzen.
»Sie sind der Vorgesetzte«, entgegnete sie kühl. »Wenn Sie Hilfe brauchen, Dr. Kaiser betreut nebenan die Patienten in der Ambulanz.«
»Dann sagen Sie ihm, er soll sich um den Taucher kümmern. Wenn dieser Mann hier wirklich eine Herzbeutelpunktion braucht, dann werde ich sie selbst durchführen.«
»Eric, nun denken Sie doch mal nach«, wandte sie leise ein. »Gary Kaiser ist nun schon anderthalb Jahre auf dieser Station, und er kriegt noch immer einen Schrecken, wenn er nur einen Halsabstrich machen soll. Jeder hier denkt, sein Vater muß ein Gebäude gestiftet haben oder so was Ähnliches. Anders kann sich niemand erklären, wie er hier überhaupt eine Praktikumsstelle bekommen hat.«
»Dann sagen Sie ihm, er soll sich jetzt einmal wie ein verdammter Arzt benehmen. Außerdem sieht's ohnehin so aus, als ob wir mit dem Schneewehentaucher einen weiteren Toten eingeliefert bekommen. Machen Sie um Himmels willen nicht so ein Gesicht, Terri. Gut, ich verspreche Ihnen, ich helfe Kaiser, sobald – ach, da ist ja Subarsky! Wenn alles so läuft, wie ich es mir vorstelle, sind wir vielleicht schon fertig, bevor der Penner eingeliefert wird.«
Dave Subarsky erschien an der Tür und zog einen Wagen

mit einer kompliziert aussehenden Maschine hinter sich her. Subarsky hatte am Massachussetts Institute of Technology Biochemie studiert, aber mit seinen einsneunzig, dem Vollbart und dem breiten Brustkorb sah er aus wie ein Profiboxer. Eric und er waren in Watertown praktisch Tür an Tür aufgewachsen. Doch obwohl er im gleichen Jahr eingeschult worden war wie Eric, besuchte Subarsky bereits im dritten Jahr das College, als Eric gerade die High-School abschloß. Es war ein unerwarteter Lichtblick, als Eric bei Antritt seines Praktikums feststellte, daß sein alter Freund in den Labors des White Memorial unabhängige Forschungen durchführte.

»So, Dave«, rief Eric, »bist du bereit? Ist dir dein Chef über den Weg gelaufen? Nein? Prima! Gut, dann bau mal dort auf. Wir fangen gleich an. June, haben Sie die Arterie denn noch immer nicht angeschlossen?«

»Doch, gleich«, antwortete sie. »Nur noch eine Sekunde noch, dann … Voilà!«

Eine flache, unruhige Welle erschien auf dem Oszillographen unterhalb von Russell Cowleys EKG. Der systolische und der diastolische Druck bewegten sich zwischen den Ziffern eins und fünfzig. Cowley hatte das Bewußtsein verloren, doch seine Atmung war gleichmäßig, und er schien ausreichend Luft zu bekommen. Die violette Färbung seines Gesichts allerdings hatte zugenommen.

»Rufen Sie im OP an, damit sich die Herzchirurgen bereit machen«, sagte Eric. »Denn wenn unser System nicht funktioniert, müssen wir die Nadel einführen. Sie sollen sich am besten schon darauf einstellen, daß wir dem Mann den Brustkorb öffnen müssen. Gut, Dave, fangen wir an. Hört mal alle zu. Das ist Dave Subarsky, ein Biologe vom M. I. T. Er hat eine neue Art von Laser entwickelt. Damit werden wir im Perikardium dieses Mannes eine Öffnung herstellen, damit das Blut aus dem Herzen in den Brustkorb abfließt, wo es einfach absorbiert wird.«

»Ist das nicht gefährich?« fragte eine Schwester.

»Nicht, wenn Dave das macht. Ursprünglich wurde diese Methode für die Behandlung von Gefäßerkrankungen entwickelt, doch ich kam dann auf die Idee, sie auch für Perikardpunktionen einzusetzen. Ich habe vollstes Vertrauen in diese Technik. Wir – das heißt Dave und ich – haben sie schon seit Monaten in Tierversuchen erprobt, meistens um drei oder vier in der Nacht.«

Dave, der sich an verschiedenen Schaltern seiner Geräte zu schaffen machte, grinste in seinen Bart.

Sobald sie für ihr Verfahren die Zulassung der FDA, der amerikanischen Gesundheitsbehörde, erhalten hatten, hoffte Eric, würde ihre Kombination von Röntgen- und gleichachsigen Laserstrahlen als Subarsky-Najarian-Laser berühmt werden.

Doch zuerst einmal mußte sich die Methode in der Praxis bewähren.

»Ich möchte noch einmal betonen«, fuhr Eric fort, »daß dieses Verfahren keinerlei Auswirkungen auf das umgebende Gewebe hat und somit weitaus sicherer und genauer ist als die traditionelle Punktion. Mit der unteren Maschine erzeugen wir eine Frequenz, die sich direkt an das Protein des Perikardiums wendet. Der obere Teil des Geräts produziert einen Röntgenstrahl, mit dem wir den Laser durch die dazwischenliegenden Strukturen bis zum Herzbeutel leiten.«

»Und was kriegen wir dabei zu sehen?« fragte die gleiche Schwester, die sich schon einmal zu Wort gemeldet hatte.

»Nun, Laien können einen Abfall im Arteriendruck und einen stärkeren systolischen Druck aus fünfzig feststellen«, antwortete Eric und gab sich keine große Mühe, zu verber-

gen, daß die ständigen Fragen ihm auf die Nerven gingen.
»Wenn Sie alle ein wenig zurücktreten würden ...«
Da stürzte Terri Gillard herein.
»Eric, der andere Notfall ist auf Nummer sechs. Gary Kaiser hat ihn sich vorgenommen.«
»Körpertemperatur?«
»Fünfunddreißig sieben.«
»Und das EKG?«
»Eine gerade Linie mit gelegentlichen Ausschlägen.«
»Sagen Sie Kaiser, er soll die Papiere ausfüllen, wenn er mit ihm fertig ist.«
»Ja, aber ...«
»Sind die Herzspezialisten bereit?«
»Eric, wir haben keinen Blutdruck mehr«, fiel ihm June Feldman ins Wort. »Soll ich mit der Reanimation beginnen?«
Auf dem Oszillographen auf ihrer rechten Seite war nur noch eine gerade Linie zu sehen. Die systolischen und diastolischen Ausschläge waren auf null abgefallen. Gleichzeitig wurden die Herzschläge seltener und die Atmung flacher.
»Verdammt!« flüsterte Eric. »O.k., Leute, es ist soweit. Terri, sagen Sie Kaiser, er soll sich ein bißchen anstrengen, holen Sie anschließend die Herzspezialisten hierher. Wenn wir ihm den Brustkorb öffnen müssen, soll das an Ort und Stelle geschehen. Besorgen Sie außerdem Blut, sie müßten seine Blutgruppe ja inzwischen festgestellt haben. June, halten Sie den Finger an seine Halsschlagader. David, bist du bereit?«
»Alles klar.«
»Dann fang an.«
Dave Subarsky legte erst einen Schalter um, dann noch einen. Ein schwacher blauer Strahl schoß aus dem Lasergerät, dem sich sogleich ein roter aus der unteren Maschine

anschloß. Auf einem Punkt unterhalb der untersten linken Rippe des Patienten vereinigten sie sich und tauchten in seinen Brustkorb.
Fünf, zehn Sekunden lang tat sich gar nichts.
Eric rutschte unruhig auf der Stelle hin und her und nahm die Nadel zum Durchstechen des Brustkorbs zur Hand.
»Willst du nicht mehr Saft geben?« fragte er.
»Ist, glaube ich, nicht nötig, Doc«, antwortet Subarsky.
»Herr im Himmel, ich fange wohl besser an«, erklärte Eric. »Ruft die Herzspezialisten.«
»Warten Sie!« June Feldman starrte auf ihre Fingerspitzen. »Moment mal. Ja, ich habe einen Puls. Ja, wirklich, hier ist ein Puls.«
Fast im gleichen Augenblick begann der Venendruck abzufallen. Auf dem Monitor für den Arteriendruck stieg der Index von 30 auf 70. Sekunden später war er auf 90.
Ungerührt nickte Subarsky, als handele es sich um ein Routineverfahren, doch zwei der Schwestern begannen zu klatschen.
»So etwas habe ich noch nie in meinem Leben gesehen«, sagte die eine. »Absolut nie.«
»Ich auch nicht«, murmelte Eric, leise genug, daß niemand es hören konnte.
Russel Cowleys Gesichtsfarbe verbesserte sich fast ebenso schnell wie sein Puls und Arteriendruck. Seine Atmung wurde regelmäßig und stabil. Und nach zwei Minuten schlug er mit flatternden Lidern die Augen auf.
Im Raum herrschte Totenstille. Eric blickte in die Gesichter der Umstehenden. Sie alle trugen einen Ausdruck von Bewunderung und Freude. Diesen Augenblick konnte man nur mit der faszinierten Ergriffenheit eines Konzertpublikums vergleichen, das gerade einem Virtuosen zugehört hat.

Und Eric kostete seinen Triumph ganz aus.
Durch die offene Tür sah er Terri Dillard herankommen.
Nein, verdammt noch mal, nicht jetzt, fluchte er innerlich. *Das ist mein großer Augenblick. Nicht jetzt.*
»Alles in Ordnung?« fragte Terri Dillard.
»Sehen Sie doch selbst.«
Er zeigte auf den Patienten.
»Sieht wirklich gut aus. Eric, die Herzspezialisten sind unterwegs. Sie müssen mitkommen und Kaiser helfen.«
»Du meine Güte! Hat sich beim Taucher was ergeben?«
»Nein.«
»Was soll ich dann tun?«
»Eric, bitte kommen Sie.«
»Na gut, wie Sie wollen. June, übergeben Sie den Patienten an die Herzchirurgen. Sie sollen auch die Orthopäden hinzuziehen. Ich bin in ein paar Minuten wieder da.« Mit einem Blick auf Terri Dillard fügte er hinzu: »Vielleicht auch schon eher.«

Gary Kaiser ging Eric mehr auf die Nerven als alle anderen Assistenzärzte, die er kannte. Der Mann war vollkommen unreif, unentschlossen und übernervös und fühlte sich von der kleinsten Kleinigkeit überfordert.
Deshalb war Eric auch nicht weiter überrascht, daß Kaiser den Obdachlosen, der so aussah, als sei er schon vor Stunden gestorben, mit der kompletten Standardprozedur verarztete.
»Gary, was ist los?« fragte Eric.
In krassem Gegensatz zu der Geschäftigkeit und geballten Energie, mit der man sich um Russell Cowley gekümmert hatte, wirkte die Szenerie in diesem Raum gedämpft. Eine Krankenschwester war mit Wiederbelebungsmaßnahmen

beschäftigt, während ein Anästhesist dem Patienten durch einen Luftröhrentubus künstlich beamtete. Oberschwester Norma Cullinet füllte währenddessen gemeinsam mit einer anderen Schwester die Aufnahmepapiere aus.

Kaiser, ein Milchbubi mit Apfelbäckchen, blickte gebannt auf den Papierstreifen, der aus dem EKG lief.

»Nichts«, sagte er.

»Nichts? Glauben Sie, er hatte einen Herzinfarkt?«

»Ich ... ich denke schon.«

Das EKG zeigte eine gerade Linie mit einem schwachen elektrischen Ausschlag alle zehn oder fünfzehn Sekunden. Dieses Muster ergab sich oft noch Stunden später, nachdem ein Patient schon klinisch tot war.

»Wer ist dieser Mann?«

Mit einer fast schon reflexartigen Handbewegung wies Eric die Schwester an, mit der Reanimation aufzuhören. Gleichzeitig fühlte er an der Leiste und am Hals den Puls des Mannes.

»Unbekannt. Wir versuchen es nun schon seit mindestens einer Viertelstunde.«

»Warum?«

»Warum?« Kaiser wand sich nervös. »Ja, wir hatten diese Ausschläge am EKG.«

»Diese Ausschläge besagen nichts weiter, als daß das Herz aufgehört hat zu schlagen.«

»Und ... und seine Temperatur war ... Ich ... ich dachte, wir sollten ihn noch ein bißchen aufwärmen, bevor wir die Prozedur abbrechen.«

Wie üblich befolgte Kaiser die Vorschriften wie im Schulbuch, ohne weiter nachzudenken. In Fällen von Unterkühlung galt die oberste Maxime, den Patienten aufzuwärmen, bevor man alle Versuche einstellte, ihn zu retten. Aber bei knapp sechsunddreißig Grad konnte man kaum noch von

Unterkühlung sprechen, und es war offensichtlich, daß alle Hilfe zu spät kam.
»Und was haben Sie jetzt vor?« fragte Eric.
Er betrachtete die weitgeöffneten und starren Pupillen des Patienten.
»Was ich vorhabe? Ja ... ich hatte gehofft, Sie kümmern sich um ihn, so daß ich wieder in die Ambulanz gehen kann.«
»Kaiser, für welches medizinische Gebiet haben Sie sich entschieden?«
»Ich ... ich habe für das kommende Jahr eine Stelle als Assistenzarzt in der Dermatologie angenommen.«
»Ausgezeichnet. Ich denke, da gehören Sie auch hin. Sie können gehen.«
»Wie bitte?«
»Sie können gehen. Ich kümmere mich um den Mann.
»Glauben Sie, das ist in Ordnung?«
»Das ist mehr als in Ordnung, Gary. Das ist ein Befehl.«
Mit hochrotem Gesicht verließ Kaiser den Raum.
»Dermatologie!« flüsterte Eric, während er seine Aufmerksamkeit dem Patienten zuwandte. »Dem Himmel sei Dank für die Dermatologie.«
Der Mann war ungewaschen und unrasiert und stank wie die Pest. Seine Kleidung – lange, schmutzige Unterhosen, ein verschlissenes Tweedjackett und zerrissene Hosen – waren während der Rettungsmaßnahmen aufgeschnitten worden. Auf seiner Brust befand sich eine lange Narbe, die möglicherweise von einer früheren Operation herrührte. Während er mechanisch die Tätowierung auf der Hüfte und die blauen Flecken und die noch nicht ganz verheilten Schürfwunden auf der Stirn registrierte, eilten Erics Gedanken zu dem Firmenchef zwei Zimmer weiter. Er hätte zu gern gewußt, was die Herzchirurgen zu der bemerkenswerten Rettung des Patienten sagten.

»Dr. Najarian, soll ich noch weiterpumpen?« fragte die Schwester.
»Was? Fahren Sie noch ein paar Minuten fort, bis ich mir ein Bild gemacht habe. Danke, Sie leisten gute Arbeit. Was hat Dr. Kaiser ihm gegeben?«
»Das übliche. Epinephrin, Atropin, und im Augenblick läuft die Isuprelinfusion.«
»Ganz nach Kochbuch.«
»Wie meinen Sie?«
»Nichts. Norma, wissen Sie, wie der Mann heißt?«
»Unbekannt. Wir wissen gar nichts über ihn.«
»Gut. Meiner Ansicht nach hat das hier keinen Zweck mehr. Hat jemand was dagegen, wenn wir abbrechen und unsere Kräfte lieber den Lebenden widmen? Nein? Also gut.«
Einen Moment lang beobachtete Eric noch die Aktivität des Herzens, die die Endphase anzeigte. Mit äußersten Anstrengungen und einer gehörigen Portion Glück könnte er den Herzschlag vielleicht noch einmal verstärken. Aber ohne Blutdruck und mit den starren, erweiterten Pupillen, wie sollte es da weitergehen? In diesem Fall war jeder Kampf vergeblich, und möglicherweise war es schon zu spät gewesen, als die Rettungsmannschaft ihn abgeholt hatte. Er seufzte auf und griff dann nach oben, um den Monitor abzuschalten.
»Damit hat sich's«, sagte er. »Vielen Dank für Ihre Bemühungen. Norma, ich möchte wieder zu dem anderen Notfall hinübergehen. Können Sie das hier übernehmen und dafür sorgen, daß der Pathologe kommt?«
»Natürlich«, antwortete die Oberschwester.
»Und versuchen Sie auch, irgendwelche Angehörige aufzutreiben. Wenn Sie wollen, spreche ich mit Ihnen, wer immer sie auch sein mögen.«
Eric wandte sich um und eilte aus dem Zimmer, ohne ihre

Antwort abzuwarten. Er wollte bei dem Mann sein, dem er das Leben gerettet hatte, bevor die Herzspezialisten ihn auf ihre Station brachten.
Norma Cullinet half der Schwester, die Infusionsnadeln und den Endrochealtubus zu entfernen. Dann schob sie den abgedeckten Leichnam aus dem Raum.
Sie brauchen sich nicht um seine Angehörigen zu kümmern, Dr. Najarian, dachte sie. *Ich weiß nämlich genau, daß er keine hat.*

2

8. April

Vor ihrem Landeanflug zog die Delta 727 noch eine enge Schleife und bot Laura Enders einen wunderbaren Blick auf Washington. Sie war schon einmal im Alter von zehn Jahren in dieser Stadt gewesen, auf der einzigen Reise, die Scott und sie mit den Eltern je unternommen hatten. Sie erinnerte sich noch genau daran, wie sie damals bei ihrer Rückkehr auf die Farm in Missouri den festen Entschluß gefaßt hatte, eine bedeutende Persönlichkeit zu werden. Doch jetzt, als sie die Stirn gegen das Plexiglasfenster preßte, wollte ihr nicht mehr einfallen, welchen Beruf sie sich damals ausgesucht hatte.

Ihr Flug von den Little Caymans über die Grand Caymans und Miami war ohne besondere Ereignisse verlaufen. Dafür waren die Tage vor ihrer Abreise – unzählige Anrufe, die Fahrt zur Bank auf der Hauptinsel und die Suche nach einer Vertretung an ihrem Arbeitsplatz – um so hektischer gewesen; um nicht zu sagen, chaotisch. Seit fast drei Jahren arbeitete sie jetzt als Tauchlehrerin und Reiseführerin im Charles Bay Club, der einzigen Ferienanlage auf jenem paradiesischen Fleckchen in der Karibik. Diese Zeit hatte sie verändert. Doch jetzt war sie vorbei, zumindest bis sie Scott gefunden hatte.

Den Club hatte sie zum erstenmal auf einer Urlaubsreise besucht; sie war damals blaß, hohlwangig und geistig sowie körperlich ausgelaugt gewesen. Nach nur zehn Tagen hatte sie dann den Entschluß gefaßt, nicht mehr an die Montgomery High-School zurückzukehren, in der sie damals schon seit fünf Jahren als Lehrerin arbeitete. Jetzt, mit dreißig, war sie so gut in Form wie nie zuvor – braungebrannt und durchtrainiert. Auch ihre Seele war durch den friedlichen Zauber der Karibikinsel genesen. Gerade kürzlich hatte sie, zum Teil auf Scotts Drängen hin, eine Anzahl von Bewerbungsschreiben an verschiedene Universitäten in den Vereinigten Staaten geschickt, weil sie weiterstudieren wollte.

Nun lagen ihre Pläne erst mal auf Eis. Im Lauf der Jahre hatte es sich so eingependelt, daß beinahe jede Woche eine Postkarte von Scott eintraf und ihr Bruder einmal im Monat anrief. Doch nun war sie schon seit sechs Wochen ohne jede Nachricht von ihm geblieben. Zunächst hatte sie vermutet, daß eine der zahlreichen Auslandsreisen für seinen Arbeitgeber, eine Firma für Kommunikationsnetze aus Virginia, ihn irgendwohin verschlagen hatte, wo er keine Verbindung mit ihr aufnehmen konnte. Und so hatte sie mit ihren Nachforschungen länger gewartet, als vielleicht angebracht gewesen wäre. Doch nachdem auch der 3. April ohne ein Lebenszeichen von ihm vergangen war und Delta Airlines ihr versicherte, daß Scott seinen schon seit langem für diesen Tag gebuchten Flug auf die Karibikinsel nicht storniert hatte, konnte sie nicht länger untätig bleiben.

Auf den Little Caymans hatte sie in selbstgewählter Isolation gelebt. Dieses Exil, ihr Vorsatz, herauszufinden, wer Laura Enders wirklich war, bevor sie sich eine neue Stellung suchte oder sich wieder verliebte, hatte allerdings auch dazu geführt, daß ihr kein anderer Mensch nahestand außer Scott.

Er war zweiundzwanzig und sie gerade vierzehn, als ein Jugendlicher, vollgetankt mit Drogen und Bier, mit seinem Wagen auf die Gegenfahrbahn geraten war und das Leben ihrer Eltern ausgelöscht hatte. Bis zu diesem Zeitpunkt hatten ihr Bruder und sie nebeneinander hergelebt. Trotzdem schlug Scott das Angebot einer entfernten Cousine aus, Laura zu ihr nach Kansas City zu schicken, und verließ statt dessen unter Berufung auf persönliche Gründe die Special Forces, um nach Hause zurückzukehren. Die folgenden acht Jahre seines Lebens, einschließlich der vier Jahre, die Laura auf der Universität verbrachte, widmete er ausschließlich seiner Schwester.

Vielleicht ein Unfall ... oder verlängerte Ferien in einem abgelegenen Winkel der Welt ... möglicherweise eine Liebesgeschichte ... oder die Post hat seine Karten verschlampt. Zum hundertsten Male ging Laura im Kopf die verschiedenen Möglichkeiten durch, mit denen sie sich zu erklären versuchte, weshalb Scott sich nicht gemeldet hatte. Aber sie wurde ihr ungutes Gefühl nicht los.

Vor mehr als fünf Monaten hatte er wieder einmal auf ihrer Insel Urlaub gemacht und ihr am letzten Nachmittag erklärt, daß er am 3. April wiederkommen würde. Anschließend waren sie in dem kleinen Boot des Clubs zum Southwest Point getuckert, wo sie zu der Korallenwand in der Bloody Bay hinabtauchen wollten. Jener Tag stand Laura immer noch ebenso klar vor Augen wie das Wasser dieser Bucht. Mehr als sechzig Meter waren sie mit Sauerstoff-Flaschen hinabgetaucht. Zwei riesige Adlerrochen waren an ihnen vorbeigeglitten; so nah, daß man sie streicheln konnte. Und dann stießen mehr als zehn neugierige Delphine zu ihnen; immer wieder schossen sie tanzend und kreisend im kristallklaren Meer an ihnen vorüber. Schöner konnte Tauchen nicht sein.

Am folgenden Morgen war Scott dann nach Washington zurückgekehrt. Danach kamen wieder seine allwöchentlichen Postkarten – diesmal aus Boston.

»… Ladies und Gentleman, wir befinden uns im Landeanflug auf den Dulles International Flughafen. Bitte legen Sie die Sicherheitsgurte an und sorgen Sie dafür, daß Ihr Handgepäck unter ihrem Sitz oder im Gepäckfach über Ihnen sicher verstaut ist. Klappen Sie die Tische hoch und bringen Sie die Sitzlehnen in aufrechte Stellung …«

Der Geschäftsmann, der mindestens eine halbe Stunde lang versucht hatte, Laura mit seinem Charme zu beeindrucken, lächelte sie von der anderen Seite des Ganges aus an und winkte ihr zu. Laura brachte ein angedeutetes Lächeln zustande und nickte kurz. Während der drei Jahre im Club hatte sie gelernt, Männern offen und freundlich zu begegnen, ohne sie zu weiteren Annäherungsversuchen zu ermutigen. Aber an diesem Tag war sie viel zu sehr mit ihren eigenen Sorgen beschäftigt, um noch höflich zu bleiben.

Erst jetzt hatte sie erkannt, daß sie von Scotts Leben nur sehr wenig wußte – obwohl sie sich regelmäßig sahen. Er kannte die aktuellen Filme und die neuesten Platten, spielte so gut Schach, daß er sie ohne große Anstrengungen schlagen konnte, und verschlang Bücher aller Sachgebiete. Obwohl er gelegentlich von den Staatschefs sprach, mit denen er in aller Herren Länder zusammengekommen war, spürte sie an seiner Zurückhaltung, daß sie sich davon nicht beeindrucken lassen durfte. Er war eben einfach ein Computergenie – oder zumindest gab er sich dafür aus. Und abgesehen von seinem kurzen Abstecher in den Ehestand lebte er offensichtlich, ebenso wie sie selbst, allein.

Er besaß ein Postfach in Washington und eine Telefonnummer, auf die sich in der Regel der Telefondienst meldete. Laura hätte nicht einmal den Namen seiner Firma gekannt – Communigistics International, irgendwo in Virginia –, wenn er ihn nicht irgendwann beiläufig erwähnt hätte.

Als die Maschine über die Landebahn glitt, krampfte sich Laura vor Anspannung der Magen zusammen. Viel war es nicht, an das sie sich halten konnte. Wahrscheinlich machte sie sich unnötige Sorgen. Möglicherweise hatte Scott vor ein paar Wochen Boston verlassen und trieb sich nun mit einem atemberaubenden Mannequin an der Riviera herum. Vielleicht sollte sie lieber mit der nächsten Maschine auf die Little Caymans zurückkehren, ihn ein paarmal anrufen und noch einen Monat abwarten.

Doch im Grunde genommen wußte Laura ganz genau, daß ein Rückflug und gelegentliche Anrufe jetzt nicht mehr in Frage kamen. Und so begab sie sich nach der Landung gleich in eine Telefonzelle, wo sie die Frau von der Telefonauskunft beknien mußte, nach der Nummer der Firma Communigistics in Virginia doch noch einmal genauer zu suchen. Schließlich wurde die Telefonistin in einem Ort namens Laurel fündig. Die Mitarbeiterin des dortigen Personalbüros war hingegen alles andere als hilfsbereit; hartnäckig stritt sie ab, daß jemals ein Mann namens Enders in dieser Firma beschäftigt gewesen sei. Als Laura sich mit dieser Auskunft nicht zufrieden gab, wurde sie sogar unhöflich und legte schließlich den Hörer auf. Laura versuchte es ein zweites und ein drittes Mal, doch ihre Bitte, mit jemand anderem als der Leiterin des Personalbüros verbunden zu werden, lehnte man schlichtweg ab. Also faßte Laura einen Beschluß. Wenn Communigistics International ihr keinen angemessenen Gesprächspartner zur Verfügung stellte, würde Sie einen Sitzstreik in den Büros der Firma veranstalten.

Die Taxifahrt nach Laurel kostete sechzig Dollar, von denen allein zehn von der Suche nach Communigistics verschlungen wurden. Nachdem der Fahrer zweimal nach dem Weg gefragt hatte, bog er schließlich in einen Industriepark ein, fuhr an mehreren eintönig-grauen Betonbauten vorbei und hielt vor einem Gebäude an, das sich von den anderen lediglich darin unterschied, daß es die Hausnummer 300 trug. Dann bot er ihr an, auf sie zu warten.

»Es kann aber eine Weile dauern«, entgegnete Laura.

»Dafür habe ich ja meine Uhr.«

»Gut«, sagte sie. »Hier sind noch mal zwanzig. Wenn die aufgebraucht sind, fahren Sie zurück.«

Ihr Wochenbudget nur für eine Taxifahrt! Allmählich schwante es Laura, daß sie einige ihrer Prinzipien würde ändern müssen. Offensichtlich ging man in der Welt außerhalb der Little Cayman Inseln anders mit Geld um, als sie es gewohnt war.

Auch wenn die Frau aus dem Personalbüro von Communigistics International bestritten hatte, daß Scott dort arbeitete, war Laura sich ihrer Sache doch sicher. Es kam ihr komisch vor, seine Welt zu betreten, ohne daß er davon wußte – so, als ob sie heimlich seinen Schrank durchstöbern würde. Sie durchquerte das sterile Foyer bis zur Hinweistafel, auf der die einzelnen Büros aufgeführt waren: Communigistics befand sich im vierten Stock. Sie stellte sich vor, wie Scott in Anzug und Krawatte, mit einem Aktenkoffer in der Hand, durch die messingbeschlagenen Türen kam und auf den Aufzug wartete. Aber dieses Bild ließ sich mit dem unbeschwerten, freiheitsliebenden Menschen nicht in Einklang bringen, mit dem sie gemeinsam auf den Little Caymans getaucht war, dem soviel an der Schönheit der Natur lag. Viel eher könnte man Scott für einen Professor halten oder vielleicht für einen Auslandskorrespondenten.

Communigistics International nahm die ganze Etage ein. Hinter einem riesigen, massiven Schalter, auf dem der Name der Firma in Goldbuchstaben prangte, thronte eine herausgeputzte Empfangsdame.

»Ich möchte meinen Bruder sprechen«, sagte Laura. »Ich weiß zwar nicht, in welcher Abteilung er arbeitet, aber er heißt Enders, Scott Enders.«

Die Frau blätterte in der Personalliste.

»Tut mir leid«, entgegnete sie schließlich. »Unter diesem Namen kann ich hier niemanden finden.«

»Und Sie kennen ihn auch nicht?«

»Nein, leider nicht.«

Laura zog ihre Brieftasche heraus und zeigte der Frau das Foto. Es war ein Bild von Scott und ihr in Taucheranzügen, das der Clubchef aufgenommen hatte, als sie gerade zur Korallenwand in der Bloody Bay aufbrechen wollten.

»Das da ist Scott«, erklärte Laura. »Das Bild ist ungefähr fünf Monate alt.«

Die Frau zuckte die Achseln und lächelte höflich.

»Wie lange arbeiten Sie schon hier?« erkundigte sich Laura.

»Ein Jahr, nein, schon ein bißchen länger.«

»Und diesen Mann haben Sie tatsächlich nie gesehen?«

»Nein, tut mir leid.«

»Das ist aber komisch. Ich weiß nämlich, daß er hier arbeitet. Er … er ist allerdings viel unterwegs. Vielleicht …«

Das Klingeln des Telefons unterbrach Lauras Erklärungen. Die Empfangsdame nahm das Gespräch entgegen, vermittelte es weiter und wandte sich dann wieder Laura zu.

»Kann ich Ihnen sonst noch irgendwie behilflich sein?«

»Ja, ich möchte gern mit der Personalchefin sprechen. Ich glaube, Sie heißt Bullock.«

»Richtig, Anne Bullock. Sie ist heute nicht im Hause.«

»Und wer ist dann heute da?«

»Wie bitte?«

Betont auffällig starrte die Frau auf den angefangenen Brief in ihrer Schreibmaschine.

»Hören Sie!« Laura mußte sich zusammenreißen, um nicht aus der Fassung zu geraten. »Ich möchte mit einem Verantwortlichen sprechen.«
»Es tut mir leid, das ist nicht ...«
»Jetzt reicht es mir! Ich komme von weit her. Bis jetzt bin ich noch höflich geblieben, aber Sie können sicher sein, daß ich dieses Büro nicht eher verlasse, als bis ich mit jemandem gesprochen habe, der mir etwas über meinen Bruder sagen kann.«
»Gibt es ein Problem, Alicia?«
Beide Frauen fuhren überrascht herum.
Drei Meter von ihnen entfernt stand ein großer, breitschultriger Mann von ungefähr Anfang Fünfzig.
»Ich suche meinen Bruder«, antwortete Laura schnell. »Er heißt Scott Enders und arbeitet hier. Allerdings ...«
»Ich habe ihr erklärt, daß ich niemanden kenne, der so heißt ...«
»Bitte«, schaltete sich Laura ein. »Bitte lassen Sie mich ausreden. So sieht mein Bruder aus.« Sie reichte dem Mann die Fotografie. »Das Bild ist fünf Monate alt und wurde in dem Club aufgenommen, in dem ich arbeite.«
»Und wo ist das?« fragte der Mann, der noch immer das Foto musterte.
»Auf den Little Caymans in der Karibik. Ich gebe dort Tauchunterricht in einer Ferienanlage.«
»Das habe ich schon immer mal lernen wollen. Ihr Beruf macht Ihnen sicher viel Spaß.«
»Ja, das stimmt. Aber was ist mit meinem Bruder?«
»Kommen Sie doch bitte mit in mein Büro, Miss ...«
»Enders, wie mein Bruder. Laura Enders.«
»Ich heiße Neil Harten«, sagte der Mann, »und ich bin Vizedirektor dieser Firma.« Mit diesen Worten streckte er ihr seine große, warme Hand entgegen. »Alicia, der Bruder

dieser Dame hat früher einmal bei uns gearbeitet. Ich glaube, er hat noch vor Ihrer Zeit gekündigt. Allerdings«, er sah Laura bedeutungsvoll an, »nannte er sich Shollander und nicht Enders. Wenn Sie mir bitte folgen wollen, dann erzähle ich Ihnen alles, was ich über ihn weiß.«

Auf dem Weg zu seinem Raum hielt Neil Harten beim verschlossenen Personalbüro an und holte die Akte des Mannes, den er unter dem Namen Scott Shollander kannte. Nachdem er Laura eine Tasse Kaffee eingeschenkt hatte, nahm er hinter seinem Schreibtisch Platz. Sein Büro war ziemlich groß, aber nicht protzig. Neben gerahmten Anzeigen für verschiedene Geräte und Programme von Communigistics hingen an den Wänden zahlreiche Zertifikate von Handelskammern, Behörden und Wirtschaftsorganisationen.

Harten, der um die Augen einen müden Zug und ein paar tief eingegrabene Furchen auf der Stirn hatte, beantwortete Lauras Fragen geduldig. Ja, er sei sicher, daß Shollander und Enders ein und dieselbe Person waren. Nein, warum Scott seinen Namen geändert hatte, wisse er nicht. Nein, Scott war nicht entlassen worden – er sei sogar ein sehr guter Mitarbeiter gewesen. Eines Tages sei er einfach hereingekommen und habe gekündigt. Weshalb er das getan hatte und für wen er jetzt arbeite, wisse er nicht.

Laura griff in ihre Handtasche und holte einen Stapel Postkarten heraus.

»Hier«, sagte sie. »Seit zweieinhalb Jahren schickt mir Scott diese Karten. Inzwischen sind es beinahe siebzig Stück, und sie stammen aus der ganzen Welt. Hin und wieder hat er mal eine Woche ausgelassen, aber soweit ich mich erinnern kann, niemals zwei. Doch seit Februar habe ich plötzlich nichts mehr von ihm gehört.«

Harten blätterte in den Karten. Auf den meisten standen nur ein oder zwei Sätze.

»›Ich denke an dich ... Hoffentlich geht's dir gut ... Casablanca ist heutzutage noch faszinierender als zu Bogarts Zeiten.‹ Als eifrigen Briefschreiber kann man Ihren Bruder ja nicht gerade bezeichnen.«

»Nirgendwo erwähnt er, daß er die Stelle wechseln will.«

Harten zuckte die Achseln. »Was soll ich dazu schon sagen? Ihr Bruder war nicht besonders mitteilsam, aber das wissen Sie ja selbst. Ich gebe Ihnen die Adresse in Washington, die er hinterlassen hat, und werde mich mal umhören. Aber sonst wüßte ich nicht, was ich für Sie tun kann.« Bedauernd hob er die Hände. »Wo sind Sie abgestiegen?«

»Abgestiegen? Noch nirgends. Ich bin direkt vom Flughafen mit dem Taxi hierher gekommen.«

»Dann werde ich Ihnen jetzt ein Taxi rufen und irgendwo ein Zimmer reservieren.«

Laura trat ans Fenster. Vier Stockwerke unter ihr saß ihr Taxifahrer hinter dem Steuer seines Wagens und las Zeitung.

»Danke, nicht nötig, mein Taxi wartet noch. Aber Sie können mir die Adresse geben, die Scott hinterlassen hat.«

»Natürlich. Bitte, hier ist sie. Wann fliegen Sie zurück in die Karibik?«

»Erst wenn ich Scott gefunden habe.«

»Dann drücke ich Ihnen die Daumen.«

»Danke«, erwiderte Laura. »Zuerst versuche ich es bei dieser Adresse.«

»Und dann?«

»Dann fahre ich wahrscheinlich nach Boston. Dort hat er die letzten Postkarten aufgegeben.«

Harten seufzte und klopfte eine Weile nachdenklich die Fingerspitzen gegeneinander.

»Hier«, meinte er schließlich. »Ich gebe Ihnen meine Privatnummer. Ich kenne Geschäftsleute im ganzen Land. Wenn Sie einmal Hilfe brauchen, können Sie mich jederzeit anrufen.«
»Das ist sehr freundlich von Ihnen, Mr. Harten, vielen Dank. Ich werde Scott finden.«
Forschend blickte Neil Harten sie an.
»Das glaube ich Ihnen sogar«, sagte er schließlich.

Der Fahrstuhl brachte Laura zurück in die Eingangshalle, wo sie noch einmal zu der Tafel ging, auf der die einzelnen Firmen im Haus aufgeführt waren. Es ergab einfach keinen Sinn. Aber auch nicht den geringsten. *Warum sollte Scott einen falschen Namen benutzen? Warum hatte er mir nicht erzählt, daß er bei Communigistics aufhören wollte?*
Sie dachte an die Jahre nach dem Tod ihrer Eltern. Immer war er ihr während ihrer Schulzeit mit Rat und Tat zur Seite gestanden, und wenn sie nicht gerade die Ferien gemeinsam verbrachten, hatte er ihr geschrieben und sie angerufen. Über ihre Entscheidungen hatte er sich nie ein Urteil angemaßt, und in all den Jahren hatte er sie nie um etwas gebeten. Doch nun brauchte er ihre Hilfe; das spürte sie mit beinahe hundertprozentiger Gewißheit. Er steckte bestimmt in irgendwelchen Schwierigkeiten, und er brauchte sie. Sie trat hinaus in die Abenddämmerung.
»Bringen Sie mich bitte wieder in die Stadt zurück, und zwar zu dieser Adresse.« Laura reichte dem Fahrer Hartens Zettel.
»Ist gebongt«, sagte der Fahrer.
Sie verließen den Industriepark und fuhren auf die Schnellstraße. Beinahe gleichzeitig bog eine dunkle Limousine um die Ecke und folgte ihnen.

3

Als sein Wecker um Viertel vor sechs klingelte, hatte Eric Najarian bereits zwanzig Minuten anstrengender Gymnastik hinter sich. Jetzt blätterte er in einer medizinischen Fachzeitschrift, während er zwei Gläser Orangensaft hinunterkippte und einen Krapfen verschlang. Nur selten schlief er länger als bis fünf, und er hätte sicher den Wecker noch eine Stunde früher gestellt, wenn er sich über diese Gewohnheit im klaren gewesen wäre. Doch normalerweise war er mit seinen Gedanken ganz woanders – meist bei der Medizin.

An diesem Aprilmorgen ging ihm nur eines durch den Kopf: die Ernennung des stellvertretenden Chefarztes der Unfallstation im White Memorial Hospital. Dieser Posten brachte eine außerordentliche Professur an der medizinischen Fakultät mit sich. Wenigstens waren den Gerüchten nach alle anderen Bewerber außer ihm und Reed Marshall aus dem Rennen.

Nach monatelangen Spekulationen und Befragungen wollte die dreiköpfige Berufungskommission an diesem Nachmittag um vier ihre Entscheidung bekanntgeben. Falls die Wahl auf Eric fallen sollte, wäre er das jüngste Fakultätsmitglied in der Geschichte des White Memorial. Der jüngste in mehr als hundertfünfzig Jahren. Auf diese Anerkennung und das Ansehen, das diese Ehre mit sich brachte, hatte er schon seit Jahren hingearbeitet. Noch bevor dieser Tag zu Ende war, würde er Bescheid wissen.

In Gedanken noch immer mit dem Artikel beschäftigt, in dem der mögliche Einsatz von tragbaren Defibrilatoren in Flugzeugen und auf Golfplätzen erörtert wurde, stolperte Eric auf seinem Weg ins Schlafzimmer über mehrere Bücherkartons, mit denen der Flur vollgestellt war. Durch die vielen unausgepackten Umzugskisten, die spärliche Möblierung und die Bilder, die noch immer an der Wand lehnten, sah es so aus, als wäre er erst diese Woche in seine Wohnung am Beacon Hill eingezogen. In Wirklichkeit aber wohnte er dort schon seit einem Jahr. Zunächst hatten seine Freunde Witze darüber gerissen, daß ihm seine Behausung so gleichgültig war, doch mittlerweile machten sie sich Sorgen. Eric allerdings war das alles schlichtweg egal.

Er stellte den Wecker ab und öffnete Verdis Käfigtür. Der Papagei hüpfte aufs Bett und flatterte dann zu ihm hinüber, um den Hundekuchen in Empfang zu nehmen. Diesen Leckerbissen schlang er mit einer Gier herunter, die einem Schäferhund alle Ehre gemacht hätte. Der Vogel war schon seit drei Jahren ein fester Bestandteil von Erics Leben – seit dem Tag, als er ihm von einem livrierten Chauffeur ins Haus gebracht worden war; das Geschenk eines Mannes, dessen Sohn Eric nach einer gefährlichen Schußverletzung das Leben gerettet hatte. Allerdings waren dem Tier weder Erklärungen noch eine Anleitung zur Pflege beigefügt gewesen – Name, Alter und Geschlecht des Vogels waren unbekannt. Den ersten Monat hatte der Papagei seinen neuen Besitzer nur giftig angestarrt.

Zuerst hatte Eric ihn Hippokrates genannt, nach dem Vater der modernen Medizin. Aber das war, bevor der Vogel angefangen hatte, Arien zu schmettern. Soweit Eric es beurteilen konnte, pfiff er mehr als ein Dutzend verschiedener

Melodien – ausschließlich aus italienischen Opern. Es war unmöglich, ihm das Singen zu befehlen, und ebensowenig konnte man ihn mit friedlichen Mitteln zum Aufhören bringen, wenn er erst einmal losgelegt hatte. Und das machte er häufig, manchmal gut und gern zehn Minuten, ohne Pause. Obwohl Eric kein besonders guter Opernkenner war, merkte er eines sofort: Verdi war nicht gerade musikalisch. Eric wartete, bis der Papagei in den Flur geflogen war, bevor er den Karton mit den Keksen unter einem Pullover im Schrank versteckte. Dann prüfte er noch einmal in seinem Taschenkalender nach, ob Marshall auch wirklich heute Dienst in der Unfallstation hatte. Er hatte nämlich beschlossen, bis zur Sitzung der Berufungskommission mit Dave Subarsky im Labor zusammenzuarbeiten. Allerdings erfüllte ihn diese Aussicht mit ein wenig Wehmut, denn es sah ganz so aus, als ob Subarsky sein Labor demnächst würde schließen müssen.
In den Monaten, seit Dave und Eric ihren Perikardiallaser mit Erfolg eingesetzt hatten, waren – ebenso wie für andere Abteilungen des Krankenhauses – für das biochemische Labor harte Zeiten angebrochen. Zwei staatliche Forschungsstipendien, mit denen Subarsky fest gerechnet hatte – und die ihm in der Vergangenheit fast schon automatisch zugeteilt worden waren – wurden gestrichen. Als Erklärung gab man lediglich an, daß diese Entscheidung auf einer Neubewertung der Prioritäten und der gleichzeitigen Kürzung der zur Verfügung stehenden Gelder beruhe. Aber jeder im Wissenschaftsbetrieb wußte, was damit gemeint war.
Mittlerweile war die Suche nach dem Aidsvirus sowohl in Wissenschaftskreisen als auch in der breiten Öffentlichkeit zu einem Politikum geworden. Als Folge daraus hatte die Bundesregierung den öffentlichen Druck an die großen

staatlichen Forschungseinrichtungen weitergegeben. Diese reagierten mit der Forderung nach größerem Entscheidungsfreiraum innerhalb ihres Forschungsbereichs und natürlich auch nach größeren Geldmitteln. So wurden aus unabhängigen Forschungsprojekten der Universitäten wie dem von Subarsky unversehens die Stiefkinder der Nation. Eine ganze Gruppe von Wissenschaftlern gehörte plötzlich zu den »Außenseitern«, und ihre Situation war, gelinde gesagt, hoffnungslos.

Der Professor, mit dem Dave ursprünglich zusammengearbeitet hatte, gab die Forschung völlig auf und nahm eine Stelle in einer Klinik an. Subarsky sah sich nach einem Posten in der Industrie um. Doch selbst mit dem Laser als Köder konnte er nichts finden, was ernsthaft für ihn in Frage gekommen wäre.

Wenn in den Tagen seit ihrem letzten Gespräch nicht doch noch ein Wunder geschehen war, würden Eric und sein Freund heute mit dem Abbau und Einpacken ihrer Geräte beginnen. Für beide Männer stellte das Laser-Projekt im Grunde genommen einen Ausflug in ein »Randgebiet« dar, doch immerhin hatten sie seine Nützlichkeit in einem medizinischen Notfall bewiesen. Leider waren »Randgebiete« und »kritische Notfälle« nicht das, was die Vergabestellen von Forschungsmitteln in Washington im Augenblick gern hören wollten.

Und so würde Dave Subarsky, der vielleicht intelligenteste Mann, den Eric kannte, in einem oder zwei Monaten arbeitslos sein.

Eric saß auf der Bettkante und blätterte die Seiten mit den Stellenanzeigen im *New England Journal of Medicine* durch. Ungefähr zehn Krankenhäuser suchten Notfallmediziner, aber keines einen genialen Biochemiker. Wenn die Kommission Marshall den Posten übertrug, könnte Eric ohne

Schwierigkeiten eine andere Stelle finden – vielleicht sogar eine sehr gute. Diese Möglichkeit stand Dave Subarsky nicht offen. Dennoch hatte Eric nie auch nur die geringste Verbitterung an dem ruhigen, freundlichen Mann bemerkt.
Warum, fragte sich Eric, konnte er nicht mit einer ähnlichen Gelassenheit an seine momentane Lage herangehen? Warum krampfte sich schon seit Wochen sein Magen vor Angst zusammen?
Auf beide Fragen gab es nur eine Antwort. Anderen gegenüber hätte er es nie zugegeben, und auch sich selbst konnte er es kaum eingestehen, aber er wünschte sich diesen Posten sehnlicher als alles andere in seinem Leben. Weder die Zulassung zum College oder zur medizinischen Hochschule noch seine Anstellung am White Memorial und sein Aufrücken auf den Posten des Oberarztes hatten eine derartige Bedeutung für ihn gehabt. Für seine Eltern und einen Großteil der armenischen Nachbarn in Watertown war er wegen seiner Leistungen und seines Hochschulabschlusses sowieso schon eine Art Held. Aber die Kollegen – vor allem diejenigen, die ihren Doktor an einer der Elite-Universitäten gemacht hatten, und das waren die meisten – betrachteten ihn immer noch als Parvenu. Schließlich kam er nur von einer staatlichen Universität, war zwar ein fähiger Mann, hatte aber nicht die Gewandtheit und den Schliff, der einem Wissenschaftler die wahre Größe verleiht.
Eric trat ans Fenster. Die enge Straße drei Stockwerke unter ihm lag verlassen da. Die Dächer des Stadtviertels Cambridge im Norden wurden bereits vom kalten, grauen Licht der Morgendämmerung erhellt. Der Gedanke an das, was dieser Tag bringen würde, war aufregend und beängstigend zugleich. Von allen Städten der Welt war Boston im medizinischen Bereich die berühmteste. Und das medizinische Zentrum von Boston wiederum war das White Memorial.

Was ist falsch daran, wenn man als einer der Besten anerkannt werden möchte? Armenier waren schon immer etwas Besonderes gewesen, hatten es schon immer ganz nach oben geschafft und hohe gesellschaftliche Positionen eingenommen. Die Türken hatten die Fähigkeiten der Armenier gekannt und gefürchtet und über eine Million der Mitglieder dieser Volksgruppe auf dem Altar ihrer Angst geopfert. Die Nachkommen der Opfer jenes Massakers wurden heute, siebzig Jahre danach, in der Sowjetunion verfolgt. *Ist es denn falsch, zu träumen?*

Dreimal mußte das Telefon klingeln, bevor das Geräusch in Erics Bewußtsein vordrang. Er sah auf den Wecker. Viertel nach sechs. Dieser Anruf konnte nur Schlechtes bedeuten.

Erics Vater hatte nach dem zweiten Herzanfall seine Arbeit als Monteur aufgegeben. George, sein jüngerer Bruder, hatte die Schule hingeschmissen und schon zwei kurze Haftstrafen verbüßt.

»Ja, hallo?«

»Bitte hören Sie mir zu, und zwar aufmerksam, Dr. Najarian!«

Die Stimme, die allem Anschein nach einem Mann gehörte, klang monoton und verzerrt. Ein Vibrator, dachte Eric – das Gerät, mit dem Patienten nach einer Kehlkopfoperation wieder sprechen lernen. Sein erster Eindruck war, daß es sich bei dem Anruf um einen Scherz handeln mußte. Aber ganz tief in seinem Innersten machte ihm die entstellte leblose Stimme Angst.

»Wer sind Sie?«

»Wir sind Mitglieder von Äskulap; Frauen und Männer, die sich wie Sie der Medizin verschrieben haben. Uns liegen die gleichen Fragen am Herzen, die auch Sie beschäftigen. Auch Sie liegen uns am Herzen!«

»Verdammt noch mal, wer sind Sie denn?« Eric lief eine Gänsehaut über den Rücken. Dieser Anruf war kein Scherz.
»Wir werden bald Ihre Hilfe brauchen.«
»Hilfe wobei?«
»Tun Sie, was wir sagen, und Sie werden reich belohnt – Sie und Ihre Patienten, um die Sie sich so aufopfernd kümmern.«
»Belohnt? Wollen Sie mir nicht …«
»Mit unserer Arbeit verfolgen wir die höchsten Ziele, und dazu brauchen wir Sie. Aber wir können auch Ihnen helfen. Beispielsweise gibt es da den Posten in der Unfallstation. Sie können ihn haben!«
Zum erstenmal seit Beginn des Gespräches ließ die Spannung in Eric nach.
»So ein Unsinn«, sagte er. »Die Kommission hat ihre Wahl schon längst getroffen und wird heute nachmittag das Ergebnis bekanntgeben.«
»Wenn wir uns mit Ihnen in Verbindung setzen«, fuhr die Stimme fort, als hätte Eric nichts gesagt, »werden wir Sie möglicherweise bitten, einen Patienten nach einer bestimmten Methode zu behandeln, die Ihnen vielleicht ungewöhnlich vorkommt. Doch wenn Sie uns vertrauen und mit niemandem über unsere Unterredung sprechen, werden Sie alles erreichen, was Sie sich wünschen.«
»Quatsch! Ich sagte Ihnen doch schon, die Kommission hat ihre …«
Aber er hörte nur noch das Freizeichen.

Die meisten der Forschungslabors des White Memorial waren im Proctor Building untergebracht, einem zehnstöckigen Betonklotz im Stil der späten fünfziger Jahre. Die Abteilung für Biochemie nahm das gesamte achte und neunte Stockwerk ein. Früher waren die Plätze im Labor – besonders im White Memorial – äußerst begehrt gewesen. Doch als er nun vom Fahrstuhl durch die schwach beleuchteten Korridore ging, bemerkte Eric, daß einige der Laborräume leerstanden.

Inzwischen war es fast schon halb zehn. Nach dem seltsamen Anruf am frühen Morgen hatte Eric einen langen Spaziergang unternommen und war am Charles River entlang über die Massachusetts Avenue Bridge und auf dem Rückweg vorbei am Museum of Science gewandert. Die ganze Zeit über klammerte er sich an die Hoffnung, daß der rätselhafte Anruf Teil eines sorgfältig geplanten Streiches war. Doch im Grunde seines Herzens wußte er es besser.

Äskulap. Der Stab mit den beiden Schlangenköpfen, die sich darum winden, ist das Symbol der Ärzte. Er hatte den Begriff im Lexikon nachgeschlagen, weil er sich von einer genaueren Definition weitere Aufschlüsse versprach. Allerdings hatte er lediglich festgestellt, daß der Stab von Hermes, dem geflügelten Götterboten, dem Schutzpatron der Reisenden, getragen wurde. Wie er zum Symbol der Heilkunst geworden war, hatte er nicht herausfinden können.

Während seines eineinhalbstündigen Fußmarsches war er das kurze Gespräch immer wieder in Gedanken durchgegangen. Es ergab einfach keinen Sinn. *Eine Behandlungsmethode, die Ihnen vielleicht ungewöhnlich vorkommt* ... Was sollte das sein? Und welchem Zweck sollte sie dienen? Vor allem aber, wie konnte Äskulap ihm den erwünschten Posten versprechen, wenn die Entscheidung bereits feststand?

Anschließend hatte er das Krankenhaus durch den Seiteneingang betreten und das Labor für Sprachpathologie aufgesucht. Die Sprachtherapeutin, eine fröhliche Frau, erklärte ihm begeistert die Funktionsweise des künstlichen Sprechgeräts, auch Elektrolarynx genannt. Wenn man es an eine bestimmte Stelle unterhalb des Kinns hielt, verstärkte es die Impulse aus dem Mund, ganz gleich, ob der Benutzer über einen funktionierenden Kehlkopf verfügte oder nicht. Bei Erics Selbstversuch klang seine eigene Stimme der der Therapeutin täuschend ähnlich. Einer Eingebung folgend, fragte er, ob sich in letzter Zeit jemand ausführlicher nach dem Gerät erkundigt oder es ausgeborgt hatte. Doch wie vermutet, fiel die Antwort negativ aus.

Dave Subarsky hatte seine Riesenfüße auf den Schreibtisch gelegt, als Eric hereinkam. Er nahm gerade einen Schluck aus seiner Kaffeetasse, während er mit einem Finger auf seine Computertastatur einhämmerte.

»Seid gegrüßt, Herr Doktor«, sagte Eric. »Ich komme vom Nobelpreiskommitee und soll mich mal erkundigen, was Ihr im Augenblick gerade so treibt.«

»Ich habe Euch schon erwartet«, entgegnete Subarsky und drückte auf ›Return‹. »Übermittelt dem Komitee meinen Dank und erklärt ihm, mein wackerer Computer und ich hätten gerade mit an Sicherheit grenzender Wahrscheinlichkeit herausgefunden, daß ein Mensch ohne festes Einkommen mit tausendachthundert Dollar Festkosten im Monat und einem Bankguthaben von dreitausend Dollar innerhalb von zwei Monaten ins Armenhaus wandert.«

»Ist es tatsächlich so schlimm?«

»Sieht ganz so aus.«

»Irgendwas wird sich schon ergeben.«

»Kann sein. Aber ein Forschungsstipendium von der Sackett Foundation ist es mit Sicherheit nicht.«

»Weißt du das genau?«

»Mhmm, heute morgen habe ich es erfahren. Bei denen herrscht Ebbe in der Kasse. Ich habe gesagt, daß es eine Schande ist, anderer Leute kreative Fähigkeiten so zu verschwenden. Aber sie meinten, meine Arbeit wäre zu theoretisch.«

»Die spinnen doch! Deine Untersuchungen über progressive Mutation der DNS haben gewaltige Auswirkungen auf die klinische Praxis.«
»Kann sein.« Dave klang nachdenklich. »Kann schon sein.«
»Du findest sicher noch eine Möglichkeit.«
Subarsky stellte den Computer ab.
»Darauf kannst du Gift nehmen, mein Freund«, sagte er.
»So, heute ist also der große Tag, oder?«
Eric zuckte die Achseln.
»Möglicherweise.«
»Ich dachte, die Kommission tagt heute nachmittag.«
»Ja, soweit ich weiß ... Dave, ich muß dir was sagen, aber erzähle es bitte nicht weiter.«
»Ist doch selbstverständlich.«
Einen Moment zögerte Eric noch, aber dann berichtete er seinem Freund von dem seltsamen Anruf.
»Kannst du dir einen Reim darauf machen?« fragte er.
»Nur, daß irgend jemand im White Memorial wahrscheinlich eine Schraube locker hat.«
»Dave, glaube mir, der Typ, der mich angerufen hat, ist vielleicht verrückt, aber er – oder sie, das kann ich nicht einmal sagen – klang so, als wüßte er ganz genau, was er tat. Und was meinst du dazu?«
Subarsky trommelte mit den Fingern auf seinen stattlichen Bauch.
»Nur das eine: Unser Trick mit dem Laser ist offensichtlich nicht unbemerkt geblieben.«
»Das mußt du mir erklären. Joe Silver wollte uns doch wegen unerlaubter Experimente an Menschen anzeigen.«
»Und weshalb hat er es nicht getan?«
»Weil wir dem Kerl das Leben gerettet haben, deshalb.«
»So was zählt doch nur als Detail am Rande.«
»Außerdem habe ich meinen ehrenwerten Chef davon

überzeugen können, daß es bei dem Verfahren nur ein Problem gibt; nämlich daß es möglicherweise nicht funktioniert. Deshalb bin ich auch mit der Nadel in der Hand dagestanden, um sie nötigenfalls einzuführen. Allerdings hat er mir klar gesagt, daß wir uns, wenn wir wieder einmal das Bedürfnis verspüren sollten, unser Spielzeug auszuprobieren, die Erlaubnis der Kommission holen müssen. Außerdem die Einwilligung des Patienten.«

»Als ob der Kerl noch in der Lage gewesen wäre, etwas zu unterschreiben!«

»Worauf willst du eigentlich hinaus?« fragte Eric.

»Darauf, daß das ganze gottverdammte Krankenhaus mittlerweile weiß, was wir getan haben. Und diese Leute von Äskulap schätzen dich offenbar als jemanden ein, der gern auf Vorschriften pfeift, damit sich hier etwas tut; auch ohne Erlaubnis der Ethikkommission. Sieht es nicht ganz danach aus?«

»Kann schon sein. Aber mit dem Elektrolarynx hörte sich das Ganze ziemlich gespenstisch an.«

»Egal, in ein paar Stunden wissen wir, ob der Typ dich auf den Arm genommen hat.«

»Wie meinst du das?«

»Ganz einfach«, erwiderte Subarsky, »wenn Marshall den Posten in der Unfallstation kriegt, weißt du, daß dein Äskulap nur ein Jux war.«

»Und was ist, wenn ich ihn kriege?«

Subarsky stellte seine Riesenfüße auf den Boden.

»Dann, mein lieber Freund«, sagte er, »bist du genauso schlau wie vorher.«

4

Die Verwaltungsabteilung des White Memorial Hospital im Erdgeschoß des Drexel Building war dazu gedacht, Eindruck zu schinden. Kronleuchter aus Kristallglas, echte Perserteppiche und auf antik getrimmte Ölgemälde in verschnörkelten Goldrahmen an den Wänden. Hinter einem Louis XVI Schreibtisch thronte eine vollbusige, breitschultrige Empfangsdame, die Eric bei seinem Eintreten kühl musterte.

»Ich bin Dr. Najarian «, stellte er sich vor. »Ich möchte zur Sitzung der Berufungskommission.«

Nach mehreren Stunden bei Dave Subarsky war Eric nach Hause zurückgekehrt und hatte sich umgezogen. Den schwarzen Anzug hatte er zuletzt bei der Examensfeier an der medizinischen Fakultät getragen, ihn aber als hoffnungslos altmodisch verworfen, und auch die braune Hose mit Tweedjacket schieden aus, weil letzteres einen sechs Zentimeter langen Riß an der Schulternaht aufwies. Schließlich blieb es bei der grauen Hose und einem marineblauen Sakko. Glücklicherweise hatte ihn die Suche nach der angemessenen Garderobe vom Zweck des Treffens abgelenkt, so daß er nicht mehr ganz so aufgeregt war. Außerdem schien die Empfangsdame das Ergebnis gutzuheißen.

»Die Kommission von Dr. Teagarden?« fragte sie, lächelte ihn an und schob die Schultern noch ein Stück weiter zurück.

»Ja, genau.«
»Sie haben gerade angefangen. Ich soll die Kandidaten ins Wartezimmer bitten.«
»Ach ja? ... Wie viele Kandidaten sind denn überhaupt gekommen?«
»Nur zwei. Dr. Marshall ist schon da.«
»Das ist gut.«
»Er wartet bereits seit einer halben Stunde.«
»Das ist schlecht.«
»Wie bitte?«
»Ach, nichts. Danke sehr, vielen Dank.«
»Gern geschehen. Wenn Sie was brauchen, ich heiße Susan.«
Eric bedankte sich noch einmal und ging den Korridor entlang.
»Ganz gleich, was es ist«, hörte er sie noch sagen.
»Aha«, sagte Eric, als er das feudale Wartezimmer betrat, »Sie sind also der andere Kandidat, von dem die Empfangsdame gesprochen hat. Was für eine Überraschung!«
»Moment«, erwiderte Marshall, der sich in ein Buch vertieft hatte. Eric konnte nur den Namen John Updike auf dem Umschlag entziffern. »Ich möchte bloß noch diese Seite zu Ende lesen. Updike ist gar nicht so schlecht, finden Sie nicht auch?«
»Ich habe noch nichts von ihm gelesen.« Mit einem Anflug von Wehmut mußte Eric daran denken, daß er in den letzten Jahren überhaupt nichts anderes gelesen hatte als medizinische Fachbücher.
»Na«, meinte Marshall mit ehrlicher Begeisterung, »dann haben Sie das Vergnügen ja noch vor sich.«
Eric ließ sich in einen roten Ledersessel sinken und wartete, bis Marshall die Seite zu Ende gelesen hatte. Die beiden Männer kannten sich schon seit dem Praktikum und hatten

viele der Siege und Niederlagen gemeinsam erlebt, die nun einmal dazugehörten, wenn man Arzt werden wollte. Marshall, zwei Jahre älter als Eric, war verheiratet und hatte einen Sohn. Er umgab sich mit erfolgreichen Leuten und war im Krankenhaus allseits geachtet.

Anfangs hatte Eric Schwierigkeiten mit Marshalls großbürgerlicher Herkunft gehabt. Auch, daß er in Harvard studiert hatte und zuweilen eine distanzierte Haltung an den Tag legte, die Eric als Snobismus auslegte. Aber eines Nachts, nachdem sie gerade die Opfer einer Massenkarambolage behandelt hatten, war es bei einer Tasse Kaffee zum ersten wirklichen Gespräch gekommen. Reed Marshall hatte ihm gestanden, daß er ihn um die Fähigkeit beneidete, auch in brenzligen Situationen einen kühlen Kopf zu bewahren.

»Aber Sie sind doch derjenige, der sich durch nichts aus der Ruhe bringen läßt«, hatte Eric entgegnet. »Jeder in der Unfallstation weiß das.«

Todernst widersprach Marshall: »Dann wissen Sie nicht, daß ich ständig halb umkomme vor Angst, ich könnte plötzlich nicht mehr weiter wissen oder einen Fehler machen. Und noch schrecklicher ist die Vorstellung, jemand könnte herausbekommen, wie es mir wirklich geht. Ich weiß selber nicht, warum ich Ihnen das jetzt erzähle.«

»Keine Sorge. Alles, was Sie sagen, bleibt unter uns. Sie sind im Augenblick nur ein wenig erschöpft. Glauben Sie mir, wenn es hart auf hart geht, habe ich auch öfters Angst. Aber wir sind ja schließlich auch nur Menschen.«

»Ich habe nicht nur einfach Angst, sondern Panik. Und immer wenn jemand sagt, ich wäre in Krisensituationen genauso gut wie Sie, könnte ich mich halb totlachen.«

»Hören Sie, Reed«, erwiderte Eric, »das ist doch hier kein Wettbewerb. Nicht wir haben uns diese Stelle ausgesucht, sondern unsere Professoren haben es für uns getan. Und jetzt ist es unsere Aufgabe, unser Bestes zu geben. Glauben Sie mir, *Ihr* Bestes ist verdammt gut!«

Seit jener Nacht hatte sich zwischen ihnen ein tiefer gegenseitiger Respekt, wenn nicht sogar eine schüchterne Freundschaft entwickelt. Allerdings hatte in den darauffolgenden Jahren keiner von ihnen ihr Gespräch je wieder erwähnt. Doch soweit Eric wußte, war Marshall mit sich ins reine gekommen. Zwar glaubte Eric, daß er, was Wissen, Engagement und Reaktionsgeschwindigkeit in Notfällen anbelangte, seinem Kollegen überlegen war. Dafür hatte Marshall trockenen Witz, sicheres Auftreten und einen scharfen Verstand für sich zu verbuchen; und all dies machte es schwierig, eine Wahl zwischen ihnen zu treffen.

»Wissen Sie, weshalb die uns beide gleichzeitig herzitiert haben?« fragte Eric, nachdem Marshall das Buch zur Seite gelegt hatte.

»Keine Ahnung. Ich habe nur gehört, daß eine Entscheidung getroffen wurde. Wie ich die alte Teagarden kenne, heißt es wahrscheinlich gleich, daß eine ehrgeizige Absolventin von Stanford den Posten bekommen hat; und wir beide sind dann unseren Job los.«

Sara Teagarden, Chefärztin der Chirurgie, hatte es gern, wenn alle nach ihrer Pfeife tanzten. Außerdem war sie mit Leib und Seele Feministin. Daß sie Frauen bei der Einstellung bevorzugte, war ebenso bekannt wie ihre ausgezeichneten Leistungen im OP. Durch ihre Willkür hatte sie schon manche Karriere aufgebaut und zerstört.

»Sind Sie sicher, daß Sie diesen Posten haben wollen?« fragte Eric.

Marshall grinste.

»Eines weiß ich: Carolyn möchte, daß ich diesen Posten haben will. Sie sind nicht verheiratet, sonst wüßten sie, daß das Grund genug ist.« Bitter lachte er auf. »Natürlich möchte ich ihn auch, Eric«, sagte er dann. »Ich müßte lügen, wenn ich sagen würde, daß mir nichts daran liegt. Aber wie stark dieser Wunsch wirklich ist, weiß ich nicht. Anders ausgedrückt: Mit dem Bauch würde ich für Sie stimmen, doch mein Ego stimmt für mich. Abgesehen davon, ist die ganze Diskussion überflüssig, weil sie mich ja doch nicht nehmen.«

»Blödsinn.«

»Und das sagt der Mann, der nicht nur für seine legendären Leistungen berühmt ist, sondern erst kürzlich das Leben eines Verwaltungsratmitglieds gerettet hat!«

»Der hat sich nicht einmal bei mir bedankt.«

»Das ist typisch für die Philosophie unseres Hauses, nach der einer den anderen an Heiligkeit und Nächstenliebe übertreffen muß. Und da wir schon beim Thema sind: Ich möchte Ihnen dafür danken, daß Sie die ganze Angelegenheit nicht weiter groß aufgebauscht haben.«

Jetzt war Eric an der Reihe zu lächeln.

»Sie meinen, nicht in der Öffentlichkeit«, ergänzte er.

»Ja, natürlich. Diese gottverdammte Kommission hat nichts unversucht gelassen, uns gegeneinander aufzuhetzen.«

»Ja, die berühmte Hierarchiepyramide des White Memorial Hospital.«

»Genau. Der Platz an der Spitze ist nur für einen ganz allein reserviert; wer ein Schwein ist, kommt durch. Wir beide verdienen eigentlich einen Orden dafür, daß wir uns nicht haben ködern lassen. Ich weiß, wie sehr Sie sich diesen Posten wünschen, und wenn meine Frau nicht so gern in Boston bleiben würde, hätte ich mich schon längst freiwillig aus dem Rennen zurückgezogen.«

»Das müssen Sie nicht sagen.«

»Aber es ist wahr ... Nun, zumindest kommt es der Wahrheit recht nahe.«

»Ich möchte mal wissen, was die da drinnen eigentlich machen.«
»Vielleicht zwei zu eins gegen Teagarden.«
»Mein Gott, das sind ja schöne Aussichten! Aber in diesem Fall würde ich darauf wetten, daß die Alte sich durchsetzt. Ganz was anderes: Sagt Ihnen der Name Äskulap was?«
»Abgesehen von dem, was jeder weiß?«
»Ja, abgesehen von dem, was jeder weiß.«
Reed Marshall zuckte die Achseln und schüttelte den Kopf. »Nein«, sagte er. »Warum fragen Sie?«
»Das erkläre ich Ihnen später, wenn ...«
Die Tür des Konferenzzimmers wurde aufgerissen, und Dr. Joe Silver kam heraus. Der an ein Frettchen erinnernde Mann, Ende Vierzig, brachte es trotz seiner Schuhe mit sechs Zentimeter hohen Plateausohlen, die er Gerüchten nach sogar im Bett anbehielt, nur auf knapp einen Meter fünfundsechzig. Er war seit fünf oder sechs Jahren Chefarzt der Unfallstation und führte seine Abteilung in einem autoritären Stil, auf den sogar Napoleon stolz gewesen wäre. Seine Fähigkeiten waren unbestritten, doch er hatte nicht das geringste Gespür für die Bedürfnisse seiner Mitarbeiter und brachte es nicht fertig, ihnen offen und geradeheraus zu begegnen. Im Laufe der jahrelangen Zusammenarbeit hatte weder Eric noch Reed Marshall eine Beziehung zu ihm aufbauen können, die einem warmen menschlichen Kontakt auch nur im geringsten nahegekommen wäre.
»Meine Herren«, sagte Silver, »bitte entschuldigen Sie, daß wir Sie warten ließen. Wenn Sie bitte hereinkommen wollen ...«
Alle beide? Eric fragte sich, warum die Kommission sich derartig unsensibel verhielt. Nach all den Monaten und den unzähligen Befragungen war es doch sicherlich taktvoller, mit dem Verlierer allein zu sprechen. Er dachte an das

seltsame Telefongespräch und die Sicherheit, mit der der Anrufer – oder die Anruferin – behauptet hatte, auf den Entscheidungsprozeß Einfluß nehmen zu können. War vielleicht Joe Silver *Äskulap*? Es würde zu ihm passen, daß er mit Leuten seine Spielchen spielte, um alle Fäden in der Hand zu behalten.

Die Kommission saß an einem massiven Holztisch, an dessen Spitze Sara Teagarden thronte. Sie war eine stattliche, herbe Frau mit kurzgeschnittenem kastanienbraunen Haar und einer goldgeränderten Großmutterbrille. Heute trug sie ein königsblaues Kostüm, mit einer Brosche aus Perlen und Diamanten am Revers. In dieser Aufmachung wirkte sie noch einschüchternder als sonst. Als sie die beiden Männer begrüßte, versuchte Eric, ihre Stimme mit der des Anrufers in Verbindung zu bringen, doch es wollte ihm nicht gelingen.

Neben den Chefärzten der Abteilung Chirurgie und Unfallmedizin war auch der Leiter der Inneren Medizin, Dr. Haven Darden, anwesend. Da Craig Worrells Entlassung so viel Aufsehen erregt hatte, stand das White Memorial Hospital in einem äußerst unvorteilhaften Licht. Die hochkarätige Besetzung der Berufungskommission war wohl ein Zeichen dafür, daß die Krankenhausleitung, die Sache unbedingt ein für allemal aus der Welt schaffen wollte. Silver, Teagarden und Darden – so vielen hohen Tieren war Eric seit seiner Bewerbung um die Praktikumsstelle nicht mehr gegenübergestanden. Jetzt fragte er sich, ob das Triumvirat die Philosophie von der Führungspyramide auf die Spitze treiben würde, indem es die beiden Kandidaten in einem medizinischen Quiz zum Schwitzen brachte.

Als ob er Erics Gedanken lesen könnte, sagte Haven Darden: »Nun machen Sie sich mal keine Sorgen. Wir wollen Sie jetzt nicht mit medizinischen Streitfragen überhäufen.«

Von den drei Kommissionsmitgliedern stand Darden, ein Tropenmediziner, Erics Gefühl nach am wenigsten auf seiner Seite. Wie Reed Marshall war er nach Harvard direkt ans Krankenhaus gekommen. Doch ganz im Gegensatz zu Marshall stammte er aus sehr armen Verhältnissen. Seine Lebensgeschichte – nichteheliche Geburt in einem Elendsviertel von Port-au-Prince auf Haiti, Flucht in die Vereinigten Staaten und schließlich Adoption durch einen wohlhabenden schwarzen Arzt – konnte man in zahlreichen Festschriften aus Harvard nachlesen. Außerdem hieß es, Darden fühle sich berufen, der erste schwarze Dekan in der Geschichte dieser Eliteuniversität zu werden. Seine Widersacher, und davon gab es eine ganze Menge, verwiesen darauf, daß er bis jetzt noch keinen wichtigen Forschungsbeitrag in seinem Spezialgebiet vorweisen konnte. Doch sein ausgezeichneter Ruf als Kliniker hielt auch seine erbittersten Feinde in Schach, und viele Assistenzärzte legten ihren Dienstplan so, daß sie dabei waren, wenn Darden auf Visite ging.
Darden sprach in kurzen, knappen Sätzen und hatte einen leichten Akzent. Falls er seine Stimme am Telefon nicht vollkommen verstellt hatte, konnte er nach Erics Meinung unmöglich der Anrufer gewesen sein. Aber Eric bemühte sich, den Gedanken an Äskulap beiseite zu schieben und sich wieder auf die Ereignisse im Raum zu konzentrieren. In einer oder zwei Minuten würde die Kommission ihre Entscheidung bekanntgeben, und die ganze rätselhafte Angelegenheit würde sich wie ein Spuk in Luft auflösen.
»Meine Herren«, begann Sara Teagarden, »wir möchten dieses Verfahren ebensowenig wie Sie noch länger ausdehnen. Aber Sie wissen sicher auch, daß wir das Vertrauen der Öffentlichkeit in unser Krankenhaus, besonders in die Unfallstation wiederherstellen müssen, das in den letzten Wochen ziemlich gelitten hat. Ich möchte Dr. Silver bitten, zu

erklären, wie und warum wir zu unserer Entscheidung gelangt sind. Doch zunächst einmal will ich sicherstellen, daß Sie beide nach wie vor am fraglichen Posten interessiert sind. Wie sieht es aus, Dr. Marshall?«

»Ich bin dabei.«

»Und Dr. Narjarian?«

»Natürlich.«

»Sehr gut. Dr. Silver, wollen Sie bitte unseren gegenwärtigen Standpunkt erläutern?«

Eric umklammerte fest die Stuhllehne, als Joe Silver seine Notizzettel glattstrich und seine Lesebrille zurechtrückte.

»Dr. Marshall, Dr. Najarian «, begann er dann, »zuerst möchte ich Sie zu dem vorzüglichen Eindruck, den Sie auf unsere Kommission gemacht haben, beglückwünschen. Für Ihre hervorragenden Dienste in den letzten Jahren soll ich Ihnen im Namen von Krankenhauschef Mortensen, den Verwaltungsratmitgliedern und allen Mitarbeitern des White Memorial unseren Dank aussprechen. Leider hat uns der letzte stellvertretende Chefarzt der Unfallstation mehr Ärger und böse Schlagzeilen eingebracht als die vielen hundert Ärzte, die bei uns im Laufe der Zeit beschäftigt waren ...«

Trotz der Spannung im Raum warfen sich Eric und Reed Marshall spöttische Blicke zu. Craig Worrell hatte sich einmal zu oft von seinen Trieben lenken lassen. Eine versteckte Videokamera hatte an den Tag gebracht, daß er eine Patientin der Unfallstation im Austausch gegen ein Rezept für harte Drogen zu sexuellen Handlungen erpreßte. Er wurde festgenommen, als er die Zivilpolizistin in seinem BMW in der Tiefgarage des Krankenhauses dazu drängte, doch nun ihren Teil der Abmachung zu erfüllen, damit er zu seiner Arbeit zurückkehren konnte. Doch leider war offenbar auch die gesamte Bostoner Presse und das Fernsehen dabeigewe-

sen. Als man ihn einen Monat später gegen Kaution freiließ, hatte Worrell sich abgesetzt. Seitdem war er angeblich hier und da gesehen worden; mehr wußte man nicht.
»Nun ...«, fuhr Silver fort, »ich hoffe Sie verstehen, daß es uns widerstrebt, eine endgültige Wahl zu treffen, solange auch noch die geringsten Ungewißheiten bestehen. Uns ist klar, daß Sie heute eigentlich eine Entscheidung erwarten, und wir müssen zugeben, daß unsere Vorgehensweise grausam erscheinen mag. Dennoch haben wir uns entschlossen, mit der Besetzung des Postens noch, äh, zwei oder drei Wochen zu warten. Sollte unsere Haltung dazu führen, daß Sie sich gezwungen sehen, Ihre Bewerbung zurückzuziehen, so teilen Sie uns dies doch bitte mit.«
Silvers Sätze trafen Eric wie ein Schlag ins Gesicht. Keine Entscheidung – das war die einzige Möglichkeit, auf die er nie gekommen wäre. Dabei hatte die Kommission doch schon eine endgültige Wahl getroffen gehabt. Silver selbst hatte das vor zwei Tagen angedeutet. Was, zum Teufel, ging hier vor?
Eric starrte erst seinen Chef und dann die anderen beiden Kommissionsmitglieder an. Ihre Gesichter kamen ihm unwirklich vor wie Masken.
»... Dr. Najarian ? Entschuldigen Sie bitte, Dr. Najarian ?«
»Wie bitte? Oh, tut mir leid.«
Silver blickte ihn stirnrunzelnd an.
»Dr. Najarian , Dr. Marshall hat uns erklärt, daß er bereit ist, noch zwei oder drei weitere Wochen zu warten. Wir möchten jetzt von Ihnen wissen, ob Sie ebenfalls damit einverstanden sind?«
Mit größter Anstrengung sammelte Eric seine Gedanken.
»Natürlich«, hörte er sich sagen. »Ich kann durchaus noch eine Weile warten.«
Die Masken grinsten beifällig.

»Ausgezeichnet«, meinte Sara Teagarden. »Dr. Darden, möchten Sie noch etwas sagen?«

Der Internist ließ seinen Blick von Eric zu Reed Marshall schweifen.

»Ich möchte die beiden Herren um Verständnis für unsere Haltung bitten und mich entschuldigen. Wenn es möglich wäre, würden wir Sie am liebsten beide berufen. Doch da die Dinge nun einmal nicht so sind und die Verwaltungsratsmitglieder und die Presse jeden unserer Schritte schärfstens beobachten, wollen wir noch ein paar Randbereiche durchleuchten und noch einige Interviews durchführen. Wenn Sie noch Fragen haben, sind wir alle natürlich gern bereit, ein Treffen mit Ihnen zu vereinbaren.«

Ohne weiteren Kommentar erhob sich Sara Teagarden, schüttelte den Bewerbern die Hand und vertagte die Sitzung.

»Ist alles in Ordnung, Eric?« fragte Reed Marshall, nachdem die anderen gegangen waren. »Sie sind ein bißchen blaß um die Nase.«

Scheiße. Eine große gottverdammte Scheiße, lag Eric eigentlich auf der Zunge. Statt dessen zuckte er nur die Achseln.

»Natürlich, alles o.k.«, sagte er. »Ich … ich hatte mich nur darauf eingestellt, heute ein Ergebnis zu hören – so oder so.«

»Mir geht's ähnlich. Noch gestern ist mir die alte Teagarden über den Weg gelaufen und hat durchblicken lassen, die Entscheidung sei gefallen. Es hörte sich sogar ganz danach an, daß Sie den Posten bekommen. Vor der Kommission wollte ich das nicht laut sagen, aber es stimmt. Ich muß jetzt zurück auf die Station. Wir sehen uns später. Es dauert ja nur noch ein paar Wochen.« Er schlug Eric freundschaftlich auf die Schulter. »Und bleiben Sie sauber, haben Sie mich verstanden?«

»Sie auch«, entgegnete Eric. »Man weiß ja nie, wann der Große Bruder – genauer gesagt, die Große Schwester – zuschaut.«

Während Marshall davoneilte, blieb Eric reglos stehen. Außerhalb des Krankenhauses hatten die beiden praktisch keinen Kontakt miteinander gehabt. Aber jetzt, wo ihre gemeinsame Zeit am White Memorial zu Ende ging, wünschte Eric, er hätte sich öfter einmal mit Marshall getroffen.

Susan, die Empfangsdame, sah Eric erwartungsvoll entgegen, als er an ihren Tisch trat.

»Na, wie ist's gelaufen?« erkundigte sie sich.

»Überhaupt nicht. Ist nichts 'bei rausgekommen.«

»Ja, das haben Kommissionen so an sich. Bei einigen Sitzungen mußte ich Protokoll führen. Sie können sich nicht vorstellen, wie sehr eine kleine Gruppe von Ärzten sich verzetteln kann.«

»Da mögen Sie recht haben. Nun, bis demnächst.«

»Warten Sie«, rief sie ihm hinterher. »Ich habe noch etwas für Sie.«

Sie gab ihm einen einfachen Umschlag, auf dem in ordentlichen Druckbuchstaben DR. ERIC NAJARIAN geschrieben stand. Im ersten Moment glaubte Eric, der Brief sei von ihr; aber an ihrem Gesichtsausdruck erkannte er rasch, daß das nicht stimmte.

»Das hat so eine kleine Zuckerpuppe für Sie abgegeben«, erklärte Susan. »Sie war wirklich niedlich, aber ein bißchen zu jung für Sie.«

Eric war zu sehr in seinen Gedanken versunken, um ihrem Hinweis weiter Beachtung zu schenken. Statt dessen betastete er den Umschlag.

»Danke«, murmelte er und ging.

»Ich bin noch den ganzen Tag hier«, sagte Susan.

Eric bog in den Hauptkorridor des Krankenhauses ein. Dort

lehnte er sich gegen eine Wand und riß den Umschlag auf. Das Begleitschreiben war in der gleichen Handschrift gehalten wie die Adresse.
WENN SIE DAS TRAGEN, WISSEN WIR BESCHEID, mehr stand nicht auf dem Papier. In einer Ecke des Umschlags steckte ein Gegenstand aus Metall.
Mit steifen, kalten Fingern zog Eric ihn heraus und hielt ihn so, daß keiner der Vorbeigehenden ihn sehen konnte. Es war eine Anstecknadel mit einem schwarzen, ovalen Stein, möglicherweise einem Obsidian. Und eingelegt in den Stein war ein feinziselierter goldener Äskulap.

5

9. April

»Name?«

»Laura Enders. Aber das habe ich Ihnen doch schon gesagt.«

»Ich weiß, Madame. Ich meine auch nicht Ihren Namen, sondern den des Vermißten.«

»Ach so, Scott Enders. Aber er nannte sich auch Scott Shollander.«

»Alias Shollander«, murmelte der Sergeant am Schreibtisch und hämmerte den Namen in die Maschine.

Laura war zwar erst seit wenigen Minuten auf dem Bostoner Polizeirevier, aber schon jetzt wollte sie nichts als raus hier. Der Beamte, der ihren Fall bearbeitete, hatte sich zwar nicht vorgestellt, doch das Schild auf seiner Brust trug die Aufschrift SGT. THOS. CAMPBELL. Der Mann war Ende Fünfzig, hatte ein rotes, aufgedunsenes Gesicht, einen Schmerbauch und versah seine Arbeit mit unverhohlener Gleichgültigkeit. Während sie sich ihre Antworten auf seine Fragen anhörte, wurde ihr immer klarer, daß es zwecklos war.

»Wann haben Sie ihn zuletzt gesehen?«

»Wenn man es genau nimmt, vor fünf Monaten.«

»Fünf ... Monate ...« wiederholte der Beamte, während er schrieb. Nach seinem Tonfall zu urteilen, hätten es genauso fünf Tage sein können. In seinen Jahren im Polizeidienst hatte er offenbar schon alles einmal gesehen und gehört – was soviel bedeutete, wie, es reichte ihm. »Ich glaube, in diesem Fall brauchen wir nicht genauer zu beschreiben, welche Kleidung er zuletzt trug«, meinte er.

»Nein«, gab ihm Laura spöttisch recht. »Die Zeile können Sie wohl freilassen.«

Das Bostoner Polizeipräsidium unterschied sich so sehr von der unberührten Schönheit der Little Caymans, daß Laura sich vorkam wie auf einem anderen Stern. Einen größeren Gegensatz konnte man sich nicht vorstellen. Der Fußboden war schmutzig, und der Lichtkegel der schummrigen Glühbirne reichte gerade so weit, daß man die Flecken an den Wänden erkennen konnte. Doch am schlimmsten war der Geruch. Die Ausdünstung von Menschen – von Hunderten von Menschen, wie es schien – hing wie ein Nebel in der Luft.

Es war der trübe Nachmittag eines verregneten Tages. Gestern fast um die gleiche Zeit war Laura von Communigistics aufgebrochen und im Taxi zu der Adresse in Washington gefahren, die Neil Harten ihr gegeben hatte. Doch in dem kleinen Apartmenthaus hatte sie niemanden finden können, der Scott je gesehen oder von ihm gehört hatte. Anschließend nahm sie sich in einem Hotel in der Innenstadt ein Zimmer und rief noch einmal Neil Harten an, weil sie wissen wollte, ob er jemanden kannte, der Scott in seiner Wohnung besucht hatte. Wie erwartet, fiel die Antwort negativ aus.

Nachdem sie die Möglichkeit verworfen hatte, sich an den Hausbesitzer zu wenden, beschloß sie, sich eine Nacht Ruhe zu gönnen und am folgenden Morgen bei der nächstbesten Polizeiwache eine Vermißtenmeldung aufzugeben. Anschließend wollte sie nach Boston fahren und ernsthaft mit ihren Nachforschungen beginnen.

»Haben Sie ein Foto aus der letzten Zeit?«
»Wie bitte?«
»Ein Foto?«
»Oh! Nur dieses hier.«
Sie gab ihm das Bild, auf dem sie mit Scott zu sehen war. Nach einem flüchtigen Blick legte es der Beamte auf den Schreibtisch.
»Nein, warten Sie, das brauche ich noch.«
Bekümmert gab ihr Sergeant Thomas Campbell das Foto zurück.
»Ich ... ich habe eine Vergrößerung von Scotts Gesicht machen lassen und bringe Ihnen morgen einen Abzug vorbei. In Ordnung?«
»Ganz wie Sie wollen.«
»Sergeant, können Sie mir bei der Suche nach meinem Bruder helfen oder nicht?«
Der alte Polizist sah sie an. Zum erstenmal entdeckte Laura einen Funken von Interesse in seinen Augen.
»Realistisch betrachtet, Miss Enders«, sagte er. »Was würden Sie an meiner Stelle antworten?«
»Ich ... ich verstehe«, sagte Laura und sammelte ihre Sachen zusammen.
»Es tut mir leid. Sie haben mir genügend Informationen geliefert, damit wir den Namen Ihres Bruders in den Computer geben können, aber es reicht nicht, um einen Beamten darauf anzusetzen.«
»Sergeant Campbell, ich sagte doch schon, ich habe Sie verstanden. Ich bringe Ihnen die Vergrößerung vorbei, sobald ich Sie habe. Vielen Dank, daß Sie mich angehört haben.«
Sie stand auf.
»Warten Sie noch einen Moment«, sagte Campbell. »Mit dem, was Sie mir gegeben haben, kann ich wirklich nicht

viel anfangen, aber ich werde die Personenbeschreibung Ihres Bruders mit den, hm ...«

»Unbekannten Toten vergleichen. Das können Sie ruhig aussprechen.«

»Ja, vergleichen.« Er schrieb den Namen Bernard Nelson und eine Telefonnummer auf einen Notizblock, riß den Zettel ab und gab ihn ihr hinüber. »Dieser Mann ist ein guter Privatdetektiv«, sagte er. »Er arbeitet allein, nicht für eine der großen Gesellschaften, und deshalb ist er auch nicht ganz so teuer. Vielleicht kann er ihnen helfen. Und ich verspreche Ihnen, daß ich Sie anrufe, wenn ich etwas erfahren habe. Wo wohnen Sie?«

»Im Carlisle. Es liegt in der Innenstadt an ...«

»Am Stiles. Ich kenne es. Jeder Polizist kennt das Carlisle. Ich weiß nicht genau, wie ich mich ausdrücken soll, Miss, aber das Carlisle ist nicht gerade das richtige Hotel für ... ich meine, sie vermieten die Zimmer dort stundenweise – an gewisse Damen und ihre Freier.«

»Prostituierte?«

»Ja, so was gibt's in Boston auch.«

»Aber ... aber mein Zimmer kostet fünfundneunzig Dollar die Nacht.«

»Also, willkommen in Boston«, sagte Sergeant Thomas Campbell.

Bernard Nelsons Büro war nur zehn Minuten zu Fuß von der Polizeiwache entfernt. Auf dem Weg dorthin ging Laura in einem Fotogeschäft vorbei. Nachdem sie zwei zusätzliche Zwanzig-Dollar-Scheine über die Theke geschoben hatte, erhielt sie die Versicherung, ihre Vergrößerungen würden schon am folgenden Morgen fertig sein und nicht erst, wie vom Besitzer zuvor angekündigt, in sieben bis zehn Tagen.

»Willkommen in Boston«, murmelte Laura, als sie den Laden verließ.
Am Telefon hatte Nelson geklungen, als wäre er zwischen dreißig und vierzig Jahre alt. Doch in Wirklichkeit sah er anders aus – auf mindestens sechzig schätzte ihn Laura, und nicht gerade jung für sein Alter. Sein Büro in der ersten Etage eines vierstöckigen Hauses aus braunem Sandstein bestand aus einem kleinen leeren Empfangsraum und einem größeren, vollgestopften Arbeitszimmer. Nelson empfing Laura an der Schwelle. Er war einen Meter siebzig oder fünfundsiebzig groß und wog mindestens zwei Zentner. Die Pfunde hatten sich zum größten Teil an seiner Hüfte angesammelt, und im Vergleich zu ihm sah Thomas Campbell wie ein verhungertes Waisenkind aus. Sein abgetragener grüner Pullover reichte kaum bis zum Hosenbund. Ein zwei Zentimeter dicker, erloschener Zigarrenstummel hing zwischen seinen Lippen. Auf Anhieb konnte Laura sich vorstellen, wie dieser Mann Seite an Seite neben Sergeant Campbell in einer verräucherten Kneipe hockte, und sie unterdrückte den Drang, davonzulaufen.
Im Gegensatz zu Campbell hörte Bernard Nelson ihr jedoch mit gewissem Interesse zu. Als sie fertig war, zog er einen bedrohlich aussehenden Revolver mit langem Lauf aus seiner Schublade, wog ihn fachmännisch in der Hand – und benutzte ihn dann als Feuerzeug für seine Zigarre.
»Ein hübsches Stück«, sagte Laura bewundernd.
»Ein Geburtstagsgeschenk von meiner Tochter. Den echten habe ich weggeschlossen. Ich habe Angst, ihn wie die Jungs im Fernsehen in meiner Schreibtischschublade aufzubewahren. Sonst verwechsele ich die beiden noch mal, puste mir den Kopf weg – oder, noch schlimmer, die Zigarre. Nach meiner Herzoperation hab' ich meiner Frau versprechen müssen, nur noch eine am Tag zu rauchen.«

»Wäre wirklich schade um die Zigarre.«

»Sie haben's erfaßt.« Er nahm einen Zug, legte den Kopf zurück und ließ eine dicke Rauchwolke an die Zimmerdecke steigen. Dann legte er den Stummel in einen Aschenbecher.

»Also, Miss Enders, jetzt erklären Sie mir mal, warum Sie so wenig von einem Mann wissen, dem Sie so nahestehen.«

»Mir ist nie bewußt geworden, wie wenig ich tatsächlich von ihm weiß«, antwortete sie. »Wenigstens nicht bis vor ein paar Wochen. Es liegt daran, daß Scott irgendwie immer ein Geheimnis um alles macht.« Mit einem gewissen Schuldgefühl erkannte sie, daß sie die gleiche Einschätzung hatte wie Neil Harten, aber sie paßte.

»Sie meinen, wo er wohnte, wo er arbeitete, die verschiedenen Namen, die er benutzte ...«

Laura holte tief Luft und atmete langsam wieder aus.

»Mr. Nelson, haben Sie Geschwister?« fragte sie.

»Noch einen Bruder«, antwortete er, wobei sie an seinem Gesichtsausdruck erkannte, daß er bereits wußte, worauf sie hinaus wollte. »Fünf Jahre älter als ich.«

»Lebt er noch?«

»Er ist quietschfidel.«

»Waren Sie als Kinder viel zusammen?«

»Nein. Meistens hat er so getan, als wäre ich Luft.«

»Und was bedeutete er Ihnen?«

»Ich habe ihn angebetet«, sagte Bernard Nelson. »Und das tu ich wohl noch immer.«

»Sehen Sie, mit meinem Bruder geht es mir ähnlich. Seit meinem vierzehnten Lebensjahr ist er der einzige Verwandte, den ich noch habe.« Sie blickte den Detektiv einen Moment lang schweigend an. »Ich will Ihnen jetzt nicht erzählen, was Scott all die Jahre für mich getan hat. Aber ich hatte nie die Möglichkeit, es wiedergutzumachen.«

»Damit ist mir alles klar«, sagte Nelson. Sehnsüchtig betrachtete er den Zigarrenstummel, doch dann entschied er sich offensichtlich dafür, ihn noch ein wenig aufzuheben. »Miss Enders, wie schätzen Sie die Möglichkeit ein, daß Ihr Bruder in krumme Sachen verwickelt war?«

»Krumme Sachen?«

»Entschuldigen Sie bitte, ich rede schon wie im Fernsehen. Aber was Besseres ist mir im Augenblick nicht eingefallen. Sie wissen ja sicher, was ich meine. Glücksspiel, Wirtschaftskriminalität, Drogen?«

»Unmöglich«, entgegnete Laura.

»Warum? Auch John Dillinger hatte Verwandte.«

»Sehr witzig! Wie kommen Sie überhaupt auf diesen Gedanken?«

»Sie sollten besser fragen, warum ich nicht schon eher drauf gekommen bin. Miss Enders, niemand läuft mit falschem Namen durch die Gegend und hält sein Privatleben vor seinen Angehörigen geheim, wenn er nicht einen Grund dafür hat.«

»Natürlich trifft das in den meisten Fällen zu. Aber ich weiß – ich meine, ich spüre, daß ich Scott gut einschätzen kann. Und das paßt einfach nicht zu ihm. Wollen Sie mir trotzdem helfen, ihn zu suchen?«

»Ich berechne fünfundsiebzig Dollar plus Spesen.«

»Das klingt vernünftig, solange Ihre Spesen nicht überhand nehmen.«

Bernard Nelson sah sie über seinen Schreibtisch hinweg einen Moment lang an. Dann lächelte er.

»Miss Enders«, meinte er schließlich, »ich meine fünfundsiebzig Dollar die Stunde.«

»Die Stunde?«

»Und ich muß bei Punkt null anfangen, ja, ich weiß nicht einmal, ob Ihr Bruder noch in Boston ist. Und bis ich ihn gefunden habe, können verdammt viele Stunden vergehen. Es kann also durchaus auf ...«

»Rechnen kann ich selbst. Arbeiten Sie im Augenblick an einem anderen Fall?«

»Es mag zwar nicht so aussehen, aber die Antwort ist: Ja. Verschiedene Fällen sogar.«

»Und immer für fünfundsiebzig Dollar die Stunde?«

»Manchmal sogar mehr.«

»Wie viele Stunden brauchen Sie ihrer Meinung nach, bis Sie wissen, ob Sie Scott finden können?«

»Fünfzig vielleicht. Oder hundert. Jemanden aufzuspüren besteht zu fünfzig Prozent aus mühevoller Kleinarbeit, und fünfzig Prozent sind reines Glück. Deshalb kann man es unmöglich im voraus sagen.«

»Ich ... ich habe zwar ein bißchen Geld, aber dafür reicht es nicht.«

»Das habe ich mir schon gedacht. Miss Enders, ich würde Ihnen gern helfen, glauben Sie mir. Jim Rockford im Fernsehen kriegt ständig Aufträge von tollen Blondinen, und ich wollte schon immer mal, daß mir auch so was passiert. Aber ich habe zwei Kinder an der Uni, und mit meinen Hypotheken könnte ich die Straße von hier bis nach Nevada pflastern. Sie brauchen jemanden, der sein Geschäft versteht, der sich ausschließlich um Ihre Sache kümmert und der billiger arbeitet als ich. So jemanden gibt es aber nicht. Und wenn Sie jemanden nehmen, der weniger verlangt, besteht die Chance, daß Sie Ihr Geld zum Fenster rauswerfen.«

»Ich weiß Ihre Ehrlichkeit zu schätzen«, sagte Laura und gab sich keine Mühe, ihre Enttäuschung zu verbergen. »Was soll ich also ihrer Meinung nach tun?«

»Geben Sie auf und warten Sie ab.«

»Das steht nicht zur Debatte.«

»Nun, dann kann ich Ihnen vielleicht ein wenig auf die

Sprünge helfen. Wenn Sie irgendwo eine heiße Spur wittern, kommen Sie wieder, und wir sprechen darüber.«

»Das ist sehr nett von Ihnen.«

»Kann sein. Aber ich möchte Ihnen wirklich gern helfen. Vielleicht liegt es daran, daß Sie sich nicht über meine Zigarre beschwert haben.«

»Das wollte ich eigentlich tun.«

»Ich weiß. Aber jetzt hören Sie mir mal gut zu. Als erstes möchte ich Ihnen klarmachen, daß wir hier nicht irgendwo in der Provinz oder in der Karibik sind, sondern in einer Großstadt. Und in der Großstadt legen es die meisten Menschen nun mal drauf an, Sie auszunehmen, und nicht, Ihnen zu helfen.«

»Das klingt sehr beruhigend.«

»So ist es nun einmal. Sie haben so eine nette Art an sich. Nett und vertrauensvoll ...«

»Danke.«

»Danken Sie mir nicht. In meinem Geschäft ist das kein Kompliment, sondern ein Fehler. Verstehen Sie mich?«

»Ja«, entgegnete Laura fest. »Ich verstehe, was Sie meinen.«

»Gut, also dann! Zuerst sollten Sie ein Plakat drucken lassen. Mit dem Foto, von dem Sie mir erzählt haben, und allen Informationen über Ihren Bruder, die Ihnen einfallen. Bieten Sie eine Belohnung an, aber schreiben Sie nicht, wieviel. Und verabreden Sie sich mit den Leuten, die Ihnen etwas zu sagen haben, nur an öffentlichen Plätzen. Gehen Sie mit dem Foto zu diesem Mann hier und sagen Sie ihm, Sie wären eine Bekannte von mir.« Er schrieb einen Namen und eine Anschrift auf einen Zettel. »Lassen Sie tausend Stück drukken. Bieten Sie ihm aber unbedingt hundert Dollar weniger als er verlangt. Liefert er allerdings noch am gleichen Tag, zahlen Sie, was er ursprünglich haben wollte.«

»Ich verstehe«, antwortete Laura. »Und wo soll ich die Zettel verteilen?«
»Fangen Sie mit den Hotels an. Verlassen Sie sich jedoch nicht zu sehr auf die Angestellten und die Geschäftsführer. Wenden Sie sich lieber an die Bedienungen in den Hotelrestaurants. Sprechen Sie mit allen und jedem. Wenn Sie ihnen nur das Plakat hinschieben und dann wieder abziehen, erreichen Sie gar nichts. Gehen Sie dann zu den kleinen Polizeistationen in den verschiedenen Bezirken. Und achten Sie darauf, daß die Zettel dort auch wirklich ausgehängt werden. Anschließend sind die Zeitungen dran. Wichtig ist, daß Sie sich für diese Besuche ein wenig aufdonnern. Denn wenn Sie bei einem Reporter Interesse für Ihren Fall wecken können, macht der daraus vielleicht eine Geschichte mit Foto. Und sollte das alles nichts bringen, dann können wir mal überlegen, ob Sie nicht einen Teil Ihres Geldes in eine Anzeige investieren. Trinkt Ihr Bruder?«
»Das schon, aber nicht viel, glaube ich.«
»Dann müssen Sie in die Bars in der Innenstadt gehen. Außerdem in die Computerläden, wenn wir mal annehmen, daß er noch immer in diesem Bereich arbeitet. Oh, und natürlich in die Krankenhäuser, besonders in die Notaufnahme. Nehmen Sie sich jedes einzelne vor, auch die in den Vororten. Und tun Sie alles, damit Ihr Plakat an der Wand landet, und nicht im Mülleimer.«
Laura schwirrte der Kopf, während sie Nelsons Vorschläge notierte.
»Leicht wird das jedenfalls nicht«, sagte sie.
»Es könnte schlimmer sein.«
»Wirklich?«
»Ja, nämlich dann, wenn Sie fünfundsiebzig Dollar die Stunde zahlen müßten, um all das erledigen zu lassen. Besorgen Sie sich einen guten Stadtplan und zeichnen Sie darauf

nicht nur die Stellen ein, wo Sie schon waren, sondern auch die, die Sie noch aufsuchen müssen. Wenn Sie wollen, können Sie mir die Karte vorbeibringen, und ich markiere die Viertel, in denen Sie sich besser nicht blicken lassen. Mit dem Taxi können Sie ruhig dorthin fahren, aber lassen Sie die Türen verriegelt. Ein paar Taxifahrer – viele sind es nicht – haben es sich nämlich zur Gewohnheit gemacht, an bestimmten Ecken anzuhalten. Dann springt ihr Kumpel in den Wagen und klaut den Frauen die Geldbörse.«

»Jawohl, Chef.«

»Verriegeln Sie also die Türen.«

»So allmählich sehe ich ein, daß Sie Ihre fünfundsiebzig Dollar wert sind.«

»Und vergessen Sie nicht, mir nach Ihrer Rückkehr auf die Insel eine Kiste Havannas zu schicken.«

Laura stand auf und nahm seine Hand.

»Ich schicke sie an Ihre Frau«, sagte sie. »Die kann sie dann für Sie rationieren.«

Als Laura Bernard Nelsons Büro verließ, hatte sich bereits ein kühler, feuchter Abend über die Stadt gesenkt. Die Straßenbeleuchtung, zum Teil noch altertümliche Gaslaternen, war eingeschaltet. Auf den Bürgersteigen drängten sich Menschen aller Hautfarben und Nationen, viele von ihnen Geschäftsleute, die sich auf dem Heimweg befanden. Im großen und ganzen gefiel Laura die Stimmung – ein bißchen altmodisch und betriebsam, ohne deswegen hektisch zu sein. Sie war schon zweimal in New York gewesen, aber sie hatte sich dort nie so wohl gefühlt wie bereits nach wenigen Stunden in Boston.

An einem kleinen Zeitungskiosk kaufte sie sich einen Stadtplan und eine Taucherzeitschrift und entschloß sich dann, die Boylston Street bis zu den Public Gardens entlangzuwan-

dern. Sie hatte gerade die Dartmouth überquert, als zwei Jugendliche – ein schwarzer und ein weißer – auf sie zurannten. Doch erst als sie die alte Frau vor sich bemerkte, wußte sie, was gleich geschehen würde.
Offensichtlich geübt, stieß einer der Jugendlichen die Frau an, so daß sie das Gleichgewicht verlor. Der andere, der einen Schritt zurückgeblieben war, griff nach ihrer Handtasche, als sie zu Boden fiel. Dann nahm er die Beine in die Hand. Laura reagierte, ohne nachzudenken. Als er auf sie zukam, nahm sie ihre Tasche von der Schulter und schleuderte sie mit aller Kraft gegen den Jungen. Der Riemen verfing sich in seinem Arm, und die Tasche der alten Frau wurde über den Bürgersteig geschleudert. Der Junge stolperte und drehte sich um.
»Finger weg!« rief Laura und trat zwischen ihn und die Tasche.
Der Junge hielt an. Herausfordernd blickte er sie an.
»Laß die Finger weg«, stieß sie hervor und hoffte, daß sie mindestens genau so entschlossen aussah wie er wütend. Hinter ihm sah sie den anderen Jugendlichen, der zunächst zögerte, sich dann jedoch umdrehte und fortlief. Allmählich gesellten sich ein paar männliche Passanten hinzu. Eine Spur von Unsicherheit zeigte sich auf dem Gesicht des Jungen.
»Blöde Sau«, fluchte er. Dann rannte er weg, vorbei an zwei verdutzten Geschäftsmännern.
Mehrere Leute murmelten anerkennend und klopften Laura auf die Schulter. Laura aber schlug das Herz bis zum Hals, als sie die Tasche aufhob. Jemand half der alten Frau auf die Beine.
»Geht es wieder?« erkundigte sich Laura.
»Ich ... ich glaube schon«, erwiderte die Frau, ohne zu wissen, daß sie mit ihrer Retterin sprach.

»Gut, hier ist Ihre Tasche.«

»Vielen Dank, meine Liebe.«

Die Frau schien noch immer unter Schock zu stehen, und Laura kam näher auf sie zu, um ihr die Tasche zu geben. Keine drei Meter von ihr entfernt versteckte sich ein Mann in Jeans und einer Windjacke hastig im Schatten eines Hauseingangs. Laura vergewisserte sich, daß die alte Frau wieder laufen konnte. Ohne auf den stürmischen Applaus der Passanten zu achten, ging sie weiter die Boylston Street entlang.

Ein paar Schritte ließ der Mann in Jeans ihr Vorsprung, dann schlüpfte er aus seinem Versteck und heftete sich an ihre Fersen.

6

Der Anstecker, nicht größer als Erics Fingernagel, war bis ins winzigste Detail sorgfältig gearbeitet – wirklich ein kleines Kunstwerk. Der Äskulapstab war in Gold in den schwarzen Stein eingelassen und mit Emaille abgesetzt; ebenso die Flügel, die aus ihm herauswuchsen. Die verschlungenen Schlangenköpfe, die sich um ihn herumrankten, waren so genau ausgeführt, daß Eric unter dem Mikroskop sogar winzige Rubinsplitter entdecken konnte, die ihren Augen Feuer verliehen.

Wir sind Äskulap, Männer und Frauen, die sich wie Sie der Medizin verschrieben haben. Uns liegen die gleichen Fragen am Herzen wie Ihnen. Und auch Sie liegen uns am Herzen.

Seit der unerwarteten Entscheidung der Berufungskommission, die endgültige Besetzung des Postens noch einige Wochen zu verschieben, waren Eric diese Worte immer wieder durch den Kopf gegangen. Obwohl er sich an den genauen Wortlaut der Sätze, die die seltsame elektronische Stimme gesprochen hatte, nicht mehr erinnern konnte, war ihr Sinn doch klar. Im White Memorial gingen geheimnisvolle Dinge vor, heimlich, aber nichtsdestotrotz bedeutsam. Und wenn er bereit war, die Pfade der Schulmedizin zu verlassen und einen Patienten auf bisher unbekannte Weise zu behandeln, würde er auch dazugehören.

Joe Silver, Haven Darden und Sara Teagarden – sie waren im Krankenhaus die ganz hohen Tiere. Eric war überzeugt, daß wenigstens einer von ihnen zu Äskulap gehörte. Denn zumindest einer dieser Kollegen war bereit, dafür zu sorgen, daß Eric den Posten als stellvertretender Chefarzt der Unfallstation erhielt.

In den ersten vier Tagen nach der Sitzung der Berufungskommission hatte Eric die Anstecknadel in seiner Schreibtischschublade liegen lassen. Obwohl er versucht hatte, sie zu vergessen und wie gewohnt seinen Dienst abzuleisten, hatte er in Gedanken ständig nach guten Gründen dafür gesucht, die Nadel anzustecken. Er dachte an all die Ärzte, die Erfolge errungen hatten, weil sie medizinische Konventionen außer acht ließen. Er hielt sich vor Augen, daß er sich und anderen durch den Einsatz des Perikardiallasers bewiesen hatte, daß er zu ähnlich kühnen Taten in der Lage war. Und er redete sich ein, daß er ja immer noch ablehnen konnte, mit Äskulap zusammenzuarbeiten, wenn er erst einmal herausgefunden hatte, was dieser im Schilde führte. Doch letzten Endes konnten ihn weder die versprochene Beförderung noch all die anderen Überlegungen überzeugen. Hier handelte es sich nicht um die Lasermethode, die er selbst entwickelt hatte und in- und auswendig kannte. Vielmehr ging es um die Arbeit und die Interessen anderer. Er hatte hart gegen seine Neugier zu kämpfen. Aber eine innere Stimme warnte ihn davor, sofort herausfinden zu wollen, was Äskulap vorhatte. Gleichzeitig war er sicher, im Verlauf seiner mehr als fünfjährigen aufopferungsvollen Arbeit bewiesen zu haben, daß er der bessere Mann für die Stelle war. Deshalb klammerte er sich an die Hoffnung, daß das genügen würde.

Es war noch früh am Abend. In der Notaufnahme war es in den letzten Stunden ungewöhnlich ruhig gewesen, aber der Frieden hatte nicht lange gedauert. Gerade als er die Schicht bereits an Reed Marshall übergeben hatte, wurden zwei schwerverletzte Opfer eines Unfalls auf der Autobahn eingeliefert. Also erbot sich Eric, die Aufgaben eines einfachen Stationsarztes zu übernehmen, bis sich die Lage wieder etwas entspannt hatte. Gemeinsam mit einer Schwester kümmerte er sich um die Ambulanz und verarztete die Patienten, die keine weiterführende Behandlung brauchten. Dabei arbeitete er in drei Behandlungszimmern zugleich und hatte auch noch die Kranken im Auge, die auf die Ergebnisse aus dem Labor warteten. Dennoch wuchs der Stapel von unerledigten Krankenblättern immer weiter.

»Kristen, wie steht der Mond?« fragte er seine Mitarbeiterin, während er gleichzeitig Rezepte und Überweisungen für mehrere Patienten ausfüllte.

»Morgen haben wir Vollmond«, antwortete die Schwester. »Sehen Sie das nicht selbst?«

»Doch, das sehe ich«, entgegnete er. »Senora Martinez«, rief er laut. *»Traiga a su padre aqui, por favor.«*

Die Frau, einen Säugling in einem Arm, half dem alten Mann zum Schreibtisch hinüber. Von allen Fächern, die Eric als zukünftiger Arzt in der High-School belegt hatte – Biochemie, Biologie, Physik und Statistik – war wohl der vierjährige Spanischkurs der wichtigste gewesen.

»Die Gicht, *Senora. La gota«*, sagte er und gab ihr das Rezept und die Überweisung. *»Es muy dolorosa, pero no es grave.«*

Mehrmals bedankte sich die Frau auf spanisch, dann drückte sie ihm die Hand und küßte ihn nach kurzem Zögern auf die Wange.

»Das war ja nett! Oder soll ich sagen: *Fue muy simpatico.«*

Als Eric herumfuhr, sah er Dr. Haven Darden neben sich.

»Vielen Dank«, meinte Eric. »Ich wünschte, ich wäre so klug gewesen, die Sprachkurse im College fortzusetzen. Hört sich an, als hätten Sie da eher in die Zukunft gedacht.«

Das runde Gesicht verzog sich zu einem Grinsen.

»Auf Haiti spricht man Französisch, haben Sie das vergessen?« erwiderte er. »Und wenn man Französisch kann, dann sind die anderen romanischen Sprachen auch nicht mehr schwer zu erlernen.«

Eric fiel ein, daß er einmal gelesen hatte, der Chefarzt der Inneren Medizin des White Memorial spräche fließend sieben Sprachen. Er zog es allerdings vor, dieses Thema nicht weiter zu verfolgen. Während seiner Ausbildung hatte er auch eine gewisse Zeit unter Darden gearbeitet, doch zu ihm hatte sich nie ein so enger Kontakt entwickelt wie zu einigen anderen seiner Professoren. Seit er und Reed Marshall gemeinsam bei Darden in der Ausbildung gewesen waren, fühlte er sich in Gesellschaft des Professors ein wenig unwohl. Marshall hatte beiläufig sein Studium in Harvard erwähnt und später gegenüber Eric durchblicken lassen, Darden habe ihn und seine Frau zum Abendessen eingeladen.

Falls ein Mitglied der Berufungskommission einen der Bewerber deutlich vorzog, dann war es sicherlich Darden, der auf Reed Marshall setzte.

»Warten Sie auf einen Patienten?« erkundigte sich Eric.

Darden, der unter seinem knielangen Arztkittel wie immer elegant gekleidet war, nickte.

»Ein befreundeter Arzt will seine fünfzehnjährige Tochter vorbeibringen. Sie hat hohes Fieber und einen steifen Nacken.«

»Möglicherweise Menigitis. Kein Wunder, daß er sich Sorgen macht.«

»Genau.«

»Wenn ich Ihnen helfen soll, sagen Sie mir Bescheid.«

Darden blickt sich forschend im Wartezimmer um.

»Ich würde sagen, im Augenblick sind Sie derjenige, der Hilfe gebrauchen kann. Ich mache Ihnen einen Vorschlag:

Gönnen Sie mir ein kurzes Gespräch unter vier Augen, und dann stelle ich mich zur Verfügung, diese Meute zu verarzten.«

»Regel Nummer eins im White Memorial: Lehne niemals angebotene Hilfe ab«, witzelte Eric. »Ich will nur noch der Schwester Bescheid sagen, damit sie die Leute in Schach hält. Dann können wir in mein Büro gehen.«

Haven Darden folgte Eric in den kleinen Raum, den er sich mit Reed Marshall teilte.

»Vielen Dank, daß Sie sich die Zeit nehmen«, sagte Darden, während er die Tür schloß. »Es dauert auch nicht lange. Eric, haben Sie seit letztem Montag noch einmal mit einem Mitglied der Berufungskommission gesprochen?«

»Da Joe Silver auf dieser Station arbeitet, habe ich natürlich mehrmals mit ihm gesprochen. Und gestern saß ich beim Mittagessen gemeinsam mit Sara Teagarden an einem Tisch. Aber warum fragen Sie?«

»Ich möchte gern wissen, ob jemand von ihnen noch etwas zu den Vorgängen am letzten Montag gesagt hat – warum wir Ihnen beiden erklärt haben, wir hätten eine Entscheidung getroffen, und später verkündeten, wir bräuchten mehr Zeit.«

»Mit keinem Wort. Aber wie immer brodelt inzwischen hier im Krankenhaus die Gerüchteküche; es ist wohl einiges durchgesickert. Ich glaube, die Schwestern haben schon Wetten abgeschlossen. Angeblich setzt die eine Hälfte auf Reed und die andere auf mich. Auf diese Weise bekommen wir beide genug Aufmunterung zu hören. Kommt nur drauf an, mit welcher der Schwestern man gerade zusammenarbeitet.«

»Gut«, sagte Darden, »auch wenn es vielleicht nicht ganz korrekt ist, finde ich, daß Sie eines wissen sollten. Wenn die Kommission an diesem Tag eine Entscheidung getroffen hätte, wäre die Wahl auf Reed Marshall gefallen.« Bei diesen Worten krampfte sich Eric der Magen zusammen. »Dr. Silver war seit jeher für ihn, und Sara Teagarden schien sich seiner Meinung anzuschließen. Ihr Einsatz des Lasergeräts hat den beiden gar nicht gefallen. Ich hingegen habe Sie schon immer für den besseren Mann gehalten, und deshalb erzähle ich Ihnen das alles.«

»Vielen Dank«, sagte Eric. Er war überrascht, daß sich Darden als sein Fürsprecher herausgestellt hatte. Gleichzeitig erschütterte ihn die Mitteilung, daß er schon beinahe aus dem Rennen gewesen war. Wie paßte diese Neuigkeit zu den Ereignissen der vergangenen Tage? Auf keinen Fall konnte Darden der geheimnisvolle Anrufer gewesen sein – nicht einmal mit Hilfe der Elektronik hätte er es geschafft, seine abrupte, auffällige Aussprache zu verbergen. Das hieß also, daß einer der beiden anderen ...

»Persönlich habe ich nichts gegen Dr. Marshall«, fuhr Darden fort, »allerdings meine ich, daß ihm die Hingabe und die Begeisterung für die Medizin fehlt, die Sie auszeichnen. Mir gefällt, wie Sie an die Arbeit herangehen – Ihr Temperament, wenn Sie so wollen. Sie legen eine gewisse Entschlossenheit an den Tag, versuchen alles Menschenmögliche, um einen Patienten zu retten – das alles spricht für Sie.«

»Nochmals vielen Dank«, sagte Eric. »Aber wissen Sie auch, warum Dr. Marshall dann doch nicht ernannt wurde?«

»Nicht genau. Es war Joe Silver, der sich plötzlich für eine verlängerte Bedenkzeit ausgesprochen hat. Vielleicht wissen Sie es nicht, aber Joe Silver war damals für die Berufung von Craig Worrell auf den Posten in der Unfallstation verantwortlich – gegen den beträchtlichen Widerstand vieler Mitarbeiter des Krankenhauses. Als sich seine Entscheidung dann als falsch herausstellte, mußte er sich ziemlich heftige Angriffe gefallen lassen. Vielleicht hat er kalte Füße bekommen, Angst gehabt, ein zweitesmal auf eine Flasche zu setzen.«

»Vielleicht ...« meinte Eric nachdenklich.

»Wenn wir ein Mitglied der Kommission umstimmen können, haben Sie gewonnen. Wir hatten nämlich schon früher vereinbart, daß wir uns mit einem Stimmenverhältnis von zwei zu eins zufrieden geben.«

»Ich weiß Ihre Offenheit zu schätzen«, sagte Eric. »Ich brauche Ihnen wohl nicht zu sagen, daß Marshall und ich uns schon gefragt haben, was los ist.«

»Ich wünschte, ich könnte Ihnen darauf eine Antwort geben«, bedauerte Darden. »Ich finde, das White Memorial kann es sich nicht leisten, einen Mediziner ihres Formats zu verlieren. Und was mich betrifft, hätte ich zu gern einen Kollegen an der Fakultät, dessen Arbeitsauffassung sich so sehr mit der meinen deckt. Bei Abstimmungen in Dienstbesprechungen ergeben sich immer gefährliche Pattsituationen zwischen den Konservativen und Leuten wie uns; denjenigen, die davon überzeugt sind, daß sich im Krankenhaus etwas bewegen muß, damit es vorangeht. Erinnern Sie sich noch an das Programm zur Aids-Prävention, das ich vor ungefähr einem Jahr vorgeschlagen habe?«

»Ja, natürlich. Ich hatte mich sogar bereit erklärt, in der Beratungsstelle Dienst zu schieben, wenn es erst einmal soweit wäre.«

»Ich weiß, ich habe Ihren Namen auf der Liste gesehen. Es wird Sie wahrscheinlich nicht überraschen, daß Reed Marshall sich nicht eingetragen hat. Wußten Sie überhaupt, daß mein Vorschlag mit nur zwei Stimmen Mehrheit abgelehnt wurde?«

»Nein. Es muß ganz schön weh tun, so knapp zu verlieren«, bedauerte Eric.

»Eine Idee stirbt erst dann, wenn man nicht mehr an sie

glaubt«, erwiderte Darden. »Craig Worrell hat übrigens dagegen gestimmt.«
»Ach ja?«
»Wenn Ihnen wirklich etwas an dem Posten liegt, würde ich an Ihrer Stelle alles unternehmen, um Dr. Silver oder die ehrenwerte Mrs. Teagarden auf meine Seite zu ziehen. Haben Sie schon eine Vorstellung, wie Sie das anfangen könnten?«
»Nein«, log Eric. Er ertappte sich dabei, wie er auf seine Schreibtischschublade starrte. »Nein, das habe ich nicht.«
»Hmm, also ... wenn das so ist ... Bitte verstehen Sie mich nicht falsch. Ich achte Reed Marshall sehr, doch vielleicht wissen Sie etwas über ihn, mit dem wir meine Kollegen in der Kommission in ihrem Urteil beeinflussen könnten ...«
»Nein«, entgegnete Eric und gab sich keine Mühe, sein Erstaunen zu verbergen. Nach kurzem Zögern fügte er hinzu: »Dr. Darden, Sie sollten eigentlich wissen, daß Reed und ich einander in all den Jahren, die wir nun schon zusammenarbeiten, sehr schätzen. Und wenn ich – was glücklicherweise nicht der Fall ist – etwas über ihn wüßte, womit man ihm schaden könnte, würde ich absolut kein Sterbenswörtchen darüber verlauten lassen, auch wenn mir dadurch der Posten durch die Lappen geht.«
»Alle Achtung!« rief der Chefarzt aus. »Das ist genau die Antwort, die ich von Ihnen erwartet habe. Bitte entschuldigen Sie, daß ich das Thema überhaupt angeschnitten habe. Nehmen Sie es als abschließenden Test, wenn Sie wollen, und gehen Sie davon aus, daß Sie ihn mit Auszeichnung bestanden haben. Machen Sie so gut weiter wie bisher. Ich werde inzwischen ein bißchen Überzeugungsarbeit leisten. Und den Rest überlassen wir dem Schicksal.«
Bevor Eric antworten konnte, klopfte jemand an die Tür des Büros.

»Dr. Najarian, ich bin's, Kristen.«
»Die Arbeit ruft«, sagte Haven Darden und öffnete die Tür. »Wir unterhalten uns mal wieder.«
Die Krankenschwester war außer Atem.
»Dr. Marshall möchte, daß Sie sofort zu ihm kommen.«
»Gehen Sie ruhig«, sagte Darden. »Ich helfe Miss ...« Er las ihr Namensschild – »... Baker in der Ambulanz.«
Eric eilte am Chefarzt der Inneren Medizin vorbei zu dem Behandlungsraum, in dem er Reed Marshall vermutete. Als er den Raum betrat, schlug ihm eine Stimmung entgegen, die nach Blut, Chaos und Verzweiflung roch. Marshall, ein Assistenzarzt namens Stuart Spear und zwei Schwestern drängten sich um eine Bahre. Die Frau saß kerzengerade aufrecht und rang nach Atem, während Sturzbäche von Blut aus ihrem weitgeöffneten Mund sprudelten.
»Was hat sie?« fragte Eric nach einem kurzen Blick auf Reed Marshalls bleiches Gesicht und seine aufgerissenen Augen.
Mit einer knappen Handbewegung dirigierte Marshall den Assistenzarzt ans Kopfende der Bahre und gab ihm den starren Absaugtubus.
»Saugen sie ständig«, wies er ihn an. »Jill, besorgen Sie drei Einheiten Blut. Ums Kreuzen können wir uns jetzt nicht mehr kümmern, aber das nehme ich auf meine Kappe. Sagen Sie außerdem dem Anästhesisten, er soll herkommen.«
Er ging hastig auf Eric zu.
»Sie hat das Steuerrad in den Hals bekommen«, flüsterte er. »Zuerst blutete sie nur leicht, aber dann kam es plötzlich nur so aus ihr herausgeschossen.«
»Sie ist am Ertrinken«, ergänzte Eric. »Vielleicht ist ihr Kehlkopf zerschmettert. Wir dürfen auf keinen Fall den Kopf zurücklegen und ihr damit auch noch das Genick

brechen. Sedieren Sie sie und führen Sie den Luftröhrentubus ein.«
»Aber … wenn ich sie sediert habe, kann ich vor lauter Blut nicht mehr sehen, wohin ich den Tubus führe!«
»Das kriegen Sie schon hin. Ich sauge das Blut ab.«
»Ich … ich weiß nicht, ob das richtig ist«, wandte Reed Marshall ein.
Eric warf einen Blick auf die Frau und den Arzt und die Schwester, die sich um sie bemühten. Der Anästhesist kam ins Zimmer gestürzt und bereitete den Ambu-Beutel vor.
»Reed«, sagte Eric eindringlich, »allem Anschein nach haben wir nicht mehr viel Zeit. Eine Trachotomie macht eine verdammte Schweinerei und ist außerdem gefährlich. Möglicherweise würde sie zu lange dauern. Doch wenn Sie den Tubus einführen, komprimiert der Ballon die Blutung. Nehmen Sie Succinylcholin, und den Rest schaffen Sie dann schon. Schließlich haben Sie das schon hundertmal gemacht.«
»Aber nie bei einem Fall wie diesem. Bitte, machen Sie's.«
»Sie schaffen es, Reed«, flüsterte Eric. »Ich bleibe bei Ihnen. Und jetzt fordern Sie das Succinylcholin an.«
Marshall wandte sich an die Schwester. »Injizieren Sie bitte das Sux sechzig i.v. und besorgen sie mir einen Sieben-Fünfer-Tubus.« Er sah zu Eric hinüber, der fast unmerklich den Kopf schüttelte. »Nein, besser sechs-fünf.« Dann ging Reed zu der Frau, deren Atmung mittlerweile schwächer geworden war. »Mrs. Garber, wir wollen einen Tubus einführen, damit sie leichter atmen können. Deshalb werden wir ihnen ein Mittel spritzen, das Sie bewegungsunfähig macht. Bitte haben Sie keine Angst. In ein paar Minuten geht es Ihnen schon wieder besser.«
Kurz nachdem das Sedativum injiziert worden war, zeigten sich die ersten Auswirkungen. Die Muskeln, auch die, die

für die Atmung verantwortlich waren, begannen unkontrolliert zu zucken. Dann erschlafften sie innerhalb weniger Sekunden. Eric legte die Rückenlehne der Trage um. Sofort schoß wieder ein Blutschwall aus dem Mund der Patientin. Er nahm das Absaugrohr und stellte sich an Reed Marshalls rechte Seite. Die Kurve auf dem Monitor blieb schnell und regelmäßig.

»Legen Sie los«, flüsterte er Marshall ins Ohr. »Denken Sie an die Anatomie. Sie müssen sich ein paar Anhaltspunkte nehmen und sich konzentrieren.«

Marshall ließ die breite Öffnung des Laryngoskops an der Zunge der Frau vorbeigleiten. Eric stützte währenddessen mit der einen Hand ihren Kopf und hielt mit der anderen die Kanüle, die das Blut absaugte.

»Lassen Sie sich Zeit«, ermutigte Eric seinen Kollegen leise, während er sich vorbeugte, um den Vorgang zu verfolgen.

»Ich ... ich kann nichts sehen.«

»Wischen Sie das Lämpchen am Laryngoskop ab und versuchen Sie es noch mal. Bis jetzt hat es noch keine zehn Sekunden gedauert.«

Aus dem Augenwinkel sah Eric, daß die Kurve auf dem Monitor abfiel. Reed wischte die kleine Lampe am Ansatz des Geräts sauber und führte das Rohr erneut ein. Seine linke Hand zitterte.

Eric streckte den Arm aus und drückte den Kehlkopf der Patientin ein wenig nach unten.

»Hier, sehen Sie«, sagte er, »genau an dieser Stelle ist die Epiglottis. Daran müssen Sie vorbei. Es geht ganz leicht. Genau, so ist's gut!«

Marshall nickte aufgeregt.

»Ich hab's ... ich hab's geschafft«, rief er aus, als das Plastikrohr eingeführt war. »Herr im Himmel, ich hab's geschafft.«

Hastig blies der Anästhesist den Ballon am Tubus auf und

begann mit einer Reihe rascher Ventilationen. Eric hörte den Brustkorb der Patientin mit dem Stethoskop ab, um zu überprüfen, ob das Gerät richtig saß. Dann blickte er Reed Marshall an und lächelte.

»Das war ein verdammt sauberer Schuß, mein Guter.«

Fast unverzüglich versiegte der Blutstrom, und die Gesichtsfarbe der Frau wurde rosiger. Die Erleichterung, die sich unter den Anwesenden breitmachte, konnte man beinahe mit den Händen greifen.

»Ja, alter Junge!« Eric klopfte Reed auf die Schulter. »Ein verdammt guter Schuß.«

»Was ist hier los?«

Die Versammelten drehten sich zur Tür um. Dort stand Dr. Silver und blickte forschend in den Raum.

Begeistert stürzte eine der Krankenschwestern auf ihn zu.

»Dr. Silver«, schwärmte sie, »Sie haben gerade was verpaßt. Dr. Marshall hat bei dieser Frau trotz einer starken Blutung das Laryngoskop eingeführt. Vor einer Minute war sie noch am Sterben, und jetzt ...«

Sie wies auf die Patientin, die sich nun ohne Probleme künstlich beatmen ließ.

»Gute Arbeit, Dr. Marshall«, sagte er, während er ans Bett trat.

»Das hätte ich nicht zustande gebracht ohne Dr. ...«

»Was war los? Ein Steuerrad gegen den Hals?«

»Genau.«

»Sie haben ganz schön Mut.«

»Dr. Najarian war derjenige, der ...«

»Hat sie noch andere Verletzungen?«

»Wir konnten bisher nur die Halswirbelsäule und die Brust röntgen, aber da war alles in Ordnung.«

»Ausgezeichnet, Dr. Marshall, wirklich ausgezeichnete Arbeit. Nun, dann machen sie sich mal an die weiteren Untersuchungen.« Silver drehte sich zu Eric um. »Bei uns geht es heute ja zu wie im Tollhaus. Ihr Vertreter, Dr. Darden, hat offensichtlich vergessen, wie hektisch unsere Arbeit oft ist. In der Zeit, in der wir zehn Patienten verarzten, hat er gerade drei versorgt. Jetzt ist er mit seiner Privatpatientin abgezogen.«

»Ich mache gleich weiter«, erklärte Eric.

»Ich kann ohnehin nicht verstehen, warum Sie Ihre Arbeit unterbrochen haben.«

Eric lag schon eine Antwort auf der Zunge, doch dann nickte er nur und verließ den Raum.

Die Patientenflut in der Ambulanz ebbte langsam ab. Mit Dr. Silvers Unterstützung war Eric nach zwei Stunden fertig. Der Chef gab durch nichts zu erkennen, daß er von Erics Rolle bei der Rettung der Patientin, Mrs. Garber, wußte. Statt dessen erzählte er jedem von Reed Marshalls Heldentat. Eric war klar, daß Marshall seine Hilfe ausdrücklich erwähnt hatte. Aber offensichtlich hatte Silver nur das gehört, was er hören wollte.

Nach ein paar abschließenden Anweisungen an die Krankenschwester machte Eric sich auf den Weg in sein Büro. Nach dem langen Arbeitstag schmerzten ihm Arme und Beine. Bei einem letzten Blick über den Ambulanzraum sah er Joe Silver, der sich um die verbliebenen beiden Patienten kümmerte. Er versuchte sich auszumalen, wie sein Leben ohne das White Memorial Hospital aussehen würde.

Er trat ins Büro und schloß die Tür. Wie in Trance zog er den Umschlag aus seiner Schreibtischschublade und wog die zierliche Äskulapnadel in der Hand.

Durch seine Tür drangen die üblichen Krankenhausgeräusche. Er hatte die Beförderung verdient. Die Ereignisse in Behandlungsraum zwei hatten das nur einmal mehr bewie-

sen. Er verdiente die Beförderung, und dennoch war es wahrscheinlich nur noch eine Frage von Tagen, bis er sich nach einer neuen Stelle umsehen mußte.
Er ließ den Zeigefinger über die Anstecknadel gleiten. Sie anzustecken verpflichtete ihn zu gar nichts. Wenn er nicht gutheißen konnte, was Äskulap von ihm forderte, würde er die Mitarbeit einfach verweigern.
Das Herz klopfte Eric bis zum Halse. Doch er schob die bohrenden Zweifel beiseite und befestigte die Nadel am Aufschlag seines Arztkittels.

7

Eigentlich war Laura ja körperlich in Bestform, denn schließlich tauchte sie ein- oder zweimal am Tag und joggte mehrmals in der Woche sieben bis acht Kilometer. Dennoch tat ihr jetzt, als sie die U-Bahnstation an der Charles Street verließ und die Fußgängerbrücke zum White Memorial Hospital überquerte, jeder Beinmuskel einzeln weh.

Ihren ersten Tag in der Stadt hatte sie damit verbracht, endlose Listen der Orte anzufertigen, die sie aufsuchen wollte. Dann hatte sie die verschiedenen Adressen auf ihrem Stadtplan herausgesucht. Am gleichen Abend noch hatte sie die Plakate vom Drucker abgeholt und mit ihrer Suche begonnen. Dabei war sie ganz systematisch vorgegangen; sie hatte geplant, sich durch jedes einzelne der Quadrate, die sie auf dem Stadtplan eingezeichnet hatte, durchzuarbeiten. Am darauffolgenden Abend war sie mindestens dreißig Kilometer zu Fuß gegangen und hatte die Plakate bei Hunderten von Barkeepern, Polizisten, Hotelangestellten, Krankenhausmitarbeitern und Empfangsdamen zurückgelassen.

Die 32 mal 40 Zentimeter großen Plakate in Schwarzweiß waren recht gut geworden, obwohl das vergrößerte Foto von Scotts Gesicht körniger und unschärfer ausgefallen war als Laura es sich gewünscht hatte. Sie hatte auch einige Exemplare in Bernard Nelsons Büro vorbeigebracht, wo sie seine

schlampige Sekretärin zwischen zwei Strichen mit der Nagelfeile gnädig entgegennahm.
Es war fast neun Uhr morgens, und zum erstenmal seit Lauras Ankunft in Boston vor drei Tagen schien die Sonne. Am Charles Circle vor dem Krankenhaus herrschte Hochbetrieb; Fußgänger, Autos, und Krankenwagen strömten von allen Seiten auf die Klinik zu. Im Vorübergehen machte Laura am Gefängnis in der Charles Street Halt und hängte ein Plakat auf. Dann schloß sie sich dem Passantenstrom wieder an und schlüpfte hinter zwei Sanitätern mit einer Trage in die Notaufnahme des White Memorial.
Sie war bereits gestern in den Notaufnahmen zweier anderer Krankenhäuser gewesen, und es hatte sie überrascht, wie geschäftig es dort zugegangen war. Doch im Vergleich zum White Memorial kamen sie ihr jetzt ruhig vor. In der geräumigen, hellerleuchteten Aufnahme schien alles und jeder in Bewegung zu sein. Die Szenerie erinnerte sie an das wimmelnde Leben der Unterwasserwelt am Korallenriff.
An einer Wand standen drei Tragen mit Patienten, die von zwei Krankenpflegern betreut wurden. Eine Gruppe junger Leute, die wie Medizinstudenten aussahen, drängte sich in einer Tür und lauschte gebannt den Worten eines älteren Arztes. Schwestern und Ärzte in Kitteln umlagerten von allen Seiten den halbkreisförmigen Empfangstisch und verschwanden wieder, nachdem sie Laborberichte oder Krankenhausakten bekommen hatten. Hinter dem Empfangstisch versuchten zwei Männer und zwei Frauen, das Chaos unter Kontrolle zu halten; sie liefen hin und her, aneinander vorbei, sprachen ins Telefon, beantworteten Fragen und wiesen Patienten den Weg zu Räumen, die ohnehin auf einer riesigen Tafel über ihren Köpfen aufgezeichnet waren.
Laura hielt eine Sekunde inne, um festzustellen, wer von

den vier am wenigsten mitgenommen wirkte. Sie entschied sich für einen schmächtigen, blassen Mann mit grauen Schläfen, dessen Gelassenheit auf jahrelange Erfahrung hindeutete. Also trat sie gerade in dem Moment an den Tisch, als er sich von der Anschlagetafel wieder den Wartenden zuwandte.
»Kann ich Ihnen helfen?« erkundigte er sich.
»Das wäre schön.« Laura zog zwei Plakate aus ihrer Schultertasche und breitete sie vor dem Mann aus. »Ich heiße Laura Enders und suche meinen Bruder Scott. Kann ich vielleicht eines oder zwei dieser Plakate hier aushängen?«
»Haben Sie schon nachgeprüft, ob er Patient bei uns ist?« fragte der Mann, während er ohne ein Zeichen des Wiedererkennens auf das Plakat blickte.
»Nein, das habe ich nicht.«
Laura hätte sich ohrfeigen können, weil sie in den beiden Krankenhäusern, in denen sie gestern gewesen war, nicht an diese Möglichkeit gedacht hatte. Zugleich sah sie vor ihrem geistigen Auge ihre Plakate zusammengeknüllt in einem ähnlichen Papierkorb liegen wie dem, der hinter dem Schalter stand.
»Dann will ich mal im Büro anrufen und fragen, ob sie dort was für uns haben. Sie können solange da drüben Platz nehmen und sich den Affenzirkus hier eine Weile ansehen.«
Erleichtert ließ sich Laura auf einen der blauen Plastikstühle an der gegenüberliegenden Wand sinken. Zunächst betrachtete sie die Patienten. Einige hielten sich schmerzende oder verletzte Körperteile, andere hockten geduldig in ihren Rollstühlen, wieder andere, so schien es, dösten einfach nur vor sich hin. Dann wandte sie ihre Aufmerksamkeit den Ärzten zu, von denen die meisten in ihrem Alter oder sogar jünger zu sein schienen. Die Männer und Frauen wirken

allesamt erschöpft und abgehetzt. Trotzdem blieben viele mit einer tröstenden Geste – einer kurzen Berührung oder ein paar Worten – vor dem einen oder anderen Patienten stehen. Und trotz der dunklen Ringe unter ihren Augen strahlten sie eine Aufgewecktheit und Kompetenz aus, die sie Laura sympathisch machten; mit solchen Leuten würde sie gern zusammenarbeiten. Einige der Bewerbungsschreiben, die sie verschickt hatte, richteten sich an Ausbildungsinstitute für Physiotherapie und Rehabilitationsmethoden. Und in diesem Moment hatte sie das Gefühl, eine richtige Entscheidung getroffen zu haben. Vielleicht, nachdem sie Scott gefunden hatte …

»Leider nichts.«

»Wie bitte?« Der Angestellte der Notaufnahme stand vor ihr.

»Oh, tut mir leid. Ich war mit meinen Gedanken ganz woanders.«

»Das kann ich verstehen«, sagte der Mann. »Ich arbeite jetzt schon seit zwanzig Jahren hier, und trotzdem hypnotisiert mich das Gewimmel noch oft. Leider ist Ihr Bruder bei uns nicht verzeichnet, weder als früherer Patient noch als jetziger. Ich habe beide Namen überprüft, die Sie auf Ihrem Plakat angegeben haben.«

Laura stand auf.

»Vielen Dank für Ihre Hilfe«, sagte sie. »Können Sie die Plakate trotzdem aufhängen? Ich suche ihn verzweifelt.«

»Ich kann sie herumzeigen. Um sie hier aufzuhängen, brauch ich die Erlaubnis der – aber Moment mal. Sie sollten die Plakate unbedingt im Aufenthaltsraum der Ärzte aufhängen. Wenn sich überhaupt jemand an ihn erinnert, dann sind sie es.« Er wandte sich um und rief einen der Ärzte herbei. »Hallo, Dr. Najarian, haben Sie mal einen Moment Zeit?«

Der Arzt, der neben einer Schwester am Schreibtisch saß,

drehte sich um und blickte zu ihnen herüber. Von all den Ärzten, die Laura hier gesehen hatte, kam ihr der hier am interessanten vor. Und, wie sie bei seinem Näherkommen feststellte, war er auch der attraktivste; groß – über einsachtzig –, dunkel, mit markanten Gesichtszügen. Ein bißchen wie Omar Sharif. Obwohl Laura sonst Männer mit Schnauzbart nicht mochte, fand sie, daß er ihm stand. Doch am meisten hatte sie schon vorhin beeindruckt, wie er mit den Patienten umgegangen war – sein warmes Lächeln und sein aufmunterndes Schulterklopfen.

»Dr. Najarian, vielleicht können Sie der Dame hier helfen. Miss ...«

»Enders«, schaltete Laura sich ein. »Laura Enders.«

»Und das ist Dr. Najarian. Unser Oberarzt und der beste Mediziner, den ich je hier erlebt habe. Ich lasse sie jetzt allein.«

»Vielen Dank«, sagte Laura.

Der Angestellte sah erst Laura und dann Eric an. Und bevor er zu seinem Schalter zurückkehrte, stahl sich ein wissendes Lächeln auf sein Gesicht.

Eric Najarian reichte Laura die Hand.

»Nett, Sie kennenzulernen«, sagte er.

Laura sah ihn an und wußte plötzlich nicht mehr, was sie sagen sollte. Seine Augen waren groß und dunkel und zogen sie magisch an. Und in den nächsten Minuten erkannte sie auch, woran das lag. Sie waren wie Scotts Augen, ebenso einfühlsam und neugierig, Augen, die Anteil nahmen und den Dingen auf den Grund gehen wollten.

»Ich ... hmm ... ich suche meinen Bruder«, brachte sie mit Mühe und Not heraus.

»Ist er verschwunden?« fragte Eric.

»Nein. Ich meine, ja. Niemand kann mir sagen, wo er ist.« Da sie spürte, wie sie rot wurde, hielt sie ihm schnell ein

Plakat vors Gesicht. »Ich bin vor drei Tagen hier angekommen und habe mich gleich auf die Suche gemacht.«

»Woher kommen Sie denn?«

Eric betrachtete Scotts Foto. Für einen Moment glaubte Laura, etwas in seinen Augen zu entdecken – ein kurzes Aufflackern des Wiedererkennens. Doch genauso schnell wie es aufgetaucht war, war es auch schon wieder verschwunden.

»Von den Little Caymans«, erklärte sie. »In der Karibik.«

»Ich weiß. Südlich von Kuba. Die besten Tauchergründe der Welt, habe ich gehört. Tauchen Sie?«

»Ja, ich gebe Tauchunterricht und verdiene damit meinen Lebensunterhalt. Können Sie tauchen?«

»Ich würde es gern einmal probieren. Aber es gibt so vieles, was ich gern tun würde, wenn ich die Zeit dazu hätte.«

»Dafür tun Sie für Ihre Patienten mehr als genug, wie ich vorhin beobachten konnte.«

»Vielen Dank.«

»Einen Moment lang hatte ich den Eindruck, Sie hätten Scott auf dem Foto erkannt. Stimmt das?«

Eric schüttelte den Kopf. »Er kommt mir zwar irgendwie bekannt vor, aber ich weiß nicht, wo ich ihn einordnen soll. Aber ich kann das Plakat ja in unserem Aufenthaltsraum aufhängen.«

»Ich bin Ihnen sehr verbunden.«

»Wo wohnen Sie?«

Noch ehe Laura antworten konnte, kam ein junger Arzt atemlos angelaufen.

»Eric«, sagte er atemlos, »die gastrointestinale Blutung auf Vier ist plötzlich aufgebrochen. Es sprudelt nur so aus ihm heraus, und sein Blutdruck fällt rapide ab.«

Mit einem Schlag verschwand der weiche Ausdruck von Erics Gesicht.

»Ist Blut unterwegs?« fragte er.
»Wir haben es bestellt, aber es dauert noch zwanzig Minuten, bis sie es gekreuzt haben.«
»Welche Blutgruppe?«
»B-negativ.«
»Auch das noch! Gut, sie sollen mit dem Kreuzen weitermachen und uns dann drei Einheiten dieser Gruppe rüberschicken. Wenn sie nicht genügend haben, sollen sie 0-negativ nehmen.«
»Kommen Sie gleich mit?«
»Bin hier gleich fertig.«
Der Arzt stürmte davon.
»Sie haben ja gesehen«, erklärte Eric, »ich muß weg. Aber hier ist eine Frau, die Ihnen vielleicht weiterhelfen kann. Kommen Sie.«
Noch ehe Laura protestieren konnte, hatte Eric sie zu einer Krankenschwester geführt, die auf der anderen Seite der Eingangshalle stand.
»Auf Vier gibt es ein Problem«, sagte Eric zu ihr. »Tun Sie mir doch bitte den Gefallen und kümmern Sie sich um diese Dame. »Alles Gute, Miss Enders, viel Glück bei der Suche.«
»Vielen Dank«, sagte Laura. Doch da war er schon fort.
Die Schwester, eine Frau von Anfang Fünfzig, sah ihm nach. Dann wandte sie sich zu Laura um.
»Also, was gibt's?« erkundigte sie sich. »Ich bin Oberschwester Norma Cullinet. Was kann ich für Sie tun?«
Norma Cullinet gab sich Mühe, nicht die Fassung zu verlieren und Laura Enders aufmerksam zuzuhören. Trotzdem zitterten ihre Hände so stark, daß sogar die Flugblätter raschelten.
»Womit, sagten Sie noch, hat Ihr Bruder seinen Lebensunterhalt verdient?« fragte sie nach.
»Scott ist Computerspezialist. Er arbeitet – ich sollte wohl

besser sagen, hat gearbeitet – für eine Firma für internationale Kommunikationsnetze und war dabei viel auf Reisen. Sein letztes Lebenszeichen stammt vom Februar; mehrere Postkarten aus Boston. Und deshalb verteile ich jetzt in der ganzen Stadt diese Plakate, vor allem auf Polizeiwachen und in Krankenhäusern.«

»Ah ja ... Natürlich werde ich eines im Aufenthaltsraum der Schwestern aufhängen.«

»Das ist gut. Dr. Najarian meint, man sollte es auch im Ärztezimmer anbringen. Könnten Sie das übernehmen?«

»Natürlich.« *Najarian. Er hat an jenem Tag Dienst gehabt. Er hat den Penner behandelt.*

»Vielen Dank. Sie sind mir eine große Hilfe.«

»Das ist doch selbstverständlich«, sagte Norma Cullinet.

»Gut, dann will ich jetzt mal die Computerläden abgrasen.«

»Viel Glück.«

Norma drehte sich um, als Laura ging. Dann aber blickte sie noch einmal zurück, um sicherzugehen, daß Laura auch wirklich das Gebäude verließ. Fassungslos starrte sie das Gesicht auf dem Plakat an. *Ein Computerspezialist? Mit einer Schwester?* Das konnte nicht sein! Dieser Mann war ein Säufer ohne Angehörige. Ein Penner. Sie mußte sich einfach irren. Schließlich war es schon einige Monate her, und das Bild war alles andere als deutlich. Vielleicht ein Zufall – eine starke Ähnlichkeit. Zwei Jahre lang, mit mehr als einem Dutzend Fälle, war alles reibungslos gelaufen. Und nun passierte so etwas!

Hat Najarian ihn wiedererkannt? Er hatte sich nichts anmerken lassen, aber er war auch von der gastrointestinalen Blutung abgelenkt worden. *Muß ich jetzt irgendwas unternehmen, jemandem Bescheid sagen vielleicht?* Craig Worrell hätte gewußt, was man in einer solchen Situation zu tun hatte. Er wußte immer, was zu tun war. *Warum, zum Teufel, hat er nur alles vermasselt?*

Wieder betrachtete Norma Cullinet das Foto. Zwischen diesem Gesicht und dem Mann, der sich Phillip Trainor genannt hatte, bestand eine verblüffende Ähnlichkeit. Doch es gab auch Abweichungen. Wahrscheinlich war ihre Reaktion – wie immer – einfach übertrieben.

Genau das mußte es sein, schlicht und einfach übertrieben. Trotzdem entschied sie, daß sie alle weiteren Aufträge von Äskulap ablehnen würde, bis jemand Craig Worrells Rolle übernommen hatte.

Mit noch immer zitternden Fingern faltete Norma die Plakate zusammen und steckte sie in ihre Kitteltasche.

8

Vierte Einheit angeschlossen, Dr. Najarian. Zwei weitere sind von der Blutbank unterwegs. Was glauben Sie, was mit ihm los ist?«

Eric betrachtete das stetige Rinnsal Blut, das aus einem Rohr im Mund des Mannes in die Auffangflasche an der Wand tropfte. Sie hatten es mit Medikamenten versucht, mit Blutgerinnungsmitteln und mit einer direkten Untersuchung durch das Gastroskop. Doch nichts hatte die Blutung, die wahrscheinlich von einem Magengeschwür, möglicherweise sogar von Magenkrebs herrührte, aufhalten können.

»Ich glaube, wir müssen operieren«, sagte Eric zum Assistenzarzt. »Laufen Sie los und holen Sie den nächstbesten einsatzbereiten Chirurgen. Im Augenblick ist sein Zustand noch relativ stabil, und ich weiß, daß sie das lieber haben. Ich mache noch mal eine kurze Pause und trinke eine Tasse Kaffee. Rufen Sie mich, wenn die Chirurgen da sind.«

Eric ging in die Empfangshalle und massierte sich die steifen Nackenmuskeln. Er konnte sich nicht mehr erinnern, wann er das letztemal Sport getrieben hatte. Doch fehlte es ihm, wie zu den meisten anderen Dingen auch, schlichtweg an der nötigen Zeit. Aber vielleicht würde sich das ja ändern, wenn er den Posten als stellvertretender Chefarzt bekam.

Geistesabwesend rückte er die Anstecknadel an seinem Arztkittel zurecht. Dies war der erste Tag, an dem er sie in der

Unfallstation trug. Soweit er es beurteilen konnte, hatte niemand davon Notiz genommen.
»Sind Sie müde?«
Stationsschwester Terri Dillard – knapp einsfünfundfünfzig groß – blickte besorgt zu ihm hoch. Neben der hervorragenden Arbeit, die sie auf der Unfallstation leistete, leitete sie in ihrer Freizeit auch noch ehrenamtlich Kurse in ganzheitlichen Heilmethoden. Eric hatte keine genaue Vorstellung von ihren Kenntnissen auf diesem Gebiet und wie sie sie anderen beibrachte. Doch jeder auf der Station wußte, daß sie oft noch vor Eintreffen eines Arztes mit ihrer Massage und ihren therapeutischen Griffen schon Patienten diagnostiziert oder sogar geheilt hatte.
»Das ist nur Altersschwäche«, erklärte er.
Sie streckte sich und grub die Daumen in seine schmerzenden Nackenmuskeln.
»Nein, Verkrampfung«, meinte sie. »Die ganz harten Knoten sind ein Zeichen für Anspannung.«
»Ich? Weshalb sollte ich angespannt sein?«
»Das kann ich Ihnen sagen.« Sie ließ mit dem Druck keine Spur nach. »Erstens hoffen Sie, daß Sie befördert werden, zweitens wartet auf Nummer vier eine gastrointestinale Blutung, und drittens mußten Sie sich von einer atemberaubenden Brünetten mit einer für diese Jahreszeit untypischen Sonnenbräune verabschieden, bevor Sie sie nach Ihrer Telefonnummer fragen konnten. Reicht das für den Anfang?«
»Atemberaubend, haben Sie gesagt? Das muß mir wohl entgangen sein.«
»Das nehme ich Ihnen nicht ab. Nicht nach dem, was diese Muskeln sagen.«
»Können Sie Gedanken lesen?«
Terri lockerte die Daumen. »Vielleicht«, sagte sie. »Was wollte die Dame denn von Ihnen?«

»Sie ist auf der Suche nach ihrem Bruder. Sie läuft mit einem Stapel Plakate durch die Gegend und wollte uns bitten – warten Sie mal einen Moment!« Er hatte Norma Cullinet entdeckt, die gerade aus dem Wartezimmer kam, und winkte sie heran. »Norma, haben Sie die Plakate von dieser Laura aufgehängt?«

»So so, Laura heißt sie also«, murmelte Terri Dillard.

Unter dem Rouge auf ihren Wangen wurde Norma Cullinet blaß.

»Ich ... ich wollte nichts ohne Dr. Silvers Erlaubnis unternehmen«, erklärte sie.

»Diese Regelung gilt aber nicht für die Aufenthaltsräume«, wandte Eric ein. »Haben Sie sie noch?«

Nach kurzem Zögern zog Norma die zusammengefalteten Zettel aus ihrer Kitteltasche und strich sie glatt.

»Aha«, sagte Terri, »Sie haben Glück. Ihr Name ist Laura Enders, und hier steht auch ihre Telefonnummer.«

Da sie und Eric so angestrengt das Foto betrachteten, entging ihnen, daß Norma Cullinet sie ängstlich beobachtete.

»Es sieht so aus, als ob er einen Taucheranzug trägt«, stellte Terri fest.

»Das ist gut möglich. Seine Schwester gibt in der Karibik Tauchunterricht«, erklärte Eric.

Terri blickte ihn schmunzelnd an. »Wollen Sie mir tatsächlich weismachen, sie hätten nicht mitgekriegt, wie gut sie aussieht?«

»Sie sind eine Hexe.«

»Und, kennen Sie den Mann?« erkundigte sich Norma Cullinet.

»Dieses Foto ist miserabel.«

»Das stimmt«, gab Terri zu. »Trotzdem weiß ich genau, daß ich dem Mann schon mal begegnet bin.«

Eric wandte sich an Norma. »Mrs. Cullinet, hängen Sie bitte die beiden Plakate im Ärztezimmer und im Aufenthaltsraum der Schwestern auf. Wer weiß, Terri, vielleicht kriegen Sie ja sogar eine Belohnung!«
Terri Dillard deutete auf die Telefonnummer.
»Und Sie können sich ebenfalls eine verdienen. Vorausgesetzt, Sie tauchen lange genug aus den heiligen Gefilden der Medizin auf, bis sie einen Anruf getätigt haben.«
»Stimmt, das wäre eine Möglichkeit.«
»Nun«, sagte Norma betont munter, »wenn Sie herausgefunden haben, wer dieser Mann ist, können Sie es mich ja wissen lassen.«
»Natürlich«, meinte Terri. »Aber warum wollen Sie das überhaupt wissen?«
»Einfach so. Es interessiert mich eben. Irgendwie hat mich seine Schwester ... an eine meiner Lieblingsschülerinnen erinnert.«
In diesem Moment wurden die Korridortüren aufgerissen, und eine Gruppe von Chirurgen und Medizinstudenten drängte sich in die Unfallstation. Angeführt wurde sie von Dr. Sara Teagarden, die sich gerade hielt, als hätte sie einen Stock verschluckt.
»So, wo ist ihre Magenblutung, Dr. Najarian?« fragte sie. Über ihrer sterilen OP-Kleidung trug sie einen Arztkittel, über die OP-Schuhe hatte sie Papiergamaschen gestülpt. Wie immer, wenn sie einen Raum betrat, verstummte das Geplauder, und alle Anwesenden erstarrten. Obwohl er sie nicht besonders leiden konnte, mußte Eric zugeben, daß Sara Teagarden eine eindrucksvolle Persönlichkeit war – ihre Anwesenheit konnte man nicht übersehen.
»Sie ist auf Nummer vier, Dr. Teagarden«, sagte er.
Mit einer angedeuteten Kopfbewegung scheuchte die Ärztin ihr Team in den Ambulanzraum.

»Wie viele Einheiten hat er bis jetzt bekommen?« erkundigte sie sich, während sie ihre goldgeränderte Brille zurechtschob.
»Inzwischen müßten sie bei der sechsten sein.«
»Wir würden es vorziehen, wenn man uns schon bei der dritten ruft.«
»Ich verstehe.«
Obwohl er dagegen ankämpfte, fühlte sich Eric von seiner Kollegin eingeschüchtert. Es war durchaus üblich, daß die Chirurgen erst bei der fünften Einheit hinzugerufen wurden, doch er enthielt sich jeglichen Kommentars.
»Haben Sie den Spezialisten geholt, der die Endoskopie durchführt?«
»Wir dachten, wir könnten selbst feststellen, wo die Blutung sitzt.« Dies sagte Eric, obwohl er wußte, was als nächstes kommen würde.
In Anbetracht des kritischen Zustands des Patienten hatte er Entscheidungen getroffen. Entscheidungen, die nun in Frage gestellt wurden, und zwar gerade von einer der drei Personen, mit denen er am allerwenigsten in eine Auseinandersetzung verwickelt sein wollte.
»Bei unseren Patienten möchten wir die Endoskopie selbst durchführen«, entgegnete Teagarden. »Ich dachte, das hätte ich auf der letzten Ärzteversammlung klar und deutlich ausgedrückt.«
»Was soll ich dazu schon sagen?«
Dr. Teagarden blickte ihn kühl an.
»Nun, Dr. Najarian, dazu könnten Sie beispielsweise sagen, daß Sie sich in Zukunft an die Regeln halten, denen Sie selbst einmal zugestimmt haben.«
Eric fühlte, wie er bei dieser groben Zurechtweisung rot wurde. Terri Dillard und Norma Cullinet, die neben ihm standen, erstarrten zu Eis. Er schluckte die Antwort hinun-

ter, in der er sein Handeln verteidigen und darauf hinweisen wollte, wie richtig es gewesen war. Doch Dr. Teagarden wußte ebenso wie er selbst, daß er dem Patienten die beste Behandlung hatte zukommen lassen, die man erwarten konnte.

Ohne Vorwarnung streckte die Chefärztin der chirurgischen Abteilung einen ihrer fleischigen Finger aus und schnipste damit gegen die Nadel an Erics Revers.

»Das ist ein hübscher Anstecker, Dr. Najarian«, meinte sie. »Der Äskulap – das Symbol für alles, was uns heilig ist. Wenn Sie ihn auch weiterhin tragen wollen, würde ich vorschlagen, daß Sie sich besser an die Vorschriften halten. Wollen Sie mir jetzt bitte folgen und mir erklären, was ich für Ihren Patienten tun kann!«

Darden ... Silver ... Teagarden ... Eric saß allein an einem Tisch im Aufenthaltsraum. Immer wieder kritzelte er diese drei Namen auf ein leeres Krankenblatt und zog einen Kreis um jedes Wort. Doch dann knüllte er den Zettel zusammen und warf ihn wütend in den Papierkorb.

Es war beinahe drei Uhr nachmittags. In der Notaufnahme herrschte ausnahmsweise Ruhe. Normalerweise nutzte er diese seltenen Momente, um die Füße hochzulegen und ein kurzes Nickerchen zu machen. Heute allerdings konnte er keine Ruhe finden. Seit vielen Jahren war das Krankenhaus sein Zufluchtsort, wo sich alle Probleme der Welt – Geld, Familie, Frauen – in Luft auflösten, sobald er es betrat.

Nach seiner Auseinandersetzung mit Sara Teagarden war er ihr in den Ambulanzraum vier gefolgt und hatte zugesehen, wie sie ihr Team bei der Untersuchung und Behandlung des Patienten mit der Magenblutung anleitete. Erwartungsgemäß hatte sie sogleich alle Versuche, die Erkrankung medikamentös zu behandeln, abgebrochen. Nur wenige Minuten nach ihrer Anfrage stand ihr ein OP-Raum zur Verfügung.

Während der Patient aus der Ambulanz gerollt wurde, hatte sich Sara Teagarden vor Eric aufgebaut und ihn bedeutungsvoll angesehen.

»Eric, bei unserer Arbeit müssen wir oft schwierige Entscheidungen treffen«, sagte sie mit einer Sanftmut, wie er sie noch nie zuvor bei ihr gehört hatte. Noch bevor er ihr antworten konnte, hatte sie sich schon umgedreht und den Raum verlassen.

»Denken Sie an die Brünette?«

Eric nahm die Hände von den Augen und blickte auf. An der Tür stand Terri Dillard.

»Nein. Ich habe darüber nachgedacht, wen ich damit beauftragen kann, eine gewisse größenwahnsinnige Chirurgin umzulegen.«

»Da sind Sie nicht der erste ... Ich weiß auch nicht, warum sie sich unbedingt immer derart in Szene setzen muß. Für das, was sie zu Ihnen gesagt hat, gibt es keine Entschuldigung. Wirklich nicht.«

Eric zuckte die Achseln.

»Ich habe mich mit der Vorstellung getröstet, welchen Schock sie wohl kriegt, wenn sie sich morgens nach dem Duschen im Spiegel sieht«, sagte er.

»Sie sind gemein.«

»Stimmt. Streichen Sie das. Vor vielen Jahren habe ich mal geschworen, daß ich über die Herkunft eines Menschen und seine körperlichen Fehler niemals Witze reiße.«

»Gut, ist schon vergessen. Trotzdem finde ich die Vorstellung irgendwie ... komisch.«

»Ich würde es anders nennen.«

»Was ich Ihnen sagen wollte, ich habe mir das Plakat noch

einmal angesehen, und ich glaube, ich weiß jetzt, wo ich den Bruder dieser Frau schon einmal gesehen habe.«
Terri goß sich ihre Kaffeetasse halbvoll. Dann setzte sie sich neben Eric und breitete das Plakat auf dem Tisch aus.
Stumm sah Eric sich das Foto noch einmal an, doch dann schüttelte er den Kopf.
»Erinnern Sie sich an den Tag, an dem Sie und Ihr Freund den Perikardiallaser eingesetzt haben?« fragte Terri.
»Natürlich.«
»Damals gab es im Nebenraum einen zweiten Notfall.«
Eric runzelte die Stirn. »War das etwa dieser Mann?«
»Wenn nicht er, dann sein Zwillingsbruder.«
»Das kann ich mir nicht vorstellen.«
»Das glaube ich ihnen sogar. Aber Sie waren ja auch nur wenige Minuten im Zimmer und hatten – bitte verstehen Sie mich nicht falsch – ganz andere Dinge im Kopf.«
»Terri, dieser Mann war nicht mehr zu retten«, erklärte Eric mit mehr Nachdruck als beabsichtigt. »Der war schon tot, bevor er überhaupt in der Klinik ankam.«
»Langsam, Eric, langsam. Darauf wollte ich auch gar nicht hinaus.«
»Tut mir leid. Ich bin immer noch stinksauer wegen der verdammten Teagarden. Außerdem ist dieser Mann ein Computerfreak. Und unser Patient war ein Säufer mit einer Flasche Fusel in der Tasche.«
»Aber ich habe ein ausgezeichnetes Personengedächtnis«, entgegnete Terri. »Und ich glaube, das war er.«
»Möglich«, murmelte Eric vage. »Möglich ist alles.«
Terri ging zur Tür.
»Für alle Fälle habe ich schon mal seine Krankenakte angefordert«, sagte sie im Weggehen. »Und ich hoffe für die Frau, daß ich mich geirrt habe.«
Im Geiste sah Eric wieder die Szene am Bett des Obdach-

losen vor sich. Er dachte an die minimalen Ausschläge des EKG und daran, daß er, Eric, sie unbedingt hatte ignorieren wollen.
»Das hoffe ich auch.«

»Carlisle Hotel.«
»Ich möchte gern mit Miss Enders sprechen.«
»Einen Moment bitte.«
Eric klemmte den Telefonhörer mit der Schulter gegen das Ohr und blickte auf die Krankenakte auf seinen Knien. Mit kurzen Anmerkungen hatte er darauf die erfolglosen Wiederbelebungsversuche an dem Patienten beschrieben, der im White Memorial unter dem Namen John Doe bekannt gewesen war. Obwohl Terri sich ihrer Sache so sicher war, konnte Eric zwischen dem Gesicht auf dem Plakat und dem unrasierten Obdachlosen, den er an jenem Tag behandelt hatte, keine Ähnlichkeit feststellen. Doch selbst wenn es der falsche Mann sein sollte, konnte er Laura vielleicht trotzdem helfen. In einem hatte Terri Dillard jedenfalls recht gehabt. Laura war ihm in der Tat aufgefallen.
»Hallo?« sie klang ein wenig außer Atem.
»Laura Enders?«
»Ja.«
»Hier ist Eric Najarian. Wir haben uns heute im ...«
»White Memorial gesehen. Ich erinnere mich an Sie. Wie geht es Ihrem Patienten?«
»Meinem Patienten? Ach, die Magenblutung? Die liegt jetzt auf der Intensivstation.«
»Benennen Sie Ihre Patienten immer nach den Erkrankungen?«
Bei Lauras treffender Bemerkung mußte Eric lächeln.
»Der Beinbruch in Sieben, der Herzschlag auf Zehn – ich rate den Medizinstudenten zwar oft, sich vor dieser schlech-

ten Angewohnheit zu hüten, doch dann ertappe ich mich selbst immer wieder dabei. Ich hoffe, Sie denken deshalb nicht schlecht über mich.«
»Keine Sorge. Wissen Sie denn nicht mehr, ich habe Ihnen doch bei der Arbeit zugesehen.«
»Vielen Dank.«
»Ich bin ein bißchen außer Atem, weil ich nur mal kurz ins Hotel gekommen bin, um mich umzuziehen, bevor ich auf meine Abendrunde gehe. Angeblich hat Boston ja nur eine halbe Million Einwohner, aber mir kommt es im Augenblick vor, als wären es zehnmal so viel. Da kann ich nur dankbar sein, daß Scott nicht in New York verschwunden ist.«
Einen kurzen Moment lang schwiegen beide. Erics Blick fiel wieder auf das Krankenblatt des Unbekannten. Er fragte sich, ob es nicht grausam wäre, wenn er der Frau einen Hinweis gab, der sich dann möglicherweise als falsch herausstellte.
»Wie sieht's aus«, erkundigte sie sich. »Hat irgend jemand im White Memorial meinen Bruder wiedererkannt?«
»Hmm, nein. Nicht, daß ich wüßte.«
»Schade.« Deutlich war ihrer Stimme die Enttäuschung anzuhören.
»Aber wir haben die Plakate in den Aufenthaltsräumen ausgehängt.«
»Das ist prima. Vielen Dank.«
Diesmal kam das Schweigen den beiden endlos vor.
»Laura«, setzte er endlich an, »ich wollte Sie fragen, ob Sie mal Zeit haben, mit mir essen zu gehen.«
»Heute abend?«
»Nein, heute habe ich Dienst und weiß noch nicht, wann ich fertig bin. Aber wie sieht's mit morgen aus?«
»Tja ...« Als sie das Wort in die Länge zog, glaubte er schon,

sie suche nach einer passenden Ausrede. »Tja, warum eigentlich nicht«, sagte sie dann plötzlich. »Ich komme gern. Ab sieben habe ich Zeit.«
»Prima. Ich hole Sie im Hotel ab. Mögen Sie ein bestimmtes Lokal?«
»Die Qual der Wahl. Gut, warten Sie mal ... Kennen Sie ein gutes armenisches Restaurant?«
»Armenisch?«
»Sie sind doch Armenier, nicht wahr?«
»Ja, aber ...«
»Als Kind war ich mit einem Mädchen namens Suzy Rupinian befreundet. Das beste an unserer Freundschaft war, daß ich bei ihr essen durfte.«
»Ihr Wunsch ist mir Befehl«, sagte Eric fröhlich. »Dann essen wir eben morgen im Pariegam. Das Lokal liegt in dem Viertel, in dem ich aufgewachsen bin, und deshalb bin ich dort bekannt wie ein bunter Hund. Macht Ihnen das was aus?«
»Nicht im geringsten. Ist es ein Nobelschuppen?«
»Im Gegenteil. Das Essen ist gut, aber auf dem Fußboden liegen Sägespäne, und Tischdecken kennt man nur vom Hörensagen.«
»Das kann ich verkraften. Ist Pariegam ein Familienname?«
»Nein, es ist armenisch und bedeutet Freundschaft.«
»Na, dann paßt's ja.«

Erste Untersuchung ergab keinen Pulsschlag, keine Atmung und keinen Blutdruck. Pupillen starr und ohne Reaktion. Reguläre Reanimation mit Endotrachealtubus durch Dr. Gary Kaiser ab 10.17 Uhr, wurde später abgebrochen von Dr. Najarian. Behandlung mit Epinephrin und Atropin, beides i.v., sowie Isuprel nach Vorschrift der American Heart Ass. Dosierung und Zeitabstände siehe Bericht der Schwester.

Während der Wiederbelebungsversuche blieb der Herzrhythmus bei gelegentlichen Ausschlägen (8 pro Minute, siehe auch Kontrollstreifen). Patient von Dr. Najarian um 10.40 für tot erklärt. Zwecks Identifizierung und Suche nach Angehörigen ins Leichenschauhaus überstellt.

Die Herzrhythmuskurve, die Eric jetzt auf dem Kontrollstreifen vor sich sah, war genauso, wie er sie in Erinnerung hatte: breite, langsame Ausschläge, die von ihrer elektrischen Ladung her nicht stark genug sein konnten, um den Herzmuskel zu Kontraktionen anzuregen. Sicherlich hätte er noch mehr tun können: einen Schrittmacher, weitere Medikamente, den Blut-PH-Wert mit stärkeren Mitteln ausgleichen. Doch selbst wenn er wie durch ein Wunder den Puls wiederhergestellt hätte, blieb der Unbekannte immer noch gehirntot. Alle Anzeichen sprachen dafür. Und dagegen war nun einmal kein Kraut gewachsen.

... bei unserer Arbeit müssen wir oft schwierige Entscheidungen treffen ...

»Da haben Sie recht, gnädige Frau«, murmelte Eric, während er an Sara Teagardens ungewöhnlich einfühlsame Bemerkung dachte.

In vierundzwanzig Stunden würde er der Frau gegenübersitzen, die er zu gern näher kennenlernen wollte. Und dann mußte er ihr erklären, daß eine Krankenschwester, die sich in diesen Dingen nur selten irrte, ihren Bruder als den Obdachlosen erkannt hatte, den er nicht hatte wiederbeleben können.

Er legte seine Aufzeichnungen und den Kontrollstreifen zur Seite und nahm den Bericht der Schwester zur Hand. Unten auf der Seite fand er eine Notiz, die von Norma Cullinet abgezeichnet worden war: DR. T. BUSHNELL, AMTLICHER LEICHENBESCHAUER BENACHRICHTIGT. VERLANGT DIE ÜBER-

FÜHRUNG DES LEICHNAMS ZUM BEERDIGUNGSUNTERNEHMEN GATES OF HEAVEN ZWECKS UNTERSUCHUNG. AUSSTELLUNG DER STERBEURKUNDE UND SUCHE NACH ANGEHÖRIGEN WIRD ER DORT DURCHFÜHREN.

Eric vergewisserte sich mit einem Blick in die Eingangshalle, daß die Ambulanzschwester den Ansturm der Patienten bewältigen konnte. Dann kehrte er in sein Büro zurück und holte das Branchentelefonbuch. Das Gates of Heaven-Bestattungsinstitut, als dessen Leiter ein gewisser Donald Devine aufgeführt wurde, lag nicht weit vom White Memorial Hospital entfernt. Mit seinem Anruf bei Laura Enders hatte Eric sich auf etwas eingelassen, was er jetzt auch zu Ende bringen mußte.

Widerstrebend griff er zum Telefonhörer.

9

Erst kurz vor neun wurde es auf der Unfallstation so ruhig, daß Eric den Dienst an einen Stationsarzt übergeben konnte. Er zog sich im Bereitschaftsraum aus, band sich dann ein Handtuch um die Hüften und zwang sich zu ein paar Minuten Gymnastik. Die Vierzehnstundenschicht, die hinter ihm lag, war ausgesprochen anstrengend gewesen, und ihm tat jeder einzelne Muskel im Körper weh.

Der Höhepunkt dieses grauenvollen Tages war sein verzweifelter, aber erfolgloser Versuch gewesen, einen siebenundfünfzigjährigen Herzinfarkt-Patienten wiederzubeleben, der schon mit Herzstillstand eingeliefert worden war. Vom rein technischen Standpunkt aus gesehen, hatten sie mit der Reanimation alles richtig gemacht. Doch wie schon so oft zuvor, waren auch dieses Mal ihre Anstrengungen vergeblich gewesen. Wenn man nach dem ersten Abfallen des Blutdrucks nicht innerhalb von vier bis sechs Minuten mit den Reanimationsversuchen begann, kam es für gewöhnlich zu irreversiblen Gehirnschäden. Deswegen erreichten Wiederbelebungsmaßnahmen nicht selten einen Punkt, an dem ein Arzt buchstäblich hoffte, daß sich der Herzschlag nicht mehr anregen lassen würde. Rein verstandesgemäß machte das Eric auch keine Schwierigkeiten. Allerdings fühlte er sich nach jedem Mißerfolg, als habe er eine persönliche Niederlage erlitten.

Wie hatte er auf den Tod des Schneewehentauchers reagiert, fragte er sich jetzt.
Während er sich duschte und anzog, versuchte er sich sein Verhalten und seine Gefühle an jenem verschneiten Tag im Februar in Erinnerung zu rufen. Damals hatte ihn die Laserbehandlung an Russell Cowley völlig in Anspruch genommen. Daran konnte er sich noch genau erinnern. Aber was hatte der Tod des Stadtstreichers im Zimmer nebenan in ihm ausgelöst?
Innerlich noch immer mit dieser Frage beschäftigt, machte er noch einen Kontrollgang und durchquerte dann die verlassene Eingangshalle in Richtung Bibliothek. Bis zu seiner Verabredung im Bestattungsinstitut Gates of Heaven blieb ihm noch eine Stunde Zeit. Die wollte er nutzen, um sich einige Artikel anzusehen, die sich mit den Komplikationen bei Bluttransfusionen in Notfällen beschäftigten.
Bei seinem Anruf im Bestattungsinstitut hatte sich Donald Devines Stimme auf dem Anrufbeantworter gemeldet und versprochen, ihr Besitzer sei um zehn Uhr zurück. Die Geigenklänge im Hintergrund und der salbungsvolle Tonfall klangen fast schon wie eine Parodie. Sofort war eine Vorstellung von Devine vor Erics geistigem Auge aufgetaucht: hageres Gesicht, mit hängenden Schultern und einem gestriegelten Schnurrbart. Er hatte die Nachricht hinterlassen, daß er versuche, die Identität eines unbekannten Toten zu ermitteln. Wenn Devine nichts von sich hören ließe, würde er zwischen zehn und elf im Bestattungsinstitut vorbeikommen.
In dem langen Korridor, der von der Eingangshalle zum Bigelow Building führte, gesellte sich Dave Subarsky zu ihm. Er trug Jeans, Turnschuhe und ein Sweatshirt mit dem Emblem des MIT. An die Brust gepreßt hielt er einen ganzen Stapel gebundener Zeitschriften und Fachbücher.

»Gehst du auch in die Bibliothek?« erkundigte er sich.
»Wohin sonst?«
Subarsky zuckte die Achseln. »Um diese Zeit? Wie wär's denn, wenn du mal nach Hause gehen würdest?«
»Ach, willst du damit etwa sagen, ich wohne nicht hier? Verdammt, jetzt hast du mich schon wieder durchschaut.«
»Heute siehst du ein bißchen müder aus als sonst, alter Junge.«
Mit seiner Ausweiskarte öffnete Subarsky die Tür zur Bibliothek.
»Stimmt wahrscheinlich«, gab Eric zu. »Heute war die Hölle los. Ein siebenundfünfzigjähriger Mann; Vater von vier Kindern. Einen Moment spaziert er noch putzmunter in der Gegend herum, und im nächsten ist er tot. Ich habe seiner Frau versichert, daß wir alles Menschenmögliche versuchen, daß er bei seiner Einlieferung schon gehirntot war. Aber sie flehte mich an, die Reanimationsmaßnahmen nicht abzubrechen. Über eine Stunde lang haben wir getan, was wir konnten, doch es war einfach nichts mehr zu machen.«
»So ist das nun mal«, seufzte Subarsky und legte den Stapel Zeitschriften auf einen Lesetisch. »Der liebe Gott sitzt halt am längeren Hebel.«
»Ist ja rührend, wie du das ausdrückst, Dave. Man merkt gleich, daß du kein Arzt bist. Glücklicherweise ist sein Hebel nicht immer lang genug, wenn wir alles richtig machen.«
»Hin und wieder«, meinte Subarsky. »Wie wär's mit einem Bier, wenn wir hier fertig sind?«
»Keine Zeit. Ich treffe mich mit jemandem vom Bestattungsinstitut Gates of Heaven.«
»Immer genau nach Terminplan! Das gefällt mir so an dir, Eric.«
»Ich betreibe Nachforschungen über einen unbekannten

Toten, den wir letzten Februar hier hatten; genau an dem Tag, als wir den Laser eingesetzt haben.«

»Du meine Güte, hoffentlich liegt der nicht noch immer dort!« Dave hielt sich die Nase zu.

»Möglicherweise doch. Der Leichenbeschauer gibt einen Verstorbenen erst dann zur Bestattung frei, wenn er die schriftliche Genehmigung eines Angehörigen erhalten hat. Manchmal behält er die Leiche sechs oder sieben Monate lang, bis er aufgibt und sie auf Staatskosten beerdigen läßt. Und wenn es keinen Hinweis darauf gibt, daß etwas faul ist, spart er sich auch die Autopsie. Der hat nämlich ebensoviel Angst vor den Rechtsverdrehern wie unsereins.«

»Ich sehe schon die Schlagzeilen: PATHOLOGE VERPFUSCHT AUTOPSIE. KUNSTFEHLERPROZESS.«

»Auch wenn du's nicht glaubst; so was kommt vor.«

»Ich war noch nie in einem Bestattungsinstitut. Soll ich vielleicht mitkommen?«

»Ein bißchen moralische Unterstützung wäre eigentlich nicht schlecht. Auf seinem Anrufbeantworter hörte sich der Inhaber nämlich reichlich seltsam an. Der Bestattungsunternehmer, dein Freund und Helfer.«

»Klingt doch ganz nett!«

»Gut, du hast gewonnen. Zwischen der nutzlosen Reanimation und dem Gates of Heaven könnte ich ein oder zwei Bier vertragen.«

»Abgemacht«, stimmte Subarsky zu.

Das Bestattungsinstitut Gates of Heaven war nicht unbedingt dazu angetan, den Betrachter zu poetischen Gedanken über die Ewigkeit anzuregen. Es war in einem schäbigen Gebäude in einer schmutzigen Gasse untergebracht, sechs Querstraßen vom White Memorial entfernt. Die fensterlose Fassade war schwarz angestrichen, und das verschnörkelte

Firmenschild blätterte bereits ab. Neben der Tür war eine hölzerne Tafel angebracht, auf der in handgemalten Buchstaben der doppelsinnige Spruch zu lesen war:

GESEGNET SEI UNSER GAST.
ER RUHE IN FRIEDEN.
DONALD DEVINE

Die erleuchteten Fenster im dritten Stockwerk sahen aus, als gehörten sie zu einer Wohnung.

»Hübsch hier«, sagte Eric.

»Richtig heimelig«, ergänzte Subarsky, »man möchte hineingehen und auf der Stelle sterben.«

Eric wies auf die Tür. »Bitte sehr«, sagte er zu seinem Freund.

»Nach Ihnen. Aber sieh erst mal nach, ob es hier keine Falltür gibt.«

Eric drückte auf den lackierten Klingelknopf und löste dadurch ein melodiöses Glockenspiel aus, das in der nächtlichen Straße widerhallte. Die Melodie kam ihm zwar bekannt vor, doch er konnte sie nicht einordnen.

»Dr. Najarian, nehme ich an.«

Donald Devines Stimme ertönte aus einem Lautsprecher, der oberhalb des Türstocks angebracht worden war. Eric meinte wieder, im Hintergrund Geigenklänge zu hören.

»Stimmt«, antwortete Eric. »Ich hoffe, es ist Ihnen nicht zu spät.«

»Nicht doch, nicht doch. Ich komme sofort herunter.«

Zwei neben dem Lautsprecher in die Wand eingelassene Lampen wurden eingeschaltet, und kurze Zeit später riß Donald Devine die Tür zum Gates of Heaven, zur Pforte des Himmels, auf. Aus einem Schönheitswettbewerb für Bestattungsunternehmer wäre Donald Devine zweifellos als

Sieger hervorgegangen. Er war so mager und blaß, daß man ihn fast mit seiner Kundschaft hätte verwechseln können, er trug eine runde Nickelbrille und einen Anzug mit Weste. Sein schütteres Haar war mit Pomade an den Kopf geklatscht. Devine bemühte sich so, wie ein typischer Bestattungsunternehmer auszusehen, daß er dabei wirkte wie eine Witzfigur. Obwohl er bestimmt nicht älter als Mitte Vierzig war, versuchte er sich wie ein Sechzigjähriger zu geben.

Nachdem Eric auch Dave vorgestellt hatte, führte Devine sie ins Haus. In jedem einzelnen der muffigen, barock überladenen Räume wurde man von Geigenklängen berieselt. Die Luft war stark parfümiert, doch trotz des undefinierbaren Blütendufts konnte Eric den vertrauten Geruch von Formaldehyd ausmachen.

»Darf ich den Herren etwas anbieten?« erkundigte sich Devine, während er sie durch eine kleine Kapelle in den Empfangsraum führte. »Vielleicht ein Glas Wein? Oder Tee?«

Die Freunde lehnten beide dankend ab. Devine goß sich selbst ein Glas Burgunder ein und schaltete die Musik aus.

»Gestatten Sie mir eine Frage«, setzte Eric an. »Ist Devine Ihr richtiger Name?«

Der Gefragte drehte sich zu Eric um und legte seine gespreizten Finger gegeneinander.

»Ja, Donald Devine ist jetzt mein richtiger Name. Ich habe mich vor einigen Jahren offiziell umbenennen lassen.«

»Nun, er paßt jedenfalls ausgezeichnet zu Ihrem Beruf.«

»Ja, er vereinfacht die Sache sehr. Er tröstet die Hinterbliebenen meiner Kunden.«

Devine – oder Divine, der Göttliche. Eric hätte gern gewußt, ob die falsche Schreibweise Absicht war.

Donald Devine bat sie, auf einer brokatbezogenen Sitzgruppe Platz zu nehmen. Dann holte er aus dem zierlichen Schreibpult einen Aktenordner.

»Also«, begann er, »Sie erwähnen in Ihrer Nachricht, Sie hätten gern Aufschluß über den letzten Weg eines gewissen Thomas Jordan?«

»Thomas Jordan?«

»Sie sagten, der Betreffende sei am 27. Februar verstorben – oder etwa nicht?«

»Doch, das stimmt.«

»Nun, dann muß es sich um diesen Mann handeln.« Devine blätterte in der Akte, doch er reichte sie Eric nicht hinüber. »Unbekannter Toter, Weißer, männlichen Geschlechts, Ende Dreißig, akuter und chronischer Alkoholismus, Herzstillstand, vermutlich verursacht durch Arterios ... Art-er-i«

»Arteriosklerose«, ergänzte Eric mit einem vielsagenden Blick zu Dave Subarsky.

»Genau.«

»Wie haben Sie herausbekommen, daß er Thomas Jordan heißt?«

»Ich glaube, durch die Fingerabdrücke. Aber so etwas erledigt der Leichenbeschauer.«

»Dr. Bushnell?«

Donald Devine blickte überrascht von der Akte auf. Dann aber lächelte er.

»Genau«, wiederholte er. »Dr. Bushnell. Er ist zwar nicht mehr der Jüngste, hat aber noch immer genausoviel Biß wie jeder andere. Er hat die Identität des Toten festgestellt, und die Schwester des Mannes in ...«, er konsultierte wieder die Akte, »in Chicago ausfindig gemacht. Die hat ihm dann die Erlaubnis zur Freigabe des Leichnams erteilt. Den Rest haben wir erledigt.«

»Mußte sie den Toten denn nicht persönlich identifizieren?«

»Nicht, wenn die Fingerabdrücke eindeutig sind. Sie mußte sich lediglich notariell bestätigen lassen, daß sie die ist, die sie vorgibt zu sein, und alles andere konnte sie dann schriftlich erledigen. Als sie herausfand, wie ihr Bruder sein Leben fristete, daß er ein Trinker war, ist ihr wohl die Lust auf einen Ausflug an die Ostküste gründlich vergangen.«
Eric spürte, wie Erleichterung von ihm Besitz ergriff. Diesmal hatte Terri Dillard sich geirrt. Der Unbekannte war nicht Laura Enders Bruder; kein tiefseetauchender Computerfreak. Er war Thomas Jordan, ein heruntergekommener Alkoholiker, mit einer Schwester, die ihm offensichtlich keine Träne nachweinte.
»Und was haben Sie mit dem Leichnam gemacht?«
Donald Devine schlug eine Seite in seiner Akte um.
»Asche zu Asche«, erklärte er ehrfürchtig. »Der Leichnam wurde am ... 11. März ins Krematorium in West Roxbury überführt. Ich nehme an, daß man die Urne an die Schwester des Verstorbenen geschickt hat.«
»Tja, das war's dann wohl«, meinte Eric.
»Ich hoffe, ich habe den Herren weiterhelfen können«, sagte Donald Devine und streckte ihnen die Hand entgegen.
»Ja, Sie waren uns eine große Hilfe«, erklärte Eric. Jetzt, da er wußte, daß er keine schlechten Nachrichten überbringen würde, freute er sich auf das Abendessen mit Laura.
Devine richtete sein Klappergestell auf.
»Ist nicht der Rede wert«, tönte er. »Im Gates of Heaven ist Service unser Geschäft.«
»Netter Spruch«, murmelte Subarsky versonnen. »Service ist unser Geschäft. Das gefällt mir.«
Sie bedankten sich bei Devine. Dann traten sie, begleitet von Geigenklängen, hinaus in den Abend.

10

Obwohl die Halle des Carlisle Hotels eigentlich dringend hätte renoviert werden müssen, machte sie in der schummrigen Beleuchtung einen fast luxuriösen Eindruck. Zumindest kam es Eric so vor, als er über den verschlissenen Perserteppich zu den rissigen Ledersesseln neben dem Aufzug hinüberging. Er war zehn Minuten zu früh dran, und Laura ließ ihn noch ein wenig warten. Die Vorfreude auf das gemeinsame Abendessen war mit der anfänglichen Anziehung allein nicht zu erklären. Sie war seit langem die erste Frau, mit der er ausging, die nichts mit Medizin zu tun hatte. In Erwartung dessen, was der Abend bringen würde, hatte er einen entspannten, produktiven Tag verbracht, der ihm endlich einmal wieder richtig normal vorkam. Verdi hatte am Morgen eine Arie gepfiffen, die wohl aus Madame Butterfly stammte, während Eric einige Überweisungen ausgefüllt und einige längst überfällige Briefe geschrieben hatte. Am Nachmittag hatte er mit einem Freund Squash gespielt und sich dann der großen Visite im Krankenhaus angeschlossen.

Normal. Nach dreizehn Jahren Ausbildung, unchristlichen Dienstzeiten und zahllosen Opfern auf Kosten seines Privatlebens war er nicht einmal mehr sicher, ob er überhaupt noch wußte, was das hieß. Eines aber wußte er genau: Es war Zeit, daß sich etwas änderte, ob er nun den Posten als stellvertretender Chefarzt bekam oder nicht.

Seit der Sitzung der Berufungskommission war eine Woche vergangen. Drei Tage lang hatte er die Äskulapnadel getragen, aber bis jetzt hatte niemand Kontakt zu ihm aufgenommen. Inzwischen hatten alle drei Mitglieder der Kommission den Anstecker an seinem Kittel gesehen, und Eric ging davon aus, daß Äskulap über kurz oder lang seine Forderungen stellen würde.

Eine hübsche Blondine in einem hautengen roten Kleid und Pfennigabsätzen hatte ihn entdeckt und kam herbeigeschlendert.

»Hallo, ich heiße Wendy. Brauchen Sie Gesellschaft?«

»Wie bitte? Oh, nein. Vielen Dank, ich bin verabredet.«

»Hat sie auch soviel zu bieten?« Sie strich sich über den Körper. Unter dem üppig aufgetragenen Make-up erkannte Eric, daß sie bestimmt nicht einmal zwanzig Jahre alt war.

»Das vielleicht nicht«, erwiderte er und unterdrückte den Impuls, ihr einen Vortrag über Safer Sex zu halten oder sie zu fragen, warum ein nettes Mädchen wie sie so einem Beruf nachging. »Aber für heute abend reichts.«

Die Prostituierte wand sich provokativ und schob übertrieben schmollend die Unterlippe vor.

»Pech gehabt«, sagte sie. »Sie sind wirklich süß. Wir hätten viel Spaß zusammen haben können; und das zu einem Super-Preis.«

»Vielen Dank, Wendy, aber da läuft nichts.«

»Wie Sie wollen.«

Auf der Suche nach dem nächsten Opfer ließ sie den Blick durch die Halle schweifen. Er blieb an einem Mann hängen, der sich hinter einer Zeitung vergraben hatte.

»Hallo, Kumpel«, hörte Eric sie sagen. Sie zog ihm mit einem Finger die Zeitung weg und blinzelte ihn über den Rand verführerisch an. »Brauchen Sie Gesellschaft?«

»Hau ab!«

Der Mann, der Turnschuhe und eine Windjacke trug, hielt sich blitzschnell die Zeitung vors Gesicht.
»Wie Sie wollen.«
Die Prostituierte nahm wieder ihren Beobachtungsposten ein. In diesem Augenblick trat Laura aus dem Fahrstuhl. Über ihren Jeans trug sie einen langen grauen Pullover, und im Arm hielt sie einen Trenchcoat. Die Haare hatte sie nach hinten gebunden. Sie bewegte sich mit der Leichtigkeit und Anmut einer durchtrainierten Sportlerin, und Eric fand sie noch schöner als er sie in Erinnerung hatte.
»Tut mir leid, daß Sie warten mußten«, sagte sie.
»Das macht nichts.« Ein wenig ungelenk mühte er sich aus seinem Sessel hoch. »Sie sehen toll aus.«
»Wenn man jeden Tag stundenlang sinnlos herumrennt, bleibt man wenigstens in Form.«
»Kein Ergebnis?«
»Nein, nichts außer Hunderten von ›Hallo, Süße‹, zehn Einladungen zum Abendessen und zwei Heiratsanträgen.«
»Geben Sie trotzdem nicht auf.«
»Nein, so schnell nicht.«
»Gut. Haben Sie noch immer Lust auf armenisches Essen?«
»Aber sicher. Diese Aussicht hat mich beim Abklappern von sechs Hotels, zwei Krankenhäusern und zwanzig Computerläden über Wasser gehalten. Dazu habe ich noch einen zwielichtigen Reporter kennengelernt, der meinte, er könnte vielleicht eine Geschichte über Scott in seiner Zeitung unterbringen. Allerdings nur, wenn ich heute abend zu ihm komme und mich interviewen lasse.«
»Die Macht der Presse sollte man nie unterschätzen. Aber eines würde ich gern wissen, Laura. Warum haben Sie mich nicht auch abgewimmelt, wie all die anderen Typen?«
Sie dachte einen Moment lang nach.
»Eigentlich war ich selbst überrascht, daß ich Ihre Einla-

dung angenommen habe«, antwortete sie. »Ehrlich gesagt, habe ich mir das noch gar nicht genau überlegt. Und ich glaube, das war auch besser so, finden Sie nicht?«

Eric half ihr in den Mantel, und sie durchquerten die Halle. Als sie an der Rezeption vorbeikamen, hielt Wendy den Daumen hoch und formte mit den Lippen die Worte: »Nicht übel.« Laura entgingen ihre Zeichen nicht.

»Eine Freundin von Ihnen?« fragte sie.

»Sie heißt Wendy.«

»Sie ist jeden Tag hier. Ich finde sie so hübsch, und es macht mich traurig, wenn ich daran denke, wie sie ihr Geld verdient.«

Sie winkten Wendy zu und traten dann hinaus in den Abend, der nach Frühling roch. Der Mann mit der Windjacke faltete seine Zeitung zusammen und folgte ihnen.

Das Pariegam war ein schummriges kleines Lokal in einer Seitenstraße nicht weit vom Watertown Square. Eric ging mindestens einmal im Monat zum Essen dorthin und traf unweigerlich eine Menge Verwandte, die ebenfalls in diesem Lokal Stammkunden waren. Seine Eltern hatten beide mehrere verheiratete Geschwister, die noch immer, ebenso wie ihre Kinder, in Watertown lebten.

Bisher hatte er nur einmal eine Frau in dieses Restaurant mitgenommen, und jener Abend war alles andere als angenehm verlaufen. Die Frau, eine Sozialarbeiterin am Krankenhaus, war vollkommen verschüchtert in sich zusammengesunken, als Erics Verwandte auf sie zustürzten, um sie ungeniert in Augenschein zu nehmen. Schließlich hatte sie sich vor lauter Nervosität ein Glas Wein über das Kleid geschüttet. Laura mitzubringen, war ein Risiko, aber Eric mochte das Lokal, und er hoffte, ihr würde es auch gefallen.

»Wir können immer noch woanders hingehen«, gab Eric an der Tür zu bedenken.
»Ist es so schlimm?«
»Das kann man vorher nie wissen. Wahrscheinlich sind mindestens die Hälfte der Gäste dort mit mir verwandt, und wir bleiben mit Sicherheit nicht allein.«
»Bestimmt sind sie sehr stolz auf Sie, und dazu haben sie auch allen Grund.«
»Gut, daß Sie das verstehen. Wir Armenier haben, wie kaum ein anderes Volk dieser Welt, Verfolgung erlitten. Deshalb lieben wir das Leben, und Erfolg wiegt doppelt, weil wir ihn so schwer haben erkämpfen müssen.«
»Und am Gipfel des Erfolgs steht der Arzt.«
»Ja, eine ganze Anzahl von Armeniern denken so – besonders die aus der Generation meiner Eltern.«
»Gut, ich verspreche ihnen, mich Ihrer würdig zu erweisen«, erklärte sie.
»Oh, entschuldigen Sie, ich wollte nicht protzen.«
»Unsinn, Sie haben lediglich ausgedrückt, wie wichtig Ihnen Ihr Beruf ist. Ich hoffe, ich kann das eines Tages auch von mir behaupten. Aber wenn ich jetzt nicht bald was in den Magen kriege, werde ich womöglich ungenießbar.«
Eric starrte sie verblüfft an.
»Sie gefallen mir«, erklärte er.
Das Restaurant war an diesem Abend noch voller als gewöhnlich. Vor der Bar standen die Gäste in drei Reihen, und jeder Tisch war besetzt. In einer Ecke des Lokals, auf einer kleinen Bühne, spielte einer von Erics Cousins auf einem *Oud*, begleitet von einem Schlagzeuger, der aus dem *Dumbeck* einen beachtlichen Rhythmus hervorzauberte.
»Ich glaube, hier gefällt's mir«, sagte Laura.
»Hoffentlich, denn es sieht ganz so aus, als würden wir eine Weile auf einen Tisch warten müssen.«

»Hallo, Dr. Eric!«
Ein kleiner, gedrungener Mann schob sich durch das Gedränge auf sie zu.
»Hallo, Arem«, rief Eric. *»Ench bes es?«*
»Ganz gut. Ich habe gehört, du wirst jetzt Krankenhausdirektor. Herzlichen Glückwunsch.«
»Mein Gott, Arem, es geht nicht ums ganze Krankenhaus, sondern nur um die Unfallstation. Außerdem nur um den Stellvertreterposten, und noch habe ich ihn nicht. Ansonsten sind deine Informationen richtig.«
»Oh, das ist ja spannend«, bemerkte Laura.
»Wenn es klappt, ja. Laura, das ist Arem Bozian, der Inhaber von Pariegam. Arem, dies ist Laura.«
Der Restaurantbesitzer küßte Laura die Hand.
»Auf Ihren Begleiter können Sie stolz sein, junge Frau«, sagte er. »Verdammt stolz. Er ist der beste Doktor von ganz Boston.«
»Gestern im Krankenhaus hat man mir das gleiche gesagt«, erwiderte sie.
»Sind Sie auch Ärztin?«
»Nein, ich bin Taucherin.«
Auf Bozians rundem Gesicht zeigte sich Erstaunen.
»Sie leitet Tauchausflüge auf einer Karibikinsel«, erklärte Eric. »Du kannst mir glauben, Arem, das ist ein wirklich guter Job. Wie lange müssen wir auf einen Tisch warten?«
»Du brauchst nicht zu warten.« Er wandte sich zu einem kleinen Tisch in der Ecke, an dem zwei alte Männer saßen und Raki tranken. »Ihr beide habt jetzt genug gequatscht. Der Doktor hat Hunger, und seine schöne Freundin, die Taucherin, auch.«
Die beiden Alten wechselten ein paar Worte auf armenisch, dann leerten sie ihre Gläser und standen auf. Innerhalb von

wenigen Minuten war der Tisch abgeräumt und neu gedeckt.
»Das ist ein Service!« staunte Laura, als sie Platz nahmen.
»Die beiden sind für Sie aufgestanden, nicht für Arem oder mich.«
»Für mich?«
»Ja. Zuerst haben die zwei sich besprochen, und dann sind sie zu dem Ergebnis gekommen, Sie wären hübsch genug, daß sich das Aufstehen lohnt. Und das, obwohl sie nur eine *Odar* sind.
»Eine *Odar*?«
»Eine Frau, die nicht armenischer Abstammung ist«, sagte Eric.
Sie bestellten Doma und Jalantschi – gefüllte Weinblätter und gefüllten Kohl – und Hühnchen mit Pilaw. Noch ehe der erste Gang aufgetragen worden war, hatte Laura bereits mehrere von Erics Cousins kennengelernt. Und immer wieder war Laura in der armenisch geführten Unterhaltung das Wort *Odar* aufgefallen.
»Sie sind ja eine richtige Berühmtheit«, sagte sie schließlich, als sie ungestört waren.
»Nein, das ist nur der Reiz des Neuen.«
»Verstehe. Ich bin zwar nicht besonders stolz darauf, aber auf dem College bin ich mal Schönheitskönigin geworden. Eine Zeitlang war ich auch berühmt, und alle haben sich um mich gerissen. Eigentlich ist mir das ziemlich auf die Nerven gegangen.«
»Nun, ich habe mich inzwischen daran gewöhnt, daß das in Watertown so ist. Aber für meinen jüngeren Bruder ist es schlimm.«
»Haben Sie noch mehr Geschwister?«
»Nein. George hat die High-School abgebrochen und hat seitdem immer wieder Ärger mit Drogen und Alkohol.«

»Ist ja schrecklich. Geht es ihm jetzt besser?«
Eric schüttelte den Kopf.
»Verstehen Sie sich gut mit ihm?«
Eric dachte einen Moment nach.
»Nein, eigentlich nicht«, sagte er dann. »Wir sind zu verschieden, glaube ich. Meine Eltern haben mich immer als gutes Vorbild hingestellt, und so hat er schließlich alles an mir abgelehnt.«
»Aber er kann sich noch immer ändern.«
»Vielleicht, eines Tages. Ich denke nicht mehr so oft über ihn nach. Aber als Sie mir von Ihrer Beziehung zu Scott erzählt haben, tat es mir leid, daß George und ich nicht besser miteinander ausgekommen sind.«
»Ich verdanke Scott sehr viel«, erklärte Laura.
»Erzählen Sie mir mehr von ihm.«
Zwei Gläser Raki wurden gebracht, und Laura erzählte von der Vergangenheit bis zu dem Punkt, als sie sich entschlossen hatte, die Little Caymans zu verlassen. Sie nahm einen Schluck von dem klaren Getränk und schnappte nach Luft.
»Wie kann man so was nur trinken!« Ihre Augen tränten.
»Normalerweise betreiben wir unsere Traktoren damit. Aber sagen Sie mal, haben Sie außer Postkarten noch einen anderen Hinweis darauf, daß Ihr Bruder sich in Boston aufhält?«
Laura schüttelte den Kopf.
»Keinen, außer ... Es mag vielleicht dumm klingen, aber seit ich hier angekommen bin, habe ich mich ihm einige Male ungeheuer nahe gefühlt. Zum Beispiel als ich in der Firma war, für die er gearbeitet hat; oder vorgestern abend, als ich den Boston Common entlangging. Und am stärksten war das Gefühl, als ich mit Ihnen in der Ambulanz gesprochen habe.«

»Hatten Sie schon früher solche Erlebnisse?«
»Sie meinen, parapsychologischer Art? Nein, eigentlich nicht. Sie sind auch nur schwer zu beschreiben und dauern nicht besonders lange – zwei oder höchstens drei Minuten. Trotzdem sind sie ganz klar und bestärken mich in dem Gefühl, daß ich das Richtige tue.«
»Ich würde Ihnen gern bei Ihrer Suche behilflich sein«, sagte er.« Ich könnte beispielsweise die Krankenhäuser übernehmen.«
»Das wäre wunderbar.«
»Als ich Sie gestern anrief, dachte ich sogar, ich hätte etwas für Sie. Eine unserer Schwestern meinte, sich aufgrund des Fotos auf dem Plakat an jemanden zu erinnern.«
Laura horchte auf. »An wen?«
Eric unterbrach sie mit einer Handbewegung.
»Falscher Alarm«, beschwichtigte er sie. »Im Februar hatten wir einen toten Stadtstreicher auf der Station. Terri Dillard, das ist eine der Schwestern, mit denen ich zusammenarbeite, glaubte, dieser Mann wäre Scott gewesen.«
»Ein Stadtstreicher? Das kann nicht sein. Scott hat gut verdient. Außerdem habe ich Scott nie mehr als ein oder zwei Bier trinken sehen.«
»Ich habe ja auch schon gesagt, er war es nicht.«
»Woher wollen Sie das wissen?«
»Weil ich in dem Bestattungsinstitut war, wohin man ihn gebracht hat. Dort zeigte man mir den Totenschein des Leichenbeschauers und die Bestätigung, daß er eingeäschert worden ist. Er war ein gewisser Thomas Jordan aus Illinois.«
Erst jetzt ließ Laura sich aufatmend zurücksinken.
»Vielen Dank für Ihre Mühe«, seufzte sie. »Ich bin froh, daß er es nicht war.«
»Ich auch, das können Sie mir glauben.« Wieder trat ihm

Thomas Jordans EKG vor Augen, mit den Kurven, die er bewußt ignoriert hatte. *Sie wissen gar nicht, wie froh,* dachte er.
»Laura, wenn Ihr Bruder wirklich in Boston ist, dann finden wir ihn auch. Sie sagten, die Polizei war keine große Hilfe. Wie wäre es mit einem Privatdetektiv?«
Laura berichtete ihm von ihrem Besuch bei Bernard Nelson.
»Hat er Ihnen erklärt, was Sie alles auf Ihr Plakat schreiben sollen?«
»Ja. Aber warum fragen Sie?«
»Im Prinzip ist das Plakat in Ordnung, aber ich finde, Sie hätten noch mehr Einzelheiten aufzählen können.«
»Und was zum Beispiel?«
»Seine besonderen Interessen – Lieblingssportarten, Hobbys oder bestimmte Angewohnheiten.«
»Aber ich sagte doch schon, daß er mir nicht viel von sich erzählt hat – besonders in den letzten Jahren.«
»War er schwul?«
»Nein. Oder besser, ich weiß es nicht genau.«
»Aha. Und wie sieht es mit unveränderlichen Kennzeichen aus, wie Narben oder Tätowierungen?«
»Narben hatte er wohl nicht, aber er war tätowiert.«
»Gut, das sollten sie auch auf das Plakat schreiben, wenn Sie es nachdrucken lassen. Eine Tätowierung also! So ganz paßt das aber nicht zu dem Bild, das Sie mir von Ihrem Bruder gezeichnet haben.«
Laura lächelte wehmütig.
»Er war fünfzehn, als er sich tätowieren ließ«, erklärte sie. »Unsere Eltern waren sehr streng, und Scott hat sich … nun, er hat sich nicht richtig aufgelehnt, aber er machte, was er wollte – er war sehr unabhängig. Nach einem Riesenkrach ist er mal weggelaufen und für drei Tage nach

St. Louis gefahren. Als er wiederkam, hatte er die Tätowierung. Aber er ließ sie auf der Hüfte anbringen, so daß unsere Eltern sie auch dann nicht sehen konnten, wenn er eine Badehose anhatte. Einmal hat er sie mir gezeigt und dabei gedroht, er würde mir die Haare abschneiden, wenn ich jemandem davon erzähle. Das war acht oder neun Monate, bevor unsere Eltern umkamen, und ich glaube, sie haben es nie erfahren. Ist das nicht komisch? ... Eric, was ist?«

Eric hatte den Kopf auf die Hand gestützt und starrte wortlos auf seinen Teller. Dann blickte er langsam auf. Seine Augen waren kalt und verzweifelt.

»Eine Tätowierung also«, sagte er mit heiserer Stimme. »Und wie sah sie aus?«

»Es waren Rosen. Warum fragen Sie?«

»Drei Rosen.«

»Stimmt.« Sie sah ihn verwundert an.

»Und unter jeder Rose stand ein Name.«

Laura wurde blaß.

»Mom, Dad und Laurie«, sagte sie. »Eric, was ist los?« Eric strich mit der Hand durch die Haare.

»Das darf nicht wahr sein«, stieß er hervor.

»Was? Eric, bitte, was darf nicht wahr sein?«

»Dieser Stadtstreicher, Thomas Jordan, hatte diese Tätowierung. Daran besteht kein Zweifel.«

Sie verließen das Lokal, ohne zu Ende zu essen, und liefen wie benommen über den Watertown Square zum Charles River. Am dunklen Frühlingshimmel schimmerten hinter dem milchigen Widerschein der Stadtbeleuchtung einzelne Sterne. Laura hakte Eric unter und zog ihn näher zu sich heran.

»Sie sind sich also ganz sicher?« fragte sie schließlich.

»Ich kriege so viele Tätowierungen zu sehen, oft an Leuten, wo ich es nicht erwartet hätte. Und weil sie mich interessieren, vergesse ich sie auch nicht so schnell. Diese war etwas Besonderes, wegen der sorgfältigen Ausführung und der Stelle, an der sie angebracht war. Damals war sie mir aufgefallen, weil an dem Mann, ehrlich gesagt, sonst nicht viel Anziehendes war.«

»Aber Scott war – ist – einer der anziehendsten Männer, die ich je kennengelernt habe«, wandte sie ein. »Er hat ein schönes Gesicht und sehr ausdrucksvolle Augen. Könnte nicht zufälligerweise jemand die gleiche Tätowierung haben wie er?«

»Möglich ist alles.«

»Aber Sie glauben das nicht, das spüre ich.«

Eric zuckte hilflos die Achseln.

»Terri Dillard, die Ihren Bruder wiedererkannt hat, ist nicht auf den Kopf gefallen. Der Wissenschaftler in mir würde einen Zufall ja noch durchgehen lassen, aber nicht zwei.«

»Aber der Bestattungsunternehmer ... und die Fingerabdrücke ... die Sterbeurkunde. Wie konnte der Leichenbeschauer den Mann falsch identifizieren?«

»Ich glaube, das hat er gar nicht getan«, meinte Eric bitter.

»Dann hat er also gelogen?«

»Entweder er oder Donald Devine.«

»Aber warum?«

»Ich weiß nicht. Angeblich sollen die Universitäten ja einen Haufen Geld für Leichen zahlen. Anscheinend laufen da krumme Sachen.«

»Und wie kriegen wir das raus?«

»Zu Anfang reden wir am besten mal mit Dr. Bushnell, dem Leichenbeschauer.«

Sie kehrten dem Fluß den Rücken und betraten eine Bar mit einer Telefonzelle. Dr. med. Bushnell war im Telefonbuch mit einer Adresse in Beacon Hill verzeichnet.
»Es ist erst halb neun«, meinte Laura. »Glauben Sie, wir sollten ihn anrufen?«
»Ich würde lieber persönlich bei ihm vorbeischauen. Wenn da seltsame Dinge vor sich gehen, dann sollten wir ihn besser überrumpeln.«
»Sofort?« fragte sie.
»Wenn nicht jetzt gleich, wann dann?«

11

In Charity, Utah, gab es zwei Wachtürme: einen auf dem Dach des früheren Bankgebäudes, der heutigen Wäscherei, am westlichen Ende der Hauptstraße, und einen neben der Klinik im Osten, wo auch der Wasserturm stand. Dieser war noch immer in Betrieb und speicherte das Wasser aus der Quelle unterhalb des Städtchens. An diesem Abend saß Garrett Pike auf einem dreibeinigen Schemel im östlichen Wachturm und blickte über die endlose Wüste auf die Sonne, die gerade wie eine glühende Kupferplatte hinter dem Horizont verschwand.

Sein dreimonatiger Dienst in der Klinik war jetzt beinahe vorbei, und er konnte es kaum noch erwarten, nach Los Angeles aufzubrechen, wo er drei Wochen Urlaub machen wollte. An und für sich war diese Regelung, die Dr. Barber bei Garretts Einstellung vor nahezu zwei Jahren vorgeschlagen hatte, ausgesprochen angenehm. Die drei Monate beinahe völliger Einsamkeit in der Wüste konnte er gerade noch verkraften, und nach drei Wochen Smog und Hektik in Los Angeles sehnte er sich wieder zurück nach Charity.

Pikes offizielle Berufsbezeichnung lautete Krankenpfleger in der Psychiatrie, und es kam von Zeit zu Zeit tatsächlich vor, daß er mit einem Patienten sprach und sich zum Beispiel nach seinen Problemen erkundigte. Doch in Wahrheit hatte er nur mit Mühe und Not die High-School geschafft und war auch von Dr. Barber nicht weiter ausgebildet worden. Im Grunde genommen war er Hausmeister – und mehr als einen Hausmeister brauchten die etwa dreißig Patienten, die normalerweise in Charity lebten, auch nicht. Sie waren so mit Drogen vollgepumpt, so willenlos, daß es nur selten vorkam, daß jemand in die Wüste entwischte oder gewalttätig wurde. Schlimmstenfalls verschlief mal einer oder verpaßte eine Mahlzeit oder den Arbeitsdienst.

Eigentlich hatte sich Pike nur widerwillig auf Dr. Barbers Anzeige gemeldet. Die Aussicht, irgendwo in der Wüste kriminelle Geisteskranke zu bewachen, hatte ihn nicht unbedingt begeistert. Aber die Bezahlung war überdurchschnittlich gut – ein Vielfaches von dem, was er als Wachmann verdient hätte. Außerdem hatte Barber ihm versichert, sein Institut besäße große Erfahrung darin, wie man die Patienten ruhigstellte. Das Geheimnis war ein Tranquilizer mit Langzeitwirkung, der sich noch in der Testphase befand, bevor er für den allgemeinen Gebrauch freigegeben würde.

Wenn ihn die Langeweile überwältigte, dachte Pike an sein Leben vor diesem Job. Das war die Zeit, in der er nicht mal einen Hosenknopf besessen und Gott und der Welt Geld geschuldet hatte. Inzwischen hatte er ein Auto, eine hübsche kleine Wohnung in der Stadt und sogar ein bißchen Geld auf der hohen Kante. Nur die Geheimhaltungspflicht störte ihn ein wenig – er durfte das Klinikgebäude nicht betreten, und wenn er mit jemandem über das Projekt sprach, war ihm die Kündigung sicher. Aber solange er der Gesellschaft einen Dienst erweisen, ab und zu in der Wüste jagen gehen und alle paar Wochen bei einem der Mädchen in Cathies Bordell Dampf ablassen konnte, hatte der Job bei weitem mehr Vor- als Nachteile.

Pike sah auf die Uhr, dann nahm er sein Schreibbrett und raffte sich auf. Es war Zeit für die Abendrunde. Auf der

Straße unter ihm schlurften die letzten Patienten vom Speiseraum zu den Schlafsälen. Wenn man sich alles so ansah, mußte die Regierung das Charity-Projekt wirklich für ein erfolgreiches Programm halten. Außer ihm waren John Fairweather, der Mechaniker, und eine alte Indianerin namens Jane, die die Küche besorgte, die einzigen Angestellten. Und über allem wachte Dr. Barber. Alles, was sonst noch anfiel – die schmutzigen und niedrigen Arbeiten – wurden von den Patienten selbst erledigt. Drei Angestellte und ein Arzt für über dreißig Patienten. Da sollte mal jemand sagen, Kostensenkung sei nicht möglich!
Pike klemmte das Funksprechgerät links an den Hüftgürtel und hängte den Knüppel an einen Lederriemen, der über seinem rechten Schenkel baumelte. In jedem Wachhaus war auch ein Gewehr an der Wand befestigt, aber das hatte er nur ein einziges Mal gebraucht. Vor ungefähr einem Jahr war ein junges Paar aus Los Angeles versehentlich auf das Gelände geraten. Beim Gedanken an seinen damaligen Auftritt mußte Pike lächeln. Wie verschreckt der Psychologe und seine aufdringliche Frau plötzlich ausgesehen hatten, als er mit der Remington vor ihnen gestanden war. Dr. Barber hatte ihm für sein entschlossenes Handeln einen hübschen Bonus zugesteckt.
Pike begann seine Runde bei den Feldern und Gewächshäusern. Er hatte jetzt schon längere Zeit nicht mehr an das Ehepaar gedacht, und wie immer, wenn ihm die beiden einfielen, fragte er sich, welche Art von Geschäft Dr. Barber mit ihnen abgeschlossen hatte, damit sie über das Charity-Projekt schwiegen. Nachdem das Paar aufgebrochen war, hatte er sich bei John Fairweather nach ihm erkundigt, doch der schweigsame Indianer hatte lediglich die Achseln gezuckt.
Der Laden, die Wäscherei, die Sporthalle, die Duschen, der

Schlafsaal der Frauen, das Lager. Langsam arbeitete Pike sich auf der Hauptstraße vor und kontrollierte ein Gebäude nach dem anderen. Wie immer war jeder und alles an Ort und Stelle. In Charity änderte sich selten etwas. Die einzige Abwechslung war das Eintreffen eines neuen Patienten alle ein bis zwei Wochen, was immer dann geschah, wenn einer der momentanen Insassen starb oder fortgebracht wurde. Pike vermutete, daß die Patienten, die das Charity-Projekt verließen, in ein Krankenhaus oder ein reguläres Gefängnis überstellt wurden, aber weder John Fairweather noch Dr. Barber hatten ihm je darüber Auskunft gegeben.

Der Schlafsaal der Männer lag in dem früheren Hotel von Charity. Normalerweise waren zweiundzwanzig Patienten dort untergebracht, zu viert oder zu fünft in einem Raum. Jeder Patient wurde bei einem einfachen Vornamen genannt, der gewöhnlich nicht sein eigener war. Dieser Name war auf jedem einzelnen Kleidungsstück angebracht und wurde wieder benutzt, wenn ein Patient, aus welchem Grund auch immer, die Klinik verließ.

Wie immer waren auch heute alle Patienten da. Einige saßen schweigend auf ihrem Bett und starrten ins Leere, einzelne blätterten alte zerlesene Zeitungen durch, und zwei kritzelten unbeholfen mit Buntstiften auf einem Blatt Papier herum. Wenn man sie so sah, konnte man sich schwer vorstellen, daß sie einmal als unheilbare Schwerverbrecher eingestuft worden waren. Während Pike die einzelnen Namen auf seiner Liste abhakte, betrachtete er ihre stumpfen, ausdruckslosen Gesichter und fragte sich, was sie wohl Schreckliches getan hatten.

Jeden Morgen bekam Pike von Dr. Barber eine Namensliste. Darauf waren die drei oder vier Patienten verzeichnet, die für einen Test oder eine Untersuchung in die Klinik gebracht werden sollten. An diesem Abend waren Dan, Char-

lie und Bob an der Reihe. Pike rief die Männer herbei und führte sie schweigend die dunkle Straße entlang zur Klinik. Das Klinikgebäude, ein langgezogener, einstöckiger Neubau aus Holz, war von einem hohen Maschendrahtzaun umgeben. Auf ein Summen hin konnte Pike eine Pforte in der äußeren Umzäunung öffnen. Dann brachte er die Männer in den spärlich eingerichteten Warteraum. Weiter als bis hierher war er in seiner zweijährigen Tätigkeit für Dr. Barber nie in die Klinik hineingekommen. Dieser Bereich fiel unter die Zuständigkeit des Arztes, der gelegentlich aus der Stadt kam, um dem Chef zu helfen und das Programm zu beobachten. Außerdem hatte noch Fairweather Zutritt. Für alle anderen war die Klinik tabu.
Pike gab Barber die Namensliste und ging dann zum östlichen Wachturm. In etwa einer halben Stunde würde der Arzt ihn über Funk benachrichtigen, daß die Patienten in die Schlafsäle zurückkehren konnten.
Wenn irgendein Problem auftauchen sollte, würde Barber ihm über einen Alarmknopf am Funkgerät Bescheid geben, wodurch gleichzeitig eine Sirene ausgelöst wurde. Aber dieser Fall war in den letzten zwei Jahren nie eingetreten, und auch heute, das wußte Pike, blieb voraussichtlich alles ruhig.
Soweit er es beurteilen konnte, lief das Charity-Projekt wie ein gut geöltes Räderwerk, was man wohl von kaum einem anderen Programm behaupten konnte.

Dr. James Barber saß auf der Kante seines Schreibtischs im Warteraum und studierte die Berichte der drei Männer, die in sich versunken vor ihm hockten. Er trug einen weißen Arztkittel, ein Frackhemd, eine schmale Krawatte mit einer türkisgeschmückten Spange und glänzend polierte Westernstiefel. In der Tasche seines Kittels steckten ein Stethoskop, ein Reflexhämmerchen, ein Ophtalmoskop und ein halbautomatischer Colt, Kaliber 45.

»Nun, Bob«, sagte er, »für dich wird es wohl heute bei einem kurzen Durchchecken und einer Injektion bleiben. Der Bluttest bleibt dir erspart. Charlie, Dan, ihr wartet hier, während ich mich um euren Freund kümmere und ihm seine Medizin gebe.«

Die beiden Patienten, die durch ihre Namensschilder auf der Brust als CHARLIE und DAN ausgewiesen wurden, blieben gehorsam auf ihrem Platz sitzen, während sich der dritte in das kleine Behandlungszimmer führen ließ, das direkt an den Warteraum anschloß. Nachdem er sich Gummihandschuhe übergestreift hatte, maß Barber Blutdruck und Temperatur des Mannes, horchte Herz und Lungen ab und untersuchte anschließend Augen, Unterbauch, Reflexe, Gleichgewichtssinn und seine Reaktion auf Licht, leichte Schmerzen und Erschütterung.

»Du machst dich prima, Bob, ganz prima«, stellte er fest. »Dein Gedächtnis ist ja wohl hinüber, aber es gibt keine Anzeichen mehr für eine Virusenzephalitis. Ich glaube, wir können mit der Kur beginnen. Na, wie fühlt man sich, wenn man Medizingeschichte macht?«

Zwar machte Barber eine Pause, um eine Antwort zu ermöglichen, doch er wußte genau, er würde keine bekommen. Wenn er mit der Behandlung dieses Mannes eher begonnen hätte, wäre höchstwahrscheinlich nicht so viel von seinem Denkvermögen verloren gegangen. Er machte sich eine Notiz, damit er diese Theorie beim nächsten Patienten mit Virusenzephalitis überprüfen konnte. Im Augenblick konnte er nicht mehr tun, als den Mann weiter zu beobachten und, wenn möglich, die Tranquilizer zu reduzieren.

Er trat einen Schritt zurück und bewunderte den Patienten, als sei er eine hart umkämpfte Tennistrophäe. Wieder hatte

er eine neue Methode gefunden! Erst für Karditis und plötzlich ausbrechende Hepatitis, und jetzt auch noch ein Mittel gegen Enzephalitis; dazu kamen noch vielversprechende Ergebnisse in zwei Fällen von Leukämie und bei einem AIDS-Patienten. Äskulap würde zufrieden sein, dachte er. Das Charity-Projekt ließ sich besser an, als ursprünglich geplant. Und das hieß zugleich, daß ein gewisser Dr. Barber den guten Dingen des Lebens – denen, auf die es ankam – einen großen Schritt nähergekommen war.
Jetzt nahm Barber eine gefüllte Spritze aus der Schublade des Untersuchungstischs.
»Gut, Bob«, säuselte er, »dann laß mal die Hosen runter.«
»Ich ... will ... nicht«, stotterte der Mann. Jedes Wort kam unter größter Anstrengung heraus.
»Ach, du bist so ein kleiner Widerspenstiger«, kommentierte Barber. »Anscheinend ist dein Gedächtnis noch nicht völlig verschwunden. Ich will dir eines sagen, mein Freund. Ob du willst oder nicht, ist mir völlig schnuppe. Das haben wir dir ja bereits erklärt. Hier zählt nur, was du brauchst, und das ist nun mal diese Spritze. Also tu, was ich dir sage.«
»Ich ... will ... nicht«, wiederholte der Mann und schüttelte den Kopf, als könnte er ihn auf diese Weise klären.
»Los jetzt«, kommandierte Barber.
Leise protestierend öffnete Bob die Hose und ließ sie hinuntergleiten. Er trug keine Unterwäsche.
Barber schnalzte mißbilligend mit der Zunge.
»Mein Gott, Bob. Wie oft soll ich dir noch sagen, wir mögen es nicht, wenn unsere Patienten ohne Unterhosen herumlaufen. Häßliche Keime können an Stellen kommen, wo sie nichts zu suchen haben, und die allergrößten Schwierigkeiten machen. Ist das klar, Bob? ... Ich frage, ist das klar?«
Er schlug mit der Faust auf den Tisch.
Widerstrebend nickte Bob.

»Gut.« Barber nahm einen Alkoholtupfer. »Dreh dich um, Bob. Die da kommt in den Hintern.«

Erst zögerte Bob, doch dann tat er mechanisch, wie befohlen.

»Ach ja«, rief Barber aus. »Jetzt erinnere ich mich – du bist der mit den tätowierten Rosen. Tja, Bob, Mom, Dad und Laurie wären sicher stolz, wenn sie wüßten, welches Opfer du bringst. Also, auf geht's. Beug dich vor und verdiene dir deinen Platz in der Medizingeschichte – und mir mein Haus an der Riviera.«

Barber sterilisierte eine Stelle neben der Tätowierung, grub die Nadel bis zum Anschlag ins Fleisch und drückte die Ampulle leer.

Widerspruchslos ließ der Mann namens Bob es geschehen.

12

In Beacon Hill, einem Viertel aus dem neunzehnten Jahrhundert, drängten sich braune Sandsteingebäude und niedrige Wohnblocks dicht an dicht. Dazwischen verlief ein Gewirr von engen Straßen und schmalen Gassen. Hier wohnten nicht nur viele der wohlhabenden Bostoner, sondern auch Zugereiste aus allen Gesellschaftsschichten. Obwohl Eric die Parklizenz für dieses Viertel am Auto kleben hatte, dauerte die Suche nach einem Parkplatz länger als die gesamte Fahrt.

»Machen Sie das immer durch, wenn Sie mit dem Auto nach Hause fahren?« erkundigte sich Laura.

»Das ist nur die eine Seite der Medaille«, erklärte Eric. »Die andere Seite, das ist die große Frage, ob man sein Auto noch da vorfindet, wo man es am Abend zuvor abgestellt hat.«

»Autodiebstahl kennen wir auf den Little Caymans nicht. Auf der ganzen Insel gibt es nämlich nur sechs Autos und drei Lieferwagen.«

»Na, wenigstens muß man dann nicht lange nach einer Parklizenz anstehen.«

Sie fanden Thaddeus Bushnells Wohnung ohne Schwierigkeiten. Sie befand sich in einem heruntergekommenen Gebäude ziemlich weit unten am Hügel, in dem Teil des Viertels, der von Erics Wohnung am weitesten entfernt lag. Das Haus hatte drei Stockwerke, doch nur ein einziges Fenster im Erdgeschoß war erleuchtet.

»Wie fühlen Sie sich jetzt?« fragte Eric, während er sein Blick über das Haus schweifen ließ.
»Ich bin aufgeregt und durcheinander.«
»Da sind Sie nicht die einzige. Ich verspreche Ihnen, wir werden diesen Wahnsinn aufklären.«
»Ich weiß, und ich bin froh, daß ich nicht mehr allein dastehe. Eric, auch wenn ich Ihnen mit meiner Fragerei auf die Nerven gehe. Aber sind Sie wirklich sicher, daß der Tote diese Tätowierung hatte?«
»Glauben Sie mir, ich wäre froh, es wäre anders. Ich weiß selbst nicht, warum, aber ich erinnere mich ganz deutlich daran. Viel deutlicher als an Scotts Gesicht – ich meine, das Gesicht des Patienten.«
»Sie brauchen mich nicht zu schonen, denn ich habe schließlich auch schon den Tod meiner Eltern verkraften müssen. Ich kann diese ganze Geschichte einfach nicht glauben, das ist das Problem. Als ich von den Little Caymans aufbrach, habe ich mich auf das Schlimmste eingestellt. Doch an so was habe ich nicht gedacht.«
Für den Bruchteil einer Sekunde stand Eric wieder das EKG vor Augen – die breiten Kurven, die im Abstand von acht Sekunden in regelmäßiger Folge über den Bildschirm zuckten.
Der Mann war klinisch tot, sagte er sich immer wieder. Ich hätte nichts mehr für ihn tun können.
Er schob die Erinnerung beiseite und drückte auf den Klingelknopf. Nach einer Weile klingelte er noch einmal.
»Niemand da«, bedauerte Laura.
Eric klingelte ein drittesmal, diesmal mit mehr Nachdruck. Da hörten sie von drinnen ein Geräusch.
»Was wollen Sie?« Die Stimme war rauh und belegt.
»Dr. Bushnell?«
»Was wollen Sie?«

»Dr. Bushnell, ich bin Dr. Najarian und arbeite als Arzt im White Memorial. Wir müssen mit Ihnen sprechen.«

»Gehen Sie«, befahl die Stimme.

»Bitte, Dr. Bushnell, es ist sehr wichtig.«

»Wichtig für Sie, aber nicht wichtig für mich. Gehen Sie!«

Sie hörten, daß der Mann sich von der Tür zurückzog. Eric drückte erneut auf den Klingelknopf.

»Es geht um das Bestattungsinstitut Gates of Heaven«, rief Laura laut.

Nach einigen Sekunden der Stille wurde die Tür einen Spaltbreit geöffnet. Ein alter Mann von mindestens siebzig Jahren starrte sie über die Sicherheitskette hinweg an. Er trug einen Bademantel, Hausschuhe, und sein silbriges Haar stand zerzaust in die Höhe. Trotz des Abstands von mehreren Metern bemerkte Eric, daß er nach Alkohol roch.

»Bitte, Sir«, bat er, »lassen Sie uns herein. Es dauert auch nicht lange.«

Thaddeus Bushnell musterte sie beide von oben bis unten, dann schloß er die Tür, und sie hörten ihn an der Sicherheitskette nesteln.

»Gott sei Dank«, murmelte Laura, als die Tür geöffnet wurde. Sie traten ins Innere des Hauses und tauschten erstaunte Blicke aus.

Der Hausflur war dunkel. Vor dem Hintergrund einer schummrigen Lampe, deren Licht aus einem der Zimmer drang, sah Thaddeus Bushnell noch älter aus, als sie ihn zunächst eingeschätzt hatten. Auf eine Gehhilfe gestützt, stand er ein Stück von ihnen entfernt und blickte sie unverwandt an.

»Also, was gibt's?« brummelte er.

Als Laura näherkam, wurde der alte Mann unversehens zugänglicher.

»Ich heiße Laura«, sprach sie ihn freundlich an. »Laura Enders. Dürfen wir hereinkommen und uns setzen?«
Zuerst zögerte Dr. Bushnell, doch dann drehte er sich um und führte sie in ein Wohnzimmer, das ebenso gemütlich war wie ein Mausoleum. Die Möbel, die einst elegant gewesen sein mochten, waren verstaubt und abgestoßen. Auf dem unaufgeräumten Couchtisch standen mehrere Pillendosen und eine halbleere Flasche Whisky. Die Flaschen, die auf dem Fußboden herumlagen, waren alle leer. Ohne sie zu beachten, humpelte Thaddeus Bushnell an seiner Gehhilfe zu einem verschlissenen, geblümten Sessel und ließ sich darin zusammensinken – eine Haltung, die zu seiner zweiten Natur geworden zu sein schien.
Eric nannte noch einmal seinen Namen.
»Vielen Dank, daß Sie sich die Zeit für uns nehmen, Dr. Bushnell«, ergänzte Laura und setzte sich nicht weit von ihm entfernt.
Bushnell zog eine filterlose Zigarette aus einer zerdrückten Packung und schaffte es beim zweiten Anlauf, sie anzuzünden.
»Ich bräuchte 'ne Frau, die hier mal Ordnung schafft«, erklärte er. »Seit Evie gestorben ist, geht alles vor die Hunde.«
»Ihre Frau?« erkundigte sich Laura.
»Meine Putzfrau. Meine Frau ist schon vor zehn Jahren gestorben. Und die alte Evie ging einen oder zwei Monate später. Sie wollen wahrscheinlich nichts trinken.«
»Nein, aber nehmen Sie sich ruhig etwas«, sagte Eric.
Der alte Mann nickte erst einmal und dann noch einmal. Eric merkte, daß Bushnell kurz davor war, einzuschlafen. Deshalb beugte er sich vor, goß ihm einen Schluck Whisky ein, hielt ihm das Glas unter die Nase und schüttelte ihn leicht.

»Nachts bin ich immer so einsam«, erklärte Bushnell, während er das Glas in die Hand nahm. »Das Zeug hilft mir, diese Stunden zu überstehen.«

»Sind Sie Pathologe?« fragte Eric.

»Aber nicht doch. Ich war Allgemeinmediziner, bis ich die Praxis aufgegeben habe.«

»Aber als Leichenbeschauer arbeiten Sie immer noch?«

»Soweit ich weiß, ja«, erwiderte Bushnell. »Eine Zeitlang habe ich versucht, meinen Namen von der Liste des Bezirks streichen zu lassen, aber man sagte mir, ich solle weitermachen, bis sie jemanden gefunden hätten, der mich ersetzt. Ich sage Ihnen, bei den Behörden gibt es so viele Schwachköpfe, daß man sich wundern muß, daß Chruschtschow nicht schon vor langer Zeit bei uns einmarschiert ist.«

Laura warf Eric einen traurigen Blick zu, der besagte, daß ihr seine Anspielung nicht entgangen war.

»Sie arbeiten also noch immer für die Behörde?« fragte sie.

»Im White Memorial sind Sie, nicht wahr?«

»Ja, Sir«, antwortete Eric und sah Laura erneut an. »Ich arbeite auf der Unfallstation.« Bushnell wollte schon wieder einschlafen. »Haben Sie auch mal dort gearbeitet?«

Der Mann öffnete seine blutunterlaufenen Augen.

»Dreißig Jahre lang«, bestätigte er nickend. »Wenn ich es mir noch einmal aussuchen könnte, würde ich Tierarzt werden.«

»Aber Sie arbeiten doch nach wie vor als Leichenbeschauer?«

»Sie nehmen mir das nicht ab, stimmt's?« erwiderte der Alte. »Dabei kann ich es selbst kaum glauben.« Plötzlich schien er munter zu werden. »Man hört immer wieder, dieser Staat hätte die fortschrittlichste Gerichtsmedizin im ganzen

Land. Aber ich sage Ihnen, das ist eine verdammte Augenwischerei. Die haben kein Geld. Und die Mitarbeiter haben keine Ahnung. Es gibt eine tolle technische Ausstattung, aber niemand weiß, wie man sie einsetzen muß. Da werden Tests losgeschickt und niemals untersucht. Und so alte Knacker wie ich müssen immer weiterarbeiten, weil der Staat kein Geld lockermachen will, um jemand anders zu bezahlen.«

»Führen Sie tatsächlich noch Autopsien durch?« wollte Eric wissen.

»Natürlich nicht. Wenn mir bei einem Todesfall etwas komisch vorkommt, dann übergebe ich die Sache an einen staatlichen Pathologen. Aber die sind so überarbeitet, daß ich mich wundere, daß sich noch keiner von denen beim Sezieren den Daumen abgeschnitten hat.«

Bei dieser Bemerkung lachte er trocken, doch sein Lachen wurde sogleich von einem Hustenanfall abgelöst. Sobald er sich beruhigt hatte, zündete er sich eine neue Zigarette an.

»Werden Sie noch oft angerufen?« fragte Eric.

»Vielleicht alle paar Tage. Manchmal nehme ich allerdings das Telefon nicht mehr ab. Das geschieht ihnen recht, wenn sie mir meinen wohlverdienten Ruhestand nicht gönnen.«

»Dr. Bushnell«, schaltete Laura sich ein, »wir versuchen, etwas über meinen Bruder in Erfahrung zu bringen. Er heißt Scott Enders, aber Sie kannten ihn wohl als Thomas Jordan. Im vergangenen Februar haben Sie seinen Todesfall im Bestattungsinstitut Gates of Heaven bearbeitet. Soweit wir wissen, haben Sie ihn aufgrund seiner Fingerabdrücke identifiziert und anschließend den Totenschein ausgestellt. Können Sie sich daran erinnern? ... Dr. Bushnell?«

Der alte Mann war schon wieder eingedöst; die brennende Zigarette baumelte in seinem Mundwinkel.

»Er müßte sich doch eigentlich schon längst selbst in Brand gesetzt haben«, wunderte sich Eric, während er ihm die Zigarette aus dem Mund nahm und den Stummel in einem Aschenbecher ausdrückte.
»Können Sie sich vorstellen, daß er die Fingerabdrücke eines Toten abnimmt und nach seinen Angehörigen sucht?« fragte Laura.
»Ich kann mir nicht mal vorstellen, daß er das Haus verläßt.«
»Hat es Sinn, wenn wir hier noch weitermachen?«
Eric betrachtete den Mann und schüttelte den Kopf.
»Vielleicht hat er den Totenschein unterzeichnet«, meinte er dann, »doch ich bezweifle, daß er mehr getan hat als in den nächstbesten Sarg zu schauen.«
Laura nahm eine zerschlissene Wolldecke von der Couch und breitete sie dem alten Mann über den Schoß. Dann verließen sie leise das Haus.
»Verstehen Sie das alles?« fragte Laura, als sie die Tür schloß.
»Nein«, antwortete er. »Aber ich denke, ein gewisser Donald Devine könnte uns Aufschluß geben. Irgendeine ganz miese Sache ist hier am Laufen.«
Hand in Hand gingen sie zum Auto.
»Wollen Sie noch ein bißchen mit zu mir kommen?« fragte er. »Verdi möchte Ihnen noch gern ein Ständchen bringen.«
»Ein andermal vielleicht. Nach allem, was sie mir erzählt haben, könnte ich Verdi richtig gern haben. Aber heute möchte ich allein sein und nachdenken. Wenn Sie wollen, können Sie mich zu Fuß zum Hotel begleiten.«
Sie schlenderten die Charles Street entlang, überquerten den Beacon und betraten dann die Public Gardens.
»Ich bin ja noch nicht sehr viel herumgekommen, aber

Boston ist die schönste Stadt, die ich je gesehen habe«, erklärte Laura.

»Und ich bin überhaupt noch nicht hier rausgekommen«, entgegnete er, »aber Boston ist die einzige Stadt, in der ich leben möchte.«

»Und Sie können nur hierbleiben, wenn Sie die Beförderung im Krankenhaus bekommen?«

»Wenn ich auch an der medizinischen Fakultät Karriere machen will, dann ja.«

»Und wie stehen Ihre Aussichten?«

»Fünfzig zu fünfzig«, antwortete er.

»Ich drücke Ihnen die Daumen. Aber wenn Sie den Posten nicht kriegen, ergibt sich vielleicht noch etwas viel Besseres.«

»Möglicherweise.«

Auf einer kleinen Fußgängerbrücke überquerten sie den Schwanenteich und blieben, an die Betoneinfassung gelehnt, einen Moment stehen. Die Lichter der Stadt spiegelten sich in der glatten Wasseroberfläche.

»Haben Sie sich schon einmal etwas so sehr gewünscht, daß sie dafür sogar jemand anderem Schaden zugefügt hätten?« fragte Eric plötzlich.

»Nein. Mein Problem ist ja leider, daß ich mir nie etwas stark genug wünsche. Sprechen Sie von Ihrer Beförderung?«

»Das wäre ein gewaltiger Aufstieg, direkt vom Oberarzt zum stellvertretenden Leiter. Eine Gelegenheit, wie sie sich nur einmal im Leben bietet.«

»Und Sie müssen jemandem Schaden zufügen, um den Posten zu erhalten?«

»Nein, nicht unbedingt, aber ... ach, das ist eine lange Geschichte.«

»Eric, bitte verstehen Sie mich nicht falsch, aber ich glaube, das ganze Leben besteht aus einer Kette von einmaligen Gelegenheiten. Einige sind für uns gedacht und andere wieder nicht. Und wenn Sie jetzt nicht befördert werden, dann kommt etwas anderes für Sie. Ist das so schlimm?«

»Vielleicht nicht.«

»Sehen Sie denn nicht, daß Sie in ihrem Leben schon weitaus mehr erreicht haben als die meisten anderen – mich eingeschlossen? Sie arbeiten in Ihrem Traumberuf. Sie haben Opfer gebracht, studiert und geschuftet wie der Teufel und sind Arzt geworden. Und wo immer Sie in Ihrem Leben auch hinkommen, überall gibt es Leute, denen Sie helfen können. So vielen machen Sie das Leben leichter. Die Beförderung ist nur die eine Seite. Für mich ist Ihr Können weitaus wichtiger.«

»Ist schon möglich«, gab er zu.

»Weichen Sie nicht aus. Ihr Beruf war Ihnen immerhin wichtig genug, daß sie sich durchs College, die Universität und die Praktikumszeit gebissen haben. Vor zwei Wochen hätte ich noch nicht so gesprochen, denn bis dahin hatte ich mich noch nie so gesorgt und aufgeopfert. Doch inzwischen habe ich begriffen, daß man für etwas, was man erreichen will, auch einen Preis zahlen muß.«

»Sie meinen die Suche nach Ihrem Bruder.«

»Ja, dieser Aufgabe habe ich mich verschrieben, und ich bin bereit, alles zu erdulden und die Sache bis zum bitteren Ende durchzustehen. Aber wenn ich vor der Frage stünde, ob ich jemandem schaden soll, um das zu erreichen, was ich will … ich glaube, ich würde einen anderen Ausweg suchen.«

»Ich bin froh, daß Sie so offen mit mir sprechen«, sagte er. Dann dachte er an den Äskulapanstecker. »Glauben Sie, daß der Mann, den ich für tot erklärt habe, Scott war?« fragte er.

Laura ließ einen Kieselstein ins Wasser fallen.
»Glauben Sie es denn?« fragte sie zurück.
Wieder einmal tauchte die Szene am Bett des Obdachlosen vor Erics innerem Auge auf. Ohne Frage war er durch die Behandlung von Russell Cowley abgelenkt gewesen. Cowley, ein Mitglied des Verwaltungsrats. Hatte er sich in seinen Entscheidungen von seinem Verlangen nach dem Chefarztposten beeinflussen lassen? An jenem Februarmorgen war so vieles passiert. Hätte er auch so schnell aufgegeben, wenn der Stadtstreicher sein einziger Patient gewesen wäre?
»Ich weiß nicht, was ich glauben soll«, antwortete er. »Ich weiß es einfach nicht.«
»Solange Sie es nicht mit hundertprozentiger Sicherheit wissen, können wir ja noch hoffen«, erwiderte sie.
Sie trat näher zu ihm hin und legte ihm den Arm um die Hüfte.
»Müssen Sie morgen arbeiten?« erkundigte sie sich.
»Nein. Eigentlich hätte ich morgen Dienst, doch heute nachmittag hat mich Reed Marshall, der andere Oberarzt, angerufen und mit mir getauscht. Der hat übermorgen eine Verabredung, die er nicht absagen kann.«
»Gut. Dann lade ich Sie für morgen zum Frühstück ein. Anschließend können Sie mich zum Gates of Heaven bringen und mir Ihren Freund Donald Devine vorstellen.«
»Das klingt ja himmlisch«, meinte er.
Sie lachte und stellte sich vor ihm hin. Bevor sie sich versahen, küßten sie sich – anfangs zärtlich, und dann immer leidenschaftlicher.
»Es ist so lange her«, flüsterte sie und streichelte zart sein Gesicht. »So verdammt lange.«
Eric ließ seine Hand unter ihren Pullover gleiten und erkundete die seidige Mulde an ihrem Rückgrat. Ihr Ge-

schmack ... ihre weiche Haut ... der sanfte Duft ihrer Haare ... im ersten Moment war er sich noch gar nicht bewußt, was er da fühlte. Und dann war da nur noch die Frau. Er fühlte sich schwindlig und wie beschwipst.

»Hör nicht auf«, bat er, als sie den Kopf gegen seine Schulter sinken ließ.

Sie zog ihn fester an sich.

»Halt mich fest, Eric«, sagte sie. »Halt mich einfach nur fest.«

Fast eine halbe Stunde lang blieben sie eng umschlungen im Mondschein stehen. Irgendwann nahm sie schweigend seinen Arm, und sie machten sich auf den Weg in die Innenstadt, zum Carlisle.

»Eine Frage, Eric«, sagte sie. »Dein Patient, der mit der Tätowierung, woran ist er gestorben?«

Eric erstarrte.

»Genau weiß ich es nicht«, sagte er. »Letztendlich Tod durch Erfrieren, nehme ich an. Man hat ihn im Schnee auf der Straße gefunden. Ausgelöst vielleicht durch einen Herzinfarkt. Oder aber zuviel Alkohol. Er hatte eine Flasche Fusel in der Tasche.«

»Hatte er Alkohol im Blut?«

»Ich ... ich weiß nicht. Wir hatten keine Zeit, das zu messen. Wie dem auch sei, er war schon tot, als man ihn uns brachte.«

»Und nichts hätte ihn retten können«, sagte sie. Es war eine Feststellung, keine Frage.

»Nein«, sagte Eric kläglich. »Nichts.«

Er sah, daß ihre Augen sich mit Tränen füllten.

Da küßte sie ihn leicht auf den Mund.

»Vielen Dank«, flüsterte sie. »Vielen Dank für alles. Ruf mich morgen früh an.«

Noch ehe er antworten konnte, hatte sie sich umgedreht

und war in die Hotelhalle gelaufen. Eric sah ihr nach, bis sich die Fahrstuhltüren hinter ihr schlossen. Dann ging auch er, hin- und hergerissen zwischen Erschöpfung, Leere und einer Hoffnung und Lebensfreude, wie er sie noch nie zuvor verspürt hatte.

Eric schlenderte durch die verlassenen Straßen der Innenstadt, vorbei an dem goldgedeckten Bundeshaus, bis zum Beacon Hill. In seinen Gedanken verschwammen die Bilder von Laura Enders, Donald Devine und Thomas Jordan zu einer surrealistischen Collage. Am kommenden Morgen wollten er und Laura Donald Devine zur Rede stellen und ihm auf den Kopf zusagen, daß er Leichen an medizinische Hochschulen lieferte und für seine illegalen Machenschaften die Unterschrift eines alten Alkoholikers benutzte. Was es auch kostete, sie würden ihn zum Reden zwingen. Anschließend würden sie den Leichnam eines gewissen Thomas Jordan aufspüren und ein für allemal wissen, ob es sich um Scott Enders handelte.

Es war schon elf Uhr vorbei, als er an seinem Haus ankam. Er nahm die Hintertreppe und ging geradewegs ins Schlafzimmer. An der Tür hing sein Arztkittel mit der Äskulapnadel am Revers. Laura hatte recht, dachte er, völlig recht. All die Jahre hingebungsvoller Arbeit und die Aussicht auf die Beförderung, durch die sich diese Hingabe bezahlt machen würde, hatten ihn den Verstand benebelt. Doch nun hatte sich der Nebel verzogen.

Er nahm die Nadel ab.

Wo immer Sie in Ihrem Leben auch hinkommen, überall gibt es Leute, denen Sie helfen können. So vielen machen Sie das Leben leichter.

So einfach war die Wahrheit. Doch in den Jahren der Aufopferung für das White Memorial hatte er diesen Gedanken völlig aus dem Blick verloren.

Er betrachtete den Anstecker noch einen Augenblick. Dann ging er auf den kleinen Wohnzimmerbalkon und warf ihn hinaus in die Nacht. Als er ins Zimmer zurückkehrte, klingelte das Telefon.

»Hallo«, rief er in der Annahme, es sei Laura.

»Dr. Najarian«, sagte die verzerrte, elektronische Stimme, »schön, daß Sie endlich wieder zu Hause sind. Wir haben schon versucht, Sie zu erreichen.«

13

Wer spricht da?« fragte Eric und ließ sich langsam auf den Bettrand sinken.

»Wer ich bin und wer wir sind – das erfahren Sie, wenn die Zeit gekommen ist.«

Wie schon beim erstenmal ließ ihn die kalte Roboterstimme erschaudern.

»Was wollen Sie von mir?«

»Sie tragen unser Abzeichen. In drei Tagen werden Sie von der Berufungskommission zum neuen stellvertretenden Chefarzt der Unfallstation vom White Memorial bestimmt. Doch zunächst haben wir Arbeit für Sie, und zwar gleich morgen früh.«

»Einen Moment mal«, entgegnete Eric. »Ich habe beschlossen, nicht mitzumachen. Außerdem habe ich morgen gar nicht Dienst.«

»Sie sind im Dienstplan eingetragen. Das haben wir nachgeprüft.«

»Reed Marshall hat mit mir getauscht. Erst übermorgen bin ich wieder dran.«

»Dann müssen Sie eben wieder zurücktauschen.«

Erics Ohr schmerzte vom Druck des Hörers.

»Ich glaube, Sie haben mich nicht richtig verstanden«, sagte er. »Ich will nicht mitmachen.«

»Sie haben gar keine andere Wahl«, ertönte die Stimme. »Schließlich haben Sie das Äskulapzeichen angesteckt. Damit haben Sie Ihre Entscheidung getroffen. Inzwischen haben wir ein Behandlungsprogramm entwickelt, mit dem Sie morgen früh anfangen müssen.«

»Was für ein Behandlungsprogramm?« fragte Eric und spürte, wie ihn plötzlich namenlose Angst ergriff. »Und für wen?«

»Das erfahren Sie, wenn Sie sich morgen früh zum Dienst melden.«

»Morgen habe ich frei.«

»Drei Tage noch, Dr. Najarian. In drei Tagen bekommen Sie Ihre Ernennung, auf die Sie so sehnsüchtig warten. Doch die Bedingung dafür ist, daß Sie Ihren Teil unserer Abmachung erfüllen. Und glauben Sie mir, wir haben die Macht dazu.«

»Ich will wissen, wer Sie sind.«

»Das Recht auf diese Frage müssen Sie sich erst verdienen, Doktor.«

»Darauf lege ich nicht den geringsten Wert.«

»Dr. Najarian, wir beide wissen, was für Sie auf dem Spiel steht.«

Hoffentlich krieg' ich die Stelle. Aber wenn nicht, bekomme ich bestimmt irgendwann eine bessere Chance. ... Wenn ich nicht befördert werde, was kann dann schon passieren? Dann mach ich eben etwas anderes ...

»Ja«, antwortete Eric mit plötzlicher Entschlossenheit, »Sie haben recht. Natürlich will ich befördert werden. Sehr sogar! Aber als Anerkennung meiner bisherigen Leistungen und nicht deshalb, weil ich irgendeinem geheimnisvollen Club beigetreten bin.«

»Äskulap ist kein Club, Dr. Najarian, sondern eine Gruppe von engagierten Männern und Frauen, die kurz vor einem entscheidenden Durchbruch in der modernen Medizin steht, einem Durchbruch, der Millionen von Menschen das Leben retten wird. Und dafür brauchen wir Sie.«

»Ich ...« Eric fühlte, wie sein Entschluß zu schwanken begann. Wieder hatte er Lauras Stimme im Ohr. Und es fiel ihm ein, wozu er sich entschlossen hatte, damals, am Bett von Thomas Jordan. Ob er nun richtig gehandelt hatte oder nicht, sicher war, daß er sich bei seiner Entscheidung von seinem Ehrgeiz hatte leiten lassen. Und Laura hatte er es zu verdanken, daß er sich das auch eingestehen konnte.

»Und«, drängte die unheimliche Stimme, »wie lautet Ihre Antwort?«

»Ich ... ich kann Ihnen nicht helfen«, sagte Eric.

»Sie begreifen nicht, was auf dem Spiel steht.«

»Das weiß ich selbst, verdammt. Sie lassen mich ja auch absichtlich im Unklaren.« Erics Entschluß stand nun fest. »Und jetzt will ich es auch gar nicht mehr verstehen. Es war ein Fehler, Ihr Abzeichen anzustecken. Es tut mir leid. Aber inzwischen habe ich es abgenommen und kurz vor Ihrem Anruf weggeworfen. Sie müssen sich für Ihre Arbeit schon jemanden anderen suchen.«

Die bis jetzt leidenschaftslose Stimme nahm auf einmal einen bedrohlichen Tonfall an.

»Weigern Sie sich ruhig, uns zu helfen; dann garantieren wir Ihnen, daß Sie noch vor Ende dieses Monats Ihren Job los sind.«

»Wenn Sie mir das antun wollen, bitte, das ist Ihre Sache«, hörte Eric sich sagen. »Ich komme auch ohne Sie zurecht.«

»Sie machen einen großen Fehler«, warnte die Stimme.

»Nun ja, und sicher nicht meinen letzten.«

Erics Hand zitterte heftig, als er den Hörer einhängte.

Larry Dexstall saß auf einer Türschwelle gegenüber vom Hotel Carlisle, drückte ärgerlich seine Zigarette aus und sah

hinauf zu den dunklen Hotelfenstern. Es war ein langer Tag gewesen – eine lange Woche –, und er brauchte dringend ein paar Stunden Schlaf.
Im Zimmer von Laura Enders war das Licht mehrmals an- und ausgegangen – offensichtlich litt sie unter Schlaflosigkeit. Einmal hatte er sie am Fenster stehen sehen; dann wieder das bläuliche Flimmern ihres Fernsehers. Mittlerweile war es beinahe zwei Uhr morgens. Wenn das Licht nun bis vier Uhr endgültig ausblieb, würde er in sein angemietetes Zimmer hinaufgehen und versuchen, ein oder zwei Stunden zu schlafen. Nicht auszudenken, wenn er sie gerade jetzt aus den Augen verlor. Doch Neil Harten hatte ihm eingeschärft, daß er von Tagesanbruch an besonders wachsam sein mußte.
Seitdem Laura Enders Communigistics verlassen hatte, war ihr Dexstall nicht mehr von den Fersen gewichen. Er hatte zugesehen, wie sie eine alte Dame vor einem Handtaschenräuber rettete. Von Geschäft zu Geschäft, vom Hotel bis zu sämtlichen Krankenhäusern war er ihr gefolgt. Sie hatte sich nicht einmal die Zeit für eine Verschnaufpause genommen. Da er sie im Umgang mit den unterschiedlichsten Leuten beobachtet hatte, kannte er inzwischen auch ihre Gewohnheiten und Eigenarten. An diesem Abend hatte sie sich mit einem Mann getroffen.
Im Laufe der Woche hatte er gewaltige Achtung vor dieser Frau bekommen – nicht verwunderlich, wenn man bedachte, daß er sieben Jahre lang so eng wie kein anderer in Plan B mit Scott Enders zusammengearbeitet hatte. Sicher hatte Neil Harten ihn für diese Aufgabe ausgesucht, weil er Scott so gut kannte und weil er alles daransetzen würde, zu erfahren, was ihm zugestoßen war.
Von Anfang an war Dexstall dagegen gewesen, das wenige, was sie wußten, vor dieser Frau geheimzuhalten. Aber Har-

ten war in seinem Entschluß unerbittlich. Je mehr sie im Dunklen tappte, meinte er, umso hartnäckiger würde sie ihre Nachforschungen betreiben und desto wahrscheinlicher dabei auf eine heiße Spur stoßen.
Doch nun war Harten auf einmal ungeduldig geworden und wollte aufs Ganze gehen. Anstatt diese heiße Spur ausfindig zu machen, sollte Laura Enders nun den Lockvogel spielen. Eine Schweinerei, und Dexstall hätte das seinem Chef am liebsten ins Gesicht gesagt. Doch Neil Harten hatte freie Hand und konnte tun und lassen, was er wollte. In den vergangenen Tagen hatte er sich von seinem Informanten berichten lassen und gleichzeitig das Gerücht ausgestreut, Laura wisse, wo ihr Bruder ein ganz bestimmtes Videoband versteckt hatte.
Auch Larry Dexstall hatte er noch einmal unmißverständlich klargemacht, daß er verdammt noch mal zur Stelle zu sein hatte, wenn jemand »anbiß«.
Dexstall wartete noch ein paar Minuten, dann trottete er zu einer Kaffeebar, um den Brief an Laura zu schreiben, der zu Neil Hartens neuem Plan gehörte. Wenn Scott doch bloß bei dem dämlichen Waffengeschäft geblieben wäre. Allerdings wußte Dexstall genau, daß gerade Scotts Fähigkeit, Gelegenheiten beim Schopf zu packen und selbständig zu denken, ihn zu einem Top-Agenten machten.
Dexstall strich ein Stück Papier auf dem Tisch glatt und schrieb die Worte nieder, die Neil Harten ihm aufgetragen hatte. Seine Beschattung von Laura Enders in den letzten Tagen war eine Glanzleistung gewesen – nur ein einziges Mal hatte er sie aus den Augen verloren, und vom Morgengrauen an würde er sich wieder an ihre Fersen heften.

14

14. April

Eric glaubte zwar, daß er, wie andere Menschen auch, jede Nacht träumte. Allerdings konnte er sich nach dem Aufwachen nur selten an seinen Traum erinnern. An diesem Morgen jedoch standen die Bilder noch lebhaft und beängstigend vor ihm: Er war in der Notaufnahme und versuchte, einen Patienten zu retten. Er veranlaßte Wiederbelebungsmaßnahmen und gab einem Heer von Krankenschwestern und Ärzten Anweisungen. Dann plötzlich trug er einen zerrissenen Mantel, aus dessen Tasche eine Flasche billiger Wein hervorschaute. Er torkelte durch den Park und die Kinder zeigten lachend mit dem Finger auf ihn. Auf einmal stürzte sich eine Horde Jugendlicher auf ihn und trat auf ihn ein. Er hielt die Arme schützend vors Gesicht, um die Schläge abzuwehren. Im nächsten Moment stürzte er über den Rand eines Abgrunds und fiel mit einem gellenden Schrei hinunter in tiefe Finsternis.

Es war ein Sturz ins Leere. Dann hörte er auf einmal die abscheuliche Roboterstimme, die wieder und wieder monoton dröhnte: »... Wenn Sie sich jetzt weigern, uns zu helfen, dann garantieren wir Ihnen, daß Sie noch vor Ende dieses Monats Ihren Job im White Memorial los sind ...«

Da klingelte der Wecker und machte dem bösen Traum ein plötzliches Ende. Eric wachte schweißgebadet auf, Decke und Kopfkissen lagen zerwühlt am Boden. Es dauerte eine

Zeitlang, bis er den Alptraum von den tatsächlichen Ereignissen des gestrigen Abends unterscheiden konnte. Gestern noch war sein Leben in Ordnung gewesen; er brauchte nur noch die Tage bis zu seiner Beförderung zu zählen. Und dann, auf einen Schlag, war alles anders geworden – als ob sich ein Fluch auf ihn gelegt hätte.

Aber es war ja noch nicht zu spät. Er konnte immer noch ins Krankenhaus gehen und den Leuten von Äskulap mitteilen, daß er mitmachen würde. Daß er bereit war zu tun, was man von ihm verlangte. Mit einem Satz sprang er aus dem Bett, frottierte sich den Schweiß ab und zog sich hastig an. Da klingelte das Telefon.

Dem Himmel sei Dank, dachte er. *Wer auch immer dahinter steckt, gibt mir eine zweite Chance.*

Er hob erwartungsvoll ab. »Hallo?«

»Guten Morgen«, sagte Laura. »Ich habe dich doch hoffentlich nicht geweckt?«

Eric war enttäuscht.

»Nein, nein«, erwiderte er schnell. »Ich bin schon eine Zeitlang auf.«

Er setzte sich auf die Bettkante und rieb sich den Schlaf aus den Augen, fühlte sich verwirrt und schwindelig.

»Tut mir leid, daß ich gestern abend einfach gegangen bin«, sagte sie. »Eigentlich wollte ich ja bei dir bleiben, aber plötzlich kam die Sache mit Scott wieder hoch. Außerdem hat mich das, was zwischen uns geschehen ist, ziemlich überrumpelt.«

»Ja, ich verstehe.«

»Trotzdem habe ich wunderbar geschlafen.«

»Ich auch.«

»Du klingst ein bißchen zerstreut. Ist alles in Ordnung?«

»Ja, mir geht's gut«, sagte Eric. Allmählich ließ die unangenehme Anspannung nach. »In letzter Zeit geht's bei mir ein wenig drunter und drüber. Ich erkläre dir alles, wenn wir uns sehen.«

»Dann frühstücken wir also zusammen?«

Eric warf einen Blick auf seinen Arztkittel, der an einem Haken an der Schlafzimmertür ging. Die Anstecknadel war verschwunden und mit ihr die Zukunft, die er sich so sorgfältig in allen Einzelheiten ausgemalt hatte. Doch zugleich machte sich in ihm ein Gefühl der Erleichterung breit. Er hatte getan, was er tun mußte. Und von jetzt ab sollte sein Leben einen anderen Verlauf nehmen.

»Ja, wie ausgemacht«, sagte er mit plötzlicher Freude.

»Toll«, antwortete sie. »In meinem Hotel gibt es zwar keinen Zimmerservice, aber wenn du vorbeikommen willst, besorge ich vorher Kaffee und Croissants.«

»Ich bin gleich da«, antwortete Eric, »du kannst mit mir rechnen.«

Najarian arbeitet heute nicht. Hat die Zusammenarbeit mit uns aufgekündigt. Wir werden uns um ihn kümmern. Bis ein gleichwertiger Ersatz gefunden ist, verfahren Sie wie bei Nummer 105, 106 und 107. Betrachten Sie beiliegenden Inhalt als Dank für Ihre weiteren Bemühungen.

C.

Der Zettel lag in einem versiegelten Umschlag auf Norma Cullinets Schreibtisch, als sie um sieben Uhr zum Dienst erschien. Der Brief enthielt außerdem zehn Hundertdollarscheine. Die Stationsschwester las den Brief einmal und dann noch einmal. Dann zerriß sie ihn wütend und warf die Schnipsel in den Papierkorb. So gern sie auch mit Äskulap zusammenarbeitete und so sehr sie die Gefahr liebte – unnötige Risiken lagen nicht auf ihrer Linie. Und seit Craig Worrells Entlassung und seinem Verschwinden war es

nun schon das viertemal, daß sie mit dem Feuer spielen mußte.
Zwei der drei Fälle, mit denen sie bisher zu tun gehabt hatte, waren zugegebenermaßen nicht besonders gefährlich gewesen. Der geistig behinderte Junge von der Station Merriman 7 war von seinem Arzt für tot erklärt und an sie überstellt worden, ohne daß man versucht hatte, ihn wiederzubeleben. Der arme Gary Kaiser wiederum war bei seinen Versuchen, den Schneewehentaucher zu retten, so nervös und ungeschickt gewesen, daß er dem Mann, ohne es zu merken, die zehnfache Dosis Adrenalin verpaßt hatte. Niemand hätte Norma an jenem Tag mangelnde Pflichterfüllung nachweisen können. Nach dem Erscheinen von Laura Enders und ihren Plakaten aber wurde Norma klar, daß das System von Äskulap Schwachstellen hatte. Obwohl sie sich keinen Reim darauf machen konnte, wieso dieser Obdachlose plötzlich Computerexperte sein sollte, war Norma fast sicher, daß er und Lauras Bruder ein und dieselbe Person waren. Und wenn das stimmte, dann hatte der Patient sie alle angelogen. Und das wiederum hieß, daß niemand bei Äskulap sie für die Panne verantwortlich machen konnte. Aber jetzt bestand die Gefahr, daß die ganze Sache aufflog.
Norma Cullinet ließ die Geldscheine in ihrer Brieftasche verschwinden. Tausend Dollar für weniger als eine Stunde Arbeit. Sie lächelte. Wenigstens einer schätzte ihre Arbeit und honorierte sie ihrem Wert entsprechend. Sie sah nach, ob die Tür zu ihrem Büro abgeschlossen war, dann holte sie aus ihrer Schreibtischschublade die Fotokopie des Krankenblatts der Notaufnahme hervor. Die Patientin war vor achtundvierzig Stunden im White Memorial behandelt worden. Zwei Angaben waren mit einem gelben Leuchtstift markiert: ALTER: 55 und ANGEHÖRIGE: KEINE.

Norma machte mit einem Stift einen Kreis um die Telefonnummer der Patientin. Ihr Herz schlug schneller, als sie die Nummer wählte und lauschte.
»... zwei ... drei ... vier ... fünf«
Jedes Klingeln zählte sie laut mit.
»... sieben ... acht ... neun ... zehn ...«
Vier Fälle, viertausend Dollar, dachte sie. Und das war nur ein Vorgeschmack auf das, was sie erwartete, wenn sich die Arbeit von Äskulap als finanziell lohnend herausstellen sollte. Und daß es so kommen würde, hatte man ihr ausdrücklich versichert.
»... vierzehn ... fünfzehn ... sechzehn ...«
Beim zwanzigsten Mal legte Norma auf. Loretta Leone würde nicht ans Telefon gehen ... heute nicht, nie mehr. Norma schlug das Bostoner Telefonbuch auf, atmete tief ein und wählte die Nummer der Polizei.
»Hallo, ist dort die Polizei?« fragte sie und gab sich Mühe, die zögernde und brüchige Stimme einer älteren Frau nachzuahmen. »Ich warte schon die ganze Zeit auf einen Anruf meiner Freundin, Miss Loretta Leone. L-e-o-n-e. Ich sollte sie heute morgen zu einem Arzttermin abholen, aber sie hat nicht angerufen und geht auch nicht ans Telefon. Noch nie hat sie einen Termin vergessen. Aber zur Zeit geht es ihr gesundheitlich nicht gut, wissen Sie. Und jetzt bin ich in Sorge, daß ihr etwas zugestoßen ist ... Nein, ich bin nicht selbst dort gewesen. Der Termin ist erst um elf. Ja, East Harcourt Street, drei fünfzehn, Appartment sechs ... Danke, junger Mann. Das ist sehr freundlich. Vielen Dank.«
Norma legte den Hörer auf die Gabel, noch bevor der Polizeibeamte sie nach ihrem Namen fragen konnte. Dann brachte sie ihren Schreibtisch in Ordnung und zerriß das Formular. Sie schloß die oberste Schublade auf und holte ein Metallkästchen hervor, das mit einem Nummernschloß

abgesperrt war. Darin befanden sich ein paar Reagenzgläser, kleine Döschen mit einem Pulver und mehrere bereits vorbereitete Spritzen. Beschriftet waren sie mit EINFACHE KOCHSALZLÖSUNG, doch tatsächlich enthielten sie etwas ganz anderes.

Norma steckte eine der Spritzen in die Tasche. Wenn Eric Najarian keinen Dienst in der Notaufnahme hatte, war heute sicherlich Reed Marshall da. Obwohl Najarian zweifellos mehr Kompetenz besaß und gewiß auch der bessere Allgemeinmediziner von beiden war, konnte man Marshall auf keinen Fall als Stümper bezeichnen. Und auf jeden Fall arbeitete er viel genauer. Also mußte sie höllisch aufpassen, damit er während der Reanimationsversuche nicht mißtrauisch wurde.

Sie stellte das Tresorkästchen wieder an seinen Platz zurück und sah sich noch einmal um, ob alles in Ordnung war. Dann ging sie hinaus und machte ihren morgendlichen Rundgang. Bestimmt dauerte es eine Stunde, bis die Polizei ihren Anruf nachgeprüft hatte. Bis dann die Rettungsmannschaft verständigt war und die Patientin auf die Unfallstation kam, würde auch noch eine Weile vergehen.

Sie wandte ihre Gedanken wieder Reed Marshall zu. Wie verhielt er sich normalerweise bei der Reanimation? Er überwachte gern alles vom EKG-Gerät aus und überließ die eigentlichen Wiederbelebungsmaßnahmen den Schwestern und den anderen Ärzten. Sie mußte zusehen, wie sie in den Besitz der Krankenakte kam. Wahrscheinlich sollte sie noch einmal nachsehen, welche Schwestern heute Dienst hatten. Wenn sie Glück hatte, war in der Unfallstation viel Betrieb und wenig Personal.

In die Personalliste vertieft, die ihr die Nachtschwester übergeben hatte, machte sich Norma auf den Weg. An dem einen Ende des Ganges war ein Mann mit Reinigungsarbeiten beschäftigt. Norma achtete nicht weiter auf das Schild mit der Aufschrift VORSICHT! NASSER BODEN! Schon beim ersten Schritt auf dem nassen Linoleum glitt sie aus. Sie stieß mit der Schulter zuerst an die Wand, verlor das Gleichgewicht und taumelte, bis sie am Treppenabsatz abrutschte und hilflos die Stufen hinunterstürzte. Im Fallen hörte sie ein lautes Knacken und spürte einen brennenden Schmerz am Ellenbogen. Als sie am unteren Treppenabsatz aufprallte, stieß sie einen entsetzlichen Schrei aus.

Ihr Hinterkopf schlug auf dem glatten Linoleumboden auf. Augenblicklich verlor sie das Bewußtsein.

Der Mann von der Reinigungstruppe eilte ihr sofort zu Hilfe. Aber Norma Cullinet lag schon steif und verkrümmt da wie eine weggeworfene Schaufensterpuppe.

15

Apartment Nummer sechs in der East Harcourt Street war eine vollgestopfte Ein-Zimmer-Wohnung im Souterrain. Selbst am Tag kam durch die schmalen vergitterten Fenster unter der Decke nur wenig Licht herein, und im Winter war es feuchtkalt. Dennoch hatte sich Loretta Leone beinahe zwanzig Jahre lang glücklich gepriesen, dieses Zimmer ihr Zuhause nennen zu können; glücklich vor allem deshalb, weil sie vorher fünfunddreißig Jahre lang in verschiedenen Einrichtungen und oft unwirtlichen Heimen gelebt hatte.

Bei ihrem Einzug in die East Harcourt Street 315 hatte sie fünfzig Dollar Miete monatlich bezahlt. Und obwohl das Haus dreimal seinen Besitzer gewechselt hatte, war es bei diesem Preis geblieben. Die Miete und ihr Essen finanzierte sie, indem sie Flaschen und Dosen sammelte und sich das Pfand auszahlen ließ. Viele ihrer Nachbarn hoben ihr Leergut extra für sie auf. In letzter Zeit war das »Geschäft« so gut gelaufen, daß sich Plastiktüten mit einem Vorrat für drei Wochen bei ihr stapelten.

Sie besaß ein Telefon, ein Radio und einen kleinen Schwarz-Weiß-Fernseher; außerdem einen Tisch mit vier Stühlen und ein Bett, das ihr die Pfleger im letzten Heim geschenkt hatten. Dazu hatte sie noch einen Flickenteppich und einen klobigen Sessel, dessen Fußstütze sich hob, wenn sie sich zurücklehnte. Im Zimmer stapelten sich die Zeitschriften, die sie von ihren Sammelaktionen mit nach Hause brachte. Sie konnte zwar nicht lesen, aber sie sah sich gerne die Bilder an. Sie mochte *Oprah* und *The Price Is Right.* Und wenn es draußen warm war, ging sie die Straßen im North End auf und ab und winkte den Kindern und den Leuten in den Geschäften zu.

Jeden Tag rief sie den Wetterdienst an und ließ sich die Wettervorhersage geben.

Doch nun lag Loretta Leone rücklings auf dem Teppich; sie konnte sich nicht bewegen, war erschöpft von der Anstrengung, nach Luft zu schnappen. Zuerst hatte sie noch das Zimmer um sich herum sehen können, sogar die Risse an der Decke. Doch jetzt war um sie herum alles schwarz. Ihre Arme, besonders der mit dem neuen Gipsverband, waren zuerst schwer und dann vollkommen gefühllos geworden. Inzwischen gelang es ihr nicht einmal mehr, sie anzuheben. Sie spürte, wie ihr klebriger Schleim gurgelnd in den Mund trat und sie würgte. Anfangs hatte sie ihn noch abgehustet, aber mittlerweile schaffte sie das auch nicht mehr. Dann hatte das Telefon geläutet; immer wieder. Vergeblich hatte sie sich bemüht, an den Apparat zu gehen, aber sie konnte nicht mehr aufstehen.

Auf einmal vernahm sie durch den Schleier der Dunkelheit ein lautes Klopfen an der Tür. Und sie hörte Männer, die ihren Namen riefen.

»Hier bin ich«, wollte sie antworten. »Hier, und ich habe Angst. Bitte, helft mir, ich bekomme keine Luft.«

Das Klopfen wurde immer heftiger. Dann ein lautes Krachen. Loretta wußte, daß jemand die Tür aufgebrochen hatte.

Schnell, dachte Loretta. *Schnell, helft mir.*

»Gut so. Und jetzt mach sie von innen auf«, hörte sie einen Mann sagen.

»Da liegt sie. O Gott, schau dich mal um hier. Kein Wunder, daß dieses Stadtviertel so sauber ist. Der ganze Müll ist hier in der Wohnung angehäuft.«
Dann Schritte. Loretta fühlte, wie eine Hand sie am Hals berührte.
»Nichts«, sagte jemand. Die Hand tastete noch einmal. »Sie ist tot. Siehst du den Schleim? Schaut aus wie ein Herzanfall.«
Es dauerte ein paar Sekunden, bis Loretta verstand, was er sagte.
Nein, wartet! rief es in ihr. *Ich bin noch am Leben! Ich kann euch ja hören! Ich höre euch!*
»Willst du eine Mund-zu-Mund-Beatmung machen?«
»Igitt! Möchtest du etwa deinen Mund auf den da ... Ruf den Krankenwagen! Sollen die sich doch drum kümmern. Und dann ruf die Wache an und erzähl, was los ist.«
Einer der Männer telefonierte, während der andere wieder Lorettas Hals betastete. Dann horchte er mit seinem Ohr an ihrer Brust. »Hör mal, ab und zu spüre ich einen Puls. Ich bin ganz sicher«, sagte er.
»Das ist dein eigener Pulsschlag. Das ist immer so. O Gott, ist das eine Wohnung!«
»Billy, fühl mal hier am Hals. Und sag mir dann deine Meinung.«
Loretta spürte, wie der andere sich neben sie kniete und ihren Hals betastete. Seine Finger waren kälter als die des anderen. »Nix«, sagte er.
Abwechselnd betasteten sie Lorettas Hals und redeten dabei fortwährend über die Wohnung. Durch die lähmende Dunkelheit hindurch hörte und spürte sie die Männer.
Dann plötzlich andere Stimmen, andere Hände.
»Hast du schon mal eine Reanimation gemacht?« hörte sie eine Frauenstimme fragen.

»Na ja, nicht sehr oft.«
»Verdammt, Billy, du kennst die Vorschriften. Wiederbelebung ist Pflicht, außer bei einem offensichtlichen Tod durch Unfall.«
»Du meinst, wenn zum Beispiel der Kopf vom Rumpf getrennt ist?«
»Genau das meine ich. Der einzige, der einen Patienten für tot erklären darf, ist ein Arzt. Los, Ray, Jimmy, an die Arbeit.«
Plötzlich spürte Loretta, wie alles um sie herum in Bewegung geriet. Schwere Hände drückten auf ihren Brustkorb, immer und immer wieder. Ihr Kopf wurde zurückgebogen, etwas wurde in ihren Mund geschoben, dann tiefer und tiefer in den Hals.
»Der Schlauch ist drin«, sagte ein Mann. »Gib mir von der Null zwei.«
»Gut, und jetzt die Infusion ...«
»Der Gipsverband sieht ganz frisch aus.«
»Den Monitor hierher. Hierher, Billy! Du kennst dich doch aus mit Wiederbelebung. Du übernimmst das Pumpen. Sechzigmal pro Minute. Genau so. Steve, du kümmerst dich um die Sauerstoffzufuhr. Alle paar Sekunden einmal.«
»Der Monitor läuft.«
»Und, was zeigt er an?«
»Warte einen Augenblick. Ja, Herzschlag schwach und regelmäßig. Acht, zehn, eine Minute. Sehr weiträumige Kurven.«
»Billy, du hättest doch sofort mit der Reanimation beginnen sollen.«
»Es tut mir leid. Sie sah wie tot aus.«
»Auch wenn es stimmt, das ist nicht deine Entscheidung.«
»Prüfe ihre Pupillen.«
Loretta spürte eine Hand auf ihren Augen. Einen Augenblick lang drang ein schmerzhaft helles Licht ein.
»Erweitert und starr.«

»Ich sagte dir doch, sie ist tot.«
»Mach weiter mit dem Pumpen. Ray, stell eine Funkverbindung mit dem White Memorial her. Sag ihnen, wir haben einen Notfall.«
»Blutdruck?«
»Keiner.«
»Kein Blutdruck, kein Pulsschlag, erweiterte Pupillen. Verdammt, da mußte ich doch annehmen, daß sie tot ist!«
»Du hättest gar nichts annehmen dürfen, sondern Reanimation machen und uns rufen sollen.«
»Tut mir leid, wirklich.«
»Los, jetzt Epiphrenol in die Vene.«
»White Memorial, hier ist Boston Rescue, Driscoll hier. Wir haben einen Notfall. Ich wiederhole, einen Notfall ...«
In Lorettas Kopf verwirrten sich die Stimmen. Und obwohl sie fast nichts von dem verstand, was gesprochen wurde, ging es ihr schon durch die Geräusche um sie herum besser. Der Druck der Hände auf ihrem Brustkasten tat ihr weh, aber auch das war beruhigend.
»Willst du ihr einen Schock geben?«
»Wie ist der Herzrhythmus?«
»Wie vorher. Acht pro Minute. Und sehr weite Kurven.«
»Das heißt, es ist bald aus mit ihr. Sie braucht Medikamente, keinen Strom.«
»Was sie braucht, ist ein verdammter Priester.«
»Hör auf mit dem Gerede, Billy.«
»White Memorial antwortet, wir sollen nach Vorschrift verfahren und so schnell wie möglich mit ihr rüberkommen.«
»Bring die Trage hierher. Hierher!«
»Einen Schritt zurück, gnädige Frau. Gleich kommt jemand, der weiß, was los ist. Sieht aus wie ein Herzinfarkt ... Ich weiß nicht, ob sie durchkommt. Es sieht jedenfalls im Augenblick nicht gut aus.«

»Also los, alles bereit machen für den Transport. Ihr beiden pumpt weiter. Fertig, Ray? Jimmy? Alles in Ordnung? Eins, zwei, drei, hoch!«
Loretta spürte, wie sie hochgehoben und dann wieder abgesetzt wurde. Die beruhigenden Hände hörten einen Augenblick auf zu pumpen.
»O.k.? Aus dem Weg! Wir schaffen es schon.«
In der schweren Dunkelheit ahnte Loretta Leone mehr als daß sie es spürte, wie sie aus ihrem Zimmer und durch den Gang die Treppen hinuntergetragen wurde.
Helft mir, dachte sie. *Bitte, helft mir. Ich will nicht sterben.*

Die Wachglocke in Charity klingelte um kurz nach sechs. Garrett Pike klappte sein Bett hoch und zog sich an. Dieser Tag würde wieder brütend heiß werden. Er betrachtete das Playmate auf dem Kalender, und während er den 13. April ausstrich, dachte er, daß das Foto wirklich ein Knüller war. Einmal in seinem Leben wollte er die Nacht mit so einer Frau verbringen.
Er ging aus seinem Zimmer, das im Stockwerk über der Männerstation lag, nahm den Notizblock vom Haken und fing mit seinem Rundgang an. Jeden Patienten mußte er wecken, seinen Namen auf der Liste abhaken und ihn hinunter in den Speisesaal schicken. Einem der Männer, Dick, ging es offenbar schlechter. Gestern abend hatte er bereits Fieber gehabt und war schweißgebadet gewesen. Doch Dr. Barber hatte ihn bloß untersucht und ihn dann ins Bett zurückgeschickt. Inzwischen schien sich sein Zustand verschlimmert zu haben.
Pike begleitete den Mann in die Krankenabteilung, übergab ihn Dr. Barber und ging auf die Station zurück. Er war daran gewöhnt, daß die Versuchspersonen krank wurden, und es wunderte ihn nicht mehr, wenn ein Mann früher oder

später ausgesondert wurde. Erst als er den letzten in den Speisesaal geschickt hatte, merkte Pike, daß einer fehlte. Das erstemal in fast zwei Jahren.

In panischer Angst durchsuchte er die Station und eilte dann in den Speisesaal hinunter. Nach einer raschen Kontrolle sah er, daß er richtig gezählt hatte: Bob war weg.

Dr. Barber nahm die Nachricht zuerst ganz gelassen auf. Doch als er mit Pike und John Fairweather systematisch zu suchen begann, wuchs seine Besorgnis. Er sah nach, ob das Sicherheitssystem – ein Netz photoelektronischer Zellen und Kameras, die um das Gelände herum aufgestellt waren – ordnungsgemäß funktionierte. Das System war – dies jedenfalls hatte er Pike gesagt – kinderleicht zu bedienen. Und nach dem Überraschungsbesuch der Colsons war es noch verbessert worden. Schon ein Tier von der Größe eines Kaninchens löste den Alarm aus.

»Er muß hier irgendwo sein«, rief Barber und ordnete an, das Gebäude noch einmal zu durchsuchen. »Er kann nicht rausgekommen sein.«

Doch Minuten später rief John Fairweather sie zu einer flachen Mulde auf der Westseite des Geländes.

»Hier ist er durchgeschlüpft«, sagte der Indianer und wies auf Spuren auf dem trockenen Boden.

»Das ist unmöglich.«

»Wieso unmöglich«, meinte Fairweather, »es ist passiert.« Und zum Beweis legte er sich flach auf den Boden und wand sich wie eine Schlange unter der Lichtschranke durch. Es ertönte kein Alarmsignal.

»Kriechen Sie noch einmal durch«, befahl Barber. »Jetzt etwas höher, auf Händen und Knien.«

Fairweather tat, was ihm gesagt wurde. Augenblicklich ertönte das Alarmsignal.

»Ich kann es einfach nicht glauben, ich glaub's nicht«, rief Barber fassungslos.
Er eilte in die Klinik zurück und stellte die Sirene ab. Dann breitete er vor Pike und Fairweather einen detailgenauen topographischen Umgebungsplan aus.
»Wer ist es?« fragte Pike.
»Keiner, der so was planen würde«, entgegnete Barber ärgerlich. »Es war ein Zufall, ein verdammter Zufall.«
John Fairweather schüttelte den Kopf. »Nein, das war kein Zufall.«
»Dieser Mann war so mit Medikamenten vollgepumpt; der hätte nicht mal aus einer Papiertüte rausgefunden. Jemand muß ihm geholfen haben.«
»Hey, warum sehen Sie mich dabei an?« rief Pike.
»Haben Sie vielleicht aufgepaßt, ob er seine Tabletten wirklich geschluckt hat? Das wäre ja Ihre Pflicht gewesen«, sagte Barber.
»Ich ... ich glaube schon«, war alles, was Pike hervorbrachte.
Barber fluchte.
»Er muß zwanzig, dreißig Kilometer durch die Wüste laufen, bis er auf eine Straße kommt«, sagte Fairweather. »Und das ist hart – besonders an Tagen wie heute.«
»Glauben Sie, daß er es schafft?« wollte Barber wissen.
»Fraglich, sehr fraglich.«
»Jedenfalls müssen Sie beide ihn finden, verdammt noch mal«, schrie Barber. Seine Stimme überschlug sich. »Es ist mir unbegreiflich, einfach unbegreiflich.«

Drei Kilometer südwestlich brach der Mann mit Namen Bob ein Stück von einem Saguara-Kaktus ab, hieb es mit einem Stein entzwei und beträufelte seine Lippen mit dem süßen Saft.

16

Obwohl Eric wegen der Tätowierung beinahe sicher annahm, daß Thomas Jordan und Scott ein und dieselbe Person waren, ließ Laura sich nicht von ihrer Überzeugung abbringen; ihr Bruder mußte noch am Leben sein. Fast die ganze Nacht lag sie wach und grübelte darüber nach, wie alle Einzelheiten zusammenpassen könnten. Allerdings schieden sämtliche Möglichkeiten aus, wenn sich Eric und die Krankenschwester im White Memorial nicht beide geirrt hatten – und das war höchst unwahrscheinlich.

Nachdem sie die Fernsehnachrichten zum viertenmal gesehen hatte, fiel sie endlich in einen unruhigen Halbschlaf. Aber schon eine Stunde später wachte sie wieder auf, ging zum Fenster und sah hinunter auf die nächtlich erleuchtete Stadt. Ohne zu wissen, wie ihr geschah, stiegen ihr Tränen in die Augen. Sie wurde von einem verzweifelten Schluchzen geschüttelt, wie es seit dem Begräbnis ihrer Eltern nicht mehr geschehen war; damals, als ihr zum erstenmal wirklich zu Bewußtsein gekommen war, daß sie sie für immer verloren hatte. Und während sie sich mühsam am Fensterbrett aufrecht hielt, wußte sie auf einmal, daß das dieselbe Trauer war – nicht nur um Scott, was immer ihm auch zugestoßen sein mochte, sondern um sich selbst; um die Freundschaften, vor denen sie davongelaufen war; die sie abgebrochen hatte, bevor sie sich entwickeln konnten; um die verpaßten

Gelegenheiten, über die selbst auferlegte Einsamkeit. Sie wartete ... ja, worauf eigentlich?

Dreißig Jahre ihres Lebens waren vergangen, und was hatte sie vorzuweisen? Was hatte sie denn schon erreicht?

Sie rief Eric an und lud ihn zum Frühstück ein; ihr gemeinsamer Abend erschien ihr heute schon wie ein Traum. Sie erwartete, daß er ablehnen würde; zuviel Arbeit im Krankenhaus. Dann würde sie den Tag allein verbringen müssen. Und am Telefon schien es einen Augenblick lang auch so. Vielleicht hatte sie ja wieder diesen Bleib-mir-vom-Leib-Eindruck vermittelt, den ihr im Laufe der Jahre so viele Männer vorgeworfen hatten. Dann plötzlich war das Eis gebrochen, und Erics Stimme klang nicht mehr so zögernd. Auf einmal schien er es kaum erwarten zu können, sie zu sehen.

Sie zog Jeans und einen Pullover an, ging schnell hinunter und kaufte in einem Laden Saft, Croissants und Kaffee. Als sie auf dem Rückweg in ihr Zimmer die Hotelhalle durchquerte, rief der Portier sie zurück und gab ihr ein Kuvert, auf dem ihr Name und die Adresse HOTEL CARLISLE stand. Erst als sie sich aufs Bett gesetzt hatte, öffnete sie den Briefumschlag.

Miss Enders,
ich habe Ihr Plakat und die ausgeschriebene Belohnung gesehen. Ich kenne Ihren Bruder, und ich weiß viel über ihn. Er war Verladearbeiter in der Halle 18 auf den East Boston Docks. Zwar weiß ich nicht, was aus ihm geworden ist, aber seine ehemaligen Kollegen können Ihnen vielleicht Auskunft geben. Fragen Sie sich durch und bleiben Sie hartnäckig. Man wird versuchen, Sie zu belügen. Ich werde Sie beobachten und mich zu erkennen geben, wenn ich den Zeitpunkt für gekommen halte. Ihr Bruder ist ein anständiger Mensch. Ich hoffe, es geht ihm gut.

Laura wollte gerade hinuntergehen und den Portier fragen, wer den Brief gebracht hatte, als Eric von der Hotelhalle aus anrief.
Sie fuhr mit dem Aufzug hinunter, glücklich darüber, daß sie das Wiedersehen mit ihm doch so sehr freute. Zur Begrüßung küßte er sie schüchtern auf die Wange. Sie umarmte ihn fest.
Eric sah sich in der leeren Hotelhalle um und küßte sie wieder, diesmal weniger scheu.
»Alles in Ordnung?« fragte er.
»Inzwischen schon. Es geht mir jedenfalls besser. Was wir gestern abend über Scott erfahren haben, hat mich bis heute morgen um vier beschäftigt. Seitdem bin ich aus dem Grübeln nicht mehr herausgekommen.«
»Ich verstehe. Ich jedenfalls konnte es kaum erwarten, dich wiederzusehen.«
»Weißt du, vorhin am Telefon dachte ich zuerst, du würdest absagen.«
»Das stimmt, beinahe hätte ich's getan. Ich hätte mich im Krankenhaus da fast auf eine Sache eingelassen. Aber vieles, was du gestern zu mir gesagt hast, hat mir die Entscheidung leichter gemacht. Ich will lieber aussteigen, bevor mir die Sache über den Kopf wächst.«
»Da bin ich aber froh.«
Eric seufzte. »Leider«, sagte er, »hat diese Entscheidung zur Folge, daß ich nun nicht befördert werde.«
»Was heißt das?«
Er zögerte einen Augenblick und schilderte ihr dann in groben Zügen seine Kontakte zu *Äskulap,* seinen anfänglichen Beschluß, im Austausch für die Beförderung mitzumachen, und seinen schließlichen Sinneswandel.
»Ich glaube, das war richtig«, sagte sie nach einer Pause. »Das Ganze klingt doch ein bißchen unheimlich.«

»Tatsächlich greifen Ärzte häufiger, als man annehmen möchte, zu unerlaubten Behandlungsmethoden – ein Medikament oder ein Gerät, das für einen bestimmten Zweck zugelassen ist, das sie aber nach ihren eigenen Überlegungen oder Erfahrungen auch auf anderen Gebieten für nützlich halten. Das hab' ich selbst auch schon einmal so gemacht.«

Beim Gedanken an den perikardialen Laser fiel ihm sofort Thomas Jordan ein. Und mit einem Mal wußte Eric, daß er, solange er Arzt war, niemals wieder wissentlich das Leben eines Patienten durch ein unerprobtes Mittel aufs Spiel setzen würde.

»Wirklich, ich finde, du hast dich richtig entschieden – auch wenn du dafür einen hohen Preis zahlen mußt.«

»Hoffentlich hast du recht. Gestern abend hast du gesagt, im schlimmsten Fall bekomme ich eben nicht die Stelle, die ich haben will, sondern statt dessen eine andere. Ich hoffe nur, daß ich wenigstens davon leben kann.«

»Darüber, denke ich, brauchst du dir wirklich keine Sorgen zu machen«, sagte sie. »Wir brauchen dringend Ärzte auf den Inseln, und für mich gäbe es nichts Schöneres, als dir das Tauchen beizubringen. Na, das wär doch was für den Anfang?«

»Du meinst, daß ich gleichzeitig als Arzt arbeiten und noch etwas anderes machen kann?«

Sie lächelte und küßte ihn sanft.

»Eine Menge anderer Dinge«, sagte sie. »Hör zu. Ich habe oben in meinem Zimmer Kaffee, der wird kalt. Doch vorher muß ich noch schnell mit dem Portier sprechen. Sieh mal, das hat er mir gerade in die Hand gedrückt.«

Eric las den Brief.

»Von wem stammt er?« wollte er wissen.

»Das will ich ja eben erfahren.«

Der Portier, ein schmächtiger Iraner, betrachtete den Umschlag, dann gab er ihn achselzuckend zurück.

»Das kann ich Ihnen leider nicht sagen«, meinte er. »Ich hab' heute um halb sieben angefangen, und da lag er schon da. Vielleicht weiß der Nachtportier mehr.«

»Könnten Sie ihn vielleicht anrufen?« fragte Laura.

»Schon, aber er arbeitet tagsüber woanders, und da kann ich ihn nicht erreichen. Sprechen Sie doch heute abend selbst mit ihm.«

»Na gut, das mache ich«, sagte sie.

Eric schob ihm einen Zehn-Dollar-Schein über die Theke.

»Es würde uns sehr helfen, wenn Sie es versuchen könnten«, sagte er.

Der Mann zögerte, nahm dann aber den Schein.

»Versprechen kann ich nichts«, sagte er.

»Ich dachte, ich hätte inzwischen endlich kapiert, wie der Hase läuft«, bemerkte Laura, als der Mann im Hinterzimmer verschwand.

»Ich hab' so was auch noch nie gemacht«, gab Eric zu.

Zwei Minuten später kam der Angestellte zurück.

»Malik sagt, den Brief hat ein Mann abgegeben, der eine bräunliche Jacke trug. So um die vierzig, dunkelhaarig. Er sagt, er hat ihn spät abends vor dem Hotel auf- und abgehen sehen, aber er kennt ihn nicht.«

Sie dankten und stiegen in den Aufzug.

»Ich habe ihn auch gesehen«, sagte Eric plötzlich.

»Wie?«

»Den Mann mit der braunen Jacke. Ich bin ganz sicher, letzte Nacht. Er saß genau da drüben. Wendy versuchte, ihn anzumachen, aber er hat sie abgewimmelt.«

»Würdest du ihn wiedererkennen?«

»Glaube nicht.«

Als sie in Lauras Zimmer kamen, ließen sie sich aufs Bett fallen.
»Was sagst du zu dieser neuesten Entwicklung?« fragte sie und breitete die Croissants auf einem Handtuch zwischen ihnen aus.
»In dem Brief steht nichts darüber, wann Scott angeblich in den Docks gearbeitet hat, und es gibt auch keinen Beweis, daß der Schreiber ihn wirklich kannte.«
»Und?«
»Ich denke, der Mann mit der Jacke ist dir gefolgt und beobachtet dich bei deinen Nachforschungen.«
»Aber weshalb macht er dann keinen Treffpunkt mit mir aus? Und warum die East Boston Docks? Wo es doch eine Menge ruhigerer Orte gibt, an die er mich locken könnte, wenn er wollte. Und weshalb hat er das mit dem Anlügen geschrieben?«
»Das weiß ich auch nicht.«
»Also, was machen wir als nächstes?«
»Wir sollten zu den East Boston Docks gehen und hartnäkkig sein, denn man wird uns ja anlügen.«
»Und was ist mit Donald Devine?«
»Auf den Docks können wir uns doch gleich jetzt umsehen. Aber bevor wir gehen, rufe ich ihn noch mal an und mache einen Termin im Gates of Heaven für den Nachmittag aus.«
»Devine, was ist das eigentlich für ein Typ?«
»In seinem Bestattungsinstitut spielt ständig Geigenmusik, auch wenn gar keine Beerdigung stattfindet.«
»Das ist ja richtig unheimlich.«
»Sagen wir mal so: Er ist nicht gerade mein Fall.«
Laura beugte sich lachend zu ihm hinüber und gab ihm einen langen Kuß.
»Weißt du«, sagte sie, »ich mag dich wirklich.«
Eric warf einen Blick neben sie aufs Bett.

»Genug, um mir das Hörnchen zu ersetzen, das du gerade plattgedrückt hast?«
Sie schmiegte sich an ihn und küßte ihn leidenschaftlich.
»Genug, damit du vergißt, daß du überhaupt jemals Hunger hattest«, flüsterte sie ihm ins Ohr.

Reed Marshall warf einen Blick durch die Tür in den überfüllten Wartesaal. Dann preßte er die Finger gegen die Schläfen und sagte sich immer wieder die Worte *entspann dich* vor. Schon vor zwei Jahren hatten er mit dem Suggestionstraining angefangen, nachdem sich seine Magenschmerzen als leicht blutendes Magengeschwür herausgestellt hatten. Die kurze Entspannungsübung, die ihm sein Therapeut beigebracht hatte, half ihm sehr, Tage wie diesen in der Notaufnahme zu überstehen.
Weil er mit Eric Najarian getauscht hatte, mußte er nach der ersten gleich zur zweiten Schicht antreten. Und natürlich waren heute weit mehr Patienten gekommen als sonst. Jedes Krankenzimmer war voll belegt. In einem lag Norma Cullinet, die Oberschwester. Sie war immer noch bewußtlos und wartete auf die Computertomographie. Bei ihrem Sturz die Treppe hinunter hatte sie sich einen Arm gebrochen und sich einen Schädelbasisbruch zugezogen. Und als ob es damit noch nicht genug wäre, war gerade noch ein Notfall angekündigt worden.
Schon seit seinem Studium in Harvard war Reed immer sorgsam darauf bedacht, bloß nicht die Fassung zu verlieren. Außer ihm, seiner Frau, seinem Therapeuten und vielleicht Eric Najarian wußte niemand, wie bröckelig die äußere Fassade war, die er aufgebaut hatte. Magengeschwüre, Migräne, Schlaflosigkeit, Zeiten schwerster Depression. Ohne die Suggestionstherapie wäre er schon längst durchgedreht. Aber jetzt, wo die Ernennung des neuen stellvertretenden

Chefarztes bevorstand – ein Posten, den Carolyn sich so sehnlichst für ihn wünschte –, wußte Reed, daß er durchhalten mußte. Interessanterweise war sein größter Vorteil gegenüber Eric, daß er auch in brenzligen Situationen äußerlich die Ruhe bewahren konnte. Allerdings hatte sich Reed mehr als einmal auf der Toilette übergeben müssen, nachdem er einen besonders kritischen Fall mit gespielter Ruhe angegangen war. Zum Beispiel damals bei der Frau mit Kehlkopfriß, als er vor lauter Nervosität kaum einen Finger hatte rühren können.

»Zwei Minuten sind vorbei, Reed.«

Die Stimme der Krankenschwester und ihre Hand auf seiner Schulter rissen Reed aus einem Grübeln.

»Alles bereit?« fragte er.

»Fertig.«

»Wie heißt sie?«

»Leone. Loretta Leone. Ihre Krankengeschichte steht auf dem Formular aus der Notaufnahme, wo sie vor zwei Tagen war. Ein Gipsverband wegen eines angebrochenen Handgelenks.«

»Und ist sie schon intubiert?«

»Ja! Die Sanitäter können keine genauen Angaben machen, aber sie lag wohl schon eine Zeitlang so da. Offenbar sind die Polizisten, die sie gefunden haben, nur tatenlos daneben gestanden und haben auf die Sanitäter gewartet.«

»Wie ist der Herzschlag?«

»Agonal, idioventrikuläre Schläge, etwa acht pro Minute.«

»Reagiert sie auf Epinephrin oder Isuprel?«

»Nein.«

Im Funkgerät knisterte es. »Hier ist Boston Rescue siebenacht, kommen jetzt ins White Memorial.«

»Sie ist da«, sagte die Krankenschwester.

Reed setzte die Brille ab und rieb sich die Augen.

»Ist noch jemand bei Norma?«

»Dr. Teagarden ist vor fünf Minuten gekommen und kümmert sich um sie. Sie und Norma sind wohl schon seit Jahren befreundet. Sie hat die gesamte neurochirurgische Mannschaft zusammengetrommelt, und jetzt steht alles herum und wartet auf die Ergebnisse der Computertomographie.«

»Hatte sie irgend etwas an unserer Behandlung auszusetzen?« fragte Reed.

»Nicht daß ich wüßte.«

»Dann ist's ja gut«, sagte Reed, der über diese Antwort erleichtert war, mehr als es sich die Krankenschwester vorstellen konnte. »Also, werfen wir mal einen Blick auf unseren Notfall.«

Die automatischen Türen zur Notaufnahme öffneten sich. Im Laufschritt schoben die Sanitäter die Patientin herein, wobei sie keinen Moment mit der Herzmassage und der manuellen Beatmung aufhörten. Sie eilten in Richtung des großen Behandlungssaals. Reed kam ihnen entgegen und half ihnen, Loretta Leone auf den Tisch zu heben. Sein erster Eindruck der Patientin war kein guter.

Ihr Gesicht hatte die dunkelviolette Färbung des Todes. Ihre Pupillen waren stark vergrößert und reagierten nicht auf Licht.

»Schließt sie ans EKG an«, sagte er. »Die Kabel hierher. Schaltet den Monitor ein. Hm, es sieht nicht gut aus, gar nicht gut.«

Nun war der Augenblick gekommen, in dem sich Reed entscheiden mußte, ob die Wiederbelebungsversuche fortgesetzt werden sollten. Mit der leitenden Sanitäterin Judy Keller hatte er schon zusammengearbeitet; eine wirklich kompetente Frau, vielleicht sogar die Beste in ihrem Fach.

»Veränderungen?«

Judy schüttelte den Kopf. »Seit wir sie gefunden haben, ist

der Herzrhythmus gleich geblieben.« Sie reichte ihm das Kardiogramm. »Sieht genauso aus wie das neue hier.«
»Ist die Infusion in Ordnung?«
»Bestens!«
Reed horchte der Patientin die Brust ab, um sicherzugehen, daß der Schlauch nicht so weit in die Speiseröhre eingeführt war, daß er die Bronchien blockierte.
»Wasser in der Lunge«, sagte er. »Randvoll. Geben Sie ihr einmal Bikarbonat und einmal Epinephrin. Und lassen Sie die Blutgase analysieren, für alle Fälle. Ich glaube aber nicht, daß wir die Werte noch brauchen.«
Er warf einen Blick auf den Monitor. Der Herzrhythmus der Patientin blieb konstant: langsame, weiträumige Kurven, acht Schläge pro Minute.
»Holt jemanden aus der Kardiologie«, befahl er. »Vielleicht müssen wir einen Herzschrittmacher einsetzen ... Pupillen?«
»Starr«, antwortete jemand.
»Weiterpumpen. Jemand soll den Puls am Oberschenkel fühlen; mal sehen, ob wir auch wirklich einen ordentlichen Herzschlag zustandebringen. Judy, erzählen Sie mir genau, was bisher gemacht wurde.«
»Es ist mindestens zwanzig Minuten her, seit wir mit der Reanimation begonnen haben«, erwiderte die Sanitäterin.
»Und was denken Sie?«
»Soll ich ehrlich sein?« Sie sah hinüber zu Loretta Leone und zu den Helfern, die sie behandelten. »Ich denke, wir tun dieser Frau keinen Gefallen, wenn wir weitermachen.«
Reed rieb sich nachdenklich das Kinn. *Wie viele Leute wohl jetzt im Wartezimmer saßen?* schoß es ihm durch den Kopf.
»Hat sie Familie?« fragte er.
»Keine Angehörigen«, antwortete die Schwester. »Hier steht's, auf ihrem letzten Aufnahmeformular.«

»Eigentlich ist sie so was wie eine Stadtstreicherin; nur, daß sie in einem Ein-Zimmer-Apartment wohnt«, sagte Judy. »Alles voll mit leeren Pfandflaschen, überall alter Krempel.«
»O Gott«, murmelte Reed. »Geben sie ihr noch einmal Epi, und lassen Sie sich die Blutgasanalyse geben. Ach ja, und versuchen Sie es auch mit Calcium. Ich will weitermachen, bis der Kardiologe hier ist.«
Der Kardiologe, ein schwergewichtiger, mürrischer Mann namens Jason Berger, kam in Begleitung zweier Medizinstudenten herein. Eine von ihnen war eine attraktive junge Frau.
»Da draußen schaut's ja aus wie nach einem Bombenangriff«, schimpfte Berger. »Was haben Sie für ein Problem?«
»Frau, fünfundfünfzig, wurde bewußtlos in ihrer Wohnung aufgefunden«, berichtete Reed. »Keine Krankengeschichte, außer einem angebrochenen Handgelenk, das vor zwei Tagen hier eingegipst wurde. Vor etwa zwanzig Minuten wurde mit der Reanimation begonnen. Zustand unverändert; Isuprel, Bikarbonat und mehrere Ampullen Epinephrin.«
Berger sah auf den Bildschirm. »Haben Sie ihr schon Calcium gegeben?« fragte er.
»Ja.«
Er schob die Helfer beiseite, die mit den Wiederbelebungsversuchen beschäftigt waren, und hörte Lorettas Herz und Lungen ab. Dann legte er seinen Arm um die Taille der Medizinstudentin. Reed bemerkte, wie sie sich verkrampfte, als Berger sie mit sich zum Monitor hinüberschob.
»Was sehen Sie?« fragte Berger.
Die junge Frau errötete, sie fühlte sich unbehaglich.
»Langsamer Rhythmus«, brachte sie zaghaft hervor. »Weiträumige Kurven, ich ... hm ... ich weiß nicht, was sonst noch ...«
»Was Sie hier sehen«, sagte Berger theatralisch, »ist ein totes

Herz. Wir nennen dies einen agonalen Rhythmus, es ist das rhythmische Strömen von Sodium, Potassium und Calcium innen und außerhalb der Herzzellen; aus dieser Bewegung entsteht ein elektrischer Impuls. Dieser Rhythmus kann durch Medikamente nicht beeinflußt werden, er erzeugt keinen Herzschlag und hat absolut nichts mit dem zu tun, was wir unter Leben verstehen. Was erwarten Sie von mir, Reed?«

»Ich weiß nicht«, antwortete Reed. »Ich wollte nur ihre Meinung hören, ob ein Herzschrittmacher sinnvoll wäre, bevor ich eine Entscheidung treffe.«

Berger lachte laut auf.

»Hat diese Frau irgendwelche Lebenszeichen von sich gegeben?«

Er versuchte erneut, der Medizinstudentin den Arm um die Hüfte zu legen, aber diesmal gelang es ihr, noch rechtzeitig zu entwischen.

»Nun ja, was Sie hier sehen«, erwiderte Reed.

»Demnach ist sie tot. Ich kann ihr einen einsetzen, wenn Sie darauf bestehen, aber es ist verlorene Liebesmüh'. Was will ihre Familie?«

»Sie hat keine.«

»Überhaupt keine?«

»Offenbar nicht«, sagte Reed.

»Reed, auf mich warten heute nachmittag zwei Katheter und eine volle Station. Soll ich ihr wirklich einen Schrittmacher einsetzen?«

»Was ist denn damit?« Reed zeigt auf den Monitor.

»Das?« fragte Berger verächtlich. »Mein Freund, Sie wissen genausogut wie ich, daß Sie sich den halben verdammten Vormittag lang tatenlos diese Rhythmuskurve ansehen können. Ein Herzschlag ist das keiner mehr.«

»Danke«, sagte Reed.

»Dann können wir also gehen?«
Reed zögerte. »Sie können gehen«, sagte er schließlich. »Ja, das war's. Vielen Dank.«
Der Kardiologe geleitete seine kleine Gefolgschaft zur Tür hinaus, die Helfer traten einen Schritt vom Bett zurück. Reed streckte die Hand aus und schaltete das Kontrollgerät ab.
Auf der Trage starrte Loretta Leone mit offenen Augen zur Decke.
»Wer ist heute die Stationsschwester?« fragte Reed.
»Eigentlich Norma. Irene Morrissey ist für sie eingesprungen.«
»Holen Sie sie her, bitte. Sie soll den Leichenbeschauer verständigen. Nochmals vielen Dank allerseits. Sie haben Ihr Bestes getan.«
Reed Marshall spürte, wie die Spannung in seinem Magen nachließ. Berger war zwar ein Arschloch, aber er hatte recht. Es war einfach nichts mehr zu machen. Und was hätte es dieser armen Seele auch genützt, wenn es ihnen irgendwie gelungen wäre, den Pulsschlag zu aktivieren. Sie wäre für den Rest ihrer Tage ein Pflegefall geblieben, ohne Verwandte und ohne Inhalt im Leben außer einem Haufen leerer Flaschen.
Er betrachtete den leblosen Körper. Draußen wartete ein Saal voller Patienten auf ihn. Vielleicht saß ja schon ein Mitglied der Berufungskommission in der Notaufnahme und machte ihn für das Durcheinander verantwortlich. Mit einem Schulterzucken wandte er Loretta Leone den Rücken zu und ging hinaus. Momente wie diesen haßte er am meisten an seinem Beruf.

17

Der zuerst noch blaue Himmel hatte sich zugezogen, als Eric den Toyota über die Mystic River-Brücke lenkte und auf die Hafengegend von East Boston zufuhr. Während der Fahrt hatte er immer wieder in den Rückspiegel gesehen, um sich zu vergewissern, ob ihnen auch kein Auto folgte. Anscheinend war die Luft rein.

Obwohl er noch nie auf dem Werftgelände gewesen war, kannte er die Gegend ziemlich gut. Vor einiger Zeit hatten er und Reed Marshall einmal wöchentlich zusammen Nachtschicht im Unfallkrankenhaus von East Boston geschoben, das dem White Memorial angeschlossen war. Der größte Teil des Personals bestand aus abgebrühten italienischen Einwanderern, wie es in East Boston so viele gab. Noch nie hatte er in einer solchen Einrichtung eine so gute Stimmung erlebt. Er mußte lächeln, als er an eine kampferprobte Nachtschwester namens Falano dachte, die ihm und Dr. Reed die Spitznamen »Dr. Hot« und Dr. Cool« verpaßt hatte.

Die etwa hundert noch übrigen Plakate auf dem Schoß, saß Laura schweigend neben ihm. Sie sah durch das Autofenster auf den Bostoner Hafen und die Stadt hinaus, die zu ihren Füßen lag. Nachdem sie Donald Devine angerufen und für den Nachmittag einen Termin mit ihm vereinbart hatten, waren sie noch eine gute Stunde in ihrem Zimmer geblieben. In Erics Armen hatte Laura mehr denn je gespürt, daß es für sie beide eine Zukunft gab. Sie hatte eigentlich erwartet, daß Eric, ein unverheirateter Arzt, der in der Großstadt lebte, in Liebesdingen erfahren und gewandt sein würde. Aber da er die meiste Zeit seines Lebens mit Studium und Ausbildung verbracht hatte, war er auf vielerlei Weise noch sehr jungenhaft und vorsichtig.

»Es ist ein blanker Hohn«, meinte er, als sie seine Scheu und Unsicherheit bemerkte, »daß man uns als Vierundzwanzig- oder Fünfundzwanzigjährige, die die meiste Zeit ihres Lebens in der Schule oder im Sommerlager verbracht haben, Diplome in die Hand drückt und uns zum Doktor der Medizin ernennt. Und mit einem Schlag sollen wir dann qualifiziert sein, den Leuten bei ihren schwierigen Problemen mit der Sexualität zu helfen. Mein furchtbarstes Erlebnis war nicht etwa ein Verkehrsunfall oder eine Schießerei. Ich war gerade zwei Monate als Assistenzarzt tätig, da kam ein Bankdirektor, verheiratet und zwei Kinder, und schüttete mir sein Herz aus. Er sagte mir, er sei homosexuell.«

Laura wurde es immer deutlicher bewußt, daß sie und Eric ein ganz ähnliches Leben geführt hatten. Unzählige Menschen hatten ihren Weg gekreuzt, und doch waren sie beide allein geblieben. Das White Memorial war für Eric genauso eine Insel, eine Möglichkeit, sich der Realität zu entziehen, wie die Little Caymans für sie.

»An wen denkst du gerade?« fragte er.

»Ach, an alles mögliche«, antwortete sie. »Ich erinnere mich an die Zeit, als Scott und ich noch Kinder waren. Wir haben auf dem Feld hinter dem Haus gearbeitet oder sind hinunter zum See gelaufen und schwimmen gegangen. Und auf einmal fällt mir auf, daß ich dabei gar nicht an Scott denke, sondern an dich.«

»Stell dir lieber wieder Scott vor, ehe du einen Kopfsprung

machst«, warnte er. »Ich bin nämlich kein so guter Schwimmer.«
»Das muß sich aber schleunigst ändern.«
Sie fuhren an einem hohen Drahtzaun entlang, vorbei an einer Rcihe riesiger Öltanks, und parkten auf einem großen ungeteerten Platz in der Nähe des Haupttors zu den Docks. Abgesehen von ein paar Frachtanhängern, war der Platz leer – zwei waren aufgebockt, und auch die anderen rosteten offenbar schon lange vor sich hin.
»Wie sollen wir deiner Meinung nach jetzt weiter vorgehen?« fragte sie.
»Also, wenn dieser Brief da echt ist, dürfen wir nicht locker lassen. Warum suchen wir nicht erst mal Halle achtzehn und fühlen den Leuten dort ein bißchen auf den Zahn? Wenigstens können wir überall die Flugblätter ankleben.«
Eric öffnete das Handschuhfach, holte eine blaue wollene Schildmütze heraus und setzte sie auf.
»Damit ich auf die Hafenarbeiter nicht gar so furchteinflößend wirke«, erklärte er.
Halle achtzehn war eine riesige Wellblechbaracke, umgeben von Schiffscontainern, Pyramiden von Ölfässern und Ladevorrichtungen. Ein paar Männer machten sich dort zu schaffen, und etwas weiter weg war ein Kran in Betrieb, doch insgesamt ging es ziemlich ruhig zu.
»Warum schauen wir uns nicht hier ein wenig um?« schlug er vor. »... Laura?«
Sie war ein Stück weitergelaufen und betrachtete die Frachter, die am Pier festgemacht waren.
»Hast du dort etwas entdeckt? Oder weshalb hörst du mir nicht zu?« fragte er, als er näherkam.
»Ich habe nur wieder mal an Scott gedacht, sonst nichts.«
Eric stand nun neben ihr, sein Arm berührte ihren. Über ihren Köpfen segelten Möwen durch die kühle Morgenluft.

Ihr schrilles Kreischen durchschnitt das dumpfe Rasseln der Ladekräne.

»Wie alt warst du eigentlich, als er die Verantwortung für dich übernahm?« fragte Eric.

»Vierzehn. Der Unfall passierte zwei Tage nach meinem Geburtstag. Ich werde der Sache auf den Grund gehen, Eric. Ich werde herausfinden, wer er war und was genau ihm zugestoßen ist.«

»Wenn er hier gearbeitet hat«, meinte Eric, »dann wird ihn ja früher oder später jemand auf dem Bild erkennen.«

Und kaum waren zehn Minuten vergangen, als sie schon jemanden gefunden hatten, der sich an Scott erinnerte.

Die Frau im Frachtbüro, eine attraktive, wenn auch etwas übertrieben herausgeputzte Blondine, unterbrach ihr Kaugummikauen. »Ja, ich hab' ihn hier gesehen«, sagte sie mit ihrem schwerfälligen Bostoner Akzent. »Er hieß aber nicht Scott. Er hieß Sandy oder so ähnlich. Und natürlich sah er auch nicht ganz genauso aus wie hier auf dem Foto. Was hat er denn da an?«

»Einen Taucheranzug«, antwortete Laura. »Er wollte gerade Tauchen gehen.«

»Also, hier war er nicht als Tiefseetaucher beschäftigt«, entgegnete die Frau und rückte ihren BH-Träger zurecht. »Hier war er nur Aushilfe.«

»Aushilfe?«

»Ja, von der Arbeitsvermittlung. Sie wissen schon, nur vorübergehend. Ich weiß nicht mehr genau, wann er hier angefangen hat, vor ein paar Monaten oder so. Dann hat ihm jemand wohl einen festen Job gegeben, denn eine Zeitlang war er jeden Tag hier. Und dann war er ganz plötzlich wieder verschwunden.«

»Wann war das?« fragte Eric.

»Ich weiß nicht, Januar oder Februar vielleicht.«

Eric und Laura wechselten besorgte Blicke. Sie wußten ja bereits, daß Thomas Jordan im Februar gestorben war.
»Erinnern Sie sich an seinen Familiennamen?« fragte Laura.
Die Frau schüttelte den Kopf. »Einmal hat er mir einen Kaffee spendiert«, sagte sie dann. »Aber sonst hab' ich ja kaum mit ihm geredet.«
»Er hätte Ihnen gefallen«, meinte Laura.
»Hey, warten Sie noch einen Augenblick. Vielleicht hat Brenda ihn in den Personalakten.«
Sie drehte sich zu der Frau um, die hinter ihr saß und tippte.
»Schau dir mal dieses Foto an. Ist das nicht dieser Sandy, der mal hier gearbeitet hat?«
Die andere Frau – sie hatte dunkle Augen, war schlank und vielleicht zehn Jahre älter als die Blonde – sah sich das Plakat einen Augenblick an und schüttelte dann den Kopf.
»Nee«, meinte sie. »Das ist er nicht.«
»Sicher?« fragte die Blonde. »Ich hätte schwören können ...«
»Du hast gefragt, und ich hab geantwortet. Ich weiß genau, wen du meinst. Sandy North. Der hier sieht ihm aber kein bißchen ähnlich. Glaub mir.«
Die Frau drehte sich um und ging an ihren Schreibtisch zurück.
»Na ja, dann hab' ich mich wohl getäuscht«, sagte die Blonde ratlos.
Eric und Laura mußten sich beherrschen, um nicht unfreundlich zu werden. Sie dankten der Frau und verabschiedeten sich.
»Bist du sicher, daß es nicht Sandy North war?« fragte die Blonde, nachdem die Tür ins Schloß gefallen war.
»Debi«, sagte Brenda, »du schaust doch sowieso nur, was ein

Kerl in der Hose hat, aber ich sehe den Leuten ins Gesicht. Also, wer von uns beiden hat recht?«

Die Brünette wartete ein paar Minuten, bis Debi angefangen hatte zu tippen. Dann nahm sie das Telefon und hielt die hohle Hand schützend vor die Sprechmuschel.

»Ein Mann und eine Frau waren gerade hier«, flüstere sie. »Die Frau hatte einen Stapel von Plakaten mit Sandy Norths Foto dabei ...«

»Diese Brenda hat gelogen«, sagte Laura, »da würd' ich Gift drauf nehmen.«

»Ja, sie wollte uns unbedingt abwimmeln.«

»Eric, warum hat Scott auf den Docks einen anderen Namen benutzt?«

»Ich weiß nicht, aber du solltest vielleicht eine neue Möglichkeit ins Auge fassen. Vielleicht ist es mit ihm bergab gegangen, seit er den Job in Virginia aufgegeben hat.«

»Aber warum hätte er mich anlügen sollen?«

Eric zuckte die Schultern.

»Kann sein, daß er sich vor dir geschämt hat. Oder er war Alkoholiker und hat die Kurve nicht mehr gekriegt.«

»Das kann ich nicht glauben«, widersprach sie. »Da gibt es zu viele Ungereimtheiten.«

Sie schlenderten wieder zu Halle achtzehn hinüber, blieben aber hier und da stehen, um einen Hafenarbeiter zu fragen oder ein Plakat aufzuhängen. Nach einer halben Stunde war von ihrer anfänglichen Begeisterung nicht mehr viel übrig. Nicht einer erkannte Scotts Foto, viele der Männer weigerten sich sogar, mit ihnen zu sprechen. Schließlich kehrten sie zur Halle zurück. Die großen eisernen Flügeltüren waren geschlossen. Eric spähte durch das dicke rußgeschwärzte Glas der kleineren Eingangstür, konnte aber niemanden drinnen sehen. Er drehte am Türknopf, öffnete die

Tür einen Spalt breit und bemerkte dabei nicht, daß die Rangiergeräusche der Maschinen auf einmal verstummt waren.

»Gehen wir rein?« fragte er.

»Wenn du das unter hartnäckig verstehst, dann also los.«

Eric machte die Tür noch etwas weiter auf.

»Seid ihr neugierig oder einfach nur dumm?«

Die beiden drehten sich mit einem Satz um.

Drei Männer bauten sich im Halbkreis um sie herum auf, so daß sie gegen die Wand gedrängt wurden. Die Docks, das sah Eric jetzt, waren auf einmal leer und verlassen.

»Wir sind ... wir versuchen, etwas über meinen Bruder zu erfahren«, brachte Laura stotternd hervor. »Wir glauben, daß er hier gearbeitet hat.«

Sie hielt ihnen ein Plakat hin, aber die Männer rührten sich nicht von der Stelle. Der Mann in der Mitte, ein bulliger Kerl, dessen Kopf direkt aus seinen Schultern zu wachsen schien, musterte sie argwöhnisch.

»Los, rüber auf die andere Seite des Gebäudes«, befahl er barsch. »Aber nicht rennen.«

»Wir wollen keinen Är ...«

»Maul halten und marsch!« schnauzte sie der Mann an.

Von den drei Männern umzingelt, gingen Eric und Laura um das Gebäude herum und die Mauer entlang, bis sie von dem übrigen Teil der Docks durch einen Berg von Ölfässern abgeschirmt waren.

»O.k.«, sagte der Bullige, »das reicht. Also, wo ist das Video?«

Laura und Eric sahen ihn verblüfft an.

»Welches Video?« fragte Eric. »Wir wissen doch gar nicht, was ...«

Noch bevor er zu Ende gesprochen hatte, machte der Mann einen Schritt nach vorne und schlug ihn mit der Faust in die Magengrube. Eric krümmte sich vor Schmerzen und sank in die Knie. Er schnappte nach Luft. Ein bitterer Geschmack von Kaffee und Galle stieg ihm in die Kehle. Seine Augen tränten, und er spürte, daß er sich die Lippe blutig gebissen hatte. Der Bullige zerrte ihn wieder auf die Beine.

»Halt du einfach nur den Mund«, sagte er. »Wir reden mit deiner Freundin. Also, Frollein! Wie Sie sehen, bin ich kein sehr geduldiger Mensch. Ihr Bruder hat meinen Freund kaltgemacht und einen anderen Typen zum Krüppel geschlagen. Wenn Sie nicht aufpassen, blüht Ihnen das gleiche; oder diesem Dreckskerl hier.«

Aber Laura starrte ihn nur ängstlich und ungläubig an.

»Ich hab's läuten hören«, fuhr der Mann fort, »daß Sie das Video entweder selber haben oder wissen, wo es ist. Wenn Sie jetzt den Mund aufmachen, sparen Sie sich und uns eine Menge Zeit und Ärger.«

»Ich ... ich weiß nicht, wovon Sie reden«, stammelte Laura.

»Ganz wie Sie wollen. Artie, brich dem Typen einen Finger.«

»Warten Sie, bitte«, stieß Laura hervor. »Was wollen Sie überhaupt? Ich weiß nichts über ein Video. Bitte, tun Sie ihm nichts.«

»Artie?«

Der Angesprochene, der ein T-Shirt mit abgeschnittenen Ärmeln trug, damit seine Oberarmmuskeln besser zur Geltung kamen, gab dem Bulligen sein Stemmeisen und kam drohend auf Eric zu. Der aber war noch immer außer Gefecht gesetzt und nicht in der Lage, sich in einer Schlägerei zu behaupten.

»Nein!« schrie Laura.

Auf einmal wurde hinter dem Berg von Ölfässern rumpelnd ein Gabelstapler angelassen.

»Bitte nicht!« schrie Laura noch einmal.

Die drei Männer hielten inne und drehten sich in die Richtung um, aus der der Lärm kam. In diesem Augenblick löste sich eines der Fässer polternd aus der Pyramide. Es traf den stiernackigen Anführer mitten auf die Brust und drückte ihn gegen die Wand. Während er auf den Asphalt stürzte, brach das Faß auf. Schmieriges schwarzes Rohöl ergoß sich über den Mann. Auch Laura und Eric bekamen ein paar Spritzer ab.

»Lauft!« rief eine Stimme hinter den Fässern. »Weg hier!«

Die beiden Männer, die noch aufrecht standen, griffen nach ihren Pistolen. Schnell packte Laura Eric beim Arm und zog ihn durch die klebrige Ölpfütze zum anderen Ende des Gebäudes. Sie waren kaum zehn Schritte entfernt, als ein Schuß krachte. Ohne nachzudenken, warfen sie sich auf den Boden. Hinter ihnen stieß Artie einen Schrei aus, fiel hin und umklammerte seinen Oberschenkel.

»Er hat mich erwischt«, schrie er. »Der Scheißkerl hat mich angeschossen.«

»Lauft!« rief die Stimme wieder.

Als Laura und Eric sich wieder aufrappelten, sahen sie die zwei Männer flach auf dem Bauch im Öl liegen. Sie schossen auf jemanden, der sich hinter der Pyramide versteckt halten mußte.

Mit eingezogenen Köpfen rannten sie zum Haupttor. Die Schüsse hinter ihnen verstummten. Eric schaute über die Schulter zurück, als sie sich dem Tor näherten. Am anderen Ende des asphaltierten Platzes sah er eine Gruppe von Arbeitern, die in die Richtung liefen, aus der der Lärm gekommen war.

»Lauf weiter!« keuchte er.

Sie rannten auf die Straße hinaus.

»Gott sei Dank«, seufzte Laura, als sie den Toyota noch da stehen sahen, wo sie ihn geparkt hatten.

Sie hielt noch immer den Atem an, als Eric das schmierige Öl vom Schlüssel wischte, bevor er ihn ins Zündschloß steckte. Erst als sie auf der Brücke angelangt waren und wieder auf Boston zufuhren, atmete sie erleichtert auf.

Irene Morrissey betrachtete das friedliche Gesicht von Norma Cullinet und sprach ein stilles Gebet. Die Computertomographie hatte eine innere Blutung ergeben, und der Operationssaal in der Neurochirurgie wurde schon für den Eingriff vorbereitet. Morrissey, die im White Memorial ausgebildet worden war, hatte trotz ihrer sechs Kinder und inzwischen elf Enkelkinder immer als Krankenschwester gearbeitet. Sie war Normas Vorgängerin auf dem Posten der Stationsschwester, hatte ihn allerdings bereits vor einigen Jahren aufgegeben, um auf Teilzeit zu gehen. Wie es jetzt aussah, würde sie wohl eine Zeitlang einspringen müssen.
Sie blieb im Zimmer, bis ein Pfleger kam, und half dann mit, Norma mit ihren Infusionen auf die fahrbare Trage zu hieven.
»Gott sei mit dir, Norma«, sagte sie leise, als die Männer sie hinausschoben. »Ein guter Mensch wie du darf einfach nicht so sterben.«
Sie sah ihr nach, bis die Trage um die Ecke verschwunden war, dann nahm sie ihr Schreibbrett und ging. Sie hatte alle Hände voll zu tun – vor allem mußte sie sich um die Leiche einer armen Seele namens Loretta Leone kümmern.
Sie ging in Normas Büro, das früher ihres gewesen war, und legte Lorettas Krankenblatt auf den Schreibtisch. Da die Verstorbene keine Angehörigen hatte, mußte sie den Fall nur noch einem Leichenbeschauer übergeben. Es dauerte eine Weile, bis sie die Liste mit den Telefonnummern der Leichenbeschauer gefunden hatte, die an der Pinnwand hing. Für diesen Tag war Roderick Corcoran und Thaddeus Bushnell eingetragen. Irene lächelte wehmütig. Ted Bushnell und sie kannten sich schon seit undenklichen Zeiten,

schließlich hatten sie jahrelang zusammengearbeitet. Es überraschte sie, daß er noch immer seine Tätigkeit als Leichenbeschauer ausübte, obwohl er die Arztpraxis schon länger aufgegeben hatte. Jetzt freute sie sich, wieder einmal mit ihm zu tun zu haben. Als sie nach dem siebten Läuten gerade einhängen wollte, meldete sich Thaddeus Bushnell.
»Hallo?« Seine Stimme klang leise, als wäre er weit entfernt.
»Hallo, Ted. Hier ist Irene Morrissey.«
»Wer?«
»Irene Morrissey. Ich bin die Oberschwester – das heißt, vorübergehend – im White Memorial ... Ted?«
»Ja?«
»Ted, erinnern Sie sich nicht an mich?«
»Ich erinnere mich an nichts mehr«, erwiderte Bushnell. Er lallte. »Und was gibt's?«
»Nichts«, sagte Irene traurig. »Gar nichts.«
Sie ließ den Hörer sinken und legte auf. Dann wählte sie die Nummer von Dr. Roderick Corcoran.

18

Nachdem sie im Carlisle Hotel frische Kleider für Laura geholt hatten, duschten sie in Erics Apartment. Danach war der Ölgestank zwar noch nicht ganz verschwunden, aber wenigstens nicht mehr so durchdringend. Enttäuschend war auch, daß keiner dem anderen die vielen Fragen beantworten konnte. Eric rief die Polizei in East Boston an, dann den *Globe* und den *Herald*. Keiner hatte irgend etwas von einer Schießerei oder von einem Zwischenfall an den Docks von East Boston gehört.

»Vielleicht sollten wir zur Polizei gehen«, schlug Laura vor. Sie saß auf dem Bett, trocknete sich das Haar und fragte sich, welchen Eindruck sie in diesem Zustand wohl auf Verdi machte. Von seinem Käfig am unteren Ende des Bettes verfolgte der Papagei jede ihrer Bewegungen.

»Wenn niemand etwas gemeldet hat«, sagte Eric, »frage ich mich, was wir ihnen dann erzählen sollen? Ich habe sogar den Verdacht, daß diese Kerle gar nicht in den Docks arbeiten.«

»Was meinst du damit?«

»Drogen.«

»Was?«

»Ja, überleg doch mal, was eigentlich passiert ist. Drei bewaffnete Gangster, die uns – oder zumindest dich – zu kennen scheinen, beschuldigen deinen Bruder, jemanden umgebracht oder zumindest schwer verletzt zu haben.

Dann verlangen sie die Herausgabe irgendeines obskuren Videobands. Welchen Reim kann man sich darauf machen?«

Er griff zum Telefon, rief in der Notaufnahme des White Memorial an und fragte nach Opfern einer Schießerei oder sonstigen Verletzten von den Docks. Wie erwartet, hatte sich niemand gemeldet. Auch Anrufe bei anderen Unfallkrankenhäusern blieben ohne Erfolg.

»Vielleicht glaubte Artie auch nur, daß jemand auf ihn geschossen hat?« fragte er sich laut.

»Meinst du, Scott hat mit Drogen gehandelt?«

»Laura, ich habe keine Ahnung, in welche Geschichten dein Bruder verwickelt war, aber ich bin mir ziemlich sicher, daß er nichts mit Telekommunikation zu tun hatte.«

»Wer könnte das gewesen sein, der uns gerettet hat?«

»Du, die gleiche Frage zweimal gilt nicht, das haben wir doch ausgemacht. Vor allem keine, bei denen die Antwort ›da muß ich passen‹ lautet.«

»Also dann, wie geht's weiter?«

Eric sah auf die Uhr.

»Also, wenn du keinen anderen Vorschlag hast, dann statten wir in einer halben Stunde dem Gates of Heaven einen Besuch ab.«

»Wie geht's deinem Magen?«

»Ich würde sagen, die Prügel von vorhin sind eine Erfahrung, die ich nicht wiederholen möchte. Aber wenn ich während der fünf Jahre in der Unfallmedizin etwas gelernt habe, ist es, Schläge einzustecken. Während der Arbeit habe ich im Laufe der Zeit schon öfter von einem Verrückten eine verpaßt bekommen.«

Sie zog ihn zu sich heran und küßte ihn.

»Weißt du«, fuhr er fort, »ob du's glaubst oder nicht, aber die ganze Sache hat für mich auch eine positive Seite. Zum erstenmal, soweit ich mich erinnern kann, habe ich mit etwas zu tun, das meilenweit von der Medizin entfernt ist.«

»Dafür aber traurig und chaotisch«, erwiderte sie.

»Ach, Trauer und Chaos sind doch mein Metier. Apropos, weshalb gehen wir nicht endlich los und treffen uns mit Don Devine. Service – das ist doch sein Metier. Ich bin schon sehr gespannt darauf, was er uns für Erklärungen auftischt.«

»Paß du nur auf, daß du nicht wieder was abkriegst«, mahnte Laura.

Donald Devine trug denselben Anzug und dieselbe blaue Krawatte wie bei Erics letztem Besuch im Bestattungsinstitut. Wie damals geleitete er die beiden in sein Büro und stellte die Musik, die im Hintergrund lief, leiser. Eric meinte, eine Version von »Sounds of Silence« gehört zu haben.

»Nun denn«, begann Devine, »was kann ich diesmal für Sie tun, Dr. Dadarian?«

»Najarian«, verbesserte Eric. Devine fühlte sich diesmal sichtlich unwohler als bei ihrer ersten Begegnung. »Mr. Devine, wir möchten Ihnen nicht Ihre wertvolle Zeit stehlen, aber vielleicht können Sie uns ein paar Dinge erklären.«

»Also dann mal los«, sagte er.

»Wir haben Grund, guten Grund zu der Annahme, daß der Mann, über den ich neulich mit Ihnen gesprochen habe, der Mann, den Sie Thomas Jordan nannten, Lauras Bruder ist.«

»Das kann nicht sein«, antwortete Devine wie aus der Pistole geschossen.

»Tatsächlich?«

»Natürlich. Der Leichnam wurde von einem Leichenbeschauer identifiziert, von einem Angehörigen abgeholt und anschließend verbrannt.«

»Mr. Devine«, schaltete sich Laura ein, »wir haben gestern abend Dr. Bushnell einen Besuch abgestattet.«
»So?«
»Er war betrunken und schaffte es kaum von seinem Stuhl bis zur Tür. Fingerabdrücke zu nehmen oder die von Ihnen beschriebenen Untersuchungen durchzuführen, wäre er wohl nicht mehr in der Lage gewesen.«
»Was Dr. Bushnell in seiner Freizeit macht, geht mich nichts an«, entgegnete Devine und begann, im Zimmer auf und ab zu laufen. Dabei vermied er es aber sorgfältig, sie anzusehen.
»Er hat genau das getan, was ich Ihnen gerade gesagt habe.«
Laura baute sich vor ihm auf und zwang ihn, ihren Blick zu erwidern.
»Bitte, helfen Sie uns«, bat sie freundlich. »Wir möchten Sie nicht in Schwierigkeiten bringen, aber wir werden nicht eher aufgeben, bis wir meinen Bruder gefunden haben.«
»Ich hoffe sehr, daß Sie ihn finden«, sagte Devine. »Aber sicher nicht hier, denn ich kann Ihnen nicht mehr dazu sagen.«
Er versuchte vergeblich, ihrem Blick standzuhalten. Schließlich drängte er sich an ihr vorbei und ging hinüber zu seinem Schreibtisch.
»Mr. Devine«, sagte Eric entschlossen. »Vielleicht haben Sie uns nicht richtig verstanden. Wir sind überzeugt, daß hier irgend etwas im Busch ist. Etwas Illegales.«
»Unsinn.«
»Meinen Sie wirklich?«
»Ich glaube, es ist besser, wenn Sie jetzt gehen.«
»Wir gehen, aber wir kommen wieder, das verspreche ich Ihnen«, sagte Eric drohend, »entweder mit einem Durchsuchungsbefehl oder mit einem Journalisten.«
»Machen Sie, was Sie wollen«, erwiderte der Leichenbestatter und wischte sich mit einem Taschentuch über die Stirn.

»Ich habe nichts zu verbergen, und ich kann Ihnen nur eines sagen: Wenn Sie mich weiterhin belästigen, sehe ich mich gezwungen, die Polizei zu verständigen.«
»Das ist eine glänzende Idee«, sagte Eric. »Machen wir's doch gleich.«
Devine wandte sich ihm zu und verschränkte die Arme.
»Ich denke, es ist Zeit, daß Sie gehen«, sagte er. »Sie haben alles erfahren, was es hier zu erfahren gibt.«
»Mr. Devine, ich bitte Sie«, sagte Laura.
»Nein, ich habe zu arbeiten. Bitte gehen Sie jetzt.«
Laura und Eric wechselten bedeutungsvolle Blicke. Es war nicht der rechte Zeitpunkt für eine größere Auseinandersetzung.
»Sie wissen, daß wir zurückkommen werden, nicht wahr?« sagte Laura. »Mein Bruder ist mein einziger Verwandter, und wir werden ihn finden oder herausbekommen, was mit ihm geschehen ist.«
»Viel Glück«, erwiderte Donald Devine.
Sie waren bereits an der Tür angekommen, als sich Eric noch einmal umdrehte.
»Donald, ich rate Ihnen, sich noch ein paar Taschentücher zu besorgen«, sagte er. »Bis wir mit Ihnen fertig sind, brauchen Sie sicher noch eine ganze Menge.«

Noch sekundenlang, nachdem die Tür sich hinter den beiden Besuchern geschlossen hatte, stand Donald Devine erstarrt vor seinem Schreibtisch.
»Sie können reinkommen«, rief er schließlich.
Aus dem Hinterzimmer tauchte ein großer Mann mit breiten Schultern und dichtem rötlichen Haar auf, das an manchen Stellen bereits ergraute. Er trug eine Arbeitshose und einen Rollkragenpullover, der sich über seiner Brust spannte.

»Ha-hast du gesehen, Les?« sagte Devine und trat nervös von einem Fuß auf den anderen. »Ich hab' dir doch gesagt, ich werd' fertig mit ihnen.«

»Na klar, Donald«, antwortete dieser. »Das hast du ganz toll gemacht. Einfach toll.«

Devine, der dem anderen kaum bis ans Kinn reichte, war verblüfft. »Glaubst du wirklich?« fragte er.

»Klar, Don«, sagte der hochgewachsene Mann mit einem boshaften Grinsen.

»Glaubst du, sie kommen wieder?«

»Warum sollte ich, Don?«

»Ich ... ich weiß nicht.«

»Du bist doch total cool geblieben. Ich glaube, sie haben keinen Verdacht geschöpft.«

»Sch-schau«, stotterte Devine. »Ich habe genau das getan, was ihr mir gesagt habt.«

»Und du hast dafür ganz schön abkassiert.«

»Ich will bloß keinen Ärger. Und diese Leute vom Krankenhaus haben mir garantiert, daß es keinen Ärger gibt.«

Der Mann griff in die Hosentasche, zog eines von Lauras Plakaten heraus und reichte es dem Bestattungsunternehmer.

»Haben deine beiden Besucher recht?« fragte er. »Ist das der Mann?«

»Ich ... ich glaube schon.«

»Don, das genügt mir nicht. Genau dieser Scheißkerl hat uns damals in der Nacht gefilmt. Ich will von dir nur eines wissen: Ist er der Mann, den du nach Charity gebracht hast, oder nicht?«

»Kann sein.«

Der Rothaarige packte Devine an der Krawatte und drehte sie zusammen; er hob den kleinen Mann beinahe vom Boden hoch.

»Keine Ausflüchte.«
»J-ja. Ja, er ist es«, krächzte Devine.
Der Mann lockerte den Griff und ging zum Telefon.
»Wen rufst du an?«
»Rate mal.«
»Dr. Barber?«
»Nicht schlecht. Wenn du recht hast und wenn er wirklich der besagte Kerl ist, dann brauchen wir uns keine Sorgen mehr zu machen.«
»Hör mal, ich habe eine Telefonrechnung von fast zweihundert Dollar und eine Benzinrechnung von noch mal zweihundert Dollar, die mir noch keiner bezahlt hat.«
»Ach, Don, halt doch den Mund.« Der Mann nahm den Hörer in die Hand und lächelte. »Ein echter Witz«, murmelte er. »Erst versaut uns Sandy North beinahe den ganzen Plan, und jetzt ist er selbst in Charity gelandet, als Zombie im Schlafanzug. Da kann man fast wieder an einen Gott glauben.«
Das Telefongespräch dauerte nur zwei Minuten. Ärgerlich knallte er den Hörer auf die Gabel.
»Der Mistkerl ist abgehauen«, sagte er. »Entwischt.«
»Das darf doch nicht wahr sein!«
»Ich sag' dir doch gerade, daß er abgehauen ist, verdammt noch mal! Also stimmt es auch.«
Sein Gesicht hatte sich knallrot verfärbt.
»Das gefällt mir gar nicht«, grübelte Devine und rieb sich die Augenbrauen. »Das ... das gefällt mir ganz und gar nicht.«
Der Mann sah ihn von der Seite her an und verzog den Mund zu einem seltsamen eisigen Grinsen.
»Schon klar, Donald«, nickte er. »Schon klar.«

Dr. Roderick Corcoran arbeitete für die pathologische Abteilungen aller medizinischen Fakultäten der Stadt. Als Leichenbeschauer mit beinahe dreißig Jahren Berufspraxis war er, wie es ein Polizeisprecher formuliert hätte, reich an Erfahrung, aber arm an Begeisterung. Der Anruf, mit dem er in die Pathologie des White Memorial gebeten worden war, hatte ihn zudem aus einer Besprechung mit dem Architekten herausgerissen, der gerade seinen Altersruhesitz in Cape Cod entwarf.

Während er nun seine Ergebnisse der äußerlichen Untersuchung der Leiche Loretta Leones niederschrieb, beschäftigte ihn gleichzeitig die Frage, ob er auf dem südlichen Dach Solarzellen anbringen sollte.

Hinter ihm machte sich der Assistent Sang Huang gerade daran, einen riesigen ypsilonförmigen Einschnitt vorzunehmen, der den Brustkorb und die Gedärme der Frau freilegte. Sang Huang war nervös. Nach vier Monaten Lehrzeit in dieser Abteilung durfte er heute zum erstenmal selbständig Hand an eine Leiche legen. Eigentlich war er ziemlich abergläubisch und fühlte sich in Gegenwart von Leichen immer ein wenig unwohl, aber sein Gehalt war jetzt mehr als doppelt so hoch wie früher; und dafür konnte man doch einiges in Kauf nehmen.

Er lief um den stählernen Obduktionstisch herum und überlegte sich dabei, ob er auf die Anweisung des Leichenbeschauers warten oder einfach allein anfangen sollte.

Für den Anfang hätte sich Huang einen anderen Fall gewünscht. Erst einmal kannte er den Leichenbeschauer nicht; dann schien die ganze Angelegenheit unter großer Eile und vollkommen desorganisiert vonstatten zu gehen. Und die Leiche war frischer als jede andere, die er jemals vor sich gehabt hatte. Er betrachtete sie. Die Haut war wächsern und gleichmäßig bleich. Äußere Zeichen des

Todes, wie er sie kannte, waren nicht zu erkennen: keine Wunden, keine Leichenstarre, keine Leichenblässe. Ein Schauer lief ihm über den Rücken.

»Hm, entschuldigen Sie bitte, Herr Doktor«, brachte er hervor, »soll ich jetzt anfangen?«

»Was ist los?« fragte Corcoran und sah sich um. »Ach ja, klar, mein Junge, klar. Ich brauche sechs Blutproben vom Herzen, legen Sie alles hier heraus auf den Tisch. Bin gleich fertig mit diesem verdammten Papierkram.«

Huang zögerte, dann griff er achselzuckend zum Skalpell und machte von beiden Schultern aus zwei Schnitte bis zum oberen Brustbein, dann am Nabel vorbei bis hinunter zum Beckenknochen. Bei der Berührung des Messers schien die Haut sich zuerst zu straffen. Wieder lief es Huang kalt über den Rücken. Nach dem Einschnitt blutete es viel mehr, als er es je gesehen hatte; viel mehr.

Er warf einen Blick auf Corcoran, der immer noch in seine Formulare vertieft war. Huang wollte auf keinen Fall unsicher oder unfähig wirken. Er war nur ein bißchen nervös; mehr nicht. Mit einem resignierten Seufzer nahm er die riesige Schere, drückte sie ins Zwerchfell und durchtrennte die Rippen an der Stelle, wo sie sich mit dem Brustbein trafen. Während des Vorgangs war er sich einen Augenblick ganz sicher, daß sich die Frau bewegte hatte. Er mußte seinen ganzen Mut zusammennehmen, um weitermachen zu können. Er griff links unter das Brustbein und klappte den Rippenbogen hoch, daß das Herz frei lag.

In diesem Augenblick stieg Huang ein würgendes Gefühl im Hals auf. Er übergab sich und brach ohnmächtig zusammen.

Sofort fuhr Corcoran herum und war mit einem Satz am Autopsie-Tisch. Loretta Leones Herz schlug noch, glänzte im grellen Scheinwerferlicht.

»O Gott!« rief Corcoran aus. »O mein Gott!«
In diesem Augenblick entstieg ein gurgelnder Laut – ein Laut, der aus den Tiefen der Hölle zu kommen schien – der Kehle der Frau. Ihr Körper verkrampfte sich und wurde dann schlaff. Das glänzende Herz erzitterte, dann hörte es auf zu schlagen.
Mit einer reflexartigen Bewegung wollte Corcoran mit der üblichen Herzmassage beginnen. Doch ebenso schnell besann er sich. Der Brustkorb war bereits zerstört, und es gab niemanden, der ihm hätte helfen können; ein sinnloses Unterfangen.
Er beugte sich hinunter zu seinem am Boden liegenden Assistenten und fühlte ihm den Puls. Dann suchte er, schweißgebadet und mit zitternden Händen, in der Krankenakte nach einem Namen. Nach einem letzten Blick auf die Leiche auf dem Autopsietisch griff er zum Telefon.
»Vermittlung«, rief er ärgerlich, »verbinden Sie mich mit Dr. Marshall, Dr. Reed Marshall.«

19

Eddie Garcia strich sich über Nacken und Schultern und streckte sich, bevor er in den fünften Gang schaltete, um die steil ansteigende Straße in die Rocky Mountains zu überwinden. Es war stockdunkel. Doch zum Glück hatte er vergangene Nacht bei seiner Mutter zu Hause gut geschlafen und ein paar Aufputschmittel eingeworfen. Also war er jetzt hellwach. Und das war auch gut so, denn der Mann, der er am Rande der Wüste auf dem Highway 163 aufgelesen hatte, schwieg seit zehn Stunden wie ein Grab.

Garcia hatte seinen eigenen Lastwagen und war im Auftrag von Buckeye Packing mit einer Fuhre Rindfleisch von Flagstaff nach Cleveland unterwegs. Er fuhr die Strecke gern; gerade die richtige Entfernung und eine eindrucksvolle Landschaft. Und auf diese Weise hatte er außerdem Gelegenheit, seine Mutter und seine Schwester in Mexican Hat zu besuchen. Allerdings hatte dieser Umweg auch einen großen Nachteil. Er war nun bereits einen halben Tag im Rückstand und würde ohne Ruhepause bis Ohio durchfahren müssen.

Er warf einen Blick auf seinen Begleiter, der gegen das Fenster gelehnt vor sich hindöste. Der Mann sah ausgemergelt aus; fahl und krank, wie jemand, der im Knast gesessen hatte. Wenn Eddie nicht gewußt hätte, daß es in der ganzen Gegend kein Gefängnis gab, hätte er ihn für einen entflohenen Häftling gehalten. Doch auch wenn es so gewesen wäre, Eddie hätte das nicht gestört.

»He, Bob, hast 'n Hunger?« fragte er.

»Nein.«

Der Mann richtete sich ein wenig auf, sah aber nicht herüber.

»Bist du hier aus dieser Gegend?«

»Aus welcher Gegend?«

»Utah, Colorado. He, alles in Ordnung?«

»Ich, ja, ich bin schon in Ordnung.«

»Du siehst aber gar nicht so aus. Wie heißt du mit Nachnamen?«

Bob starrte hinaus in die Dunkelheit.

»Ich weiß nicht«, antwortete er.

»Wie du willst«, sagte Garcia. Eine Zeitlang fuhr er nur noch schweigend und kratzte sich die Bartstoppeln. »Schau«, sagte er schließlich, »damit wir beide klar sehen: Ich hab' dich mitgenommen, weil du ganz allein in der Wildnis rumgestanden bist und so ausgesehen hast, als bräuchtest du Hilfe; und ich hab' ein bißchen Gesellschaft gebraucht. Ich bin keiner, der sich in die Angelegenheiten anderer Leute einmischt. Mich interessiert's einen Dreck, woher du kommst oder wohin du gehst. Ich war auch schon mal im Knast. Wenn ich frage, dann nur, um ein wenig zu plaudern, oder weil ich dir helfen will, falls du krank bist. Kapiert?«

»Ja.«

Der Fahrer sah ihn besorgt an.

»Du weißt wirklich nicht, wie du heißt?«

North ... Shollander ... Trainor ... Brikowski ... Enders ... Pullman ... Scott Enders kniff die dunklen Augen zusammen, als er versuchte, das Knäuel der Namen zu entwirren, die in seinem Kopf herumschwirrten.

»Nein«, hörte er sich sagen. »Nein, ich weiß nicht.«

»Woher kommst du?«
Scott schüttelte den Kopf.
»Wann hast du zum letztenmal gegessen?« fragte Garcia.
»Ich … ich weiß nicht.«
In Scotts Kopf tauchte das Bild von einem überfüllten Speisesaal auf, und dann wurde ihm klar, daß er seit Tagen nichts gegessen hatte, aus Angst, das Essen sei vergiftet. *Aber vergiftet von wem? Und weshalb?* Jetzt stand vor ihm das Bild eines Mannes namens Pike, und er erinnerte sich, wie er die letzte Kapsel, die Pike ihm gegeben hatte, unter seiner Zunge versteckt und nicht geschluckt hatte. *Wo war das alles gewesen?* In seinem Kopf vermischten sich mit diesem auch andere Bilder, doch er konnte sich keinen Reim darauf machen.
»Na ja, dann«, sagte der Lastwagenfahrer fröhlich, »dann weißt du wenigstens, daß du nicht weißt, wann du zum letztenmal etwas gegessen hast. Aber jetzt kriegst du bald was. Noch fünfzehn Kilometer. Kaffee und ein Hamburger wird uns beiden guttun. Hast du Geld?«
Scott griff in die rechte Hosentasche, dann in die linke, aber er konnte die Finger seiner linken Hand nicht bewegen. *War das schon immer so gewesen?*
»Wenn ich sehe, wie du hier herumfummelst, mache ich mir wirklich Sorgen um dich, Bob«, meinte Garcia. »Was ist mit deiner Hand los?«
Scott sah ihn bloß an und zuckte die Schultern.
»Das ist verrückt. Vollkommen verrückt«, sagte der Fahrer. Spielst du mir bloß was vor, oder kannst du dich wirklich an nichts erinnern? Wie bist du denn auf die Einsdreiundsechzig gekommen? Hat dich jemand dort abgesetzt?«
»Ich bin unter einem elektrischen Zaun durchgekrochen«, sagte Scott und wurde sich erst während des Sprechens klar, was er eigentlich sagte.
»Was?«

»Ich hab' die elektronische Alarmanlage entdeckt, und dann hab ich mich auf den Bauch gelegt und bin unten durchgekrochen.«

Eddie Garcia schüttelte verständnislos den Kopf.

»So was kann nur dem ollen Eddie passieren: den schrägsten Vogel der ganzen Gegend aufzugabeln«, murmelte er.

Eddie lenkte den Lastwagen auf den Parkplatz einer Raststätte, wo kaum ein Mensch zu sehen war. Er sprang aus der Fahrerkabine und beobachtete, wie sein Mitfahrer sich langsam über den Gehsteig schleppte. Erst jetzt bemerkte er, daß er hinkte. Er konnte seinen linken Fuß nicht mehr richtig anheben.

»Ich weiß, ich weiß«, sagte er, mehr zu sich selbst als zu Bob. »Du bist gelähmt, von der elektronischen Anlage.«

Garcia bestellte für sie beide Kaffee und Cheeseburger und sah zu, wie Bob vergeblich versuchte, seine linke Hand zu benutzen. Je genauer er den Mann so betrachtete, der mit leerem Gesichtsausdruck vor ihm saß, desto trauriger wurde er. Einen Augenblick spielte er mit dem Gedanken, Bob einfach hier zurückzulassen und loszufahren. Doch fast genauso schnell verwarf er ihn wieder. Das war nicht sein Stil.

»Du erinnerst dich an gar nichts, stimmt's?«

Scott spannte seine Unterlippe an. »An nicht viel«, sagte er, »ich möchte mich ja erinnern, doch ich schaffe es nicht.«

Einen Augenblick huschte das Bild durch seinen Kopf, wie er einen Kaktus aufschlug und dessen Flüssigkeit aussaugte, und er fragte sich, wo er das gelernt hatte. Eine wirre Folge loser Erinnerungen – viele davon grell und erschreckend – liefen durch seinen Kopf. Doch keine davon rief auch nur den Schimmer eines Wiedererkennens oder ein Gefühl in ihm wach.

Eddie Garcia bezahlte das Essen, kaufte noch ein wenig

Proviant für unterwegs und lenkte dann den Lastwagen auf die Interstate. Es kam ihm vor, als hätte er auf dem Highway 163 ein Kind mitgenommen, das in dem gebrechlichen Körper eines alten Mannes steckte. Was sollte er nur mit ihm machen?

»Bob, sag mal«, fragte er, als sie Glenwood Springs fast schon hinter sich gelassen hatten und den Weg nach Denver einschlugen. »Hast du Familie? Jemand, den du anrufen möchtest? Soll ich dich irgendwohin bringen?«

»Das Pferd von Mrs. Gideon«, antwortete Scott rasch.

»Was?«

»Ich muß nach East Boston und Mrs. Gideons Pferd suchen.«

»East Boston, Massachussetts?«

»Ja.«

Scott wußte, daß das stimmte und daß es wichtig war, aber er hatte keine Ahnung, warum.

»Bob, wer ist diese Mrs. Gideon? Eine Verwandte von dir?«

»Ich ... ich weiß nicht, was ich da rede.« Er ballte verzweifelt seine gesunde Hand zur Faust. »Verdammt, ich weiß es einfach nicht.«

»Also, sieh mal«, sagte Garcia, »morgen abend sind wir in Cleveland. Du kannst von da aus per Autostop nach Boston fahren. Oder besser noch, du nimmst den Bus. Das Geld geb' ich dir.«

»Das Pferd von Mrs. Gideon«, wiederholte Scott. »Ich muß es finden.«

Erleichtert, wenigstens einen Anhaltspunkt gefunden zu haben, schaltete Eddie Garcia in einen höheren Gang, und der Lastwagen zog davon.

20

Auf einen Ellbogen gestützt, lag Laura neben Eric im Bett und betrachtete das trübe Licht des neuen Tages, der über der Stadt anbrach. Es war ein Jahr her, vielleicht auch länger, daß sie die Nacht mit einem Mann verbracht hatte. Sie und Eric hatten zwar noch nicht miteinander geschlafen, aber sie wußte, daß sie es wollte. In den wenigen Tagen, die sie sich jetzt kannten, hatten sie bereits eine Menge zusammen erlebt.

Sie streckte den Arm aus, strich Eric behutsam das Haar aus der Stirn und küßte ihn. Er blinzelte und schielte zu ihr hinüber. Dann drückte er sie wortlos an sich und umarmte sie fest. Laura schmiegte ihren Kopf an seine Brust, und so lagen sie fast eine halbe Stunde.

»Bald?« fragte er und ließ seinen Blick über ihren Körper, ihre glatte zarte Haut gleiten.

Sie nickte und küßte ihn innig.

»Aber es muß vollkommen sein«, flüsterte sie.

Er zog sie an sich und liebkoste ihre Brust mit den Lippen. »Ja«, sagte er, »das verspreche ich dir.«

Nach dem Duschen frühstückten sie auf dem Balkon. Keiner von ihnen wollte die Stimmung durch ein Gespräch über den vergangenen Tag stören.

Schließlich stand Laura auf, lehnte sich ans Geländer und sah über die Dächer nach Cambridge hinüber.

»Hast du heute etwas vor?« fragte Eric.

»Eigentlich nicht. Aber ich glaube, ich sollte zur Polizei gehen und mal nachfragen, was sie wegen Donald Devine unternehmen wollen.«
»Gute Idee. Allerdings bin ich seit gestern vormittag gar nicht mehr so begeistert, daß du alleine durch die Stadt spazierst. Ich habe morgen frei, wenn du bis dahin warten kannst.«
»Mal sehen.«
»Warte wenigstens bis Mittag. Bis dahin rufe ich dich an.«
Das Telefon klingelte. Eric zögerte; er hatte überhaupt keine Lust, sich schon wieder mit Äskulap zu beschäftigen. Doch schließlich stand er auf und ging hinein. Eine Minute später war er wieder da.
»Ich muß gehen«, sagte er. »Im Krankenhaus ist etwas passiert – etwas ganz Schreckliches. Reed Marshall hat gekündigt.«
»Gekündigt?«
»Mein Chef, Joe Silver, war am Telefon. Offenbar hat Reed eine Frau für tot erklärt und sie in die Leichenhalle geschickt. Gestern am späten Nachmittag hat man sie obduziert, und da stellte sich heraus, daß ihr Herz noch schlug.«
»Nein! Das gibt's doch nicht!«
»Ich kann's mir auch nicht vorstellen, aber Silver sagt, es stimmt. Über solche Sachen haben wir immer Witze gerissen, und es waren ein paar Schauermärchen im Umlauf. Aber bis jetzt ist so was noch nie jemandem passiert, den ich persönlich kenne. Schon beim bloßen Gedanken wird mir schlecht. Reed hat heute morgen offenbar angerufen und gekündigt. Es hört sich an, als wäre er ziemlich am Ende.«
Laura folgte ihm ins Zimmer, setzte sich auf den Bettrand, während er sich anzog.
»Eric, wie ist so etwas denn möglich? Wie kann einem Arzt

heutzutage mit all den modernen Geräten so ein Fehler unterlaufen?«

»Keine Ahnung. Ich hab' dir doch schon erzählt, daß Reed ein sehr tüchtiger Arzt ist.«

»Rufst du mich an und erzählst mir, wie das passiert ist?«

»Ich rufe dich an«, versprach er, »aber die Frage ist, ob wir die Wahrheit überhaupt jemals herausfinden.«

Von dem Augenblick an, in dem ein Krankenhaus zum erstenmal seine Pforten öffnet und den ersten Patienten aufnimmt, fängt das ganze Haus an, ein Eigenleben zu entwickeln. Man könnte es fast schon eine Persönlichkeit nennen; unverwechselbar wie die eines Menschen. Es tastet sich vorwärts, entwickelt sich und lernt aus seinen Fehlern. Es reckt und streckt sich, erforscht die Welt um sich herum und macht sie sich zu eigen. Gleichzeitig treten auch Krankheiten auf; Organe sterben ab und müssen operiert oder ersetzt werden. Dazu hat es auch Launen – die Stimmung seiner Patienten und Angestellten –, die sich immer mehr herausbilden.

Gleich als Eric in der Notaufnahme ankam, spürte er, daß eine beklemmende Atmosphäre in der Luft lag; das bedrückende Gefühl, daß auch ein großes Krankenhaus wie das White Memorial vor Fehlern nicht gefeit war.

Obwohl Loretta Leones Autopsie erst am späten Nachmittag des gestrigen Tages stattgefunden hatte, lief die Gerüchteküche schon auf Hochtouren. Ein schneller funktionierendes Kommunikationsnetz hatte es nie gegeben – auch wenn die Wahrheit dabei zuweilen auf der Strecke blieb. Auf jeden Fall war binnen weniger Stunden jeder im Krankenhaus bestens über das tragische Ereignis im Bilde.

Joe Silver sah heute noch verwirrter aus als sonst. Er erwartete Eric am Empfangstisch.

»Gerade hat mich jemand von der verdammten *Herald Tribune* angerufen«, sagte er. »Eine böse Geschichte.«
Auf dem Weg in Erics Büro erzählte Silver ihm alles, was er wußte.
»Marshall hat es verbockt«, schloß Silver. »Schlicht und einfach verbockt.«
»Unsinn. Das kann ich einfach nicht glauben«, widersprach Eric. »Reed ist ein verdammt guter Arzt, das wissen Sie doch auch.« Er spürte, wie Wut und Ärger in ihm aufstiegen. »Jo, auf wessen Seite stehen Sie eigentlich? Immerhin geht es hier um jemanden, der fünf Jahre hart für Sie gearbeitet hat. Wenigstens könnten Sie ihm solange einen Vertrauensvorschuß geben, bis sich die ganze Sache aufgeklärt hat.«
Silver starrte ihn an.
»Einen Vertrauensvorschuß? Ein Leichenbeschauer namens Corcoran will meiner ganzen Abteilung was ans Zeug flicken, irgendein Arschloch von der *Herald* wärmt jetzt noch einmal die Sache mit Worrell auf und beschimpft mich und meine Leute als Pfuscher. Eine Frau wurde irrtümlich für tot erklärt, und da wollen Sie mir vorwerfen, ich würde nicht zu meinen Untergebenen halten? Sie haben vielleicht Nerven, Najarian.« Sein fahles Gesicht verfärbte sich hochrot. »Sie gehen jetzt raus und machen Ihre Arbeit und sagen keinen Laut zu den Journalisten«, schrie er. »Kein Wunder, daß hier niemand Sie als Vorgesetzten haben will. Sie sind einfach zu arrogant. Marshall war übermüdet, weil er zu viele Schichten hintereinander gemacht hat. Wenn Sie gestern, wie vorgesehen, zur Arbeit erschienen wären, dann wäre das nie passiert.«
»Nun aber mal langsam«, wollte Eric sagen.
Doch Silver war schon aus dem Büro verschwunden.
Eric sank auf einen Stuhl. Er war beinahe genauso wütend auf sich wie auf Silver. Warum nur hatte er seine Zunge nicht

im Zaum halten können? Aber er hatte Silver gegenüber nichts als die Wahrheit gesagt. Auch wenn Reed seine Schwächen hatte, war er trotzdem ein brillanter Arzt. Jedem von ihnen hätte der gleiche Fehler unterlaufen können. Schließlich griff Eric zum Telefon und wählte Reeds Nummer. Nach dem zehnten Läuten hob Carolyn Marshall ab.

»Tut mir leid, Eric«, sagte sie. »Reed liegt im Bett. Er will mit niemandem sprechen.«

»Sagen Sie ihm doch bitte, daß ich es bin, und versuchen Sie ihn zu überreden, kurz ans Telefon zu kommen.«

Sie legte den Hörer beiseite. Im Hintergrund hörte Eric ein Baby schreien. Er blickte nachdenklich auf den Gang hinter der Eingangshalle. Das Personal der Unfallstation machte einen mitgenommenen Eindruck. Vermutlich war keiner von ihnen heute gerne hier bei der Arbeit.

»Hallo, was ist, Kumpel?«

Marshall sprach mit seltsam schwerer Zunge.

»Reed, haben Sie getrunken?«

»Nicht, seit ich vor ein paar Stunden Blut gespuckt habe. Außerdem ist Valium so viel angenehmer.«

»Um Himmels willen, Reed, Sie müssen mit diesem Unsinn sofort aufhören.«

»Weshalb denn? Ich kann immer noch nicht abschalten.«

»Können Sie mir sagen, was passiert ist?«

»Ich habe Mist gebaut. Das ist passiert.«

»Wir bauen alle Mist, dauernd«, erwiderte Eric. »Das gehört zu diesem Job. Und das wissen Sie so gut wie ich. Wenn wir die ganze Nacht rumsitzen und debattieren und Hof halten könnten, dann würden wir nie etwas falsch machen. Aber die Leute, mit denen wir zu tun haben, sind krank, und wir müssen Entscheidungen fällen. So sieht's doch aus.«

»Gut gesagt, *mi amigo.* Gut gesagt.«

»Verdammt, Reed, ich meine es auch so. Und jetzt erzählen Sie mir bitte, was passiert ist.«
»Die Frau hatte noch Herztätigkeit, und ich habe das übersehen. Ich hab's verpfuscht. So einfach ist das.«
Eric fühlte, wie es ihm die Luft abschnürte.
»Wie war der Herzschlag?« fragte er.
»Acht, zehn Schläge pro Minute. Sah aussichtslos aus. Doch ich glaube jetzt, es wäre genug gewesen, um eine Kontraktion des Herzmuskels zu erzeugen. Das meint jedenfalls der Leichenbeschauer. Gründlich verpfuscht also, oder wie würden Sie das nennen ...«
»Reed, haben Sie das Kardiogramm in ihre Krankenakte gelegt?« Erics Puls raste.
»Aber klar doch. Bin doch die Ordnung in Person.«
»Also, hören Sie zu. Machen Sie Schluß mit diesem verdammten Valium und lassen Sie sich nicht hängen.«
»Wie Sie wünschen, Herr Doktor. Danke jedenfalls für den Anruf. Bis später, alter Kumpel.«
»Reed, geben Sie mir noch mal einen Augenblick Carolyn.«
Eric hörte, wie er mit dem Telefon herumfummelte und dabei etwas umstieß. Gleich darauf war seine Frau am Telefon.
»Hören Sie zu«, sagte Eric. »Reed muß irgendwo Valium haben.«
»Was?«
»Suchen Sie es und werfen Sie es weg, o.k.?«
»O-o.k. Eric, verstehen Sie eigentlich, was da genau passiert ist?«
»Nichts, was all diese Aufregung lohnt. Carolyn, Patienten wie diese Frau für tot zu erklären, gehört bei uns zum Alltag – glauben Sie mir, es ist so. Das hab' ich selbst schon oft gemacht.«
Bei diesem Geständnis lief es Eric kalt den Rücken hinunter.

Er hatte immer nur den einen Gedanken: Er mußte Loretta Leones Krankenakte sehen.

»Sie sagen das nicht bloß einfach so?« fragte Carolyn.

»Auf keinen Fall. Joe Silver hätte mich gerade fast rausgeschmissen, weil ich Reed verteidigt habe. Ich habe es ernst gemeint, und ich lüge auch jetzt nicht.«

»Ich danke Ihnen«, sagte sie. »Lassen Sie wieder von sich hören?«

»Aber natürlich. Doch im Augenblick ist es am wichtigsten, den Alkohol und die anderen Betäubungsmittel aus dem Haus zu schaffen. Reed hat einmal erzählt, daß er einen Therapeuten hat. Geht er da immer noch hin?«

»Mhm, ja, eigentlich schon.«

»Dann rufen Sie dort an. Meiner Meinung nach muß Reed ins Krankenhaus. Aber das soll sein Arzt entscheiden.«

Als Eric auflegte, war er schweißgebadet.

Fast eine halbe Stunde dauerte es, bis er Loretta Leones Krankenakte gefunden hatte. Sie lag in Joe Silvers Büro. Zuerst lehnte der Chefarzt es ab, sie ihm zu zeigen. Aber Eric bestand darauf, und so gab er schließlich nach – unter der Bedingung, daß Eric damit nicht sein Büro verlassen und mit niemandem darüber sprechen dürfe.

Ungeduldig überflog Eric die Krankenakte schon auf dem Weg. Soweit er sich erinnerte, waren die EKG-Werte ganz ähnlich wie die des Patienten, den er selbst für tot erklärt hatte. Ja, nicht nur ähnlich, sondern sogar identisch. Es dauerte eine Stunde, bis er die wartenden Patienten abgefertigt hatte. Dann ließ er sich aus dem Datenarchiv die Akte des anderen Toten bringen. Er hatte recht: Das Kardiogramm jenes Mannes und das von Loretta Leone glichen sich wie ein Ei dem anderen.

Hatte der Mann, der vielleicht Lauras Bruder war, etwa noch gelebt, als sein Kontrollgerät abgeschaltet wurde?

Nach dem Stand der Dinge war sich Eric nun sicher, daß er allen Grund zu dieser Annahme hatte, und diese Gewißheit brachte ihn fast zur Verzweiflung. Er versuchte, sich einen Reim auf die ganze Sache zu machen, wanderte von der Empfangshalle in den Aufenthaltsraum der Ärzte und ließ sich in einen verschlissenen Sessel fallen.

Konnte denn die Ähnlichkeit zwischen den beiden Kardiogrammen wirklich nur ein Zufall sein?

Einmal während des Studiums hatte er bei einem Patienten mit widersprüchlichen Befunden gegenüber seiner Lieblingsprofessorin die Theorie vertreten, daß das nur durch Zufall zu erklären sei. Die Professorin hatte geduldig abgewartet, bis er sich völlig in Unstimmigkeiten verstrickt hatte, und sich dann an die anderen Seminiarteilnehmer gewandt.

»Ihr Kommilitone, Mr. Najarian, hat den Zufall zur Lösung seines Problems auserkoren«, sagte sie. »Zwar kann der Zufall von Zeit zu Zeit in der Diagnostik eine Rolle spielen. Aber dieses Erklärungsmodell ist doch meistens der goldene Mittelweg der Denkfaulen.«

Eric schmunzelte, als er daran dachte. Seit jenem Tag hatte er sich immer geweigert, den Zufall als Erklärung für irgend etwas zu akzeptieren. Er trug die beiden Krankenakten in sein Büro und schloß sie in seinen Schreibtisch ein. Sobald er sich in der Unfallstation frei machen konnte, wollte er in die Bibliothek gehen und versuchen, sich über metabolische Gifte und Scheintod zu informieren.

Irgendwo mußte es doch für den übereinstimmenden Befund bei dem Obdachlosen und bei Loretta Leone eine Erklärung geben. Eric schwor sich, nicht eher zu ruhen, als bis er alle Hinweise und alle Quellen, die es in Boston gab, gesichtet und ausgewertet hatte.

21

Gleich nachdem Eric ins Krankenhaus gegangen war, schlief Laura wieder ein. Als sie gegen neun Uhr aufwachte, wußte sie zuerst nicht, wo sie war, und glaubte sich im ersten Moment in ihrer Hütte auf Little Cayman. In einer Ecke des Zimmers scharrte Verdi in seinem abgedeckten Käfig. Laura nahm das Tuch weg und versuchte fünf Minuten lang erfolglos, dem Vogel ein »Guten Morgen« beizubringen. Schließlich setzte sie sich auf den Bettrand und überlegte, was sie an diesem Tag alles zu tun hatte. Zum erstenmal, seit sie die Insel verlassen hatte, fühlte sie sich lustlos und unwohl.

Allmählich wurde ihr klar, daß ihre Begegnung mit Eric – und die wachsende gegenseitige Zuneigung – ihren Eifer und ihr Bestreben, Scotts Spur zu verfolgen, gedämpft hatte. Lag ihr denn so wenig an ihrem Bruder?

Ein erschreckender Gedanke kam ihr in den Sinn und ängstigte sie sehr: Vielleicht hatte sie ja gar nicht die Sorge um ihren Bruder zu ihrer Suche angetrieben, sondern die Furcht, die einzig wirkliche Verbindung zur Welt außerhalb der Insel zu verlieren?

War ihr Leben denn so leer geworden?

Sie zog sich an und ging durch die Stadt in Richtung Carlisle. Der Himmel, der frühmorgens noch wolkenlos gewesen war, hatte sich inzwischen zugezogen, und es war unangenehm schwül. Die Stadt schien ungeduldig auf den erlösen-

den Regen zu warten. Unterwegs versuchte sie einige Male festzustellen, ob ihr jemand folgte. Allein vom Gefühl, ständig beobachtet zu werden, wurde ihr flau im Magen.
Der iranische Portier hatte keinen neuen Brief für sie. Laura ging hinauf in ihr Zimmer, schaltete den Fernseher ein und legte sich aufs Bett. Fast augenblicklich döste sie wieder ein. Die Suche nach Scott war mit Erics Hilfe um so vieles leichter, überlegte sie. Am besten war wohl, wenn sie jetzt den versäumten Schlaf nachholte, später ein paar Einkäufe erledigte und den Gang zur Polizei auf morgen verschob. Der Gedanke, wieder einem gelangweilten und herablassenden Beamten gegenüberzustehen, war nicht gerade verlockend. Außerdem konnte sie dort sowieso nicht allzuviel erwarten. Sie schloß die Augen.
»... und wir als Gegner der Vivisektion glauben«, sagte eine weibliche Stimme im Fernsehen, »daß die medizinischen Forschungslabors und die Tierlieferanten eine mächtige und finanzstarke Lobby in Washington haben – wie jede andere Interessengruppe auch ...«
Laura gelang es nur mühsam, die Augen zu öffnen, dann richtete sie sich auf und sah auf den Bildschirm. Die Sprecherin fuhr in ihren Ausführungen fort, skizzierte und kritisierte die Perspektivlosigkeit in der modernen Medizin.
»... zuerst Mäuse und Hamster, dann Hunde, dann Primaten, dann Gefängnisinsassen, die sich angeblich freiwillig zur Verfügung stellen«, sagte sie. »Und wohin, glauben sie, führt das alles?«
Laura nahm den Hörer ab, wählte die Auskunft und ließ sich die Nummer der anatomischen Abteilung an der medizinischen Fakultät geben. Dort wurde sie mit einem Mann namens Bishoff, dem Leiter der Abteilung, verbunden.
»Mr. Bishoff, danke, daß Sie sich Zeit für mich nehmen«, sagte Laura. »Ich heiße Laura Scott. Ich bin gerade bei den

Vorbereitungen für einen Roman und brauche Informationen darüber, wie die anatomischen Abteilungen an den Universitäten die Leichen bekommen, die sie den Studenten zur Sektion vorlegen.«

»Sie sind Kriminalautorin?«

»Richtig.«

»Und haben schon etwas veröffentlicht?«

»Nun ja, das noch nicht.«

»Aha.«

Laura spürte, wie das Interesse des Mannes zu schwinden begann.

»Aber ich habe einen Vertrag«, sagte sie rasch.

»Dann darf man ja gratulieren. Ihr erster verkaufter Roman. Wissen Sie, ich möchte selbst auch ein Buch schreiben. Einen medizinischen Kriminalroman. Ich habe zwar noch nicht angefangen, aber der Titel steht schon fest: *Nimm zwei Aspirin und ruf mich im Leichenschauhaus an.* Griffig, nicht wahr?«

Laura bereute es schon, diesen Trick mit dem Schreiben benutzt zu haben.

»Es ... hat was«, bestätigte sie.

»Freut mich, daß Sie das sagen. Nun denn, von Autor zu Autor, was möchten Sie wissen?«

»Ja, Mr. Bishoff, woher bekommen Sie Ihre Leichen?«

»Spenden.«

»Von wem?«

»Von den einzigen, die dazu berechtigt sind – den Verstorbenen.«

»Die Leute vermachen in einem Testament ihre Leiche der Anatomie?«

»Genau. Allerdings müssen sie uns diese Absicht mitteilen, wenn sie im Vollbesitz ihrer geistigen Kräfte sind. Außerdem ist dazu eine notariell beglaubigte Urkunde in dreifacher

Ausfertigung notwendig. Eine Abschrift bleibt bei ihnen, eine geht an uns, und eine liegt dem Testament bei.«

»Beliefert Sie auch die Polizei hin und wieder mit Leichen?«

»Nie.«

»Und auf diese Weise wird Ihr gesamter Bedarf gedeckt?«

»Sogar mehr als das. Wir legen die Leichen auf Eis. Sagen Sie, wäre es nicht toll, eine Verfolgungsszene zu schreiben, die in einem Gefrierschrank für Leichen endet?«

»Ja, Mr. Bishoff, doch ich glaube, das gibt es schon.«

»Ach.«

»Sagen Sie«, fuhr sie fort, »müssen Sie für die Leichen etwas bezahlen?«

»Um Gottes willen, nein. Nur die Bestattungskosten, wenn die Familie wünscht, daß wir das übernehmen.«

»Sie bezahlen also nie für eine Leiche?«

»Niemals! Wir sind sowieso schon knapp bei Kasse. Geht jetzt ihre Handlung nicht mehr auf?«

»Möglicherweise.«

»Dann tut es mir aber leid.«

»Noch ein letztesmal, damit ich ganz sicher bin: Es gibt keine Möglichkeit, daß jemand sich an dem Verkauf von Leichen an Universitäten bereichert?«

»Völlig ausgeschlossen.«

»Ich danke Ihnen, Mr. Bishoff. Sie haben mir sehr geholfen.«

»Aber gerne. Und jetzt habe ich eine Frage an Sie.«

»Ja?«

»Glauben Sie, ich sollte mich schon an einen Agenten wenden, bevor ich anfange zu schreiben, oder erst danach?«

Laura mußte lächeln. »Ich denke, danach ist besser, Mr. Bishoff«, antwortete sie.

Sie legte auf und wählte dann die Nummer des Leichenbeschauers Thaddeus Bushnell. Allerdings ertönte aus dem

Hörer nur eine Stimme vom Band: »Kein Anschluß unter dieser Nummer.« Zehn Minuten später saß Laura bereits im Taxi und fuhr in Richtung Beacon Hill, wo Bushnell wohnte. Sie hoffte, ihn gegen Mittag etwas nüchterner und gesprächsbereiter anzutreffen.

Schon von weitem, an der Kreuzung der Straße, die zu Bushnells Haus führte, sah sie den Holzzaun seines Anwesens. Das Gebäude selbst war völlig ausgebrannt, nur noch eine Ruine. Der Geruch von Rauch und verkohltem Holz lag noch schwer in der Luft.

Sie bat den Taxifahrer zu warten und ging auf die Absperrung zu. Ein uniformierter Feuerwehrmann stand neben dem, was von der Eingangstür übriggeblieben war.

»Was ist denn passiert?« fragte sie.

Der Mann sah sie erstaunt an.

»Das Haus ist abgebrannt«, antwortete er in einem Ton, der zu fragen schien: *Wonach, glauben Sie, sieht es hier aus?*

»Und was ist mit Dr. Bushnell?«

Laura hatte die düstere Vorahnung, daß sie sich diese Frage hätte sparen können.

»Sind Sie eine Bekannte von ihm?«

»Ich ... ich habe ihn gekannt.«

Der Mann wurde versöhnlicher. »Tut mir leid«, sagte er. »Der alte Knabe hat's nicht überlebt.«

»Ich wußte, daß so was mal passieren würde«, sagte Laura.

»Wie bitte?«

»Dr. Bushnell. Ich habe ihn neulich abends gesehen, da hat er ziemlich viel getrunken und dazu noch geraucht. Ich habe wirklich befürchtet, daß ihm einmal so etwas zustößt.«

Der Feuerwehrmann sah zuerst das Haus und dann Laura an.

»Sind Sie Journalistin?«

»Nein, warum?«

»Wer sind Sie?«
»Ich ... ich bin zu Besuch aus dem Süden. Warum?«
»Weil ich niemandem Auskünfte geben darf, bevor nicht noch einige Dinge geklärt sind.«
»Bitte«, sagte Laura mit plötzlicher Besorgnis. »Bitte, sagen Sie mir, was passiert ist. Es ... es ist sehr wichtig.«
Der Mann musterte sie einen Augenblick, dann sagte er lapidar: »Es war Brandstiftung. Professionelle Arbeit. Der alte Mann befand sich im ersten Stock. Der Brandsatz war so angebracht, daß er, selbst wenn er gewollt hätte, nicht mehr rausgekommen wäre ... Miss? Sie sehen ein bißchen blaß aus.«
Laura dachte an den schmächtigen kleinen Mann, der in Decken gehüllt dagesessen war und in längst vergangenen Ereignissen geschwelgt hatte; ganz so als ob sie gestern erst passiert wären.
»Ich *fühle* mich auch so«, sagte sie. »Hier gehen schreckliche Dinge vor.«
Der Mann blickte noch einmal auf die Ruine, die einst Thaddeus Bushnells Haus gewesen war.
»Ja, ja. Ich glaube schon.« Er streckte die Hand aus und sah zum Himmel. »Es fängt an zu regnen«, sagte er.

Abgesehen von der eleganten Countway Medical Library in der Huntington Avenue, war die Hoffman Medical Library im White Memorial die größte Fachbibliothek der Stadt. Eric hatte sich vorgenommen, dort mit seinen Nachforschungen anzufangen und zuerst einen Blick in die Standardwerke zum Thema Toxikologie, Metabolismus und Kardiologie zu werfen. Vor allem kam es ihm auf die Literaturlisten am Ende jedes Kapitels an. Als zweiten Schritt plante er dann, eine Kartei mit den Fachartikeln anzulegen, die er anschließend durchsehen wollte. Dabei ging er von der Vermutung aus, daß beide Patienten mit dem gleichen Gift oder den gleichen schädlichen Umwelteinflüssen in Kontakt gekommen waren; einem Gift, das stark genug war, um einen kardiovaskulären Kollaps und eine erhebliche Verlangsamung des Stoffwechsels hervorzurufen.

Es war kurz nach vier Uhr nachmittags. Vor einigen Stunden war ein leichter Regen auf die Stadt niedergegangen, der das Öl auf der Straße in einen rutschigen Schmierfilm verwandelt hatte. Natürlich hatte es deswegen wieder eine Menge Unfälle gegeben, und Eric mußte länger als erwartet Dienst schieben. Endlich hatte ihn der Assistenzarzt abgelöst, der auf Joe Silvers Anweisung hin für Reed eingesprungen war. Der Kollege war einverstanden, sich solange mit Eric den Dienst zu teilen, bis man eine dauerhaftere Lösung gefunden hatte.

Im Laufe des Tages hatte Laura angerufen und Eric von ihrem Gespräch mit dem Leiter der Anatomieabteilung und von dem vermutlichen Mord an Thaddeus Bushnell erzählt. Eric hoffte, bald eine Erklärung dafür gefunden zu haben, warum der unbekannte Obdachlose und Loretta Leone an den gleichen Symptomen gestorben waren. Deshalb hatte er auch den Drang unterdrückt, ihr sofort zu sagen, daß ihm möglicherweise ein schrecklicher Irrtum unterlaufen war. Allerdings würde sich dieses Geständnis nicht mehr lange hinausschieben lassen.

Mit wachsender Ungeduld stapelte er die Bücher vor sich auf dem Tisch und fing an. Schon nach einer Stunde hatte er vierzig Toxine aufgelistet:

Aconit, Curare, Botulin, Belladonna, Sapotoxin, Physostigmin, Tetrodotoxin, Cyanid, Arsenik, Acetanilid, Antimon, verschiedene Barbiturate, Bienengift, Alraun, Muscarin, Amanita, Picrotoxin, Reptil-Neurotoxin, Strychnin ...

Dann notierte er sich auf Karteikarten die Namen der Substanzen, in welchen Mengen sie toxisch wirkten, wie man sie gewann und verabreichte und die wichtigsten Symptome. Jedes dieser Gifte verursachte den Tod, indem es entweder das Nervensystem oder das Herz lähmte. In bestimmten Dosierungen sowie in Wechselwirkung mit anderen Giften konnten diese Substanzen auch eine spürbare Verlangsamung des Stoffwechsels herbeiführen. Die Aufgabe, sie zu systematisieren, schien unlösbar. Aber schließlich waren Eric die unzähligen Formeln aus der organischen Chemie, die er während seines Studiums hatte auswendig lernen müssen, genauso unüberschaubar vorgekommen.

Eine Stunde verging, dann noch eine, und immer noch saß er über seinen Karteikarten. Allmählich aber wurde die Liste kleiner. Manchmal grübelte er über das eine oder andere der Toxine nach, nur um es doch wieder zu verwerfen. Die Frage lautete immer: *Wie war es möglich, daß beide Opfer mit diesem Gift in Berührung kommen konnten?* oder: *Ließ die Wirkung der Substanz möglicherweise nach der Lähmung des Stoffwechsels nach, noch ehe der Tod eingetreten war?* Amanita, ein Pilzgift, stand eine Zeitlang ganz oben auf seiner Liste. Dann auch noch Strychnin und das Krötengift Bufotoxin. Aber immer wieder geisterte eine ganz bestimmte Substanz durch seine Gedanken und ließ sich einfach nicht abschütteln: Tetrodotoxin, das Gift des Kugelfisches, das nach Ansicht einiger Wissenschaftler oben beschriebene Lähmungserscheinungen hervorruft.

In Japan müssen Köche vor der Zubereitung von Fugu, einem Gericht aus rohem Kugelfisch, ein staatliches Zertifikat vorweisen. Trotzdem haben schon einige von ihnen beim Vorkosten dieser Speise, die eigentlich eine Mischung zwischen Droge und Mahlzeit ist, selbst das Zeitliche gesegnet. Der Trick ist, den Fisch genau so zu tranchieren, daß eine Spur Tetrodotoxin im Fleisch zurückbleibt, damit eine angenehme Wirkung entsteht – Rötung der Haut, ein Prickeln auf Lippen und Gliedmaßen und leichte Euphorie. Allerdings treten unzählige Fälle von Fischvergiftung nach dem Genuß von Fugu auf. Die Symptome sind Lungenödem als Folge einer Verlangsamung des Herzschlags, Atemstillstand und spürbare Lähmung des Stoffwechsels.

War es möglich, daß Loretta Leone und John Doe irgendwie unwissentlich Fugu gegessen hatten?

Der Gedanke war absurd.

Draußen ging der graue Abend allmählich in eine tiefschwarze Nacht über, während auf Erics Tisch in der Bibliothek der Zeitschriftenstapel immer größer wurde. Amanita-Pilze, Fugu, Alkaloid der Aconit-Pflanze. Eric korrigierte seine Liste, bis schließlich nur noch diese drei übrigblieben. Offenbar konnte jedes dieser Gifte in der richtigen Dosierung zu einer Verlangsamung des Stoffwechsels führen, was vom Tod nicht zu unterscheiden war.

Die Tür der Bibliothek öffnete sich und schloß sich wieder. Eric sah nicht auf und spürte auf einmal eine schwere Hand auf seiner Schulter.

»Dr. Subarsky«, erriet er, während er Strychnin ein für allemal von seiner Liste strich.

»Ich sehe, der Bücherwurm hat wieder zugeschlagen«, spottete Subarsky. »Hast du in deiner Freizeit nichts Aufregenderes zu tun?«

Er legte einen Stoß Bücher auf einem Nachbartisch ab, setzte sich Eric gegenüber und warf einen Blick auf die Nachschlagewerke, die dieser vor sich aufgestapelt hatte.

»*Zeitschrift für Toxikologie … Gifte der Welt … Zeitschrift für Ethnopharmakologie …*«

»Was ich hier mache, ist durchaus spannend«, sagte Eric, und erst in diesem Augenblick wurde ihm bewußt, wieviel Zeit schon vergangen war.

»Und was genau machst du?« Subarsky lehnte sich zurück und legte die Füße auf den Tisch.
»Ich beschäftige mich mit dem Fall dieser Patientin, die Reed Marshall gestern für tot erklärt hat«, erläuterte Eric.
»Ach ja, das Stadtgespräch. Ein schlimmer Fehler, der ihm da passiert ist. Wirklich übel.«
»Ich bin nicht sicher, ob das wirklich ein Fehler war.«
»Res ipsa loquitur«, sagte Subarsky.
»Was heißt das?«
»Grob gesprochen: ›Die Sache spricht für sich.‹«
»Dave, wie würdest du den Tod definieren?«
Subarsky kratzte sich am Bart. »Wie üblich, denke ich mal. Wenn Herz- und Nerventätigkeit zum Erliegen kommen – oder so ähnlich.«
»Und was ist mit all den Berichten über Leute mit diesem Befund, die trotzdem wieder aufgewacht sind?«
»Ich kann dir Berichte über Dinosaurier zeigen, die angeblich im Grand Canyon gesehen worden sind«, antwortete Subarsky.
»Weißt du, ich sitze schon ein paar Stunden hier und habe versucht, eine Definition zu finden, die auf alle diese Berichte gleichermaßen zutrifft. Willst du hören, zu welchem Ergebnis ich gekommen bin? Verwesung. Das ist der einzige Unterschied.«
»Was nicht verwest, ist nicht tot. Das gefällt mir, Najarian, das ist nicht schlecht. Aber auf die Dauer kriegt man damit Platzprobleme.«
»Sei doch mal ernst.«
»Also im Ernst. Mit einem Doktortitel und dreizehn Jahren höherer Schulbildung könntest du dir wirklich was Besseres einfallen lassen als Verwesung.«
»Aber Reed Marshall hat sich an das Übliche gehalten, und er hat sich geirrt.«

»Purer Zufall«, erwiderte Subarsky, »Wahrscheinlichkeit eins zu einer Billion.«

»Das glaube ich nicht, Dave. Schau, ich habe vielleicht denselben Fehler gemacht.«

Eric zeigte Subarsky das Kardiogramm und erklärte ihm die beiden Fälle.

»Und wo ist dieser unbekannte Penner jetzt?« fragte Subarsky.

»Keine Ahnung. Hast du ein bißchen Zeit?«

»Für dich immer.«

Schritt für Schritt erzählte Eric von seiner Begegnung mit Laura, ihren Besuchen im Bestattungsinstitut Gates of Heaven, von Thaddeus Bushnell und von ihren Erlebnissen auf den Docks von East Boston. Subarsky hörte aufmerksam zu und kaute dabei an einem Bleistift. Als Eric fertig war, pfiff Subarsky leise durch die Zähne.

»Da steckst du ganz schön in der Klemme, mein Freund. Das muß ich sagen.«

»Dave, ich habe keine Ahnung, was los ist, aber ich glaube, bei unserem Obdachlosen und Loretta Leone war Gift im Spiel.«

»Wie?«

»Zufall. Vielleicht jemand, der im Supermarkt die Waren in den Regalen vergiftet. Irgendein Psycho. Egal, wie du den Begriff *verrückt* definierst, es gibt immer jemanden, auf den er zutrifft.«

»Und du glaubst, du hast bei dem Patienten, der vielleicht der Bruder deiner neuen Flamme ist, zu früh mit der Reanimation aufgehört?«

»Möglich.«

»Das nehm' ich dir nicht ab.«

»Das erwarte ich auch nicht; noch nicht. Deshalb bin ich ja hier.«

»Und was hast du bis jetzt herausgefunden?«
»Eine ganze Menge. Aber ich komme immer wieder auf das hier.«
Eric schob seine Aufzeichnungen zum Thema Tetrodotoxin zu Subarsky hinüber, und dieser überflog sie.
»Das Zombie-Gift schlägt also wieder zu«, meinte er schließlich.
»Weißt du etwas darüber?«
»Nicht viel. Vor ein paar Jahren erregte die Sache ein bißchen Aufsehen. Das Buch darüber wurde sogar ein Bestseller. Doch nach einiger Zeit tauchten in der wissenschaftlichen Literatur Aufsätze auf, die die meisten der Untersuchungsmethoden und Behauptungen in Frage stellten.«
»Ich weiß. Ich habe einige davon gelesen.«
»Und du glaubst trotzdem noch, daß es diese Droge war?«
»Ja, vielleicht auch in Verbindung mit anderen Mitteln. Kann ein guter Toxikologe das herausfinden?«
»Wahrscheinlich schon.«
»Auch Amanita und Aconit?«
»Wahrscheinlich.«
»Dann gehe ich morgen in die Pathologie. Mal sehen, ob sie dort Loretta Leones Blut untersuchen können. Danach werde ich mich mit Dr. Darden verabreden.«
»Ach ja. Der Haitianer, der im White Memorial arbeitet. Gute Idee.«
»Wenn sich einer mit dem Tetrodotoxin-Mythos auskennt, dann doch wohl er.«
»Klar. Aber weißt du, ob er jemals wieder in Haiti war, seit er in die Staaten gekommen ist?«
»Natürlich«, erwiderte Eric. »Es gibt eine Klinik in Port-au-Prince, die er mit aufgebaut hat. Ab und zu nimmt er einen Assistenzarzt dorthin mit.«
»Na, dann kann er dir sicher mehr sagen.«

»Was meinst du damit?«
»Also, ich bin ja kein Experte auf dem Gebiet, aber ich kann mir nicht vorstellen, daß es eine Droge mit solcher Wirkung gibt, wie du vermutest. Als Armenier ist dir dieses ausgeprägte Verantwortungsgefühl angeboren. Deshalb bist du ja auch so ein phantastischer Arzt. Aber gleichzeitig hast du leider auch ein ebenfalls angeborenes armenisches Schuldgefühl. Und im Augenblick sagt dir dieses Gefühl, daß du vielleicht etwas hättest tun können, um den Tod des Bruders deiner Freundin zu verhindern.«
»Und?«
»Ich kenne dich doch schon lange, Eric, und ich weiß, wenn irgend etwas an diesem Fall nicht in Ordnung gewesen wäre, dann hättest du es herausgefunden.«
»Kann sein«, sagte Eric. »Aber im Augenblick sagt mir mein angeborener armenischer sechster Sinn, daß ich irgendeiner Sache auf der Spur bin.«
»Na ja, wenn du irgendwie meine Hilfe brauchst, frag einfach.« Subarsky kratzte sich einen Augenblick am Bart. Dann fügte er hinzu: »Aber ich wette eine Runde Heineken, daß du diesmal auf dem Holzweg bist.«
Eric sammelte seine Notizen zusammen.
»Die Wette gilt«, erwiderte er, »und, glaub mir, ich wäre froh, wenn du gewinnen würdest. Morgen suche ich Darden auf; dann gehe ich in die Pathologie und in die Countway Library. Ich halte dich auf dem laufenden.«
»Tu das«, nickte Subarsky. »Sag Bescheid, wenn ich oder mein geschätzter Computer dir irgendwie behilflich sein können. Und in der Zwischenzeit trink' ich schon mal ein Bier auf deine Rechnung.«

22

Ich bin im Hotel. Ruf mich an, wenn du vor zehn nach Hause kommst. Wenn nicht, ruf mich morgen früh an, bevor du zur Arbeit gehst. Ich war noch nicht bei der Polizei, will aber morgen hin. Hoffe, der Bibliotheksbesuch war erfolgreich. Danke für alles.

In Liebe
L.

PS: Kühlschrank und Vorratskammer sind aufgefüllt. Hoffentlich habe ich kein wichtiges bakteriologisches Experiment gestört; ich habe nämlich die Milchtüte weggeworfen.

Als Eric nach Hause kam, lag der Zettel auf seinem Kopfkissen, daneben ein wunderschöner Fotoband mit dem Titel *Tauchen auf den Cayman-Inseln.* Er überflog die Seiten und dachte nach, wie es wohl wäre, sich dort niederzulassen. So lange Zeit seines Lebens hatte er sich auf einen ganz bestimmten Kurs eingestellt und war nie davon abgewichen. Jetzt gab es nur noch Unsicherheiten – Unsicherheiten und eine Frau.

Er legte das Buch beiseite und blätterte noch ein paar Minuten in seinen Aufzeichnungen. Zuerst hatte er gedacht, Laura würde hier in der Wohnung auf ihn warten, jetzt fühlte er sich irgendwie erleichtert, daß sie nicht da war. Er hatte so viel zu tun.

Es gab kaum noch einen Zweifel, daß der Mann, den er für einen Obdachlosen gehalten, für tot erklärt und zum Gates of Heaven geschickt hatte, Lauras Bruder war. Er hätte mit seinen Wiederbelebungsversuchen an jenem Tag noch weitermachen sollen, wenigstens eine Zeitlang. Zwar hatte sich Eric bei seiner Entscheidung hauptsächlich von dem Gedanken leiten lassen, daß der Patient für den Rest seines Lebens ein Pflegefall sein würde; aber er mußte zugeben, daß der Gedanke an den *Wert* jenes Lebens eine ebensolche Rolle gespielt hatte. Mit dieser bitteren Erkenntnis würde er, genau wie Reed, für den Rest seiner beruflichen Laufbahn leben müssen.

Da es schon kurz nach zehn war, ließ ihm Lauras Brief einen Ausweg – eine Entschuldigung dafür, daß er ihr erst am nächsten Tag seine neuesten Erkenntnisse mitteilte. Doch je länger er darüber nachdachte, desto mehr kam er zu dem Entschluß, es besser gleich hinter sich zu bringen. Er würde ihr alles beichten – in der Hoffnung, daß sie Verständnis dafür hatte. Scott und Loretta Leone waren vergiftet worden. Entweder von einem Verrückten oder weil sie unwissentlich mit einem Gift in Berührung gekommen waren. Trotz Dave Subarskys Bedenken war er immer mehr davon überzeugt.

Hoffentlich würde Laura verstehen, daß er in dieser Situation gar nicht anders hätte entscheiden können – auch wenn ihm vielleicht der gleiche Fehler unterlaufen war wie Reed.

Eine Zeitlang ging er in der Wohnung auf und ab und fragte sich, ob andere Patienten wohl ein ähnliches Schicksal wie jene beiden Fälle erlitten hatten. Schließlich rief er im Carlisle an. Es läutete mehrmals, bevor der Hörer abgenommen wurde. Niemand meldete sich.

»Hallo«, rief er, »Laura?«

Sie antwortete mit einem Seufzer der Erleichterung.
»Ach, Gott sei Dank, Eric! Du bist es. Gerade hat mich jemand angerufen und mich bedroht. Er sagte nur: ›Die Sache ist noch nicht erledigt. Wir wollen das Band.‹ Ich schrie ihn an, ich wüßte nicht, wovon er redet, aber er legte auf. Ich kapiere überhaupt nichts mehr, doch wenn er mir angst machen wollte, hat er das jedenfalls geschafft.«
»Ich komme sofort.«
»Das ist nicht nötig.«
»Ich will aber. Ich war ein bißchen überrascht, daß du nicht hier warst, als ich nach Hause gekommen bin.«
»Tut mir leid. Ich wollte ein wenig allein sein. Ich ... ich bekam auf einmal das Gefühl, daß ich schon zu sehr von dir abhängig bin.«
»Laura«, sagte er, »ich bin doch ebenso von dir abhängig. Glaub mir das. Ich muß mit dir über einiges sprechen. Dann wirst du bestimmt verstehen, daß ich ein ebenso großes Interesse daran habe, den Dingen auf den Grund zu gehen, wie du. Ich möchte jetzt wirklich gerne zu dir rüberkommen.«
»Über einiges sprechen? Worüber?«
»Können wir uns sehen?«
Sie zögerte.
»Ich warte hier auf dich«, sagte sie schließlich.

Laura saß mit angezogenen Beinen auf dem Bett und hörte ruhig zu, als Eric in allen Einzelheiten erzählte, was er an jenem Morgen getan und gedacht hatte, an dem der Obdachlose ins Krankenhaus eingeliefert worden war.
»Ich wußte es«, sagte sie, als er fertig war. »In der ersten Nacht, in der wir zusammen waren, huschte jedesmal ein Schatten über dein Gesicht, sobald du anfingst, von dieser Reanimation zu erzählen.«

»Es tut mir leid. Herzstillstand kommt so häufig vor – und viele Patienten, die nach einem Herzinfarkt eingeliefert werden, sind bereits klinisch tot. Deshalb würden wir nie darauf kommen, daß es sich nicht um natürliche Todesursachen handeln könnte, wenn ein Fall sich nicht ganz auffällig von anderen unterscheidet.«
»Aber ihr solltet es.«
»Wenn wir vollkommen wären, ja.«
»Ich hab's nicht so gemeint, und das weißt du auch«, fuhr sie ihn an. »Bitte, Eric, ich möchte doch nur kapieren, was los ist.«
Er sah sie verlegen an.
»Tut mir leid«, antwortete er. »Mal sehen, wie kann ich's dir erklären ... Ja. In der diagnostischen Medizin gibt es einen Terminus, der heißt Verdachtsindex. Einfach erklärt, bedeutet Verdachtsindex, daß man nichts entdeckt, was man nicht schon vorher in Betracht zieht. Je besser ein Arzt ist, desto mehr diagnostische Möglichkeiten bezieht er in seine Überlegungen mit ein und prüft sie von Fall zu Fall. Wenn man glaubt, jeder Fall von Herzstillstand bei Patienten mittleren Alters sei auf Infarkt zurückzuführen, dann wird man bei dem fünfzigjährigen Chef eines Handelsunternehmens niemals eine Überdosis Kokain diagnostizieren.«
»Ich verstehe.«
»Ob du's glaubst oder nicht, der schlechteste Arzt kann im Normalfall in neunzig oder sogar fünfundneunzig Prozent der Fälle das Richtige oder wenigstens nichts Falsches tun. Die restlichen fünf oder zehn Prozent machen den feinen Unterschied zwischen dem Gros der Ärzte und den wirklichen Spitzenleuten aus.«
»Als Normalbürger hat man ganz andere Vorstellungen von Ärzten.«
»Ich weiß. Und diese falschen Vorstellungen – die hochge-

steckten Erwartungen, die die Öffentlichkeit an uns hat – gehen meist auf unser eigenes Konto. Jahrelang haben wir Ärzte den Menschen vermittelt, etwas müsse so und so sein, nur weil wir es behaupten. Und die Bevölkerung läßt sich darauf ein – oder wenigstens ein großer Teil –, weil die Leute die Gewißheit brauchen, daß sie sich an jemanden wenden können, der auf alles eine Antwort hat. Aber glaub' jetzt bloß nicht, daß ich mich drücken oder versuchen will, mein Handeln damals im Februar zu entschuldigen. Ich möchte dir nur verständlich machen, was an diesem Tag in meinem Kopf vorging. Ich ... ich hatte einfach keinen großen Verdachtsindex; ich habe es schlicht und einfach gar nicht in Betracht gezogen, daß da etwas Außergewöhnliches vorgegangen sein könnte.«

Ohne zu antworten, ging Laura ans Fenster und sah hinaus auf die Stadt. Sie spürte, wie Eric sich quälte, und aus einem Gefühl heraus, das so etwas wie Liebe sein mußte, wollte sie ihn umarmen, ihm sagen, daß sie ihn verstand. Doch sie mußte sich erst an den Gedanken gewöhnen, daß der Mann, dessen Leben an jenem Wintermorgen in seiner Hand gelegen hatte, aller Wahrscheinlichkeit nach ihr Bruder gewesen war ...

Plötzlich fiel ihr ein Erlebnis mit einem Taucher ein, den sie überschätzt hatte. Der Mann war schließlich in einer Felsspalte steckengeblieben, und sein Sauerstoffvorrat ging langsam zu Ende. Glücklicherweise hatte sie geahnt, daß etwas nicht in Ordnung war, und ihn gerade noch ein oder zwei Minuten vor der Katastrophe ausfindig machen können. Im letzten Augenblick hatte sie ihn an die Wasseroberfläche gebracht. Allerdings hätte das Abenteuer auch ein böses Ende nehmen können.

Sie fragte sich, ob ihr Leben wohl anders verlaufen wäre, wie sie reagiert hätte, wenn der Mann nicht mehr lebend aus der Felsspalte herausgekommen wäre. Der Manager des Clubs, die Leute, die mit ihr Tag für Tag tauchten, keiner von ihnen wollte sie als fehlbares menschliches Wesen sehen – ganz wie sie es jetzt mit Eric tat.

Als sie sich schließlich zu ihm umwandte, schimmerten Tränen in ihren Augen.

»Wenn du es bloß noch weiter versucht hättest«, sagte sie.

»Ich weiß. Ich wünsche mir nichts sehnlicher, als daß ich jenen Morgen noch einmal erleben könnte. Glaub mir. Ich weiß genau, daß das Scott nicht hilft, aber ich habe mir fest vorgenommen, niemals wieder über den Wert eines Menschenlebens zu urteilen.«

»Und niemals wieder die Möglichkeit auszuschließen, daß etwas, das auf den ersten Blick ganz normal aussieht, nicht unbedingt auch so sein muß.«

»Ja, das auch.«

Sie legte ihm den Arm um die Schulter und flüsterte ihm ins Ohr: »Dann ist's gut.«

»Da sind wir, mein Freund. Im wunderbaren Cleveland, Ohio.«

Eddie Garcia nahm den letzten Schluck Kaffee aus der Thermoskanne und wischte sich den Mund mit dem Handrücken ab. Er war froh, am Ziel seiner Fahrt angelangt zu sein, doch er machte sich Sorgen um seinen Mitfahrer. Bald mußte er Bob aussteigen lassen, ihm zeigen, wo der Busbahnhof war, und weiterfahren, um seine Fracht abzuladen. Dieser Mann hier neben ihm war so unselbständig wie ein Kleinkind.

Während der Fahrt hatte Eddie eine Zeitlang versucht, ihm zu helfen, sich an irgend etwas zu erinnern. Aber außer Hinweisen auf East Boston, eine Frau namens Gideon und ihr Pferd war nichts dabei herausgekommen. Eddie hatte

Bob mit Fragen bestürmt: Weshalb hinkte er; warum konnte er seine Hand nicht bewegen? Was war mit seiner Familie? Hatte er Wehrdienst geleistet? Nichts. Nicht einmal der Schimmer einer Erinnerung. Als ob ein Rasiermesser jede Verbindung zur Vergangenheit mit einem scharfen Schnitt durchtrennt hätte. Eine Zeitlang hatte Eddie mit dem Gedanken gespielt, ihn selbst nach Boston zu fahren. Doch da ihn in Cincinnati bereits eine neue Fracht erwartete, schied diese Möglichkeit aus.

Er verließ die Autobahn und lenkte den Lastwagen durch dunkle, immer schmaler werdende Straßen Richtung Buckeye Packing. Es war drei Uhr morgens, eine Stunde früher als geplant. Er kannte den Weg nicht genau, aber es blieb noch ein wenig Zeit, um etwas zu essen. Danach wollte er Bob dreißig oder vierzig Dollar geben, den Busbahnhof suchen und sich von ihm verabschieden. Immerhin hätten die meisten anderen unter ähnlichen Umständen nicht so viel für ihn getan.

Bob hatte während der Fahrt durch Indiana und Ohio die meiste Zeit geschlafen und war erst nach Lorain aufgewacht. Jetzt starrte er wieder geistesabwesend aus dem Fenster. Wenn etwas in seinem Kopf vorging, dann drang davon nichts nach außen. Doch Eddie spürte die tiefe Traurigkeit und Verwirrung des Mannes neben ihm.

»Alles o.k.?« fragte Eddie.

»Hmm.«

»Gut, denn du hast noch eine ganz schöne Strecke vor dir. Nach Boston ist es noch ziemlich weit.«

Scott kniff die Augen zu, als ihn das Licht der entgegenkommenden Autos blendete und strengte sich an, die Bilder zu ordnen, die in seinem Kopf umherschwirrten. Es gelang ihm nicht; hoffnungslos.

Sie bogen in eine breite Nebenstraße ein und hielten auf

einem weiten verlassenen Areal mit Lagerhallen und Fabriken.

»Buckeye Packing ist genau am Ende der Straße«, sagte Eddie.

»Das ist gut«, antwortete Scott mit ausdrucksloser Stimme.

»Ich dachte, wir schauen mal, ob wir hier irgendwas frühstücken können.«

Eddie fuhr keine zwanzig Stundenkilometer mehr, als er einen Mann in Arbeitskleidung entdeckte, der vor ihnen auf der Straße stand und mit einem Schild winkte. Garcia brachte den Wagen zum Stehen und kurbelte das Fenster herunter.

»Morgen«, sagte er, »was gibt's?«

Der Mann, stämmig, mit kurzgeschorenen Haaren, ging auf das Fenster zu, zog einen Revolver aus dem Gürtel und hielt in Eddie vor die Nase.

»Mach die Tür auf«, befahl er. »Und keine falsche Bewegung.«

Ein zweiter Mann, der ein Gewehr in der Hand hatte, tauchte an der Beifahrertür auf, ein dritter erschien hinter den beiden.

»He, einen Augenblick«, sagte Eddie, »ich habe Rindfleisch geladen. Nichts Wertvolles ...«

»Wir wissen, was du hast«, sagte der Mann. »Und jetzt raus hier, sonst bist du ein toter Mann.«

Eddie wandte sich an seinen Mitfahrer.

»Bob«, sagte er ruhig, »die wollen uns den Wagen klauen. Mach die Tür auf und tu, was diese Scheißkerle sagen. Ohne den Lastwagen und diese Fracht bin ich verloren, aber ich weiß nicht, was wir sonst machen sollen, verdammt.«

Langsam öffneten die beiden ihre Türen und sprangen hinaus. Der Mann, der sie angehalten hatte, offenbar der

Anführer, hielt sie in Schach und wies auf einen Durchgang zwischen den Gebäuden.

»Hier rein«, befahl er. »Tut, was ich sage, dann passiert euch nichts.«

»He, seht mal«, sagte einer der beiden anderen. »Der hier ist ein Krüppel. Du gehst wohl nur noch auf Leute los, die schwächer sind als du.«

Scott schaute ihn bloß an.

»Tu, was der Mann sagt, Bob«, flüsterte Eddie. »He, Jungs, der Lastwagen ist alles, was ich besitze.«

»In den Durchgang«, brüllte der Mann.

An die darauffolgenden Sekunden konnte Eddie Garcia sich später nur noch dunkel erinnern. Es fing damit an, daß Bob sich hinunterbeugte, scheinbar, um sich die Schuhe zuzubinden. Doch plötzlich schwenkte er mit aller Kraft seinen Arm herum und erwischte einen der Gangster am Hals, so daß der Mann wie ein Stein zu Boden stürzte. Im gleichen Moment brachte er mit seinem gesunden Bein den zweiten Mann zu Fall und versetzte ihm mit der rechten Faust einen Kinnhaken. Das Gewehr krachte auf den Asphalt, doch der Mann war noch nicht schachmatt. Er holte mit seinem Fuß aus, und Bob fiel um.

Als der Anführer der Gruppe ein wenig zu langsam den Revolver hob, trat Eddie ihn kräftig in die Hoden. Der Mann krümmte sich vor Schmerzen; Eddie schlug noch einmal zu, erwischte ihn am Oberarm und streckte ihn nieder.

Eddie wandte sich nach links, wo der zuerst getroffene Mann gerade wieder auf die Beine kam, während der zweite Bob an der Kehle gepackt hatte und ihn würgte. In diesem Augenblick sah Eddie seinem Mitfahrer ins Gesicht. Es hatte einen Ausdruck, den er sein Leben lang nicht mehr vergessen würde – nicht etwa Furcht, Wut oder Angst, und auch nicht den starren Blick, an den er sich während der langen

Fahrt gewöhnt hatte. Statt dessen schien Bob beinahe heiter, weit weg von dem, was geschah, ohne Schmerz zu empfinden. Den Mann über sich nahm er scheinbar überhaupt nicht wahr, er konzentrierte sich auf etwas ganz anderes. Bevor Eddie begriff, was los war, hatte Bob mit seinem gesunden Bein ausgeholt und das Gewehr ein Stück näher in seine Richtung gestoßen.
Eddie stürzte sich darauf und stolperte, als er danach griff. Einer der Gangster versuchte bereits zu flüchten.
Der andere, der merkte, was vor sich ging, schubste Bob beiseite, gab ihm einen Fußtritt in die Rippen und rannte davon, als Garcia abdrückte. Er hatte ihn wohl getroffen, denn er schwankte, lief dann aber weiter. Kurz darauf war er verschwunden. Als Eddie das Gewehr herumschwenkte, sprang der Mann, dem er vorher einen Fußtritt gegeben hatte, auf und rannte davon. Er zielte und drückte ab, doch der Gangster war bereits außer Reichweite. Sekunden später war der Spuk vorbei.
Zitternd und nach Luft ringend, kam Eddie auf die Beine. Bob lag auf den Knien und preßte die Hand in die linke Hüftseite.
»Alles in Ordnung, Bob?« fragte Garcia.
Scott hustete. Der stechende Schmerz in der Seite deutete auf einen Rippenbruch hin. Früher hatte er sich schon einmal die Rippen gebrochen, das wußte er. Aber wann? Und wie?
»Alles in Ordnung«, brachte er mühsam hervor.
Garcia half ihm auf.
»Bestimmt?« fragte er. »Möchtest du nicht lieber ins Krankenhaus?«
Dieses Wort brachte Scott eine Flut von Bildern ins Gedächtnis zurück, alles höchst unangenehme Erinnerungen.
»Nein«, entgegnete er barsch. »Kein Krankenhaus.«

Eddie Garcia sah ihn an.
»Ich habe noch nie jemanden so kämpfen sehen«, sagte er bewundernd. »Wer bist du?«
Scott sah ihn traurig an und schüttelte den Kopf.
»Ich weiß nicht, Eddie. Ich weiß gar nichts. Ich hatte ja gar nicht die Absicht, diese Kerle anzugreifen, es ist einfach so gekommen.«
Er hustete wieder, der Schmerz war so stark, daß er meinte, ohnmächtig zu werden.
»Ich bringe dich in ein Krankenhaus, verdammt noch mal«, beharrte Garcia.
Scott schüttelte den Kopf. »Ich muß nach East Boston«, sagte er, »es ist wichtig.«
»Wozu?«
»Ich ... ich weiß nicht.«
»Das Pferd von Mrs. Gideon?«
»Irgendwie, ja. Ich weiß nicht.«
Garcia öffnete seine Brieftasche und zog einen Hundertdollarschein heraus – beinahe alles Geld, das er besaß.
»Da«, sagte er. »In Buckeye krieg' ich 'ne Menge Geld für diese Fuhre. Daß ich überhaupt dort ankomme, das hab' ich dir zu verdanken. Schaffst du es bis zum Wagen?«
»Ich schaff's schon«, nickte Scott, der sich bei jedem Schritt mehr zusammenkrümmte.
»Dann suchen wir den Busbahnhof.« Garcia schüttelte immer noch den Kopf – bewundernd und ungläubig: »Ich kann's immer noch nicht fassen, was du da gerade gemacht hast. Einfach so mit der verletzten Hand und dem kaputten Bein. Ich kann's einfach nicht fassen.«
Eine Viertelstunde später waren sie am dunklen Busbahnhof angekommen.
»Willst du wirklich nicht noch eine Weile mit mir fahren?« fragte Garcia. »Wir könnten meine Cinci-Phoenix-Tour zu-

sammen machen und dann zu einem Arzt gehen – und herausbekommen, weshalb du dich an nichts mehr erinnern kannst.«
»Es ist schon wieder besser«, sagte Scott.
»Dann nimm, hier. Diese Nummer kannst du in Utah anrufen. Meine Mutter. Sie weiß immer, wo ich gerade bin. Wenn du irgendwas brauchst, egal, was, ruf einfach an.«
»Danke.«
»Ich habe dir zu danken, Bob. Ich bin dir eine Menge schuldig.«
»Ist doch nicht der Rede wert.«
Hinter ihnen gingen die Lichter des Busbahnhofs an. Dann wurde aufgesperrt. Eddie Garcia überlegte, ob er noch etwas tun konnte. Schließlich zuckte er die Schultern, drückte Bobs Hand einen Augenblick lang und ging dann davon. Am Lastwagen angelangt, drehte er sich noch einmal um. Bob stand noch da, zerzaust, unrasiert und ungewaschen. Als er ihn so ansah, kam es ihm vollkommen unbegreiflich vor, was Bob gerade getan hatte.
»Du weißt, wo du hin mußt, Bob?« rief er.
»In den Bus nach Boston, ich weiß.«
»Hoffentlich kommst du wieder in Ordnung, Kumpel, und findest auch das Pferd dieser Frau. Hoffentlich.«
Trotz der Schmerzen versuchte Bob zu lächeln.
»Das hoffe ich auch, Eddie«, erwiderte er tonlos. »Ich hoffe es auch.«
Garcia sprang in den Lastwagen und setzte sich ans Steuer. Als er noch einen Blick zurückwarf, war Bob schon verschwunden.

23

Die Pathologie im White Memorial bestand aus fensterlosen neonbeleuchteten Kellerräumen im Hauptgebäude. Die Abteilung war erst kürzlich renoviert worden. Allerdings schufen die neuen Stofftapeten und die künstlichen Pflanzen eine Atmosphäre, die Eric alles andere als angenehm empfand.

Es war noch nicht einmal halb neun Uhr morgens, aber die Frühschicht in der chemischen und der hämatologischen Abteilung, in der Blutbank, der Zytologie und der Histologie hatte schon begonnen. In OP-Kleidung und Arztkittel durchquerte Eric alle Abteilungen, bis er zu dem Raum kam, in dem der Toxikologe des Krankenhauses seinen Arbeitsplatz hatte. Es überraschte ihn, daß er selbst nach fünf Jahren Dienst im White Memorial noch immer eine ganze Menge Mitarbeiter nicht kannte, von deren Arbeit er Tag für Tag, Fall für Fall, abhängig war.

Zwar hatte er letzte Nacht sehr wenig geschlafen, doch er fühlte sich beflügelt und gekräftigt. Schließlich hatte seine aufgeregte Stimmung auch noch andere Gründe als die Hoffnung, an diesem Tag neue Erkenntnisse zu gewinnen: die traumhaften Erlebnisse der vergangenen Nacht. Er und Laura hatten sich endlich auch im körperlichen Sinn des Wortes geliebt. In ihrem Bett, unter der Dusche, auf dem Sessel, vor dem Fernseher und sogar auf dem Teppich. Ihre Liebe war leidenschaftlich und tastend gewesen wie bei

Teenagern, zugleich aber geduldig, phantasievoll und zärtlich wie bei alten erfahrenen Freunden.
Und schließlich waren sie gegen Morgen erschöpft eingeschlafen, eng umschlungen und mit dem Gefühl, daß ihre Leben von nun an eng verbunden waren.
Der Toxikologe des White Memorial, ein Mann namens Ivor Blunt, trug seinen Namen, der soviel bedeutete wie: grob, ungeschlacht, zu Recht. Er war zwar ein alter Hase in seinem Beruf, war aber so barsch und unwirsch, daß ihm das den Ruf eines Exzentrikers eingebracht hatte. Sein hauptsächliches Arbeitsgebiet war die chemische Analyse und die Anwendung von Schlangengiften, und es gab Gerüchte, daß er mehr als hundert verschiedene Reptilienarten in einem riesigen Terrarium bei sich zu Hause hatte.
Blunt war immer noch gekränkt, weil er, wie er es Eric gegenüber ausdrückte, »nicht gebeten worden war«, Loretta Leones Tod »mit zu untersuchen«. Anfangs sträubte sich der Toxikologe sogar, sich mit Eric über den Fall zu unterhalten. Aber auf Erics Drängen hin ließ er sich schließlich doch dazu überreden, fünfzehn Minuten seiner wertvollen Zeit für ein Gespräch zu opfern. Eric hatte sich vorgenommen, seine Schicht zu unterbrechen, um erst mit Blunt, dann mit Haven Darden zu sprechen. Nach dem Dienst wollte er so früh wie möglich in die Countway Library gehen. Inzwischen würde Laura Donald Devine und das Gates of Heaven bei der Polizei anzeigen und auch den anonymen Anruf melden. Ob sie der Polizei auch über die Schießerei in Boston berichten würde, hing davon ab, ob man ihrer Geschichte Glauben schenkte.
Blunt hatte sein Büro am anderen Ende des gleichen Gangs, auf dem auch die Autopsie lag. Die Tür, an der ein matt glänzendes schwarzes Schild DR. IVOR T. L. BLUNT angebracht war, stand einen winzigen Spalt weit offen. Als Eric

klopfen wollte, ertönte von innen die rauhe Stimme des Toxikologen:
»Komm nur rein, du schweinsköpfiger Halunke«, rief er. »Sie ist unter dem Stuhl. Unter dem Stuhl!«
Unschlüssig blieb Eric stehen und zögerte. Dann pochte er leise an den hölzernen Türrahmen. Die Tür öffnete sich ein bißchen mehr.
»Nein!« schrie Blunt.
Eric hörte, wie er auf die Tür zurannte, während eine braune Maus aus dem Zimmer herausschoß, über Erics Schuhe hüpfte und den Gang hinunterlief.
»Verdammt«, rief Blunt ärgerlich.
Es raschelte hinter der Tür, dann trat Blunt heraus. Er sah genauso aus, wie man sich einen verrückten Professor vorstellt: abgewetztes Sakko, schütteres graues Haar und dicke Brillengläser. Über seine Schultern schlängelte sich eine etwa eineinhalb Meter lange Python.
»Das war das Frühstück für Dr. Livingston hier«, meinte er trocken.
»Tut mir leid. Ich wollte nicht ...«
Da ertönte vom anderen Ende der Halle her ein schriller Schrei, dann noch einer.
»Schon gut, schon gut«, knurrte Blunt. »Sparen Sie sich Ihre Entschuldigungen für die Frauen da draußen. Als ob ich nicht schon genug Schwierigkeiten hätte.«
Er setzte die Schlange in einen großen Drahtkäfig und bedeutete Eric, Platz zu nehmen. Das Arbeitszimmer wies das typische kreative Chaos einer Studierstube auf. Eine Tabelle mit den Perioden der chemischen Elemente nahm eine ganze Wand ein, an einer anderen hingen Fotos von einer Safari in Afrika. Sonst lagen überall Bücher und Fachzeitschriften herum. Über Blunts Schreibtisch war ein Schild angebracht, auf dem stand: WENN ES AUSSIEHT WIE

EINE ENTE, WATSCHELT WIE EINE ENTE UND QUAKT WIE EINE ENTE, HAU ES IN DIE PFANNE.

»Ich danke Ihnen, daß Sie sich Zeit für mich nehmen«, sagte Eric.

»Ich bin Professor, es ist meine Aufgabe, mit Ihnen zu sprechen, also spreche ich mit Ihnen.«

»Ich möchte Sie nach Ihrer Meinung fragen – es handelt sich ...«

»Um diese Leone?«

»Ja.«

Eric breitete seine Kardiogramme aus, legte in aller Kürze seine Theorien dar und berichtete über die Ergebnisse seiner Nachforschungen. Ivor Blunt hörte aufmerksam zu, tippte aber ständig die Fingerspitzen aneinander, als ob er sagen wollte: »Jetzt machen Sie schon. Ich weiß, was Sie mich fragen wollen, und kenne die Antwort.«

»Dies hier«, sagte Eric am Ende, »sind die drei Toxine, die als mögliche Verursacher in Frage kommen. Ich würde gerne wissen, was Sie darüber denken. Außerdem möchte ich Sie fragen, wie ich diese Substanzen in Loretta Leones Blut nachweisen kann.«

Blunt sah sich die Liste eine Weile an.

»Amanita, Aconit, Tetrodotoxin«, murmelte er. »Hübsches Zeug, hübsch. Ja, also, die Antworten auf Ihre Fragen lauten: Nein, nein, nein und ja, ja, ja.«

»Wie bitte?«

»Nein, ich glaube nicht, daß eines der drei genannten Gifte dieses Krankheitsbild verursachen kann, das Sie skizziert haben. Und: Ja, ich könnte sie identifizieren, wenn sie vorhanden wären und wenn ich wüßte, wonach ich suchen muß.«

»Aber wie steht es mit den Berichten über Scheintod bei Tetrodotoxin-Vergiftung?«

»Das ist unwissenschaftlicher Quatsch.«
»Wie bitte?«
»Viel zu anekdotisch. Keine Bluttests oder ähnliches. Das sind hochkalibrige Toxine, Doktor, das versichere ich Ihnen. Und Nanogramm für Nanogramm ist Tetrodotoxin vielleicht das gefährlichste und das faszinierendste von allen. Aber meiner Meinung nach kann es den Stoffwechsel nicht so weit verlangsamen, daß ein erfahrener Arzt mit seinem modernen Diagnose-Instrumenten getäuscht wird.«
Es wurden zwei erfahrene Ärzte mit sehr modernen Instrumenten getäuscht, wollte Eric erwidern. Aber der Toxikologe war ungeduldig und wollte sein Tagespensum erledigen.
»Ich verstehe«, sagte Eric. »Noch eine letzte Frage: Wenn ich eine Blutprobe von Loretta Leone bekomme, würden Sie sie für mich untersuchen?«
»Inoffiziell könnte ich das wohl. Wie gesagt, der Leichenbeschauer hat mich in diesem Fall nicht zu Rate gezogen. Mir sagte man nur, es sei der Unfähigkeit des verantwortlichen Arztes zuzuschreiben, daß das passiert ist. Ein anderer Verdacht bestehe nicht. Wahrscheinlich hat er die Angelegenheit bereits ad acta gelegt.«
»Vielen Dank, Dr. Blunt«, sagte Eric und stand auf. »Ich danke Ihnen, daß Sie das für mich tun wollen.«
»Sagen Sie dafür den Frauen, daß das mit der Maus Ihre Schuld war.«
Eric ging hinaus und eilte in die Pathologie. Er fing bei der Sekretärin an und arbeitete sich die nächste halbe Stunde durch die gesamte Hierarchie, bis er schließlich dem Leiter der anatomischen Pathologie gegenüberstand. Es gab keinen einzigen Hinweis darauf, daß Loretta Leone überhaupt obduziert worden war: keine Aufzeichnungen (das Band müsse im Büro des Leichenbeschauers sein, hieß es), kein

Blut, nicht einmal Gewebeproben – weder in Formalin noch im Wachsblock.

Dann versuchte Eric, Roderick Corcoran anzurufen, doch in seinem Büro hieß es, Corcoran sei die beiden nächsten Wochen in Urlaub. Die Ärztin, die ihn vertrat, kannte den Fall nicht, aber versicherte, es müsse Gewebe- oder Blutproben geben, die sich noch im White Memorial befänden.

Nun erst recht in Aufregung versetzt, gab Eric nicht nach und störte verschiedene Leute bei der Arbeit, damit sie für ihn Blutproben und Organpräparate durchsahen. Er wurde von Pontius zu Pilatus geschickt – angeblich war niemand zuständig. Als er schließlich vor der Sekretärin des Abteilungsleiters stand und um ein Gespräch mit dem Chefarzt bat, wurde er in die Notaufnahme gerufen. Man brauchte ihn, um des Patientenansturmes Herr zu werden.

Als er das Büro verließ, kam ein gepflegt aussehender Herr Mitte Zwanzig auf ihn zu und sprach ihn an:

»Entschuldigen Sie, Dr. Najarian, ich wartete gerade auf Dr. Pollard, da habe ich zufällig Ihr Gespräch mit seiner Sekretärin gehört. Sie interessieren sich für die Autopsie von Loretta Leone?«

»Ja, richtig«, nickte Eric, da er annahm, der Mann sei Arzt. »Warum, können Sie mir helfen?«

»Das kommt ganz darauf an, was Sie suchen.«

»Ich bin auf der Suche nach einer Gewebe- oder Blutprobe«, erklärte er.

»Und Sie können nichts finden?«

»Nichts. Im Büro des Leichenbeschauers heißt es, die Proben sind hier, und hier heißt es wiederum, sie sind im Büro des Leichenbeschauers.«

»Das ist aber seltsam«, meinte der Mann.

»Allerdings.« Eric schaute auf seine Uhr. »Hören Sie, ich

muß jetzt nach oben. Vielleicht können wir uns später treffen? Wo sind Sie, sagen wir, in ein oder zwei Stunden?«

»Wahrscheinlich bei meiner Zeitung.«

»Was?«

»Ich arbeite für den *Herald.* Mein Name ist Cal Loomis.«

Loomis streckte die Hand zur Begrüßung aus, aber Eric ignorierte die Geste.

»Warum haben Sie mir nicht gleich gesagt, wer Sie sind?« fragte er.

Loomis lächelte.

»Sie haben mich ja nicht danach gefragt«, erwiderte er. »Wenn es möglich ist, würde ich gerne ausführlicher mit Ihnen über diese fehlenden Proben sprechen.«

»Hauen Sie ab«, sagte Eric.

Er drehte sich um und eilte den Gang hinunter.

Es war schon neun Uhr vorbei, als Laura sich aus dem Bett quälte. Jahrelang hatten ihr Männer wegen ihrer Schönheit Komplimente gemacht. Aber erst durch Eric Najarian fühlte sie sich wirklich so. Sie duschte, zog eine Hose und einen Pullover an; das war wohl dezent genug für die Polizei. Dann machte sie sich auf den Weg.

Gerade durchquerte sie die Hotelhalle, als der Portier sie zu sich herüberwinkte.

»Entschuldigen Sie, Miss Enders«, sagte er, »aber Sie haben Besuch. Er wartet schon eine ganze Weile. Ich sagte ihm, es würde Ihnen sicher nichts ausmachen, wenn er sie in Ihrem Zimmer anruft, aber er wollte lieber warten.«

Er deutete auf ein Fenster, wo ein Polizist in Uniform stand und nach draußen sah. Der Gesichtsausdruck des Portiers verriet, daß ein solcher Besucher im Carlisle nichts Ungewöhnliches war.

Der Polizist wandte sich gerade um, als Laura auf ihn zuging.

Ein junger Bursche, noch keine zwanzig, dachte sie spontan. Die Mütze war ihm etwas zu groß, und sie lächelte bei dem flüchtigen Gedanken, daß sein Dienstrevolver vielleicht ein Weihnachtsgeschenk seiner Eltern sein könnte.

»Ich bin Laura Enders«, sagte sie. »Sie warten auf mich?«

»Ja, Madam. Ich bin Officer Mayer. Captain Wheeler schickt mich, Sie abzuholen und zum Polizeirevier zu bringen. Er möchte sich mit Ihnen treffen. Es geht um Ihren Bruder.«

»Hat man ihn gefunden?«

»Ich weiß nicht, Madam. Ich soll Sie nur abholen.«

Laura störte es sehr, daß er sie ständig »Madam« nannte. Sie folgte ihm zum Streifenwagen.

»Ist Captain Wheeler für die Suche nach Vermißten zuständig?«

»Ja und nein, Madam«, entgegnete Mayer. »Er ist der Captain. Er ist für alles zuständig, wenn er will.«

»Aha.«

»Aber wenn Ihr Bruder vermißt gemeldet ist und Captain Wheeler sich für den Fall engagiert, dann haben Sie, glaube ich, gute Chancen, ihn wiederzufinden.«

»Ist Wheeler so gut?«

»Er ist der Beste, würde ich sagen. Mit Sicherheit der hartnäckigste.«

»Das ist schön zu hören. Es ist wirklich ein Zufall, daß Sie gekommen sind. Gerade wollte ich zur Polizeiwache vier, ich will nämlich Anzeige gegen den Inhaber eines Bestattungsinstituts erstatten.«

»Gewiß, Madam.«

Laura entging nicht, wie sich das Gesicht des jungen Mannes amüsiert verzog. Sicher würde es nicht leicht werden, die Polizei zu überzeugen.

Während der kurzen Fahrt zum Polizeirevier versuchte sie,

von dem jungen Mann so viel wie möglich zu erfahren. Wheeler hatte sich demnach vor allem durch seine Erfolge im Sittendezernat und in der Drogenfahndung einen Namen gemacht. Vor kurzem hatten zahlreiche Polizisten in Uniform an einer Protestdemonstration teilgenommen, weil er bei der Ernennung zum Amtsleiter übergangen worden war.
Wheelers Büro lag im zweiten Stock des Gebäudes, das Laura schon vom ersten Tag in dieser Stadt her kannte. Als der Polizist sie zum Aufzug begleitete, sah sie Wachtmeister Thomas Campbell, der gerade die Aussagen einer älteren Frau aufnahm. Dabei sah er so desinteressiert und gleichgültig drein wie damals bei Laura. Als sie den Aufzug betrat, schickte sie ein Stoßgebet zum Himmel. Hoffentlich würde bei der Unterredung mit Wheeler mehr herauskommen als ein weiterer Stapel Formulare.
»Wenn Sie bitte hier warten wollen, Madam«, sagte der Polizist und wies mit dem Kopf auf eine Bank.
Er klopfte und trat dann in das Büro von Wheeler ein. Kurze Zeit später kam er zurück, bat Laura, noch zu warten, und ging die Treppe hinunter. Vergeblich versuchte sie, ihre Aufregung und Ungeduld im Zaum zu halten. Ihre Erfahrungen mit der Polizei waren in Washington D. C. und in Boston so unerfreulich gewesen, daß sie allein schon der Gedanke daran, einem Polizisten gegenüberstehen zu müssen, der sich für Scott kein bißchen interessierte, rasend machte. Minuten vergingen, in denen sie sich verschiedene Möglichkeiten ausmalte, wie ihr Besuch bei Wheeler ablaufen könnte. Sie stellte sich vor, wie sie auf die Nachricht reagieren würde, daß Scott tot war, oder daß er Verbrechen begangen hatte.
Endlich ging Wheelers Tür auf. Ein großer Mann in Uniform, dessen Schultern fast den Türrahmen füllten, lächelte

sie an und bat sie mit einem freundlichen Nicken herein. Er war wohl um die fünfzig, hatte dickes rotes Haar, das an manchen Stellen bereits ergraute, und ein vertrauenerweckendes Gesicht.

»Dankc, daß Sie gekommen sind, Miss Enders«, begann er und streckte ihr die Hand zur Begrüßung entgegen. »Ich bin Captain Lester Wheeler.«

Laura folgte ihm ins Büro und nahm ihm gegenüber am Tisch Platz. Wheeler zog eine Schublade heraus.

»Ich wollte schon die ganze Zeit mit Ihnen sprechen«, fing er an, »tut mir leid, daß ich jetzt erst dazu komme.«

»Wissen Sie etwas über meinen Bruder?«

»Sie etwa?«

»Ich verstehe nicht, was Sie meinen.«

»Miss Enders, kennen Sie den Beruf Ihres Bruders?«

»Ich habe seit geraumer Zeit das Gefühl, daß das, was ich glaube, falsch ist«, erwiderte sie. »Er arbeitet nicht in der Computerbranche, oder?«

Der Polizist schüttelte den Kopf und lächelte.

»Nein, sagte er. »Nein, das tut er nicht – oder sollte ich lieber sagen, das hat er nicht. Ich ... verzeihen Sie, Miss Enders, aber ich habe guten Grund, anzunehmen, daß Ihr Bruder tot ist.«

Obwohl sie darauf gefaßt war, spürte sie, wie ihre Kräfte sie verließen.

»Fahren Sie fort«, sagte sie tonlos.

»Ihr Bruder war Agent der Regierung. Und ein verdammt guter, würde ich sagen. Er arbeitete mit einer Gruppe von Leuten zusammen, die ihre Befehle aus Washington erhielten. Offen gestanden, weiß ich nicht allzuviel darüber. Nur, daß aus dieser Gruppe Geheimagenten zum Beispiel für das FBI und die DEA rekrutiert werden.«

»Communigistics«, sagte Laura.

»Verzeihung?«
»Nichts. Ich glaube, ich weiß, für wen er gearbeitet hat.«
»Mag sein. Jedenfalls hat Ihr Bruder in diesem Winter für uns als Geheimagent gearbeitet. Er versuchte, an einen Ring von Drogenschmugglern heranzukommen, die unten am Hafen in East Boston operieren. Wir glauben, daß er einen großen Deal gefilmt hat, bei dem Leute beteiligt waren, die wir schon seit langem suchen.«
»Ein Videoband?« Für Laura setzten sich mit einemmal die Teile des Puzzles wie von selbst zusammen.
»Genau«, nickte Wheeler. »Wir glauben, daß Scott dabei gefaßt wurde und – tut mir leid, wenn ich es Ihnen sagen muß – vielleicht sogar gefoltert wurde.«
»O Gott.«
»Das ist ein Berufsrisiko, mit dem Ihr Bruder leben mußte.«
»Ich kann das alles gar nicht glauben.«
»Wenn Sie das so leicht glauben würden«, entgegnete Wheeler, »wäre Ihr Bruder kein sehr guter Agent gewesen.«
»Ich verstehe. Fahren Sie fort.«
»Wir wissen aus zuverlässiger Quelle, daß Scott nichts verraten hat. Ja, er hätte es beinahe geschafft, zu fliehen.«
»Wissen Sie genau, daß er tot ist?«
»Wenn Sie meinen, ob wir seine Leiche haben, so muß ich Ihnen sagen, nein. Wahrscheinlich ist er im Hafen von Boston ertrunken.«
»Vielleicht aber auch nicht«, erwiderte Laura.
Sie dachte an Erics Wiederbelebungsversuche bei dem Obdachlosen und an ihren Besuch im Gates of Heaven.
»Als Ihr Polizist mich abholen kam, war ich gerade auf dem Weg hierher, um gegen Donald Devine Anzeige zu erstatten«, sagte sie.
»Interessant«, sagte Wheeler, »sehr interessant, Miss Enders, ich weiß nicht, was es mit dieser Geschichte auf sich

hat, aber ich brauche Ihnen wohl nicht zu sagen, wie dringend wir dieses Band benötigen.«

»Ich ... ich fürchte, da kann ich Ihnen nicht helfen.«

»Ihr Bruder hat sich nie mit Ihnen in Verbindung gesetzt, in welcher Weisc auch immer?«

»Nie. Außer einem Anruf ab und zu, sind diese Postkarten alles, was ich von ihm habe.« Sie reichte ihm den kleinen Stapel von Karten aus Boston. »Aber etwas habe ich Ihnen noch nicht gesagt«, fuhr sie fort, nachdem Wheeler die Postkarten durchgesehen hatte. »Vorgestern haben Eric und ich den Hinweis bekommen, wir sollten auf den Docks von East Boston nach Spuren meines Bruders suchen.« Sie übergab ihm den Brief und erzählte genau, was geschehen war.

»Haben Sie eine Ahnung, wer Sie gerettet haben könnte?« fragte Wheeler.

»Ich dachte, Sie könnten uns da weiterhelfen?«

Der Polizist schüttelte den Kopf.

»Offenbar spielen die vom FBI ihr eigenes Spiel«, sagte er. »Wahrscheinlich haben die Sie als Köder dorthin geschickt, um die Dinge ins Rollen zu bringen. Vielleicht wußten sie, daß Scott dort im Lager arbeitete. Der Mann, der Ihnen da beigestanden ist, verfolgte Sie sicherlich schon eine ganze Weile. Miss Enders, entschuldigen Sie, wenn ich so hartnäckig bin, aber es ist äußerst wichtig. Sie haben nicht irgendeine Ahnung, wo Ihr Bruder das Videoband versteckt haben könnte?«

»Absolut nicht.«

»Gut, dann belassen wir es mal dabei«, fuhr Wheeler fort. »Sobald ich Zeit habe, will ich sehen, welche Erklärungen Ihr Freund Mr. Devine für diese Geschichte mit der Leiche hat. Und Sie glauben wirklich, daß es Ihr Bruder war?«

»Ja.«

»Gut. Ich kümmere mich darum. In der Zwischenzeit möchte ich Sie bitten, daß Sie, falls Sie in Boston bleiben, mich über neue Entwicklungen, wie diesen Brief, auf dem laufenden halten. Aber eines muß ich Ihnen noch sagen: Wenn ich Sie wäre, würde ich das nächste Flugzeug zurück zu Ihrer Insel nehmen. Es gibt offenbar Leute, die meinen, Sie wüßten, wo das Band ist. Und wenn meine Vermutungen richtig sind, werden sie keine Ruhe geben, bis sie haben, was sie wollen. Das kann ganz bös' enden.«

Laura antwortete nicht. Sie sah hinunter auf den Boden und biß sich auf die Unterlippe. Eine tiefe Traurigkeit überkam sie. Zwar waren Verwirrung und Ungewißheit verschwunden, aber sie fühlte sich bedrückt und ohne Hoffnung. Sie hatte jetzt keinen Zweifel mehr daran, daß Scott nicht mehr lebte, und sie wußte jetzt, wie er gestorben war. Bestimmt war die Verkleidung als Obdachloser Teil seiner Geheimdiensttätigkeit gewesen. Außerdem war klar, daß er auf der Flucht vor seinen Verfolgern den Tod gefunden hatte: Tod durch Erfrieren oder durch innere Verletzungen.

Erics Vermutung, daß vielleicht ein Gift im Spiel gewesen war, führten da auch nicht weiter. Die Ähnlichkeiten zwischen dem Kardiogramm von Scott und dem von Reed Marshalls Patientin waren reiner Zufall. Was sie betraf, so blieb nun nur noch diese nebensächliche Geschichte mit Donald Devine und die Frage, was er mit den Leichen anstellte. Hinzu kam, daß Captain Lester Wheeler nur mäßig an dieser Frage interessiert war.

Also versprach sie, mit ihm zusammenzuarbeiten, bedankte sich für die Hilfe und ging. Insgeheim aber schwor sie sich, nicht eher zu ruhen, bis sie den Kampf mit dem Gates of Heaven bis zum Ende ausgefochten hatte.

24

Laura verließ das Polizeipräsidium und schlenderte die Tremont Street entlang auf den Common zu. Sie hatte kein besonderes Ziel, sondern nur den Wunsch zu gehen, bis ihre Füße sie nicht mehr trugen. Sie dachte an ihre Eltern und lächelte bei der Vorstellung, was sie wohl davon gehalten hätten, daß ihr Sohn sich einen solchen Beruf ausgesucht hatte. Sie hatten Scott bedrängt, doch auf die Landwirtschaftsschule zu gehen.

Sie ging den Common entlang Richtung Combat Zone und Chinatown. Einer plötzlichen Eingebung folgend, blieb sie an einer Telefonzelle stehen und versuchte, Eric im White Memorial anzurufen. Als die Telefonistin sie bat, noch eine Münze nachzuwerfen, während sie wartete, legte sie auf. Später am Abend würde sie ja noch genug Zeit haben, ihm alles zu erzählen.

Sie überquerte die Kreuzung an der Harrison Avenue und entfernte sich immer weiter von der Innenstadt. Die Hoffnung, die sie vorher empfunden hatte, war wie weggeblasen. Ihre Suche nach Scott war nun praktisch zu Ende. Jetzt blieb ihr nur noch die undankbare Aufgabe, herauszubekommen, was mit seiner Leiche geschehen war. Der Gedanke, daß ihr Bruder einen geheimnisvollen und aufregenden Beruf hatte, machte ihr die Sache leichter. Sie malte sich aus, wie viele Leben er in seinem Kampf gegen Drogendealer und Killer gerettet hatte.

Eine Gruppe Jugendlicher, die auf einer Vortreppe saßen, pfiffen ihr nach und riefen ihr schmutzige Bemerkungen zu. Aber Laura hörte es gar nicht. Sie betrachtete ihr Spiegelbild in einer Schaufensterscheibe. Scott hatte in seinem Leben eine Menge geleistet. Sie dagegen war jahrelang nur um sich selbst gekreist. Vielleicht war jetzt die Zeit gekommen, *ihre* Fähigkeiten auf die Probe zu stellen, indem sie anderen Menschen half. In Massachusetts gab es eine ausgezeichnete Schule für Krankengymnasten. Wenn es Eric durch ein Wunder doch noch gelänge, im White Memorial zu bleiben, dann könnten sie zusammenleben, während sie zur Schule ging.

Auf der anderen Straßenseite hatte sie ein Secondhand-Geschäft entdeckt, das sie sich anschauen wollte. Sie trat auf die Fahrbahn. Aus der Ferne drang der aufheulende Motor eines Autos an ihr Ohr. Aus dem Augenwinkel nahm sie wahr, daß sich etwas auf sie zubewegte. Als sie die drohende Gefahr erkannte, war es auch schon zu spät.

»Laura, Achtung!«

Der Ruf – die Stimme eines Mannes irgendwo hinter ihr – verwirrte sie nur noch mehr, so daß sie jetzt gar nicht mehr wußte, was sie tun sollte.

Wie erstarrt blieb sie mitten auf der Straße stehen. Ein großes schwarzes Auto näherte sich mit beängstigender Geschwindigkeit und kam direkt auf sie zu. Laura drehte sich um und fing an zu rennen. Aber der Fahrer des Wagens mußte das Lenkrad nur etwas drehen, um sie genau zwischen den Scheinwerfern zu behalten. Ein Gedanke schoß ihr durch den Kopf – warum konnte sie nicht über die Motorhaube springen und so dem Aufprall entgehen? Noch bevor sie etwas tun konnte, spürte sie plötzlich einen Stoß; nicht von vorne, sondern von hinten. Starke Hände schubsten sie unsanft in den Rücken, so daß sie auf den Gehsteig fiel. Jetzt war sie außer Reichweite des Wagens. Beim Fallen drehte sie sich um die eigene Achse und knallte mit der Schulter auf das Pflaster. Im gleichen Augenblick erfaßte das Auto den Mann, der sie von der Fahrbahn gestoßen hatte. Sein Körper prallte von der Kühlerhaube ab, schlug auf dem Dach knapp über der Windschutzscheibe auf und wurde dann mehrere Meter durch die Luft gewirbelt. Er fiel mit einem dumpfen Knall zu Boden, während die schwarze Limousine mit quietschenden Reifen davonbrauste.

Laura schnappte nach Luft. Ohne auf die Schürfwunden an Beinen und Ellbogen zu achten, kroch sie auf allen vieren zu dem Mann hinüber. Er lag leblos auf dem Rücken; den Kopf, der in einer unnatürlichen Verrenkung abgeknickt war, mitten in einer Blutlache. Rote Rinnsale flossen ihm aus beiden Ohren.

Laura kämpfte gegen die aufsteigende Ohnmacht und den Brechreiz an. Schon strömten aus allen Richtungen Schaulustige herbei. Erst jetzt erkannte sie, daß der Mann, der da am Boden lag – der Mann, der ihren Namen gerufen hatte, bevor er für sie sein Leben opferte –, eine braune Windjacke trug.

»Bleiben Sie liegen.« »Nein, lassen Sie sie doch.« Alles in Ordnung?« »Hat schon jemand den Krankenwagen gerufen?« »Scheiße, schau dir mal den an.« »Hat sich jemand die Autonummer gemerkt?« »Hören Sie, ich kenne mich aus mit Toten, der hier ist mausetot, das sag ich Ihnen.« »Bleiben Sie ruhig, Miss. Alles wird wieder gut.« »Schau mal, er hat eine Pistole in seiner Gürteltasche.«

»Mir geht es gut«, hörte sich Laura sagen. »Bitte, helfen Sie ihm, wenn Sie können, mir fehlt nichts.«

»Miss, dem kann keiner mehr helfen, der braucht nur noch einen Priester.«

Als Laura den Revolver im Gürtel des Mannes sah, wußte sie,

daß er es gewesen war der ihre Angreifer auf den Docks von East Boston abgewehrt hatte. Trotz der Einwände einiger Umstehender rappelte sie sich auf und betastete vorsichtig ihre Arme und Beine.

»Bitte, lassen Sie mich in Ruhe. Lassen Sie mich doch in Ruhe«, bat sie.

Sie kniete neben dem Mann nieder, und als sie keinen Pulsschlag mehr spürte, suchte sie in seinen Jeans nach einer Brieftasche. Aus seiner rechten Vordertasche zog sie ein schmales Etui heraus, auf dem sie dann auch seinen Namen fand: Roger Ansell aus Ocala, Florida. Laura wußte, daß dieser Paß gefälscht war. Sie sah in sein wachsbleiches Gesicht.

»Du hast Scott gekannt«, flüsterte sie. »Du wolltest mir helfen, ihn zu finden.«

Sanft drückte sie ihm die Augen zu. Aus der Ferne drang Sirenengeheul an ihr Ohr. Dann stand sie auf und ging langsam durch die dichte Menschentraube hindurch. Am anderen Ende der Straße näherte sich das Blaulicht eines Streifenwagens. Auf keinen Fall wollte sie jetzt Aufsehen erregen. Unauffällig bahnte sie sich ihren Weg durch die Menge. Offenbar fiel niemandem auf, daß sie in den Unfall verwickelt gewesen war. Laura verschwand in einer Seitenstraße und hielt ein Taxi an.

Nichts wie weg von hier, dachte sie, lehnte sich im Sitz zurück und versuchte verzweifelt, die Ereignisse in ihrem Kopf zu ordnen: Was war eigentlich geschehen? Und weshalb? Sie hätte gern geglaubt, daß der Amokfahrer ein Verrückter gewesen war; betrunken oder high. Allerdings überzeugte sie das nicht. Irgend jemand wollte sie umbringen – jemand, der ihr folgte, wie es Roger Ansell getan hatte. Sicherlich wußte derjenige, wer immer es war, auch, wo sie wohnte. Und wußte er auch von Eric?

Sie ließ das Taxi an einer Telefonzelle halten und rief noch einmal im White Memorial an. Diesmal erfuhr sie, daß Eric sich abgemeldet hatte und für den Rest des Tages nicht mehr erreichbar war. Sie ließ das Taxi noch eine halbe Stunde weiterfahren, dann bat sie den Fahrer, in die Harrison Street zurückzufahren. Noch immer stand eine Polizeistreife an der Ecke in der Nähe des Unfallorts. Die Untersuchungen waren also noch nicht abgeschlossen. Doch ansonsten machte die Straße einen ganz normalen Eindruck, so als ob die schrecklichen Ereignisse nichts als ein böser Spuk gewesen waren.

Laura zog verschiedene Möglichkeiten in Erwägung und entschloß sich schließlich, in die Boylston Street zu fahren. Sie stieg die schmutzigen Stufen zu Bernard Nelsons Büro hinauf. Eine halbe Stunde später saß sie bereits neben dem Detektiv in einem Volvo und fuhr mit zu ihm nach Hause in South Shore. Nelson kaute an seinem Zigarrenstummel, während sie ihm in allen Einzelheiten erzählte, was seit ihrer Ankunft in Boston alles geschehen war.

»Sie haben einiges erreicht, Kleine«, lobte Nelson, »und das in einer sehr kurzen Zeit. Mich beeindruckt man nicht so leicht, aber Sie haben es geschafft. Ich spiele schon lange mit dem Gedanken, eine Mitarbeiterin anzustellen. Hätten Sie Interesse an diesem Job?«

»Ich werde es mir durch den Kopf gehen lassen«, antwortete Laura, unsicher, ob das Angebot ernst gemeint war.

»Und nun?« fragte Nelson, »was haben Sie jetzt vor?«

»Ich weiß nicht genau. Ich denke, es ist nicht viel damit gewonnen, wenn ich zu Captain Wheeler gehe.«

»Der Meinung bin ich auch. Jedenfalls hat es damit keine Eile.«

»Ich denke, ich sollte diesen Harten in Virginia anrufen.«

»Vielleicht. Aber ich würde mir nicht allzu viel von ihm

erwarten. Der gibt so schnell nichts zu. So läuft das bei denen. Ich glaube, daß er für den Brief an Sie verantwortlich ist. Und ich möchte wetten, daß er Sie für den Mörder Ihres Bruders als Köder benutzen wollte. Der Mann, der heute getötet wurde, sollte Sie vermutlich beschützen.«

»Das ist ja furchtbar.«

»Der Zweck heiligt die Mittel – so heißt ihre Devise –, vor allem, wenn einer ihrer Leute vermißt wird oder ums Leben gekommen ist.«

»Was also?«

»Na ja, ich weiß nicht, was Sie vorhaben, aber ich glaube, daß dieser Devine irgendwie seine Finger mit im Spiel hat. Ich würde ihm gerne mal in seinem Büro einen Besuch abstatten.«

»Und wie kommen Sie auf die Idee, daß er mit Ihnen redet?«

»Wer hat denn gesagt, daß ich mit ihm reden will?«

»Sie meinen, Einbruch?«

»Hey, immer langsam mit solchen Ausdrücken. Wir nennen das die Suche nach der Wahrheit.« Er nickte bescheiden. »Und das ist meine Spezialität.«

»Darf ich mitkommen?«

»Eigentlich besser nicht. Aber wenn Sie sowieso bald bei mir anfangen, dann könnten Sie sich ja jetzt schon einarbeiten.«

»Wann?«

»Sobald ich sicher weiß, daß er nicht zu Hause ist. Maggie kümmert sich um Ihre Kratzer und macht Ihnen was Feines zu essen. Am Nachmittag rufen wir dann bei Devine an. Falls nötig, schicken wir ihn irgendwo nach außerhalb, um eine Leiche abzuholen.«

»Und das Honorar? Wie üblich?«

»Eigentlich«, erwiderte Nelson, während er von der Autobahn abfuhr, »ist die Suche nach der Wahrheit ein bißchen teurer.«

Haven Dardens Büro und seine Labors erstreckten sich beinahe über den ganzen vierten Stock des Proctor Research Building. Eric traf den Leiter der Abteilung über ein Mikroskop gebeugt an. Neben ihm arbeitete ein Assistent im weißen Kittel, abcr sonst war niemand da.

Darden musterte ihn, murmelte einen Gruß und wandte seine Aufmerksamkeit wieder dem Mikroskop zu.

»Das ist die reine Idiotenarbeit«, stöhnte er. »Schon ein Pennäler könnte das machen ... aber den kann ich mir leider nicht leisten. Also sitze ich selbst hier.«

»Geld ist immer knapp.«

»Da haben Sie recht.« Darden machte sich noch eine Notiz, dann riß er sich von seiner Arbeit los. »Also, es sieht ganz so aus, als hätte sich Dr. Marshall da in eine knifflige Situation gebracht. Für die Stelle in der Notaufnahme ist er ja wohl jetzt aus dem Rennen. Und für Sie sieht es ganz gut aus.«

»Ich rechne mit gar nichts. Ich fürchte aber, daß gewisse Leute hier im Krankenhaus nichts unversucht lassen werden, damit ich so rasch wie möglich hier das Feld räume.«

»Könnten Sie sich bitte deutlicher ausdrücken?«

»Bald. Bald wird es mir ein Vergnügen sein. Doch im Augenblick habe ich Dringlicheres zu tun.«

»Und das wäre?«

»Reed Marshall wieder an seinen alten Job zurückzuholen.«

»Meinen Sie das im Ernst?«

»Ja.«

»Also, soweit ich sehe, hat Dr. Marshall einen gravierenden Fehler begangen.«

»Da bin ich nicht so sicher.«

»Was meinen Sie damit?«

Eric lehnte sich gegen den Labortisch aus grauem Schiefer. »Dr. Darden, ich bin hierher gekommen, weil ich hoffte, Sie könnten mir etwas über Tetrodotoxin sagen.«
Dardens dunkle Augen funkelten. »So, Sie tippen also auf Scheintod?« lächelte er.
Eric legte die Kardiogramm-Ausdrucke auf den Tisch. »Das da ist von der Frau, die Reed für tot erklärt hat, und das andere hier stammt von einem Mann, den ich selbst im Februar für tot erklärt habe.«
»Der ist aber nachher nicht wieder auferstanden?«
»Das kann ich Ihnen nicht mit Bestimmtheit sagen. Sein Leichnam ist verschwunden.«
»Wie bitte?«
»Ich konnte die Spur bis zu einem Bestattungsinstitut hier in der Nähe verfolgen. Aber es sieht ganz so aus, als ob der Bestattungsunternehmer in ein illegales Geschäft mit Leichen verwickelt ist.«
»Das ist ja faszinierend!« sagte Darden. Er klappte sein Notizheft auf. »Möchten Sie nun mit mir über diesen Schurken von Bestattungsunternehmer sprechen, oder wollen Sie einen Schnellkurs in Voodoo?«
»Im Augenblick lieber den Schnellkurs«, erwiderte Eric. »Aber ich hoffe, auch bald mit Ihnen über das andere reden zu können.«
»Aber selbstverständlich. Ich habe im Moment wenig Zeit, und deshalb kann ich Ihnen nur einen stark verkürzten Kurs anbieten.«
»Besser als gar nichts.«
»Aber ich warne Sie, ich werde Ihnen nicht das erzählen, was Sie gerne hören wollen.«
Sie gingen an den Schiefertischen entlang, auf denen Instrumente und Inkubatoren im Wert von mehreren tausend Dollars ungenutzt herumstanden. Dann kamen sie zu Dar-

dens geräumigem Büro, von dem aus man auf den Charles sehen konnte.

»Ich bin viel lieber hier als in der Inneren Medizin«, erklärte er.

»Das kann ich gut verstehen.«

»Der Ausblick hat so einen beruhigenden Effekt, finden Sie nicht auch?« Er sah einen Augenblick hinaus auf den Fluß; dann wandte er sich wieder Eric zu. »Ach ja, wir wollten ja über Voodoo sprechen.«

»Kennen Sie sich da gut aus?«

Darden lächelte vielsagend.

»Kann man sich damit überhaupt gut auskennen? Vermutlich halten mich einige für eine Art Experten. Zwar habe ich Haiti schon als Kind verlassen, aber ich habe eine kleine Klinik in Port-au-Prince und viele Verwandte in Cap-Haitien an der Nordküste. Meine Frau, meine Tochter und ich, wir fahren oft zu Besuch dorthin.«

»Und glauben Sie an Zombies?«

»In Haiti, ja. Daran habe ich keinen Zweifel. Leute, die ein Verbrechen begangen haben, werden von einem Volksgericht schuldig gesprochen. Diesem Gericht steht ein *houngan*, ein Priester vor. Die Täter erfahren dann, daß sie zum Tod bei lebendigem Leib verurteilt sind. Und ihr Glaube an Haiti und seine Kultur und an die Macht des *houngan* sind so groß, daß sie im wörtlichen Sinne keine Kraft aufbringen, sich ihrem Schicksal zu widersetzen. Es wird ihnen dann *coup poudre* verabreicht – ein magisches Pulver. Bald darauf fallen sie in Trance und werden für einige Zeit begraben. Wenn sie dann in diese Welt zurückgeholt werden, sind sie gewöhnlich geistig und körperlich stark eingeschränkt.«

»Durch dieses Zombie-Gift, dieses *coup poudre*?«

Darden schüttelte den Kopf.

»Ich glaube an Hypnose und an die Kraft des Geistes«, sagte

er. »Wer im tiefsten Innern seines Wesens davon überzeugt ist, man habe ihm den Tod angehext, stirbt tatsächlich. Und derjenige, der glaubt, als Untoter herumwandeln zu müssen, wird so tun. Ich habe Menschen gesehen, die unter Hypnose einen heißen Schürhaken berührt haben und bei denen sich erst nach der Berührung mit einem Radiergummi eine Blase bildete. Ich habe Yogis erlebt, die stundenlang in einem Sarg eingeschlossen waren, ohne daß ihnen etwas geschehen wäre. Aber ein Gift, das aus einem Lebenden einen Zombie macht – das gibt es leider nicht.«

»So betrachten Sie das alles vom psychologischen Standpunkt aus – als kulturelles Phänomen, und nicht als etwas Biochemisches?«

»Tetrodotoxin ist eine ungeheuer giftige Substanz. Nur erfahrene japanische Küchenchefs können Fugu zubereiten, ohne daß das tödliche Auswirkungen hätte. Aber ein *houngan*, der in einer irdenen Schale oder in einer Blechbüchse Fisch zerkleinert und diesen dann auf die Haut eines Opfers streicht, kann sich der Grenze zum Tod nicht nähern, ohne sie wissenschaftlich belegbar zu überschreiten. Möglicherweise kann er seine hypnotischen Kräfte durch eine kleine Menge einer Chemikalie steigern, aber bestimmt verwendet er nicht das, was Sie meinen. Es gibt kein *kontrollierbares* metabolisches Toxin, und demnach gibt es auch kein echtes Zombie-Gift. So einfach ist das.«

»Gibt es Untersuchungen über die Auswirkungen von Tetrodotoxin auf die Herzgefäße?«

»Ach, Sie mit Ihrem EKG. Ich schlage Ihnen vor, sich mit einem ihrer Freunde aus der Kardiologie zusammenzusetzen. Der wird Ihnen erklären, daß solche Werte im Endstadium gar nicht ungewöhnlich sind. Wie oft messen wir solche Werte und kümmern uns nicht weiter darum.«

»Mag sein«, erwiderte Eric.

»Sie sind wohl immer noch nicht überzeugt?«

»Es steht eine Menge auf dem Spiel. Die berufliche Laufbahn von Reed Marshall zum Beispiel.«

»Also, ich kann Ihnen nicht mehr dazu sagen. Vor ein paar Jahren hat ein Ethnobotaniker in Harvard mit seiner Theorie über Tetrodotoxin und Zombies eine Menge Staub aufgewirbelt. Seither gab es unzählige Artikel, die seine Ergebnisse in Frage stellen.«

»Das hat auch Dr. Blunt gesagt.«

»Dann haben Sie also schon mit ihm gesprochen?«

»Ja.«

»Und er ist auch meiner Ansicht?«

»Ja.«

»Was brauchen Sie denn dann noch, um sich überzeugen zu lassen?«

Eric stand auf und packte seine Aufzeichnungen ein.

»Bis jetzt habe ich noch Zweifel«, sagte er.

»Ich versichere Ihnen, Eric, niemand hier weiß auf diesem Gebiet so gut Bescheid wie Dr. Blunt und ich.«

»Ich habe heute einen freien Abend und einen Benutzerausweis für die Countway Library. Vielleicht kann ich wenigstens ein paar Lücken schließen.«

»Vielleicht, ja«, nickte Haven Darden und sah ihn nachdenklich an. »Vielleicht.«

25

Von dem Tag an, als Eric die Countway Medical Library zum erstenmal betreten hatte, war das weiträumige, prächtige Gebäude mit seinen großen Treppen und seinen Glaskabinen ein ganz besonderer Zufluchtsort für ihn geworden. Ob er zwischen den Regalen suchte oder in einer Kabine über Stößen von Büchern brütete – die Stunden vergingen wie im Flug. Als er einmal einen besonders interessanten Fall untersucht hatte, war er so oft abends der letzte in der Bibliothek gewesen, daß ihm eine Bibliothekarin den Spitznamen »akademischer Nachtfalter« verpaßt hatte.

Es war früh am Abend. Eric breitete seine Notizzettel auf einem Schreibtisch neben dem Katalog aus und arbeitete sich durch die Karteikarten, um die umfangreiche Bibliographie zu sichten, die er zu dem Thema gefunden hatte. Dieses System, das er sich während des Studiums angeeignet hatte, ersparte ihm Zeit und die dauernde Rennerei zu den Regalen: Er schrieb sich die Signatur des Buchs und den Standort der Bände, die ihn interessierten, auf Kärtchen und ordnete sie dann nach den verschiedenen Abteilungen.

The Indian Journal of Medical Research … Toxicon … Caribbean Quarterly … Viele der Titel waren so ausgefallen, daß man sie nur in Einrichtungen wie der Countway Library in einer Stadt von der Größe Bostons ausleihen oder bestellen konnte. Eric begann mit Aconit und fuhr dann mit Amanita fort. Während Eric sich von Regal zu Regal arbeitete und staubige Bücher an seinen Schreibtisch schleppte, dämmerte es draußen schon. Nach zwei Stunden hatte er so viel über diese beiden Gifte gelesen, daß er sie mit großer Gewißheit ausschließen konnte. Nun blieb nur noch Tetrodotoxin übrig.

Pharmacologic Reviews ... Kyusha University Medical News ... Ethnopharmacology ... Eric streckte sich, um die verkrampften Muskeln zu lockern, und machte sich an die Endphase seiner Nachforschungen. Nach einer halben Stunde vergeblichen Suchens war er vollkommen ratlos. Viele der Bände seiner Bibliographie – und zwar über die Hälfte – fehlten in den Regalen. Er dachte an die verschwundenen Blut- und Gewebeproben von Loretta Leone und vergewisserte sich bei der Bibliothekarin, daß keiner dieser Bände aus der Bibliothek ausgeliehen werden konnte. Sie waren also entweder gestohlen worden oder wurden von jemand anderem in der Bibliothek benutzt.

Diebstahl, so erfuhr Eric, war zwar ein Problem, kam aber hier in der Countway Library weitaus seltener vor als in anderen Bibliotheken. Und so suchten er und die Bibliothekarin gemeinsam in den Regalen und sahen auch auf jedem Tisch nach. Schon nach wenigen Minuten kam die junge Bibliothekarin erleichtert auf ihn zu: Die Bände, und zwar alle, waren in Gebrauch. Sie deutete auf einen Tisch, der am anderen, entlegensten Ende des Raumes stand. Hoch aufgetürmte Stapel von Zeitschriften verdeckten den Benutzer.

Eric dankte der Bibliothekarin, ging zielstrebig an den Katalogkästen vorbei und spähte über die Büchertürme. Eine junge Schwarze, die ihr Haar in einem Knoten trug, las einen Aufsatz im *Journal of Tropical Diseases* und machte sich

Notizen. Eric wartete ein paar Sekunden, bevor er sich mit einem Räuspern bemerkbar machte. Die junge Frau schrieb zuerst ihren Satz zu Ende und blickte dann auf.
Sie war Anfang oder Mitte Zwanzig und eine beeindruckende Erscheinung; große schwarze Augen, ein glattes, wohlgeformtes Gesicht, das eine überwältigende Sinnlichkeit verriet. Sie trug reich verzierte goldene Ohrringe und eine Kette aus Glasperlen, die sie vermutlich bei einem Straßenhändler auf der Boylston Street oder dem Harvard Square gekauft hatte und die ihr gut standen.
»Hallo«, sagte Eric zaghaft. »Ich habe Sie gesucht.«
»Mich?«
Ihr Blick war weniger offen, als er erwartet hatte, und hinter ihrer auffallenden Schönheit ahnte Eric eine Entschlossenheit, die ihm ein gewisses Unbehagen verursachte. Als sie sich zurücklehnte, erkannte er, daß sie Jeans und einen weiten beigen Pullover trug. Sie war schlank und trotzdem ziemlich vollbusig.
»Eigentlich habe ich das hier gesucht«, fuhr er fort und deutete auf die Bücher. Dabei fragte er sich, ob man ihm die Nervosität, den trockenen Mund und die belegte Zunge beim Sprechen anmerkte.
Die junge Frau musterte ihn einen Augenblick lang neugierig und sagte dann kurz: »Nehmen Sie, was Sie brauchen. Aber bringen Sie die Bücher zurück, wenn Sie fertig sind.«
»Vielen Dank, das ist sehr freundlich.« Eric klemmte sich einige der Bände unter dem Arm, und die junge Frau beugte sich wieder über ihre Notizzettel. »Studieren Sie Medizin?« fragte er und suchte nach einem Vorwand, um ein Gespräch anzufangen.
»Ich schreibe meine Doktorarbeit«, antwortete sie, ohne aufzublicken.

»Aha.«

Er wartete noch einen Augenblick, zuckte dann die Schultern und wandte sich zum Gehen.

»Verzeihung«, hörte er sie sagen. »Ich wollte nicht unhöflich sein. Ich stehe nur wahnsinnig unter Zeitdruck und muß die Arbeit bald fertig haben.«

»Ich verstehe«, nickte er und sah sie an. »Schreiben Sie über Toxikologie?«

»Wenn man so will, ja.« Sie ließ geistesabwesend ihre Finger über einen Bücherstapel gleiten. »Ich arbeite in der ethnologischen Fakultät der Boston University. Mein Thema ist die Verwendung pharmakoaktiver Substanzen in religiösen Riten bestimmter Länder der Dritten Welt.«

Du bist so wunderschön. Eric konnte die Worte gerade noch herunterschlucken. Wahrscheinlich wäre er nicht der erste gewesen, der dies gesagt hatte. Es war wie ein Reflex.

»Ja, dann, vielen Dank«, sagte er statt dessen. »Ich bringe die Bände zurück, sobald ich damit fertig bin. Sind Sie noch lange hier?«

»Wahrscheinlich bis geschlossen wird.«

»Dann also bis später.«

Wieder mußte sich Eric zwingen, seinen Blick von ihr loszureißen. Eigentlich war er ja glücklich in Laura Enders verliebt, aber wahrscheinlich hätte auch der treueste Ehemann der Welt in dieser Situation ganz ähnlich reagiert.

In der folgenden Stunde ging er noch zweimal zum Tisch der jungen Frau hinüber, um Bücher auszutauschen. Jedesmal erfuhr er ein bißchen mehr über sie. Sie hieß Anna Delacroix, hatte gerade die notwendigen Seminare an der Boston University beendet und fing nun mit der Doktorarbeit an. Ihr Thema waren Übereinstimmungen im rituellen Gebrauch von Rauschmitteln zwischen afrikanischen Kulturen und denen der Neuen Welt. Anna war viel gereist, zuerst

als Fotomodell quer durch Europa und Asien; dann ganz allein durch Afrika und die Karibik.
Erics anfänglicher Eindruck von ihrer Entschlossenheit bestätigte sich immer mehr.
»Das klingt alles sehr aufregend«, meinte er, als er zum drittenmal an ihren Tisch kam.
»Ich habe auf meinen Reisen Dinge gesehen, die Sie gar nicht glauben würden«, sagte sie beiläufig.
»Zum Beispiel?«
Neugierig machte Eric einen Schritt auf ihren Tisch zu.
Anna Delacroix hörte auf zu schreiben und sah ihn genauso neugierig an wie zuvor. Vielleicht überlegte sie sich, ob es sich lohnte, ihm ihre Geschichten zu erzählen. Dann sagte sie lakonisch: »Ich habe einen Mann gesehen, der fliegen konnte.«
Mittlerweile kannte Eric sie zu gut, um ihr zu widersprechen. Und auch in ihrem Verhalten, ihrer Stimme und dem beinahe mystischen Glanz in ihren Augen lag nichts, was darauf hingewiesen hätte, daß Sie ihn auf den Arm nahm.
»Erzählen Sie mir doch bitte davon«, bat er.
»Wollen Sie es wirklich hören?«
»Bitte, ja.«
»Dann setzen Sie sich. Kennen Sie das Land Gabun?« fragte sie.
Sie sah ihm jetzt geradewegs ins Gesicht, und ob ihn nun ihre Schönheit oder die Begeisterung in ihren Augen verwirrte – er hatte Mühe, diesem Blick standzuhalten.
»Ich weiß nur, daß es in Afrika liegt«, entgegnete er.
»Genauer gesagt, an der Küste, in Westafrika. Ich hatte von einem Priester im zentralen Hochland dieses Landes gehört, der in die Luft aufsteigen konnte, und ich habe mich auf die Suche nach ihm gemacht.«
»Sind Sie ganz allein dahin gefahren?«

»Wenn es nötig ist, Dr. Eric, dann kann ich ganz gut auf mich selber aufpassen. Ich habe das Dorf gefunden und den Mann kennengelernt. Wir haben uns nächtelang unterhalten. Aber es dauerte zwei Wochen, bis er mir zeigte, was für Fähigkeiten er hatte. Eines Abends, kurz nach Sonnenuntergang, als der Himmel noch hell war, stieg er auf einen aus Bambusrohr gebauten Turm hinauf. Ganz oben, in dreißig Meter Höhe, befand sich eine Plattform. Einige Minuten lang stand der Priester am Rande dieser Plattform, die Arme wie Flügel ausgebreitet. Von meinem Platz aus sah ich, daß er sich wie ein schwarzes Kreuz vom Himmel abhob, der tiefblau war, wie ich es noch nie erlebt hatte. Es war ein unglaublicher, ein wirklich ungeheuerlicher Anblick. Dann beugte er sich einfach vor und schwebte von der Plattform.«
Eric versuchte, sich nichts anmerken zu lassen, aber er wußte, daß ihr sein ungläubiger Gesichtsausdruck nicht entgangen war.
»Um gleich die Fragen zu beantworten, die Sie aus Höflichkeit nicht stellen«, fuhr sie fort, »nein, ich hatte keine Drogen genommen. Er allerdings schon, obwohl er mir nicht sagen wollte, was es war. Er brauchte vielleicht zehn Minuten, um wieder herunterzukommen. Nicht viel länger. Ich war so gebannt von dem Anblick, daß ich das Zeitgefühl vollkommen verloren hatte.«
»Keine Tricks?«
Sie schüttelte den Kopf. »Keine Tricks«, wiederholte sie. »Wenigstens nicht solche, wie Sie meinen.«
»Fotos?«
»Das wollte er nicht. Und ich, ehrlich gesagt, auch nicht. Weder er noch ich hatten den Wunsch, die Welt von seinen Fähigkeiten zu überzeugen. Er kannte sie, und sein Stamm und ich auch; das genügte.«
»Und jetzt weiß ich auch davon«, meinte Eric.

»Ja, aber Sie glauben mir nicht. Das sehe ich Ihnen an.«
»Vor nicht allzu langer Zeit hätten Sie damit recht gehabt. Damals hätte ich Ihre Geschichte nicht glauben wollen, sie gar nicht glauben können. Im Moment sehe ich wahrscheinlich eher erstaunt aus, vielleicht noch ein wenig skeptisch, aber nicht ungläubig. Ich bin ein guter Arzt, Anna; trotzdem quäle ich mich hier durch diese Bücher. Und das, weil ich immer mehr zu der Überzeugung komme, daß ein Freund und ich vor kurzem Patienten in unserer Klinik für tot erklärt haben, die in Wahrheit noch am Leben waren.«
Die Frau starrte nachdenklich auf die Bücher. Dann nickte sie und lächelte vielsagend:
»Tetrodotoxin«, sagte sie fast ehrfürchtig.
»Genau. Kennen Sie sich damit aus?«
»Ja. Zum einen wird wahrscheinlich ein ganzes Kapitel meiner Arbeit davon handeln. Und zum anderen habe ich haitianische Vorfahren – mein Vater, den ich nie kennengelernt habe, soll dort geboren sein.«
»Glauben Sie, daß die Droge die Kraft hat, die Stoffwechselfunktionen zu verlangsamen, ohne sie völlig zum Erliegen zu bringen? Kann sie einen Menschen in einen todesähnlichen Zustand versetzen, ohne ihn zu töten?«
»Glauben Sie denn daran?«
»Ich ... ich weiß nicht, was ich glauben soll.«
Anna Delacroix hatte wieder diese flammende Begeisterung in ihrem Blick.
»Die Droge kann genau das bewirken ... ja, noch mehr«, erklärte sie.
Eric spürte ihre Kraft, ihre Energie. Er wischte sich mit dem Handrücken über die schweißnasse Stirn.
»Woher wissen Sie das?« fragte er heiser. »Haben Sie einen Beweis? Einen Beweis im wissenschaftlichen Sinn?«
Mehr als eine Minute lang schwieg sie. Eric beobachtete ihr

schönes Gesicht, ihren wohlgeformten Mund, und er betete im stillen, daß sie ihm sagen würde, was sie wußte.
Schließlich nahm sie eine Karteikarte, schrieb eine Adresse darauf und reichte sie ihm.
»Das Haus liegt in Allston«, sagte sie. »Wissen Sie, wo das ist?«
Er sah auf die Karte. »Ich werd's schon finden.«
»Dann bis heute abend, zehn Uhr. Kommen Sie allein; ich werde dort sein und auf Sie warten, Dr. Eric. Dann werden Sie Ihren Beweis bekommen.« Sie stand auf. »Wenn diese Nacht vorüber ist, werden Sie vielleicht tief in Ihrem Innersten wissen, daß es Menschen gibt, die fliegen können ... und Menschen, die sterben, ohne zu sterben.«
Sie wandte sich rasch um, nahm ihre Aufzeichnungen und ihre Jacke, und schon war sie verschwunden.

26

Im Schutze der Dunkelheit – es war Neumond – schlichen Laura und Bernard Nelson von der Seitenstraße, in der sie ihr Auto abgestellt hatten, durch eine Reihe kleiner Gassen, bis sie vor dem Eingang des Bestattungsinstituts Gates of Heaven angekommen waren. Zwei Stunden lang hatten sie in regelmäßigen Abständen dort angerufen und immer nur Donald Devines Anrufbeantworter erreicht. Schließlich hatte Nelson mit den Achseln gezuckt und gemeint: »Ich glaube, wir gehen los.«

Der Detektiv trug eine kleine schwarze Arzttasche bei sich, in der sich, wie er es ausdrückte, die »Werkzeuge der Wahrheit« befanden: zwei helle Taschenlampen, mehrere Exacto-Messer, Schraubenzieher, ein Tonband, ein Brecheisen, eine Zange, ein Phasenprüfer, ein batteriebetriebener Lötkolben, Draht, Saugnäpfe, ein Schlüsselbund und weitere seltsam geformte Metallteile ... und ein Stethoskop.

»Wenn uns die Polizei anhält«, erklärte er unterwegs, »dann erklären Sie, daß ich Ihr Hausarzt bin und zu Ihrer kranken Tante will. Wenn die Bullen allerdings in meinen kleinen Werkzeugkasten hineinschauen, sind wir geliefert.«

Die hölzernen Rolläden im oberen Stock waren heruntergelassen. Nelson prüfte die Fenster auf der anderen Seite des Hauses und stellte fest, daß sie ebenfalls geschlossen waren. Dann läuteten sie einige Male; im Haus war nichts zu hören als das melodische Klingeln der Türglocke.

»Was ist das für eine Melodie?« flüsterte Laura.
Der Detektiv lächelte.
»Offenbar besitzt unser Mr. Devine einen gewissen Sinn für Humor«, antwortete er. »Es ist Tschaikowski. Eine Passage aus dem *Schwanensee,* der Tod der Odette.«
»Das können Sie aus diesen paar Tönen erkennen?«
»Maggie ist ein Ballett-Fan. Wenn man sechs, sieben Jahre lang zu Ballettveranstaltungen mitgeschleppt worden ist, gibt man auf und interessiert sich freiwillig dafür.«
»Sie überraschen mich immer wieder.«
»Heben Sie sich das auf, bis wir drinnen sind«, winkte Nelson ab und warf seinen Zigarrenstummel weg. Dann suchte er die Türpfosten und die Fenster ab.
»Wollen Sie es wirklich tun?« fragte sie.
»Das liegt ganz bei Ihnen. Wie wichtig ist es Ihnen, herauszubekommen, was es mit diesem mysteriösen Bestattungsunternehmen auf sich hat?«
»Sehr wichtig.«
»Dann bleiben Sie im Schatten in der Nähe des Gebäudes und beobachten Sie die Straße. Ich gehe zum Hintereingang. Warten Sie, bis ich von innen an die Tür klopfe. Wenn die Luft rein ist und ich aufmachen kann, klopfen Sie zweimal zurück. Wenn nicht, klopfen Sie einmal und gehen wieder zum Auto. Dort treffen wir uns dann.«
Nelson öffnete seine Arzttasche, zog ein Fläschchen heraus und nahm einen Schluck Jack Daniel's.
»Auf die Wahrheit«, sagte er.
»Auf die Wahrheit«, wiederholte Laura.
Auch sie nahm einen kleinen Schluck, und mit einer raschen Bewegung kippte Bernard Nelson den Rest hinunter. Dann schlüpfte er die Mauer des Gates of Heaven entlang und verschwand in der Dunkelheit.
In den langen Minuten, die nun folgten, fuhr nur einmal

ein Auto am dunklen Bestattungsinstitut vorbei. Laura zog den Reißverschluß der dünnen schwarzen Lederjacke hoch, die Bernard ihr gegeben hatte, und drückte sich an die Mauer. Seitdem diese furchtbare Geschichte auf der Harrison Avenue passiert war, hatte sie unzählige Male versucht, Eric telefonisch zu erreichen, doch ohne Erfolg. Irgendwie war es ihr auch recht so. Bestimmt hätte er darauf bestanden, mitzukommen. Wenn sie sich bei ihrem verbotenen Eindringen erwischen ließen, wäre ihm jede Chance auf einen Aufstieg im White Memorial verbaut.

Ein Pärchen überquerte nur zwei Türen weiter Arm in Arm die schmale Straße. Laura erstarrte und hielt den Atem an, bis die beiden im Nachbarhaus verschwunden waren. Sie betrachtete den Türknauf. *Warum dauerte es so lange?* Sie dachte über den Mann nach, der sich Roger Ansell genannt hatte. Wahrscheinlich hatte er irgendwo hier gestanden und beobachtet, wie sie gemeinsam mit Eric Donald Devine einen Besuch abgestattet hatte. *Hatte er eine Frau? Und Kinder?* Zuerst Scott, dann er. Was auch immer dahintersteckte, es erschien ihr dumm, sinnlos und traurig.

Das zweimalige Klopfen Nelsons war kaum zu hören. Laura klopfte ebenfalls zweimal. Bernard Nelson öffnete die Tür, und sie ging ins Haus. Völlige Dunkelheit umfing sie. Augenblicklich fühlte sie sich daran erinnert, als bei einem nächtlichen Tauchausflug in einer riesigen Grotte, der Sultanshöhle, ihre Lampe versagt hatte.

»Warten Sie einen Augenblick«, flüsterte sie. »Ich muß meine Augen erst an die Umstellung gewöhnen.«

»Das können Sie sich sparen, oder glauben Sie, ich mache jetzt das Licht an«, antwortete Nelson. »Hier.« Er reichte ihr ein Paar Operationshandschuhe und ein winziges Lämpchen, das einen schmalen, aber starken Lichtstrahl erzeugte. »Halten Sie es nur weit unten, weg vom Gesicht.«

»Hey, ich verdiene mein Geld mit Tauchen, verstehen Sie? In dreißig Meter Tiefe gibt es keine Diskussionen mehr, da hängt Leben und Sterben allein davon ab, ob man die Lampe richtig benutzt.«

»Tut mir leid, daß es so lange gedauert hat. Die Alarmanlage hier ist nämlich ganz schön raffiniert.«

»Haben Sie sie auch wirklich abgeschaltet?«

»Das ist ja das Komische. Sie war gar nicht an. Wir hätten einfach nur einen meiner ›Schlüssel der Wahrheit‹ nehmen müssen, und wir wären in zwei Sekunden drin gewesen. Mein Gott, dieses Formalin in der Luft reicht ja zum Einpökeln für die ganze Ewigkeit.«

»Es riecht hier wirklich nach Tod.«

Vorsichtig tasteten sie sich vom Foyer in Devines Besucherzimmer. Laura hielt ihr Lämpchen auf den Boden gerichtet, Nelson suchte mit dem Lichtstrahl die Wände ab.

»Wonach suchen wir eigentlich?« fragte Laura.

»Ach, nach Bücherregalen, Bücherschränken, Schubfächern, einem Safe in der Wand – etwas in dieser Richtung. Wenn dieser Devine wirklich so eine Krämerseele ist, wie sie beschrieben haben, würde es mich nicht wundern, wenn er über alle seine Aktivitäten genau Buch führt. Am liebsten würde ich das Licht anmachen, aber das Risiko wäre zu groß. Wenn unser Freund zufällig zurückkommt, würde ihn der Lichtschimmer schon draußen warnen, und wir könnten dann nicht mehr rechtzeitig abhauen.«

Bernard zog eines seiner Werkzeuge aus dem Koffer, hatte im Nu die Schublade von Devines Schreibtisch, einem Chippendale-Imitat, geöffnet, und durchsuchte sie mit geübtem Griff. Jedes Blatt Papier sah er sich ganz genau an und legte es dann vorsichtig wieder zurück.

»Ziehen Sie jedes einzelne Buch aus den Regalen da, Laura, aber vorsichtig«, mahnte er und zeigte auf eine Wand.

»Sehen Sie genau nach, ob in den Büchern auch das drin ist, was drauf steht, und stellen Sie sie dann wieder an ihren Platz zurück.«

Es dauerte zwanzig Minuten, bis sie mit diesem Zimmer fertig waren, weitere zehn Minuten, um die kleine Kapelle zu durchsuchen, die sich gleich daneben befand.

»Das geht doch langsamer als ich dachte«, meinte Laura, als sie in den Sargraum hinter der Kapelle gingen.

»Und es wird noch schwieriger, wenn der Besitzer dieses Etablissements zurückkommt.«

Laura kniff die Augen zusammen und versuchte, sich an das Licht in dem neuen Raum zu gewöhnen, der kleiner und auch dunkler war als die anderen. Auf Tischen unterschiedlicher Höhe standen drei oder vier Särge. Die Wände waren mit braunen Samtstoffen drapiert, von denen ein modriger Geruch ausging.

Laura versuchte, durch den Mund einzuatmen, um den Gestank nicht riechen zu müssen. Den Blick auf den Boden gerichtet, tastete sie sich voran. Plötzlich stieß sie gegen einen der Särge. Sie streckte die Hand aus, um sich festzuhalten – und griff in das wächserne Gesicht eines Mannes. Erschrocken wich sie zurück und stieß gegen einen Sarg, wobei sie das Lämpchen fallen ließ. Nelson richtete seine Lampe auf sie.

»Dieser Sarg hier«, stieß sie atemlos und mit zitternder Stimme hervor, »da liegt eine Leiche drin.«

Bernard ließ seinen Lichtstrahl über ihren Arm und ihre Hand gleiten, mit der sie auf einen geschmückten, mit Samt ausgelegten Sarg wies. Schließlich traf er das Gesicht eines Mannes.

»Das ist Donald Devine!« keuchte Laura.

Der Leichenbestatter lag da, die Hände friedlich über der Brust gefaltet, und blickte starr nach oben. Mitten auf der

Stirn, genau über der Metallbrille und unter dem pomadisierten Haarschopf, war ein kleines Einschußloch mit ein paar Flecken geronnenen Bluts zu sehen.

»Kaum einen Tag her, schätzungsweise«, murmelte Bernard, berührte mit seinem Handrücken Devines bleiche Wange und hob seinen Arm an, der steif und wächsern war. »Ich bin allerdings nicht gut in so was. Aber eines weiß ich genau: Er hat's nicht selbst getan.«

»Das ist ja furchtbar.«

»Mag sein. Immerhin bedeutet das, daß Sie recht haben. Ihr Freund hier war in eine zwielichtige Sache verwickelt. Und irgendwie ist sie ihm offensichtlich über den Kopf gewachsen.«

»Sollen wir weitersuchen?«

»Ich glaube nicht, daß derjenige, der für dieses kleine Loch verantwortlich ist, noch viel für uns übriggelassen hat. Aber man weiß ja nie. Außerdem: Jetzt, wo keine Gefahr mehr besteht, daß Devine uns über den Weg läuft, könnten wir sogar Licht machen.«

»Wenn Sie es sagen, dann o.k. Macht es Ihnen etwas aus, das Zimmer hier auszulassen?«

»Überhaupt nicht.«

»Ich glaube, er hat oben gewohnt. Vielleicht sollten wir auch dort einmal nachsehen.«

»Schon möglich«, nickte Bernard Nelson.

Die Treppe zu Devines Wohnung lag auf der Rückseite der Halle. Die Wohnung selbst bestand aus einer Eßküche, einem Fernsehraum und zwei Schlafzimmern, von denen eines, fast wie ein kleines Museum, eine verblüffend große Sammlung mittelalterlicher Waffen und Rüstungen, Schwerter, Dolche und Helme beherbergte.

»Ein Möchtegernheld«, stellte Nelson nachdenklich fest.

»Hier ist es wirklich gruselig«, sagte Laura. »Was halten Sie davon, wenn ich das Schlafzimmer übernehme und Sie diese Ritterburg?«

»Sehen Sie nach, ob bei allen Fenstern die Rolläden heruntergelassen sind, bevor Sie Licht machen«, mahnte Nelson. »Schauen Sie hinter die Vorhänge, hinter die Bilder und unter die Teppiche. Denken Sie daran: Der Kerl hat alles genau registriert, was er gemacht hat, und in einem Safe aufbewahrt. Sagen Sie, haben Sie nicht zufällig eine Zigarre bei sich?«

»Leider nicht. Aber wenn wir den Safe finden, von dem Sie sprechen, kaufe ich Ihnen eine – welche Marke Sie wollen.«

»So was spornt natürlich an.«

»Aber nur eine, und nur, wenn wir den Safe finden.«

Schon zehn Minuten später hatten sie ihn gefunden. Als Laura gerade ein großes Ölgemälde hochheben wollte, das eine ländliche Szene darstellte, stieß sie gegen einen schwarzen Stuhl mit einer Gitterlehne, der auf einem kleinen Perserteppich stand. Sonderbarerweise rührte sich der Stuhl nicht von der Stelle. Laura bückte sich und hob die Teppichkante hoch; die Stuhlbeine waren durch das Gewebe hindurch im Boden verankert. Zwischen den Schrauben entdeckte sie ein kleines, in den Fußboden eingelassenes Schnappschloß. Sie öffnete es, und der Stuhl ließ sich beiseiteschieben. Der Teppich und eine rechteckige Platte des Eichenholzbodens klappten auf. Darunter war ein etwa dreißig Quadratzentimeter großes Tresorfach, das ein Nummernschloß und einen schweren Metallgriff hatte, verborgen.

»Volltreffer!« rief sie. »Mr. Nelson, Sie sind wirklich ein Meister Ihres Fachs.«

»Ich hoffe, Sie lassen sich mein Angebot, bei mir eine Lehre zu machen, noch einmal durch den Kopf gehen«, antworte-

te er, während er das Schloß untersuchte und dann das Stethoskop aus seiner Tasche holte.
Die folgenden fünfzehn Minuten lag er auf dem Boden und horchte auf die Klickgeräusche von Donald Devines Safe.
»Es gibt da ein neues elektronisches Gerät, damit geht's im Nu auf«, murmelte er, »aber bei meinen billigen Preisen kann ich es mir nicht leisten. Außerdem gehört diese Herausforderung zum Geschäft, stimmt's?«
Laura saß auf dem Bett des toten Devine und suchte nach einer plausiblen Erklärung für die Verbindung zwischen Devine und den Drogenhändlern, die nicht nur ihren Bruder getötet hatten, sondern mit größter Wahrscheinlichkeit auch Roger Ansell. Ansell und Devine; beide waren wahrscheinlich am gleichen Tag ermordet worden, und zwar aufgrund von Ereignissen, die etwas mit ihr zu tun hatten. Sie schauderte bei dem Gedanken.
»Na«, rief Nelson. »Na ... na ... und ... *voilà!*«
Er drehte den Knopf um neunzig Grad. In dem Augenblick, als er den Deckel öffnete, hörten sie Stimmen unten am Fenster.
»Schnell, die Lichter.«
Bernard nahm aus dem Safe heraus, was er in der Eile fassen konnte. Laura machte das Licht aus, erst im Schlafzimmer und dann in den anderen Räumen. Rabenschwarze Nacht umgab sie. Da wurde auch schon die Haustür aufgesperrt und geöffnet.
»Zur Treppe«, flüsterte Nelson. »Hier oben sitzen wir in der Falle.«

Sie tasteten sich zur Treppe und schlichen hinunter. Als sie den rückwärtigen Teil der Halle im Erdgeschoß erreicht hatten, ging das Licht im Besucherzimmer an. Wie der Blitz öffnete Nelson eine Tür, die offenbar in den Keller führte.

Sie schlüpften leise die Stufen hinunter und machten die Tür geräuschlos hinter sich zu. Außer einem Lichtschimmer, der unter der Tür durchdrang, waren sie auch hier in tiefstes Dunkel gehüllt. Dann kauerten sie sich auf die Treppe; Laura auf halber Höhe, Bernard in der Nähe der Tür. Er lauschte. Von draußen waren Schritte zu hören, die genau auf sie zuzukommen schienen.
»Können Sie hören, was sie sagen?« flüsterte Laura.
»Einer von den Kerlen ist sauer, weil der andere Devine nicht die Aufzeichnungen abgenommen hat, bevor er ihn umbrachte. Und der andere winselt um Gnade.«
»Haben Sie Ihre Pistole bei sich?«
»Was glauben Sie denn?«
»Gut, und was reden sie jetzt?«
»Ich glaube, einer ist nach oben gegangen. Der andere kommt vielleicht hier rein. Sie sollten lieber noch ein paar Stufen weiter nach unten gehen. Oder besser, lieber ganz runter. Wenn er die Tür aufmacht, brauche ich Platz, um ihm eins über die Rübe zu hauen.«
»Seien Sie vorsichtig. Es ist stockdunkel hier. Ich sehe gar nichts.«
»Psst!«
Oben schrie einer der Männer etwas.
»Ich komme«, rief der andere zurück, der jetzt wohl genau vor der Tür zum Keller stand. »Tut mir leid, Boß«, hörten sie ihn sagen. »Ich wußte wirklich nicht, was ich machen sollte. Ehrlich nicht.«
Minuten vergingen. Laura rührte sich in der Dunkelheit nicht von der Stelle. Nur undeutlich konnte sie Bernard Nelsons Umrisse erkennen, der sich gegen die Tür drückte.
»Was ist jetzt?« flüsterte sie.
»Vielleicht hauen sie ab, oder sie suchen uns. Keine Ah-

nung. Und jetzt kein Laut mehr, bevor ich sicher bin, daß sie wirklich ...«

Plötzlich brach er ab. Laura hörte gedämpfte Schritte und Stimmen. Dann sah sie, wie Schatten sich im schmalen Lichtschein unter der Tür bewegten. Ihr Herz stockte, als ein Schuh gegen die Tür stieß. Bernard Nelson stand reglos da. Dann, nach einer Ewigkeit, entfernten sich die Schritte. Eine Viertelstunde verging, nichts passierte. Das Licht draußen wurde gelöscht. Dann noch mal eine Viertelstunde, und noch eine. Schließlich hielt Laura die Spannung nicht mehr aus.

»Was ist denn jetzt?« fragte sie.

»Keine Ahnung. Ich glaube, sie sind tatsächlich weg.«

Sie kam ein paar Stufen herauf.

»Wollen wir riskieren, die Tür zu öffnen?«

»Ich denke, schon. Aber sehen Sie erst mal nach, ob es da unten Licht gibt. Vielleicht kommen wir heraus, ohne erst durchs Haus zu gehen.«

Laura stieg die Stufen hinunter und tastete sich an der Wand entlang, bis sie einen Lichtschalter fand. Nach einer Stunde völliger Dunkelheit blendete das helle Licht. Laura blinzelte und rieb sich die Augen. Da kam Bernard Nelson zu ihr herunter.

Ungläubig sahen sie sich in dem Raum um, in dem sie sich die ganze Zeit versteckt gehalten hatten. Er war etwa fünf Quadratmeter groß und ganz weiß gestrichen. Eine Krankentrage, einen Herzmonitor und andere medizinische Spezialgeräte standen herum. An der einen Wand befanden sich Regale mit Leintüchern, Bandagen, Arzneimitteln und Lösungen. An der gegenüberliegenden Wand entdeckten sie einen kleinen Schreibtisch und einen Stuhl, und über dem Schreibtisch hingen Gurte aus Metall und Leder.

»Das gibt's doch nicht«, murmelte Nelson.

»Das sieht aus wie in einer Intensivstation.«
»Das sieht nicht nur so aus, es ist eine.«
Sie sahen sich genauer um und durchsuchten Schubladen und Papierkörbe.
»Ich bin ja kein Arzt«, meinte Nelson, »aber das hier ist meiner Meinung nach eine erstklassige Ausstattung.«
»Find' ich auch. Schauen Sie sich hier die Arzneimittel an. Bestimmt an die fünfzig verschiedene Medikamente. Ziemlich unheimlich hier.«
»Es ist ganz normal, daß Sie sich fürchten.« Nelson schwenkte die Akten und Hefte, die er aus Devines Safe genommen hatte. »Das Zeug hier verrät uns vielleicht etwas. Soviel ist sicher: Unsere freundlichen Besucher haben den Safe gefunden. Also hat es keinen Sinn, noch einmal raufzugehen. Keine Ahnung, ob sie noch oben sind oder draußen das Haus beobachten. Aber ich denke, wir sollten die Papiere auf jeden Fall hier rausschmuggeln. Einverstanden?«
»Je schneller wir hier draußen sind, desto besser.«
Sie knipsten das Licht aus, schlichen auf Zehenspitzen die Treppe hoch und öffneten vorsichtig die Tür.

27

Und es gibt bestimmt keine Nachricht für mich? Najarian, Eric Najarian ... Nein, Sie verstehen mich nicht. *Ich* wohne nicht im Hotel, sondern Laura Enders. Aber vielleicht hat sie eine – na ja, lassen wir das. Wenn sie zurückkommt, sagen Sie ihr bitte, daß Eric angerufen hat und es später noch einmal versucht ... Eric Na ...«

Der Portier hatte aufgelegt.

Eric knallte den Hörer auf die Gabel und ging die ausgestorbene Straße entlang. Er befand sich in einer der schäbigsten Gegenden von Allston, nur einen halben Block vom Sproul Court entfernt; der Adresse, die Anna Delacroix ihm aufgeschrieben hatte.

Beinahe zwei Stunden lang hatte er versucht, Laura zu erreichen, in ihrem Hotel und auch in seiner Wohnung. Soweit er wußte, hatte sie im Laufe des Tages wenigstens zweimal im Krankenhaus angerufen, jedoch keine weitere Nachricht hinterlassen. Allmählich machte er sich Sorgen. Aber es war ja erst kurz vor zehn. Erst würde er sich mit Anna Delacroix treffen, und danach wollte er auf dem schnellsten Wege ins Carlisle gehen.

Allston war ein heruntergekommenes Wohnviertel; eigentlich schon fast eine Stadt für sich. Die überfüllten Mietskasernen beherbergten vor allem Studenten, aber auch ethnische Minderheiten wie Vietnamesen, Thailänder, Lateinamerikaner, Haitianer, Pakistanis und die jüngst hinzugekommenen Einwanderer aus verschiedenen osteuropäischen Ländern.

Sproul Court selbst war eine finstere Sackgasse mit dreistöckigen Holzhäusern. In jedem befand sich im Erdgeschoß ein Laden oder wenigstens ein Kiosk. Die Plakate, die in den Schaufenster klebten, deuteten darauf hin, daß die meisten Kunden hier Schwarze waren.

Da er ein bißchen zu früh dran war, schlenderte Eric die Straße entlang, vorbei an einem Tante-Emma-Laden, der Schneiderei »Craissou« und der »Secondhand-Boutique Treasure Island«. Es war nichts Aufregendes an diesen verfallenen Gebäuden, den rußverschmierten Fenstern und den Durchgängen, in denen sich der Müll häufte. Und es fiel im schwer, diese Gegend mit der rätselhaften, wunderschönen jungen Frau in Verbindung zu bringen, mit der er hier verabredet war.

Dennoch fühlte er sich angespannt, aufgeregt und voller Erwartung. Wenn Anna Delacroix nicht zuviel versprochen hatte, würde sie ihm bald den entscheidenden Beweis liefern. Damit und mit den Ergebnissen seiner Nachforschungen in der Bibliothek gewappnet, konnte er die wichtigen Leute im Krankenhaus – und, woran ihm eigentlich noch mehr gelegen war, auch Reed Marshall – davon überzeugen, daß seine Tetrodotoxin-Theorie stimmte. Dann wollte er sich ein paar Verbündete suchen und mit ihnen gemeinsam der Frage nachgehen, ob solche Vergiftungen möglich waren und wie es dazu kam.

Er hatte zwar noch keine exakten kardiographischen Befunde bei Tetrodotoxinvergiftung entdeckt, doch er hatte eine Menge klinischer Berichte gesammelt, die allesamt die klassischen Symptome des Herzversagens beschrieben: Kurzatmigkeit, hartnäckiger Husten, Zyanose zuerst der Lippen und Fingerspitzen, später auch des Gesichts und der Hände;

Schleimbildung im Brustkorb und Würgen in der Kehle; Atemnot und Panik; und schließlich Benommenheit, Ohnmacht und Tod.

»Dr. Eric, hier bin ich.«

Anna Delacroix stand im Schatten eines Hauses nicht weit von einer der wenigen Straßenlaternen. Sie trug einen großen Hut mit breiter Krempe und ein buntes Tuch, das lose um ihren Hals geschlungen war.

»Haben Sie damit gerechnet, daß ich komme?« fragte er.

»Aber natürlich. Sie haben Zweifel, und Sie möchten diese Zweifel unbedingt ausräumen.«

»Können Sie sie denn ausräumen?«

»Ich nicht, aber hier in diesem Laden ist ein Mann, der etwas zu sagen hat, was Sie sicher sehr interessant finden werden.« Sie deutete auf das Fenster hinter sich, in dem Haushaltswaren und Textilien ausgestellt waren. In ungleichmäßigen, handgeschriebenen Buchstaben stand auf der Scheibe kurz und bündig: BENET'S. »Ich mußte ihm versprechen, daß ich seinen Namen niemals verrate«, fuhr sie fort. »Werden Sie sich daran halten?«

»Aber selbstverständlich.«

»Gut. Denn jede Indiskretion kann ihm oder mir das Leben kosten.« Sie sah Eric mit ernster Miene an.

Anna führte ihn zum Eingang, klopfte einmal kurz an die Ladentür und trat ein. Drinnen saß auf einem Schemel ein hagerer Mann mit silbergrauem Haar und einem Gesicht, das von Krankheit oder auch von einem schweren Leben gezeichnet war. Er begrüßte Eric mit einem schwachen Händedruck. Anna stellte ihn als Titus Memmilard vor, den Bruder ihrer Mutter und den einstigen Besitzer von Benet's – des Ladens, den jetzt seine Familie führte.

Titus murmelte einen Gruß. Er sprach langsam und schwerfällig, und sein Akzent – haitisch, wie Eric vermutete – war so stark, daß Eric Mühe hatte, ihn zu verstehen.
Im Laden herrschte ein buntes Durcheinander von Werkzeugen, Stoffen, elektrischen Geräten, Lebensmitteln in Dosen und Getreide. Der Raum war von einer einzigen gelblichen Glühbirne nur dürftig erleuchtet. Ob beabsichtigt oder nicht, das gedämpfte Licht, die Schatten und der flüsternde Tonfall gaben der Atmosphäre etwas Dramatisches und Geheimnisvolles.
»Sie möchten Beweise für Ihre Vermutungen«, begann Anna. »Nun also, mein Onkel hier ist der Beweis. Sehen Sie ihm in die Augen und hören Sie sich an, was wir erzählen, dann wissen Sie, daß wir die Wahrheit sagen. Früher war er der stärkste und lebhafteste Mann, den man sich nur vorstellen kann – Musiker und Dichter, der Vorsitzende unserer Gemeinde. Jetzt ist er nur noch ein Schatten seiner selbst. Alles begann vor ein paar Jahren, als in unserer Gemeinde das Gerücht umging, aus Haiti käme ein mächtiger *houngan*, ein Priester mit der Macht und dem Wissen eines Voodoo-Priesters. Der *houngan* war unter dem Namen Mr. Dunn bekannt.«
Bei der Nennung dieses Namens zuckte Titus Memmilard zusammen und erschauderte.
»Unheil und Schmerz«, flüsterte er, »der *houngan* brachte Unheil und Schmerz.«
Anna strich ihm über die Hand.
»Was er brachte«, fuhr sie fort, »war das *coup poudre.*«
»Das magische Pulver«, nickte Eric.
»Genau.« Anna sah ihn überrascht an. »Todespulver, mystisches Pulver, wie Sie wollen. In Haiti ist das *coup poudre* das Schwert der *houngans.* Es gibt Regierungen und Gerichte und Beamte, aber die *houngans* sind die eigentlichen Rich-

ter, und der Tod bei lebendigem Leib ist die einzige Bestrafung, die sie kennen.«

»Und weiter?«

»Die wahre Identität dieses verbrecherischen Priesters, dieses Mr. Dunns, kennen nur die Gangster, mit denen er sich umgibt. Er ist ein Verbrecher im wahrsten Sinne des Wortes – ein Bandenchef. Es heißt, daß er in Haiti bei den Tonton Macoutes war, der Geheimpolizei von François Duvalier. Er nützt die Schwäche und den Aberglauben der Leute aus, preßt den Ladenbesitzern Schutzgelder ab und verkauft Drogen an unsere Kinder. Nachdem von der Polizei keine Hilfe zu erwarten war, versuchte mein Onkel vor zwei Jahren, mit den Händlern einen Gegenangriff zu organisieren. Einer von Dunns Männern, die zum Abkassieren kamen, wurde zusammengeschlagen. Einem anderen wurden die Drogen abgenommen, bevor er sie verkaufen konnte. Mr. Dunn gab bekannt, daß er an meinem Onkel ein Exempel statuieren und aus ihm einen lebenden Toten machen wollte. Seine Familie versuchte ihn zu schützen, aber ein paar von Dunns Männern kamen mit Gewehren und holten ihn ab. Onkel, kannst du selbst erzählen, was dann passiert ist?«

Eric wandte sich dem alten Mann zu. »Versuchen Sie es doch«, bat er.

»Ich bekam das *coup poudre* vom Satan persönlich«, sagte Titus und räusperte sich. »Hier, auf den Mund und unter die Arme.« Er zeigte mit den Händen auf seinen Körper.

Eric erinnerte sich, daß er gelesen hatte, Tetradotoxin werde fast ebenso schnell durch die Haut wie durch den Magen absorbiert.

»Haben Sie das Gesicht des Mannes gesehen?« fragte er.

»Es war das Antlitz der Hölle.«

Eric sah Anna an, die mit den Schultern zuckte und den Kopf schüttelte.
»Vielleicht eine Maske«, mutmaßte sie. »Erzähl weiter, Onkel!«
»Zuerst haben sie mich festgebunden, dann aber bald wieder losgemacht. Es war ja auch nicht mehr nötig; ich konnte mich nicht mehr bewegen.«
»Daran erinnern Sie sich noch?«
»An manches erinnert er sich ganz genau, an anderes wieder überhaupt nicht«, erklärte Anna. »Wir wissen nur, daß dieser Mann, der jetzt vor uns sitzt, zwei Tage später auf einer Pritsche in dem Raum hier lag, kalt und wie tot. Seine Augen waren geschlossen. Neben ihm fanden wir einen Zettel, auf dem davor gewarnt wurde, ihn zu berühren oder ärztliche Hilfe zu holen. In den nächsten beiden Tagen hat ihn niemand atmen sehen, obwohl dauernd jemand bei ihm war.«
»Meine Frau hielt schon die Totenklage«, fuhr Titus heiser fort. »Ich hörte sie und spürte, wie sie mit ihrer Hand über mein Gesicht strich.«
»Sie waren bei Bewußtsein?« fragte Eric.
»Ja, ganz recht.«
Eric sah vor sich das Bild, wie er Lauras Bruder für tot erklärt hatte. Eine plötzliche Beklemmung schnürte ihm die Kehle zu.
»Nach zwei Tagen kamen Dunns Leute wieder«, fuhr Anna fort. »Und wieder schleppten sie meinen Onkel mit. Einen Tag danach tappte er hier in der Nähe in einer Seitenstraße herum, geistig verwirrt und vollkommen hilflos. Als er wieder reden konnte, erzählte er, seine Folterer hätten ihm ein Pulver eingeflößt und ihm Spritzen in den Arm gegeben. Dann hätten sie ihn mit Fäusten geschlagen und ihn schließlich laufen lassen. Er ist im Laufe der Jahre wieder geistig zu

sich gekommen, aber heute ist er ein Mensch ohne Seele, und außer seiner Familie will keiner noch etwas mit ihm zu tun haben.«

»Das ist sehr traurig«, murmelte Eric, »und es klingt furchtbar.« Er zweifelte nicht im geringsten daran, daß das, was er gerade gehört hatte, der Wahrheit entsprach. Er sah den gebrochenen alten Mann an, dann streckte er seine Hand aus und ergriff seine knochige Hand. »Es tut mir sehr leid«, sagte er. »Und ich bin Ihnen wirklich dankbar, daß Sie mir Ihre Geschichte erzählt haben.«

»Wie Sie sich vorstellen können, paßte mein Onkel dem *houngan* genau in den Kram. Dieser Bestie in Menschengestalt wird seither kaum mehr Widerstand entgegengesetzt. Die Händler zahlen, und die Kinder kaufen seine Drogen. Und wir haben uns schon fast an ihn gewöhnt.«

Eric war beeindruckt und ängstlich zugleich. Er erwog die Möglichkeit, daß Scott und Loretta Leone vorsätzlich vergiftet worden waren. Beide waren Obdachlose und lebten auf der Straße. Vielleicht hatten sie etwas gesehen oder erfahren, was für den Priester und seine dunklen Geschäfte gefährlich werden konnte.

»Anna, kann ich irgend etwas für Sie tun?« fragte er. »Irgend etwas?«

»Vielleicht«, sagte sie und dachte einen Augenblick nach. »Vielleicht ja. Dunns Zahlungsforderungen sind immer mehr gestiegen. Jetzt hat sich wieder eine kleine Gruppe gebildet, die sich ihm in den Weg stellen will. Ich gehöre zu dieser Gruppe, Eric. Wir treffen uns regelmäßig an einem geheimen Ort und arbeiten einen Plan aus, aber wir haben Angst, furchtbare Angst. Dunn ist rücksichtsloser und brutaler als man es sich vorstellen kann. Er hat überall Spitzel und Informanten, vielleicht kennt er uns ja schon. Wir aber wissen nicht, wer er ist. Wir haben niemanden, an den wir uns wenden können, und wir haben keine Unterstützung außerhalb unserer Gemeinschaft. Und was das Schlimmste ist, er hat diese furchtbare Waffe, das *coup poudre.*

Eric, sprechen Sie mit anderen darüber. Versuchen Sie, befreundete Ärzte oder, noch besser, die Polizei dafür zu interessieren.« Sie schrieb eine Telefonnummer auf einen Zettel und reichte ihn ihm. »Bitte, seien Sie vorsichtig, und kommen Sie nicht hierher, bevor Sie mich angerufen haben.«

Eric sah auf die Uhr. Es war zwanzig vor elf.

»Ich muß über das alles nachdenken, Anna«, sagte er. »Dann rufe ich Sie an.«

»Wie Sie sich auch entscheiden, ich werde Verständnis dafür haben«, versprach sie. »Onkel, du kannst jetzt wieder nach oben gehen.«

Sie warteten, bis Titus Memmilard gegangen war, und verließen dann den Laden. Sproul Court war einsam und still, nur das schwache Geräusch der Autos von der Hauptverkehrsstraße ein paar Häuserblocks weiter war zu hören.

»Kann ich Sie irgendwohin mitnehmen?« fragte Eric.

»Nein, danke. Ich wohne nicht weit von hier, und ich möchte ein bißchen frische Luft schnappen.«

»Das war wirklich eine schreckliche Geschichte, die ihr Onkel da erzählt hat.«

»Ich hoffe, Sie glauben ihm.«

»Wieso denn nicht?«

»Und ich hoffe, Sie finden eine Möglichkeit, uns zu helfen. In der Bibliothek hatte ich das Gefühl, daß Sie der Richtige dafür sind. Deshalb habe ich Sie auch hierher gebracht.«

Annas Blick schnürte ihm die Kehle zu.

»Ich werde Sie anrufen«, stotterte er. »Wenigstens verspreche ich ...«

Noch bevor Eric seinen Satz beenden konnte, legte sich eine

Hand von hinten auf seinen Mund. Sein Kopf wurde zurückgerissen und eine messerscharfe Klinge gegen seine Kehle gedrückt. Beinahe im gleichen Augenblick packte ein großer Mann Anna an den Haaren und hielt ihr die Schneide eines großen Jagdmessers unters Kinn.

»Kein Wort«, befahl er. »Keinen Mucks, sonst seid ihr tot.«

Das Herz schlug Eric bis zum Hals. Die kräftige Hand drückte ihm den Mund fest zu. Seine Lippen begannen schon zu bluten. Dann drang die Schneide des Messers in seine Haut.

»Bitte«, keuchte er.

»Halt's Maul!«

Eric spürte, wie Blut seine Kehle hinunterrann. Er wollte zu Anna hinübersehen, doch die Hand packte ihn zu fest. Dann zerrten und schoben die beiden Männer ihre Opfer, ohne ihren bedrohlichen Griff zu lockern, die Straße entlang. Bald kamen sie an einen Laden, den einzigen, der mit Brettern vernagelt war.

»Also«, sagte der Mann, der Anna festhielt, mit einem ausgeprägten haitischen Akzent. »Es heißt, daß du die Macht der Geister, ihrer Priester und des *coup poudre* herausfordern willst. Na gut, schöne Freundin, vielleicht kriegst du jetzt die Chance dazu.«

Auf ein Klopfen mit der Stiefelspitze öffnete sich die schwere Holztür, und Eric und Anna Delacroix wurden grob in den Raum gestoßen.

28

Auch in seinem schlimmsten Träumen hatte Eric nichts Furchtbareres erlebt als die Hölle, durch die er in jener Nacht ging. Er und Anna Delacroix wurden geknebelt, ihre Arme und Handgelenke an Stühle gefesselt. Dann brachte man sie in einen weihrauchgeschwängerten Raum, der von Dutzenden flackernder Kerzen erhellt wurde. Zwei Hühner mit abgeschlagenem Kopf hingen von einem Dachsparren, ihr Blut tropfte auf den Boden. Sie mußten die Beine auseinanderspreizen, um nicht beschmutzt zu werden. Überall in dem schmuddeligen Raum hingen Knochen, manche so groß wie die von Menschen. Mit einer seltsamen Flüssigkeit gefüllte Gefäße enthielten Kadaver von Kröten und Schlangen. Achtlos zusammengebundene Sträuße von getrocknetem Getreide und wilden Blumen hingen von der Decke herab. Auf zwei Seiten des Raumes standen von Kerzen umgebene seltsame Altäre, auf denen Dutzende von billigen Plastik- oder Keramikfiguren aufgereiht waren – Statuetten von Frauen und Cowboys, Clowns und Madonnen, Cupidos und Hunden. Auf einem Teller in der Mitte lag der Kopf eines frischgeschlachteten Huhns.

Die beiden Männer hatten jetzt weite blutrote Gewänder angelegt und sich um die Augen herum weiß bemalt. Sie knieten einander gegenüber und schlugen in hämmerndem Rhythmus auf große handgearbeitete Trommeln. Ungefähr alle zwei Minuten machten sie eine Pause und nah-

men ein paar Züge aus einer Wasserpfeife mit zwei Öffnungen. Die Luft roch nach Haschisch.
Da er geknebelt war, hatte Eric Mühe zu atmen. Seine verletzte Unterlippe pochte, ebenso sein rechter Ellenbogen, den er sich aufgeschürft hatte, als sie niedergestoßen worden waren. Anna Delacroix neben ihm starrte gleichmütig auf den Boden. Sie wollte wohl den Männern nicht das Vergnügen bereiten, sie ängstlich zu sehen. Anfangs, nachdem sie sie an Stühlen festgebunden hatten, hatten sich die beiden Männer einen Spaß mit ihr gemacht; sie hatten ihr Gesicht und ihre Brust berührt und schmutzige Witze gerissen. Doch bald hatte Anna ihnen mit ihrem ruhigen, verächtlichen Blick das Vergnügen verdorben.
Seit man sie gefesselt hatte, waren annähernd zehn Minuten vergangen. Die Männer hatten trotz ihrer drohenden Gesten kaum etwas getan und vertrieben sich die Zeit – es schien, als ob sie auf jemanden oder auf irgend etwas warteten. Plötzlich, ohne ersichtlichen Grund, hörten sie mit dem Trommeln auf. Der Größere von beiden erhob sich.
»Der Heilige, die Stimme der Geister, nähert sich«, verkündete er. »Ich löse euch die Knebel, aber ihr dürft kein Wort reden, außer, wenn ihr vom Heiligen gefragt werdet. Versprecht ihr das?«
Eric nickte, aber Anna sah weiterhin starr geradeaus.
»Und du?« brüllte der Mann sie an.
Noch immer antwortete sie nicht. Daraufhin wurde nur Eric der Knebel abgenommen. Er tastete mit der Zunge über seine verletzten Lippen und prüfte, wie fest er an den Stuhl gefesselt war. Ohne Hilfe konnte er sich nicht befreien. Er versuchte sich zu beruhigen, zwang sich, über seine Lage nachzudenken. Dieses Sich-Sam-

meln hatte er schon hundertmal in der Notaufnahme geübt, aber hier stand er unter Zwang und Bewachung. Das Dröhnen in seinen Ohren und die Krämpfe in seinem Magen ließen nicht nach.

Er sah zu Anna hinüber. Sie schien ruhig und gelassen, doch ihre zusammengeballten gefesselten Hände waren starr und blutleer. Obwohl er versprochen hatte, nicht zu reden, mußte Eric seiner Angst Ausdruck geben.

»Bitte«, flehte er. »Bitte, hören Sie mir zu.«

Der größere der beiden Männer war gerade im Begriff, ihm den Mund wieder zuzubinden, als sich die Hintertür öffnete und eine Gestalt hereinkam. Ihr Geschlecht und ihre Herkunft waren unmöglich zu bestimmen. Die Gestalt trug ein wehendes weites Gewand, Handschuhe und eine furchterregende Maske, auf die ein Totenschädel gemalt war.

Doch mehr als die Erscheinung des Priesters erschreckte Eric die große Tonschale, die er unter dem linken Arm trug. Mit einem schweren Mörser aus Holz zerstieß er etwas in der Schale. Dabei setzte er sich auf einen Stuhl ihnen gegenüber. Eric wußte, was die Schale enthielt.

»Bitte«, stieß Eric hervor. »Sie irren sich. Bitte, hören Sie mich an.«

Der größere Mann sah den Priester hilfesuchend an, sein Blick schien zu fragen, ob er Eric wieder den Mund zubinden sollte. Beinahe unmerklich bewegte sich die Totenkopfmaske einmal nach rechts und einmal nach links. Der Priester stampfte weiter den Mörser in die Schale.

»Sehen Sie«, stotterte Eric. »Ich bin Arzt. Sie ist Studentin im College. Wir waren nur neugierig, aber wir wollten doch niemandem schaden. Das müssen Sie uns glauben.«

Der Mann sah den Priester an. Dann warf er einen Blick auf die beiden Gefangenen und sagte mit beunruhi-

gender Freundlichkeit: »Eure Neugier soll befriedigt werden.«
Er kauerte sich neben seiner Trommel nieder und begann wieder zu hämmern, immer lauter, immer schneller. Im Kerzenlicht flackerte die grinsende schwarzweiße Fratze des Todes, als der Priester aufstand, während er immerzu mit dem Mörser in der Schale rieb.
»Bitte!« schrie Eric laut, um das Dröhnen der Trommeln zu übertönen. »Bitte, tun Sie das nicht!«
Er sah Anna an. Die wütende Verachtung und der Spott waren nicht aus ihren Augen gewichen, sie zeigte keine Furcht.
»Nein!« schrie er, als der Priester sich ihr näherte.
Eric sah, wie seine Hand in die Schale griff und ein kalkiggraues Pulver herausholte. Anna wand sich auf ihrem Stuhl, sie riß die Augen weit auf. Dann, als die Hand sich ihrer Wange näherte, warf sie den Kopf wild hin und her. Das Hämmern der Trommeln wurde lauter, es dröhnte, als wolle der ganze Raum explodieren.
»Neiiin!« schrie Eric, als die Hand des Priesters eine dicke Schicht Pulver auf Annas Wange strich. »Bitte nicht!«
In dem Augenblick, als das *coup poudre* ihre Wange berührte, hörte das Trommeln auf. Anna bewegte sich nicht mehr. Alles war plötzlich totenstill. Es war, als ob sie mit der ersten Berührung sich ihrem Schicksal ergeben hatte. Eric fragte sich, ob sie wohl wußte, daß mit jeder Bewegung des Widerstands die Absorption des Tetrodotoxins schneller vor sich ging.
Nur noch einmal tauchte die Hand in die Schale und strich über Annas Wange.
Der Priester drehte sich um, und für einen kurzen Augenblick glaubte Eric, er würde verschont bleiben. Doch dann, wie das Dröhnen eines fernen Donners, begann das Trom-

meln erneut. Die lüsterne Hand des Todes wandte sich ihm zu.

Langsam kam sie auf ihn zu, drei Finger waren weiß vom Pulver …

Eric drehte den Kopf schnell hin und her, schrie dem Priester zu, er solle aufhören und doch verstehen. Er schleuderte den Stuhl nach hinten, warf sich auf die Seite. Und als er keine andere Möglichkeit sah, stieß er mit dem Kopf gegen die Wand. Unbeeindruckt von seiner Gegenwehr, beugte sich der Priester hinunter und strich ihm das sandige Pulver auf die Wangen.

»Bitte nicht«, bat Eric, als man ihn wieder aufrecht auf den Stuhl gesetzt hatte. »Bitte, nicht …«

Der Priester kniete nieder und tauchte einen Finger in die Blutlache zu Erics Füßen.

»Es … wird … keine … Rückkehr … von … dieser … Reise … für … euch … geben …«, verkündete der großgewachsene Mann, und zu jedem seiner Worte schlug er einmal auf die Trommel.

Der Priester mit der Totenmaske malte mit Blut ein Zeichen auf Erics und auf Annas Stirn. Dann verließ er schweigend den Raum.

Hilflos und erschöpft versuchte Eric, sich wieder zu fassen. Er rief sich alles ins Gedächtnis, was er über Tetrodotoxin gelesen hatte; Möglichkeiten, die Vergiftungserscheinungen abzuschwächen oder rückgängig zu machen. Je nach der Menge des verabreichten Gifts, waren noch eine oder zwei Stunden Zeit, bis es seine volle Wirkung entfaltete, spätestens nach einem Tag würden sie völlig hilflos sein. Wenn es ihnen gelang, sich zu befreien, hatten sie vielleicht noch eine Chance.

Beruhige dich, redete er sich zu. *Wenn es jemals wichtig war, wachsam und konzentriert zu bleiben, dann ist jetzt der*

Augenblick gekommen. Gelingt es dir nicht, dann mußt du sterben.

Er wandte sich Anna zu, doch noch bevor er etwas sagen konnte, wurde sein Mund mit einen breiten Pflaster verklebt. Dann verband man ihm die Augen mit dem Tuch, mit dem er zuvor geknebelt worden war. Zwanzig Minuten oder eine halbe Stunde lang saßen sie so da. Das einzig vernehmbare Geräusch war Annas schwerer Atem. *Sind wir allein? Müssen wir jetzt sterben?*

Vorsichtig tastete er noch einmal nach den Fesseln an seinen Handgelenken.

»Gib dir keine Mühe, Mann«, sagte der größere Mann ganz in der Nähe, »wir schaffen dich jetzt sowieso weg.«

Mit diesen Worten band er Eric die Hände hinter dem Rücken zusammen. Dann zog er ihn rüde hoch.

»Verabschieden Sie sich von Ihrer kleinen Freundin, Herr Doktor. Uns ist es egal, was mit dir geschieht. Aber für die hier haben wir noch was auf Lager. Ja, etwas ganz Besonderes.«

Die beiden Männer schoben ihn durch die Hintertür, vergewisserten sich, daß seine Taschen leer waren, und banden ihm die Füße zusammen. Dann schubsten sie ihn in einen Lastwagen, der nach verfaultem Fisch roch. Die nächste halbe Stunde lang fuhren sie. Anfangs versuchte Eric, sich zu merken, wann sie abbogen und geradeaus fuhren, aber das gab er bald auf.

Schließlich machte der Wagen irgendwo Halt, ohne daß der Motor abgeschaltet wurde. Die Männer zerrten Eric heraus und stießen ihn zu Boden. Sie banden ihm die Füße los, das Pflaster auf dem Mund, die Augenbinde und die Handfessel nahmen sie ihm nicht ab.

»Hier bleibst du stehen. Hör genau zu und rühr dich nicht von der Stelle. Ein hübsches scharfes Messerchen liegt hier im Umkreis von einem Meter irgendwo am Boden. Wo, das sage ich dir nicht. Du wartest, bis du diesen Lastwagen nicht mehr hörst, und dann machst du dich auf die Suche. Wir könnten dir mit diesem Messerchen die Kehle durchschneiden, doch das tun wir nicht. Und weißt du, warum? Weil wir uns einen Dreck um dich scheren. Wir haben die, die wir wollten. Sie gehört zum Geschäft, du bist nur das Vergnügen. Und ob du's schaffst oder nicht, die Ungläubigen bekommen in jedem Fall die Botschaft, die wir ihnen schicken wollen.«

Eric hörte, wie die beiden Männer lachend in den Lastwagen sprangen. Als sie davonfuhren, rieselte der aufgewirbelte Sand auf ihn nieder. Augenblicke später war die Nacht totenstill.

29

Da Eric nichts sehen konnte, dauerte es eine halbe Ewigkeit, bis er endlich das kleine Taschenmesser gefunden hatte. Und es stellte sich als wahre Geduldsprobe heraus, es im richtigen Winkel anzusetzen, um die Fesseln an den Handgelenken durchzuschneiden. Schließlich gelang es ihm, die Arme freizubekommen, was allerdings nicht ohne mehrere Schnittverletzungen abging. Er riß sich die Binde von den Augen und das Heftpflaster vom Mund und verband damit notdürftig einige der zahlreichen Blutungen an Händen und Armen.

Wie er feststellte, befand er sich auf einem dunklen Waldweg, und weit und breit war kein Haus in Sicht. In der kühlen, frühmorgendlichen Luft lag ein ländlicher Geruch.

Eric zitterte immer noch vor Angst und Aufregung. Allerdings beruhigte ihn der Gedanke ein wenig, daß er nun nicht mehr hilflos war. Wenn es sich bei der Substanz auf seinem Gesicht wirklich um Tetradotoxin handelte, gab es bestimmt irgendwo jemanden, der wußte, wie man die Wirkung des Giftes abschwächen oder aufheben konnte. Was jetzt zählte, waren logisches Denken und entschlossenes Handeln.

Er wußte, daß es ganz in der Nähe eine befestigte Straße geben mußte, und er war sich auch ziemlich sicher, in welche Richtung der Transporter gefahren war. Also marschierte er schnell los, vermied es aber zu laufen, um seinen Kreislauf nicht zu sehr anzuregen.

Keine fünf Minuten später hatte er einen verlassenen zweispurigen Highway erreicht. Wahrscheinlich befand er sich nördlich der Stadt.

Als die Straße eine Kurve machte, konnte Eric durch ein paar Bäume ein schwaches Licht und die Umrisse eines Gebäudes erkennen. Er nahm die Abkürzung durch den Wald und stand plötzlich vor einer kleinen Tankstelle, die zwar nachts geschlossen, aber sonst offenbar in Betrieb war.

Vergeblich suchte er am Haus nach einem Schild, das ihm verraten hätte, wo er war. Er ließ den Blick über den schmalen Highway gleiten; kein Haus weit und breit. Auf der Suche nach einem Telefon spähte er durch das große Spiegelglasfenster, und dort, mitten im Durcheinander auf dem eisernen Ladentisch, entdeckte er etwas, was er im Augenblick noch viel dringender brauchte – einen Briefumschlag.

Auf der Wanduhr über der Kasse war es Viertel nach zwei. Also waren ungefähr zwei Stunden vergangen, seit man ihm und Anna das Gift verabreicht hatte. Eric hatte das verzweifelte Verlangen, das tödliche Pulver von seinem Gesicht herunterzubekommen.

Im Gebüsch neben dem Gebäude fand Eric einen Ziegelstein. Als er schon mit dem Stein in der Hand vor dem Fenster stand, bemerkte er den dünnen Draht der Alarmanlage. Um so besser, dachte er. Mit ein bißchen Glück konnte er zwei Fliegen mit einer Klappe schlagen: an den Umschlag herankommen und die Polizei rufen. Er trat einen Schritt zurück und schleuderte den Stein mit aller Kraft in die Scheibe. Tatsächlich folgte auf das ohrenbetäubende Klirren des Glases augenblicklich das Heulen einer Sirene. Mit

dem Fuß trat Eric ein paar große Scherben beiseite und stieg dann ins Büro.
Er griff nach dem Umschlag und rannte zur Toilette. Mit dem kleinen Messer schabte er möglichst viel von dem Pulver auf seiner Wange in den Umschlag, wobei er sein blutverschmiertes Spiegelbild zu ignorieren versuchte. Als er glaubte, genug von der Substanz gesammelt zu haben, um sie von Ivor Blunt analysieren zu lassen, seifte er sich das Gesicht ein, spülte die Seife ab und wusch sich noch einmal. Mit seinen dunkel geränderten Augen und der aufgeplatzten, blutverkrusteten Unterlippe sah er jetzt schon aus wie ein wandelnder Leichnam.
Für den Münzfernsprecher hinter der Kasse brauchte man einen Vierteldollar, um überhaupt ein Freizeichen zu bekommen. Wenn die Alarmanlage nicht mit dem nächsten Polizeirevier verbunden war, konnte es lange dauern, ehe jemand kam. Eric suchte auf dem Ladentisch nach Münzen, fand aber nur einige Rechnungen, aus denen hervorging, daß er sich in Bob Kuypers Tankstelle in Wayland befand – einer ländlichen Gemeinde etwa dreißig Kilometer westlich von Boston. Schließlich beugte er sich über den Tisch und machte sich mit seinem Messer am Schloß zu schaffen.
»Los, Arschloch, auf den Boden!«
Der scharfe Tonfall der Stimme in unmittelbarer Nähe ließ Erics Herz bis zum Hals klopfen. Mit vorgehaltenem Dienstrevolver kam ein kräftiger junger Polizist durch das zerbrochene Fenster herein und bedeutete Eric mit einer Kopfbewegung, sich von der Kasse zu entfernen. Hinter dem Polizisten erkannte Eric einen weiteren Uniformierten.
»Bitte, Officer, einen Augenblick. Ich bin kein Einbrecher, ich bin Arzt und ...«

»Halt's Maul, und Gesicht auf den Boden!«
Der Mann, der jünger als Eric war, schien zwar ein harter Bursche, aber auch etwas nervös zu sein. Eric kniete sich auf eine Stelle, wo keine Scherben lagen, und legte sich dann flach auf den Boden. Langsam und mit argwöhnischem Blick ging der Polizist um ihn herum und lehnte sich schließlich gegen die Wand, die ihn vor Angriffen von hinten schützte.
»Bitte, hören Sie mich an«, flehte Eric. »Es geht um Leben und Tod, glauben Sie mir.«
»Hände auf den Rücken!«
»Sie müssen ...«
»Dalli!«
Eric gehorchte. Der Polizist kniete sich unsanft auf sein Kreuz und legte ihm mit geübtem Griff Handschellen an. Jäh durchzuckten Eric die Schmerzen von den Schnittwunden an seinen Armen.
»Hab' ihm Handschellen angelegt, Sergeant«, rief der Mann hinaus.
»Behalt ihn drin«, erwiderte der andere. »Ich sehe mich hier draußen ein wenig um.«
Der Polizist stand auf.
»O.k., Mann, ich bin Officer Carney«, sagte er. »Der da draußen ist Sergeant Clarkson. Sie sind verhaftet. Sie haben das Recht, die Aussage zu verweigern ...«
»Bitte, Officer, bitte«, versuchte es Eric erneut. »Ich weiß das alles; ich verzichte auf mein Recht, aber Sie müssen mich anhören.«
»Setzen Sie sich auf. Schön langsam.«
Eric tat wie befohlen.
»Werden Sie mich jetzt anhören?« fragte er.
Der junge Beamte nickte. Die nächsten drei Minuten hörte er schweigend zu, dann half er Eric auf die Beine. Die

Glasscherben knirschten unter seinen Schritten, als er ans Fenster trat.
»He, Sergeant«, rief er hinaus. »Ich glaube, du solltest besser mal reinkommen.«

Das West Valley Regional Hospital war ein winziges und noch ziemlich neues Gebäude, etwa acht Kilometer von genau der Polizeiwache entfernt, in der Eric wegen Einbruchs, Hausfriedensbruchs und Sachbeschädigung vernommen worden war. Inzwischen war es halb vier geworden. Unter den wachsamen Augen von Officer Carney verband eine Krankenschwester die Verletzungen an Erics Handgelenken, von denen zwei genäht werden mußten.
Den Bereitschaftsdienst im Krankenhaus versah in dieser Nacht eine übermüdete Assistenzärztin aus Worcester namens Jennifer Farrell. Eric versuchte sich in ihre Lage zu versetzen, erwähnte ein paar Professoren und berichtete ihr dann ruhig, was an diesem Abend passiert war. Dabei verwendete er genug Fachausdrücke, um sie davon zu überzeugen, daß er tatsächlich Arzt war. Schließlich zeigte er ihr den Umschlag mit dem Pulver und bat sie, mit dem White Memorial Kontakt aufzunehmen, um die Substanz analysieren zu lassen, und die Privatnummer von Dr. Ivor Blunt herauszusuchen.
Die Krankenschwester war gerade fertig geworden, als Sergeant Clarkson und Jennifer Farrell wieder ins Zimmer kamen.
»Nun, offenbar sind Sie der, für den Sie sich ausgeben«, meinte Clarkson.
»Dann bin ich ja beruhigt.«
»Sagen Sie uns noch mal, was wir Ihrer Meinung nach unternehmen sollen.«

»Zuerst einmal sollte man in Allston nach Anna Delacroix suchen.«

»Das haben wir schon veranlaßt. Wir haben von der Wache aus die Kollegen in Boston verständigt.«

»Danke. Und jetzt würde ich gern Dr. Blunt anrufen und ihm sagen, daß er sich mit uns im White Memorial treffen soll.«

»Wer ist denn das schon wieder?«

»Ein Toxikologe, und wahrscheinlich der einzige in der ganzen Stadt, der sich gut genug auskennt und entsprechend ausgerüstet ist, um das Gift zu identifizieren.«

»Sind Sie derselben Meinung?« fragte Clarkson die Assistenzärztin.

Dr. Farrell zuckte die Achseln. »Ich habe von Dr. Blunt gehört«, antwortete sie. »Und sicher ist auf jeden Fall, daß wir hier mit dem Pulver gar nichts anfangen können.«

»Was würden Sie denn sagen, wie es unserem Freund hier jetzt geht?«

Jennifer Farrell untersuchte noch einmal Erics Augen, das Herz, die Lungen und Blutdruck.

»Soweit in Ordnung«, stellte sie fest. »Dr. Najarian, wollen Sie wirklich nicht, daß ich Ihnen die Verletzung an der Lippe nähe?«

»Nein, will ich nicht«, erwiderte Eric, wobei es ihm nicht gelang, seine ungeduldige Gereiztheit zu verbergen.

»O.k.«, meinte Clarkson nach einer kurzen Denkpause. »Dr. Farrell, haben Sie ein Telefon, bei dem man mithören kann?« Sie nickte. »Dr. Najarian, ich werde zuhören, wenn Sie mit diesem Dr. Blunt reden. Wenn die Sache glaubwürdig klingt, fahre ich Sie ins White Memorial. Aber denken Sie dran, Sie stehen immer noch unter Arrest. Irgendwelche Mätzchen, und Sie liegen wieder auf dem Boden.«

»Ich verstehe.«

Ivor Blunt war sehr empört darüber, daß man ihn am frühen Morgen aus dem Bett klingelte. Eric rutschte nervös auf seinem Stuhl hin und her, als der verärgerte Toxikologe an allem zweifelte, was Eric sagte.

»Verstehe ich Sie richtig – Sie wollen, daß ich aufstehe, mich ins Krankenhaus schleppe, meine Geräte anschmeiße und irgendein Pulver analysiere, das man Ihnen bei einer Voodoo-Feier in Allston ins Gesicht geschmiert hat?«

»Genau«, erwiderte Eric.

»Dr. Narjarian, haben Sie noch alle Tassen im Schrank?«

»Vor allem habe ich Gift im Körper, Dr. Blunt«, antwortete Eric ruhig. »Bitte, Sie müssen mir helfen.«

»Versuchen Sie mal, das Ganze aus meiner Sicht zu sehen. Sie kommen in mein Büro und bitten mich, das Blut einer Frau auf dieses Toxin hin zu untersuchen, das man in Massachusetts noch nie gefunden hat. Und keine vierundzwanzig Stunden später rufen Sie mich aus irgend so einem Provinzkrankenhaus an und behaupten, es hat Sie einer mit diesem Zeug vergiftet.«

»So ist es, Sir.«

»Fühlen Sie sich jetzt krank?«

»Nein, noch nicht.«

»Wenn diese Leute Sie umbringen wollten, warum haben Sie Ihnen dann nicht gleich ein Loch in den Kopf geschossen?«

»Ich vermute, es sollte ein Exempel statuiert werden, um andere einzuschüchtern«, entgegnete Eric.

»Mit Tetrodotoxin?«

»Genau.«

»Ich halte Sie für verrückt«, sagte Ivor Blunt endlich, »aber jetzt haben Sie mich sowieso schon aufgeweckt, und so wie meine Frau schnarcht, kann ich auch nicht mehr einschlafen – also gut, kommen Sie.«

»Vielen Dank.« Eric seufzte erleichtert auf. »Vielen Dank, Sir. Wir können in fünfundvierzig Minuten in Ihrem Labor sein.«

»Lassen Sie sich nur Zeit. Bringen Sie Ihr Pulver und ein paar Blutproben mit.«

»Ich laß' sie mir gleich hier abnehmen.«

»Schön. Gibt es in dem Krankenhaus eigentlich auch einen Psychiater?«

»Nein.«

»Wie schade«, meinte Ivor Blunt.

30

»Das gefällt mir nicht, Bernard«, meinte Laura, als auch nach dem zehnten Läuten in Erics Apartment niemand ans Telefon ging. »Das gefällt mir ganz und gar nicht.«

Seit fast drei Stunden saßen sie in Bernard Nelsons Büro, tranken Kaffee, sahen die Unterlagen durch, die sie vom Bestattungsinstitut Gates of Heaven mitgebracht hatten, und versuchten, Eric zu erreichen. Zwar hatte er im Carlisle gegen zehn Uhr eine Nachricht hinterlassen, aber danach hatten sie nichts mehr von ihm gehört. Fünf Anrufe in seiner Wohnung und einer im Krankenhaus waren vergeblich gewesen.

Inzwischen hatte Lauras Anspannung nach dem Einbruch in das Bestattungsinstitut und den gräßlichen Entdeckungen nachgelassen, und sie konnte kaum noch die Augen offenhalten. Bernard Nelson hatte bereits schlappgemacht und sich ein längeres Nickerchen auf der Couch genehmigt. Sie waren übereingekommen, daß Laura zumindest in dieser Nacht nicht in ihrem Hotel bleiben sollte. Falls wirklich jemand versucht haben sollte, sie zu überfahren, war es ratsam, sich nicht an Orten blicken zu lassen, wo dieser Jemand sie vermuten würde.

Ihre Flucht durch die Hintertür des Gates of Heaven schien niemand bemerkt zu haben, doch Bernard war trotzdem fast eine Stunde kreuz und quer durch die Stadt gefahren, um sicherzugehen, daß sie nicht verfolgt wurden. Schließlich hatten sie den Wagen in einer Seitengasse abgestellt und waren durch den Keller ins Haus gegangen. Erst als sie sicher im Büro angelangt waren und die Vorhänge zugezogen hatten, nahmen Sie ihre Beute aus Donald Devines Safe näher in Augenschein. Vorher jedoch rief Bernard anonym bei der Bostoner Polizei an, damit man einen Streifenwagen zum Gates of Heaven schickte.

»Wo könnte er nur sein?« rätselte Laura und legte mit besorgter Miene den Hörer auf.

»Wo, sagten Sie, wohnen seine Eltern?«

»In Watertown.«

»Vielleicht ist er dorthin gefahren.«

»Warum hat er dann nicht die Nummer in meinem Hotel hinterlassen oder wenigstens zurückgerufen?«

»Ich weiß es nicht.« Nelson rieb sich die Augen. »Laura, verstehen Sie das nicht falsch, was ich Ihnen jetzt sage. Ich weiß, daß Sie große Stücke auf Eric halten. Und nach allem, was Sie mir erzählt haben, scheint er Ihr Vertrauen auch zu verdienen. Aber man kann sich in einem Menschen irren. Schließlich kennen Sie ihn noch nicht lange. Vielleicht verheimlicht er Ihnen ja etwas.«

»Vielleicht.« Laura dachte einen Augenblick nach und fuhr dann fort: »Aber ich glaube es nicht. Ich finde, wir sollten zu seiner Wohnung fahren.«

Bernard Nelson massierte seinen Nacken und streckte sich wieder auf der Couch aus.

»Laura, vor ein paar Tagen wären Sie und Eric von ein paar schweren Jungs in East Boston fast massakriert worden. Gestern nachmittag hatte es allem Anschein nach jemand auf Ihr Leben abgesehen. Wir haben allen Grund, anzunehmen, daß diese Leute, wer immer sie auch sein mögen, seine Wohnung genauso überwachen wie Ihr Hotel. Wenn sie ihn schon in ihrer Gewalt haben, dann warten wir am besten ab, bis sie mit uns Kontakt aufnehmen. Schließlich sind sie hinter Ihnen und dem Videoband Ihres Bruders her, nicht hinter ihm. Und wenn sie ihn noch nicht haben, na ja, dann ist es sowieso am besten, wenn wir abwarten.« Er lächelte gequält. »Außerdem mache ich nie mehr als einen Einbruch pro Nacht.«

»Ich habe einen Schlüssel.«

Bernard sah sie an und schien mit einem Mal milder gestimmt.

»Sind Sie sicher, daß sein Telefon funktioniert?«

»Nach Angabe der Telefonvermittlung, ja.«

»Na, ich halte es trotzdem für günstiger, wenn wir ein paar Stunden schlafen und warten, bis es wenigstens hell ist. Wirklich, es ist jetzt einfach zu gefährlich. Glauben Sie mir das.«

»Ich mache mir ziemliche Sorgen um ihn.«

»Ich weiß. Hören Sie, Laura, die Couch in meinem Wartezimmer kann man aufklappen. Ich für meinen Teil brauche jetzt jedenfalls ein paar Stunden Schlaf.«

»Oh, natürlich. Was machen wir damit?« fragte sie und deutete auf den Stapel Notizzettel, Quittungen und Auftragsbücher.

»Laura, unser verstorbener Freund hat offenbar mehr Papierkram produziert und gebunkert als das Verteidigungsministerium. Wenn wir es bis zwei Uhr nachts nicht geschafft haben, irgendeinen Anhaltspunkt zu finden, dann stehen unsere Chancen um drei noch schlechter. Ich bin mir sicher, daß wir hier irgendwo auf etwas stoßen, was uns Aufschluß über diesen Mann und seinen Keller gibt. Aber, ehrlich gesagt, im Moment fällt mir nicht mal mehr ein, wie ich heiße.«

»Ich verstehe«, erwiderte Laura.

»Gut. In diesem Fall haben Sie die besten Aussichten, mein Lehrling zu werden.«
»Bernard, ehe Sie einschlafen, möchte ich Ihnen nur noch einmal sagen, wie dankbar ich Ihnen bin.«
»Zigarren, Schätzchen. Reden Sie lieber von Dingen, mit denen ich was anfangen kann.«
Laura lächelte. »Ich hab's nicht vergessen. Hören Sie, nehmen Sie doch lieber die Klapp-Couch, und ich bleibe noch ein bißchen auf und gehe die Sachen hier durch. Danach versuche ich es noch einmal bei Eric. Wenn wir ihn bis, sagen wir, sechs oder sieben nicht erreicht haben, fahren wir in seine Wohnung.«
»Einverstanden.«
Ächzend stand Bernard Nelson auf, zog zwei alte Armeedecken aus seinem Schrank, warf eine davon auf die Couch und schlurfte mit der anderen ins Nebenzimmer. Wenige Minuten später hörte Laura die gleichmäßigen Atemzüge eines erschöpft Schlafenden. Dann nahm sie einen Schluck kalten, abgestandenen Kaffee und setzte sich wieder an den Schreibtisch.
Bernards Schätzung nach hatten sie in ihrer Eile, schnell wieder aus Donald Devines Schlafzimmer herauszukommen, etwa die Hälfte des Tresorinhalts erwischt. Ehe sie das Bestattungsinstitut verließen, war er noch einmal in die Wohnung im oberen Stockwerk zurückgekehrt. Wie sie vermutet hatten, war inzwischen alles, was sie zurückgelassen hatten, verschwunden. Die Wohnung war vollkommen auf den Kopf gestellt. Zweifellos würde die Polizei auf einen Raubüberfall tippen. Die Intensivstation im Keller würde ihnen allerdings einiges Kopfzerbrechen bereiten.
Laura legte den Ordner mit der Korrespondenz und den Verträgen beiseite und nahm sich zwei der Auftragsbücher vor. Eines davon war sechs Jahre alt und randvoll mit Na-

men, Adressen, Zahlungseingängen und Abkürzungen; wohl eine Auflistung der zahlreichen Kunden Devines. Das andere Buch wurde von einem dicken Gummiband zusammengehalten und enthielt ebenfalls nur Namen und Abkürzungen. Doch ganz am Ende steckte ein ganzer Haufen von Quittungen verschiedener Tankstellen – mindestens hundert, wenn nicht noch viel mehr. Laura machte Platz auf dem Tisch und legte den Stapel vor sich hin. Dann strich sie jeden einzelnen Zettel glatt und sortierte sie nach Datum. Zwanzig Minuten nach fünf, als bereits das erste Tageslicht durch die Vorhänge drang, konnte Laura kaum noch die Augen offenhalten. Ohne weiter über die Ergebnisse ihrer Suche nachzudenken, schleppte sie sich zur Couch und schlief sofort ein. Auf dem Schreibtisch lag inzwischen ein Taschenrechner, dazu ein mit Zahlen und Buchstaben vollgekritzelter Notizblock und der Rand-McNally-Atlas, den sie aus Bernard Nelsons bunt zusammengewürfelter Sammlung von Romanen und Nachschlagewerken hervorgeholt hatte. Der Atlas war bei der Karte von den an die Rocky Mountains angrenzenden Staaten aufgeschlagen. In der Mitte lag der Bleistift, mit dem sie einen Kreis um ein kleines, dünn besiedeltes Gebiet im Südosten von Utah gezeichnet hatte.

Da Ivor Blunt ihn nicht ins Spektrophotometrie-Labor ließ, ging Eric ungeduldig im Wartezimmer der Pathologischen Abteilung auf und ab. Er hätte schwören können, daß sein Herz von Zeit zu Zeit einen Schlag ausließ; dann kam es ihm wieder vor, als habe er Schwierigkeiten beim Atmen. Er beugte und streckte die Finger, rieb sich die Hände und fragte sich, ob das Kribbeln ein erstes Anzeichen für eine fortschreitende Neurotoxizität war oder nur von seinen Schnittverletzungen herrührte.

Es stellte sich heraus, daß der Sergeant aus Wayland ein wahres Geschenk des Himmels war. Nachdem der Chef des Sicherheitsdienstes im White Memorial bestätigt hatte, daß Eric ein anständiger Mensch war, hatte Clarkson sich bereit erklärt, die Anzeige fallenzulassen. Dafür hatte Eric erleichtert versprochen, dem Besitzer der Tankstelle die Reparaturkosten für das Fenster und die Alarmanlage zu ersetzen. Als Clarkson nach Wayland zurückgefahren war, hatte Eric die Notaufnahme aufgesucht, um ein vertrauliches Gespräch mit dem Assistenzarzt zu führen, der Reed Marshall vertrat. Während der erstaunte Arzt Eric von Kopf bis Fuß untersuchte, gab er sich scheinbar Mühe, die Vorfälle zu verstehen. Allerdings spürte Eric, daß der Mann nur so tat als ob, was ihn nicht weiter wunderte. Bis Ivor Blunt das Tetrodotoxin identifiziert hatte, mußte Eric sich damit abfinden, daß man ihn für einen Spinner hielt.

Dann setzte er sich auf die Armlehne eines Sessels und blätterte eine abgegriffene Nummer von *People* durch. Wie in einer Geisterbahn blitzte immer wieder das Bild des höhnisch grinsenden Totenschädels vor seinem geistigen Auge auf. Erpressung, Mord, Drogen, Ausbeutung der Schwachen und Abergläubischen – der Mann oder die Frau hinter dieser Maske mußte ein Ungeheuer sein. Eric fragte sich, wo Anna Delacroix jetzt wohl war, welche Schrecken sie erleiden mußte – wenn sie überhaupt noch lebte.

Auf einmal riß ihn Stimmengewirr jäh aus seinen Gedanken. Der Lärm kam vom Gang vor dem Wartezimmer.

»Nein, verdammt noch mal«, hörte er einen Mann schreien. »Sie bleiben alle hier draußen. Wir kümmern uns schon drum. Und wenn wir Ihnen etwas zu sagen haben, erfahren Sie's früh genug.«

»Dazu haben Sie nicht das Recht«, kreischte eine Frauenstimme.

»Und ob wir das haben. Und bleiben Sie gefälligst, wo Sie sind, sonst verhafte ich Sie wegen Behinderung einer Amtshandlung.«

Die Glastür des Wartezimmers ging auf, und zwei Polizeibeamte kamen herein.

»Dr. Najarian?« fragte einer von ihnen, ein dünner, älterer Schwarzer mit Falten auf der Stirn und einem gütigen Blick.

»Ja. Haben Sie etwas über Anna herausbekommen?«

Der Mann, dessen Namensschild ihn als Streifenpolizist Medeiros auswies, schlug sein Notizbuch auf. Der zweite Beamte, der jünger und kräftiger war als sein Kollege, blieb hinter ihm und wandte sich um, als mehrere Leute gegen die Tür drängten.

»Sie geben keine Ruhe, Tony«, meinte er.

»Diese verdammten Aasgeier«, murmelte Medeiros. »Laß sie Sie bloß nicht rein, Brian.«

»Wer ist das?« fragte Eric.

Medeiros sah von seinem Notizbuch auf.

»Journalisten«, erwiderte er. »Ein paar von denen waren auf der Wache, als der Anruf wegen dieser Delacroix und Ihrer Voodoo-Zeremonie gekommen ist. Und einer hat Ihren Namen gekannt.«

»Meinen?«

»Ja. Offenbar will der *Herald* eine große Story über Sie und irgendeine abhanden gekommene Leiche herausbringen.«

»O Gott.« Eric erinnerte sich an die strengen Gesichter des Berufungsausschusses, als über den Werbefeldzug des Krankenhauses gegen schlechte Publicity diskutiert wurde. »Was ist mit Anna?«

»Sproul Court 12 in Allston. Das ist doch die Adresse von dem Laden, in dem Sie waren?«

»Richtig. Benet's. Sieht aus wie ein Haushaltswarengeschäft.«

»Und Sie sind sich sicher, daß dieser Mann – dieser Titus Memmilard – der Inhaber ist?«
»Klar, völlig sicher. Er hat es gesagt, und seine Nichte auch.«
Eric fühlte sich plötzlich verunsichert, und eine erschrekkende Leere machte sich in ihm breit.
»Nun, Herr Doktor, Sproul Court Nummer zwölf ist wirklich ein Haushaltswarengeschäft namens Benet's. Aber die Benets, die im oberen Stockwerk wohnen und die wir aufgeweckt und fast zu Tode erschreckt haben, sind schon seit über fünf Jahren Inhaber dieses Ladens. Und sie kennen niemanden, der Titus Memmilard heißt – und auch keine Anna Delacroix.«
»Das … das kann nicht sein.«
Doch noch während er das sagte, wußte Eric, daß es stimmte.
»Und was dieses andere Haus betrifft«, fuhr Medeiros teilnahmslos fort und sah dabei in sein Notizbuch, »der Eingang drei Türen weiter, wo Sie und diese Delacroix angeblich mit einem Messer bedroht und vergiftet wurden …«
»Ja?« Eric fühlte sich unwohl.
»Sie behaupten, es sei ein mit Brettern vernagelter leerer Laden, der in eine Art Voodoo-Tempel umgebaut worden ist.«
»Richtig.«
»Tja, Herr Doktor, wie soll ich sagen – in der ganzen Straße gibt es keinen einzigen mit Brettern vernagelten Laden. Im Erdgeschoß des Gebäudes drei Türen weiter befindet sich ein Kerzengeschäft.«
»Und Sie waren bestimmt am Sproul Court?«
Eric sah es den beiden Beamten deutlich an, daß sie ihn für verrückt hielten.
»Wissen Sie, *wir* waren am Sproul Court«, erwiderte Medeiros, »aber wo waren Sie?«
»Ich war dort! Officer, auch wenn Sie anderer Meinung

sind; ich habe keine Schraube locker. Es ist alles genauso passiert, wic ich es erzählt habe. Sind Sie in den Kerzenladen hineingegangen?«

»Nein. Nach dem, was wir ein paar Häuser weiter erlebt hatten, wollten wir nicht unbedingt noch mal jemanden umsonst aus dem Bett trommeln. Aber das ganze Fenster ist voll von Kerzen und einer Menge anderem Schnickschnack, und man kann von da aus gut in den Laden sehen. Kein geköpftes Huhn weit und breit, Herr Doktor. Nichts dergleichen.«

Eric sank in seinen Stuhl zurück und versuchte verzweifelt zu verstehen, was er gerade gehört hatte.

»Das ist Wahnsinn«, murmelte er.

»Sehen Sie, da sind wir jetzt einer Meinung.«

»Was ist mit der Frau?«

»Was soll mit ihr sein?«

»Officer Medeiros, Sie müssen mir glauben. Ich habe Anna Delacroix in der Countway Library kennengelernt. Sie studiert an der Bostoner Universität und hat mich gebeten, sie am Sproul Court zu treffen. Dort sind wir von zwei mit Messern bewaffneten Männern entführt und in einem sehr beängstigenden Ritual vergiftet worden.«

»Wissen Sie, was wir glauben, Herr Doktor? Sie wollten von irgend so einer Bruderschaft oder einem Geheimbund aufgenommen werden, und das Ganze ist dann etwas ausgeufert.«

»Das ist doch lächerlich.«

»Haben Sie letzte Nacht irgendwelche Drogen genommen?«

»Nur das, was man mir auf die Haut aufgetragen hat. Hier drin ist jetzt gerade ein Toxikologe. Hören wir uns mal an, was er zu sagen hat, vielleicht glauben Sie mir dann.«

Wie auf Kommando wurde die Tür zum Labor aufgerissen,

und Ivor Blunt kam heraus. Er sah zornig und gleichzeitig nachdenklich aus.
»Körperpuder«, sagte er.
Die beiden Beamten sahen sich an und grinsten. Eric brachte kein Wort heraus.
»Talkum mit ein bißchen Dreck, ein paar Baumwollfusseln und einem winzigen Schuß Öl, möglicherweise Olivenöl«, fuhr Blunt fort. »Dr. Najarian, bei Ihnen ist offenbar eine Schraube locker! Ich habe eine Mordswut auf Sie!«
»Verstehen Sie denn nicht«, wandte sich Eric flehend von einem zum anderen, »das Ganze war ein abgekartetes Spiel, um mich in Verruf zu bringen – Sie sollten alle genau das denken, was Sie jetzt denken. Ich schwöre Ihnen, alles ist genauso passiert, wie ich es gesagt habe.«
»Ich gehe heim«, meinte Blunt. »Wenn Sie wieder einmal vergiftet werden sollten, verschonen Sie mich bitte.«
Mit diesen Worten drehte er sich um und stürmte in sein Labor zurück.
»Sieht ganz so aus, als glaubte er Ihnen nicht«, spottete Officer Medeiros. »Dr. Najarian, Sie sind letzte Nacht einer Menge Leuten ganz schön auf die Nerven gegangen.«
Eric konnte sich nicht erinnern, wann er das letzte Mal vor Verzweiflung geweint hatte, doch er wußte, daß genau das passieren würde, wenn er jetzt zu sprechen versuchte. Ein abgekartetes Spiel – Anna Delacroix hatte ihn Schritt für Schritt in die Falle gelockt, ihn gedemütigt und seinen Ruf ruiniert. Niemand würde ihn mehr ernst nehmen. Er biß sich auf die geschwollene Unterlippe und holte mehrmals tief Luft, bis er sich in der Lage fühlte, aufzustehen und mit den Polizisten zu reden.
»Hören Sie«, sagte er, »meine Lippe, die Schnitte an den Handgelenken – ich mach Ihnen doch nichts vor.«
»Ach, aufgerissene Lippen und zerschnittene Handgelenke

bekommen wir ständig zu sehen. Wir bezweifeln ja nicht, daß Sie letzte Nacht in irgendeine Sache hineingeraten sind. Allerdings sind wir uns ebenso sicher, daß Sie uns hier einen Bären aufbinden.«

»Und was ist Ihrer Ansicht nach die Wahrheit?«

Medeiros zuckte die Achseln. »Drogen, Frauen, Sexspielchen. Sehen Sie, Herr Doktor, wir sind ja keine Unmenschen; wir haben Verständnis für Sie. Aber wir sind eben auch Polizisten. Wir haben Ihnen zugehört, Ihre Angaben überprüft und nichts gefunden. Gar nichts. Glauben Sie mir, Sie sind weiß Gott nicht der erste Arzt, mit dem wir zu tun haben, weil er in irgendwas reingeschlittert ist. Ja, Mann, da war doch erst vor ein paar Monaten dieser Kerl aus Ihrer Notaufnahme, der verhaftet ...«

»Ja, ja, ich weiß. Aber das hat damit überhaupt nichts zu tun, glauben Sie mir.«

»Herr Doktor, in der Notaufnahme hat man mir erzählt, daß Sie ein verdammt guter Arzt sind – einer der besten, heißt es. Aber man hat mir auch gesagt, daß Sie in letzter Zeit ziemlich hart gearbeitet haben. Ich kenne Sie zwar nicht, aber bevor ich nicht vom Gegenteil überzeugt bin, muß ich annehmen, daß Sie ziemliche Probleme haben und sich vielleicht helfen lassen sollten. Sonst kommen Sie möglicherweise noch in größere Schwierigkeiten.«

»Ich brauche keine Hilfe, sondern nur jemanden, der die Wahrheit erkennt, wenn man sie ihm erzählt.«

»Bitte, bitte, ganz wie Sie wollen. Sollen wir Sie nach Hause bringen?«

»Nein, danke. Ich kann auch – oh, Scheiße!«

»Was ist?«

»Wer auch immer es war, jemand hat mir meine Schlüssel, meine Brieftasche, alles weggenommen. Ich kann nicht mal in meine Wohnung.«

»Hat jemand einen Zweitschlüssel?«
»Nein. Das heißt, doch, aber ich weiß nicht, wo sie ist. Offengestanden, nach allem, was mir zugestoßen ist, mache ich mir ziemliche Sorgen um sie. Vielleicht brauche ich Ihre Hilfe, um sie zu finden, aber solange ich nicht in meine Wohnung komme, kann ich überhaupt nichts unternehmen.«
Medeiros sah seinen Kollegen an. »Was meinst du, sollen wir ihm helfen?«
Der andere Polizist zuckte mit den Schultern und nickte dann.
»Wir haben's nicht gern, wenn sich so was rumspricht, aber wir kennen Mittel und Wege, um in Wohnungen hineinzukommen«, meinte Medeiros. »Kommen Sie. Und was Ihr Mädchen betrifft«, fügte er hinzu, »wenn Sie keinen Hinweis darauf haben, daß sie einem Verbrechen zum Opfer gefallen ist, raten wir Ihnen, mit einer Vermißtenanzeige achtundvierzig Stunden zu warten. In Ihrem Fall sagen wir besser zweiundsiebzig Stunden.«
Er legte die Hand auf Erics Schulter und geleitete ihn zur Tür hinaus. Im Gang wurden sie von fünf Reportern bestürmt. Einer von ihnen bat Eric zu warten, bis das Kamerateam eintraf, und hielt ihm das Mikrofon eines tragbaren Rekorders vor die Nase. Von allen Seiten wurde Eric mit Fragen bombardiert.
»Herr Doktor, erzählen Sie uns von dem Voodoo-Priester!« –»Werden Sie bald sterben?« – Wer ist diese mysteriöse Frau? Warum ist sie nicht an der Boston University eingeschrieben?« – »Was hat die Analyse des Giftes ergeben?« – »Werden Sie ins Krankenhaus eingeliefert?«
»Wollen Sie mit ihnen reden?« flüsterte Medeiros.
Eric schüttelte den Kopf.

»Aus dem Weg«, befahl der Polizist. »Sonst lasse ich Sie alle wegen Behinderung einer Amtshandlung verhaften.«
»He, jetzt übertreiben Sie nicht«, rief jemand. »Herr Doktor, was ist mit der verschwundenen Leiche? Mit der Frau, die bei der Obduktion noch gelebt hat?«
»Was ist denn das überhaupt für ein Krankenhaus?« wollte ein anderer Journalist wissen. »Erst dieser verrückte Arzt, der sich Drogen mit Sex bezahlen läßt, und jetzt das.«
Die beiden Polizisten hatten Eric in die Mitte genommen, schoben ihn an der neugierigen Meute vorbei und eilten den Gang hinunter. Kurz darauf saß Eric auf dem Rücksitz des Streifenwagens.
»In das Gebäude komme ich schon hinein«, meinte er. »Der Nachbar unter mir hat für seine diversen Damenbesuche ein Schlüsselbund hinter dem Haus versteckt.«
»So was hören wir gern«, meinte der Polizist namens Brian. »Übrigens, danke für Ihre Hilfe.«
»Anscheinend haben Sie eine schlimme Nacht hinter sich«, erwiderte Medeiros.
Eric lächelte gequält. Seine Karriere, zumindest die im White Memorial Hospital, war praktisch beendet, das wußte er. Und wenn, wie er vermutete, die ärztliche Aufsichtsbehörde von seiner Beinahe-Verhaftung erfuhr, war seine gesamte medizinische Laufbahn gefährdet. Für welche Leute Anna Delacroix auch arbeitete, sie konnten mit ihr voll und ganz zufrieden sein.
Über die hintere Zufahrt gelangten sie zu dem Haus, in dem Eric wohnte, und sie stiegen die Hintertreppe hinauf. Medeiros ging vor der Tür in die Hocke und untersuchte das Schloß.
»Dürfte kein Problem sein«, meinte er.
Er bewegte den Türknopf, der sich problemlos drehen ließ. »Sie haben offenbar vergessen abzusperren, Doktor«, sagte

er und stieß die Tür auf. »Die Polizei, dein Freund und Helfer, rät, immer …«

Wie vom Donner gerührt blieben die drei Männer stehen und starrten in die Wohnung – sie war ein einziges Trümmerfeld. Medeiros und sein Kollege lösten die Sicherheitsklappen an ihren Pistolenhalftern, ehe sie die Wohnung betraten. Herausgezogene Schubladen lagen auf dem Boden, Kartons mit Büchern waren aufgerissen und umgekippt worden, überall verstreut lagen Papierfetzen und die Scherben einer Lampe. Vorsichtig gingen die Männer zu Erics Schrank, der auch nicht verschont worden war.

In der Spüle fanden sie schließlich Verdi. Der Papagei war tot; jemand hatte ihm das Genick gebrochen. Als Eric den toten Vogel sah, ließ er sich schluchzend auf einen Stuhl fallen und vergrub das Gesicht in den Händen. Er hatte keine Tränen mehr.

»Haben Sie eine Ahnung, wer das getan haben könnte?« fragte Medeiros. »Oder warum? Oder wie die Täter überhaupt hereingekommen sind? Es gibt nirgends Spuren, die auf einen Einbruch hindeuten.«

»Man hat mir die Schlüssel abgenommen, das habe ich Ihnen doch schon gesagt.«

»He, Tony«, hörten sie in diesem Augenblick den anderen Polizisten rufen. »Ich bin im Bad, komm doch mal her. Ich glaube, hier ist die Erklärung.«

Der Polizist eilte über den Gang, dicht gefolgt von Eric.

Brian stand mit verschränkten Armen im Badezimmer. Über dem Waschbecken lag Erics ovaler Wandspiegel aus dem Schlafzimmer. Darauf lagen eine Rasierklinge, ein Strohhalm und ein kleiner Löffel. Mehrere dünne Linien eines weißen Pulvers waren nebeneinander angeordnet, und es sah so aus, als seien einige weitere bereits konsumiert worden. Auf dem Klodeckel lag ein Plastikbeutel, in dem sich nach Erics Schätzung Kokain im Wert von mindestens tausend Dollar befand.

Eigentlich war Eric in diesem Moment gar nicht besonders verwundert. Wenn ihn etwas erstaunte, dann nur die Erkenntnis, daß er mit so etwas fast schon gerechnet hatte. Wer auch immer Anna Delacroixs Hintermänner waren, sie wollten ihn nicht umbringen, sondern in psychisch und gesellschaftlich vernichten.

»Drogen können einen dazu bringen, ganz, ganz schlimme Sachen zu tun«, sagte Tony Medeiros nachdenklich, als spräche er mit einem kleinen Kind. »Sogar, wenn man Arzt ist. Glauben Sie mir, davon hätten Sie besser die Finger gelassen.«

Dann griff er nach hinten und holte die am Gürtel befestigten Handschellen hervor.

Wortlos drehte Eric sich um und verschränkte die Hände hinter dem Rücken.

»Glauben Sie wirklich, ich schlage meine Wohnung kurz und klein, bringe meinen eigenen Papagei um und lasse das Zeug hier liegen? Und komme dann auch noch mit zwei Polizisten zurück?« fragte Eric, während die Handschellen zuschnappten. Seine Stimme klang ruhig und teilnahmslos.

»Herr Doktor«, meinte Medeiros, »wenn wir so etwas sehen, müssen wir sofort handeln. Fürs Denken ist jemand anderer zuständig. Brian, sagst du in der Zentrale Bescheid? Der Doktor und ich warten solange im Wohnzimmer – oder was davon übriggeblieben ist.«

Eric sank auf die Couch und betrachtete den Trümmerhaufen – die Reste eines unkomplizierten und wohlgeordneten Lebens. Auf einmal überkam ihn eine eigenartige unwirkliche Ruhe. Wer das auch immer getan hatte, mußte sich bedroht fühlen; entweder weil Eric etwas wußte oder weil er im Begriff war, etwas herauszufinden. Nun gut, man hatte ihn geschlagen und fertiggemacht, ihn unter Druck gesetzt und seinen Ruf ruiniert. Aber man hatte ihn nicht umgebracht. Und wie diese Leute bald feststellen würden, war das ein Fehler gewesen.

Aus den Tiefen seines Unterbewußtseins kam Eric eine Melodie in den Sinn, die er zuerst kaum wiedererkannte, doch dann nickte er im Rhythmus dazu und summte leise mit. Sie ging ihm noch durch den Kopf, als er bereits die Treppe hinunter und zum Streifenwagen gebracht wurde. Es war der Refrain von Kris Kristoffersons »Me and Bobby McGee«.

Freedom's just another word for nothin' left to lose... Freiheit heißt nur, daß man nichts zu verlieren hat ...

31

Wissen Sie, Mr. Najarian, Sie beide sollten sich vielleicht besser absprechen. Erst rufen Sie an und hinterlassen eine Nachricht, daß Sie angerufen haben und daß Sie in Ordnung sind; dann ruft sie an und läßt Ihnen ausrichten, daß sie angerufen hat und daß sie in Ordnung ist. Dann machen Sie beide das Ganze noch mal von vorn. Aber keiner von beiden hinterläßt eine Telefonnummer. Verstehen Sie, was ich meine?«

»Ja«, antwortete Eric und stellte sich vor, wie der iranische Portier des Hotels Carlisle hinter seinem Empfangstisch herumhuschte. »Ich hab' verstanden.«

»Sie möchten also jetzt eine Nummer hinterlassen, ja?«

Eric sah über den Gang des Gefängnisses der Polizeiwache Vier zu dem Beamten hin, der darauf wartete, ihn dem Untersuchungsrichter vorzuführen. Die Anklage lautete auf Besitz von Betäubungsmitteln und beabsichtigten Verkauf.

»Nein«, erwiderte er. »Sagen Sie ihr nur, daß ich angerufen habe und daß es mir gutgeht. Ich rufe später noch mal an.«

Nach diesen Worten legte er auf und ließ sich wieder die Handschellen hinter dem Rücken anlegen. Er zuckte zusammen, als er den inzwischen vertrauten Schmerz an den Handgelenken spürte, und fragte sich, wie die von Jennifer Farrell genähten Wunden inzwischen aussehen mochten. Außerdem stellte er sich nun wohl zum hundertstenmal die

Frage, wo Laura steckte und warum sie in der letzten Nacht nicht in ihrem Hotelzimmer übernachtet hatte.
Nach den Angaben des Portiers vom Carlisle hatte sie gegen sechs Uhr morgens zuletzt angerufen. Inzwischen war es fast elf. Eric war heilfroh, daß sie wenigstens nicht in seiner Wohnung geschlafen hatte; wo sie auch sein mochte, sie hatte die letzte Nacht hoffentlich angenehmer verbracht als er.
Aber als er länger über alles nachdachte, wurde ihm allmählich eines zur Gewißheit: Etwas mußte geschehen sein, das ihr entweder Angst eingejagt oder sie wenigstens gewarnt hatte. Sie hatte sich zwar die Mühe gemacht, im Carlisle Bescheid zu sagen, daß es ihr gutginge, aber sie wollte keine Telefonnummer hinterlassen. Vielleicht schätzte sie den Portier als jemanden ein, der jedem, der mit ein paar Scheinen wedelte, gern zu Diensten war. Jedenfalls hatte Eric den Eindruck gewonnen, daß der Mann ein wenig zu neugierig war.
Es konnte durchaus sein, vermutete Eric, daß man schon mit ihm Verbindung aufgenommen hatte. Eine andere Möglichkeit war, daß Laura einen der Männer von den Docks vor dem Hotel erkannt hatte. Oder die Kerle hatten versucht, sie sich zu schnappen, und sie war geflohen. Wahrscheinlich versteckte sie sich jetzt in einem anderen Hotel und fragte sich, wo *er* war. Eric hätte sich ohrfeigen können, weil er im Moment nicht für sie erreichbar war.
»Haben Sie eine Jacke?« fragte der Polizist, der Eric bewachte, als sie zum Ausgang des Polizeireviers gingen.
»Nein. Aber es ist ja schönes Wetter draußen. Ich glaube, ich brauche keine.«
»Wie Sie wollen. Ich frage nur, weil manche Leute sich gern die Jacke über den Kopf ziehen.«
»Über den ...?«

Eric hatte keine Gelegenheit mehr, zu Ende zu sprechen. Als er in Begleitung zweier weiterer Beamter aus dem Gebäude trat, stand er plötzlich einer Menschenmenge gegenüber, die sich mit Mikrofonen und klickenden Kameras auf ihn stürzte. Mindestens fünfmal so viele Reporter wie zuvor im Krankenhaus, und wesentlich aufdringlicher. Eric schützte seine Augen mit der Hand vor dem Blitzlichtgewitter und versuchte, den Schwall von Fragen zu überhören. Auch die höflichsten waren noch unverschämt und geschmacklos genug. Auf einmal hörte er eine hohe, heisere Stimme, die den Lärm überschrie.

»Machen Sie Platz! Machen Sie Platz! Im Augenblick können wir Ihnen nur sagen, daß dieser Mann unschuldig ist und daß er nach Berücksichtigung aller Fakten freigesprochen werden wird. Und jetzt lassen Sie uns bitte vorbei!«

Eric starrte in die Richtung, aus der die Stimme kam, und sah einen Mann in einem zerknitterten, schlecht sitzenden Anzug mit einem abgewetzten Aktenkoffer.

»Wer sind Sie?« rief einer der Reporter.

»Für wen halten Sie mich? Gandhi?« gab der Mann zurück. »Ich bin Dr. Yossarians Anwalt.«

»Najarian«, flüsterte Eric.

»Connolly«, entgegnete der Mann. »Felix Connolly. Alles in Ordnung?«

»Ja, danke. Sagen Sie, warum tun Sie das?«

»Ich bin einem gewissen Privatdetektiv einen Gefallen schuldig«, antwortete Connolly flüsternd.

»Aha.« Eric fiel ein, daß Laura von einem Bernard Nelson erzählt hatte, und jetzt wußte er, wo sie war. Nach ihrer Beschreibung des Detektivs und seines Büros wunderte er sich nicht mehr besonders über das Erscheinungsbild des Anwalts, der diesem Detektiv einen Gefallen schuldig war.

Er konnte nur hoffen, daß der Mann wußte, was er tat. »Geht es Laura gut?«
Der Anwalt nickte. »Wir sollten möglichst wenig Namen nennen, nur für alle Fälle«, meinte er. »Gestern gab's ein paar Probleme, aber es geht ihr jetzt gut. Unser gemeinsamer Freund kümmert sich darum, daß sie eine Weile von der Bildfläche verschwindet. Wenn wir unter uns sind, erzähle ich Ihnen, was ich weiß. Der Streifenwagen bringt Sie zum Gerichtsgebäude. Ich fahre mit meinem Wagen, wir treffen uns dann dort.«
Er deutete auf einen verbeulten VW-Käfer direkt hinter einem Polizeiauto.
»Ein Mercedes wäre vielleicht vertrauenerweckender«, sagte Eric.
»Keine Bange«, erwiderte Felix Connolly. »Manchmal trügt der Schein. Sie werden's nicht glauben, aber ich habe schon schwerere Jungs als Sie rausgeholt.«

Mit einer erstaunlichen Mischung aus Ausstrahlungskraft, Wortgewalt, Freimütigkeit und juristischem Scharfsinn schlug Felix Connolly für Eric eine Bresche durch den Paragraphendschungel, den eine Anklage vor dem Bezirksgericht mit sich brachte. Er konnte den Staatsanwalt überzeugen, wenigstens die Anklage wegen beabsichtigten Verkaufs von Drogen fallenzulassen, und er erreichte auch, daß die von der Staatsanwaltschaft beantragte Kaution von 10 000 Dollar auf ein Fünftel verringert wurde. Nachdem schließlich der Termin für eine Anhörung festgesetzt und der Fall an das Bezirksobergericht von Suffolk County weitergeleitet worden war, brachte Connolly Eric rasch aus dem Gerichtsgebäude, an den wild durcheinander schnatternden Reportern vorbei zu seinem Volkswagen.
»Ist ja prächtig gelaufen«, meinte Eric, als Connolly seinen

Wagen zentimeterweise durch die Menge manövrierte und sich dann in den Verkehr einreihte. »Sie sind ziemlich gut in Ihrem Job.«

Connolly nahm das Kompliment mit einem Nicken zur Kenntnis.

»Falls Sie's noch nicht wissen«, sagte er, »das gleiche gilt auch für Bernard Nelson. Ihre Freundin kann von Glück reden, daß sie an ihn geraten ist.«

»Ich kann's noch immer nicht fassen, was sie alles durchgemacht hat.«

»Was das betrifft – Sie haben sich auch recht wacker geschlagen.«

»Ja, wahrscheinlich. Übrigens, ich glaube, wir sind jetzt an den letzten von diesen verdammten Reportern vorbei.«

»Da würde ich mich nicht darauf verlassen«, entgegnete der Anwalt, griff nach einer Zeitung auf dem Rücksitz und gab sie Eric. »Ich vermute, daß uns ein paar von denen gerade auf den Fersen sind. Die Presse lechzt nach Ihnen. Das ist die Morgenausgabe des *Herald*. Schauen Sie sich die an, und dann zeige ich Ihnen das Extrablatt, das vor ein paar Stunden herausgekommen ist.«

Die Morgenausgabe enthielt auf Seite drei einen langen zweispaltigen Artikel, der hauptsächlich davon handelte, wie ein unerschrockener Arzt darum kämpft, die Leiche und Gewebeproben einer Frau zu finden, die Gerüchten zufolge bei lebendigem Leib obduziert worden ist. Außer einigen knappen biographischen Angaben über Eric bestand die Story ausschließlich aus verweigerten Stellungnahmen und Dementis von Seiten der Krankenhausleitung und des Leichenbeschauers. Der wörtlich zitierte Joe Silver bezeichnete die Gerüchte über die Lebendautopsie als falsch und fügte hinzu: »Dr. Najarian arbeitet seit fünf Jahren in diesem Krankenhaus und sollte sich davor hüten, der Presse

irgendwelche Krankenhaus-Interna mitzuteilen, insbesondere, wenn er dafür überhaupt keine Beweise hat.«
Nach diesem Zeitungsartikel sanken Erics Hoffnungen, im White Memorial Karriere machen zu können, beinahe auf den Nullpunkt, doch das war noch gar nichts, verglichen mit dem Extrablatt:

ZOMBI-DOKTOR
JAGT DIE UNTOTEN

Die Titelstory mit dem Foto von einem dämlich dreinschauenden Eric, den zwei Polizisten aus der Pathologischen Abteilung herausführen, war ein echtes Glanzstück des Sensationsjournalismus. Wenn der Reporter die eine oder andere Tatsache nicht kannte oder sie sich nicht in seinen Artikel einfügte, saugte er sich einfach selbst ein paar reißerische Details aus den Fingern. Interviews mit Ivor Blunt, der Polizei von Wayward und verschiedenen Angestellten des Krankenhauses wurden geschickt montiert, um das Bild eines abgespannten, überarbeiteten jungen Mannes zu zeichnen, dessen Beförderung zum stellvertretenden Chefarzt der Notaufnahme vor kurzem abgelehnt worden war und der seinen Streß nur noch mit Kokain bewältigen konnte. Seine Zwangsvorstellungen über das Gift Tetradotoxin seien nach Angaben von Blunt und anderen eindeutig das Resultat eines durch Kokain bedingten Verfolgungswahns.
Eric fluchte leise vor sich hin, während er den Artikel las. »Den sollte man doch ...«
In einem kleineren Beitrag auf der dritten Seite wurde die Geschichte um die Verhaftung und das darauf folgende Verschwinden von Craig Worrell wieder aufgewärmt, dem der *Herald* den Titel »Sex-Doktor« verliehen hatte. Der Reporter, der, wie Eric vermutete, nach dieser Story sicher-

lich zum Ressortleiter avanciert war, hatte eins und eins zusammengezählt: Der »Zombie-Doktor« war bis vor kurzem noch der aussichtsreichste Kandidat für den seit dem Weggang des »Sex-Doktors« verwaisten Posten gewesen. Eric fragte sich, ob selbst ein so altehrwürdiges Krankenhaus wie das White Memorial imstande sein würde, einen derartigen Rufmord zu überstehen.

»Das geht vorbei«, meinte Connolly.

»Im Moment ist mir das schon fast egal. Ich möchte eigentlich nur Laura sehen, weiter nichts. Fahren wir zu ihr?«

»Auf keinen Fall. Wie schon gesagt, wahrscheinlich sind einige Reporter und wer weiß was noch alles für Gesindel hinter uns her. Bernard Nelson ist um die Sicherheit Ihrer Freundin besorgt. Und glauben Sie einem, der ihn ziemlich lange kennt: Bernard Nelson macht sich nie grundlos Sorgen.«

»Was tun wir dann?«

»Nun, nehmen Sie es nicht persönlich, aber erst mal sollten Sie irgendwo duschen.«

Eric lächelte verlegen und vergrub das Gesicht in den Händen.

»Schon gut«, erwiderte er. »Ich weiß zwar nicht, in welchem Zustand meine Wohnung inzwischen ist, aber ich habe meinen Zweitschlüssel mitgenommen, bevor ich verhaftet worden bin. Also kann ich wenigstens hinein.«

»Ich gehe mit Ihnen hinauf«, sagte Connolly. »Bernard und ich sind erst quitt, wenn ich Sie bei Ihrer Freundin abgeliefert habe, ohne daß uns jemand folgt.«

»Und wie wollen Sie das sicher wissen?«

Connolly lächelte geheimnisvoll.

»Überlassen Sie das fürs erste mir und meinem Käfer.«

Ohne auf das Chaos in seiner Wohnung zu achten, eilte Eric

ins Schlafzimmer und rief in Bernard Nelsons Büro an. Laura hatte von seiner Verhaftung aus den Nachrichten im Radio erfahren.

»Und im Fernsehen warst du auch«, sagte sie. »Ich konnte es gar nicht glauben, was über dich gesagt wurde.«

»Mir ging's genauso. Ich konnte es nicht fassen, daß sie dich fast umgebracht hätten.«

»Eric, hat Connolly dir von Donald Devine erzählt?«

»Hat er, ja. Du mußt ja wirklich verrückt sein, daß du so was riskierst.«

»Das meinst du doch nicht ernst?«

»Nein«, erwiderte er. »Nein, eigentlich nicht. Ich wollte nur, ich wäre bei dir gewesen, und nicht da, wo ich war.«

»Ich möchte alles darüber wissen. Hat der Anwalt dir gesagt, daß du vorsichtig sein mußt, wenn du herkommst?«

»Ja. Er hat sich schon was ausgedacht, aber er will's mir nicht sagen.«

»Das ist auch gut so, Eric. Irgendwas ist hier nämlich faul, und Donald Devine steckt – ich meine, *steckte* – mittendrin.«

»Was willst du damit sagen?«

»Weißt du, ich glaube, ich erzähle dir die Einzelheiten lieber, wenn wir uns treffen, aber in einem der Auftragsbücher aus seinem Safe stand eine lange Liste von Kunden, die nur nach ihren Initialen und dem Datum aufgeführt sind. Nach den Anfangsbuchstaben stehen jeweils mehrere weitere Abkürzungen und Namen.«

»Und?«

»Wir konnten herausbringen, daß Devine – oder sonst jemand, der seinen Leichenwagen fuhr – immer kurz nach jedem dieser Tage von Boston aus irgendwohin in den Süden von Utah gefahren ist. Viele Dutzend Male.«

»Dieses Buch würde mich wirklich sehr interessieren.«

»Du wirst es sehen. Noch was, Eric. Die letzte Eintragung in dem Buch ist unvollständig. Es steht nur ein Datum da und die Initialen L. L.«

»L. L.?«

»Eric, es ist das Datum, an dem Reed Marshall diese Frau für tot erklärt hat.«

»Loretta Leone! Dann hatte Devine ihre Initialen also schon in dem Buch?«

»Sieht ganz so aus.«

»Laura, hast du mal das Datum im Februar überprüft, als ...«

»Für diesen Tag gibt es auch eine Eintragung«, unterbrach sie ihn. »Mit den Initialen P. T.«

»Wir kriegen schon raus, was das bedeutet«, meinte Eric aufgeregt. »Bleib, wo du bist, ich bin gleich bei dir.«

»Ich bin so froh, daß es dir gutgeht.«

Eric verabschiedete sich und legte den Hörer sanft auf die Gabel.

»Klingt ja ganz so, als würde allmählich was vorwärtsgehen«, bemerkte der Anwalt.

»Allerdings«, bestätigte Eric. »Wenn wir das alles hinter uns haben, gibt es hoffentlich einige Leute im White Memorial, die Ihre Dienste mindestens genauso dringend in Anspruch nehmen müssen, wie das bei mir der Fall war. Ich weiß noch nicht, was da vor sich geht. Aber nach all dem, was Laura gestern und mir letzte Nacht passiert ist, haben wir wohl einen empfindlichen Nerv getroffen. Was ich inzwischen weiß und was Laura und Ihr Freund Bernard herausgefunden haben, ergibt zusammen schon eine ganze Menge. Und irgendwo da draußen finden wir den Kitt, der die ganzen Einzelteile zusammenhält.«

Felix Connolly zog einen kleinen silbernen Flachmann aus der Jackentasche und schraubte den Verschluß ab.

»In diesem Fall, mein Guter«, meinte er, »trinke ich auf den Kitt.«

Rocky DiNucci schob die Hände in die Taschen seines verschlissenen, ölbefleckten Parkas und vergewisserte sich, daß die sechzehn Dollar noch da waren, die er sich mit dem Auskehren zweier Lagerhäuser und dem Entleeren von Fässern an den Docks von East Boston verdient hatte. Er war auf dem Weg zu Stellas Wein- und Spirituosenladen, wo er sich einen ordentlichen kalifornischen Rotwein und ein paar hartgekochte Eier leisten wollte; vielleicht sogar zur Feier des Tages sein Lieblingssandwich, Schinken und Mortadella mit allen Extras. Rocky paßte besonders gut auf sein Geld auf. Oft nämlich verschwand es einfach auf unerklärliche Weise, bevor er es ausgeben konnte.
Früher war DiNucci ein vielversprechender Mittelgewichtsboxer gewesen. Aber im Laufe der Jahre hatte er zu viele Schläge einstecken müssen. Und mit dem vielen billigen Wein hatte er seinem Körper auch keinen Gefallen getan. Doch er war immer noch stolz darauf, ein »guter Kerl« zu sein, »der keiner Fliege was zuleide tun könnte«. Außerdem freute er sich jedesmal, wenn er jemandem das zerknitterte Foto zeigen konnte, das ihn als ehemaligen Sparringpartner des Mittelgewicht-Champions Carmen Basilio auswies.
In den kalten Monaten suchte Rocky sich irgendwo in der City eine Bleibe, aber die meiste Zeit des Jahres verbrachte er in seiner Behelfshütte aus Holz, Karton und Blech, die er sich unter einer Brücke der Route 1A, einen knappen Kilometer vom Hafenviertel entfernt, gebaut hatte.
Er konnte leidlich lesen und sogar ein bißchen schreiben, und er hatte vom Boxsport immer noch genug Ahnung, um in Cardarellos Sportcenter auszuhelfen, wenn man ihn brauchte. Und im Lauf der Jahre hatte er immer wieder mal

versucht, sein Leben in den Griff zu bekommen – eine Entziehungskur zu machen und genug Geld für eine feste Wohnung zusammenzusparen. Aber jedesmal hing er in kürzester Zeit wieder an der Flasche und fand sich unter der Route 1A wieder.

Mit zwei Schachteln Camel, einem halben Dutzend gekochten Eiern, zwei Zwei-Liter-Flaschen Rotwein und fast sechs Dollar in bar verließ Rocky Stellas Laden. Sein ganzes Kleingeld – achtundziebzig Cent – schenkte er zwei Jungen, die sein Foto sehen wollten. Dann machte er sich auf den Heimweg und überlegte, was er mit dem restlichen Geld anfangen sollte und wo er es solange sicher verstecken konnte.

Der Nachmittagshimmel hatte sich inzwischen verdüstert, und Rocky wußte, es stand ein Gewitter bevor. An dem freien Gelände neben der Abzweigung zum Highway blieb er stehen und suchte herum, bis er ein paar Schrotteile fand, mit denen er sein Dach reparieren konnte. Dann ging er über die Straße zu seiner Hütte. Daß die Sperrholztür halb geöffnet war, störte ihn nicht besonders. Die Kinder spielten hier oft Indianer und benutzten seine Hütte als Festung. Und da er alles, was ihm etwas bedeutete, in seinem Leinenrucksack stets bei sich trug, gab es in seiner Hütte nicht viel zu holen.

»Hallo«, rief Rocky, als er näherkam, »ist da jemand?«

Keine Antwort.

Er setzte seinen Rucksack ab und drückte mit dem Fuß behutsam die Tür auf. Dort, auf dem Haufen alter Decken, den er als Bett benutzte, lag ein Mann mit dem Gesicht nach unten. Erst als Rocky sich neben die reglose Gestalt kniete, erkannte er, daß es sich nicht um eine Leiche handelte. Der Mann schlief nur.

Rocky goß sich ein Glas Wein ein, setzte sich auf eine Holzkiste und begutachtete seinen Gast. Im dämmrigen

Licht konnte er gerade noch die Gesichtszüge des Mannes erkennen. Er war sich sicher, daß er dieses Gesicht schon einmal gesehen hatte, daß er es kannte. Aber von woher?
Nach einer knappen Stunde und zwei weiteren Gläsern Wein räusperte sich Rocky. Dann räusperte er sich noch etwas lauter. Schließlich gab er dem Eindringling mit dem Fuß einen leichten Stups. Da rührte sich der Mann und wachte auf. Mühsam gelang es ihm, sich aufrecht zu setzen. Als Rocky das blasse, schmale Gesicht des Mannes nun richtig sah – die Lippen waren aufgeplatzt und blutverkrustet, der Blick stumpf und leer –, fiel ihm plötzlich der Name eines Boxers ein. Nicht, daß dieser Mann und Jesse Kidd sich sehr ähnlich sahen, aber der Gesichtsausdruck war derselbe. Es war der Blick des Todes – Jesse Kidds Blick, als er aufzustehen versuchte, nachdem Rocky ihn an einem Freitagabend in einer verrauchten Arena in Newark in der sechsten Runde k.o. geschlagen hatte. Kidd war nie mehr aufgestanden, und zehn Minuten nach dem K.o.-Schlag war er tot.
»Hallo, mein Junge, brauchst keine Angst zu haben. Ich heiße Rocky und wohne hier. Bist du o.k.?«
Scott Enders starrte ihn eine Weile an und schüttelte dann den Kopf.
»Ich glaube, ich habe mir ein paar Rippen gebrochen«, sagte er. »Es tut beim Atmen weh.«
»Bist du aus der Gegend?«
»Nein, aus Cleveland.«
»Cleveland, so so. Ich könnte schwören, daß ich dich schon mal gesehen habe. Wie heißt du?« Scott deutete auf das Namensschild auf seinem Hemd. »Bob, was?« Rocky schniefte. »Was'n das, Knastklamotten oder was?«
»Weiß nicht«, antwortete Scott.
»Willst was trinken?«
»Ja.«

Rocky war schon im Begriff, ihm die Flasche zu geben, hielt dann aber inne und reichte dem Mann das halb gefüllte Glas, während er selbst die Flasche behielt.
»Hast du Geld?« fragte er.
»Ein bißchen.«
Scott kramte das Geld hervor, das von Eddie Garcias Scheinen übriggeblieben war, und stöhnte leise auf. Die Stelle, wo sein Entführer ihn in die Brust getreten hatte, tat höllisch weh. Bei der Fahrt von Ohio nach Boston hatte er in der Toilette des Busses ein paarmal Blut gespuckt. Jetzt rang er mühsam um jeden Atemzug. Nach der Ankunft am Bostoner Busbahnhof hatte ein Taxifahrer ihm zwanzig Dollar abgeknöpft und ihn irgendwo in East Boston abgesetzt. Dann erinnerte sich Scott an nichts mehr, bis er aus dem Schlaf gerüttelt worden war.
Rocky DiNucci starrte auf das Geld.
»Nun, Bob«, meinte er, »wenn du ein paar Dollar Miete zahlst, kannst du gern hier bei mir wohnen.«
»Ich muß Mrs. Gideons Pferd finden.«
»Klar, natürlich.«
Scott wußte, daß der Mann ihn nicht verstand. Am liebsten wäre er einfach sofort losgelaufen, hätte versucht, das zu finden, was Mrs. Gideons Pferd für ihn bedeutete, hätte versucht, sich selbst zu finden. Doch die lange Reise und der unerbittliche Schmerz in seiner Brust hatten ihn völlig ausgelaugt. Es war im gleichzeitig heiß und furchtbar kalt, und er sehnte sich nur noch nach Schlaf. Schließlich reichte er Rocky die Scheine und legte sich wieder auf die Decken.
»He, fünfunddreißig Piepen sind wirklich zuviel«, hörte er Rockys Stimme. »Hier, ich nehme zehn, und du behältst den Rest. Bist du wirklich o.k.? Vielleicht solltest du ins Krankenhaus ... na ja, deine Sache. Vielleicht geht's dir besser, wenn du ein bißchen schläfst ... Warst du wirklich noch nie in

dieser Gegend? Ich könnte schwören, daß ich dich schon gesehen hab'... Na, is' ja egal. Wenn ich dich schon mal gesehen hab', fällt's mir schon wieder ein ... Die Leute machen sich gern über mich lustig, aber sie wissen nicht, daß der alte Rocky DiNucci ein Gedächtnis wie ein Elefant hat. Wenn ich dich schon mal gesehen hab', fällt es mir garantiert irgendwann wieder ein. Ja, mein Herr, der alte Rocky, der Elefant, kommt schon noch drauf ...«

32

Der Kilometerzähler von Felix Connollys grünem Käfer hatte 99 000 Kilometer angezeigt, als er den Wagen 1980 gekauft hatte, und auf 99 000 stand er nun wieder. Doch bei der Fahrt durch den chaotischen Berufsverkehr war Eric beeindruckt, daß der Motor noch so kräftig durchzog. Außerdem nahm er mit Erleichterung zur Kenntnis, daß der Anwalt seine Flasche nach einem einzigen Schluck wieder in der Manteltasche verschwinden ließ und offenbar auf weitere Trinksprüche verzichtete. Momentan stand so viel auf dem Spiel, daß Alkohol am Steuer sich eigentlich von selbst verbat.

Wenn Connolly befürchtete, daß sie verfolgt wurden, so konnte er das ganz gut verstecken. Meist blieb er auf einer Spur und sah selten, wenn überhaupt, in den Rückspiegel. Und er weigerte sich auch, Eric zu erklären, warum sie in Richtung Roxbury fuhren, was genau entgegengesetzt zu Bernard Nelsons Büro in der Boylston Street lag.

»Vertrauen Sie nur meinem Käfer«, sagte er lediglich.

Bevor er sein Apartment verließ, hatte Eric Joe Silver im White Memorial angerufen. Der Chefarzt der Notaufnahme gab ihm kühl zu verstehen, daß es im Interesse aller sei, wenn Eric sich vorübergehend vom Dienst suspendieren ließ, bis die ganze Angelegenheit mit der Verhaftung und der Anklage wegen Drogenbesitzes aufgeklärt war.

Ohne auf Einzelheiten einzugehen, ließ Eric durchblicken,

daß im White Memorial unlautere Dinge vorgingen; Silver würde besser daran tun, das übrige Krankenhauspersonal unter die Lupe zu nehmen. Falls Silver wirklich zu Äskulap gehörte, dann, so hoffte Eric, würde er sich vielleicht durch diese indirekte Drohung zu irgendeiner verräterischen Reaktion oder Äußerung hinreißen lassen.

Allerdings schien der Chefarzt von diesen Einwänden nicht im geringsten beeindruckt. Er teilte Eric nur mit knappen Worten mit, daß er bis zum nächsten Nachmittag Zeit habe, den Dienst zu quittieren, andernfalls werde er fristlos entlassen.

Nachdem er aufgelegt hatte, wickelte Eric den toten Verdi in Zeitungspapier und legte ihn auf den Balkon; mehr konnte er im Augenblick nicht tun, Connolly wollte um halb vier aufbrechen. Für die wenigen verbleibenden Minuten lehnte Eric sich ans Balkongeländer, schaute über die Häuserdächer und versuchte sich angesichts der drohenden Entlassung über seine Lage klarzuwerden. Er machte sich Sorgen um seine Zukunft und ärgerte sich, daß Silver so wenig Vertrauen zu ihm hatte, doch am meisten quälte ihn der Gedanke an seine Eltern. Wie war denen wohl jetzt zumute?

Am Vormittag hatte er sie während einer Unterbrechung der Gerichtsverhandlung angerufen und sie von seiner Unschuld zu überzeugen versucht. Wie nicht anders zu erwarten war, nahmen sie seine Schwierigkeiten sehr persönlich, fühlten sich selbst zu verwirrt und gedemütigt, um zu sagen, daß sie ihm wirklich glaubten. Da er in seinem ganzen Leben noch nie etwas wirklich Schlimmes angestellt hatte, waren seine Eltern auf diese Nachricht vollkommen unvorbereitet gewesen – sie traf sie wie ein Schlag. Daß man ihn zwang, das White Memorial zu verlassen, machte ihnen mehr zu schaffen als die Gefängnisstrafen seines Bruders.

Insgeheim erneuerte Eric seinen Schwur, die Sache bis zum Ende durchzustehen – die Leute zu finden, die ihm und Laura das Leben zur Hölle gemacht hatten. Er würde nicht lockerlassen, bis er sie zur Strecke gebracht hatte. Wenn er das überstehen sollte, würde er ein neues Leben anfangen – zusammen mit Laura, hoffte er.

»Ein grauer Cougar und ein blauer Volvo«, sagte Felix Connolly.

»Was?«

»Drehen Sie sich nicht um, aber wir werden von mindestens zwei Autos verfolgt. Sie sind schon hinter uns, seit wir von Ihrer Wohnung losgefahren sind.«

»Reporter?«

»Das kommt darauf an, ob Sie sich heute als Glückspilz fühlen.«

»Könnte ich nicht behaupten.«

»Dann würde ich sagen, das sind keine Reporter. Schnallen Sie sich an und machen Sie die Augen zu, wenn Sie wollen.« Connolly zog seine Flasche heraus und nahm einen kleinen Schluck. Und noch bevor Eric etwas sagen konnte, hatte der Anwalt einen Gang zurückgeschaltet und das Gaspedal bis zum Anschlag durchgedrückt. Der VW schoß an zwei Wagen vorbei, deren Fahrer verdutzt dreinschauten, kratzte eine scharfe Kurve und verschwand in einer Seitenstraße. Eric schaute zurück, als der Cougar gerade mit quietschenden Reifen in die Straße einbog, ein oder zwei Sekunden später folgte der Volvo.

Die Nebenstraße mit dem Müll und den Glasscherben im Rinnstein war typisch für dieses besonders heruntergekommene Stadtviertel. Verfallene Ziegelbauten säumten den nur knapp einen Meter breiten Bürgersteig, und zwischen den Häusern gab es nur schmale Durchgänge. Die unbekannten Verfolger hatten beträchtlich aufgeholt, als der VW

die halbe Strecke der Straße zurückgelegt hatte. Es schien ziemlich unwahrscheinlich, daß sie die nächste Kreuzung erreichen würden, ohne eingeholt zu werden. Doch plötzlich war diese Überlegung auch schon hinfällig: Vor ihnen war ein kaputter alter Chevy mit aufgeklappter Motorhaube so schräg geparkt, daß er die ganze Straße blockierte.
»Scheiße«, rief Eric und sah sich noch einmal um. »Was machen wir denn jetzt?«
In diesem Augenblick trat Connelly voll auf die Bremse und lenkte den Wagen nach links in eine Gasse, die so eng war, daß Eric sie gar nicht bemerkt hatte. Im Abstand von knapp fünf Zentimetern passierte der VW die Häuserwände links und rechts.
»Bernard findet, man sollte das hier in Nelson-Gasse umbenennen«, erklärte Connolly, während er den Wagen langsam durchmanövrierte. »Dabei weiß ich genau, daß *ich* es war, der ihm davon erzählt hat. Er und ich haben uns dieses kleine schwindsüchtige Kraftpaket extra für solche Fälle gekauft; es wird also nicht viel gefahren. Obwohl es zwischendurch wirklich eine nette Abwechslung zu meinem Mercedes ist. Die Rostlaube da hinten mit der offenen Motorhaube gehört übrigens einem Freund von uns, der wahrscheinlich gerade in irgendeiner Bar hockt. Die Karre wiegt mindestens eine Tonne, und wenn diese Typen nicht daran vorbeikommen – und das ist sicher –, dann haben wir sie abgehängt.«
Eric drehte sich gerade um, als zwei Männer in die Gasse liefen und hinter ihnen herrannten; doch er wußte, daß sie keine Chance hatten. Das hatten sie inzwischen wohl auch begriffen, denn schon nach wenigen Metern blieben sie stehen. Felix Connolly, der sich über die gelungene Aktion köstlich amüsierte, lenkte den Wagen auf eine größere Straße und fuhr zurück in Richtung Boston.

»Irgendwelche Fragen?« erkundigte sich der Anwalt.
»Nur eine«, erwiderte Eric. »Ist in Ihrer Flasche noch was drin?«

Felix Connolly fuhr Eric zur Back Bay und hielt vor einem älteren, eleganten Sandsteinhaus an der Flußseite der Beacon Street.
»Ihre Freundin ist in Apartment 3 B«, sagte er. »Wenn Sie etwas brauchen, hier haben Sie meine Karte. Unter dieser Nummer bin ich Tag und Nacht zu erreichen.« Er beugte sich vor und gab Eric die Hand. »Sie sind ein Pfundskerl, Doc. Haben sich wacker geschlagen.«
»Nett, daß Sie das sagen, Felix. Sie sind aber auch nicht ohne. Geben Sie auf Ihre Flasche acht.«
Auf dem Namensschild neben der Klingel für das Apartment 3 B stand nur: EINMAL LÄUTEN UND WARTEN. Eric hatte kaum den Finger vom Klingelknopf genommen, als er schon Lauras Stimme über die Gegensprechanlage hörte und der Türöffner summte. Nach einem prüfenden Blick hinter der Sicherheitskette öffnete sie und zog ihn in die Wohnung. In ihrer innigen Umarmung und ihrem Kuß spürte Eric, wie angespannt sie war.
»Es ist alles in Ordnung«, flüsterte er und streichelte ihr über das Haar. »Alles wird gut werden.«
Als ihre Anspannung ein wenig nachgelassen hatte und ihr Atem ruhiger geworden war, ließ er sie los und sah sich in der kleinen Wohnung um. Sie war gut geschnitten und mit skandinavischen Möbeln und Orientteppichen auf dem Parkettboden hübsch eingerichtet. In etwa zweieinhalb Metern Höhe grenzte ein breites Futon-Hochbett an ein halbkreisförmiges Fenster mit Blick auf den Charles.
»Eine hübsche Wohnung«, bemerkte Eric. »Wem gehört sie?«

»Bernard, nehme ich an, aber er hat sich nicht genauer darüber geäußert – vielleicht auch jemandem, den er sehr gut kennt. Er hat mich vor einer Weile hierhergebracht und mir zwei Schlüssel gegeben. Er meinte, wir sollen uns hier wie zu Hause fühlen und so lange bleiben, wie wir wollen.«
»Wo ist er jetzt?«
»Seine Frau kam her und brachte ihm Kleider, dann fuhr sie ihn zum Flughafen. Wenn das Flugzeug planmäßig gestartet ist, muß er vor etwa einer Stunde nach Salt Lake City geflogen sein.«
»Geschäftlich?«
»Ja, und zwar unseretwegen, Eric.«
»Aber nach Utah? Nach allem, was passiert ist, sollte er doch besser ...«
»Moment, Moment! Eines nach dem anderen, ja? Bist du wirklich o.k.?«
»Ja, dank dem Anwalt«, antwortete er. »Ich bin nur ziemlich erschöpft, das ist alles. Und ich brenne darauf, es dem Kerl heimzuzahlen, der uns das alles eingebrockt hat. Weißt du, ich habe noch nicht einmal Verdi begraben können. Ich mußte ihn auf dem Balkon liegen lassen.«
Sie gab ihm einen Kuß und führte ihn dann zu dem Eichentisch in der Eßecke.
»Dazu wirst du Gelegenheit haben«, sagte sie. »Bernard und ich sind jedenfalls der Meinung, daß der, der Verdi getötet hat, bei dir eingebrochen ist, weil er genau das hier gesucht hat.« Sie deutete auf den Stapel Bücher und Papiere auf dem Tisch. »Komisches Zeug, aber das wirst du selber sehen. Aus einigem sind wir nicht schlau geworden, aber wir glauben, daß du mehr damit anfangen kannst. Fühlst du dich in der Lage, es jetzt gleich anzuschauen?«
»Ich bin zwar etwas mitgenommen, aber nicht tot«, meinte er. »Packen wir's an!«

Sie fingen an, die beiden Auftragsbücher von Donald Devine Seite für Seite durchzugehen, legten das größere aber bald beiseite, da darin offenbar nur die üblichen Geschäfte des Bestattungsinstituts festgehalten waren. Das andere Buch war dagegen sehr viel rätselhafter. Insgesamt enthielt es siebzig Einträge über einen Zeitraum von mehr als zwei Jahren. Der erste Eintrag lautete:

> P. F. – 19/3 Rx v. W., überf. v. C. – An: GOH 21/3; Ab: 24/3. Kosten für GOH $ 200; Transp. k. $ 511; Ges. $ 711; Anz. $ 150; Diff. $ 561. Bez. 2/4.

»Hast du Benzinquittungen zu diesem P. F.?« fragte Eric.
Laura legte ein Häufchen Zettel vor ihm hin.
»Alle habe ich nicht gefunden, aber für neunundfünfzig von den siebzig Eintragungen habe ich die Belege«, erklärte sie. »Es sind alles Hin- und Rückfahrten von Boston nach irgendwo hier in dieser Gegend.« Dabei deutete sie im Atlas auf ein Gebiet, das mit einem Kreis eingegrenzt war.
»Was, zum Teufel, hat er da nur getrieben?«
Laura nahm seinen Kopf in ihre Hände und sah ihn eindringlich an.
»Eric, begreifst du denn nicht? Der Mann hatte eine Intensivstation in seinem Keller. Wozu sollte er die brauchen, wenn er nur mit Leichen zu tun hatte? Ich glaube, er hat eben nicht nur Leichen transportiert.«
»Versuchen wir herauszubekommen, was diese Einträge bedeuten«, schlug er vor.
Als ihnen das nach einer Weile bei dem ersten Eintrag gelungen war, schrieben sie ihn in entschlüsselter Form um:

P. F., 19. März
Behandelt von W.
Überführt von C.
Ankunft in *Gates of Heaven*-Beerdigungsinstitut
21. März
Abtransport 24. März
Kosten für *Gates of Heaven* $ 200
Transportkosten (Benzinquittungen plus Verpflegung) $ 511
Gesamtkosten $ 711 ($ 200 + $ 511)
Differenzbetrag $ 561 ($ 150 Vorschuß)
Bezahlt 2. April

Die Anfangsbuchstaben zu Beginn jedes Eintrags waren verschieden, doch die Abkürzungen W. und C. tauchten jedesmal auf, außer bei den letzten vier Einträgen. Drei der vier Fälle, einschließlich P. T., wurden von C. behandelt und von C. überführt. Der vierte mit dem Code L. L. war unvollständig.
Als sie die einzelnen Eintragungen genauer betrachteten, erkannten sie weitere Übereinstimmungen. Jeder Auftrag wurde innerhalb von vier oder fünf Tagen erledigt, vom Anfangsdatum über die Überführung zum *Gates of Heaven* zwei Tage später bis zum Transport, wahrscheinlich in den Südosten von Utah, nach weiteren zwei oder drei Tagen.
»Unglaublich«, murmelte Eric immer wieder, »einfach unglaublich.«
»Die Leute, die hier aufgeführt werden, waren nicht tot, oder?«
»Ich glaube, nicht.«
»Was hatte Devine nur vor?«
»Ich weiß nicht, ob *er* etwas vorhatte – wenn, dann zumindest nicht allein. Er war ein komischer Kauz, aber wenn er nicht

Dr. Jekyll und Mr. Hyde persönlich war, hat er wahrscheinlich nur Aufträge ausgeführt, für die er sich bezahlen ließ.«

»Stimmt.« Laura ging im Zimmer auf und ab. »Eric«, sagte sie plötzlich, »meinst du, Devine hatte etwas mit Äskulap zu tun?«

Eric lehnte sich zurück und sah sie an. Seit Laura ihm von Devines unheimlichem Kelleraum erzählt hatte, war auch ihm diese Frage immer und immer wieder durch den Kopf gegangen.

»Wenn das alles die Initialen von Patienten des White Memorial sind, dann dürften wir einiges in der Hand haben«, sagte er. »Und zusammen mit den Daten ist es wohl nicht allzu schwer, das herauszufinden – besonders, wenn ich ins Archiv reinkommen oder wenigstens die Archivcomputer anzapfen kann. Das wäre doch was.« Er schlug mit der Faust auf den Tisch. »Himmel, das ist überhaupt die Lösung!«

Lauras Gesicht glühte vor Aufregung.

»Eric«, meinte sie, »ich glaube, daß er dazugehört hat. Ich bin fest davon überzeugt.«

Um halb neun packten sie Devines Unterlagen zusammen und machten eine Flasche Chardonnay auf, die Laura mitgebracht hatte.

»Sag mal«, wollte Eric wissen, »warum, glaubst du, hat gestern jemand versucht, dich zu überfahren?«

»Keine Ahnung«, bekannte sie. »Bernard glaubt, daß die Leute, hinter denen Scott her war, mich immer noch für gefährlich halten, weil ich weiß, wo dieses Band ist. Wenn sie gedacht hätten, daß ich es schon habe, hätten sie mich erst entführt und mich dann später umgebracht. Deshalb meint Bernard, ich soll die Wohnung nicht verlassen, bis er aus Utah zurück ist. Aber ich sag' dir, Eric, ich halt' es hier keinen Tag mehr aus.«

»Du mußt auf ihn hören.«

»Muß ich nicht. Hör mal, schließlich hab' ich das Ganze ja ins Rollen gebracht, indem ich hierhergekommen bin. Und es geht um *meinen* Bruder. Ich kann hier nicht einfach nur rumsitzen!«

»Laura, gib mir noch Zeit bis morgen vormittag. Ich werde eine Möglichkeit finden, an die Daten im Archiv heranzukommen. Und je nachdem, was ich herausfinde, werden wir danach von hier verschwinden – und zwar zusammen.«

»Was ist, wenn die Leute im Krankenhaus schon wissen, daß du vom Dienst suspendiert bist, und dich nicht ins Archiv lassen?«

»Es würde mich nicht wundern, wenn Äskulap schon vorgesorgt hätte«, erwiderte er. »Aber ich habe gar nicht vor, mich in der Nähe des Archivs blicken zu lassen. Wenn ich mich nicht irre, sind die ganzen Daten auf Computer gespeichert.«

»Und das heißt?«

»Warte mal einen Augenblick«, sagte er und griff zum Telefon.

Gespannt hörte Laura zu, als er die Notaufnahme des White Memorial anrief und mit einer Schwester sprach, mit der er offenbar gut befreundet war. Und es dauerte tatsächlich nur einen Augenblick, bis er das Kennwort für den Zugriff zu den Archivdaten erfuhr.

»Es ist FILE-RITE«, erklärte er, nachdem er aufgelegt hatte. »Toll, was? Jeder im Krankenhaus kennt das Kennwort, weil jede Schwester auf jeder Station Zugriff zu den Daten braucht.«

»Heißt das, daß jeder von irgendwo aus anrufen kann und sich beliebig Daten über Patienten holen kann?«

»Ganz so einfach ist es auch wieder nicht. Wahrscheinlich ist ein automatischer Rückruf im Sicherheitssystem installiert, um unbefugten Zugriff von außerhalb des Krankenhauses zu verhindern. Der Benutzer muß seine Telefonnummer eingeben, die auf ihre Zugriffsberechtigung hin überprüft wird, und dann wird entweder zurückgerufen oder abgebrochen.«

»Du mußt also an einen Computer innerhalb des Krankenhauses herankommen?«

»Genau.«

»Und für wie lange?«

»Keine Ahnung. Das kommt darauf an, wie vollständig das Benutzer-Menü für die Archiv-Verwaltung ist. Wenn es wirklich vollständig ist – was ich annehme –, dann genügen mir vielleicht schon ein paar Stunden.«

»Aber wo kannst du denn im Krankenhaus so lange arbeiten, ohne gesehen zu werden?«

»Erinnerst du dich an meinen Freund Subarsky – der, mit dem ich den Laser gebaut habe?«

»Mit dem du in Waterford zusammen aufgewachsen bist?«

»Genau. Er hat einen IBM, der mit dem Computersystem des Krankenhauses vernetzt ist, und außerdem kennt er sich mit Computern bestimmt gut genug aus, um meine Wissenslücken aufzufüllen.«

»Na gut, ich verspreche hierzubleiben, wenn du mir versprichst, vorsichtig zu sein.«

Er strich mit den Fingerspitzen sanft über ihre wunderschönen Lippen.

»Und ich verspreche dir, vorsichtig zu sein, aber nur, wenn du mir erlaubst, dich da unten ein wenig ...«

Sie hielt ihm die Hand vor den Mund und begann, die obersten Knöpfe seines Hemds zu öffnen. Dann machte sie sich plötzlich los und stieg schnell die Leiter zum Hochbett hinauf. Noch bevor Eric reagieren konnte, landete ein Pulli auf seinem Schoß. Ein paar Sekunden später flog ihre Jeans herunter.

»Schaffst du's mit deinen Verletzungen hier herauf?« rief sie nach unten.
»Klar«, erwiderte er. »Aber wenn dieser Meteorschauer weiter anhält, brauche ich wahrscheinlich nicht mal eine Leiter.«
Eric ließ seine Kleider am Fuße der Leiter liegen und stieg dann zu Laura hinauf. Sie lag nackt auf dem Futon, das Kinn auf die Hände gestützt, und blickte aus dem halbkreisförmigen Fenster hinab auf den Fluß. Im sanften Licht, das sich an der Decke spiegelte, wirkte ihr langer, schlanker Körper wie das Meisterwerk eines Bildhauers.
Sie drehte sich zu ihm um. »Macht es dir angst, daß ich mich in dich verliebe?« flüsterte sie.
»Mir macht nur angst, daß ich früher meine Gefühle nie zugelassen habe – bis zu diesem Augenblick«, antwortete er.
Eine Stunde lang liebten sie sich, erst mit wilder Leidenschaft, dann so sanft und zärtlich, daß ihnen schon bald jede Berührung wie eine fast unerträgliche Steigerung ihrer Gefühle vorkam. Fest umschlungen schliefen sie schließlich ein, ihre Körper und ihr Atem waren in gleichmäßiger, sanfter Harmonie vereint.

Sechs Meilen entfernt, in East Boston, schlurfte Rocky DiNucci zu einer Telefonzelle und lachte in sich hinein. In den Händen hielt er ein zerknülltes Plakat, das er von der Mauer eines Lagerhauses an den Docks heruntergerissen hatte.
»Rocky, der Elefant«, plapperte er vor sich hin. »Da soll noch einer sagen, mich hat das Boxen verblödet. Die haben doch keine Ahnung. Jawohl, meine Herren! Der alte Rocky, der Elefant. Jawohl!«
Er warf eine Münze in den Fernsprecher, strich das Plakat glatt und wählte.

33

Um halb sechs stand Eric auf; abwechselnd ging er in der Wohnung auf und ab und vertiefte sich in Donald Devines Auftragsbuch. Nach einer friedlichen Stunde in Lauras Armen hatten sich Bilder von Anna Delacroix, der Totenkopfmaske und dem toten Verdi in seinen Traum eingeschlichen. Der Alltag eines Unfallarztes bringt es mit sich, daß man ein wenig abstumpft. Die Häßlichkeit und Brutalität der Welt, die Selbstzerstörung und Grausamkeit rühren einen nicht mehr so an. Allerdings hatte ihn nichts auf das Böse vorbereitet, mit dem er und Laura sich jetzt auseinandersetzen mußten.

Schließlich schlurfte er ins Badezimmer und betrachtete sich im Spiegel – die blauen Flecken, der harte Zug um den Mund, der stählerne Glanz in seinen zornigen Augen. Er erkannte sich kaum wieder. Gesichtslose Männer und Frauen, die ohne zu zögern bereit waren, zu töten und zu vernichten, hatten ihn an die Grenzen seiner Kraft getrieben. Wenn er überleben, weiterhin den Beruf ausüben wollte, für den er sich entschieden hatte, und mit der Frau zusammensein wollte, die er mehr und mehr liebte, mußte er den Kampf aufnehmen; und zwar nach den Regeln des Gegners.

Laura und Bernard Nelson hatten bereits die ersten Schritte zu einem Gegenschlag getan. Jetzt war er dran. Und in Dave Subarskys Labor befand sich die Waffe, mit der er seinen

Vergeltungsschlag gegen die Gesichtslosen einleiten würde – ein Computer. Eric hinterließ Laura eine Nachricht für den Fall, daß sie bald aufwachen sollte, schlüpfte zur Wohnungstür hinaus und kopierte in einem durchgehend geöffneten Laden in Berkeley die Seiten des Auftragsbuches.

Als er zurückkehrte, fand er Laura in der Küche beim Frühstückmachen vor. Sie trug nur ein Herrenhemd, und der Anblick ihrer wundervollen Beine ließ ihn seine Pläne fast für einen Moment vergessen.

»Bernard hat gesagt, wir sollen es uns bequem machen«, meinte sie. »Es wird ihn doch nicht stören, daß ich mir eines von seinen Hemden ausgeliehen habe, was meinst du?«

»Wenn er erfährt, daß du's auf der bloßen Haut getragen hast, wird er es wahrscheinlich nie mehr waschen.«

»Hast du die Kopien?«

»Ja. Ich warte jetzt noch eine Viertelstunde, dann ruf' ich Dave an. Mit ein bißchen Glück kriegen wir die Namen der Patienten auf den Bildschirm, die an diesen Tagen in der Notaufnahme waren, und können sie dann mit den Initialen hier vergleichen.«

»Ich möchte mitkommen.«

Eric schüttelte den Kopf.

»Ich weiß, hierzubleiben ist schlimmer als das, was ich tun muß«, räumte er ein. »Aber wir können nicht riskieren, daß dich jemand erkennt.«

»Und wenn *du* erkannt wirst?« fragte sie.

»Hätten sie mich umbringen wollen, dann hätten sie dazu schon Gelegenheit gehabt. Nein, sie wollen, daß mich jeder für verrückt hält, damit keiner mehr ernst nimmt, was ich sage. Sie können unmöglich wissen, mit wieviel Leuten ich über meine Tetradotoxin-Theorien geredet habe, also ist es für sie das Einfachste, mich gleich ganz in Verruf zu bringen. Würde ich umgebracht, käme es allen um so wahrscheinlicher vor, daß ich tatsächlich einer heißen Sache auf der Spur war.«

»Ich hoffe, du hast recht. Dann frage ich mich aber, woher diese Frau gewußt hat, daß du in der medizinischen Bibliothek warst.«

Verblüfft starrte er sie an.

»Ehrlich gesagt«, erwiderte er, »nach allem, was passiert ist, hab' ich daran gar nicht mehr gedacht.«

»Na, das solltest du aber. Bitte sei auf jeden Fall vorsichtig.«

Er küßte sie auf den Nacken.

»Natürlich. Ich habe auf keinen Fall vor, gerade jetzt den Löffel abzugeben.«

»Also, meinetwegen«, erwiderte sie unwillig, »dann bleib' ich eben hier und zieh mir die Seifenoper rein. Schließlich hab' ich ja die Folgen von zwei oder drei Jahren aufzuholen; mir wird schon nicht langweilig werden. Verdammt noch mal! Ich hasse es, untätig herumzusitzen.«

»Ich weiß. Aber nach den gestrigen Ereignissen sollten wir uns zumindest jeden Schritt vorher genau überlegen.«

»Dann tu mir wenigstens einen Gefallen. Fang mit P. T. an.«

»Du meinst, das war Scott?«

»Das Datum paßt.«

»O.k., mach ich. Aber versprich dir nicht zuviel davon.«

»Erst wenn ich seine Leiche sehe, verspreche ich mir nichts mehr«, entgegnete sie und stellte Omeletts und Bratkartoffeln auf den Tisch. »Und erst wenn du heil in diese Wohnung zurückkommst, mache ich mir keine Sorgen mehr.«

Eric unterbrach sein Frühstück, um Dave Subarsky anzurufen. Fünf Minuten später war er wieder da.

»Wir haben Glück«, sagte er aufgeregt und nahm sich eine zweite Portion. »Dave meint, wir haben gute Chancen, ins Archivnetz reinzukommen.«

»Paß bloß auf«, ermahnte sie ihn wieder.

Eric spannte die Armmuskeln an.
»Einem Mann mit so einem Bizeps kann doch nichts passieren, oder?«
»Eric, ich mein's ernst.«
Er zog sie an sich heran, schob die Hände unter ihr Hemd und hielt sie fest umschlungen.
»Du hast völlig recht«, sagte er.

Eric nahm den Weg am Flußufer entlang zum Krankenhaus. Der Morgen war trist und grau. Ein kühler Wind peitschte über das dunkle Wasser und blies Eric in den Rücken. Gelegentlich rannte ein warm eingemummter Jogger vorbei, ansonsten war er allein. Vergeblich versuchte Eric sich auf die bevorstehenden Computer-Nachforschungen zu konzentrieren, denn immer wieder ging ihm die Frage durch den Kopf, die Laura aufgeworfen hatte: *Woher wußte Anna Delacroix nur, daß ich in der Countway Library war?*
Eigentlich hatte er angenommen, daß sie auf ihn aufmerksam geworden war, weil er sich für Tetradotoxin interessierte. Seiner Ansicht nach hatte sie nach ihrem Gespräch über die Vorfälle im White Memorial angefangen, ihn als Bedrohung für ihren Kult zu sehen. Wenn sie nun aber nur seinetwegen in der Bibliothek gewesen war? Und wenn ihre Leute bereits von seinem Verdacht wegen des geheimnisvollen Giftes wußten? *Woher hätten sie das wissen können, da ich doch mit überhaupt niemandem außerhalb des Krankenhauses darüber gesprochen habe?*
Immer und immer wieder beschäftigten ihn diese Fragen. Erst überlegte er, ob es wahrscheinlich war, daß Anna oder jemand, der mit ihr in Verbindung stand, ihn beschattet hatte. Dann zog er die Möglichkeit in Betracht, daß sie im Auftrag des Totenkopfpriesters mit ihm Kontakt aufneh-

men sollte, während das alptraumhafte Szenario am Sproul Court vorbereitet wurde.
Diese Fragen quälten Eric immer noch, als er das Krankenhaus durch den Ambulanzeingang betrat und rasch die Treppen zum Tunnel hinunterlief, der alle Gebäude des White Memorial miteinander verband. Auf dem Weg zu Dave Subarskys Labor begegnete er niemandem, der besondere Notiz von ihm nahm. Subarsky erwartete ihn bereits mit Kaffee und Krapfen.
»Aha«, sagte er. »Da haben wir ja den Staatsfeind Nummer eins. Böser Mann töten unsere Frauen, vergewaltigen unsere Büffel.« Er legte seine fleischige Hand auf Erics Schulter. »Na, wie geht's dir denn?« Die Besorgnis in seinem Blick war unverkennbar.
»Könnte besser sein.«
»Das glaub' ich. Da, nimm einen mit Schokoladenüberzug. Wie ich gehört habe, stehen Kriminelle da ganz besonders drauf.«
»Ich bin ungefähr so kriminell wie du.«
»Paß auf, mit wem du dich abgibst. Zu meiner Zeit war ich ein gefürchteter Preisschildvertauscher.«
Subarsky hievte seine Füße – Schuhgröße 48 – auf den Schreibtischrand und strich sich nachdenklich über den Bart.
»Dann kann ich also davon ausgehen, daß diese ganze irrwitzige Geschichte, die du der Presse und der Polizei erzählt hast, stimmt.«
»Allerdings.«
»Und das Kokain?«
»Kennst du jemanden, der mehr gegen dieses Zeug ist als ich?«
»Aber warum sollte dich wohl jemand fertigmachen wollen?«

»Das, alter Rauschebart, hoffe ich, mit deiner Hilfe herauszufinden.«

»Nun, geschätzter Freund, unter diesen Umständen steht mein Computer ganz zu deiner Verfügung, ebenso wie meine bescheidenen Kenntnisse über seine Anwendungsmöglichkeiten«, meinte Subarsky grinsend und fügte dann hinzu: »Aber wir wär's, wenn du mir erst mal sagst, wonach wir suchen sollen?«

Eric legte die Kopien von Donald Devines Auftragsbuch auf den Tisch.

»Mach's dir bequem, Alter«, sagte er, »denn das ist eine längere Geschichte, und keine besonders schöne.«

Angefangen bei dem Tag im Februar, als er vergeblich versucht hatte, diesen Mann namens John Doe wiederzubeleben, erzählte Eric dem Biochemiker Schritt für Schritt von seiner ersten Begegnung mit Laura, ihren Erlebnissen mit Thaddeus Bushnell und Donald Devine und schließlich von den schrecklichen Ereignissen im Zusammenhang mit dem Tod von Loretta Leone. Subarsky hörte nachdenklich und schweigsam zu. Am Ende seiner Ausführungen berichtete Eric, wie Laura in das Beerdigungsinstitut Gates of Heaven eingebrochen war und welche Schlüsse sich aus Devines Aufzeichnungen und der Intensivstation in seinem Keller ziehen ließen. Dave pfiff leise durch die Zähne.

»Mein lieber Mann, da sitzt du ja ganz schön in der Scheiße, das kann ich dir sagen«, meinte er.

»Und Laura erst! Irgendwelche Typen von irgendeiner Verbrechensorganisation sehen in ihr eine Gefahr. Die glauben nämlich, sie kann ein Videoband aufstöbern, das die Kerle bei einem Drogengeschäft zeigt. Das hat offenbar ihr Bruder, ein Undercover-Agent, gefilmt. Und vorgestern haben diese Dreckskerle versucht, sie zu überfahren. Dabei haben sie dann einen anderen Mann umgebracht.«

»Aber sie weiß gar nichts von diesem Band?«

»Überhaupt nichts.«

»Wie schon gesagt, da steckst du ziemlich in der Scheiße ...«

Subarsky knüllte ein Blatt Papier zusammen und warf es treffsicher in den drei Meter entfernten Papierkorb. »So«, sagte er, »wo wollen wir anfangen?«

»Schau dir mal die Liste hier an, Dave. Wenn wir White Memorial-Patienten finden, deren Namen zu diesen Initialen passen, dann wissen wir zumindest, daß zwischen Devine und dem Krankenhaus eine Verbindung bestanden hat.«

»Und du glaubst, eines von den drei hohen Tieren aus der Berufungskommission hat mit dieser Äskulap-Sache zu tun und der- oder diejenige hat versucht, dich anzuwerben, und steckt womöglich hinter dieser ganzen Geschichte?«

Eric zuckte mit den Schultern. »Möglich. Momentan kann ich nur Vermutungen anstellen.«

»Nun denn, Don Quichotte«, sagte Subarsky und schaltete sein Terminal ein, »gehen wir's an.«

Nach der Eingabe des Kennworts FILE-RITE arbeitete Dave sich schnell zum Hauptmenü des Datenarchivcomputers vor. Entsprechend Erics Vermutungen, hatte das White Memorial bei der Umstellung auf EDV Wert auf möglichst umfassende Nutzungsmöglichkeiten gelegt; das Menü der verfügbaren Funktionen und Optionen war äußerst umfangreich. Subarsky holte aus seinem Schreibtisch ein Handbuch, in dem die Anwendungsmöglichkeiten und Codes des Krankenhauscomputers im einzelnen aufgeführt waren.

»Hier.« Er reichte Eric das Handbuch. »Du erledigst das Denken, ich mache die Drecksarbeit.«

Eric studierte den Bildschirm, dann das Buch. »Schreib AUFFINDEN«, sagte er.

Also diktierte Eric die Befehle, und wie Mäuse in einem Irrgarten huschten sie von Menü zu Menü, landeten in Sackgassen und arbeiteten sich wieder heraus. Das Ziel, die Belohnung, die sie am anderen Ende des Irrgartens erwartete, war eine Liste – eine Übersicht über die Patienten, die am 25. Februar, dem ersten Datum, neben dem die Initialen P. T. standen, in der Notaufnahme gewesen waren. Zwanzig Minuten vergingen.

»Wir könnten immer noch im Archiv anrufen und fragen, was wir falsch machen«, schlug Subarsky vor.

»Nur, wenn's gar nicht anders geht. Ich bin mir nicht sicher, ob Äskulap hinter all dem steckt. Wenn das stimmt, weiß man nie, wer noch alles dazugehört. Und wenn wir im Archiv zufällig an so jemanden geraten, dann wissen sie Bescheid, und alles war umsonst.«

»Entschuldige, wenn ich das sage, alter Kumpel, aber es hört sich langsam so an, als wärst du ein bißchen paranoid.«

Eric streckte ihm die bandagierten Handgelenke hin.

»Sag ruhig: ziemlich paranoid«, erwiderte er. »Ich bitte dich, Dave, du mußt's noch eine Weile mit mir aushalten.«

»Verlaß dich drauf«, brachte Subarsky heraus, während er einen eiercremegefüllten Krapfen verputzte. »Wie gut, daß wir uns nächtelang über den Laser gestritten haben; wenigstens kann ich mich so immer an die ein oder zwei Male klammern, die du tatsächlich recht gehabt hast.«

»Versuch's noch mal mit ZUSAMMENFÜGEN«, schlug Eric vor.

»Damit kommen wir nur dahin, wo wir gerade eben waren.«

»Nein, das glaube ich nicht, Dave. Diesmal gibst du den Befehl *nach* dem Datum ein. Versuch's doch mal.«

Subarsky tippte das Wort und drückte die Eingabe-Taste.

ALPHABETISCH ODER FORTLAUFEND? fragte der Bildschirm.

»Wir haben's!« rief Eric. »Wir sind drinnen!« Lächelnd

beugte er sich über die breiten Schultern des Biochemikers. »Sag dem Kasten, wir hätten es gern alphabetisch.«

Wenige Sekunden nach Eingabe des Befehls erschien eine Liste, die mit dem Datum *25. Februar* begann und mit Computerpräzision perfekt alphabetisch geordnet war. Auch der Name *Trainor, Phillip* tauchte zusammen mit dem Geburtsdatum und der Patientenregistriernummer auf. *War er Scott Enders?*

Sie gingen die Namen für den 27. Februar durch, jenen Tag, an dem die Behandlung tatsächlich durchgeführt worden war, konnten aber keinen Phillip Trainor finden.

»Macht nichts«, erklärte Eric, »wahrscheinlich wurde er als *John Doe,* also unbekannt, registriert.«

Neben die Initialen P. T. schrieb er *Phillip Trainor,* dann ließ er Dave die Daten von Trainors Krankenblatt abrufen.

»Fast ertrunken, Unterkühlung, Kontusionen ... Dave, das war Lauras Bruder, ich bin mir ganz sicher. Er war zwei Tage bevor ich ihn für tot erklärt habe, hier. Kannst du das Krankenblatt ausdrucken?«

»Vielleicht, kann aber eine halbe Stunde dauern.«

»Egal«, sagte Eric aufgeregt, »dann mach ich mir Notizen. Paß auf, Dave, wir sind ganz nah dran.«

Eric schrieb sich so viele Informationen wie möglich auf und begann dann, nach den anderen Initialen auf Devines Liste zu suchen. Minuten später zeichneten sich schon gewisse Übereinstimmungen ab: Im Lauf der letzten zwei Jahre war eine Anzahl von Patienten wegen Erkältungen und Knochenbrüchen in der Notaufnahme des White Memorial behandelt worden; dieselben Patienten wurden innerhalb von achtundvierzig Stunden ins Krankenhaus zurückgebracht; bei ihrer Ankunft waren sie meist schon tot.

In allen Fällen wurde akutes Herzversagen infolge eines myokardischen Infarkts als Todesursache angegeben. Die

Leichen hatte man dann ins *Gates of Heaven*-Beerdigungsinstitut überführt, wo die Leichenbeschauung stattfinden sollte. Und der Leichenbeschauer war immer Thaddeus Bushnell.

»Warum ist da nicht schon früher jemand darauf gekommen?« fragte Eric. »Früher oder später muß doch eine Schwester oder ein Arzt ...« Mitten im Satz hielt er inne und blätterte aufgeregt in seinen Notizzetteln.

»Was hast du denn?« erkundigte sich Subarsky.

»Was ich habe, Dave«, preßte Eric hervor, »ist die Antwort auf meine Frage. Schau mal da. Mit Ausnahme der letzten drei Fälle hatten Craig Worrell und Norma Cullinet mit allen zu tun. W. für Worrell und C. für Cullinet – die Abkürzungen in Donald Devines Buch. Bei den letzten drei Fällen war Worrell deshalb nicht dabei, weil er verhaftet wurde und dann verschwand.«

»Donnerwetter«, staunte Subarsky, »das ist ja ein Ding. Aber uns fehlt immer noch die Antwort auf die große Frage: Warum? Was sollte jemand mit einem Haufen Leichen anfangen?«

»Das ist doch der springende Punkt! Es waren keine Leichen. Die Leute waren scheintot und sind für tot erklärt worden, ohne daß irgend jemandem was aufgefallen ist, aber – Mensch, Dave, kapier doch! Das ist es! Jetzt hab' ich die Lösung!«

»Wieso?«

Aufgeregt lief Eric im Zimmer auf und ab.

»Läßt du mich mal für einen Moment an den Kasten?« fragte er. »Die Daten von der EKG-Abteilung sind voll computerisiert, wir rufen dort öfter mal Aufzeichnungen ab.«

»Bedien dich«, antwortete Subarsky und überließ Eric seinen Stuhl. »Hör mal, ich hab' im Labor nebenan gerade einen kleinen Versuch laufen und müßte ihn mit neuen

Reagenzien wiederholen. Ruf mich, wenn du mich brauchst, ansonsten bin ich in zehn Minuten oder einer Viertelstunde wieder da. Und dann erklärst du mir hoffentlich endlich, was du herausgefunden hast.«

»Aber, Dave, das bleibt alles unter uns, o.k.?«

»Versteht sich von selbst, mein Guter. Glückwunsch übrigens zu deinen Ausgrabungen.«

»Ausgrabungen ist das richtige Wort, Subarsky«, meinte Eric, als er ein EKG abrief. »Das paßt haargenau.«

Während Subarsky hinausschlurfte, erschien die erste Aufzeichnung auf dem Bildschirm. Es handelte sich um das EKG eines Patienten mit den Initialen P. F., aufgezeichnet während der Reanimation – der Patient war eine achtundvierzigjährige Frau, und Eric war sich ziemlich sicher, daß sie Pamela Fitzgerald hieß. Dieses Bild kannte Eric nur zu gut: weite, langsame Ausschläge, etwa sechs bis acht pro Minute. Als er zwei andere Fälle abrief, sah es genauso aus.

Langsam schob Eric die Tastatur beiseite. Auf ein Blatt Papier schrieb er drei Fragen auf:

Wie?

Wer?

Warum?

Unter die erste Frage schrieb er:

> *Notaufnahme oder stationäre Patienten ohne Angehörigen. Tetradotoxin verabreicht von C. Reanimationsversuche durch W. oder arglosen Assistenzarzt. Überführung ins G. of H. zur weiteren Behandlung im Keller durch?. Geeignetes Gegenmittel verabreicht. Totenschein im voraus ausgestellt durch T. Bushnell, Befund gefälscht. Transport der (unter Drogen stehenden?) Person nach Utah durch D. Devine.*

Zur zweiten Frage notierte Eric:

Craig Worrell. Norma Cullinet. Donald Devine. Sara Teagarden? Joe Silver? Am wahrscheinlichsten: Haven Darden. Totenkopfpriester. Anna Delacroix.

Unter die dritte Frage konnte er allerdings nur ein großes Fragezeichen schreiben.

Entsetzt und angewidert von seiner Entdeckung, wandte Eric sich vom Schreibtisch ab und ging auf den Flur hinaus. Durch die hohen Spiegelglasscheiben blickte er hinunter auf den für Rettungswagen reservierten Parkplatz und den Eingang zur Notaufnahme. Alles schien seinen gewohnten Gang zu gehen. Patienten und Schwestern, uniformierte Sanitäter und weißgekleidete Ärzte eilten geschäftig hin und her, die einen stolz, in einem Krankenhaus zu arbeiten, das viele für das beste der Welt hielten, die anderen froh, daß sie hier behandelt wurden.

Und nirgends gab es auch nur das geringste Anzeichen für die finsteren Machenschaften, die in diesem erhabenen Hause vor sich gingen.

Ängstlich dachte Eric an das, was vor ihm lag, an das Risiko, einen Fehler zu machen, der die falschen Leute zu schnell auf den Plan rufen konnte. Der richtige Zeitpunkt war ausschlaggebend – der Zeitpunkt und ein hieb- und stichfester Beweis. Denn niemand würde ihm momentan Glauben schenken, ausgenommen, so hoffte er, Dave Subarsky. Erfuhr der Äskulap-Bund allerdings, wie weit Eric schon gekommen war, konnte das unvoraussehbare Folgen haben. Loretta Leones Leiche und die Gewebeproben hatte Äskulap ja bereits verschwinden lassen. Das allein war schon ein Hinweis darauf, daß Erics Gegner über dunkle Kanäle und Macht verfügten, ebenso wie der Tod von Thaddeus Bushnell und Donald Devine deutlich machte, daß Äskulap keine Skrupel kannte. Das Dümmste, was er jetzt tun konnte, war, seine Trümpfe zu früh auszuspielen. Akten und Daten konnten genauso leicht verschwinden wie Leones Gewebeproben; Menschen konnte man bestechen oder gleich zum Schweigen bringen; belastendes Material konnte man unliebsamen Personen unterjubeln. Und natürlich konnte man auch ihn und Laura einfach verschwinden lassen.

»Hast du's aufgegeben?«

Dave Subarsky stellte sich neben Eric und sah auf den Platz vor der Notaufnahme hinab.

»Von wegen. Ich überlege mir nur, wo ich weitermache.«

»Und?«

»Ich hab' dir doch von der Schwester erzählt, Norma Cullinet.«

»Ja.«

»Sie liegt jetzt als Patientin auf der Neurochirurgischen. Schädelbruch nach einem Sturz.«

»Aha.«

»Ich weiß zwar nicht, wie es ihr geht, aber ich denke, ich sollte mal versuchen, mit ihr zu reden.«

»In der Neurochirurgischen, sagst du? Na, dann kann ich nur hoffen, daß es ihr besser geht als den Patienten, die *ich* dort gesehen habe. Mit den meisten kannst du dich nur unterhalten, wenn du selbst auf den Kopf gefallen bist.«

»Ha, ha«, sagte Eric säuerlich. »Sehr witzig.«

»Entschuldige. Du kennst mich ja, mir ist nichts heilig.«

»Ich weiß. Tut mir leid, aber die ganze Sache ist so verdammt widerlich, da vertrage ich keine schrägen Witze. Nicht mal deine.«

»Ist schon klar«, meinte Subarsky. »Manchmal rede ich einfach, ohne vorher das Hirn einzuschalten. Aber hör mal, Alter, ich muß tausend Sachen in der Stadt erledigen. Ich

schalt' mal eben den Computer aus, dann können wir zusammen runtergehen.«
Als die beiden die Treppen zu den Tunnels hinunterliefen, drehte sich Eric zu Subarsky um.
»Danke für deine Hilfe, Dave. Aber ich will dich nicht in die Sache hineinziehen, verstehst du?«
»Klar.«
»Das ist mir wirklich wichtig. Ich möchte nicht, daß irgend jemandem was zustößt, schon gar nicht einem Freund.«
»O.k., aber du weißt, ich bin da, wenn du mich brauchst.«
Eric zögerte einen Augenblick, dann blieb er stehen und reichte Subarsky die Kopien des Auftragsbuches und seine Notizen.
»Dave, falls mir was passieren sollte, dann hoffe ich, daß du diese Sache an die Öffentlichkeit bringst.«
»Es passiert schon nichts«, beruhigte ihn Subarsky, »und wenn doch, dann kannst du dich darauf verlassen, daß ich genau das tun werde.«
»Danke«, sagte Eric. »Vielen Dank für alles.«
Im Keller verabschiedeten sich die beiden Männer mit einem Händedruck und gingen in unterschiedlichen Richtungen davon.
Fünf Stockwerke höher klingelte in Dave Subarskys Büro das Telefon. Es läutete mehr als ein dutzendmal, ehe es verstummte.

»Verdammt noch mal, Eric, wo bist du denn? Wo, zum Teufel, steckst du?«
Ungeduldig ließ Laura in dem Büro, in dem Eric eigentlich sein sollte, das Telefon klingeln, doch niemand nahm ab. Schließlich legte sie den Hörer auf und zog sich fertig an. Ihre Hände zitterten, und sie konnte sich kaum darauf konzentrieren, was sie tat. Noch fünf Minuten, entschied sie.

In fünf Minuten würde sie es noch einmal versuchen, dann mußte sie etwas unternehmen.
Eigentlich hatte sie nur aus purer Langeweile in der Rezeption des Carlisle angerufen, ob jemand ihr eine Nachricht hinterlassen hatte. Doch jetzt fragte sie sich, ob es nicht Intuition gewesen war. Die Nachricht, die sie sich von dem iranischen Portier dreimal hatte wiederholen lassen, war am frühen Morgen hereingekommen:

Ihr Bruder Scott ist bei mir. Wenn Sie wissen wollen, wo sie ihn abholen können und wo sie die Belohnung hinbringen müssen, rufen Sie zu jeder vollen Stunde 236-4356 an, bis Sie mich erreichen. Rocky.

Es war kurz vor neun. Sie durfte sich keine übertriebenen Hoffnungen machen, versuchte Laura sich zu beruhigen. Aller Wahrscheinlichkeit nach war der Anruf nur ein schlechter Scherz – oder, noch schlimmer, eine Falle. Unter keinen Umständen würde sie irgend jemandem die Nummer von Bernards Apartment verraten, und ebensowenig würde sie alleine irgendwohin gehen. Zwei Minuten vor neun versuchte sie es noch einmal in Dave Subarskys Büro, doch wieder vergeblich. Sie beobachtete den vorrückenden Sekundenzeiger auf ihrer Uhr, bis eine weitere Minute vergangen war, dann wählte sie die Nummer. Nach dem ersten Klingeln meldete sich ein Mann.
»Hier ist Rocky«, sagte er.
»Rocky, hier spricht Laura Enders.«
Sie zitterte so, daß sie den Hörer mit beiden Händen festhalten mußte.
»Ich hab' Ihren Bruder bei mir zu Hause. Gibt's immer noch 'ne Belohnung?«
Nach Lauras erstem Eindruck mußte es sich um einen

älteren Mann mit geringer Bildung handeln. Im Hintergrund hörte sie Straßenlärm.

»Ja, Rocky«, antwortete sie. »Wenn Sie ihn wirklich haben, bekommen Sie eine Belohnung.«

»Wieviel?«

»Sagen Sie mir erst, wie es ihm geht.«

»Na ja, nicht so besonders.«

»Was hat er?«

»Woher soll ich das wissen? Bin ja kein Arzt nicht. Also, wieviel zahlen Sie?«

Er redete langsam und undeutlich wie ein Trinker.

»Fünfhundert Dollar«, hörte Laura sich sagen.

»Sechs.«

»O.k., o.k., sechs. Aber bevor wir ins Geschäft kommen, will ich von Ihnen etwas wissen. Mein Bruder hat an der linken Hüfte eine Tätowierung, wie sieht die aus?«

»Da muß ich erst zurück und sie mir anschauen, das kostet Sie noch mal fünfzig.«

»In Ordnung. Ich rufe Sie in fünf Minuten unter dieser Nummer noch einmal an.«

»Sagen wir lieber zehn«, meinte Rocky.

Dann legte er auf, ohne eine Antwort abzuwarten.

In den folgenden Minuten blieb Laura neben dem Telefon sitzen und konnte weiter nichts tun, als es noch zweimal in Subarsky Büro zu probieren. Um 9 Uhr 15 wählte sie wieder Rockys Nummer.

»Mom, Dad, Laurie und drei Blumen«, sagte Rocky ohne Umschweife.

Laura wurde schwindelig, und nur mit Mühe gelang es ihr, den Hörer nicht fallen zu lassen.

»Wo sind Sie?« wollte sie wissen.

»Bleibt's bei unserer Abmachung?«

»Ja, es bleibt dabei. Also, wo sind Sie?«

»Sechshundertundfünfzig?«
»Ja, ja. Würden Sie mir jetzt bitte sagen, wo ich hinkommen soll?«
»East Boston. Hinter der Bow Street fängt ein großes freies Gelände an, und in einer Ecke stehen ein paar verrostete Fässer. Seien Sie in einer Stunde mit dem Geld dort, und kommen Sie allein.«
»Aber ich muß mich von jemandem hinfahren lassen.«
»Dann soll der Fahrer bloß nicht zu nahe herankommen. Wenn ich das Geld hab', sag' ich Ihnen, wo Sie Ihren Bruder finden. Und versuchen Sie's nicht mit irgendwelchen faulen Tricks, verstanden? Ich bin nicht auf'n Kopf gefallen.«
»Keine faulen Tricks, versprochen.«
Trotzdem konnte es eine Falle sein. Verzweifelt versuchte Laura eine Erklärung dafür zu finden, woher der Mann Scotts Tätowierung kannte. Zu guter Letzt beschloß sie, daß sie es darauf ankommen lassen mußte. Sie suchte im Branchentelefonbuch nach TAXI, hielt dann aber inne und klappte das Buch zu. Es gab einen besseren und sicheren Weg. Nachdem sie Eric auf einem Zettel ausführlich aufgeschrieben hatte, was alles geschehen war, griff sie zum Telefon und wählte 911.
»Mein Name ist Laura Enders«, sagte sie. »Ich muß mit Captain Wheeler sprechen, Captain Lester Wheeler. Es ist sehr dringend.«

34

Die Neurochirurgische Abteilung lag in der achten und neunten Etage des Fox Building, dem neuesten – und Erics Meinung nach schönsten – der zwölf Gebäude des White Memorial. Die breiten, hell erleuchteten Flure, die in Pastelltönen gehaltene Ausstattung und die luftigen Zimmer machten einen freundlichen Eindruck – die besten Voraussetzungen, um in einem Krankenhaus rasch zu genesen. Eric hatte schon zweimal in der Neurochirurgie Dienst gehabt und kannte die Abteilung. Norma Cullinets Zimmer, Nummer 814, nach Auskunft eines Patienten, lag ziemlich weit vom Schwesternzimmer entfernt, genau genommen sogar in einem separaten Flur. Demnach mußte es ihr schon wieder verhältnismäßig gut gehen – wenigstens in Anbetracht dessen, daß sie eine Gehirnoperation hinter sich hatte.

Da Eric sich seiner momentanen Stellung im Krankenhaus nicht sicher war, hielt er Vorsicht für angebracht. Er ließ sich deshalb in der Wäscherei im Kellergeschoß einen knielangen weißen Kittel geben. Dann ging er eine Treppe hinauf, die, wenn er sich recht erinnerte, fast bis zu Zimmer 814 führte. Unterwegs dachte er darüber nach, was er in der mehr als fünfjährigen Zusammenarbeit über diese Frau erfahren hatte. Sie hatte auf ihn stets einen sehr gewissenhaften Eindruck gemacht. Allerdings hatte sie schon immer einen gewissen harten Zug an sich gehabt, eine Unnahbarkeit, die die meisten Schwestern und Ärzte davon abhielt, sie beim Vornamen zu rufen.

Aber schließlich waren ein harter Zug und Mord zwei Paar Stiefel. Und nach allen seinen Nachforschungen gab es für Eric kaum noch einen Zweifel, daß Norma Cullinet fast einhundert arglosen Patienten ein starkes Stoffwechselgift verabreicht hatte. Dann hatte sie seelenruhig abgewartet, bis die Leute klinisch tot wieder ins White Memorial eingeliefert wurden. Härte hin oder her, man konnte sich einfach schwer vorstellen, daß sie so etwas getan haben sollte. Aber andererseits fiel es Eric überhaupt schwer, einem Arzt oder einer Schwester so etwas zuzutrauen.

Als er im achten Stock angekommen war, stand Erics Plan fest. Wenn Äskulap tatsächlich hinter all diesen Fällen von Scheintod steckte und Norma wirklich zu diesem Bund gehörte, wußte sie wahrscheinlich, daß man Eric angeboten hatte, mitzumachen. Und wenn er sie davon überzeugen konnte, daß er seit ihrem Unfall seine Meinung geändert hatte und der Geheimgesellschaft beigetreten war, würde sie vielleicht darauf hereinfallen.

In erster Linie wollte er von ihr eine Bestätigung für all das, was er sich über den Äskulap-Bund zusammengereimt hatte. Außerdem interessierte ihn, ob wirklich jemand aus der Berufungskommission an der Spitze dieser Gesellschaft stand. Und dann war da natürlich auch noch das Motiv – warum zerstörten Menschen, die ohnehin soviel Macht in Händen hielten, kaltblütig das Leben derer, die sich ihnen anvertraut hatten?

Vor der Eingangstür zum achten Stock mußte Eric erst einmal verschnaufen und sich sammeln. Falls Norma Cullinet ihm nicht die notwendigen Auskünfte geben konnte oder wollte – was nicht ausgeschlossen war –, gab es auch noch andere Mittel und Wege. Auf jeden Fall war er jetzt wenigstens endlich zum Angriff übergegangen.

Er öffnete die schwere Tür einen Spalt weit und spähte hinaus. Abgesehen von einer Schwesternhelferin, die gedankenverloren einen Wäschewagen vor sich her schob, war der Gang leer. Eric holte tief Luft und überquerte entschlossen den Flur. An Normas Tür hing ein großes rotes Schild: KEINE BESUCHER. BITTE MELDEN SIE SICH IM SCHWESTERNZIMMER AN. Einen Augenblick lang zögerte Eric, dann schlüpfte er ins Zimmer und schloß die Tür hinter sich. Im Raum herrschte fast völlige Dunkelheit, nur durch einen kleinen Spalt zwischen den Vorhängen fiel ein wenig Licht. Norma Cullinet, den Kopf mit Bandagen umwickelt, lag auf dem Rücken und schlief.

Eric räusperte sich laut und trat zwei Schritte näher an das Bett heran.

»Norma?« sagte er leise. »Norma, hier ist Eric Najarian.«

Als sich seine Augen allmählich an die Dunkelheit gewöhnt hatten, bemerkte er ihre unnatürliche Kopfhaltung und den starren, weit aufgerissenen Mund.

»O mein Gott!« rief er aus und stürzte zum Bett. »Norma! Norma, wachen Sie auf!« Während er das Licht anschaltete und an der Klingelschnur zog, fühlte er gleichzeitig ihren Puls. »Oh, verdammt«, murmelte er.

Mit den Fingern kontrollierte er, ob die Luftröhre frei war, schob das Kissen unter ihre Schultern, damit der Kopf nach hinten gebeugt lag, und versetzte ihr einen kurzen, kräftigen Stoß gegen den Brustkorb. Dann versuchte er es mit Mund-zu-Mund-Beatmung.

»Hilfe! Code neunundneunzig in acht-vierzehn!« schrie er, während er mit der Herzmassage begann. »Code neunundneunzig in acht-vierzehn!«

Dann griff Eric mit einer Hand zum Telefon, während er

mit der anderen die Herzmassage fortsetzte. Nach dem fünften Klingeln meldete sich die Telefonzentrale.

»Hier ist Dr. Najarian«, keuchte er. »Code neunundneunzig, Fox Building, Zimmer acht-vierzehn, geben Sie's durch!«

Er warf den Hörer auf die Gabel und rief noch einmal um Hilfe. Endlich hörte er Stimmen und Schritte im Flur. Gleichzeitig drang aus den Lautsprechern die monotone Stimme der Frau von der Telefonzentrale: »Code neunundneunzig, Fox acht-vierzehn, Code neunundneunzig, Fox acht-vierzehn ...«

Eine Schwester stürmte herein, Sekunden später eine zweite mit einem Instrumentenwagen. Die Deckenbeleuchtung ging an.

»Dr. Najarian«, rief die Schwester erstaunt, »was tun Sie ...«

»Notfall!« schnitt Eric ihr das Wort ab. »Legen Sie eine Infusion an. Sie da, geben Sie mir einen Ambu-Beutel.«

Eine dritte Schwester kam hinzu. Jetzt hatte Eric genug Helfer. In weniger als einer Minute war eine Infusion gelegt, ein Beatmungsschlauch eingeführt und der Defibrillator bereit.

»Drei-sechzig«, legte Eric die Stromstärke für den Elektroschock fest. »Alles bereitmachen!«

Atemlos kam ein Assistenzarzt hereingerannt, als Eric die Elektronenenden neben Normas Brustbein und unter ihrer linken Brust anbrachte und auf den roten Knopf neben einer der Elektroden drückte. Normas Körper bäumte sich auf, und ihre schlaffen Arme schnellten hoch wie bei einer Marionette.

»Noch mal Herzmassage«, befahl er.

»Die Frau ist meine Patientin«, wandte sich der Assistenzarzt an Eric. »Können Sie mir bitte sagen, was passiert ist?«

»Ich bin hereingekommen und habe sie tot im Bett gefun-

den«, antwortete Eric. »Kann bitte jemand das EKG anschließen? Ich brauche jetzt eine Ampulle Epi. Treten Sie bitte alle zurück, wir geben ihr noch mal einen Schock.«
»Was haben Sie hier überhaupt gemacht?« fragte der verblüffte Assistenzarzt.
Eric überhörte die Frage und verabreichte zwei weitere starke Elektroschocks.
»Machen Sie mit der Herzmassage weiter«, wies er eine Schwester an. »Geben Sie ihr jetzt das Epi. Haben wir noch Herzaktivität?«
Zu der immer größer werdenden Menschenansammlung in dem Raum kamen nun auch mehrere Medizinstudenten, ein Anästhesist und eine MTA hinzu, und Sekunden später stürmte Joe Silver herein.
»Najarian, Sie?«
Mit erhobener Hand wehrte Eric den Chefarzt ab, während er gleichzeitig die EKG-Aufzeichnung betrachtete. Doch das Herz schlug nicht mehr.
»Geben Sie ihr eine Ampulle Bikarbonat, bitte«, sagte er mit etwas zittriger Stimme.
Mit zornfunkelnden Augen schob Joe Silver sich durch die Menge an das Bett. Die Angst schnürte Eric die Kehle zu.
»Was, zum Teufel, treiben Sie hier?« stellte Silver ihn zur Rede.
»Ich wollte zu Norma und habe sie tot im Bett gefunden, dann hab ich Alarm gegeben«, brachte Eric hervor.
»Ich war vor einer Stunde bei ihr, und da war sie noch ganz munter«, warf eine Schwester ein.
»Was soll denn das da?« fragte Silver und deutete auf Erics weißen Kittel.
Zunehmend machte sich allgemeine Verwirrung breit. Die Schwester, die auf dem Bett kniete, fuhr mit der Herzmassage fort, der Anästhesist versuchte es weiterhin mit manu-

eller Beatmung. Dabei starrten sie, wie auch die Schwester am Herzmonitor, die beiden Unfallärzte an und warteten auf weitere Anweisungen.
Eric kam sich vor wie in einem schlechten Film. Schließlich stellte Joe Silver sich zwischen Eric und das Bett.
»Dr. Gordon«, sagte er zu dem Assistenzarzt, »Sie übernehmen die weitere Reanimation. Ich kümmere mich um das EKG. Und Sie, Dr. Najarian, warten bitte draußen. Wir sprechen uns, wenn ich hier fertig bin.« Er prüfte Normas Pupillen, dann wandte er Eric den Rücken zu und betrachtete das EKG. »Pupillen starr und erweitert, beide. Ich brauche ein Milligramm Atropin i.v., bitte. Machen Sie mit der Herzmassage weiter, aber wechseln Sie sich zwischendurch ab, wenn es zu anstrengend wird. Sie haben Ihr Bestes versucht, aber es sieht nicht sehr gut aus ... überhaupt nicht gut. Hat jemand ihre Familie benachrichtigt? Falls sie katholisch ist, sollten wir vielleicht auch einen Priester rufen.«
Eric starrte seinen Vorgesetzten an. Noch vor wenigen Tagen wäre diese Situation für ihn beschämend und erniedrigend gewesen. Doch jetzt empfand er nur Wut. Ohne sich um die Schwestern zu kümmern, die ihn immer noch anstarrten, wandte er sich um und verließ den Raum.
Die Wiederbelebungsversuche dauerten weitere zwanzig Minuten, obwohl Eric in dem Moment, als seine Finger Normas Hals berührt hatten, schon geahnt hatte, daß sie vergeblich sein würden. Während er im Gang stand und hörte, wie in Zimmer 814 ein aussichtsloser Kampf um Leben und Tod geführt wurde, fragte er sich, ob Normas Tod auf postoperative Komplikationen zurückzuführen war, oder ob er in irgendeiner Weise mit ihrer Beziehung zu Äskulap zu tun hatte. Außerdem überlegte er, ob er wirklich auf Joe Silver warten und seine Angriffe über sich ergehen lassen sollte; vielleicht wäre es besser, einfach zu verschwinden.

Fast hatte er sich für die zweite Möglichkeit entschieden, als sich die Tür von Zimmer 814 öffnete. Die meisten der Vorübergehenden vermieden es, in seine Richtung zu sehen. Und wer ihn versehentlich anblickte, schüttelte den Kopf oder schaute schnell weg. Offenbar würde es in dieser neuesten Folge seiner Alptraum-Serie kein Happy-End geben.

»Diese Frau war eine verdammt gute Krankenschwester.« Joe Silver, der Eric bis zum Kinn reichte, stand vor ihm und sah grimmig zu ihm hoch.

Sie war eine Mörderin, lag es Eric auf der Zunge. *Und wie steht's mit Ihnen?* Allerdings wußte er, daß er Joe Silver mit jeder Anschuldigung gegen Norma Cullinet noch mehr gegen sich aufbringen würde. Wenigstens, solange er nicht einen unwiderlegbaren Beweis hatte, sondern nur die zusammengefalteten Notizzettel in seiner Hosentasche.

»Tut mir leid, daß sie es nicht mehr geschafft hat«, brachte Eric heraus.

»Ja, Sie sind bestimmt am Boden zerstört«, entgegnete Silver. »Wollen Sie mir erklären, was Sie da drin zu suchen hatten, oder sollen wir damit warten, bis der Pathologe uns über die Todesursache aufklärt?«

»Es war genauso, wie ich es Ihnen gesagt habe«, erwiderte Eric, während er sich größte Mühe gab, seinen Zorn im Zaum zu halten. »Ich bin hergekommen, um mit Norma über gewisse Dinge zu sprechen. Ich habe sie tot aufgefunden und alles getan, um sie wiederzubeleben. Ich finde es nicht gerade fair, wie Sie mich vorhin da drinnen behandelt haben.«

Silver sah ihn an, als wolle er ihm ins Gesicht spucken.

»Auf Ihre Unverschämtheiten brauche ich ja wohl nicht zu antworten«, fauchte er bissig. »Aber passen Sie mal auf. Zuerst einmal haben Sie ein sehr eigenartiges und störendes

Verhalten an den Tag gelegt, das zu der Vermutung Anlaß gibt, daß Sie entweder drogenabhängig oder verrückt sind; wahrscheinlich sogar beides. Dann habe ich Ihnen ausdrücklich verboten, sich im Krankenhaus blicken zu lassen, bis die ganze Sache geklärt ist. Aber Sie spazieren hier einfach mit einem Professorenkittel zu einer Frau ins Zimmer, obwohl groß und breit KEINE BESUCHER an der Tür steht. Und plötzlich ist die Frau tot.«

»Sie sehen das völlig falsch«, sagte Eric schlicht.

Joe Silver funkelte ihn wütend an.

»Verflucht noch mal, Sie sind vielleicht ein arrogantes Arschloch! Hören Sie mal, Najarian, ich will Ihr verdammtes Gesicht in diesem Krankenhaus nicht mehr sehen, bis wir den Bericht von der Pathologie haben. Wenn mit dem Tod dieser Frau alles in Ordnung ist, dann kriegen Sie Ihre Chance und können uns erzählen, wie Sie in dieses ganze verrückte Schlamassel hineingeraten sind. Aber wenn Sie ermordet worden ist, dann schwör' ich Ihnen, daß ich der erste sein werde, der Ihren verfluchten armenischen Kopf rollen sehen will!«

Ohne auf eine Antwort zu warten, machte er auf dem Absatz kehrt und stürmte den Gang hinunter.

»Vielen Dank für die Blumen, Dr. Silver«, sagte Eric mit gespielter Höflichkeit. »Ich weiß Ihr Verständnis und Ihr Vertrauen zu schätzen.«

Wütend rannte er die acht Stockwerke zum Kellergeschoß hinunter, warf den Labormantel in eine Ecke und nahm dann den Tunnel zu einem Seitenausgang. Aus grauen, tiefhängenden Wolken fiel ein kühler Nieselregen auf die Stadt. Und obwohl es zu Bernard Nelsons Wohnung zu Fuß zwanzig Minuten waren, hatte Eric das starke Bedürfnis nach einem Spaziergang. Also überquerte er die Cambridge Street und lief am Charles entlang – dieselbe Strecke wie an

dem ersten gemeinsamen Abend mit Laura. Doch dieser Abend schien ihm eine Ewigkeit her.
Er war so nah, so verdammt nah dran gewesen. Anstatt seinen und Lauras Alptraum zu beenden, war er jetzt nur noch tiefer hineingeraten. Die Autopsie von Norma Cullinet konnte durchaus ergeben, daß sie ermordet worden war. Dann würden ihn sein unerlaubtes Eindringen in ihr Zimmer, die Zweifel an seiner geistigen Gesundheit und sein angeblicher Drogenkonsum schnell zum Hauptverdächtigen machen. Ein Schritt vor, zwei Schritte zurück. Wenn das so weiterging, würde der »Najarian« noch ein neuer Modetanz werden.
Unterwegs kaufte er sich den *Herald*, um nachzulesen, welche Ungeheuerlichkeiten die Zeitung inzwischen über den »Zombi-Doktor« verbreitete. Statt dessen stieß er auf eine groß aufgemachte und auf Seite drei fortgesetzte Story über den Raubmord im Bestattungsinstitut *Gates of Heaven*. Dem Artikel zufolge gab es keine Anzeichen für einen Einbruch, weshalb die Polizei annahm, daß das Opfer seinen Mörder gekannt hatte. Die Ermittlungen konzentrierten sich momentan auf die Namen in einem Terminkalender, den man in Donald Devines Schreibtisch gefunden hatte. Aber in dem ganzen Bericht stand kein einziges Wort über den unheimlichen Behandlungsraum im Keller des Hauses. Hielt die Polizei diese Informationen absichtlich zurück, oder hatte jemand die Intensivstation schon abgebaut und alle Spuren beseitigt, bevor sie am Tatort eingetroffen war? Das machte Eric Sorgen. Allerdings weitaus weniger als die Frage, ob sich unter den Namen in Donald Devines Terminkalender ein gewisser Dr. Eric Najarian befand.
Ein Schritt vorwärts, zwei Schritte zurück.
Als Eric schließlich die Zeitung zusammenfaltete und sie in seine Jackentasche steckte, fühlte er sich seelisch und kör-

perlich am Ende. Er lehnte sich an eine Mauer und blickte hinüber auf die gegenüberliegende Häuserwand. Drei Stockwerke über einem schicken italienischen Bistro standen trotz des Regens zwei Arbeiter auf einem Hängegerüst und putzten die Fenster. Eric versuchte sich gerade mit dem Gedanken anzufreunden, daß er eines Tages mit einer ähnlichen Arbeit seinen Lebensunterhalt verdienen mußte, da ging die Tür des Cafés auf, und heraus kam Anna Delacroix, Arm in Arm mit einem Mann.

Sie trug einen teuren, knielangen Ledermantel, und ihr offenes Haar fiel über die Schultern. Doch für Eric bestand nicht der geringste Zweifel, daß es Anna war. Und plötzlich bemerkte er, daß er auch ihren Begleiter kannte. Hinter der Hausecke versteckt, beobachtete Eric, wie Haven Darden die aufsehenerregende junge Frau zu einem schnittigen grauen Alfa-Cabrio geleitete, sie neben der Fahrertür innig umarmte und ihr eine Kußhand hinterherwarf, als sie losfuhr. Dann rückte der Chefarzt der Inneren Medizin des White Memorial seine Krawatte zurecht, betrachtete prüfend sein Spiegelbild in einer Schaufensterscheibe und schritt in Richtung Krankenhaus davon.

Eric wollte ihm schon folgen, hielt dann aber inne. Es war überflüssig, Haven Darden hinterherzulaufen. Schließlich würde er nicht in der Versenkung verschwinden.

Endlich einmal eine Situation, in der Eric nichts unternehmen mußte, bis er gründlich nachgedacht hatte und sich seiner Sache vollkommen sicher war. Plötzlich ergab alles einen Sinn; eines paßte zum anderen. Er hatte herausgefunden, wer hinter Äskulap steckte. Nun mußte er nur noch einen Weg finden, um Dr. Haven Darden zu knacken.

Und diesmal würde er keinen einzigen Schritt zurückweichen.

35

Laura kam es vor, als würde die Fahrt durch den Callahan Tunnel nach East Boston überhaupt kein Ende nehmen. Tatsächlich war – wohl wegen eines Unfalls oder einer Panne – der Verkehr in der einen Fahrtrichtung zum Erliegen gekommen. Und jetzt standen sie und Captain Wheeler in einer Autoschlange, die sich inzwischen schon bis zur Schnellstraße auf der Bostoner Seite staute.

»Beim letztenmal sind Eric und ich über diese schöne, hohe Brücke nach East Boston gefahren«, meinte sie.

Wheeler, der Jeans und einen blauen grobgestrickten Pullover unter seiner Windjacke trug, nickte.

»Die Mystic River Bridge. Die hätten wir auch nehmen können, aber ich hab' mir gedacht, wir kommen besser hinter diesem Platz an der Bow Street heraus, und nicht da, wo Rocky uns erwartet.«

»Warum?«

»Nur zur Sicherheit, wenn es eine Falle ist. Das ist Regel Nummer eins auf der Polizeischule: Laß dich nach Möglichkeit nie auf das Spiel der anderen ein.«

»Verstehe. Aber es klang schon so, als meinte es der Mann ehrlich. Ich glaube nicht, daß er uns eine Falle stellt. Wahrscheinlich ist Scott irgendwo gleich auf der anderen Seite des Tunnels.«

»Ich hoffe, Sie haben recht«, erwiderte Wheeler, während er im Schrittempo zur East Bostoner Seite des Hafens fuhr.

Ihr Wagen war ein unauffälliges Zivilauto mit Funk und einer Maschendrahttrennwand zwischen Vorder- und Rückbank. »Sie haben bestimmt in der Zeitung gelesen, wo wir den Inhaber dieses Bestattungsinstituts gefunden haben, diesen Donald Devine. Er ist in einen seiner Särge zur ewigen Ruhe gelegt worden.«

»Ja, ich hab' davon gehört. Aber das überrascht mich nicht. Ich habe Ihnen ja schon letztes Mal gesagt, daß er die Finger in irgendeiner schmutzigen Sache hatte.«

»Ja, das haben Sie gesagt. Die Frage ist nur, was für eine Sache?«

Laura zuckte die Achseln. Sie und Bernard hatten vereinbart, daß niemand, nicht einmal die Polizei, von ihrer Verwicklung in den tödlichen Unfall in der Harrison Avenue und ihrem Einbruch in das *Gates of Heaven* erfahren durfte – zumindest nicht, bis Donald Devines dunkle Geschäfte aufgeklärt oder jemand wegen des Mordes an ihm verhaftet worden war. Außerdem hatte der Polizist sie ohnehin schon sehr direkt nach Eric und seinen allgemein bekannten Mißgeschicken gefragt. Besser war es wohl, im Augenblick nichts zu sagen, was ihre Glaubwürdigkeit in Frage stellen könnte.

»Keine Ahnung«, antwortete sie deshalb nur. »Übrigens, Captain Wheeler, vielen Dank, daß Sie mich heute begleiten. Mir wäre nicht so ganz wohl dabei gewesen, wenn ich ein Taxi hätte nehmen müssen.«

»Reiner Zufall, daß Sie mich erreicht haben«, meinte Wheeler. »Offiziell hab ich diese Woche frei. Als Sie angerufen haben, war ich nur im Büro, weil ich noch eine Menge Papierkram aufarbeiten mußte. Wie sieht's aus, wollen wir unseren Plan noch mal durchgehen?«

»O.k. Sie bleiben etwas zurück, aber in Sichtweite. Wenn es keine Probleme gibt, dann bezahle ich einfach und bringe

Scott mit zum Wagen. Aber wenn doch etwas schiefgeht, hebe ich eine Hand hoch, und Sie eilen mir zur Hilfe.«

»Wunderbar. Aber machen Sie sich keine allzu großen Hoffnungen. Es gibt eine Menge Spinner in dieser Stadt und auch ein paar einfallsreiche Burschen, die unter allen Umständen sichergehen wollen, daß Sie das Video Ihres Bruders wirklich nicht haben.«

»Nun, wie schon gesagt, ich kann nichts herbeizaubern, wovon ich nichts weiß. Und was meine Hoffnungen betrifft, die gebe ich erst auf, wenn ich Scotts Leiche sehe. Haben Sie Familie?«

»Ich? Ja und nein. Meine Frau ist vor Jahren mit dem Lehrer ihres Malkurses durchgebrannt. Meine beiden Jungen hat sie mitgenommen. Inzwischen sind sie erwachsen, und seit acht oder zehn Jahren hab ich nichts mehr von ihnen gehört.«

»Das tut mir leid.«

»Ich komm' damit zurecht«, sagte Wheeler.

Endlich hatten sie den Tunnel hinter sich gebracht, und Wheeler bog in eine Seitenstraße ein.

»Sie kennen sich hier ja ziemlich gut aus«, stellte Laura fest.

»Kein Wunder, nach fünfundzwanzig Dienstjahren.«

Er schaltete den Scheibenwischer ein.

»Hoffentlich wartet Scott nicht irgendwo draußen«, meinte Laura. »Rocky hat angedeutet, er wäre krank.«

Schließlich bog Wheeler noch einmal ab und hielt vor einer verlassenen Baustelle. Dahinter war ein kleiner Hügel aufgeschüttet, der sich fast über die ganze Länge des Grundstücks hinzog. Die steile, unkrautbewachsene Böschung war eine Beleidigung für das Auge: Überall lagen verrostete Autoteile, zerbrochene Flaschen, plattgetretene Milchtüten und anderer Müll herum. Ringsum standen niedrige, trist aussehende Häuser mit abgeblätterten Fassaden.

»Hübsch hier«, meinte Laura.

Wheeler sah sich nervös um.

»Die Bow Street ist auf der anderen Seite dieser Anhöhe«, erklärte er. »Sehen Sie die beiden Bäume da oben? Von dort aus werde ich Sie beobachten. Sie gehen da drüben hinauf. Wenn Sie oben sind, schauen Sie, ob Sie etwas Verdächtiges bemerken. Falls dieser Rocky uns nicht reinlegen will, dann wartet er unten auf der anderen Seite, weil er meint, daß Sie von der Bow Street kommen. Und sofort die Hand hochhalten, wenn es irgendwelchen Ärger gibt, verstanden?«

»Verstanden«, antwortete Laura. »Jetzt heißt es Daumen drücken.«

»Drücken Sie für mich mit«, meinte Wheeler. »Ich hab' lieber beide Hände frei.«

Gemeinsam stiegen sie aus dem Polizeiwagen und schlugen dann verschiedene Richtungen ein. Laura ging noch ein Stück über das Gelände, ehe sie die Böschung hinaufstieg, während Lester Wheeler sich gleich auf den Weg zu den beiden knorrigen Eichen auf der linken Seite des Hügels machte. Ein feiner Sprühregen wehte ihnen entgegen.

»Los, Scotty«, murmelte Laura, als sie sich durch die Brombeersträucher und das Baumgestrüpp kämpfte, »du mußt da sein. Bitte, sei da.«

Sie vergewisserte sich, daß die 650 Dollar in ihrer Jackentasche noch vorhanden waren. Weitere 200 Dollar hatte sie in die Gesäßtasche ihrer Jeans gesteckt – man konnte ja nie wissen. Auf der Anhöhe angelangt, sah sie sich nach Lester Wheeler um, der hinter den Eichen kniete. Als sich ihre Blicke trafen, bedeutete er ihr mit einer Kopfbewegung, auf das breite, mit Unrat übersäte Gelände unter ihnen zu achten. Auf der einen Seite des Platzes befand sich eine behelfsmäßige Hütte, die sich schief an einen rostigen Drahtzaun lehnte. Wahrscheinlich spielten dort die Kinder

aus der Nachbarschaft. Und neben der Hütte kauerte ein Mann, der versuchte, sich vor dem Regen zu schützen und von der Bow Street aus nicht gesehen zu werden. Die Straße selbst war offenbar menschenleer.
Lauras Herzschlag setzte für einen Moment aus, doch dann erkannte sie, daß dieser Mann nicht ihr Bruder war. Er war angezogen wie ein Stadtstreicher, aber selbst aus dieser Entfernung konnte Laura an seinem bärtigen wettergegerbten Gesicht erkennen, daß er ihr nicht gefährlich werden würde. Nachdem sie und Wheeler sich ein »O.k.« zugenickt hatten, stieg sie über den nassen Boden die Böschung hinunter zu dem Mann, der vermutlich Rocky war.
Sie war noch etwa 50 Meter entfernt, als sie mit untrüglicher Gewißheit spürte, daß auch ihr Bruder hier sein mußte – höchstwahrscheinlich in dieser kleinen verfallenen Bude. Es kostete sie ihre ganze Selbstbeherrschung, nicht einfach den Hügel hinunter zu der Hütte zu rennen. Statt dessen zwang sie sich, noch einmal stehenzubleiben und nach irgendwelchen Hinweisen auf eine Falle Ausschau zu halten. Mit einer aufmunternden Geste bedeutete ihr Wheeler, weiterzugehen. Als sie keine zwanzig Meter mehr von Rocky entfernt war, bemerkte er sie und drehte sich um.
»Hallo Rocky, ich bin Laura Enders«, sagte sie schnell.
»So? Sagen Sie mal, was soll denn das«, rief er empört. »Sie hätten doch von der Straße her kommen sollen.«
»Ist mein Bruder da drinnen?«
»Von mir erfahren Sie gar nichts«, entgegnete Rocky, ohne zu ahnen, daß ihm die Antwort bereits ins Gesicht geschrieben stand, »solange ich nicht das Geld sehe. Sechshundertfünfzig, falls Sie's vergessen haben sollten. Ich jedenfalls hab's nicht vergessen. Der alte Rocky hat nämlich ein Gedächtnis wie ein ...«
»Hier«, sagte Laura.

Sie warf ihm die Geldscheine vor die Füße, rannte an ihm vorbei zu der Hütte und schlug den Plastikverschlag zurück.
»O Gott«, keuchte sie und stürzte hinein.
Drinnen saß Scott auf einem Haufen alter Decken, mit dem Rücken gehen den Zaun gelehnt. Sein Atem ging flach und unruhig, das Gesicht war fahl. Laura nahm ihn in die Arme, ließ ihn aber sofort wieder los, als er keine Reaktion zeigte. Rocky tauchte am Eingang auf.
»Er kann sich an fast nichts mehr erinnern«, sagte er. »Nicht an seinen Namen, nicht, wo er her ist, nichts. Er redet immer nur von einem Pferd.«
»Rocky, haben Sie Wasser da?«
»Nö, hier nicht. Wein hab ich, aber bei mir drüben. Das ist ein Stück zu gehen.«
»Ja, das ist o.k., Wein geht auch. Wir müssen ihn in ein Krankenhaus bringen.«
»Ich hab' ihm gesagt, ich würd' ihm einen Notarzt rufen, aber er wollte nicht. Er wollte immer nur über dieses komische Pferd reden.«
»Würden Sie bitte den Wein holen?«
Laura nahm das Gesicht ihres Bruders in beide Hände.
»Verstehst du mich?« fragte sie.
»Ja.« Seine Stimme klang rauh und belegt, aber es steckte noch Lebenskraft in ihm, das konnte Laura spüren.
»Weißt du, wer ich bin?«
Scott sah sie eine Weile an, dann schüttelte er den Kopf.
»Weißt du, wer *du* bist?«
»Ich ... ich weiß gar nichts.«
»Mein Gott«, murmelte Laura. Sie schluckte die aufsteigenden Tränen hinunter, dann sagte sie ruhig: »Du heißt Scott. Scott Enders. Ich bin deine Schwester Laura. Hilft dir das weiter?«
Der Mann mit dem Gesicht ihres Bruders, wie es vielleicht

mit sechzig Jahren aussehen würde, schüttelte wieder den Kopf.
»Kannst du aufstehen?«
»Meine Beine sind in Ordnung. Hab' aber einen Tritt gegen die Brust bekommen. Ein paar Rippen sind gebrochen.«
»Wir holen Hilfe, mach dir keine Sorgen.«
Rocky kam mit einer Flasche Wein zurück, und Laura gelang es, Scott ein paar Tropfen einzuflößen.
»Helfen Sie mir, ihn auf die Beine zu bringen«, bat sie Rocky.
»Brauche ... keine ... Hilfe«, wandte Scott ein, krabbelte aus der Hütte hinaus und schaffte es mit größter Mühe, sich aufzurichten.
Laura fiel sofort auf, daß er ein Bein nachzog und seine linke Hand offenbar nicht richtig gebrauchen konnte.
»Erzähl ihr von dem Pferd, Kumpel«, drängte Rocky Di Nucci. »Los, erzähl schon.«
Laura kroch aus der Hütte und sah dann zu den beiden Eichen auf dem Hügel hinauf. Lester Wheeler hatte sich entweder ziemlich gut versteckt oder war fortgegangen.
»Was für ein Pferd?« fragte Laura.
Sie stützte Scott mit einer Hand am Arm, stellte aber erleichtert fest, daß er tatsächlich aufrecht stehen konnte.
»Mrs. Gideons Pferd«, antwortete Scott ausdruckslos. »Ich muß Mrs. Gideons Pferd finden.«
»*Unsere* Mrs. Gideon?«
Marjorie Gideon, ein aufgewecktes älteres Fräulein, das noch mit fünfundsiebzig Jahren in Cowboystiefeln und Jeans herumlief, war Besitzerin der Farm neben dem kleinen Grundstück der Familie Enders in Missouri gewesen. Sie hatte als eine der reichsten Frauen des Landes gegolten. Soviel Laura wußte, war sie vor einigen Jahren gestorben.
»Ich weiß nicht«, erwiderte Scott.

»Scott, woher bist du gekommen?«
»Ich weiß nicht«, wiederholte er stockend. »Ich war in einer Stadt in der Wüste. ... Ich hab' die Lichtstrahlen gesehen und mich darunter hindurchgeschlängelt. ... Eddie Garcia hat mich mitgenommen und nach Cleveland gebracht.«
»Utah!« stieß Laura hervor. »Scott, du warst in Utah, oder?«
»Ich ... weiß ... nicht.« Verzweifelt schüttelte er den Kopf, als versuchte er, den Schleier des Vergessens zu durchdringen. »Ich muß Mrs. Gideons Pferd finden.«
Laura bemühte sich, den Sinn seiner Worte zu verstehen. Marjorie Gideon hatte mehrere Pferde gehabt, und Scott und Laura hatten oft ausreiten dürfen, wenn sie dafür den Stall ausmisteten. Aber das lag schon so viele Jahre zurück.
»Scott, sag mir eines«, fragte Laura plötzlich, aber so leise, daß Rocky nichts davon hören konnte. »Hat das Pferd etwas mit einem Band zu tun – einem Videoband?«
Teilnahmslos sah Scott sie an.
»Kann sein«, meinte er, »kann sein.«
»Denk nach, Scott. Überleg, was es bedeutet.« Sie betrachtete das Gesicht ihres Bruders, erkannte jedoch, daß er überhaupt nicht imstande war, seine Gedanken zu sammeln. »Na gut, mach dir jetzt keine Sorgen. Ich bin mit einem Auto da und habe jemanden dabei, der uns hilft. Wir bringen dich in ein Krankenhaus. Du wirst sehen, es wird alles wieder gut.«
Laura drehte sich um und sah noch einmal zu der Anhöhe hinauf, aber von Lester Wheeler war keine Spur zu sehen. Schließlich hob sie zur Sicherheit eine Hand hoch, erkannte aber augenblicklich, daß das nicht nötig gewesen wäre. Wheeler war irgendwie außen herum gegangen und kam nun von der Bow Street am Zaun entlang auf sie zu.
»Captain Wheeler«, rief sie, »kommen Sie schnell. Es ist wirklich Scott, aber er ist verletzt. Ziemlich schwer verletzt.«

»Na, dann sehen wir mal zu, daß er Hilfe bekommt«, erwiderte der Polizist.

Er war gerade noch drei Meter entfernt, als Laura eine Veränderung an ihrem Bruder bemerkte. Er spannte die Armmuskeln an, und der ganze Körper schien sich zu straffen. Seine tiefliegenden Augen fixierten den Polizisten.

»Scott, was ist los?«

Was dann folgte, war ein Alptraum in Zeitlupe.

Mit einem kehligen Schrei riß Scott sich von ihr los, stürzte auf Wheeler zu und versuchte, den Mann mit einem Karateschlag am Hals zu treffen. Doch der Angriff mißglückte, denn Scott war viel zu langsam und viel zu schwach. Wheeler schien auf die Attacke vorbereitet und wehrte den Schlag problemlos mit einer Hand ab, während er mit der anderen unter seine Jacke griff. Im gleichen Moment, als Laura die Pistole mit dem langen Schalldämpfer sah, hieb Wheeler Scott auch schon mit dem Pistolenlauf ins Gesicht und streckte ihn zu Boden.

»Nicht!« kreischte Laura und ging auf den Polizisten los.

Mit dem Rücken der Hand, in der er die Waffe hielt, versetzte er ihr einen Schlag auf die Wange. Die Spitze des Schalldämpfers brachte ihr eine klaffende Wunde bei, und sie fiel beinahe auf Scott.

»He, Moment mal«, sagte Rocky DiNucci und stellte sich in Boxerpose.

Ohne zu zögern, richtete der Polizist die Pistole auf die Brust des Stadtstreichers und drückte ab. Es gab einen leisen Knall, und aus der Mündung stieg eine dünne Rauchfahne. Rocky stürzte nach hinten, prallte gegen die Hütte und brach unter einem Haufen Sperrholz, Schrott und Plastik zusammen.

Wheeler fuhr herum und hatte in Sekundenschnelle Laura

und Scott mit Handschellen aneinandergefesselt und hochgerissen.
»Vorwärts!« knurrte er. »Und Maul halten, verstanden!«
Ohne sich noch einmal nach dem Mann umzudrehen, den er soeben getötet hatte, schubste er seine beiden Gefangenen am Zaun entlang zum Wagen.

Laura achtete nicht auf die schmerzende Verletzung an ihrer Wange und preßte den Ärmel ihrer Jacke gegen die Wunde auf Scotts Gesicht. Immer noch in Handschellen, saßen sie auf dem Rücksitz des Zivilwagens, der durch die Nebenstraßen von East Boston in Richtung Hafen fuhr. Scott war bei Bewußtsein und ansprechbar, doch sein Atem ging noch schwerer, und zweimal hatte er etwas Blut gehustet.
»Bitte«, wandte Laura sich durch den Maschendraht an Wheeler. »Sehen Sie denn nicht, daß er stirbt? Er braucht unbedingt Hilfe ... Verdammt noch mal, was sind Sie nur für ein Ungeheuer!«
Lester Wheeler gab keine Antwort. Er lenkte das Polizeiauto durch die engen Gassen auf die Straße, die parallel zu den Docks verlief.
Laura kannte die Gegend. Vor nur einer Woche hatten sie und Eric nicht weit von hier ihren Wagen abgestellt.
»Wie geht's dir?« flüsterte sie besorgt.
Scott verzog die blutigen Lippen zu so etwas wie einem Lächeln.
»Er ist einer von denen«, krächzte er, »einer von den Männern auf dem Band.«
»Daran erinnerst du dich?«
»Ja.«
»Und weißt du jetzt auch, wer ich bin?«
Scott sah sie an und schüttelte den Kopf.

»Nein«, erwiderte er nur.
»Ist schon in Ordnung, Scott. Schon in Ordnung.«
Laura nahm seine Hand und drückte sie sanft, und er ließ es zu. Plötzlich zog sie ihre Hand weg, beugte sich vor und starrte durch die Windschutzscheibe. Vor ihnen war der Platz, an dem sie und Eric geparkt hatten. Sie erkannte die rostigen Anhänger wieder, die auf einem Stapel Eisenbahnschwellen aufgebockt waren. Der Anhänger gleich neben ihnen erregte ihre Aufmerksamkeit. Auf die Seitenwand war das Bild einer griechischen Göttin gemalt, und daneben stand in großen roten Buchstaben: APHRODITE TRANSPORT UND LAGERUNG. *Aphrodite!* Marjorie Gideons Lieblingspferd!
»Scott, schau!« flüsterte sie ihrem Bruder ins Ohr. »Der Anhänger da. Dort ist das Band, stimmt's?«
Beinahe unmerklich nickte Scott Enders.

36

Eigentlich hätte alles ganz anders kommen sollen, dachte Eric, als er Bernard Nelsons Wohnung noch einmal nach einer Nachricht durchstöberte und eine Erklärung suchte, warum Laura nicht hier war. Eigentlich wollte er als Sieger zurückkehren; er hatte nicht nur einen Großteil der Geheimnisse um Äskulap gelüftet, sondern wußte vielleicht sogar, wer der Totenkopfpriester war. Sie hätten mit dem Rest von Lauras Wein auf ihren Erfolg angestoßen und einen Plan geschmiedet, wie sie Haven Darden zur Strecke bringen konnten. Und dann hätten sie sich daran gemacht, diesen Plan in die Tat umzusetzen.

Ungeduldig blätterte Eric jede Zeitschrift durch, die er finden konnte, hob jede Vase und jede Schüssel hoch und suchte sogar im Ofen nach einem Anhaltspunkt. Was ihn besonders beunruhigte, war der schwache, aber unverkennbare Geruch nach Zigarettenrauch, der ihm beim Hereinkommen sofort aufgefallen war. Falls Laura rauchte, war ihm das bis jetzt noch nicht aufgefallen – und da sie so gesundheitsbewußt war, kam ihm das auch sehr unwahrscheinlich vor. Es mußte also ein Fremder in der Wohnung gewesen sein.

Eric rief Dave Subarsky an, der inzwischen wieder in seinem Büro war, doch auch er hatte nichts von Laura gehört. Subarsky versprach, in seinem Büro zu bleiben, bis er oder Eric etwas von Laura wußten. Auch die Anrufe in Erics

Wohnung und Bernard Nelsons Büro verliefen ergebnislos. Schließlich versuchte Eric es im Carlisle, doch der schmierige Portier, der erst seit neun Uhr im Dienst war, wußte von nichts. Also hinterließ Eric eine Nachricht für Laura. Sie sollte sich entweder bei ihm in der Wohnung oder bei Dave Subarsky melden. Schließlich stieg er die Leiter zum Hochbett hinauf und legte sich hin, um abzuwarten und nachzudenken.

Durch den Nieselregen starrte Eric über den Storrow Drive auf den Charles und auf das dahinter liegende Cambridge. Irgendwo da draußen war Laura, sagte er sich, und bestimmt steckte sie in Schwierigkeiten. Wie ließe sich sonst erklären, daß es nach Zigarettenrauch roch und sie verschwunden war, ohne eine Nachricht zu hinterlassen.

Hatte sie wegen Scotts Video Ärger bekommen? Oder hatte womöglich Haven Darden sie in seiner Gewalt, um zu verhindern, daß Eric mehr über Äskulap herausfand? Je mehr Eric sich ausmalte, was Laura zugestoßen sein könnte, desto unruhiger wurde er.

In seiner Wut und Hilflosigkeit fing Eric an, über Darden nachzugrübeln. Auf ihn konnte er vielleicht noch Einfluß nehmen, ihn möglicherweise überrumpeln. Zwar war der Zeitpunkt nicht günstig, und auch Erics Plan stand eigentlich noch nicht fest, aber er konnte einfach nicht länger herumsitzen und warten, bis Laura sich meldete. Also entschloß er sich, gleich zu handeln.

Sein Anruf im White Memorial wurde schnell zum Leiter der Inneren Medizin durchgestellt. Es gäbe Probleme, schwerwiegende Probleme, berichtete er Darden – Probleme, die mit Sara Teagarden und einer Geheimgesellschaft namens Äskulap zu tun hätten. Darden erwiderte kühl, daß er nur von einem Problem im Krankenhaus wüßte, und das sei ein Arzt namens Najarian.

Eric beteuerte seine Unschuld und bat Darden um Nachsicht. Allerdings sagte er genug – gerade genug, wie er hoffte –, um die Neugier des Mannes zu wecken, ohne ihn mißtrauisch zu machen. Tetradotoxin *sei* im White Memorial verwendet worden, und es seien in der Tat Patienten dabei zu Schaden gekommen. Dafür habe er nun Beweise, und zwar handfeste. Mehrere Leute, die zu der Geheimgesellschaft gehörten, seien bereits eines gewaltsamen Todes gestorben. Auch das lasse sich beweisen.

Allmählich gab Darden die Rolle des Zynikers und Zweiflers auf und brachte ein verhaltenes Interesse zum Ausdruck – eine schauspielerische Meisterleistung. Erics Hand umklammerte den Hörer, als er vorschlug, sich mit Darden um vier Uhr in dessen Labor zu treffen. Dann, so versprach Eric, könne er seine Beschuldigungen mit hieb- und stichfesten Beweisen untermauern. Da Eric sich besorgt darüber äußerte, daß man ihn im Krankenhaus sehen könnte, versicherte ihm Darden, daß niemand sonst da sein würde.

»Wissen Sie, Eric, Sie haben dem Krankenhaus innerhalb erstaunlich kurzer Zeit großen Schaden zugefügt«, meinte Darden. »Ich verlasse mich darauf, daß das, was Sie mir zu sagen haben, auch beweisbar ist, und nicht bloße Spekulation. Bitte zwingen Sie mich nicht dazu, eine ebenso ablehnende Haltung einzunehmen wie viele andere hier.«

»Ich gebe Ihnen mein Wort«, erwiderte Eric. »Wenn Sie mich angehört haben, werden Sie mir glauben. Das verspreche ich Ihnen.«

Eric wartete, bis Darden aufgelegt hatte, dann warf er den Hörer auf die Gabel.

»Blasierter Scheißkerl«, schimpfte er vor sich hin.

Ruhelos ging er in der Wohnung auf und ab. Während er auf einen Anruf von Laura wartete, überlegte er sich, wie er nun, nachdem Haven Darden angebissen hatte, vorgehen

sollte. Angenommen, der Mann hielt sein Versprechen und war um vier Uhr allein in seinem Labor – was Eric für relativ wahrscheinlich hielt –, dann mußte er sich nur noch um eines kümmern: eine Waffe.
Um drei Uhr hatte Eric auch dafür eine Lösung gefunden. Er verließ das Apartment und eilte zu seinem Celica, den er in der Nähe geparkt hatte. Er hatte zwar noch eine volle Stunde Zeit, doch da der Berufsverkehr schon anfing, würde er für die Fahrt zum Metropolitan Hospital und zurück mindestens zehn bis fünfzehn Minuten brauchen.

Bernard Nelson schnallte den Sicherheitsgurt nun zum vierten Mal seit dem Start fest und betete leise, daß sein Magen mit den *Huevos Rancheros* fertig wurde, die er idiotischerweise zum Frühstück gegessen hatte.
Die Cessna 172 war an verschiedenen Stellen mit Isolierband geflickt, doch der Pilot und Besitzer der Maschine, ein gewisser Chippy, schien selbst so sehr am Leben zu hängen, daß Bernard seine Todesängste verdrängen konnte. Natürlich wäre es eine Hilfe gewesen, wenn er genau gewußt hätte, wonach sie eigentlich in der felsigen Wüste westlich von Moab suchten. Aber Bernard wußte nur eines mit Sicherheit: daß der verstorbene Donald Devine ziemlich oft nach Moab gefahren war und bei fast jeder Fahrt zweimal in dieser Gegend getankt hatte. Und irgendein Ziel mußte der Mann doch gehabt haben!
Außerdem hatte Bernard inzwischen die Erfahrung gemacht, daß es nichts brachte, die wortkargen Einwohner und Tankwarte der Stadt zu fragen, ob sie einen Leichenwagen durch die Wüste hatten fahren sehen; auf diese Weise konnte man hier in dieser Gegend keine Sympathien gewinnen.
»Wieviel Sprit haben wir denn noch, Chippy?« fragte er.

»Für ’ne Stunde vielleicht«, antwortete der Pilot. »Kommt auf’n Wind an.«
Chippy war ein dunkler, etwa fünfzigjähriger Mann mit wettergegerbtem Gesicht – ein Indianer oder Halbblut, vermutete Bernard. Er steuerte seine Maschine mit routinierter Leichtigkeit. Allerdings hatte er eine beinahe unverständliche Aussprache, bei der er fast ebenso viele Silben verschluckte, wie er aussprach. Bernard sah auf die Landkarte, die er in der Stadt gekauft hatte.
»Wenn das so ist«, meinte er, »dann fliegen wir nach Hanksville, danach rüber nach St. Joseph. Geht das?«
»Geht. Gibt’s aber nichts zu seh’n.«
»Das macht nichts. Versuchen Sie, nach Möglichkeit in ungefähr hundert Metern Höhe zu bleiben.«
»Wär besser, wenn Sie wüßten, was Sie suchen.«
»Ja, da haben Sie recht.« Bernard dachte einen Augenblick nach, dann beschloß er, es darauf ankommen zu lassen, daß ihn noch einer für verrückt hielt. »Wissen Sie, Chippy, mindestens einmal im Monat ist jemand hier raus gefahren. Soviel ich weiß, mit einem Leichenwagen. Und ich versuche jetzt herauszubekommen, wohin er gefahren ist und was er da gemacht hat.«
Der Pilot, den diese Offenbarung nicht weiter zu überraschen schien, trommelte mit den Fingern auf dem Höhensteuer. Dann setzte er seine Kopfhörer auf und forderte auch Bernard mit einer Geste dazu auf.
»Moab, hier ist Cessna Zwei Eins Papa Delta«, sprach er in sein Funkgerät. »Hört ihr mich? Wiederhole, hier ist Zwei Eins Papa Delta. Moab, bitte melden.«
»Wir hören dich, Chippy«, ertönte eine knisternde Stimme.
»Morton, gibste mir mal Marianne?« Er wandte sich an Bernard. »Hab’ grad so ’ne Idee.«
»Hallo Chippy, hier ist Marianne.«

»Na, Süße, wie geht's?«
»Kommst du bald zurück?«
»Stunde noch oder so. Sind so dreißig Kilometer nördlich von Hanksville. Sag mal, haste mir nicht mal von 'ner Geisterstadt hier in der Nähe erzählt?«
»Du meinst wohl Charity. Das ist aber keine Geisterstadt. Ist jetzt irgend so eine Art Krankenhaus oder ein Heim für Geistesgestörte. Na ja, wer's glaubt. Ist so vor zwei, drei Jahren aufgemacht worden. Aber der Leiter von denen hat bekanntgegeben, daß das Überfliegen verboten ist.«
Bernard nickte lebhaft.
»Frag' nur so, is nich' wichtig«, sagte Chippy. »Wo is'n das eigentlich?«
»Dreißig oder vierzig Kilometer westlich von St. Joe. Mach aber keinen Ärger, hörst du, Chippy Smith? Wenn ich mich nicht irre, hören die jetzt nämlich schon mit.«
»He, hab' ich jemals Ärger gemacht? Wir drehen nur 'ne Schleife um Hanksville, dann geht's zurück. Seh'n uns in 'ner Stunde. Papa Delta over.«
»Können Sie es finden, Chippy?« fragte Nelson.
»Kann's versuchen.«
Bernard starrte auf die weite, zerklüftete Felsenlandschaft, in der nur die anspruchslosesten Pflanzen überleben konnten, die aber dennoch eine ganz eigene Schönheit hatte. In erster Linie interessierte er sich allerdings für die Pfade und Reifenspuren, die sie von Zeit zu Zeit überflogen.
Etwa zwanzig Minuten waren sie in nordwestlicher Richtung geflogen, als Bernard etwas glänzen sah, was Metall oder Glas sein mußte.
»Dort, Chippy, dort drüben«, sagte er. »Sehen Sie das?«
Der Pilot nickte und drehte eine Kurve nach Osten. Weitere fünf Minuten kreisten sie über der Gegend, ehe sie einen Jeep entdeckten, der größtenteils mit Staub bedeckt und

unter einem Felsüberhang verborgen war, so daß man ihn aus der Luft kaum sehen konnte. Chippy Smith ging auf 40 Meter herunter und überflog die Stelle noch einmal. Neben dem Wagen befand sich ein länglicher Sandhaufen, an dessen einem Ende etwas hervorragte, was nach Schuhen und Kleiderstoff aussah.
»Können wir hier landen?« fragte Bernard.
»Dann verbrauchen wir aber beim Start 'ne Menge Sprit.«
»Schaffen wir es dann noch zurück nach Moab?«
»Wahrscheinlich.«
»Versuchen wir es.«
Smith zuckte die Achseln und ging auf 70 Meter hinauf. Wenige Minuten später flog er eine Stelle an, die vermutlich eine Sandstraße oder ein ausgetrocknetes Flußbett war. Eingehüllt in eine Staubwolke, setzte die Cessna sanft auf.
»Sie sind ein verdammt guter Pilot«, meinte Bernard respektvoll.
»Man tut, was man kann«, erwiderte Chippy lächelnd.
Ohne größere Schwierigkeiten konnten sie den Jeep ausfindig machen. Das Stoffdach war noch in Ordnung, aber zentimeterdick mit feinem Sand bedeckt. Dann gingen sie zu dem Erdhaufen, den sie aus der Luft gesehen hatten. Im Schatten des Wagens lagen zwei Skelette, die sich umarmt hielten. Häßlich ragten aus der Sandschicht zerfetzte Turnschuhe und verblichene weiße Unterschenkelknochen hervor.
»Wenn Sie wollen, können Sie da drüben auf mich warten«, sagte Bernard. »Ich versuche herauszufinden, wer sie waren.«
»So was macht mir nichts aus«, meinte Chippy.
Mit Hilfe eines Stoffetzens aus dem Jeep fegten sie den Sand von den Leichen. Das Fleisch der beiden Schädel war größtenteils verwest oder weggefressen, aber an den Kleiderfet-

zen, dem Schmuck und dem, was von Haaren und Knorpeln noch übrig war, konnte man erkennen, daß es sich um die sterblichen Überreste eines Mannes und einer Frau handelte.

Bernard kniete sich neben die beiden Toten, von denen noch ein schwacher Leichengeruch ausging. An der Tasche in der Jeans des einen war die Ausbeulung einer Brieftasche zu sehen. Als Bernard danach griff, zerfiel der Stoff.

»Richard Colson, Santa Barbara, Kalifornien«, las er und blickte traurig von dem lächelnden Gesicht auf dem Führerscheinfoto zu dem verzerrt grinsenden Schädel.

Chippy fand auf dem Boden des Jeeps eine Handtasche, und aus den Ausweisen in der Brieftasche darin erfuhren sie, wie Colsons Frau geheißen und ausgesehen hatte.

»Hübsches Paar«, meinte er. »Hab'n Sie 'ne Ahnung, wie die beiden gestorben sind?«

»Nein, aber sie sind wohl nicht erschossen worden. Wie weit ist denn dieses Charity noch weg?«

»Fünfzehn Kilometer oder so.«

Bernard steckte die Brieftaschen in seine Jacke.

»Davon sollte erstmal keiner erfahren. Könnten Sie das eine Zeitlang für sich behalten?« bat er Chippy.

»Sind Sie 'n Bulle?«

»Privatdetektiv.« Er fischte seinen Ausweis zusammen mit einer Hundert-Dollar-Note hervor.

»Das is' nich' nötig«, meinte Chippy und deutete auf den Geldschein. »Zahl'n Sie mir nur das Geld für den Flug, und ich halt' den Mund.«

Bernard drückte ihm trotzdem den Schein in die Hand.

»Ich verspreche Ihnen, daß diese Leute ein ordentliches Begräbnis bekommen«, sagte er. »Ich möchte nur nicht, daß jemand vom Krankenhaus was davon erfährt, solange ich nicht selbst gesehen habe, was die da machen. Vielleicht haben die beiden hier überhaupt nichts mit dem zu tun, was ich suche, aber andererseits ist es auch nicht ausgeschlossen.«

Schweigend standen die beiden Männer eine Weile vor den verwesten Leichen, dann wandten sie sich ab und gingen zum Flugzeug zurück. Als der Motor der Cessna aufheulte, kroch ein Skorpion aus der Augenhöhle von Marilyn Colsons Schädel und suchte unter einem nahegelegenen Steinhaufen Zuflucht.

37

Abgesehen von dem winzigen, auf Augenhöhe angebrachten Fenster in der Stahltür, erinnerte der Raum im hinteren Teil des Lagerhauses 18 an eine Gruft – nichts als nackte Betonwände von jeweils etwa dreieinhalb Meter Länge. In einer Ecke standen eine Plastikflasche mit Wasser und ein leerer Blecheimer, offenbar für die Notdurft, und in einer anderen waren vier zusammengefaltete Steppdekken aufgestapelt.

In dieser Zelle war Laura nun seit über einer Stunde zusammen mit ihrem Bruder – besser gesagt, mit dem, was von ihm noch übrig war.

Nachdem Lester Wheeler sie mit seiner Pistole niedergeschlagen und den Penner namens Rocky kaltblütig ermordet hatte, war er durch ein Seitentor auf die Docks und dann vor das Lagerhaus gefahren. Die großen hangarartigen Türen öffneten sich wie von Geisterhand, und Wheeler steuerte den Wagen einen langen, von Kisten und Paletten gesäumten Gang entlang zu dem hinteren Raum. Dort warteten zwei Männer, die Laura als die Gangster wiedererkannte, denen sie und Eric auf den Docks nur mit knapper Not entkommen waren. Die Kerle nahmen ihr und Scott die Handschellen ab; dann wurde Laura allein in die düstere Zelle gestoßen.

In der nächsten Stunde hörte sie mehrmals die herzzerreißenden Schreie ihres Bruders aus dem Lagerhaus. Sie häm-

merte gegen die Tür und schrie, bis ihre Hände schmerzten und ihre Stimme versagte. Dann ließ sie sich auf die modrigen Decken fallen und weinte. Als man Scott schließlich zu ihr in die Zelle warf, stöhnte er vor Schmerzen und war kaum bei Bewußtsein. Sein Atem ging noch schwerer als zuvor; Gesicht und Hände waren blutverschmiert. Als Laura sich neben ihn kniete und ihn in die Arme nahm, bemerkte sie, daß man ihm mehrere Fingernägel ausgerissen hatte.
Nun schlief Scott. Manchmal stöhnte er, dann wieder weinte er wie ein Kind leise vor sich hin. Während dessen ging Laura in dem engen Gefängnis auf und ab. Das Mitleid mit ihrem Bruder – seinem gepeinigten Körper und seinem verlorenen Gedächtnis – zerriß ihr fast das Herz. Verzweifelt dachte sie an die Aussichtslosigkeit ihrer Lage. Und sie schämte sich für den grauenhaften Wunsch, daß es vielleicht besser wäre, wenn Scott einfach aufhören würde zu atmen.
Durch das kleine Fenster sah sie Männer, die ihrer Arbeit nachgingen, als sei nichts geschehen. Einer von ihnen fuhr mit einem Gabelstapler Paletten in dem Lagerhaus herum, andere gingen vorüber, unterhielten sich lachend und tranken Bier. Einer blickte sogar zu Laura herüber und lächelte.
»Verdammter Mistkerl«, murmelte sie vor sich hin, »zum Teufel mit dir.«
Sie riß ein Stück von ihrer Bluse ab, feuchtete es an und wischte damit vorsichtig über Scotts Gesicht. Seine Lider zuckten, dann schlug er die Augen auf. Die Klarheit in seinem Blick überraschte sie.
»Haben sie dir weh getan?« fragte er.
»Nein«, erwiderte sie. »Noch nicht. Hast du ihnen gesagt, was sie wissen wollen?«
»Ich – glaube nicht. Im Augenblick hält uns das Video noch am Leben.«
»Dann erinnerst du dich also an das Band?«

»Ja. Ich habe zwar immer noch große Lücken, aber eines weiß ich genau: Der Video-Empfänger ist in diesem Aphrodite-Anhänger eingeschlossen, so wie du gesagt hast.«
»Und woran erinnerst du dich noch?«
Scott zuckte vor Schmerz zusammen, als er sich auf einen Ellbogen stützte. »Manche kurze Szenen und Einzelheiten sehe ich ganz deutlich vor mir. Aber das meiste ist völlig verschwunden. Ich wünschte, ich könnte sagen, daß ich mich an dich erinnere, aber es stimmt leider nicht. Hatten wir ein enges Verhältnis zueinander?«
Laura strich ihm das Haar aus der Stirn.
»Ja«, brachte sie heiser hervor, »ein sehr enges.«
»Das ist schön.«
Langsam setzte er sich auf und lehnte sich an die Wand. Sein Blick verriet eine erstaunliche Willenskraft. Jetzt schien er sogar kräftiger zu sein als vorhin in Rockys Hütte.
»Wir müssen hier rauskommen«, sagte er.
»Was?«
»Dieser Bulle wird entweder Drogen einsetzen oder dir vor meinen Augen etwas antun. Wie auch immer, wir sollten es nicht soweit kommen lassen.«
»Scott, da draußen sind haufenweise Männer, und diese Lagerhalle ist wie eine Festung. Wir haben keine Chance.«
Mit verzerrtem Gesicht, doch ohne einen Schmerzenslaut, mühte Scott sich auf die Beine.
»Es gibt immer eine Chance«, entgegnete er. Vergeblich versuchte er, einen heftigen Hustenanfall zu unterdrücken.
Laura stand vor ihm. »Kannst du mit deinen Verletzungen denn überhaupt etwas unternehmen?«
»Bis hierher hab' ich es doch auch geschafft, nicht wahr?«
Laura hörte Entschlossenheit in seiner Stimme, und sie wußte, daß er nur ihretwegen seine ganze Kraft zusammennahm. Man hatte sein Erinnerungsvermögen beinahe aus-

gelöscht, ihn gefoltert, ihm fast alles genommen. Und doch schien er immer noch Kraftreserven in sich zu haben.
»Scott, du weißt inzwischen, womit du deinen Lebensunterhalt verdient hast, oder?«
Er brachte ein schwaches Lächeln zustande und strich sanft über ihre blutverkrustete Wange.
»Kann sein«, meinte er. »Kann schon sein.« Er spähte durch das Fenster hinaus zu den Arbeitern. »Sag mal, diese großen Tore, durch die wir hereingekommen sind, gehen die nach oben oder zur Seite auf?«
»Zur Seite, glaube ich. Ja – doch, ich bin mir ganz sicher. Es sind so etwas wie Falttüren auf einer Führungsschiene.«
Scott starrte eine Weile zum Fenster hinaus, dann kniete er sich vor die Tür und untersuchte das Schlüsselloch. Beim Aufstehen mußte Laura ihm helfen.
»Hol das mal her«, sagte er und deutete auf den Eimer. Laura stellte ihn vor ihn hin. »Hast du einen Gürtel um?«
Sie zog den Gürtel heraus, der ziemlich lang war und eine schwere Metallschnalle hatte. Auch Scott versuchte seinen Gürtel zu lösen, doch mit seiner ungelenken Hand und den Verletzungen an den Fingern gelang es ihm nicht. Laura tat es für ihn.
»Was hast du vor?« fragte sie.
»Erst mal müssen wir die Tür aufbekommen.«
»Und wie?«
»Damit, hoffe ich«, sagte er und deutete auf das Metallschutzgitter vor der Glühbirne an der Decke. »Draußen ist ein Gabelstapler, da müssen wir hin. Wenn wir es schaffen, werde ich ihn ablenken. Aber ich kann den Zündschlüssel nicht umdrehen. Das mußt du machen, klar?«
»K-Klar. Aber, Scott, ich weiß nicht, ob ich das kann.«
Er sah sie einen Augenblick an, dann zuckte er die Schultern und meinte: »Sicher kannst du es. Hier, binde die zwei

Gürtel zusammen und mach sie am Griff des Eimers fest. Dann schwenkst du den Eimer wie ein Lasso herum, und zwar so, daß du damit das Schutzgitter der Lampe herunterschlagen kannst. Probier es aber vorher aus, damit du den richtigen Schwung hast. Die Glühbirne wird dabei wahrscheinlich kaputtgehen, aber das macht nichts. Es ist hell genug. Wenn das Gitter herunterfällt, gibst du es mir.« Wieder spähte er durch das kleine Fenster und beobachtete, wo der Gabelstapler gerade eingesetzt wurde. »Fang schon mal an zu üben, ich sag' dir dann den richtigen Zeitpunkt. Und breite vorher noch die Decken unter dir aus, falls der Eimer auf den Boden fällt.«

Laura legte die Decken aus, ließ den Eimer für einen Augenblick baumeln und fing dann an, ihn in immer größeren Kreisen herumzuwirbeln. Schnell fand sie heraus, daß sie, wenn sie den Arm in Schulterhöhe hielt, in Höhe der Lampe kam, ohne den Boden zu berühren. Während sie übte, hatte Scott mehrere Hustenanfälle und spuckte hellrotes Blut aus. Lauras Einwände tat er mit einer fahrigen Bewegung ab.

»Bitte, Laura«, sagte er. »Es wird nicht mehr lange dauern, bis Wheeler zurückkommt, und in meinem jetzigen Zustand werde ich mit ihm nicht fertig, sogar wenn er mir eine Gelegenheit dazu gibt.« Nach einem weiteren prüfenden Blick durchs Fenster befahl er: »Jetzt! Versuch, das Ding mit möglichst viel Schwung zu treffen. Wenn die Glühbirne zerbricht und das Gitter nicht runterfällt, ist es vielleicht zu dunkel, um es noch einmal zu probieren.«

Laura begann mit ein paar langsamen Kreisen. Dann ließ sie den Eimer immer schneller durch die Luft sausen und vergrößerte den Radius des Kreises jedesmal um ein Stück.

»Gut so, sehr gut«, meinte Scott. Der Eimer streifte das Metall. »Mach weiter. Nur noch ein klein wenig mehr.«

Laura spürte, wie sie im Oberarm und in der Schulter einen

Krampf bekam. Die Kreise wurden etwas langsamer und ungleichmäßiger.
»Nicht aufhören«, drängte Scott. »Du mußt durchhalten. Komm, du schaffst es.«
Sie biß sich auf die Unterlippe. Den Gürtel hielt sie nun mit beiden Händen fest und konnte so den Eimer schneller kreisen lassen. Doch ihre Arme wurden schwer und gefühllos und verkrampften sich immer mehr. In dem Augenblick, als sie glaubte, es nicht mehr länger auszuhalten, krachte der Eimer gegen das Schutzgitter und schmetterte es an die Wand. Die Glühbirne zerbarst in unzählige kleine Scherben, die durch den ganzen Raum flogen. Laura setzte den Eimer geräuschlos auf den Decken ab und hob das Schutzgitter auf.
»Das war gut«, brachte Scott hervor und rang zwischen den Worten um Atem. »Sehr gut.« Im Licht, das durchs Fenster hereinfiel, begutachtete er das Metallstück. »Tritt so fest drauf, wie du kannst. Ich brauche ein Stück von ungefähr dieser Länge.«
Laura legte das Gitter auf den Beton und trat es flach. Die dicken Drähte brachen an den Schweißnähten auseinander, und Laura konnte ein Teil von der gewünschten Länge abknicken. Sie reichte es Scott, der es betrachtete und es ihr dann zurückgab. Nach seinen Anweisungen klemmte sie den Draht unter den Eimerrand und bog zwei rechte Winkel sowie einen kreisförmigen Griff am Ende hinein.
»Steck ihn jetzt mit diesem Ende ins Schlüsselloch und dreh ihn langsam, bis er greift.«
Laura kniete sich vor die Tür, während Scott das Geschehen draußen verfolgte.
»Es geht nicht«, meinte sie.
»Steck ihn noch weiter hinein. Halt ihn mit beiden Händen fest und nimm ihn an dem kleinen Griff.«

»Es geht ni … Moment mal.«
Ihr behelfsmäßiger Schlüssel ließ sich einen Zentimeter drehen.
»Mach weiter. Ich glaube, du hast's gleich geschafft.«
Das Schloß klickte leise. Laura nahm den Draht heraus und sah lächelnd zu ihrem Bruder hoch.
»Ausgezeichnet«, sagte er anerkennend und öffnete die Tür einen winzigen Spalt. »Auf den Kisten da drüben liegt ein Brecheisen, das brauche ich. Du nimmst den Eimer mit. Möglicherweise mußt du jemanden damit schlagen. Bringst du das fertig?«
Laura starrte auf Scotts Hände.
»Ja, das bringe ich fertig«, erwiderte sie.
Sie stand auf und stellte sich neben ihn. Vorsichtig öffnete er die Tür. Es war niemand zu sehen.
»Der Gabelstapler ist irgendwo da hinten«, flüsterte er und deutete mit dem Kopf in diese Richtung. »Wir gehen jetzt schnell da rüber, wo das Brecheisen ist, und arbeiten uns dann weiter vor.«
Laura spürte, wie ihr eigener Herzschlag ihr in den Ohren dröhnte, als sie und Scott hinausschlüpften, die Tür hinter sich zuzogen und schnell über den schmalen Gang liefen. Scott hatte zwar einigermaßen kräftig gewirkt, solange er an der Wand gelehnt hatte; jetzt aber taumelte er und stieß gegen die Paletten.
»Bist du o.k.?« fragte Laura.
Er griff nach der Eisenstange und nahm sie vorsichtig mit der Hand, die er noch halbwegs gebrauchen konnte.
»Jetzt geht's mir besser«, meinte er.
Irgendwo von rechts hörten sie Stimmen, und immer eng an die Kisten gedrängt schlichen sie in diese Richtung. Einmal waren sie keine zehn Meter von zwei Arbeitern entfernt, die sie allerdings nicht bemerkten. Scott schleppte

sich mühsam voran, und manchmal zog er das linke Bein nach. Selbst im Halbdunkel konnte Laura seine Blässe und das getrocknete Blut um Lippen und Kinn sehen.
Die Stimmen waren jetzt nahe – sehr nahe. Scott spähte um einen Stapel Kisten herum und hielt zwei Finger hoch.
»Ich hol' uns jetzt den Gabelstapler«, flüsterte er. »Achte auf den Mann mit der Mütze, und benütze den Eimer, wenn's nötig wird.« Dabei deutete er auf eine Stelle gleich hinter seinem Ohr. Dann hob er seine verletzte Hand und strich ihr sanft über das Gesicht. »Fertig?«
Sie legte einen Arm um ihren Bruder und drückte ihn für einen Augenblick fest an sich.
»Fertig«, erwiderte sie.
Sie sprangen hinter dem Stapel hervor und rannten direkt auf die beiden Männer zu. Der eine, ein stämmiger Schwarzer, saß auf dem Gabelstapler; der andere hatte eine Wollmütze auf dem Kopf und stand in etwas geringerer Entfernung zu ihnen. Als er sie kommen hörte, drehte er sich um und fummelte an seiner Jacke herum, doch Laura hatte bereits ausgeholt und schmetterte dem Mann mit ganzer Kraft den verzinkten Blecheimer ans Ohr. Mit einem Schrei stürzte er zu Boden und faßte sich an die blutende Wunde am Kopf.
Der Mann auf dem Gabelstapler hatte keine Chance. Scott sprang zu ihm hoch und rammte die abgeschrägte Spitze des Brecheisens durch die weiche Stelle unter dem Kiefer bis zum Gaumenknochen. Der Mann kippte nach vorn, dann stürzte er vom Sitz auf den Betonboden. Auch Scott fiel durch die Heftigkeit des Angriffs herunter, doch Laura zog ihn sofort wieder hoch. Sie half ihm auf den Sitz, setzte sich neben ihn und drehte den Zündschlüssel. Im selben Moment, als der Elektromotor des Gabelstaplers ansprang, hörten sie Schreie und Schritte, die sich näherten.

Scott lenkte den Gabelstapler nach rechts, raste mit Höchstgeschwindigkeit durch den Gang neben ihrer Zelle und fuhr dann nach links direkt auf das große Tor zu. Als Laura sich umdrehte, rannten hinter ihnen gerade einige Männer um die Ecke.
»Kopf runter!« schrie Scott und duckte sich hinter das Lenkrad.
Während ihnen Kugeln um die Ohren pfiffen, raste der Gabelstapler auf das Tor zu.
»Paß auf, du Arsch!« brüllte jemand. »Das sind doch die Munitionskisten!«
Unmittelbar auf diese Warnung folgte ein Krachen. Plötzlich explodierte die ganze Wand aus Kisten und Paletten, und Trümmer hagelten auf den Gabelstapler herab. Es gab eine weitere Explosion, dann noch eine. Innerhalb von Sekunden war das ganze Lager mit beißendem schwarzen Rauch erfüllt. Scott kauerte hinter dem Steuerrad und starrte angespannt noch vorn.
»Das ist doch nicht zu fassen«, hörte Laura ihn sagen. »Sie waren hier, sie waren die ganze Zeit hier.«
Sie blickte ihn von der Seite an und sah ihn tatsächlich lächeln. Sie waren jetzt nur noch fünf Meter von der Tür entfernt. Hinter ihnen ging das tödliche Feuerwerk weiter. Da tauchte unmittelbar vor ihnen Lester Wheeler mit vorgehaltener Pistole auf.
»Runter!« befahl Scott.
Die schnelle Folge von Wheelers Schüssen war im Lärm der Explosionen nicht zu hören, doch klirrend prallten die Kugeln vom Gabelstapler ab. Gleich nach dem letzten Schuß rammte der Gabelstapler mit Höchstgeschwindigkeit das Tor. Die beiden mittleren Türbleche wurden aus der Schiene gerissen und flogen scheppernd aufs Pflaster. Schwarzer Rauch quoll aus der Öffnung ins Freie,

und wenige Augenblicke danach rannte Wheeler heraus.
»Unten bleiben!« kommandierte Scott, als er einen flüchtigen Blick zurückwarf.
In diesem Moment kippte sein Kopf seltsam zur Seite und fiel vornüber auf das Lenkrad. Der Gabelstapler schlug einen Haken nach rechts, dann nach links. Während Laura mit er einen Hand nach dem Steuerrad griff, schob sie mit der anderen Scott vom Lenkrad zurück. Sein Körper war schlaff, doch der Fuß drückte noch immer aufs Gaspedal. Da sah Laura das Loch – eine kleine schwarze Öffnung in der Stirn, direkt über dem rechten Auge. Ein dünnes Rinnsal Blut floß heraus. Scotts Augen waren glasig und verdreht.
»Nein!« schrie sie auf, »o Gott, nein!«
Der Gabelstapler schlingerte an einer Pyramide aus Ölfässern vorbei auf den langen Pier zu. Aus Scotts Körper war alles Leben gewichen, doch seine Hände hielten nach wie vor das Lenkrad umklammert, und sein Fuß drückte das Gaspedal immer noch bis zum Anschlag durch. Mit einem ohrenbetäubenden Knall flog hinter ihnen das Lagerhaus 18 in die Luft.
Laura hielt das Lenkrad fest und blickte zurück. Eine riesige, pechschwarze Rauchwolke stieg über dem Trümmerhaufen auf. Die Druckwelle der Explosion hatte Wheeler zu Boden geworfen, doch er kam bereits wieder auf die Beine.
»Du Arschloch!« schrie Laura. »Du gottverdammtes Arschloch!«
Wheeler blieb stehen und gab einen Schuß in ihre Richtung ab. In diesem Moment kippte der Gabelstapler über den Rand des Piers. Als die schwere Maschine sich in der Luft drehte, rollte Scotts schlaffer Körper vom Sitz. Nach einem sieben Meter tiefen Fall schlug der Gabelstapler schräg auf die Wasseroberfläche auf. Laura wurde durch die Luft ge-

schleudert und tauchte einige Meter weiter mit enormer Wucht in das eiskalte Wasser ein.
Laura spürte, wie das Gewicht ihrer nassen Kleider sie nach unten zog. Doch durch den Schock des kalten Wassers war sie sofort hellwach und kämpfte sich zur Oberfläche hoch. Von Scott war nichts zu sehen. Über ihr, am Ende des Piers, tauchte Lester Wheeler auf und begann wieder, auf sie zu feuern. Als erst eine und dann noch eine Kugel an ihrem Kopf vorbeizischte, tauchte sie rasch unter.
Instinktiv hatte sie einen kräftigen Atemzug genommen und zwang sich nun, ruhig und klar zu denken. Sie befand sich ein bis eineinhalb Meter unter der Wasseroberfläche und konnte hier auch ohne große Anstrengung bleiben, da sie durch die salzwassergetränkte Kleidung praktisch keinen Auftrieb hatte. Das war ihre Welt, erkannte sie, ihr Element. Über ihr lauerte der Mann auf sie, der gerade ihren Bruder ermordet hatte.
Als Scott schon fast am Ende seiner Kräfte gewesen war, hatte er noch Reserven mobilisieren können, um sie zu retten. Dasselbe mußte auch sie jetzt tun, wenn sie überleben wollte. Sie mußte in Bewegung bleiben, dann Luft holen und dann weiterschwimmen. Wenn sie durchhielt, konnte sie es schaffen. *Sie konnte es schaffen!*
Sie achtete nicht auf die lähmende Kälte und die Atemnot, sondern zwang sich, noch einen halben Meter tiefer zu tauchen, und schwamm dann in Richtung Pier zurück.
Noch nicht! ermahnte sie sich, als sie Zug um Zug näherkam. *Noch nicht, noch nicht, noch nicht!*
Wasser drang ihr in Nase und Lungen. Doch sie biß die Zähne zusammen und schwamm weiter.
Mit pochenden Schläfen und einer unerträglichen Enge in der Brust durchbrach sie die Wasseroberfläche.

38

Die zwölf Gebäude des Bostoner Metropolitan Hospital nahmen fast zwei ganze Häuserblocks zwischen dem South End und Roxbury ein. Früher war es das gefragteste Krankenhaus Bostons gewesen; manchmal waren bis zu fünfhundert Patienten am Tag in die Notaufnahme gekommen. Doch durch die Konkurrenz neuerer und modernerer Kliniken waren die Patienten abgewandert, und von den einstmals drei medizinischen Lehrstühlen des Krankenhauses war inzwischen nur noch einer übrig. Da das Metropolitan Hospital jedoch in der Nähe des ärmsten Stadtviertels lag, gab es immer noch mehr als genug Unfälle und Patienten in Lebensgefahr zu behandeln.

In die Notaufnahme des White Memorial konnte Eric nicht gehen, deshalb hatte er beschlossen, sich im hektischen Treiben des Metropolitan Hospital eine Waffe zu besorgen, mit der er Haven Darden in die Knie zwingen konnte. Die Fahrt dorthin dauerte fünfzehn Minuten, und noch einmal so lange brauchte Eric, bis er einen Parkplatz fand. Die Unterlagen aus Donald Devines Safe legte er auf den Boden seines Celica und betrat dann durch den Haupteingang das Krankenhaus.

Eric wußte, daß man in einem Krankenhaus am wenigsten auffällt, wenn man sich möglichst geschäftig gibt, und genau das tat er auch. Je größer und betriebsamer ein Krankenhaus, desto geringer war die Wahrscheinlichkeit, daß überhaupt jemand von ihm Notiz nahm. Sein erstes Ziel war das Angestelltenwohnheim im fünften Stock eines heruntergekommenen Ziegelbaus, der nach einem Chirurgen des neunzehnten Jahrhunderts benannt und vermutlich kurz nach dessen Tod erbaut worden war.

Etwa die Hälfte der Türen auf diesem Stockwerk war nicht abgesperrt. In den ersten beiden Zimmern fand Eric nichts Brauchbares. Beim nächsten Versuch bemerkte er erst, als er mitten im Zimmer vor einem Kleiderhaufen stand, daß er eine Schwester und einen Assistenzarzt *in flagranti* erwischt hatte. Die beiden sahen ihn gerade noch zur Tür hinausschlüpfen, dann zogen sie sich kichernd das Laken über die Köpfe.

Im nächsten Zimmer fand Eric, was er suchte. Als er den Raum wieder verließ, trug er OP-Kleidung und einen weißen Kittel. Nun machte er sich auf den Weg in die Notaufnahme und hoffte inständig, daß dort möglichst viel Betrieb herrschen würde. Als er sah, daß aus den Rettungswagen gerade drei Notfälle gleichzeitig ausgeladen wurden, wußte er, daß er das Glück auf seiner Seite hatte.

Er marschierte durchs Wartezimmer und an den Behandlungsräumen vorbei, in denen die Hölle los war. Eine Schwester eilte an ihm vorüber, ohne ihn zu beachten. Eine andere lächelte ihm zu, als sie ein Zimmer betrat, in dem ein frisch eingeliefertes Unfallopfer lag. Entschlossenen Schritts ging Eric über den belebten Flur zum Medikamentenraum, und knapp eine Minute später war er schon wieder draußen. Die rechte Hand hatte er in der Kitteltasche gesteckt; sie umschloß eine Zehn-Milliliter-Spritze mit einer vier Zentimeter langen Nadel. Ohne aufzufallen, verließ er die Notaufnahme und schlenderte zum Angestelltenwohnheim zurück, um sich umzuziehen.

Das Spiel konnte beginnen.

Von Moab aus fuhr Bernard Nelson mit seinem Landrover fast drei Stunden lang auf unmarkierten Sandstraßen. Vor dem College war er sechs Jahre bei den Marines gewesen, die meiste Zeit davon bei einer Einheit, die sich auf das Überleben in der Wildnis spezialisiert hatte. Einmal war er während seiner Ausbildung in Camp Pendleton mit dem Hubschrauber weit in die Mojave-Wüste hineingeflogen worden und hatte sich mit Proviant und Wasser für zwei Tage aussetzen lassen. Die Rückkehr in die Zivilisation hatte fünf Tage gedauert, aber was er alles über das Überleben und sich selbst gelernt hatte, war das Risiko wert gewesen. Er war davon überzeugt, daß er das gleiche auch heute noch schaffen konnte.

Nachdem er und Chippy Smith die Leichen der Colsons entdeckt hatten, waren sie auf Sichtweite an Charity herangeflogen. Nach ihrer Rückkehr nach Moab hatte Smith eine erstaunlich detaillierte Landkarte gezeichnet, auf der selbst markante Felsformationen und Trockentäler eingetragen waren. Nun war Bernard, wie ihm sein Kompaß und seine Uhr verrieten, nahe genug an Charity, um zu Fuß weiterzugehen. Zur Sicherheit hatte er mit Chippy vereinbart, daß dieser mit dem Flugzeug Hilfe bringen würde, falls er nach vierundzwanzig Stunden nichts von Bernard gehört hatte.

Neben warmen Kleidern, Wasser, Benzin und Nahrung hatte Bernard seinen Smith & Wesson sowie eine neue Nikon mit Teleobjektiv mitgenommen. Wenn er Glück hatte, konnte er Fotos machen, ohne den Ort überhaupt betreten zu müssen.

Es war bereits Nachmittag, als er einen großen Felsüberhang fand, unter dem er den Landrover abstellte und seine Ausrüstung zusammenschnürte. Er schob seine Brieftasche und die der Colsons unter den Vordersitz und machte sich dann auf den Weg zu der Hügelkette vor Charity.

Das letzte Stück bis zum Gipfel des Hügels legte er auf allen vieren zurück. Er glaubte zwar, daß er sich genau an die Karte des Piloten gehalten hatte, aber Fehler mußte man immer einkalkulieren. Er legte sich noch etwas flacher auf den Boden und spähte mit angehaltenem Atem über den Gipfel. In etwa fünfhundert Metern Entfernung sah er unter sich die Stadt.
Mit Hilfe des Teleobjektivs konnte Nelson mehrere Leute erkennen, die in einem Maisfeld arbeiteten, dessen Pflanzen erstaunlich kräftig wirkten. Das Dorf dahinter machte einen ordentlichen und gepflegten Eindruck. Nelson kroch in ein trockenes Flußbett und robbte nach unten. Am Rand des Feldes kniete er sich hin und beobachtete drei Männer in Arbeitskleidung, die gemächlich zwischen den hohen Stengeln und einem Schubkarren hin und her gingen, in den sie die gepflückten Maiskolben warfen.
Durch das Objektiv betrachtete Bernard die Gesichter der Männer. Ihre Leere und Ausdruckslosigkeit deuteten darauf hin, daß sie unter Psychopharmaka standen. Da Bernard befürchtete, die Männer könnten das Klicken der Kamera hören, kroch er am staubigen Feldrand entlang und kauerte sich in eine Wasserrinne, die nur fünf Meter vom ersten Gebäude entfernt war. Die Luft war drückend heiß, und in der Stadt herrschte eine gespenstische Stille. Vorsichtig zog Nelson seinen Revolver aus der Tasche und entsicherte ihn. In diesem Augenblick hörte er ein leises Rascheln hinter sich. Er drehte sich um und sah den Kolben eines Gewehrs auf sich niedersausen. Die Wucht des Aufpralls über dem rechten Ohr ließ seine Zähne aufeinanderschlagen, und ein rasender Schmerz durchzuckte ihn. Dann überkam ihn ein starker Brechreiz, und er fiel vornüber in den Sand.

Als Bernard allmählich wieder zu Bewußtsein kam, lag er mit dem Gesicht nach oben in einem Schubkarren, über und über besudelt mit seinem eigenen Erbrochenen. Sein Kopf war nach hinten gedreht, und so sah er auf den Unterleib eines Mannes, der den Schubkarren schob. Bernards Finger schleiften über den staubigen Weg.

»Nicht bewegen«, warnte ihn der Mann.

Nelson kamen Essensreste und Magensäure hoch, und er schloß vor Übelkeit die Augen. Sein Rückgrat, das auf dem Metallrand des Schubkarrens auflag, fühlte sich an, als würde es jeden Moment zerbrechen.

»Ich hab doch gar nichts getan«, hörte er sich sagen.

»Maul halten!«

»Hören Sie mich doch bitte an!«

Der Sandweg ging in eine gepflasterte Straße über. Nelson blinzelte. Man schob ihn auf einem Fußweg durch ein Tor zu einem von einem von Drahtzaun umgebenen niedrigen Holzhaus.

»Helfen Sie mir bitte hoch«, bat er.

»Sie können ja wohl selber aufstehen«, fuhr ihn der Mann an.

Er setzte den Schubkarren unsanft auf den Boden auf und trat einen Schritt zurück. Nelson versuchte sich nach der Seite abzurollen, doch sogleich kippte der Schubkarren um und versetzte ihm einen harten Schlag gegen die Brust. Wieder überkamen ihn Schwindel und Brechreiz.

»Darf ich aufstehen?« fragte er.

»Aber langsam.«

Nelson stützte sich auf einen Ellbogen.

»Ich wollte niemandem etwas tun«, sagte er.

»Ich weiß. Deshalb haben Sie ja auch das hier dabei.«

Er zeigte dem Detektiv den Revolver, den er ihm abgenommen hatte. Der Mann war von großer, knochiger Statur und trug Cowboystiefel, Jeans, ein schwarzes T-Shirt und ein offenes Flanellhemd mit abgeschnittenen Ärmeln. Er trat einen Schritt zurück und richtete sein Gewehr auf Bernard.

»Das brauchen Sie nicht«, meinte Nelson, als er das Gewehr sah, und setzte sich behutsam auf.

»Das überlassen Sie mal mir. Los jetzt, da rein.«

Bernard kam mühsam auf die Beine und taumelte durch die Tür, auf die der Mann deutete, ins Haus. Dort ließ er sich auf einen Metallklappstuhl fallen. In dem spärlich möblierten Raum roch es nach Krankenhaus.

»Wo sind wir hier?« wollte er wissen.

»Hier stelle ich die Fragen, verstanden?« entgegnete der Mann.

Sobald sich der Schleier vor seinen Augen zu lichten begann, hatte Bernard angefangen, sich ein Bild von seinem Peiniger zu machen. Dabei war ihm sofort aufgefallen, daß der Mann hier offenbar wenig zu sagen hatte. Dieser erste Eindruck wurde nun zur Gewißheit.

»Ich heiße Nelson, Bernard Nelson«, sagte er und rieb sich die Beule hinter dem Ohr. »Sie können ganz schön zuschlagen, Mr. ...?«

»Pike. Garrett Pike.« Er warf Nelson ein Handtuch zu, damit er sich abwischen konnte. »Was haben Sie hier zu suchen?«

»Ich möchte mit dem Chef sprechen.«

Pike sah auf seine Uhr. »Dazu werden Sie bald Gelegenheit bekommen.«

»Haben Sie vielleicht ein bißchen Eis, das ich mir drauftun kann?«

»Sie brauchen kein Eis. Ich hab' Sie ja kaum angefaßt.«

»Sie haben vielleicht Nerven«, erwiderte Nelson. »Was ist denn das hier eigentlich für ein Laden?«

»Nach was riecht's denn?«

»Nach Krankenhaus.«

»Na, dann wissen Sie's ja. Und jetzt sagen sie mir, was Sie hier verloren haben.«

Bernard versuchte weiter, sich ein Bild von diesem Burschen zu machen, und er war mit seinem Eindruck zufrieden: vielleicht ein bißchen schwer von Begriff, aber nicht unbedingt dumm. Und wahrscheinlich stellte er keine große Gefahr dar.

»Ich suche einen Mann«, sagte Nelson. »Darf ich das Bild aus meiner Tasche holen?«

»Aber keine falsche Bewegung.«

Bernard zog das Flugblatt mit dem Foto von Scott Enders heraus und reichte es Pike.

»Das ist er.«

Garrett Pike antwortete nicht sofort, doch an seinem Gesichtsausdruck erkannte Bernard, daß seine Suche erfolgreich gewesen war.

»Nie zuvor gesehen«, meinte Pike.

»Sie sind ein schlechter Lügner, Mr. Pike, aber das gefällt mir an Ihnen.«

Auf diese freimütige Bemerkung hin schien Pike etwas nervös zu werden. Er sah zur Tür, als hoffte er, sein Chef würde endlich erscheinen und ihm die Verantwortung abnehmen. Schließlich setzte er sich gegenüber von Nelson auf einen Stuhl.

»Ich denke, wir warten, bis Dr. Barber kommt, der wird Sie dann schon ausquetschen.«

»Ist das der Chef hier?«

»Sie haben's erfaßt.«

»Sagen Sie, Garrett«, fuhr Bernard fort, der unbedingt die Oberhand gewinnen wollte, ehe Dr. Barber oder sonst jemand kam, »glauben Sie wirklich, daß das ein Krankenhaus ist?«

»Es ist eines, das weiß ich.«

»Warum halten Sie dann hier diesen Mann fest? Er ist nämlich ein Regierungsagent und vor ein paar Monaten in Boston verschwunden.«

»Sie sind ja nicht mehr ganz dicht.«

»So?«

»Das hier ist ein Krankenhaus für geistesgestörte Kriminelle. Wenn dieser Kerl hier wäre – was nicht stimmt –, dann deshalb, weil er eine Gefahr für die Gesellschaft bedeutet. Und daß Sie hier mit einem Revolver auftauchen, heißt für mich, daß Sie einen unserer Patienten rausholen wollten.«

Nelson schüttelte traurig den Kopf.

»Garrett, Garrett. Daß Sie sich solch einen Bären aufbinden lassen ...«

»Jetzt halten Sie aber die Luft an, ja!«

Wieder sah Pike auf die Uhr. Nelson wollte alles dransetzen, den Mann auf seine Seite zu bringen, ehe jemand anderer auftauchte. Ihm fiel die grauenhafte Entdeckung ein, die er und Chippy Smith gemacht hatten; ein Bluff, aber er mußte es riskieren ...

»Hören Sie«, fing er an, »sagen Ihnen die Namen Richard und Marilyn Colson etwas?«

Pike zögerte einen Augenblick zu lange, bevor er antwortete: »Nein. Wieso?«

Für Bernard war es offensichtlich, daß er den Mann in Verlegenheit gebracht hatte. Jetzt durfte er nicht lockerlassen.

»Ich frage deshalb, weil ich ihre Leichen draußen in der Wüste gefunden habe. Haben Sie die beiden umgebracht?«

»Ich ... ich weiß nicht, wovon Sie reden.«

»Doch, das wissen Sie ganz genau. Ich glaube, die beiden sind zufällig hier vorbeigekommen, und Sie haben sie umgebracht – in die Wüste rausgefahren und erschossen.«

»Von den Leuten hab' ich noch nie was gehört.«
»Pike, jetzt passen Sie mal auf. Mein Landrover steht da drüben an den Hügeln, gleich hinter dem Maisfeld. Unter dem Vordersitz liegen die Brieftaschen der Colsons und mein Ausweis. Ich bin Privatdetektiv aus Boston. Ganz egal, ob ich nach Moab zurückkomme oder nicht, morgen früh wimmelt es hier von Polizisten. Glauben Sie mir. Wenn Sie mir jetzt helfen, dann verspreche ich Ihnen, daß ich ein gutes Wort für Sie einlege.«
»Ich glaub Ihnen kein W ...«
Pike wurde durch das Geräusch zuschlagender Autotüren unterbrochen, und keine zwei Minuten später kamen zwei Männer herein. Bernard blickte noch einmal auffordernd seinen Bewacher an, bevor er sich abwandte.
»Dr. Barber«, sagte Pike. »Gut, daß Sie zurück sind. Ich habe diesen Kerl erwischt, wie er hier herumgeschnüffelt und Fotos gemacht hat. Er sagt, er heißt Bernard Nelson und ist angeblich Privatdetektiv aus Boston. Das hat er dabei gehabt.« Er reichte Barber den Revolver. Nach einem kurzen Zögern griff er in seine Tasche. »Er sagt, er ist auf der Suche nach diesem Mann.«
Barber warf einen Blick auf das Flugblatt und schnalzte mißbilligend mit der Zunge.
»Wir haben damit gerechnet, daß irgendwann einmal jemand versucht, Patienten zu befreien«, meinte er, »aber doch nicht auf so plumpe Weise. Garrett, Sie haben gute Arbeit geleistet. Sie können bei Ihrer nächsten Gehaltsauszahlung mit einem doppelten Bonus rechnen.«
Pike starrte ihn an, als wolle er noch etwas sagen. Doch dann nickte er nur und ging hinaus.
»Bringen Sie ihn nach hinten, John«, befahl Barber. »Stekken Sie ihn in eine Zwangsjacke.«
Der Mann namens John, der aussah wie ein Indianer, zerrte

Nelson auf die Beine und schubste ihn unsanft den Gang entlang in ein Krankenzimmer mit zwei Betten. Dort wurde Nelson an den Beinen gefesselt und in eine Zwangsjacke aus schwerem Segeltuch gesteckt, die ihm nicht einmal bis zum Bauch reichte. Barber folgte ihnen.

»Das genügt, John«, sagte er. »Übertreiben Sie's nicht.«

Der Indianer brummte eine unverständliche Erwiderung und ging hinaus.

»Na«, meinte Barber, »was haben wir denn da? Einen dicken alten Mann mit einem Revolver und einem Plakat; ein angeblicher Detektiv, der sich von einem Kerl mit dem IQ eines Kaninchens erwischen läßt.«

»Ihr Spiel ist aus, Barber«, erwiderte Nelson. »Ich bin nicht der einzige, der weiß, was hier vor sich geht.«

Barber sah sich um.

»So, und wo sind dann die anderen?« fragte er. Eine Weile lief er im Zimmer auf und ab. Dann setzte er sich gegenüber von Bernards Stuhl auf ein Bett. »Na, dann wollen wir mal ganz von vorne anfangen. Bernard Nelson, ist das Ihr richtiger Name?«

»Nein«, antwortete Nelson, »ich bin einer von den sieben Zwergen.«

Nelsons erster Eindruck von dem Mann war alles andere als positiv. Er sah aus, als hätte er Freude daran, andere zu quälen. Als wollte Barber diese Einschätzung bestätigen, kam er auf Nelson zu und kniff ihn mit seiner fleischigen Hand kräftig in die Wangen.

»Verarschen Sie mich nicht«, sagte er, wobei er den Druck noch etwas verstärkte. »Ich habe sehr viel Zeit und Energie in dieses Projekt gesteckt, und den Rest meines Lebens möchte ich die Früchte meiner Arbeit genießen. Und Sie dürfen mir glauben, daß ich nicht die geringsten Skrupel habe, Leuten wie Ihnen, die uns nichts als Schwierigkeiten machen, ein bißchen weh zu tun. Also, wer sind Sie, und was wollen Sie hier?«

Bernard wartete, bis Barber ihn losließ.

»Hören Sie, wie wär's mit einem kleinen Geschäft?« erwiderte er. »Sie erzählen mir, was, zum Teufel, hier gespielt wird, und ich sage Ihnen, wieviele Dutzend Leute Sie am Halse haben, wenn ich bis morgen nicht wieder in Moab bin.«

»Sie bluffen, Dickerchen. Das sehe ich Ihnen doch an der Nasenspitze an. Wenn sich irgend jemand für diese Stadt interessieren würde, dann wäre er mit Ihnen zusammen hergekommen. Und was die Leute in Moab angeht, die wissen, daß das ein Krankenhaus für geistesgestörte Kriminelle ist, und das genügt ihnen.«

Verzweifelt suchte Nelson nach einer Schwachstelle bei dem Mann. Doch er kam immer wieder lediglich zu dem Schluß, daß er es hier mit einem größenwahnsinnigen Fanatiker zu tun hatte. Mit dieser Erkenntnis hatte er zwar keine Trumpfkarte in der Hand, aber dummerweise konnte er nichts anderes ausspielen.

»Ihr Angestellter, dieser Pike, sagte ›Doktor‹ zu Ihnen«, fing er an. »Ist das auch so ein Schwindel wie die Geschichte mit dem Krankenhaus?«

»Ich bin Doktor der Medizin und Doktor der Philosophie«, entgegnete Barber stolz. »So, jetzt sind Sie dran. Also: Wer sind Sie wirklich, und wer hat Sie geschickt?«

»Ich heiße tatsächlich Bernard Nelson. Ich komme aus Boston und arbeite für die Schwester des Mannes auf dem Foto.«

»Scott Enders. Nie gehört.«

»Ich glaube, schon. Sie kennen ihn vielleicht nicht unter diesem Namen, aber ich glaube, daß er hier ist und daß Donald Devine ihn hergebracht hat.«

Barbers Versuch, seine Reaktion zu verbergen, kam zu spät, und das hatte er offenbar selbst bemerkt.
»Sehr gut«, sagte er. »Thema und Zeitpunkt geschickt gewählt. Ich bin beeindruckt. Was wissen Sie noch?«
»Genug, um Ihnen zu raten, möglichst schnell auszupacken, was hier gespielt wird. Und wenn Sie Glück haben, kaufe ich Ihnen Ihre Geschichte ab und helfe Ihnen, wenn das Ganze vor den Richter kommt.«
»Helfen? Sie?« Barber ging wieder im Zimmer auf und ab. »Das ist ja wohl der Gipfel. Sie sitzen da, eingeschnürt wie ein Rollbraten, und bieten mir Ihre Hilfe an. Jetzt sage ich Ihnen mal was, mein Freund: Sie haben es hier nicht mit irgendwelchen kleinen Fischen zu tun. Es steht mehr auf dem Spiel, als Sie sich überhaupt vorstellen können. Und Leute, die sehr viel mehr Grips haben als Sie, haben für alle Eventualitäten vorgesorgt.« Aus einem abgesperrten Schrank holte er eine kleine Stahlkassette hervor und nahm ein Glasfläschchen mit einem Pulver sowie Gummihandschuhe heraus. »Und das ist für Fälle wie diesen gedacht.«
Jetzt hatte Barber einen wilden Blick in den Augen. Bernard kannte den Bericht über Eric Najarians Schreckensnacht und konnte sich unschwer ausmalen, was ihm bevorstand.
»Das wird Ihnen auch nicht helfen, Dr. Barber«, erwiderte er. »Zu viele Leute wissen, wo ich bin.«
»Sparen Sie sich Ihre Märchen«, entgegnete Barber. »Ich glaube, Sie wollten einfach ein bißchen herumschnüffeln, weil niemand etwas Genaues über dieses Projekt weiß. Und falls doch jemand kommt, können wir amtliche Genehmigungen und eine vollständige Patientenkartei vorlegen. Wie Sie sehen, sind wir in dieser Hinsicht sehr, sehr vorsichtig. Nun, was haben Sie mir sonst noch zu sagen?« Er zog die Gummihandschuhe an. »Ein faszinierendes Zeug ist das«,

fuhr er fort. »Wirkt oral ebensogut wie bei äußerlicher Anwendung. Einfach verblüffend.«

»Haben Sie das den Colsons gegeben?«

Barber hielt für einen Augenblick inne. Dann lächelte er und schüttelte den Kopf.

»Nicht gut. Thema und Zeitpunkt schlecht gewählt. Sie haben irgendwo da draußen in der Wüste ihre sterblichen Überreste gefunden, und jetzt machen Sie sich vor Angst fast in die Hose und wollen nur noch Zeit schinden.« Mit einer kleinen Spatel holte er etwas von dem Pulver aus der Flasche, feuchtete seine mit Handschuhen geschützten Fingerspitzen an und verteilte das Pulver darauf. »Versuchen Sie es lieber mit etwas anderem.«

»Ich sage Ihnen doch«, fuhr Bernard fort und versuchte, sich seine aufkommende Panik nicht anmerken zu lassen, »es wissen zu viele Leute davon. Sie wissen von Ihnen, von Donald Devine, von dem hübschen Behandlungsraum in Devines Keller, einfach alles.«

Der Arzt fuhr mit den Händen unmittelbar an Nelsons Gesicht vorbei. Unwillkürlich zog Bernard den Kopf zurück und schloß die Augen.

»Nichts als Bluff«, sagte Barber. »Wenn Sie nicht mehr zu bieten haben, verspreche ich Ihnen, daß Ihnen ein langer – oder sollte ich besser sagen: ein kurzer – Nachmittag bevorsteht.« Er sah auf die Uhr. »Die Zeit wird langsam knapp, Mr. Nelson. Entweder haben Sie Ihre Munition verschossen und es fällt Ihnen nichts mehr ein, oder Sie nehmen mich einfach nicht ernst genug.

Nun, dann erzähle ich Ihnen mal, wie diese Substanz hier wirkt. Ich bin zwar in erster Linie Doktor der Philosophie, doch, wie gesagt, ich bin auch Doktor der Medizin, und zwar einer mit viel Erfahrung. Ich weiß also, wovon ich spreche. Bei dieser Dosis werden Sie, sagen wir, nach ein bis zwei

Stunden das Gefühl haben, daß die Luft, die Sie atmen, zäh wie Sirup ist. Alles weitere ist dann nur noch eine Frage der Zeit. Ihre Arme und Beine werden gefühllos, der Magen-Darm-Trakt hört auf zu arbeiten. Sie werden sich die Lunge aus dem Leib husten. Schließlich wird Ihr Herzschlag so langsam, daß das Blut kaum noch zirkuliert. Einzig Ihr Gehirn funktioniert weiter, und zwar bis ganz zum Schluß. Wenn ich Sie noch ein bißchen hierbehalten möchte, beispielsweise für die Arbeit auf dem Maisfeld, kann ich an diesem Punkt den Prozeß stoppen und Sie mit unseren Beruhigungsmitteln vollpumpen – das heißt, falls Sie die überhaupt brauchen. Sonst gebe ich Ihnen nur einen Spiegel, damit Sie Ihren geistigen und körperlichen Verfall mitverfolgen können. Na, wie gefällt Ihnen das?«

»Geben Sie auf, Barber«, antwortete Nelson. Doch in seiner Stimme schwang Angst mit, und er wußte, daß das auch diesem Wahnsinnigen, der ihn gefangenhielt, nicht entgangen war. Alles ging viel zu schnell, und damit hatte er nicht gerechnet. *Es mußte doch irgendeine Möglichkeit geben … irgendwas …*

»Warten Sie.«

»Ja?«

»O.k., Sie haben recht. Ich weiß tatsächlich nicht, was hier vor sich geht und wer außer Donald Devine noch damit zu tun hat.«

»Das gefällt mir schon besser, Mr. Nelson. Viel besser.«

»Aber es wissen tatsächlich viele Leute, wo ich bin.«

»Wie gesagt, mit denen kommen wir schon zurecht.«

»Vielleicht, vielleicht auch nicht. Hören Sie, bitte. Wenn Ihr Projekt hier wirklich so bedeutsam ist, wie Sie sagen, dann wollen Sie doch sicher vermeiden, daß es gefährdet wird. Ich habe Freunde – einflußreiche Freunde – in der Politik und bei der Polizei. Erzählen Sie mir, was Sie hier machen. Wenn

Sie mir erklären können, worum es geht, werde ich alles tun, um die richtigen Leute auf Ihre Seite zu bringen.«

Barber lief wieder auf und ab, als er über den Vorschlag nachdachte. Dann schob er plötzlich mit dem Fuß einen Klappstuhl an Bernard heran, setzte sich darauf und legte die Hände offen auf den Schoß.

»Jeden Tag, Mr. Nelson, sterben Tausende von Menschen unnötigerweise an sogenannten unheilbaren Krankheiten – an Krankheiten wie Hepatitis, Grippe, Enzephalitis und verschiedenen Krebsformen. Und Sie wissen sicher so gut wie ich, daß die Menschheit am Rande einer Epidemie steht. In nur wenigen Jahren wird sie Ausmaße annehmen, gegen die die Pest lächerlich erscheint. Nun, Herr Detektiv, Sie sind hier auf ein Projekt gestoßen, das kurz vor dem entscheidenden Durchbruch steht.« Er unterstrich die Bedeutsamkeit seiner Worte, indem er Daumen und Zeigefinger aneinanderdrückte und in die Luft hielt.

»Was meinen Sie damit?«

»Ich meine damit ein universelles Anti-Viren-Antibiotikum, nicht mehr und nicht weniger! Das Allheilmittel!« Er schrie die Worte beinahe heraus, doch als er Bernards verständnislosen Gesichtsausdruck sah, seufzte er enttäuscht auf.

»Tut mir leid, wenn ich nicht ganz mitkomme«, meinte Bernard und vermied dabei, auf die Hände des Mannes zu sehen. »Ich dachte immer, Penizillin wäre ein ganz gutes Antibiotikum.«

Barber grunzte mißmutig.

»Perlen vor die Säue«, murrte er. »Erstens ist Penizillin nur gegen Bakterien wirksam, nicht gegen Viren. Und zweitens ist es, so wie die Dutzende anderer antibakterieller Medikamente auf dem Markt, gegen die meisten Organismen wirkungslos. Die sind nämlich schon resistent, noch bevor Sie das Zeug aus der Apotheke geholt haben. Unser Medikament tötet die kleinen Biester nicht nur, sondern verändert sich im Körper ebenso schnell wie die Viren. Ergo können sie nicht resistent werden, und wir retten Millionen von Menschenleben.«

Und verdienen einige Hundert Millionen, dachte Nelson. Er versuchte, sich beeindruckt zu geben. Aber er wurde das deprimierende Gefühl nicht los, daß Barber nur deshalb so ausführlich berichtete, weil er sich langweilte und in Szene setzen wollte. Letztlich konnte Bernard tun oder sagen, was er wollte, bei diesem Mann würde er nicht das geringste erreichen.

»Erzählen Sie mehr«, sagte der Detektiv.

Barber schüttelte lächelnd den Kopf und stand auf.

»Nein, nein, nein, Mr. Nelson«, säuselte er und fuhr sich mit der Zunge über die Lippen. »Nein, nein, nein.«

»Warten Sie bitte«, bat Bernard und wand sich auf seinem Stuhl. »Was mich noch interessieren ...«

»Ich hatte mir eigentlich ein Gespräch erhofft, das intellektuell stimulierender ist, wo Sie doch aus Boston kommen. Leider muß ich sagen, daß Sie mich in dieser Hinsicht sehr enttäuscht haben. Sehr, sehr enttäuscht. Tja, mein Herr, ich denke, Sie müssen sich etwas anderes einfallen lassen, um mich zu unterhalten.«

»Tun Sie es nicht, Barber. Hören Sie mir bitte ...«

»Das ist ungefähr die zehnfache Dosis von dem, was ich Ihren Freunden, den Colsons, gegeben habe. Wird es auch zehnmal so schnell wirken? Wird es genauso wirken? Werden wir endlich das wahre Glück finden? Ist E immer noch mc Quadrat?«

Während Barber noch mehr unsinnige Fragen vor sich hin plapperte, packte er Bernard mit einer Hand bei den Haaren und strich ihm mit der anderen das feuchte Pulver auf beide Wangen. Bei der ersten Berührung setzte Bernards

Herzschlag aus, und er dachte, er würde auf der Stelle sterben. Dann schlug das Herz aber wieder weiter.

»Wenn ich es auch nicht mehr erlebe, Barber, Sie sind erledigt«, krächzte er.

»Werden sich die Südstaaten wieder erheben?« fuhr der Mann mit seinem schaurigen Singsang fort. »Herrscht eines Tages Frieden im Tal?«

Schließlich wandte er sich ab und verließ mit der Kassette den Raum.

In namenloser, ungekannter Angst versuchte Bernard zunächst, sich die Wangen an den Schultern zu reiben. Dann ließ er sich auf den Boden fallen und scheuerte die Backen am Linoleum. Ein Teil des Giftes ging ab, doch er wußte, daß es noch lange nicht genug war.

Für eine Weile konnte er nur daliegen und beten, daß Barber ihm lediglich etwas vorgespielt hatte, so wie Eric Najarian damals bei dieser schrecklichen Maskerade. Doch als er nach einigen Minuten eine Beklemmung in der Brust spürte, schwand auch diese Hoffnung.

»Es tut mir leid, Maggie«, sagte er leise. »Warum bin ich nur so ein verdammter Idiot gewesen?«

Es gelang ihm, hochzukommen und sich auf das Bett fallen zu lassen. Dort rieb er so lange sein Gesicht an der Baumwolldecke ab, bis er völlig erschöpft war.

»Es tut mir so verdammt leid«, flüsterte er wieder.

Irgendwann schloß Bernard hilflos die Augen, lauschte auf seinen pochenden Herzschlag und wartete.

39

Donald Devines Geschäftsbücher unterm Arm, betrat Eric das White Memorial durch eine selten benutzte Seitentür. Dann nahm er den unterirdischen Tunnelgang zu der Hintertreppe, die zu Haven Dardens Labor führte. In seiner Jeanstasche hatte er die aufgezogene Spritze versteckt. Wie der Chefarzt der Inneren Medizin ihm versprochen hatte, war die Etage menschenleer. Auf der anderen Seite des Labors sah er den Lichtschein, der aus Dardens Büro drang.

An der Eingangstür blieb Eric stehen, um sich zu sammeln und sein Vorhaben noch einmal zu überdenken. Er dachte an Scott Enders und an Loretta Leone, an Lauras Trauer, an Reed Marshalls zerstörte Karriere und an all die anderen, die so viel hatten erleiden müssen. Zum Schluß erinnerte er sich an die Voodoo-Zeremonie, die extra für ihn in Szene gesetzt worden war; den Totenkopfpriester, womöglich Darden höchstpersönlich, der ihn im Kerzenschein angegrinst hatte. Der Mann war ein Teufel, und er verdiente die Todesangst, die er gleich würde durchmachen müssen.

»Keine Gnade«, flüsterte Eric sich zu, während er die Tür aufzog, »Gnade darfst du nicht erwarten.«

Vorbei an einer Reihe von Inkubatoren, ging er zu Dardens Büro. Der Chefarzt, in seinem maßgeschneiderten Oberhemd mit Seidenkrawatte und schwarzen Hosenträgern wie immer piekfein, empfing ihn an der Tür. Zu Erics Erleichterung trug er kein Jackett.

»Kommen Sie herein, Eric«, begrüßte ihn Darden. »Ich bin froh, daß Sie mich angerufen haben. Es überrascht Sie sicher nicht, daß Ihre Freunde im White Memorial sich die größten Sorgen um Sie gemacht haben.«

»Ich hätte nicht gedacht, daß ich hier überhaupt noch Freunde habe«, zwang Eric sich zu sagen.

»Aber sicher doch, warum auch nicht?«

Darden setzte sich hinter seinen Schreibtisch, doch Eric blieb stehen und umschloß die Spritze in seiner Hosentasche mit der Hand. Er stellte sich vor, wie dieser Mann Anna Delacroix liebte, und seine Wut und sein Ekel wurden nur noch stärker. Darden hatte Frau und Kinder. Anna – höchstens halb so alt wie er – war so schön, daß sie jeden Mann hätte haben können. Wieviel er ihr wohl für ihre Dienste zahlte? Und was ihm wohl ihre Unterstützung bei der Vernichtung eines gewissen Dr. Eric Najarian wert gewesen war?

Keine Gnade.

»Aber setzen Sie sich doch!« sagte Darden. »Offen gesagt, Ihre Andeutungen am Telefon haben mich äußerst neugierig gemacht.«

Geh direkt aufs Ganze. Keine Verzögerung!

»Ich wollte Ihnen das hier zeigen.« Eric legte Donald Devines Geschäftsbuch auf den Schreibtisch. »Es stammt aus einem Safe im Bestattungsinstitut Gates of Heaven.«

Als Darden das Buch aufschlug, stellte sich Eric hinter ihn und zog vorsichtig die Spritze heraus.

»Ich weiß nicht recht, was ich damit anfangen soll«, wandte Darden ein und schwang den Stuhl zu Eric herum.

Sogleich schob Eric die Spritze in die Tasche zurück.

»Es ... es geht um die Liste auf der zweiten Seite.«

Darden zog eine Schublade auf und griff hinein.

Ein Revolver, schrillte es in Erics Kopf. *Beweg dich, verdammt noch mal, tu was!*
Noch bevor er handeln konnte, hatte der Chefarzt seine Lesebrille herausgeholt und aufgesetzt.
»Vielleicht verstehe ich mehr, wenn ich das lesen kann«, erklärte er und wandte sich wieder dem Buch zu.
Wieder zog Eric seine Spritze hervor. Er konzentrierte sich auf Dardens Trapezius, einen dicken Muskel am Halsansatz. Noch einmal tief Luft geholt und ...
Jetzt!
Geschickt schob er Dardens Stuhl nach vorn, so daß der Mann gegen den Schreibtisch gedrückt wurde, preßte den linken Arm fest unter sein Kinn, zog mit den Zähnen den Plastikschutz von der Nadel und stach sie bis zum Anschlag in die vorher gewählte Stelle. Vor Schmerz schrie Darden laut auf und versuchte sich zu befreien, doch Eric ließ ihm keine Chance. Er spuckte die Schutzkappe auf den Boden.
»Wenn Sie das noch mal machen, sind Sie ein toter Mann«, brüllte Eric ihn an. »Und das meine ich ernst.«
»Was haben Sie vor?« röchelte Darden.
»In dieser Spritze befindet sich Succinylcholin«, erklärte Eric, »und zwar zweihundert Milligramm – also genug, daß Sie in fünfzehn bis zwanzig Sekunden vollkommen gelähmt sind. Bei der geringsten Provokation jage ich Ihnen das Zeug bis zum letzten Tropfen in den Muskel, und ich kann Ihnen nur empfehlen, mir zu glauben.«
»S... Sie sind ja verrückt!«
»Darauf können Sie Gift nehmen, Herr Kollege. Wir beide tun uns leichter, wenn Sie das immer im Auge behalten. Überlegen Sie sich außerdem, wie man sich fühlt, wenn man gelähmt ist und nicht mehr atmen kann, und dabei die ganze Zeit bei vollem Bewußtsein ist. Aber darin sind Sie ja schließlich der Fachmann. Gut, also zuerst sagen Sie mir, wo

Laura Enders ist, und dann erzählen Sie mir alles über Äskulap.«

»Ich ... ich weiß nicht, wovon Sie reden.«

»Verdammt«, fuhr Eric auf und drückte die Nadel noch ein Stück tiefer ins Fleisch. »Ersparen Sie mir den Blödsinn. Der einzige Mensch, der mir etwas bedeutet, ist verschwunden, und Sie wissen, wo sie ist. Ich kenne Ihre Pläne. Ich weiß Bescheid über Donald Devines und Norma Cullinets Machenschaften und dieses gottverdammte Nest in Utah. Ich kenne sogar die Rolle, die Anna Delacroix gespielt hat. Jetzt bin ich mit meiner Geduld am Ende, und ich warne Sie: Halten Sie mich nicht zum Narren!«

Eric spürte, wie der Mann in sich zusammensank. Trotzdem hielt er ihn weiterhin fest in seinem Griff und ließ den Daumen am Kolben der Spritze.

»Eric, hören Sie mal zu«, sagte Darden mit unerwarteter Ruhe. »Ich weiß, daß Sie viel durchgemacht haben, und wahrscheinlich sind Sie von dem überzeugt, was Sie da sagen. Aber ich versichere Ihnen, ich weiß nicht, wovon Sie reden. Wirklich nicht!«

»Dann waren Sie es also nicht, der mich am Morgen vor der Sitzung der Berufungskommission angerufen und mir die Stellung versprochen hat, wenn ich mich Äskulap anschließe?«

»Eric, ich habe Sie die ganze Zeit über in dieser Angelegenheit unterstützt. Das sagte ich Ihnen doch schon vor ein paar Wochen. Es war Dr. Silver, der plötzlich seine Meinung änderte und um Aufschub bat. Ich schwöre Ihnen, genauso war es!«

»Ich ... ich glaube Ihnen kein Wort«, stotterte Eric, aber er fühlte dennoch die ersten unangenehmen Zweifel in sich aufsteigen. »War es etwa auch Einbildung, daß ich Sie Arm in Arm mit Anna Delacroix gesehen habe?«

»Ich kenne niemanden, der so heißt, Eric, ganz bestimmt. Ich bin glücklich verheiratet. Bitte, ziehen Sie jetzt die Nadel heraus, bevor Sie etwas tun, was Sie ihr ganzes Leben bereuen würden.«
»Nein. Sie sind ein Lügner und ein Unmensch. Ich brauche Ihnen ja wohl nicht aufzuzählen, wie viele Menschen Sie in den Tod geschickt haben. Anna Delacroix, oder wie immer sie auch heißen mag, hat mich auf Ihre Spur gebracht. Vor ein paar Stunden habe ich Sie noch zusammen auf der Charles Street gesehen. Und nun will ich die Wahrheit hören! Wo ist Laura?«
»Sie ist tot, Herr Doktor. Rühren Sie sich nicht von der Stelle! Keine Bewegung!«
Als Eric sich nach der Stimme umdrehte, hätte er beinahe den Griff um Dardens Hals gelockert. Der Mann in der Tür trug Polizeiuniform und zielte mit einer Pistole auf Erics Brust. Erst jetzt verstand Eric, was der Polizist gerade gesagt hatte.
»Was soll das heißen, sie ist tot?« fragte er, während sich eine unbeschreibliche Leere in seiner Brust breitmachte.
»Helfen Sie mir, Officer!« schrie Darden. »Dieser Mann ist verrückt geworden. Sorgen Sie dafür, daß er die Spritze herauszieht. Er will mich umbringen.«
»Ja, ich weiß genau, was er vorhat«, meinte Lester Wheeler trocken. »Dank der Wunder der Telekommunikation wußte ich sofort, was er vorhatte. Sind Ihnen die beiden Männer, die vor Ihrem Haus an den Telefonleitungen gearbeitet haben, wirklich nicht aufgefallen, Herr Doktor?«
Eric runzelte die Stirn.
»Sie sind Captain Wheeler?« fragte er.
»Stets zu Diensten. Würden Sie jetzt bitte das Mittel einspritzen!«

»Halt, warten Sie! Sie machen einen Fehler«, jammerte Darden.

»Ich weiß genau, was ich tue«, entgegnete Wheeler. »Unglücklicherweise hat unser guter Doktor schon viel zu viel ausgeplaudert.«

»Darden ist nicht Äskulap?« fragte Eric ungläubig und lokkerte seinen Griff um Dardens Hals.

Noch ehe Darden antworten konnte, sprang Wheeler nach vorn und schlug mit der Gewandtheit eines Raubtiers auf den Kolben der Spritze. Darden schrie gequält auf. Im nächsten Moment wirbelte der Polizeibeamte herum und drückte den Lauf seiner Pistole gegen Erics Kinn.

»Keine Bewegung!« befahl er.

»Mein Gott!« sagte Eric fassungslos. »Sie haben ihn einfach so umgebracht.«

»Nein, Herr Doktor«, entgegnete Wheeler, mit einem Grinsen, »das haben Sie getan.« Er blickte auf seine Uhr, dann beobachtete er Darden, der die beiden Männer stumm anstarrte. »Hatten Sie nicht gesagt, es dauert fünfzehn bis zwanzig Sekunden?«

»Ich weiß nicht genau«, antwortete Eric, der inzwischen vom Pistolenlauf auf die Zehenspitzen gezwungen worden war. »Succinylcholin ist zwar unser stärkstes Anästhetikum, aber wann seine Wirkung einsetzt, kann man nie genau vorhersagen. Ich ... ich hatte überhaupt nicht vor, das Mittel einzuspritzen. Bitte, lassen Sie mich schnell die Geräte holen, damit wir ihn noch retten können.«

Haven Darden versuchte aufzustehen, doch Wheeler schob ihn auf den Stuhl zurück.

»Bitte«, wimmerte Darden. »Bitte, helfen Sie mir!«

Er lallte bereits, und nach weiteren zehn Sekunden begannen Hände und Arme zu zittern.

»Nein«, bäumte er sich auf, »O Gott, nein!«

Wheeler zwang Eric einige Schritte zurück. Der Chefarzt wand sich in Krämpfen; sein Kopf schlug unkontrolliert hin und her. Plötzlich glitt er vom Stuhl auf den Boden; seine Beine zuckten und traten wild um sich. In weniger als einer halben Minute war alles vorüber. Sein Körper entspannte sich, und sein Kopf sank auf die Seite. Reglos lag Darden da, das Kinn gegen das Linoleum gepreßt. Aus seinem Mundwinkel rann ein Speichelfaden.
Währenddessen legte Wheeler Eric mit routinierten Bewegungen die Hände auf dem Rücken in Handschellen. Dann kniete er sich neben Darden und beobachtete eine Zeitlang, ob die Droge ihre Wirkung getan hatte.
»Das wär's dann, Doc«, erklärte er, als er wieder aufstand. »Wir gehen jetzt hübsch durch die Vordertür zu meinem Wagen. Wenn Sie schreien und randalieren wollen, dann tun Sie sich keinen Zwang an. Es soll ruhig jeder mitbekommen, was Sie getan haben und weshalb wir Sie festnehmen. Man hält Sie inzwischen sowieso schon für verrückt.«
»Was ist mit Laura geschehen?«
»Ach ja, die süße kleine Laura! Ich fürchte, ihr und ihrem Bruder hat das Wasser im Bostoner Hafen nicht so gut gefallen.«
»Hat sie Scott gefunden?«
»Ja, das hat sie, und sie blieben vereint bis zum bitteren Ende. So, jetzt geht's los.«
»Damit kommen Sie nicht durch«, wandte Eric ein.
Wheeler packte Eric am Nacken und schob ihn über den Leichnam von Dr. Darden hinweg zur Labortür.
»Wollen wir wetten?« fragte er.

40

Sie haben das Recht, die Aussage zu verweigern«, sagte Wheeler, als er Eric in den Fahrstuhl des Forschungsgebäudes schubste. »… Wenn Sie sich entscheiden zu sprechen, kann alles, was Sie sagen, gegen Sie verwendet werden …« Mit diesen Worten schob er Eric aus dem Fahrstuhl in die belebte Haupthalle des White Memorial.

»Was ist mit Laura? Was haben Sie mir ihr gemacht?«

»… Sie haben das Recht, einen Anwalt anzurufen und zum Verhör hinzuzuziehen …«

»Verdammt, Wheeler, lassen Sie das. Sie kriegen mich aus dem Krankenhaus nicht raus«, protestierte Eric und stemmte sich gegen den Griff des Polizisten.

»Tun Sie uns beiden den Gefallen und versuchen Sie abzuhauen«, flüsterte Wheeler ihm zu. Und laut genug, daß alle Umstehenden ihn hören konnten, fuhr er fort: »… Wenn Sie sich keinen Anwalt leisten können, haben Sie die Möglichkeit, auf Staatskosten einen Pflichtverteidiger zu konsultieren. Haben Sie mich verstanden? Gut, bitte treten Sie zur Seite, meine Herrschaften. Machen Sie Platz.«

Die Menge der erstaunten Zuschauer öffnete sich wie das Rote Meer, um den Polizisten und den Festgenommenen passieren zu lassen. Eric erkannte unter den Neugierigen mehrere Krankenschwestern und Ärzte.

»Suchen Sie bitte Dr. Silver für mich«, rief er ihnen zu, als Wheeler ihn abführte.

»Sie haben hier keine Freunde mehr«, erklärte Wheeler. »Und am wenigsten dürfen Sie von Dr. Silver erwarten. Heute morgen hat er Ihnen durch einen Anwalt in einer einstweiligen Verfügung Hausverbot erteilen lassen. Sie finden sich besser damit ab, daß Sie erledigt sind.« Gleichzeitig verstärkte er seinen Druck auf Erics Arm und fuhr mit lauter Stimme fort: »... Sie dürfen sich mit Ihrem Anwalt beraten und haben das Recht ...«

»Verdammt, ich lasse mich nicht einfach abführen«, schrie Eric, als sie auf den Ausgang zutraten.

Mit einem Schlag verstummten in der Halle alle Gespräche. Über hundert Menschen erstarrten an der Stelle, wo sie sich gerade befanden. Einer der Wachmänner in ihrer Nähe sprach hastig in sein Funkgerät und trat dann auf die beiden Männer zu. Eric stolperte und fiel protestierend auf die Knie. Wheeler griff in die Handschellen und zog ihn am verdrehten Arm wieder auf die Füße. Der Schmerz ließ Eric aufheulen; gleichzeitig verlor er das Gleichgewicht und stürzte zur Seite auf den Kachelboden. Die Schaulustigen traten sich gegenseitig auf die Füße, als sie ihm auszuweichen versuchten. Im gleichen Moment, als zwei weitere Uniformierte in die Halle stürzten, hatte der erste Wachmann sie erreicht.

»Können wir Ihnen helfen?« erkundigte er sich.

Der Captain zeigte ihm seine Polizeimarke.

»Ich habe gerade diesen Mann wegen Mordes an Dr. Haven Darden festgenommen«, erklärte er. »Der Leichnam des Ermordeten befindet sich in dessen Labor.«

Einige aus der Menge holten tief Luft, und eine Frau schrie entsetzt auf.

»Wir kennen Dr. Najarian«, sagte der Wachmann. »Er war als einziger bei einer unserer Krankenschwestern, als sie heute morgen gestorben ist. Ihm wurde Hausverbot erteilt, und wir haben dann den ganzen Tag nach ihm gesucht.«

»Bitte«, flehte Eric, der noch immer seitlich auf dem Boden lag. »Sie müssen mir helfen. Ich hab' niemanden umgebracht. Er war's. Er war's!«

Die zwei anderen Wachmänner waren inzwischen herangekommen und besprachen sich kurz mit ihrem Kollegen. Daraufhin machte sich einer der Männer auf den Weg in Dardens Labor. Die beiden anderen halfen Eric auf die Beine. In diesem Moment erschien Dr. Silver, begleitet von zwei Ärzten.

»Ich bin der Vorgesetzte dieses Mannes«, erklärte er. »Was, zum Teufel, geht hier vor?« Dabei sah er Eric streng an.

»Captain Wheeler vom Police-Department Boston«, stellte sich der Beamte vor. »Ich habe diesen Mann festgenommen, weil er Dr. Haven Darden mit einer tödlichen Injektion ermordet hat. Dr. Darden ist ein guter Freund von mir. Vor ein paar Stunden hat er mich um Hilfe gebeten, weil Dr. Najarian ihn am Telefon bedroht hat. Ich wollte ihn abholen und nach Hause begleiten, doch ich bin zu spät gekommen. Ich fand diesen Mann mit einer leeren Spritze in der Hand über Dr. Darden gebeugt vor.«

»Fahren Sie zur Hölle, Najarian«, schleuderte Silver Eric ins Gesicht.

»Ich habe nichts getan«, flehte Eric. »Der hier war es. Er ist verrückt. Er ist zusammen mit Darden in eine krumme Sache verwickelt, und Craig Worrell hatte auch mit ihnen zu tun. Es geht alles auf ihr Konto: Norma Cullinet, Loretta Leone – einfach alles.«

»Halten Sie den Mund, Eric, und dann raus hier«, zischte Silver.

»Na, dann mal los«, befahl Wheeler, »und machen Sie keinen Ärger.«

Wieder fing Eric an, sich zu sträuben.
»Ich habe niemanden getötet. Sie waren es. Warum glaubt mir denn niemand?«
»Ich glaube Ihnen«, rief Haven Darden laut.
Die Menge brach auseinander und gab den Blick auf den Chefarzt frei, der mit ruhiger Entschlossenheit neben einem Wachmann stand.
»Jetzt werden Sie mir wohl glauben, daß ich mit Äskulap und den anderen dunklen Sachen nichts zu tun habe.«
Bestürzt starrte Silver ihn an.
»Was, zum Teufel, geht hier vor?« brachte er mühsam heraus.
»Eric, in dem Moment, als Sie Succinycholin als Anästhetikum bezeichneten, wußte ich gleich, daß in der Spritze nur Wasser war«, erklärte Darden. »Captain Wheeler ist der wirkliche Verbrecher; Dr. Najarian wollte mir nur Angst einjagen. Wheeler hat versucht, mich umzubringen. Außerdem hat er in meiner Gegenwart zugegeben, daß er eine Frau namens Laura ermordet hat. Dieser Mann ist ein Ungeheuer.«
Noch ehe jemand die Hand rühren konnte, hatte Wheeler seine Pistole gezogen und geschossen. Darden griff sich an die rechte Schulter. Dann taumelte er zurück und fiel zu Boden. Die Menschen schrien durcheinander und rannten sich gegenseitig um, als sie versuchten, irgendwo in Deckung zu gehen. Bevor die Wachmänner Wheeler überwältigen konnten, zog er noch einmal den Abzug durch, doch der Schuß ging ins Leere. Er schleppte sich stöhnend in Richtung Ausgang und zog dabei die drei Wachleute mit, die ihn festhalten wollten. Schließlich kamen zwei kräftige junge Männer aus der Menge den Wachmännern zu Hilfe, und endlich gelang es, den Captain zu überwältigen. Plötzlich ertönte mitten im Handgemenge wieder ein Schuß aus

Wheelers Pistole. Die Wachen traten zurück. Der Polizist sank im Zeitlupentempo mit weitaufgerissenen, starren Augen zu Boden. Von einem markstückgroßen Loch in seiner Brust breitete sich auf seinem Hemd ein Blutfleck aus.

»Geben Sie Alarm! Code neunundneunzig«, rief Silver den Leuten am Empfang zu. »Lassen Sie zwei Tragen aus der Notaufnahme bringen!«

Silver lief zu Haven Darden, während sich andere Ärzte über Wheeler beugten.

»Die Schlüssel für die Handschellen«, rief Eric, während er zu dem Polizisten rutschte. »Sie sind in seiner Brusttasche.«

Die Ärzte zogen Wheeler bereits die Kleidung aus. Seine Wunde, das erkannte Eric auf den ersten Blick, war mit ziemlicher Sicherheit tödlich, auch wenn er sofort operiert werden würde.

Einer der Wachmänner holte die Schlüssel und befreite Eric von den Handschellen. Die Trage wurde gebracht, Wheelers lebloser Körper daraufgelegt und im Laufschritt in die Unfallstation geschafft.

Einige Sekunden lang blieb Eric reglos stehen und versuchte zu begreifen, was geschehen war. Laura und Scott waren tot. *Hatte Wheeler die Wahrheit gesagt?* Und Darden – *war er wirklich nicht Äskulap?*

Wie benommen trat er zu Haven Darden hinüber. Joe Silver hatte bereits das Hemd von der Wunde gezogen; ein glatter Durchschuß in der Schulter lag frei. Obwohl er starke Schmerzen haben mußte, blieb Darden bei Bewußtsein und bemerkenswert ruhig.

»Sie haben schnell reagiert, Eric«, sprach er den Hinzugekommenen an. »Eine Eigenschaft, die ich schon immer an Ihnen bewundert habe.«

»Es … es tut mir leid, daß ich dies tun mußte«, stammelte Eric. »Ich wußte nicht mehr weiter.«

»Glauben Sie denn wenigstens jetzt, daß ich nicht zu dieser Äskulap-Verschwörung gehöre?«
»Ich weiß überhaupt nicht mehr, was ich glauben soll.«
Inzwischen brachte man die zweite Trage, und Eric und Dr. Silver legten den Chefarzt vorsichtig darauf.
»Vielleicht«, meinte Darden, »hilft es Ihnen weiter, wenn ich Ihnen sage, wer Ihre rätselhafte Anna Delacroix ist. Dr. Silver, wenn Sie gestatten, ich würde gern einen Moment mit Eric unter vier Augen sprechen.«
Silver blickte sich unschlüssig um.
»Ich sollte wohl besser bleiben«, sagte er dann, »irgendwann muß ich ja auch mal alles erfahren.«

Der Kampf um Wheelers Leben war nur kurz. Eric stand an der Schwelle des Behandlungsraums und beobachtete den Monitor und das Operationsteam bei seinen verzweifelten Bemühungen. Wider besseres Wissen hoffte er auf ein Wunder, das den einzigen Menschen, der ihm etwas über Lauras Schicksal erzählen konnte, am Leben erhalten würde.
In einem Raum auf der anderen Seite der Halle behandelte Dr. Silver Haven Darden, den Vater von Rebecca Darden, die Silver als Ariel Dumonde und Eric als Anna Delacroix kennengelernt hatten. Darden würde aller Wahrscheinlichkeit nach der letzte Patient sein, den Silver im White Memorial behandelte. Sobald der Zustand seines Kollegen einigermaßen stabil war, wollte Silver mit Eric in die psychiatrische Klinik fahren, in der Reed Marshall untergebracht worden war, und Erics ehemaligem Kollegen jede nur denkbare Hilfe anbieten. Außerdem wollte er dafür sorgen, daß Marshall wieder in das Ärzteteam der Unfallstation aufgenommen wurde.
Am kommenden Morgen sollte die Krankenhausleitung dann sein Kündigungsschreiben erhalten. Darin würde er

erklären, er habe sich von einer schönen Frau verführen und später erpressen lassen, sein Votum in der Berufungskommission zu ändern. Über die Gründe, weshalb er um Aufschub bitten sollte, wußte er nichts. Doch da es um seine Karriere, seine Ehe und die Zukunft seiner Kinder ging, hatte er eine Entscheidung getroffen, mit der er für den Rest seiner Tage würde leben müssen.

Als die Chirurgen, die Wheeler operierten, vom Tisch zurücktraten und den Monitor ausschalteten, fühlte Eric seinen Mut sinken. Seine letzte Hoffnung war dahin. Unschlüssig, wie er weiter vorgehen sollte, schlenderte er zu dem Raum, in dem Darden lag. Der Chefarzt, der, abgesehen von einer Schwester, allein war, saß aufrecht auf seiner Trage. An einem seiner Handgelenke war ein Tropf angeschlossen, und seine Schulter war dick bandagiert.

»Ist er tot?« fragte er.

»Ja.«

Darden winkte Eric zu sich heran und bat die Schwester, sie allein zu lassen.

»Rebecca ist ihre Schönheit schon früh zu Kopf gestiegen«, begann er.

»Das mag sein, Sir. Mir tut leid, was Sie jetzt durchmachen müssen.«

»Und ich bedaure Sie. Was meine Tochter betrifft, wird das dicke Ende erst noch kommen, fürchte ich. Sie muß uns eine ganze Menge Fragen beantworten.«

»Hoffentlich kann Sie mir auch etwas über Laura sagen.«

»Das hoffe ich auch«, sagte Darden. Seine Stimme klang heiser, als ob er mit sich selbst spräche. »Wissen Sie, schon als Rebecca auf der Grundschule war, machten meine Frau und ich uns Sorgen. Bereits damals hat sie andere Kinder – meistens Jungen – herumkommandiert oder sich etwas schenken lassen; im Austausch gegen Küsse und Schmusen oder dafür, daß sie einfach nur ihre Freunde sein durften. Wir ... wir haben sie ein paarmal nach Haiti mitgenommen, weil wir dachten, sie würde dort ihr narzißtisches Verhalten aufgeben und ein gewisses soziales Verantwortungsgefühl entwickeln. Und wirklich kam sie uns dort wie ein anderer Mensch vor – an allem interessiert und begierig, das Land kennenzulernen. Wir hatten doch keine Ahnung, daß sie diese Reisen ausgenutzt hat, um ...«

Er fing an zu weinen. Eric nahm seine Hand und hielt sie fest.

»Sie sind ein guter Mensch und ein großartiger Arzt«, erklärte er. »Ich kann dazu nur sagen, daß Sie etwas besseres verdient hätten.«

»Vielen Dank. Wissen Sie noch mehr über die Dinge, auf die Rebecca sich da eingelassen hat? Was hatten diese Leute überhaupt vor?«

»Das kann ich noch nicht sagen. Aber wenn ich es weiß, dann setzen wir uns hin und reden darüber, das verspreche ich Ihnen.«

»Gern. Das mit Ihrer Freundin tut mir leid. Ich hoffe, Captain Wheeler hat nicht die Wahrheit gesagt.«

»Das hoffe ich auch, Dr. Darden, aber ich fürchte, er hatte recht. Glauben Sie, Rebecca ist jetzt zu Hause? Ich würde gern mit ihr sprechen.«

»Das könnte sein. Sie arbeitet nicht und schien es auch nie nötig zu haben. Ich hätte genauer nachforschen sollen, woher der Sportwagen und die Pelze und all die anderen Dinge stammten, aber ...«

»Sir, bitte, ruhen Sie sich jetzt aus. Sie haben viel Blut verloren.«

Eric verließ die Unfallstation und ging durch die langen Korridore zum Proctor Building, wo Dave Subarskys Labor

lag. Die Stimmung im Krankenhaus wirkte erstaunlich normal, so als hätten die gewalttätigen Auseinandersetzungen, an denen er beteiligt gewesen war, nie stattgefunden.
Er glaubte zwar nicht, daß Dave etwas von Laura gehört hatte, aber man konnte ja nie wissen. Und wenn sie sich nicht gemeldet hatte, konnte er seinen Freund wenigstens um Rat bitten, ob er Rebecca Darden sofort anrufen oder sie in ihrer Wohnung in Cambridge überraschen sollte, deren Adresse Haven Darden ihm gegeben hatte.
Die Etage im Forschungsinstitut war verlassen, die Tür zu Subarskys Labor verschlossen. Allerdings begegnete Eric einer Wissenschaftlerin – einer junge Biochemikerin namens Jessica Marsh –, die gerade ihr Büro zusperrte, um Feierabend zu machen.
»Entschuldigen Sie, bitte«, sprach Eric sie an, »haben Sie Dave gesehen?«
»Er ist schon vor einer Weile gegangen«, sagte die Frau.
»Haben Sie einen Schlüssel zu seinem Labor? Dave denkt wahrscheinlich, ich könnte meinen eigenen nehmen, aber den habe ich zu Hause gelassen.«
»Ich besitze Schlüssel für alle Räume auf dieser Etage«, antwortete sie. »Aber ich darf doch nicht ...«
»Bitte, Jessica«, beharrte Eric, »Dave wollte eigentlich hier auf mich warten. Wahrscheinlich hat er auf dem Schreibtisch eine Nachricht für mich liegen lassen. Wir rechnen mit einem Anruf, und ich muß wissen, was los ist.«
Die Frau zögerte.
»Ich bitte Sie, es ist sehr wichtig«, drängte Eric. »Sie haben mich doch schließlich schon 'zigmal nachts hier arbeiten gesehen. Und Sie wissen, daß ich mit Dave befreundet bin.«
Widerstrebend zog sie ihren Schlüsselbund aus der Tasche und schloß die Tür auf.
»Das dürfte ich eigentlich nicht tun«, erklärte sie.

»Ich danke Ihnen, Jessica. Sie werden es nicht zu bereuen haben.«
Noch während sie den Schlüssel herauszog, klingelte drinnen das Telefon. Eric stürzte so hastig auf das Telefon zu, daß er sich auf dem Weg zum Schreibtisch in dem kleinen Büroraum die Hüfte an einer Laborbank stieß. Er griff nach dem Hörer.
»Ja, hallo?«
»Ich möchte bitte mit Dr. Dave Subarsky sprechen.«
Erics Herz machte einen Sprung.
»Laura?«
»Ja, Eric, ich bin's! O mein Gott, was habe ich mir Sorgen um dich gemacht!«
»Und ich erst – ich dachte, du wärst tot.«
»Das war ich auch beinahe. Eric, Captain Wheeler ist der Polizist, von dem ich dir erzählt habe. Er steckt hinter der ganzen Sache.«
»Ich weiß, Laura, ich weiß. Wheeler hat sich hier im Krankenhaus selbst erschossen. Du brauchst dir keine Sorgen mehr zu machen. Wo bist du?«
»In einem Haus in East Boston. Eric, ich habe Scott gefunden. Er … Wheeler hat ihn umgebracht.«
»O Gott! Laura, das tut mir leid. Aber jetzt sag mir, wo du bist. Ich hole dich ab. Dann kannst du mir alles in Ruhe erzählen.«
»Ich bin in der Wohnung eines Ehepaares, nicht weit von den Docks. Die beiden haben mich auf der Straße aufgelesen. Ich mußte eine Zeitlang im Wasser bleiben und war durchgefroren bis auf die Knochen. Aber jetzt geht's schon wieder.«
»Gib mir die Adresse«, sagte er und tastete in der obersten Schublade nach einem Kugelschreiber. »Ich komme sofort hin und hole dich ab.«

»Das brauchst du nicht. Ich habe vor ungefähr einer Stunde mit deinem Freund Dave gesprochen. Eigentlich hätte er schon hier sein müssen. Ich habe nur noch mal angerufen, weil ich wissen wollte, ob er schon losgefahren ist.«

»Er ist nicht da.«

»Das ist eigenartig. Vielleicht ist der Verkehr – warte mal einen Moment. Es hat gerade geklingelt. Vielleicht ist er das ... ja, er ist es. Eric, ich weiß, wo das Videoband versteckt ist. Scott hat sich daran erinnert, bevor er – ja, ich komme sofort herunter, Mrs. Poletti. Er soll einen Moment warten. Bist du noch da?«

»Natürlich. Geht es dir auch wirklich gut?«

»Ja, prima. Eines noch, Eric. Das Videoband ist in einem alten Zuganhänger auf dem Parkplatz; dort, wo wir damals geparkt haben, als wir in den Docks waren. Du hast direkt daneben gestanden.«

»Komisch.«

»Wir holen es dort ab, wenn wir nach Boston zurückfahren. Wo willst du auf uns warten?«

»Ich weiß nicht ... in Bernards Wohnung vielleicht?«

»Gut. Wir sehen uns dann in ungefähr einer Stunde. Und, Eric?«

»Ja?«

»Ich liebe dich.«

»Ich liebe dich auch, Schatz.«

Eric legte den Hörer auf. Dann lehnte er sich zurück und streckte sich. Der Alptraum war vorüber.

Nach einem kurzen Augenblick der Ruhe und überwältigender Freude schob er entschlossen den Stuhl vom Schreibtisch zurück und stand auf. Da fiel sein Blick auf einen Gegenstand in der halbgeöffneten Schublade – ein Gegenstand, den er bei seiner Suche nach einem Kugelschreiber nach vorn geschoben haben mußte. Er nahm ihn hoch und

wog ihn einen Moment lang in der Hand. Noch weigerte sich sein Verstand zu begreifen, was es war, was dieser Fund bedeutete.
Doch eigentlich wußte er es schon genau.
Es schien ihm eine Ewigkeit her, daß er neben der Sprachtherapeutin gestanden und sich von ihr das Elektrolarynx hatte erklären lassen.
Das Herz schlug Eric bis zum Hals, als er an den anderen Schreibtischschubladen zerrte, doch sie waren verschlossen. Die erste brach er mit einem Brieföffner auf und kippte ihren Inhalt auf den Schreibtisch. Zwischen Computerausdrucken und Laborberichten entdeckte er ein Farbfoto. In einer eindeutig tropischen Landschaft stand Dave Subarsky in einem Surferanzug gegen eine Palme gelehnt. In seinen Arm kuschelte sich Rebecca Darden und ließ ihren makellosen Körper von der Sonne bescheinen.
Mit angehaltenem Atem brach Eric auch die unterste Schublade auf und zog eine braune Papiertüte heraus. Seine Hände zitterten, als er sie auf den Schreibtisch legte und aufriß. Mit einem bösen Grinsen starrte ihm die Totenkopfmaske entgegen.
Verzweifelt griff Eric nach dem Telefonbuch. *Paolini? Paretti? Wie, zum Teufel, heißen noch mal die Leute? Hat Laura überhaupt gesagt, in welcher Straße sie wohnen?*
Eine Zeitlang starrte er auf die endlosen Listen von Namen. Dann schob er das Telefonbuch beiseite, nahm die grausige Maske und stürzte aus dem Büro.

41

Die Fahrt mit dem Taxi durch den dichten Feierabendverkehr entwickelte sich für Eric zu einer nervenzerreißenden Geduldsprobe. Schon gleich zu Anfang gerieten sie auf der Mystic River Bridge, die kurz hinter dem Krankenhaus begann, in einen Stau. Das Gewitter mit den peitschenden Sturmböen, das direkt nach ihrem Aufbruch eingesetzt hatte, machte alles nur noch schlimmer. In dicken Strömen flossen Sturzbäche die Auffahrt zur Brücke hinunter und setzten die Straße an Unterführungen unter Wasser. Als der Taxifahrer die beschlagene Windschutzscheibe freiwischte, zuckten gerade gewaltige Blitze über den Himmel.

Erfolglos versuchte Eric dem Mann klarzumachen, daß es sich um einen Notfall handelte und er sich beeilen müsse, doch schließlich lehnte er sich resigniert zurück. Während er in den Regen starrte, kreisten seine Gedanken immer wieder um das gleiche Thema. Wenn seine Vermutung stimmte und Subarsky und Lester Wheeler gemeinsame Sache gemacht hatten, schwebte Laura mindestens ebenso in Lebensgefahr wie noch er selbst vor wenigen Stunden. Abgesehen von der Frage nach dem Motiv, konnte sich Eric jetzt ein vollständiges Bild von der Äskulap-Verschwörung machen. Er hätte sich ohrfeigen können. Warum hatte er nicht eher begriffen, welche Rolle sein Freund spielte?

Sein hartnäckiges Angebot, Eric zum Gates of Heaven zu begleiten, sein Auftauchen in der Krankenhausbibliothek im richtigen Moment, die Tatsache, daß er wußte, wann Eric die Countway Library aufsuchen wollte, und schließlich sein Verschwinden zur rechten Zeit, kurz bevor Norma Cullinet starb – nur ein Vollidiot konnte all diese Einzelheiten übersehen.

Natürlich war es Daves Idee gewesen, Eric als Ersatz für Craig Worrell bei Äskulap anzuwerben. Von diesem Augenblick an hatte Dave jeden seiner Schritte überwacht.

Warum war es ihm nicht aufgefallen? Warum hatte er nicht einmal an diese Möglichkeit gedacht?

Das Taxi schlich ein Stück weiter auf der Brücke entlang und hielt dann wieder an. Eric schätzte ab, wie lange die Fahrt nach East Boston noch dauern würde, und erkannte, daß er unmöglich rechtzeitig eintreffen würde. Bis zur Ausfahrt waren es noch ungefähr siebenhundert Meter und bis zu den Docks noch einmal die gleiche Strecke. Er schob dem Fahrer eine Zehn-Dollar-Note zu und stieg aus dem Taxi; die Totenkopfmaske ließ er auf dem Sitz zurück. Zwischen den stehenden Autos hindurch lief er zu dem schmalen Fußweg.

Nach wenigen Metern war er naß bis auf die Haut. Während er die Steigung bis zum Scheitelpunkt der Brücke hochrannte, lief ihm das Wasser in Strömen übers Gesicht. Die immer wieder über den Himmel zuckenden Blitze ließen den Hafen und die Stadt unter ihm zu weißgoldenen Momentaufnahmen erstarren. Als er den Scheitelpunkt überquert hatte, fiel er in einen schwerfälligen Trott und japste nach Luft. Wie ein scharfes Messer durchfuhr ein Seitenstechen seine Brust. Jeder Schritt kam ihm vor wie der letzte, bei jedem Atemzug wurde das Messer in seiner Brust schmerzhaft umgedreht. Trotzdem lief er weiter, die schmale Ausfahrt entlang und dann über die McAdle Bridge, die den Chelsea River überquerte.

Als er in die Meridian Street stolperte, war er mit seiner Kraft am Ende. Gegen einen Telegraphenmast gelehnt, sog er keuchend die Luft ein und betete, daß das Seitenstechen nachlassen würde. Der Parkplatz war jetzt nur noch etwa hundert Meter entfernt. Wenn Subarsky und Laura noch dort waren, mußte er bereit sein. Allmählich ebbte der Schmerz in seiner Brust ab, und sein Atem ging wieder ruhiger. Er stieß sich vom Pfahl ab und hastete auf der dunklen Straßenseite voran. LKWs und Autos zogen an ihm vorüber und bespritzten ihn mit Wasser.

Als er sich dem Parkplatz näherte, hielt er Ausschau nach einem Gegenstand, den er als Waffe benutzen konnte. Subarsky war ein ganzes Stück größer als er selbst und bestimmt siebzig Pfund schwerer. Erics wichtigste Waffe in der wie auch immer gearteten Auseinandersetzung würde der Überraschungseffekt sein – dies und die in ihm anwachsende Wut über das, was Subarsky Laura und so vielen anderen angetan hatte. Das Beste, was er in der Eile auftreiben konnte, war eine leere Whiskyflasche, aber die war immerhin besser als gar nichts.

Jetzt lag der Parkplatz direkt vor ihm. Er bestand aus einem von Gebüsch und Bäumen abgegrenzten Viereck parallel zur Straße und wurde nur von einer einzigen Lampe auf der gegenüberliegenden Straßenseite in der Nähe der Docks erhellt. Eric schlich geduckt zu den Bäumen hinüber. Durch den gleichmäßig niederprasselnden Regen erkannte er die zwei verrotteten Zuganhänger, die, aufgebockt auf Eisenbahnschwellen, am hinteren Ende des Parkplatzes standen. Ansonsten war der Platz leer.

Wütend überlegte Eric, was er nun unternehmen sollte, und stapfte durch die Schlammpfützen zu den Anhängern hinüber. Einer trug an der Seite die verblaßten Buchstaben D & E, der andere gehörte, zumindest früher einmal, der

Aphrodite Transport- und Lagerungsfirma. Beide waren ziemlich verrostet, so daß sie bestenfalls noch zur Aufbewahrung von Gegenständen benutzt werden konnten.
Der D & E-Anhänger hatte keine Türen mehr, und sein Holzboden war zerborsten und vermodert. Selbst im Abstand von mehreren Metern konnte Eric den Uringestank riechen, der von ihm ausging. Der Aphrodite-Anhänger, der sich in weitaus besserem Zustand befand, war mit einem massiven Vorhängeschloß gesichert. Eric hob das erstaunlich schwere Metallstück an. Dabei fragte er sich, ob er womöglich an der falschen Stelle wartete. Und dabei war er sich vorhin noch so sicher gewesen, daß Subarsky und Laura hier auftauchen würden. Es gab natürlich noch eine dritte Möglichkeit – er hatte die beiden verpaßt. Aber er verdrängte diesen Gedanken.
Er suchte unter dem Anhänger nach einem versteckten Einstieg. Als er gerade zur Vorderseite ging, bemerkte er die Scheinwerfer eines Autos, das in den Parkplatz einbog und keine sechs Meter vom Anhänger entfernt stehenblieb. Eric drückte sich gegen die Seitenwand und bewegte sich zentimeterweise nach rechts, bis er sich aus dem Scheinwerferkegel entfernt hatte. Selbst im Gegenlicht erkannte er die charakteristische Silhouette des Saab 900 Turbo – Subarskys Wagen.
In diesem Auto, einem ein Jahr alten Cabrio, war Eric schon unzählige Male mitgefahren. Warum hatte er sich noch nie zuvor gefragt, wie ein Mann, der ständig um Stipendien betteln mußte, sich so ein elegantes Auto überhaupt leisten konnte?
Er huschte um die Eisenbahnschwellen herum und duckte sich unter den Anhänger. Von dieser Position aus, mit Knien und Ellenbogen im Dreck, konnte er nur die untere Hälfte des Saab sehen. Er hätte gern gewußt, ob Laura im Wagen

saß. Fünf Minuten vergingen, in denen nichts zu hören war als das regelmäßige Prasseln des Regens auf dem Metalldach, ohne daß sich am Wagen etwas rührte. Da er sich nicht bewegen durfte, begann Eric zu frieren. Er umfaßte den Hals der Whiskyflasche und überlegte sich noch immer, wie er vorgehen sollte, als die Autotür geöffnet und wieder geschlossen wurde. Ein Mann in einem knielangen Umhang trat in den Regen und kam auf den Anhänger zu. An seinem Gang und der Schuhgröße erkannte Eric sofort, daß es Dave war.

Eric rutschte nach links und hatte seinen Unterschlupf schon beinahe verlassen, als er vom Strahl einer starken Taschenlampe erfaßt wurde.

»Hallo, Amigo«, rief Subarsky und beugte sich hinunter, »wie nett, daß du uns hier begrüßt.«

Eric schirmte die Augen vor dem grellen Licht ab.

»Ist Laura bei dir?«

»Ja, sie ist hier. Aber als ich gesehen habe, daß du auf dem Platz herumstreunst, war ich gezwungen, sie ein wenig zu verschnüren. Wie ich annehme, weißt du inzwischen, daß dein Gesundheitszustand eigentlich keine Spaziergänge mehr zulassen sollte.«

»Wheeler ist tot.«

»Das hat mir deine hübsche Freundin schon gesagt. Saubere Arbeit, mein Lieber. Ich hatte ihn vor dir gewarnt, aber er war schon immer zu arrogant, um sich was sagen zu lassen. Schon als er mich wegen Drogenhandels am MIT festnahm, war er arrogant; und dann war er so arrogant, mir eine Geschäftsbeziehung vorzuschlagen. Ich wette, er ist auch arrogant gestorben.«

»Dave, gib auf«, sagte Eric.

»Jetzt, wo ich meinen Profit nicht mehr mit dem Superbullen teilen muß? Das meinst du doch wohl nicht im Ernst?

Überlege lieber mal, ob du nicht an seine Stelle treten willst. Äskulap und das Charity-Projekt könnten einen Mann mit deinen Fähigkeiten gebrauchen. Allerdings weiß ich jetzt nicht, ob ich dir noch über den Weg trauen würde.«

»Was ist das Charity-Projekt?«

Die Taschenlampe wurde ausgeschaltet. Als Erics Augen sich gerade an die Dunkelheit gewöhnt hatten, schien sie ihm wieder ins Gesicht – diesmal aus einem Abstand von wenigen Metern.

»Das ist mein Schlüssel zum Erfolg«, erklärte er, »DS-Neunzehn – das Medikament, das die Ignoranten in Washington so gern vergessen wollen.«

»Das an die DNS gekoppelte Antibiotikum? Ich dachte, dieses Projekt hättest du aufgegeben?«

»Keineswegs, mein Freund. Das haben unsere kurzsichtigen Möchtegernwissenschaftler getan. Aber ich habe immer gewußt, daß das ein Fehler war. Also habe ich still und heimlich auf eigene Rechnung weitergemacht. Ich habe mir ein Team mit hochqualifizierten, idealistischen Leuten zusammengestellt, und ihnen ist es zu verdanken, daß DS-Neunzehn inzwischen Realität ist. Warum kommst du eigentlich nicht aus deinem Versteck und wir setzen unser naturwissenschaftliches Einführungsseminar an einem trockeneren Ort fort?«

Ohne zu zögern warf Eric die Flasche mit aller Kraft gegen die Taschenlampe. Sie wurde Subarsky aus der Hand geschlagen, Glas und Glühbirne zersplitterten.

»Guter Wurf!« rief Subarsky aus. »Aber ich dachte, du wolltest etwas über mein Antibiotikum erfahren.«

Eric hatte sich inzwischen umgedreht und kroch auf der anderen Seite unter dem Anhänger hervor. Er rannte zu dem Saab. Laura, deren Mund mit einem Stück Heftpflaster zugeklebt war, starrte ihn hilflos an. Ihre Arme waren ans

Lenkrad gebunden, ihr Hals war mit einem Seil an die Kopfstütze gefesselt. Eric versuchte gerade, das Beifahrerfenster einzuschlagen, als Subarsky neben ihm auftauchte.
»Bitte«, sagte er, »bitte laß das. Meine Versicherung hat fünfhundert Dollar Selbstbeteiligung.«
Eric holte aus, aber Subarsky wehrte ihn mit dem Unterarm ab und schob ihn mühelos mindestens drei Meter nach hinten, bis er in eine Pfütze fiel.
»Tut mir leid, daß es so gekommen ist, alter Freund«, sagte er. »Wenn ich nicht noch mal zu meiner Wohnung hätte fahren müssen, um die Schlüssel für dieses überdimensionale Schloß zu holen, hättest du uns verpaßt und müßtest dich jetzt nicht im Dreck wälzen.«
Eric rappelte sich wieder auf. Subarsky ging um ihn herum, um ihm den Weg zur Straße abzuschneiden, aber was Eric betraf, hätte er sich die Mühe sparen können. Solange Laura Enders die Gefangene dieses Mannes war, würde er nicht davonlaufen. Ganz gleich, wie, aber es würde hier und jetzt zu einer Entscheidung kommen.
»Dave«, sagte er; er versuchte, Zeit zu schinden, bis ihm der zündende Gedanke, ein Ausweg, einfiel, »wie kannst du so vielen Leuten Schaden zufügen, um ein gottverdammtes Medikament zu entwickeln?«
»Hey, mein Lieber, paß auf, was du sagst. Von mir aus kannst du jede Verzögerungstaktik anwenden, die dir einfällt. Das mag ich an dir, und ich hätte auch nichts anderes von dir erwartet. Aber sei vorsichtig, wenn du über mein DS-Neunzehn redest. Wir sprechen hier von einem lebendigen Antibiotikum – eines, das Viren töten kann und dabei ebenso schnell mutiert wie diese selbst.«
»Es hat nicht funktioniert, und deshalb hast du auch von keiner Behörde Forschungsgelder bekommen.«
»In einem Reagenzglas oder einer Testkultur hat es auch

nicht funktioniert«, verbesserte ihn Subarsky. »Aber wenn man hier ein bißchen dreht und dort ein Schräubchen anzieht und es in eine lebende, infizierte Person steckt, dann macht's rumms. Plötzlich liegen überall hübsche kleine Virusleichen herum; einschließlich derjenigen, die – wie wir demnächst beweisen werden – Du-weißt-schon-was verursachen. Na, beeindruckt?«

Eric blinzelte zu ihm hinüber und mußte sich widerwillig eingestehen, daß er tatsächlich beeindruckt war. Die staatlichen Vergabestellen von Forschungsmitteln hatten das Genie dieses Mannes eindeutig unterschätzt. Obwohl die Welt vor der gefährlichsten Epidemie der Menschheitsgeschichte stand, hatten sie einen der wenigen Forscher vor den Kopf gestoßen, der mit ihr hätte fertig werden können.

»Und Tetradotoxin«, spann Eric den Faden weiter, »war dein Mittel, mit dessen Hilfe du Patienten ohne Angehörige nach Utah hast bringen lassen. Sie wurden für tot erklärt und dann aus der Stadt geschafft.«

»Wenn es doch nur so einfach gewesen wäre! Ich habe dieses verdammte Toxin in allen Varianten ausprobiert, in jeder Form und Konsistenz, die ich auftreiben konnte. Aber letztendlich konnten nur die *houngans* damit umgehen. Kannst du dir das vorstellen? Ein diplomierter Biochemiker vom MIT muß sich seinen Stoff von einem Haufen Medizinmänner besorgen!«

»Und hier kommt Rebecca Darden ins Spiel.«

»Ach, du hast schon von meiner Inselprinzessin gehört? Bravo, Eric, alle Achtung. Dann kann ich wohl davon ausgehen, daß der alte Haven inzwischen auch Bescheid weiß.«

»Bis jetzt noch nicht, aber ich werde ihn über alles aufklären.«

Subarsky lachte herzlich über Erics Wagemut.

»Das hättest du besser nicht gesagt, mein Kumpel, denn jetzt bist du wirklich eine Bedrohung. Ich kann mir nämlich nicht vorstellen, daß der alte Haven mein Handeln gutheißt.«

»Da ist er nicht der einzige.«

»Ach, hör doch auf! Wenn dir nichts Geistreicheres einfällt, halt den Mund.«

Eric blickte sich suchend nach einem Brett oder einem Stein um, aber er sah nichts, was in Frage gekommen wäre. Hinter Subarskys Rücken fuhren zahllose Autos über die Meridian Street, aber keines verlangsamte sein Tempo. Ein Streifenwagen wäre die Rettung. Er beschloß, so lange Zeit zu schinden, wie sein Gegner es zuließ.

»Rebecca Darden hat dir das Pulver demnach über die Beziehungen besorgt, die sie mit Hilfe ihres Vaters aufgebaut hat?«

Subarsky wischte sich einige Wassertropfen vom Bart.

»Ja, so war's«, gab er zu. »Doch meistens hat sie über ihre Beziehungen nur das Kokain besorgt, das Lester und ich verkauft haben. Kokain und manchmal das beste Marihuana diesseits von Istanbul. Wie hätte ich sonst meine Arbeit finanzieren sollten? Lester und ich haben es auch mal mit Waffen versucht, aber als unsere Organisation größer wurde, sprang dabei nicht mehr genug raus. Deshalb entschlossen wir uns, mehrgleisig zu fahren. Wir haben die Waffen nicht aufgegeben, aber Kokain ist leichter zu transportieren und zu lagern als halbautomatische Uzis. Außerdem ist bei Drogen die Gewinnspanne höher.«

»Mein Gott, Dave, du tickst nicht mehr richtig. Wie konntest du überhaupt einem Gangster wie Wheeler die komplizierten Vorgänge in der Wirkung von DS-Neunzehn begreiflich machen?«

»Das war ganz einfach«, trumpfte Subarsky auf. »Ich brauchte ihm nur zu sagen, der wahre Name des Medikaments sei

Geld. Sobald die Forschung abgeschlossen wäre, würden wir, falls nötig, um Amnestie bitten und dann den Preis festsetzen – irgendwas mit acht Nullen, wenn nicht sogar mit neun. Auf diese Art von Wissenschaft verstand Lester sich. Von unseren Überschüssen haben wir gerade genug für unseren Lebensunterhalt abgezweigt und für das, was nötig war, um unsere süße Rebecca bei Laune zu halten. Alles andere haben wir ins Projekt gesteckt. So wie die Dinge liegen, brauchen wir in Charity noch ein, höchstens aber zwei Jahre.«

»Ich glaube das alles nicht.«

»Ehrlich gesagt, Eric, habe ich von dir die Nase ziemlich voll, und deshalb ist mir auch scheißegal, was du glauben kannst oder nicht. Alles lief glatt, bis deine Freundin hier aufgetaucht ist und dir den Kopf verdreht hat. Und jetzt, wo die meisten meiner Mitspieler verschwunden sind, muß ich womöglich einen Umzug in Betracht ziehen – ein paar neue Spieler und eventuell ein neues Krankenhaus.« Theatralisch seufzte er auf. »Immerhin habe ich genug zur Seite gelegt, um mit Rebecca ein Jahr Urlaub zu machen, wenn das nötig sein sollte.«

»Du bist ein armes Schwein, Dave.«

»Da hast du ausnahmsweise mal recht«, gab Subarsky, deutlich schärfer als zuvor, zurück. »Ich bin wirklich arm dran, weil ich wieder was Neues aufbauen muß, weil ich hier im Regen stehe und mich womöglich erkälte. Und das nur, weil ich mit einem alten Kumpel aus Watertown rede, der sich mit seiner eigenen Klugheit in die Scheiße geritten hat.« Er riß die Arme hoch wie ein Grizzly im Angriff und machte einen Schritt nach vorn.

»Gut«, meinte er, »da die hübsche Laura dort drüben ganz sicher ist, daß ein gewisses Videoband in diesem Anhänger steckt, und da ein wohlbekannter Käufer von Shit und

Schnee nur darauf wartet, mir eine beachtliche Belohnung dafür zuzustecken, schlage ich vor ...«

Mit gesenktem Kopf griff Eric den Mann an. Er warf sich gegen seine Brust und schlug mit den Fäusten nach Subarskys Gesicht. Dieser stolperte nach hinten. Ein weiterer Schlag von Eric traf ihn hart an der Wange. Doch dann streckte Subarsky seine Arme aus und schubste Eric mit einem Stoß zurück auf den Boden.

»Bist du jetzt zufrieden?« fragte er höhnisch.

Eric schaute nach oben. Er hatte Dave mit all seiner Kraft geschlagen, doch der stand nur da und leckte sich einen kleinen Blutstropfen von der Lippe. Dabei lächelte er Eric unter seinem Bart an. Eric versuchte einen weiteren Angriff, aber jetzt konnte er nicht einmal mehr den Überraschungseffekt für sich verbuchen. Subarsky packte ihn am Kragen und drückte ihn mühelos gegen die Wand des Anhängers. Erics Kopf schlug gegen die Metalltür. Sofort wurden seine Arme und Beine schlapp, und er fiel in eine Schlammpfütze. Noch ehe er die Benommenheit abschütteln konnte, war Subarsky über ihn. Er kniete sich auf Erics Rücken, zog ihm die Arme nach hinten und band sie mit einem Stück Wäscheleine zusammen. Dann rutschte er zurück und fesselte ihn ebenso leicht und geschickt die Fußgelenke.

»Das hätten wir«, sagte er und machte keinerlei Anstalten, Eric aus der Pfütze zu ziehen. »Wenn weiter keine Einwände bestehen, werde ich mal den magischen Schlüsselbund holen und sehen, welcher Schlüssel in dieses Riesenschloß paßt. Hast du was dagegen?«

»Dave, tu uns nichts«, beschwor ihn Eric, während er sich auf die Seite rollte. »Das bringt dich doch auch nicht weiter.«

»Denkst du«, murmelte Subarsky und betrachtete prüfend

den professionell aussehenden Schlüsselring, an dem auch einige zurechtgebogene Drähte hingen. »Allein dafür, daß du meine Taschenlampe kaputtgemacht hast, verdienst du das Todesurteil.«

»Dave, bitte ...«

»Halt die Klappe, du Null. Setz dich in deine Pfütze, genieße die letzten Momente deines irdischen Daseins und erfreue dich am Anblick eines Meisterschlossers bei der Arbeit. Ob du's glaubst oder nicht, aber diese Schlüssel stammen von einem Ingenieurstudenten am MIT. Er hat sie für tausend Dollar pro Bund verkauft, und als er seinen Abschluß machte, hätte er sich eigentlich schon zur Ruhe setzen können. Damit kriegst du einfach alles auf.«

Er wählte einen Schlüssel aus, sah ihn noch einmal prüfend an und schob ihn dann vorsichtig in das Schlüsselloch auf der Unterseite. Obwohl das Schloß einen eingestanzten Firmennamen trug, war es bei Plan B allgemein als »Scotts Schloß« bekannt geworden – als Würdigung von Scotts Verdiensten bei seiner Entwicklung. Das richtige Schlüsselloch befand sich nämlich wohlversteckt unter einer kleinen Abdeckplatte oben auf dem Schloß. Das Schlüsselloch auf der Unterseite diente anderen Zwecken.

Als Dave Subarsky seinen ausgewählten Schlüssel bis zum Anschlag in das Loch schob, stellte die Metallspitze die elektrische Verbindung zwischen einer winzigen Siliziumbatterie und einer mit Draht umwickelten Plastikkapsel her. In Sekundenschnelle hatte die Hitze des glühenden Drahts die Plastikhülle zum Schmelzen gebracht und einen großen Tropfen Hydrochlorid freigesetzt.

Während er vorsichtig den Schlüssel hin- und herbewegte, summte Subarsky mit aufgesetzter Fröhlichkeit eine Passage aus Bachs Konzert Nr. 2 in E-Dur. Das Hydrochlorid hatte sich mittlerweile seinen Weg zu einem Klumpen chemisch

aufbereiteten Plastiksprengstoffs gebahnt, und dieser explodierte gerade in dem Moment, als sich Subarsky prüfend zu dem Schlüsselloch hinunterbeugte.
Erstarrt beobachtete Eric, wie Subarsky im Bruchteil einer Sekunde Hände und ein Großteil seines Gesichts weggerissen wurden. Mit einem unmenschlichen Schrei griff er sich mit den Stummeln an die Stelle, wo seine Augen gewesen waren. Doch trotz der Explosion, die ausgereicht hatte, ein großes Loch in eine Metalltür zu sprengen, war er noch immer auf den Beinen.
Heulend und schreiend stolperte der blinde Subarsky an seinem Saab vorbei auf die Meridian Street. Der mit Kokain vollgeknallte Fahrer des herankommenden Schwerlasters nahm von der Gestalt, die aus dem Schatten auf die Straße taumelte, keine Notiz. Er ignorierte auch den Aufprall, mit dem der Mann mit voller Wucht auf den verstärkten Stahlgrill der Kühlerhaube aufschlug.
Während der Laster weiterbrauste, verhakten sich Überreste des Arms eines genialen Biochemikers im Metallgitter des Kühlers. Der junge Fahrer, der völlig in seine Kassette mit Musik von Gun's and Roses vertieft war und lauthals mitsang, war sich der grotesken Verzierung über seinem Nummernschild nicht bewußt.

Im strömenden Regen, klamm und durchgefroren bis auf die Knochen, brauchte Eric nahezu eine Viertelstunde, bis er sich von seinen Fesseln befreit hatte. Mit einem Stein zerschlug er das Beifahrerfenster des Saab. Eine Minute später waren Laura und er bereits im Innern des Anhängers. Der Videoempfänger stand auf einer Kiste in der vorderen linken Ecke, geschützt von einem Sack aus Öltuch. Seine Drahtantenne führte durch ein dünnes Bohrloch in der Seitenwand nach draußen.

»Hier«, sagte Eric, als er Laura das Band gab, »ich glaube, das gehört dir.«

»Mit diesem Schloß hat Scott mir heute zum zweitenmal das Leben gerettet«, meinte Laura.

Sie kuschelten sich im Anhänger zusammen, und dann erzählte Laura Eric, wie sie ihren Bruder gefunden hatte, wie sie gefangengenommen worden waren und wie sie hatten entwischen können, dann, wie Scott gestorben war. Laura war Wheeler und seinen Männern entkommen, indem sie unter Wasser von dem einen Pier zum nächsten geschwommen war. Beinahe bewußtlos vor Kälte, war sie ans Ufer und zu einer Straße getaumelt. Ein älteres Ehepaar hatte sie auf seinem Heimweg vom Markt dort aufgelesen und mit nach Hause genommen.

»Ich habe dir auch einiges zu erzählen«, sagte Eric. »Aber wenn ich nicht bald trockene Kleider kriege, hole ich mir noch eine Lungenentzündung und muß ins White Memorial eingeliefert werden. Und wir wissen ja, was den Patienten dort passieren kann.«

»Jetzt nicht mehr«, sagte Laura. Sie sprang aus dem Anhänger und half ihm herunter.

Epilog

Die zehnsitzige Maschine stieß wie ein Falke aus 600 Metern Höhe vom Morgenhimmel herab. Die fünf Fluggäste in der Kabine preßten die Stirn an die Fensterscheibe und blickten gegen die Sonne auf die kargen Erhebungen der San Rafael Wüste. Jeder von ihnen wollte endlich Charity sehen.

»Wir haben die Stadt im Blickfeld, Mr. Harten«, sagte der Pilot über den Lautsprecher. »Ungefähr sieben Kilometer vor uns. Moab hat uns Landeerlaubnis erteilt. Wenn es Ihnen recht ist, machen wir in dieser Höhe einige Überflüge und biegen dann zum Flughafen ab.«

Drei Stunden nachdem Laura ihn in seinem Haus in Laurel, Virginia, angerufen hatte, traf der Chef von Communigistics International mit einer Regierungsmaschine auf dem Bostoner Flughafen ein. Um halb acht Uhr morgens war das Flugzeug wieder in der Luft, diesmal geradewegs in Richtung Westen. Neben Eric und Laura befanden sich in der Kabine Neil Harten, sein Mitarbeiter Thorsen von Plan B, und Maggie Nelson, Bernards Frau.

Bernard selbst lag, an ein Beatmungsgerät angeschlossen, auf der Intensivstation des Krankenhauses von Moab. Und wie Eric aus dem Gespräch mit dem behandelnden Arzt erfahren hatte, war der Zustand des Detektivs nicht besonders gut.

Ihre Odyssee hatte am frühen Morgen begonnen, nachdem

Maggie Nelson von einem Mann namens Smith aus Moab angerufen worden war. Aus diesem Anruf hatte sie lediglich erfahren, daß ihr Mann eine gewisse Klinik in Utah ausfindig gemacht habe und in das Gebiet eingedrungen sei. Dort habe ihn der Leiter dieser Klinik, ein Arzt namens Barber, vergiftet. Über seine Rettung durch einen Angestellten, einen gewissen Pike, in deren Verlauf Barber angeschossen worden war und ein weiterer Mitarbeiter den Tod gefunden hatte, erfuhr sie allerdings nichts Genaues.
Ohne weiteres Nachdenken hatte Maggie Nelson Laura in Bernards Wohnung in Boston angerufen.
Jetzt blickten die Fluggäste staunend auf das atemberaubende Panorama. Die Stadt, nicht mehr als ein Fleck in der beeindruckenden Landschaft, war von Polizeiautos und Krankenwagen eingeschlossen. Dutzende von Leuten drängten sich auf der einzigen Hauptstraße. Andere lagen auf Bahren vor einem niedrigen Holzhaus.
Der Pilot zog noch zwei Schleifen, so daß die Passagiere auf beiden Seiten der Maschine einen guten Blick auf die Szenerie werfen konnten. Dann wandte er sich nach Westen und flog über die zerklüftete Landschaft auf Moab zu. Eric erklärte unterdessen Neil Harten, der neben ihm saß, wie das Nervengift Tetradotoxin wirkte.

Auf Betreiben von Haven Darden hin erhielt Eric die Erlaubnis, die Büros von Dave Subarsky und Norma Cullinet zu durchsuchen. Im Schreibtisch der Krankenschwester fand er einen verschlossenen Kasten mit einer Anzahl von Ampullen, die intravenöses Adrenalin enthielten. Außerdem entdeckte er zwei kleine Gläser mit Schraubdeckeln, die jeweils zur Hälfte mit einem grauen Pulver gefüllt waren. Das eine trug auf einem Aufkleber die Aufschrift »T«, das andere war mit »D« beschriftet.

Als Haven Darden von dem Fund erfahren hatte und in knappen Worten von der Rolle seiner Tochter beim Charity-Projekt informiert worden war, hatte er Eric gebeten, sein Krankenzimmer kurz zu verlassen, weil er ein Telefonat führen wollte. Nach wenigen Minuten wurde Eric wieder hereingerufen.

»Meine Tochter hat es zugegeben – das Pulver ›T‹ ist das, was wir vermutet haben«, erklärte er. In seinem Blick lag eine unendliche Traurigkeit, doch er klang sehr erleichtert darüber, daß seine Tochter sich kooperationsbereit zeigte. »Mit der Substanz in dem anderen Glas kann man die Wirkung des Toxins aufheben. Dazu reichen nach Rebeccas Angabe zwei bis fünf Milligramm, die man in Kochsalzlösung gibt und intravenös verabreicht. Sie und ihre Komplizen benutzten außerdem hohe Dosen von Adrenalin, aber sie weiß nicht genau, wieviel. Der Großteil der Arbeit geschah im Kellerraum des Bestattungsinstituts. Rebecca ist inzwischen bereit, mit meiner Frau und unserem Anwalt zur Polizei zu gehen und sich zu stellen.«

»Es tut mir leid, daß Sie und Ihre Frau dies alles durchmachen müssen«, sagte Eric.

Darden zuckte die Achseln.

»Ich weiß nicht, inwieweit die Eltern für die Fehler ihrer Kinder verantwortlich sind«, sagte er. »Vielleicht ergibt sich aus all diesen Ereignissen auf lange Sicht doch noch etwas Gutes.«

Das Gegenmittel ließ sich problemlos in steriler Kochsalzlösung auflösen. Auf seinem Klapptisch im Flugzeug wog Eric die Dosis ab, die Haven Darden ihm empfohlen hatte, und gab sie in die Lösung. Dann zog er die Flüssigkeit in eine große Spritze auf.

»Eine intravenöse Injektion mit einem unbekannten, unsterilen Pulver ist nicht gerade meine Sache«, bemerkte er, »aber eine eventuell auftretende Infektion kann ich wenigstens behandeln.«

»Welchen Eindruck hatten Sie von dem Arzt in Moab?« erkundigte sich Neil Harten.

»Ganz in Ordnung, doch die Adrenalin-Dosis, die ich ihm vorgeschlagen habe, schien ihm nicht zu schmecken.«

Eric und Harten gingen noch einmal die Schritte durch, die Reed Marshall unternommen hatte, um Loretta Leone zu retten. Sie kamen zu dem Ergebnis, daß seine Bemühungen und die massive medikamentöse Behandlung innerhalb kürzester Zeit die Wirkung des Toxins rückgängig gemacht und Häufigkeit und Kraft der Herzmuskelkontraktionen verstärkt haben mußten, während bereits ihre Autopsie vorbereitet wurde.

»Schnallen Sie sich an und klappen Sie die Tische hoch«, gab der Pilot bekannt, »wir setzen zur Landung an.«

»Wollen Sie nach vorn zu Laura?« fragte Harten.

Eric schüttelte den Kopf. Zu Beginn des Fluges hatte Harten neben ihr Platz genommen und längere Zeit geduldig ihre Fragen beantwortet und sie über Scotts gefährliche Aufgaben aufgeklärt. Nun sah Eric, wie sie den Tod ihres Bruders allmählich verarbeitete.

»Sie bleibt wohl besser ein bißchen allein«, meinte er.

»Will sie nach Boston ziehen?«

»Das hoffe ich.«

Das leise Quietschen der Gummireifen kündigte von der perfekten Landung auf dem Flughafen von Moab. Sofort kamen ein Polizeiwagen und zwei Begleitfahrzeuge herangebraust, um die Passagiere ins örtliche Krankenhaus zu bringen. Begleitet von Laura und Maggie Nelson, lief Eric als erster die Eingangsstufen hoch.

Der Internist des Krankenhauses hatte es mit einer beachtlichen Leistung fertiggebracht, Bernard am Leben zu erhalten. Zwar war der Detektiv noch immer bewußtlos, doch sein Blutdruck reagierte bereits auf die massiven Adrenalindosen, die ihm verabreicht worden waren, und seine Nerven hatten wieder angefangen zu arbeiten.

Während Eric sich mit dem Internisten beriet, warteten die anderen in einem kleinen Aufenthaltsraum. Die beiden Ärzte einigten sich auf die Dosis des Gegenmittels und eine weitere Adrenalinspritze. Da wurde die Bahre mit einem neuen Patienten in die Klinik gerollt.

Als Eric an die Trage trat, um zu helfen, blickte er in das schmutzige, eingefallene Gesicht des Mannes, der einst sein Vorgesetzter gewesen war. Craig Worrell starrte ihn aus gelben, wässrigen Augen ausdruckslos an.

»Sieht ganz nach akuter Hepatitis aus«, sagte Eric zu dem Internisten. »Dieser Mann war Arzt am White Memorial Hospital und gehörte zu der Äskulap-Gruppe, von der ich Ihnen erzählt habe – zumindest, bis er am Krankenhaus in Schwierigkeiten geriet. Anscheinend hat die Gruppe ihn dann vorzeitig pensioniert.«

»Es sieht ziemlich schlecht für ihn aus.«

»Vielleicht hat das DS-Neunzehn doch nicht so gewirkt, wie Subarsky meinte. Übernehmen Sie den Mann?«

»Nicht gern, aber es bleibt mir wohl nichts anderes übrig.«

»Und ich kümmere mich um Nelson.«

Nach nur einer halben Stunde zeigte Nelson die ersten Reaktionen auf die Behandlung. Harten und sein Mitarbeiter waren inzwischen nach Charity aufgebrochen, um sich persönlich um die Ermittlungen zu kümmern. Laura und Maggie Nelson hielten an Bernards Bett Wache.

Im Verlauf der nächsten zwei Stunden traten mehrmals Störungen in der Herzfunktion auf. Während Eric von einer Seite des Bettes auf die andere eilte, immer wieder Nelsons

Zustand überprüfte, Laborberichte las, den Monitor überwachte und der Krankenschwester leise Anweisungen erteilte, hielt Laura Maggies Hand fest umschlossen. Und sie wußte, was immer die Zukunft für sie beide auch bringen würde, nie würde sie vergessen, wie sehr sie Eric in diesem Moment bewunderte.

Nach einer weiteren Stunde schien sich Bernards Zustand zu stabilisieren, und Erics unterstützende Eingriffe wurden seltener. Laura bemerkte, daß sich die tiefen Furchen der Anspannung auf seiner Stirn glätteten. Vier Stunden nach ihrer Ankunft schlug Nelson endlich mit flatternden Lidern die Augen auf. Wenige Minuten später hob er die Hand, deutete auf den Endotrachealtubus und signalisierte Eric, ihn zu entfernen.

»Ist er über den Berg?« fragte Maggie Nelson aufgeregt.

Eric nahm sie an den Händen und zog sie hoch. Dann nahm er sie in den Arm.

»Ihr Mann ist ein zäher Brocken, Mrs. Nelson«, erklärte er. »Den bringt so schnell nichts um.«

»Ich weiß«, sagte sie.

Sie beugte sich über ihren Mann, flüsterte ihm ein paar Worte zu und küßte ihn sanft auf die Wange. Anschließend schickte Eric die beiden Frauen hinaus und rief die Krankenschwester wieder ins Zimmer. Von weitem beobachtete Laura, wie Eric dem Detektiv etwas ins Ohr wisperte und rasch den Plastikschlauch des Beatmungsgeräts herauszog. Sofort trat die Krankenschwester zu dem Mann und saugte ihm den Mund aus; Bernard spuckte und würgte.

Eine Minute lang blieb Eric abwartend neben seinem Patienten stehen, den Tubus in der Hand, bereit, ihn unverzüglich wieder einzuführen, sobald Komplikationen auftraten. Doch Bernard räusperte sich.

»Hat jemand 'ne Zigarre für mich?« krächzte er.

Einen nach dem anderen brachte man die besonders gefährdeten Opfer aus Charity in das kleine Krankenhaus. Die leichteren Fälle wurden von Kliniken in der Umgebung betreut. Eric schloß sich der Belegschaft des Krankenhauses an und versorgte gemeinsam mit den anderen die ganze Nacht hindurch Patienten mit Infektionen, Unterernährung und anderen Anzeichen von Verwahrlosung.
In der frühen Morgendämmerung ließ er Maggie Nelson bei ihrem Mann zurück und holte Laura in dem Motel ab, in dem sie sich ein Zimmer genommen hatte. Gemeinsam schlenderten sie die breite, menschenleere Straße der Stadt entlang. Im Süden schimmerte zwischen den tiefroten Bergspitzen bereits das erste Licht des neuen Tages.
»Diese Gegend ist so schön«, seufzte Laura. »Das Krankenhaus scheint auch ziemlich gut zu sein.«
»Für einen Ort dieser Größe ist es das«, pflichtete Eric ihr bei.
Laura hakte einen Arm bei ihm unter.
»Hast du dir schon einmal überlegt, ob du hier arbeiten könntest?« fragte sie ihn.
»Ich glaube, mein niedrigstes Arbeitstempo ist immer noch zehnmal höher als das, das man hier jemals braucht.«
»Vielleicht würde dir gerade das guttun.«
Eric zog sie zu sich heran.
»Möglicherweise. Weißt du was: Wenn ich jemals von Boston und vom White Memorial die Nase voll habe, werde ich es mir überlegen.«
»Gut. In Boston ist Grundbesitz nämlich unerschwinglich, und gleich hier um die Ecke steht eine ganze Stadt zum Verkauf.«